LA MAÎTRESSE DU LOCH LEVEN

DEBRA BRUCE

LA MAÎTRESSE DU LOCH LEVEN

BELFOND

Titre original :
THE WINDS OF KINLOCHLEVEN

Traduit de l'anglais par
Claire Mulkai

ISBN 2-266-07549-7

À Jack, pour tout...

CHAPITRE 1

(Récit de Catherine Brodie –
Cromdale, Écosse, 1er mai 1895)

Douze pas en profondeur, seize pas en longueur, quatorze en marchant vite : combien cela faisait-il de mètres carrés ? J'aurais pu prendre une plume et du papier et calculer les dimensions exactes de ma chambre mais, à l'idée de gaspiller du temps à de telles sottises alors qu'il y avait d'importantes tâches à accomplir, je continuai d'arpenter la pièce.

Je lançai un coup d'œil furtif à ma machine à coudre, dissimulée sous un monceau de soie turquoise ; elle semblait m'inviter à terminer la robe que j'avais commencée un peu plus tôt dans la matinée. Je hochai la tête, me sentant incapable de tenir une aiguille. Le livre de comptes de la firme de mon père pour l'année 1894 était posé sur mon bureau ; je m'intimai l'ordre de m'asseoir, de l'ouvrir, et de l'étudier parce que c'était important et que, si je ne le faisais pas, je ne serais pas PRÊTE. *Mais impossible d'empêcher mon esprit de s'emballer : quelque chose n'allait pas.*

C'était le 1er Mai et mon père avait donné congé aux domestiques. On aurait dû entendre de la musique et des rires car pour l'occasion cet homme de cœur offrait du whisky en abondance. Aucun bruit. En vérité, c'était une journée bien lugubre pour souhaiter la bienvenue au printemps ; et Maïa devait être désolée que, pour la fêter, la sérénité de l'azur eût fait place à des cieux hivernaux, couleur de cendre. Les pluies avaient laissé une teinte vert vif à la lande qui s'étendait à perte de vue, revêtant d'un manteau d'émeraude les creux des vallons et les pentes des collines. Le chêne derrière ma fenêtre était couvert de pousses nouvelles. Partout la vie bourgeonnait. Alors, pourquoi ce calme mortel?

Peut-être y avait-il eu des réjouissances et de la musique, mais je n'avais rien entendu. Mon frère et moi nous étions disputés, et nos éclats de voix s'étaient amplifiés au point de couvrir le pire des vacarmes.

Je secouai la tête pour chasser de mon esprit déjà saturé la pensée de mon frère et ouvris toutes grandes les portes qui donnaient sur le balcon; je fis un pas et fus aussitôt assaillie par la rumeur d'une intense agitation. En bas dans la cour se trouvaient réunis à peu près la totalité des hommes qui travaillaient sur nos terres, ainsi que mon père et mon frère; tous étaient affairés à seller les chevaux, brandissaient des fusils et semblaient sur le pied de guerre. Je ne pouvais pas comprendre ce qu'ils disaient car ma chambre était située au moins six mètres plus haut, mais une profonde colère se lisait sur leurs visages, et ils paraissaient aussi déterminés qu'un régiment de dragons prêts au combat.

Mon Dieu, que s'était-il passé?

Je rentrai dans ma chambre, me dirigeai vers la porte, puis m'arrêtai à mi-chemin en me rappelant que Will l'avait fermée à clé après notre dispute. Les portes des pièces adjacentes devaient être également fermées à clé, afin de m'empêcher d'accéder aux autres parties du château. J'essayai cependant de les ouvrir, espérant que dans son courroux mon frère aurait oublié de les verrouiller; en vain. Restait le chêne, mais d'en bas Will me verrait certainement et, s'il s'apercevait qu'à l'âge de vingt-cinq ans j'étais toujours aussi agile pour escalader les arbres et que j'en profitais pour sortir les soirs où il s'absentait, il le ferait abattre.

La sonnette. Je tirai sur la lourde corde suspendue près de mon lit, criant en même temps afin d'attirer l'attention de quelqu'un, qui que ce fût – Helen, Jean, Flora –, capable de m'expliquer ce qui était arrivé. Finalement, on frappa un coup à ma porte et, aussitôt après, la voix tremblante d'Helen m'informa que mon frère avait emporté la clé avec lui, au lieu de la glisser comme d'habitude au-dessus de la moulure du chambranle.

« Ouvrez les portes vitrées qui donnent sur le balcon, Helen. Je passerai par votre chambre.

– Mais, Miss Cathy...

– Helen, s'il vous plaît ! »

Je pouvais presque l'entendre se demander si elle oserait m'aider, alors même que mon frère était à la maison. Will avait engagé Helen comme gouvernante neuf ans auparavant, après que ma « maladie » eut été déclarée. Mais ses fonctions se rattachaient davantage à celles d'une geôlière que d'une préceptrice. Une geôlière timorée car, même sans la voir, j'imaginais parfaitement sa tête s'agitant comme si elle était fixée par des ressorts sur son cou décharné.

Je me précipitai sur le balcon, attendis qu'elle entre dans sa chambre, puis l'observai pendant qu'elle cherchait la clé adéquate ; ses longs doigts osseux tremblaient.

« Pourquoi tous les hommes sont-ils armés, Helen ? questionnai-je à travers la vitre, avant même qu'elle ait eu le temps d'enfoncer la clé dans la serrure.

– Une des domestiques... la fille du valet de pied...

– Janet.

– Oui... il semble... elle a été... Oh, c'est épouvantable !

– Elle a été quoi ? Helen ! Qu'est-il arrivé à Janet ?

– Elle a été attaquée. Dans les bois.

– Atta...

– Ils pensent que c'est un romanichel. La pauvre petite était allée cueillir des fleurs. Votre frère l'a trouvée dans les bois... trop tard, je le crains. »

La porte s'ouvrit, et je faillis tomber sur Helen : mes jambes s'étaient dérobées sous moi. Helen me rattrapa, maladroitement car elle répugnait à me toucher. Je me redressai et marchai, comme hypnotisée ; je sortis en courant. Ma robe tournoya autour de moi car le vent s'était levé et le ciel blanchâtre avait soudain viré au gris. Je ne cessais de me répéter qu'il ne prendrait pas le risque de faire du mal à l'une des domestiques – il ne pouvait pas prendre ce risque. Même Will n'était pas à ce point insensé. Mais nous nous étions disputés. Je l'avais blessé. La chaumière où Janet vivait avec son père Sam était remplie de femmes ; et tandis que je me frayais un chemin au milieu de ce chœur de pleureuses, je sentis une main sur mon bras et vis Jean à mon côté.

« Janet est...

– M'man est avec elle. Seigneur Dieu, Kate, c'te pauv' petite a eu une telle peur, elle peut pas dire un traît' mot.

– Jean ! appela de l'autre pièce sa mère Nancy. T'as fait appeler le docteur, ma fille ?

– Oui », répondit Jean avant de m'attirer près de la chambre et d'ajouter dans un murmure : « Y'a un fou furieux qui l'a bousillée. »

Je dus devenir blême car la pièce se mit brusquement à tournoyer et Jean me retint au moment où je m'écroulais contre le mur. On m'apporta de l'eau et, lorsque j'eus repris mes esprits, je me redressai et me dirigeai vers l'endroit où l'on avait étendu Janet. Sa longue chevelure rousse était répandue sur les draps immaculés, et ses yeux bleu-vert fixaient le vide devant elle. Son visage était indemne. Pas une meurtrissure, pas une entaille... rien de visible. Elle était toujours aussi jolie, bien plus jolie que moi à quatorze ans, mais ses yeux étaient semblables aux miens, et semblables aussi ses cheveux roux.

Nancy leva son visage vers moi lorsqu'elle me vit approcher. Elle expliqua que les hommes étaient partis à la recherche de l'agresseur de Janet; elle ajouta qu'elle n'avait jamais pensé que les romanichels étaient de méchantes gens, et que c'était sûrement un fou qui l'avait attaquée. Mes yeux rencontrèrent ceux de Janet qui me fixèrent, ou plutôt me traversèrent, m'obligeant à détourner le regard. Je quittai la chambre, tirai Jean par les cordons de son tablier et l'entraînai à l'extérieur. « Donne-moi le pistolet de ton père. » Comme elle ne bougeait pas, je la poussai légèrement vers la chaumière de ses parents.

« L'homme qui a blessé Janet est toujours là dehors, Jean. Plus nombreux nous serons, plus grandes seront nos chances de le retrouver. S'il m'aperçoit chevauchant toute seule sans savoir que je suis armée, il essaiera peut-être de m'attaquer. Nous aurons alors la certitude de tenir le coupable et avant qu'il ait pu me toucher...

– Tu finiras comme c'te pauv' Janet.

– Non. »

Jean protesta puis finit par convenir que je devrais aller seule de mon côté; elle me confia le pistolet de son père, mais pas avant que je lui aie rappelé que je pouvais surpasser au tir la plupart des hommes du domaine. Elle m'aida à seller Titan et à monter tandis que je maudissais ma robe; mais je n'avais pas le temps d'enfiler une culotte de cheval et, même si j'avais pu, j'aurais dû retourner à la maison, et Flora, la femme de mon frère, m'aurait enfermée dans ma chambre. Je plaçai l'arme entre le garrot de Titan et l'arçon de la selle, et la cachai sous les volants de ma robe, avant de partir en direction du campement des bohémiens.

Notre propriété faisait deux mille cinq cents hectares et s'étendait de la rivière Spey aux collines de Cromdale : la région du whisky, le domaine du Clan Brodie Whisky. Les bohémiens s'étaient établis trois mois plus tôt juste à l'extérieur des murs de la propriété. Il n'y avait guère eu de problèmes : un peu de braconnage – un ou deux chevreuils –, quelques œufs volés, de petits incidents sur lesquels mon père avait fermé les yeux car les bohémiens étaient une joyeuse bande de voyageurs. Mais c'étaient des romanichels, des tsiganes, et ils avaient beau parler une sorte de gaélique ancien, ils n'étaient pas écossais. C'étaient des nomades qui vivaient hors la loi, donc des boucs émissaires. Et l'un d'entre eux serait impitoyablement traqué, capturé et tué pour un crime qu'il n'avait pas commis.

Il fallait que j'arrive à leur campement avant Will. Je fis prendre le galop à Titan, en priant pour rencontrer mon frère seul. Je ne prendrais pas le risque de m'approcher de lui, de lui parler, car je pourrais fléchir, et il lui suffirait d'une seconde pour m'anéantir. Si je le regardais dans les yeux, si j'écoutais sa voix, c'en serait fini.

Je lui tirerais dans le dos. On croirait à un accident. Après l'émotion suscitée par l'agression de Janet, on... « On ne croirait pas à un accident, Titan », dis-je tout en retenant mon cheval pour l'obliger à s'arrêter. Je caressai son épaisse crinière noire. « Catherine Brodie, la putain folle de Cromdale, tire sur son frère et le tue... » Ils m'enfermeraient. Mais si on ne retrouvait pas le corps, il n'y aurait pas d'enquête. Will aurait disparu. Peut-être que le fou qui avait brutalisé Janet avait aussi tué Will Brodie. Et s'ils...

« Cathy ! »

Je retins mon souffle, puis me retournai. Joseph, le palefrenier, était à mon côté. Ses yeux d'un bleu délavé se plissèrent en une expression désapprobatrice, formant de petites rides sur sa peau rude et parcheminée. Mais ce n'était pas contre moi que sa colère était dirigée. Il saisit les rênes de Titan puis me toucha le bras en un geste d'apaisement car j'avais sursauté au son de sa voix, craignant qu'il n'ait perçu mes pensées meurtrières. Sam, le père de Janet, l'accompagnait; il paraissait vieilli, ratatiné, ses fins cheveux blancs étaient ébouriffés et les petites veines de son visage avaient tourné au violet. En me regardant, les larmes lui montèrent aux yeux, m'obligeant à me détourner, parce qu'il avait toujours dit que je ressemblais à Janet, que nous aurions pu être sœurs.

À présent, nous l'étions.

« Cathy, ma jolie, t'es donc folle ? Tu sais point...

– Joseph, ce n'était pas un bohémien ! Vous le savez, que ce n'était pas un bohémien ! Un fou a pénétré dans le domaine et il est toujours en liberté ! Allez à leur campement, puis tâchez de persuader mon père de les laisser tranquilles ! »

À son hésitation, je compris qu'il était de mon avis. J'insistai, soulignant que depuis leur arrivée, trois mois plus tôt, ils s'étaient comportés pacifiquement. Joseph fut d'accord pour empêcher ce qui serait à coup sûr un massacre et convaincre mon père d'orienter les recherches au-delà des limites du domaine – À CONDITION que j'accepte de retourner au château avec Sam.

« Je suis armée, Joseph, j'ai un de vos pistolets. Je ne retourne pas au château. Emmenez Sam et dépêchez-vous d'aller voir les bohémiens avant que Will n'arrive à leur campement. »

Il tourna la tête vers moi ; il semblait me trouver courageuse. Ce n'était pas du stoïcisme : j'avais la certitude que le dément qui avait violé Janet ne me ferait pas de mal.

« Alors, reste ici, et n'bouge point. J'vas envoyer un des hommes t'chercher. »

Je dus me retenir pour ne pas lui suggérer d'envoyer mon frère, avant de me rendre compte que Will proposerait de lui-même de venir me chercher dès qu'il apprendrait que j'étais sortie du château. Tant que personne ne me verrait avec Will, on ne songerait pas un instant à établir un lien entre moi et la disparition de mon frère.

J'acquiesçai au plan de Joseph, pressai les deux hommes de se hâter, et les regardai s'éloigner. Il leur faudrait une bonne demi-heure pour atteindre le campement des tsiganes, et il faudrait à peu près le même temps à Will pour me rejoindre. Une heure. J'attendrais... j'avais passé les neuf dernières années de ma vie à attendre. Si seulement j'avais quelque chose à faire pour m'occuper l'esprit et les doigts : de la lecture, de la couture, n'importe quoi afin de réprimer l'agitation de mes pensées.

« Oh, mon Dieu, soupirai-je en caressant la belle robe brune de Titan qui frémissait sous mes doigts. Donne-moi la force nécessaire. Ne permets pas que je faiblisse. » Le cheval tourna la tête vers moi et frotta son museau contre mes genoux ; je m'allongeai sur son cou et le serrai très fort : j'avais besoin de le toucher, de sentir quelque chose de vivant et de chaud. Je glissai mes doigts dans son pelage rude et sombre, jusqu'à atteindre, de l'autre côté de son encolure, une vilaine cicatrice qui lui remontait jusqu'à l'épaule. La marque de Will. J'arrêtai mon regard sur le sillon irrégulier, et vis surgir devant moi des images qui me ramenèrent à l'été 1886...

... Au printemps de cette année-là, l'une des juments donna naissance à un petit poulain chétif à peine capable de tenir sur ses pattes frêles. Mais nous prîmes soin de lui et, deux mois plus tard, le vétérinaire déclara que l'animal était hors de danger ; je l'appelai Titan.

Chaque jour je me promenais en lui racontant – et en me racontant – des histoires dont le sujet était toujours le domaine du Loch Leven car c'était là que nous nous installerions. Notre propriété près du Ben Nevis faisait fonction d'hôtel et comportait une écurie de quarante chevaux. Bien que mon père eût fermé l'hôtel après la mort de ma mère, le domaine m'appartenait et je devais en prendre possession le jour où je me marierais ; j'avais l'intention d'en faire le plus beau centre équestre de toute l'Écosse. Mais les rares prétendants que mon frère autorisait à venir chez nous étaient tous sans exception des garçons stupides et bornés. Sachant que jamais je ne pourrais épouser quelqu'un de notre entourage, je suppliai mon père de ne pas tenir compte de la clause du dernier testament de ma mère, stipulant que je devais me marier, et de me permettre de vivre et de travailler au domaine. Will tenait absolument à ce qu'on ne me laisse pas gérer l'hôtel toute seule, et mon père se conformait toujours à son avis. Will n'était cependant pas hostile à ce que je vive et travaille au Loch Leven sans mari. Au contraire, cela l'arrangeait au-delà de ce que mon père pouvait imaginer ; en fait, Will était plus que désireux de me voir m'y installer, À CONDITION que je lui permette de venir avec moi. Je refusai, car l'un des principaux motifs qui m'incitaient à m'établir au Loch Leven était d'échapper à mon frère. Mon père s'opposa au désir de Will parce que celui-ci devait reprendre l'affaire paternelle une fois ses études terminées, ce qui l'obligerait à sillonner le continent pour y représenter la firme Clan Brodie Whisky.

Ainsi, nous étions deux à souhaiter ardemment que mon frère NE M'ACCOMPAGNE PAS au Loch Leven.

Mais nous n'étions que de simples mortels, alors que Will, lui... c'était Will.

La situation était extrêmement tendue chaque fois que mon frère revenait à la maison. Il insistait pour me suivre en tous lieux, mais jamais sa main ne s'égarait, sauf lorsque nous nous battions, et jamais il ne me touchait quand nous étions seuls. Mais nous en étions exactement au même point : il y avait tout ce qui n'était pas dit, il y avait tout ce qui n'était pas fait. Car le passé jamais ne se laisse enterrer ; il vit avec nous, à l'intérieur de nous, pour toujours, et il nous est impossible de l'oublier.

La veille du bal Brodie, dans la soirée, Will et moi eûmes une dispute au sujet des cavaliers avec lesquels il m'autoriserait à danser ; ne trouvaient grâce à ses yeux que les hommes laids, débiles, *malodorants, ou âgés de plus de soixante-quinze ans. Mon choix était limité, c'était le moins que l'on puisse dire : mon père, Thomas Fergusson – qui obéissait aux ordres de Will plutôt deux fois qu'une –, et Will lui-même. Folle de rage, je déclarai à mon frère que je danserais avec quiconque me le demanderait et que j'épouserais le premier homme qui franchirait le seuil de notre maison ; ainsi, j'entrerais en possession de mon héritage et je serais enfin débarrassée de lui. Il partit sans un mot, comme giflé par mes paroles.*

Je demeurai un moment dans ma chambre, puis descendis au rez-de-chaussée. Will était au salon et jouait un air triste qui m'émut à tel point que je vins jusqu'à la porte, me dissimulai dans l'obscurité de crainte qu'il ne m'aperçoive, et écoutai. Ma mère avait eu beaucoup de talent, elle aussi, mais rien à voir avec Will. La mélodie était funèbre, douloureuse ; mes yeux commencèrent à se remplir de larmes et je m'apprêtais à retourner dans ma chambre lorsque la musique s'arrêta. Will prononça mon nom. Je ne dis rien. Le piano se trouvait à l'angle opposé de la pièce et, de l'endroit où Will était assis, il n'avait pas pu me voir. Il avait senti ma présence, comme toujours. La musique reprit, plus doucement, et il dit : « Entre, Kate. »

Une bouteille de whisky était posée sur le tabouret à côté de lui ; il la plaça sur le dessus du piano et m'invita à m'asseoir près de lui. La bouteille était à moitié vide mais Will n'était pas ivre ; en tout cas, cela ne se remarquait jamais chez lui. Le whisky le rendait méditatif et silencieux, mélancolique et tendre... dangereux. Il se remit à jouer, s'arrêta à nouveau, but une gorgée, m'offrit de boire aussi mais je refusai. Il évoqua ce que serait sa vie lorsqu'il aurait terminé ses études l'année suivante ; puis il inclina la tête et dit :

« Si seulement je pouvais revenir en arrière, faire tourner les aiguilles dans l'autre sens. Que ne donnerais-je pas pour remonter le temps... et défaire ce que j'ai fait. »

Était-il en train de me demander pardon ? Je n'attendais rien de tel. Tout ce que je voulais, c'était regagner ma chambre, éteindre la lumière, chasser de mon esprit le visage de Will. Je fis un mouvement pour me lever, mais Will saisit ma main pour m'obliger à rester assise, et je m'écartai de lui. Il me relâcha et dit :

« On ne peut pas le défaire, n'est-ce pas, Kate ?

– Je suis fatiguée...

– Peut-on ?

– Le passé est le passé.

– Mais tu te souviens uniquement d'une partie de ce passé... la pire. Pourquoi ? »

J'étais dans l'incapacité de lui répondre, bouleversée à l'idée qu'il puisse aborder un sujet si affreusement douloureux pour lui comme pour moi. Jamais il n'en parlait et je ne comprenais pas pourquoi il le ferait maintenant. A moins qu'il ne fût désespéré en prenant conscience que bientôt je serais libre de m'installer au domaine du Loch Leven, et qu'alors il me perdrait. Il répéta sa question, me prit les mains et les porta à sa poitrine. Je secouai la tête en lui demandant de me laisser tranquille.

« Kate, j'ai été patient. J'ai tenu ma parole...

– Laisse-moi, Will...

– Est-ce que je n'ai pas tenu ma parole ?

– Will...

– Je ne l'ai pas tenue ?

– Si.

– Alors, laisse-moi venir avec toi au Loch Leven. Nous en ferons notre foyer, ainsi que nous avons toujours dit que nous ferions. Nous... »

Incapable d'en entendre davantage, je me débattis pour libérer mes mains et sortis du salon en courant.

Le moment était venu. Il fallait que je parte.

Je me précipitai dans le cabinet de travail de mon père ; c'était là qu'il dormait depuis le décès de ma mère. J'ouvris la porte et me dirigeai vers la petite chambre contiguë au bureau. Installé dans son lit, mon père étudiait des tableaux et des graphiques concernant l'activité de la firme. Je m'avançai vers lui, me saisis du document qu'il examinait, et le suppliai de me laisser aller au Loch Leven. Il se montra tendre et gentil avec moi, me taquina et dit en plaisantant qu'il était encore un peu tôt pour songer à « convoler ». Poussée par le désespoir, je lui rappelai d'une voix implorante que ma mère avait seize ans lorsqu'elle l'avait épousé, qu'elle m'avait légué le domaine et que celui-ci m'appartenait de plein droit.

« Cathy, ma petite fille, pourquoi tant de hâte ? »

Impossible de lui expliquer que son fils était fermement résolu à contrecarrer toutes mes tentatives pour trouver un mari, et que je mourrais vieille fille à moins qu'il ne m'autorise à partir seule. Mais Will n'était pas le seul à savoir user de son charme. Me pelotonnant dans les bras de mon père, je déposai un baiser sur sa chevelure grisonnante.

« Je ne me marierai jamais avec quelqu'un de Cromdale, P'pa, déclarai-je, parce que je ne tomberai jamais amoureuse d'aucun de ces snobs ennuyeux qui viennent chez nous. Je ne veux pas d'un gamin de vingt ans tout juste sorti de l'université et qui n'a jamais gagné sa vie. Je veux... je veux quelqu'un comme toi, P'pa. »

Ses yeux s'embuèrent : ce que j'avais dit, je le pensais sincèrement, et au ton de ma voix il l'avait compris. Mon père avait connu la misère ; il était parti de rien et régnait sur un empire qui faisait de lui l'un des hommes les plus riches de Grande-Bretagne. Et c'était cela que je voulais : un mari dont je puisse être fière.

« P'pa, continuai-je, je sais que l'homme que j'épouserai ne se trouve pas ici. Je suis absolument sûre que je ne le rencontrerai que si je vais au Loch Leven. Tu ne veux pas que je me marie avec quelqu'un que je n'aime pas, n'est-ce pas ? »

Il détourna son regard, et contempla quelque

chose au plafond; je savais qu'il consultait l'esprit de ma mère. Après un temps qui me parut interminable, il hocha la tête en signe d'acquiescement et me dit en chuchotant qu'il m'autoriserait à vivre et à travailler au Loch Leven, le domaine serait à moi, et Joseph m'accompagnerait jusqu'à ce que j'engage un contremaître. Je lui fis jurer de ne pas souffler mot de tout cela à Will, après quoi je remontai le plus silencieusement possible dans ma chambre.

Toute la nuit, je ne cessai de me répéter : « Il est à moi, il est à moi, après-demain le Loch Leven est à moi. »

Le lendemain matin, je me précipitai à la grange pour voir Hal et lui faire part de ces extraordinaires nouvelles qui, je devais bien l'avouer, risquaient de ne pas lui paraître si extraordinaires. Hal était le fils de Joseph, le frère de Jean, et mon amant. Il était très beau, tendre et gentil. A la naissance de Titan, le jour de mes seize printemps, il m'avait avoué son amour et je m'étais laissée aller à croire que je partageais ses sentiments. Notre liaison était secrète; c'est-à-dire que tout le monde, à Cromdale, était au courant, à l'exception de mon père et de mon frère. Nous étions fort prudents et ne nous rejoignions qu'après la tombée de la nuit. Mon père, bien qu'il ne fût ni dévot ni pratiquant, n'en était pas moins un homme de haute moralité qui désapprouvait – que dis-je : détestait – les « femmes faciles », les femmes qui avaient connu les plaisirs de la chair AVANT *leur nuit de noces. Quant à Will, s'il apprenait que Hal était mon amant, il n'hésiterait pas à le tuer.*

Nous nous séparâmes car le jumping allait bientôt commencer, et je promis à Hal de venir dans l'écurie après le départ des invités. Je dirigeai mes pas vers le château, et en chemin me heurtai à Will qui m'expliqua d'une voix triste qu'il était arrivé quelque chose de terrible à Titan. Sans demander quoi, je fis demi-tour et me ruai vers l'écurie, tout en appelant Joseph. Titan gisait sur le flanc, la gorge en sang, et lançait des ruades furieuses pour essayer de se relever. Joseph arriva près de l'animal avant moi, cria à l'un des garçons d'écurie d'aller chercher le vétérinaire, puis arracha sa chemise et en enveloppa l'encolure de Titan. Je restai debout, glacée, à contempler l'entaille qui allait de la crinière du cheval à son épaule, jusqu'au moment où Joseph déclara que la blessure n'était pas profonde et que Titan s'en remettrait fort bien. Will s'aperçut qu'il y avait un clou qui dépassait à l'arrière de la stalle. Tous trois nous en conclûmes que le cheval avait dû s'y frotter et qu'en voulant se dégager il avait été déchiré par le clou. Le vétérinaire fit une suture et nous assura qu'en un rien de temps mon cheval serait complètement rétabli.

Une centaine de personnes étaient venues de toute la région des Highlands pour assister à ce gala très prisé de la haute société écossaise : le jumping et le bal Brodie, qui se tenait le premier dimanche du mois de juillet. Mon père larmoyait, comme toujours lorsqu'il avait trop bu ; il faut dire que le bal Brodie était l'une des rares occasions dans l'année où il s'autorisait quelques excès. Will était d'excellente humeur, ce qui contrastait avec son état d'esprit de la veille au soir, quand je l'avais trouvé en train de boire. Charmant, protecteur, affectueux, mais comme un frère – il se comportait ainsi en public –, il m'exhorta à danser avec le partenaire de mon choix, chose qu'il n'avait jamais faite auparavant. Le bal rencontra un formidable succès et, après que tous les invités furent partis, je me rendis à l'écurie, jetai un coup d'œil sur Titan profondément endormi, et me dépêchai d'aller rejoindre Hal.

Il avait déjà étalé des couvertures dans la dernière stalle de l'écurie et, en me glissant auprès de lui, je laissai tomber ma robe de chambre sur la paille. C'était doux et chaud sous ma peau et je fermai les yeux tandis que mes mains parcouraient le corps nu de Hal, et que je l'attirais au plus profond de moi. Il faisait sombre dans l'écurie, éclairée par la seule lueur de la lune, et, à part le craquement de la paille sous nos corps, il n'y avait pas un bruit. Jusqu'au moment où j'entendis des pleurs et reconnus les silhouettes de Will et de mon père au-dessus de nous.

Will arracha Hal à mon étreinte, et je reculai devant le regard horrifié de mon père. J'attrapai ma robe de chambre, pleine de brins de paille, et l'enfilai ; il était temps, car Will s'acharnait sur Hal, lui lançant des coups de poing si violents que j'eus peur qu'il ne le tue. J'appelai Joseph en criant et je tapai sur les mollets de Will pour l'empêcher de frapper Hal, tandis que mon père restait là, complètement hébété. Les domestiques accoururent et forcèrent Will à lâcher Hal. Je m'efforçai de rejoindre Hal, mais Will me saisit par le bras et m'entraîna vers le château, laissant mon père dans l'écurie.

J'étais livide. La vérité n'était que trop évidente : Will avait tout orchestré. C'est lui qui avait blessé Titan, lui qui avait amené mon père à l'écurie dans le dessein de me déshonorer à ses yeux, afin qu'il refuse de me donner le Loch Leven. Je me déchaînai contre lui, le griffant, le frappant des deux poings, tout en hurlant que je saurais le faire payer. Mais il continuait à avancer avec détermination, me traînant derrière lui tandis que je donnais des coups de pied et me débattais tout le long du chemin. Nous arrivâmes ainsi au château. Sans prêter attention à mes débordements, Will grimpa les marches deux à deux, en direction de ma chambre. C'est alors que la colère m'abandonna ; elle s'envola littéralement, et j'éprouvai de la frayeur. Mais nous n'étions pas dans la cabane en plein milieu de la forêt, à des kilomètres et des kilomètres de distance. Nous étions au château, un endroit rempli de domestiques qui allaient entendre mes cris.

M'agrippant d'une main à la rampe de l'escalier, je restai plantée là et entrepris de raisonner Will. Mais il m'ignora, détacha mes doigts de la rampe et gravit la dernière volée de marches en me traînant jusqu'à l'étage. Je hurlais maintenant de façon hystérique mais au moins les domestiques s'étaient réveillés : j'entendais leurs pas en provenance des étages supérieurs. Il y aurait quelqu'un pour m'entendre, quelqu'un pour me venir en aide.

Will ouvrit la porte de ma chambre d'un coup de pied, pénétra dans la pièce puis me jeta sur le sol et referma à clé. Ensuite, il alla prendre dans l'âtre un morceau de bois épais et noueux, qu'il brandit en me fixant avec des yeux d'une noirceur absolue. Je m'effondrai, avec l'impression de rentrer dans le sol, et je restai immobile. Son regard était exactement semblable à celui qu'il avait eu deux ans plus tôt. Rassemblant mon souffle, je tendis le bras vers le tisonnier et me mis à hurler : « Touche-moi, et je jure que tu n'auras plus d'yeux ! » Le bout de bois tomba au sol. Quelques secondes plus tard mon frère s'écroulait et commençait à sangloter. Il rampa jusqu'à moi et enfouit son visage sur mes genoux, et moi je tenais le tisonnier et je m'exhortais intérieurement : « TUE-LE. TUE-LE. Transperce-le avec ce morceau de fer et finis-en avec lui. TUE-LE. »

Mais je ne le pouvais pas.

Les domestiques tambourinaient à ma porte, mais je leur dis de retourner se coucher, que tout allait bien. Je caressai les cheveux de Will jusqu'à ce qu'il se calme. Je sentais son souffle humide et chaud à travers ma robe de chambre, et je tentai de changer de position pour qu'il relève la tête. Mais il me serra plus fort, ce qui eut pour résultat de me faire reculer davantage encore. Ses yeux, doux et tendres quelques instants plus tôt, redevinrent noirs de fureur. Il ne me frappa pas. Il se mit debout, me releva, puis commença à parler d'une voix calme, posée, mais froide, comme un instituteur qui expliquerait pour la centième fois quelque chose à une élève qu'il n'aurait jamais aimée.

« Tu n'iras pas au Loch Leven, Kate. Ni maintenant, ni jamais.

– Le domaine est à moi. J'épouserai...

– Personne. Pourquoi crois-tu qu'il a été nécessaire d'abattre Wolf, Kate ?

– Wolf...

– N'importe quel homme aurait fait ce que j'ai fait pour sauver sa sœur de...

– Tu l'as tué parce que...

– Qui épouserait une femme qui s'est accouplée avec des bêtes ? Qui voudrait d'une femme pareille ? Qui se marierait avec une femme dont les désirs insatiables l'ont conduite à la folie ?

– La folie ?

– Mais je ne les laisserai pas t'emmener, Kate. Je te donne ma parole que je ne les laisserai jamais t'enfermer dans un asile.

– Un asile, un... Will, pour l'amour du ciel, qu'est-ce que tu...

– Tu resteras ici avec moi, et je...

– Tu ne peux pas faire ça ! P'pa ne croira jamais...

– Ah non ? Je lui raconterai la vérité : tout a débuté lorsque tu avais quatorze ans, juste après la mort de Mère. Le mois où tu as disparu, et où tout le monde pensait que tu étais retournée au Loch Leven, folle de chagrin...

– J'étais couchée dans la cabane...

– Oui, dans les bras d'un inconnu que tu avais ramassé dans les bois...

– perdant tout mon sang parce que tu...

– à forniquer pendant un mois...

– m'avais violée...

– avec un inconnu...

– avec...

– Kate ! ! ! »

Je me sentis glacée. Je saisis mon frère par les bras et le secouai en disant :

« Tu m'as mise en lambeaux, Will. C'était toi. Tu as failli me tuer.

– J'ai pris soin de toi. Je t'ai aidée à guérir.

– Mais c'est toi qui m'avais blessée ! Toi, pas un inconnu ! Et c'est toi qui as écrit, en imitant mon écriture, le message pour Papa disant que j'étais allée au domaine ! C'est toi qui l'as écrit, Will, toi !

Moi, j'en étais incapable! Incapable de faire un mouvement, parce que tu avais failli me tuer!»

Il échappa à ma prise, recula d'un pas, inspira profondément puis reprit ses mensonges insensés.

«Cela a continué pendant des années et j'ai fait tout ce qui était en mon pouvoir pour cacher à Père l'atroce vérité. Mais aujourd'hui, je ne peux pas lui dissimuler plus longtemps que sa fille est atteinte de la plus abominable des déviations sexuelles; qu'elle est à tel point esclave de ses désirs qu'elle a recours à...

– Tu ne peux pas!

– J'ai des preuves: j'ai été dans l'obligation de tuer Wolf parce que je t'ai trouvée avec lui dans la plus lubrique des postures...

– Je te donnerai le Loch Leven, Will. C'est cela que tu veux. Il est à toi.

– Le Loch Leven ne t'appartient plus, tu ne peux pas le troquer ainsi. Tu resteras à Cromdale où notre père et moi-même pourrons te surveiller; où nous aurons la certitude que tu ne déshonoreras plus ni ta propre personne ni notre famille. Pour te protéger, Kate, je suis obligé de te garder ici.

– Me protéger de quoi?

– De toi-même. De tes manières dévergondées qui sont la cause de ton aliénation.»

Les murs et le sol se rapprochèrent à une allure si vertigineuse que je ne pris conscience de ma chute qu'au moment où Will me porta sur mon lit. Il m'allongea, souleva les couvertures, me passa la main dans les cheveux et me calma gentiment. Ses doigts caressaient mon visage, attrapant au passage les larmes qui ruisselaient en silence. «Ne pleure pas, Kate. Ne pleure pas, je t'en prie. Tu sais que je ne peux pas supporter de te voir pleurer. Chchchchchut... ma chérie. Là, c'est tout, maintenant.» Il me souleva et me tint serrée contre lui. Je le sentis trembler. Lui aussi pleurait, sans cesser de me bercer et de murmurer: «Je prendrai soin de toi, ma belle chérie. Je ne laisserai personne te faire du mal. Ils ne te comprennent pas, Kate. Moi, si. Nous nous comprenons, tous les deux, parce que le sang qui coule dans nos veines est le même. Chchchchchut... ma chérie. Ne pleure pas. Les choses seront comme elles ont toujours été, comme elles sont destinées à être depuis toujours. Ne pleure pas. » Il me reposa sur le lit en caressant doucement mon visage, porta la main à ma taille et commença à détacher la ceinture de ma robe de chambre.

Je l'en empêchai, d'abord en le foudroyant du regard, puis en enfonçant mes ongles dans son poignet jusqu'à ce que je sente le sang sous mes doigts et que je voie les yeux bruns de Will virer au noir. Il ne s'écarta que lorsque je relâchai ma pression. Mais il savait ce que tous deux nous savions : jamais les choses ne pourraient être ce qu'elles avaient un jour été. Jamais.

Will réussit à convaincre mon père que je souffrais d'une maladie mentale abominable qui risquerait de déshonorer notre famille ; aussi, afin de me préserver d'un scandale, un notaire et un médecin furent soudoyés pour attester ma déficience mentale, sans qu'il y ait recours comme à l'ordinaire à un passage devant la justice.

Je fus dépouillée de mon héritage, privée de ma liberté, et faite prisonnière à Cromdale.

C'était la guerre. Mais je n'étais pas prête pour le combat. J'étais sans armes. J'avais beaucoup de choses à apprendre : comment charger un pistolet et tirer, porter un fusil, lancer un couteau de manière à ne jamais manquer la cible. Joseph devint mon maître d'armes ; je m'entraînai quotidiennement avec lui et j'appris vite parce que c'était indispensable. J'acquis la certitude que, la prochaine fois que Will me pousserait à me battre avec lui, j'aurais le dessus.

Will changea de tactique, préférant porter des coups à mon âme plutôt qu'à ma chair. Il m'achetait toutes sortes de choses, m'offrait des livres, me faisait des cadeaux, en échange d'un regard tendre, d'une caresse. Et sa tendresse était infiniment plus dangereuse que sa violence. Mais je le battrais à son propre jeu. J'attendrais qu'il baisse sa garde... j'attendrais.

Le temps passa. Les semaines se transformèrent en mois, les mois en années, et j'attendais toujours que Will commette le faux pas qui le confondrait. Mais on aurait dit qu'il était protégé par quelque puissance invisible. Mon père le supplia de me faire examiner par d'autres médecins, persuadé qu'il devait exister un moyen de me guérir de ma « maladie ». Mais mon frère refusa, affirmant qu'il n'y avait aucun espoir pour sa sœur démente. Et mon pauvre père, complètement aveuglé et sous l'empire de Will, s'éloigna de moi et se réfugia dans le passé : le souvenir de ma mère. Combien de fois me vint l'envie de lui raconter la vérité au sujet de son fils ! Mais il m'aurait fallu lui révéler que nous avions été amants, et à la pensée de le blesser par un aveu aussi infâme mes lèvres restèrent closes.

Joseph m'exhorta maintes et maintes fois à partir rejoindre son fils Hal en Australie. J'aurais pu en effet quitter Cromdale, m'enfuir quelque part, n'importe où. Mais je restai. Je n'aimais pas Hal et ne pouvais renoncer au Loch Leven. Le domaine était à moi, c'était lui qui me maintenait en vie. Jour après jour, je hantais la bibliothèque paternelle ; j'y lisais des livres, des revues professionnelles, absolument tout ce qui était susceptible de m'apprendre comment tenir un hôtel. Je me penchai sur les comptes de mon père pour essayer de comprendre ce qui faisait la réussite d'une entreprise. Je ne perdis pas une minute, car le temps était précieux. Un jour, Will ferait un faux pas ; moi je serais prête et le Loch Leven m'appartiendrait. Si cela devait prendre le reste de ma vie, je...

« Kate. »

Je levai brusquement la tête, mes pensées interrompues par la voix de Will. Mon frère était à mon côté, monté sur une jument grise ; il tenait les rênes de Titan. Mon cœur se mit à battre la chamade et je portai d'instinct la main à mon flanc gauche, persuadée que sous mon corsage on pouvait le voir se soulever. Les yeux brun sombre de Will cherchèrent les miens et soudain j'eus peur. Les choses ne se passaient pas comme je l'avais prévu ; il m'avait prise au dépourvu et, si je ne trouvais pas quelque chose à dire pour remplir le silence et masquer mes pensées, il saurait quelles étaient mes intentions à son égard.

« L'homme..., bredouillai-je d'un air égaré. Il... Ce ne peut pas être un bohémien.

– Tu es toute rouge, ma chérie. Tu te sens bien ?

– Oui. Je pensais... peut-être que l'homme s'est caché dans la cabane.

– Mais il ne peut pas savoir qu'il y a une cabane. Tu trembles, Kate. Rentrons avant qu'il ne se mette à pleuvoir. »

Sans attendre, il fit faire demi-tour à Titan, glissant les rênes par-dessus la tête du cheval, de sorte que c'était lui qui nous conduisait. Nous étions à un kilomètre et demi de la cabane, mais Will prit la direction opposée.

« Will, attends. Nous devrions aller voir. Pour être sûrs. Il a pu la découvrir, s'il était aux abois, et cette partie de la forêt est envahie par les broussailles ; c'est là qu'il irait se cacher, même s'il ne trouvait pas la cabane. »

Will scruta mon visage et je dus prendre sur moi pour ne pas détourner les yeux. Mon frère était beau, d'une beauté virile ; il ressemblait à une statue grecque. Sa peau était fine, lisse, mate : un visage parfait. Il avait la sombre beauté des héros irlandais. Will était un prince, et j'avais été sa princesse. Aucun homme n'avait jamais aimé une femme comme mon frère m'aimait, et moi je l'avais adoré.

Notre amour avait été un amour passionné... un amour qui l'avait rendu fou.

« Est-ce que nous ne devrions pas aller à la cabane ? demandai-je en m'efforçant de ne pas laisser trembler ma voix. Je me sentirais plus tranquille si nous nous en assurions, si nous vérifiions qu'il n'est pas là-bas.

– Vraiment ? Alors, allons-y. »

Il fit à nouveau glisser les rênes de Titan dans l'autre sens, me les tendit et pressa mes mains avec force. Je ne le repoussai pas comme à l'ordinaire et il eut un mouvement de la tête, comme surpris que je n'aie pas évité son contact. Je retirai délicatement mes mains des siennes, arrangeai les volants de ma robe de peur qu'il ne vît l'arme que j'y dissimulais, puis nous partîmes en direction de la cabane.

Plus nous nous enfoncions dans les bois, plus les battements de mon cœur s'accéléraient. Je me sentais mal, j'avais la nausée. J'essayai de penser à tout ce que mon frère avait fait pour justifier l'acte que je m'apprêtais à commettre. Il était fou et de même qu'on abat les chiens fous, de même il me fallait l'abattre. Qu'il s'en soit pris à Janet prouvait une seule chose : personne n'était en sécurité. Il y aurait d'autres victimes. Je devais l'empêcher de nuire. Je devais le tuer. Dès que nous aurions mis pied à terre et nous serions approchés de la cabane, je tirerais, dans son dos. C'était le seul moyen.

Trois bouleaux signalaient l'emplacement de la cabane. Dès que nous y fûmes, je mis pied à terre avant que Will n'ait le temps de m'aider, et enfouis le pistolet dans les plis de ma robe. Lui aussi descendit de cheval et l'attacha à une branche d'arbre, ainsi que Titan. Ensuite, il tendit la main vers moi et attendit que je le rejoigne.

« Tu devrais y aller le premier, dis-je avant de mettre ma main dans la sienne. Au cas où il serait là. »

Il sourit, acquiesça d'un signe de tête et fit quelques pas devant moi.

Je saisis le pistolet tout en m'exhortant à agir maintenant, sans attendre. Maintenant Will était à un peu moins d'un mètre et, au moment où il écartait les ronces du chemin, je levai mon arme et visai son dos. Je pris une inspiration, serrai les dents et dégageai le cran de sûreté. Will se retourna en entendant le déclic, mais son beau visage ne trahit nulle surprise, comme s'il savait depuis le début que j'avais l'intention de le tuer. Nous restâmes ainsi face à face tandis qu'une voix intérieure me criait : « TUE-LE, TUE-LE MAINTENANT ! » Où était passée ma rage ? Pourquoi étais-je incapable de tirer ? Il était là, devant moi, et tout ce que je voyais, c'était la douceur de ses yeux bruns qui me regardaient comme il m'avait toujours regardée : avec adoration. L'arme me parut très lourde, j'eus l'impression que son poids allait me briser le bras. Je pouvais à peine la tenir sans trembler, tandis que je fixais mon frère qui marchait très lentement vers moi ; il s'approcha si près que je pus sentir son souffle sur mon front. Il m'embrassa sur la tête, laissa ses lèvres posées un moment, tout en m'ôtant l'arme des mains. Je la lui abandonnai, comme hypnotisée, puis tombai à genoux. Il s'accroupit près de moi et me berça dans ses bras pendant que je sanglotais pour Janet et pour Wolf. Je détestais Will. Jamais je n'avais haï un être humain comme je haïssais mon frère. Il avait saccagé ma vie. J'avais de bonnes raisons de le tuer. Pourquoi n'y étais-je pas parvenue ?

« Tu m'aimes, Kate. Tu m'aimes... encore. » Je secouai la tête, incapable d'articuler le moindre mot car mes sanglots s'étaient transformés en gémissements ; j'étais accablée par la honte d'avoir échoué de façon aussi lamentable. « Pourquoi refuses-tu de l'admettre ? » Dégoûtée de lui, et plus encore de moi-même, je le repoussai et me mis debout. Il me retint par ma robe et ajouta :

« Ce n'est pas moi qui ai blessé Janet.

– Mensonge.

– Crois-tu vraiment que je m'en prendrais à une

de mes domestiques, sachant que je risque ma réputation, et sans doute ma vie ? Dis-moi, Kate ? »

Ignorant ses paroles, je tentai de m'éloigner mais il tira sur ma robe, me faisant tomber à genoux, puis me saisit fermement aux épaules.

« Il y a un fou dangereux en liberté, dit-il, et au lieu de discuter avec toi, je devrais être en train de le rechercher. »

Se pouvait-il vraiment qu'il ne sache pas que le fou dangereux, c'était lui ? Il était aberrant de sa part de continuer à jouer la comédie. Pourquoi agissait-il ainsi ? Je m'étais souvent demandé s'il se produisait un blanc dans son esprit au moment où sa rage prenait le dessus ; si son cerveau cessait de fonctionner normalement ; si réellement il ignorait ce qu'il faisait et ne se réveillait qu'une fois accompli l'horrible forfait. Pourtant, il se souvenait de m'avoir blessée. C'était la seule et unique action pour laquelle il éprouvait du remords ; pas de m'avoir blessée mais, en me blessant, de m'avoir perdue.

« Kate, tu m'écoutes ? Je n'aurai de cesse que ce monstre soit retrouvé et pendu haut et court. Aucune femme dans toute la propriété ne sera en sécurité...

– ... tant que tu seras en vie. »

Sans répondre, il se redressa, me releva également, puis me tendit le pistolet.

« Vas-y. Si tu es persuadée que c'est moi qui ai blessé Janet, cela ne devrait pas être difficile de me tuer. Vas-y, appuie sur la détente. Appuie, Kate ! Tue-moi !

– Je ne peux pas ! »

M'éloignant de lui, je me dirigeai en titubant vers l'endroit où attendaient les chevaux et montai en selle, tandis que les paroles de mon frère résonnaient dans ma tête : « Parce que tu m'aimes... encore. »

Je rentrai au château à bride abattue, Will à mon côté, si près que par moments nos genoux se tou-

chaient. Une fois à l'écurie, je sautai de cheval et me précipitai vers la maison. Will me rattrapa et, moitié me portant moitié me traînant, monta l'escalier en répétant que ce n'était pas lui qui avait attaqué Janet. Nous évitâmes de justesse de bousculer Flora qui, bouleversée, demanda si le coupable avait été appréhendé.

« Non, chérie, lui répondit Will en me faisant entrer dans ma chambre. Mais soyez rassurée, nous trouverons le monstre avant la tombée de la nuit. »

Flora n'en finissait pas de raconter combien elle avait été effrayée en apprenant l'agression de Janet et, regardant mon frère à côté d'elle, je me rappelai qu'il avait la ferme intention de faire endosser son crime odieux à un innocent. Est-ce ma propre incapacité de tuer le monstre qui m'enflammait, m'embrasait, au point de mettre le feu à mes entrailles ? Je vis danser devant mes yeux les ombres macabres de Wolf, de Janet et d'un innocent bohémien, tous punis par ma faute.

Je m'élançai vers Will, lui sautai à la gorge puis le bourrai de coups de poing dans le ventre. Je le frappai de toutes mes forces, poussée par toute la haine et toute la souffrance accumulées depuis neuf ans. Flora hurlait tandis que Will tentait de me saisir les mains pour faire cesser mes coups. Nous tombâmes sur le sol et, reprenant le dessus, il immobilisa mes mains derrière ma tête, tandis que je lui envoyais mes genoux dans la poitrine. J'entendis des pas ; c'était Charles, le valet de chambre de mon frère, qui saisit Will par le bras pour essayer de nous séparer. Je cessai de lutter lorsque je ne sentis plus sur moi le poids de mon frère. En capitulant, je pris brusquement conscience de tout ce qui s'était passé. Sur le point de me trouver mal, je tendis le bras vers Will et en saisissant ses poignets je sentis quatre petites marques : les égratignures que lui avait faites Janet en se débattant pour l'écarter d'elle. Elles étaient si petites, si infimes, on aurait dit les griffures d'une chatte ; et elles pénétrèrent dans mon cœur, le transpercèrent, et je crus qu'il allait se briser. J'inclinai la tête vers mon frère et dis dans un gémissement : « Est-ce qu'avec elle ça ne suffit pas ? Je ne peux pas, Will, je ne peux pas supporter que quelqu'un d'autre... tu me tueras. »

Flora décréta que je délirais, que j'étais devenue trop dangereuse pour qu'on continue à me garder, et qu'il fallait me placer dans un établissement spécialisé ; Charles demanda si l'on devait faire venir le médecin. Mais j'attirai mon frère plus près de moi et répétai ma supplique, ajoutant que, si un innocent était tué, je me noierais. Jamais auparavant je n'avais envisagé de me suicider. Jamais. Mais le poids de tous les êtres qui avaient été punis à ma place était devenu si accablant que je n'avais plus envie de vivre. Will releva mon visage et je tournai vers lui un regard implorant : « Fais cesser les recherches, Will... je t'en prie... pour l'amour de Dieu, pour l'amour de MOI, *je t'en prie, fais cesser les recherches.*

– De quoi parle-t-elle, Will ? » Sans répondre à sa femme, Will me dévisagea, effaça mes larmes, posa un baiser sur mes yeux ; puis il commanda à son valet de chambre de faire dire aux hommes que l'agresseur de Janet était sans doute loin à présent, que par conséquent ils cessent leurs recherches et rentrent à la maison. Se tournant ensuite vers Flora, il la pria de nous laisser seuls, attendit qu'elle ait refermé la porte derrière elle, me fit asseoir et me demanda de l'accompagner lorsqu'il partirait le lendemain pour le continent.

J'étais dans l'embarras car c'était précisément cette discussion, ou plutôt mon refus d'accompagner mon frère, qui avait provoqué sa colère et en fin de compte l'agression de Janet. En abandonnant les recherches, il avait cédé, m'avait apaisée et m'évitait ainsi d'avoir sur la conscience le poids de la mort d'un innocent. La conscience, j'en avais pour deux puisque mon frère en était dépourvu. De plus, on attendrait de moi un certain nombre de concessions. Je me laissai bercer par sa voix qui évoquait des images séduisantes de Paris et de Rome, de tous les sites qu'il y avait à voir, de tout ce dont j'avais été privée durant neuf longues années. Et je buvais ses paroles, elles me désaltéraient comme si j'étais morte de soif après toutes ces années passées à contempler les quatre murs de ma chambre. Ma liberté serait conditionnelle : nos chambres à l'hôtel seraient contiguës, et je devrais le rejoindre chaque nuit, de mon plein gré, sinon il ne voulait pas de moi.

Cependant j'avais peur. Non de me retrouver à nouveau liée à Will – il n'y avait guère de risque que cela se produise, son contact m'était odieux. Non. Ce n'était pas Will que je craignais, c'était moi. Qu'arriverait-il une fois que je serais dans le monde extérieur et que je goûterais à la liberté ? Aurais-je la force de revenir à Cromdale et de retrouver la monotonie de mes occupations journalières, routine à laquelle je me soumettais parce que je pensais qu'en travaillant suffisamment et en restant active, le domaine serait à moi ? Ce serait tellement facile de disparaître, une fois à l'étranger. Je parlais couramment le français, je n'étais pas laide ; j'étais grande, très mince et plate comme une limande, mais ma chevelure d'un roux flamboyant et mes yeux couleur de mer ne passaient pas inaperçus. Les hommes me trouvaient attirante. J'étais excellente couturière : un passe-temps au début – la nécessité de m'occuper les mains – qui était devenu avec les années une véritable passion. Je pouvais aisément me construire une vie acceptable et tranquille, quelque part en France. Une vie... agréable, oui, agréable. Et au bout d'un an ou deux, je me souviendrais de ce que j'avais abandonné et je serais malheureuse. J'entendrais l'appel du Loch Leven, il me ferait signe, parce que j'étais sa maîtresse légitime et qu'il m'appartenait.

Non, je ne pouvais pas prendre le risque de quitter Cromdale avant d'avoir l'acte de propriété de mon domaine.

Will attendait ma réponse et je savais qu'il valait mieux lui laisser croire que je partirais avec lui. Je trouverais bien quelque prétexte demain juste avant son départ. J'acceptai donc de l'accompagner.

Du balcon, j'entendis Flora supplier mon frère qu'une décision soit prise à mon sujet. Il lui répondit qu'elle savait en l'épousant que sa sœur avait le cerveau dérangé ; qu'il aimait cette pauvre Kate plus que tout au monde ; et qu'il prendrait soin d'elle jusqu'à la fin de ses jours. Je m'apprêtais à rentrer dans ma chambre lorsque je fus arrêtée par la voix de Flora qui, me sembla-t-il, disait que Will ne reviendrait pas avant la mi-septembre. Mon frère ne s'était jamais absenté plus d'un mois.

« Mais le bébé ne doit pas naître avant octobre, argumenta Flora. Je pourrais certainement vous rejoindre pour un mois ou deux. Je vais être si malheureuse, toute seule ici.

– Prendriez-vous des risques en faisant un long voyage alors que nous attendons notre premier enfant, Flora ? Je me déplace constamment d'une ville à l'autre, et les chemins de fer dans certaines régions d'Europe sont extrêmement rudimentaires. Jamais de la vie je ne vous emmènerais avec moi, ce serait de la pure folie.

– Je vais devoir rester avec... avec ELLE.

– J'emmène Kate avec moi. Il y a en Suisse un médecin qui, paraît-il, fait des miracles pour des cas comme le sien. C'est probablement sans espoir, mais je me dois au moins d'essayer. »

Ils continuèrent à parler de ma « maladie », et je faillis rire tout haut de la naïveté de ma belle-sœur. Non qu'elle fût sotte, loin de là, mais l'amour est aveugle et elle ne s'était jamais rendu compte que la tendre affection que me portait mon frère était tout sauf fraternelle. Will ajouta qu'il lui serait impossible de rentrer avant la mi-septembre car il avait rendez-vous avec un client potentiel, un homme très important qui ouvrait des hôtels de luxe dans toute l'Amérique et ne devait pas revenir en France avant le 1er septembre.

Ce qui signifiait que Will serait à l'étranger au moment du bal, en juillet. Et que mon père serait seul, et qu'il boirait comme toujours à cette occasion, parce que le bal Brodie lui faisait penser à ma mère. Il ne serait pas juste éméché ; il serait complètement ivre et, dans les sombres replis de son esprit embrumé par l'alcool, il oublierait ma « maladie », il oublierait les mensonges affreux et malveillants de mon frère et il se souviendrait qu'il m'aimait. Il me suffisait de l'amener à me remettre l'acte de propriété, de détruire l'horrible lettre qui l'accompagnait, attestant ma maladie mentale, et de partir pour Inverness. L'acte notarié en poche, mon frère loin, très loin, je pourrais expliquer calmement que Will avait fait faire un faux certificat afin de pouvoir détourner mon héritage. Et dès que j'aurais été déclarée saine d'esprit et juridiquement capable, Will serait dans l'impossibilité de contester les faits ; jamais il ne reconnaîtrait qu'il m'avait fait déclarer folle afin de me garder à Cromdale pour lui. Et le Loch Leven m'appartiendrait.

Je laissai Jean préparer mes bagages et ceux d'Helen et, juste avant que le cabriolet ne s'apprête à partir, j'ordonnai que tout le monde sorte de ma chambre et fis appeler mon frère. Will était bon acteur, et son talent avait un peu déteint sur moi. Je me mis au lit, me roulai en boule et attendis qu'il pousse la porte. Il fut surpris de constater que je n'étais pas prête, mais son visage prit une expression bouleversée lorsqu'il s'approcha de mon lit. J'avais avec le plus grand soin appliqué un peu de craie noire au-dessous de mes yeux, dessinant d'horribles cernes qui me donnaient un air cadavérique. Je n'étais pas assez sotte pour feindre la maladie, car on aurait fait venir un médecin et j'aurais été aussitôt confondue. Je dis à mon frère que j'étais parvenue à un moment crucial de ma vie, provoqué par les événements de la veille, et que j'avais désespérément besoin d'être loin de lui pour essayer d'y voir clair. Je ne savais pas très bien quels étaient mes sentiments réels à son égard et il me fallait sonder profondément mon cœur pour savoir si je l'aimais encore; je précisai que ce dilemme m'avait trop affaiblie pour envisager un voyage à l'étranger. Mais que, en dehors de la décision que je prendrais concernant nos « relations », je ne voulais plus me battre avec lui, et que je lui promettais de l'accompagner lors de son prochain voyage, en janvier.

J'avais ponctué par un sanglot chacune de mes phrases, dites d'un ton très triste; Will était très ému et, bien que déçu que je ne parte pas avec lui, il admit que, si je me sentais incapable d'entreprendre un voyage, il n'avait pas l'intention de me forcer. Il m'embrassa tendrement et je lui rendis ses baisers. Juste avant de me quitter, il me contempla longuement et dit : « Nous ne sommes pas comme les autres, Kate. Par conséquent, nous ne sommes pas tenus aux mêmes règles qu'eux. Tu dois écouter ton cœur. »

Je souris, peut-être un peu trop ouvertement car une lueur de doute traversa ses yeux sombres, et je craignis un instant qu'il n'ait deviné que je mentais. Je pris un air grave, acquiesçai d'un signe de tête et le regardai s'éloigner.

J'écouterais mon cœur.

CHAPITRE 2

(Récit de Robert Maclean – Paris, 30 juin 1895)

« Rien que de te regarder, ça me fatigue, Rob. » Will était allongé sur un sofa du XVIIe siècle, et enlaçait une fille tout en lui faisant déguster une coupe de glace au citron. « Tu te rends compte que nous sommes à Paris depuis six jours seulement et que tu as trouvé le temps de réparer le tuyau du poêle dans la chambre de Madame, repaver l'allée devant la maison et... »

Je l'interrompis car la liste était longue – réparer les objets était une de mes occupations favorites. Perché sur une échelle, tenant en place la tringle à rideaux qui s'était détachée, je réclamai un tournevis à Simone.

« Tu es un sacré bricoleur, mon cher, reprit Will. Pourquoi ne viens-tu pas à Cromdale avec moi ? Tu pourrais essayer de tirer quelque chose de l'aile gauche du château, elle est inhabitée depuis onze ans. Tu aurais de quoi exercer tes talents.

– Il vous a déjà dit qu'il ne rentrerait pas avec vous ! siffla Simone. Pourquoi ne le laissez-vous pas en paix ?

– Simone », me hâtai-je de dire pour couper court à la tension que je sentais monter entre eux presque aussi rapidement que la température extérieure.

Saisissant son bras, je lui demandai de me passer

la trousse à outils posée sur une chaise près de la fenêtre, puis me tournai vers Will et lui fis signe de laisser Simone tranquille.

« Viens avec moi, Rob.

– Non.

– Rooobert, appela Madame, assise avec trois des filles à une table de jeu dans un coin de la pièce. Est-ce qu'une paire est supérieure à trois valets ?

– Non, un brelan vaut plus qu'une paire », répondis-je en souriant.

Madame avait souhaité apprendre à jouer au poker. Je m'étais plié à son désir, puisqu'elle m'accordait de si bonne grâce l'usage de sa maison pour y exercer non seulement mon métier, mais mon penchant pour le bricolage. Elle et moi avions conclu un arrangement : je lui amenais des clients et elle organisait des parties de cartes à forts enjeux chaque fois que je séjournais en France ; elle m'offrait une chambre dans le bordel le plus sélect de Paris et veillait à ce que Simone ne *voie* personne en dehors de moi.

« Quand as-tu été chez toi pour la dernière fois, Rob ? questionna Will.

– Il y a onze ans.

– Pourquoi ne veux-tu pas y retourner ?

– Ce n'est pas que je ne veuille pas. Mais je ne peux pas, pas maintenant. Toi non plus, d'ailleurs. Qu'est-ce que tu vas faire de M. Lemercier ?

– Je le verrai comme prévu le 1er septembre.

– Alors, pourqùoi ne pas attendre jusque-là ?

– Parce que je dois rentrer. Quelque chose ne va pas. Je le sens.

– C'est quoi, ce qui ne *va* pas, selon toi ?

– Je ne sais pas. C'est pour cela que je dois rentrer. »

Il répéta qu'il espérait me voir l'accompagner, mais sans me regarder. Ses yeux étaient fixés sur l'extrémité d'une longue cuiller où s'aventurait un morceau de crème glacée. La crème glissa lentement, puis tomba dans la bouche de la fille couchée à côté de lui sur le sofa, en déposant de petites perles jaunes sur ses lèvres. La fille passa la langue sur sa bouche puis se mit sur le côté et, enroulant sa jambe autour de celles de Will, lui murmura quelque chose à l'oreille. Will avala le reste du sorbet puis déclara : « Je sais pourquoi tu ne veux pas rentrer en Écosse. La vérité, c'est que tu as peur d'Eoghan a' Chinn Bhig. »

La fille vautrée sur sa poitrine pouffa de rire et Madame s'enquit : « *What is...* Qu'est-ce que c'est, ça ?

– Hugh de la Petite Tête. C'est l'esprit qui annonce la mort, et Rob étant un Maclean, eh bien...

– Et alors ! protesta Simone. Qu'est-ce que ça peut faire, qu'il s'appelle Maclean ?

– Eh bien, la Bean-Nighe – c'est un esprit qui lave les vêtements de ceux qui vont mourir – est apparue un jour devant Hugh de la Petite Tête, un Maclean de Lochbuie dans l'île de Mull. Et Hugh a fait ce qu'on doit toujours faire quand on a devant soi un esprit de la mort : il l'a saisie par derrière en lui enserrant la poitrine, comme ça (Will illustra son récit en agrippant la fille qui était à côté de lui), et a voulu connaître son destin. La Bean-Nighe lui a répondu qu'il allait mourir, à moins que sa femme ne lui donne du beurre sans qu'il lui en ait demandé.

– Et elle l'a fait ?

– Non. Le pauvre Hughie fut décapité, entraîné par son cheval fou et condamné à errer dans le pays, où il apparaît, chaque fois qu'un Maclean va mourir, devant le seuil de la maison du futur mort. »

Will avait pris, pour plaisanter, un ton sinistre et les filles étaient toutes tordues de rire. Toutes sauf Simone. Il n'y avait nulle méchanceté dans les yeux sombres de Will, seulement de la moquerie, mais il avait tourné en ridicule une malédiction qui faisait depuis des siècles le tourment de ma famille. Il avait parlé des morts. Or les morts ont des oreilles. Des oreilles, et aussi de longs doigts agiles et froids qui peuvent attraper un homme à la gorge et lui arracher la vie.

S'il s'était agi de n'importe qui d'autre, j'aurais bondi de l'échelle et je lui aurais fait avaler ses dents.

Mais c'était Will qui avait parlé. En souriant, je dis : « Je suis de Mallaig. Hugh de la Petite Tête ne quitte jamais l'île de Mull. »

Il rit, les filles réclamèrent d'autres histoires et il leur conta les légendes des Hommes Bleus de Minch et des sirènes. Mais je n'entendais pas. Je ne pouvais pas entendre. La voix qui grondait au plus profond de moi faisait barrage à tous les autres sons, et elle criait, cette voix : TU AS MENTI, MACLEAN. HUGH DE LA PETITE TÊTE RÔDE AUJOURD'HUI À MALLAIG TOUT COMME IL Y A RÔDÉ VINGT ANS AUPARAVANT. SOUVIENS-TOI DE LUI, MACLEAN, REGARDE-LE. REGARDE-LE SUR SON COURSIER. LA MER TOURBILLONNE ET DES VAGUES DE CINQUANTE PIEDS DE HAUT RUGISSENT DERRIÈRE LUI TANDIS QU'IL SE TIENT DEVANT TOI. C'ÉTAIT TOI QU'IL VOULAIT. C'ÉTAIT POUR TOI QU'IL ÉTAIT VENU. MAIS TU LUI AS DONNÉ QUELQU'UN D'AUTRE...

Je me cramponnai à l'échelle et fermai les yeux, m'efforçant de faire obstacle aux images qui me torturaient l'esprit. Mais elles étaient bien là et, malgré toutes mes tentatives, je ne pus contenir les visions qui s'infiltraient dans mon cerveau, me ramenant en Écosse, lors de ma dernière nuit à Mallaig, en 1884...

... J'avais dix-sept ans. C'était bien après minuit et ma mère et mes sept frères et sœurs étaient tous allés se coucher. Un orage d'été s'était brusquement levé et une pluie torrentielle s'abattait sur notre petite maison ; le vent tourbillonnait et hurlait au travers des falaises comme une meute de loups enragés. Avec mon père et Jamie McEwen, nous arrosions copieusement au whisky l'obtention de ma bourse pour l'université d'Édimbourg. James Evan McEwen et mon père avaient grandi ensemble à Mallaig; tous deux étaient alors très pauvres mais résolus à aller à l'université et à faire quelque chose de leur vie. Jamie fut reçu à Édimbourg et devint l'un des avocats les plus réputés d'Écosse. Mon père échoua à l'examen d'entrée et se retrouva à tenir les comptes de la compagnie de ferries qui faisait la traversée vers les Hébrides, un archipel de cinq cents îles au large de la côte nord-ouest de l'Écosse. L'obtention de ma bourse était sa rédemption.

Nous écoutions Jamie nous exposer sa dernière affaire : il s'agissait d'un homme jugé pour le meurtre de huit personnes innocentes qu'il avait assassinées en l'espace de vingt années. Un Maclean, comme moi.

Jamie nous reversa à boire avant de commencer son récit.

« Daniel Maclean, voilà mon client, un homme qui a tué de sang-froid, un homme que je dois défendre – et de quelle façon ! Je vais sans aucun doute me couvrir de ridicule en présentant une histoire aussi invraisemblable, et pourtant je crois cet homme. Je crois qu'il dit la vérité. Il affirme être hanté par son frère mort... »

Mon verre alla s'écraser sur le plancher. Je murmurai une excuse et nettoyai par terre, tandis que Jamie disait en riant que je n'avais pas encore appris à tenir l'alcool.

« Et maintenant, vous deux, en tant que Maclean, vous allez certainement apprécier ce qui suit, car nous connaissons tous l'histoire de Hugh de la Petite Tête qui apparaît à tous les Maclean avant leur mort. »

Mon père hocha la tête, me tapota la main et dit : « Ton grand-père l'a vu, Robert. Et l'matin suivant, l'pauvre homme était tout ce qu'il y a d'pus mort, paix à son âme !

– Oui..., marmonnai-je, les yeux rivés sur la bouteille de whisky, devant moi.

– Eh bien, il semblerait que ce vieux Hughie, le cavalier sans tête, ait rendu visite à Daniel lorsqu'il avait dix-huit ans, et le garçon eut la certitude que le lendemain il serait mort. Mais Daniel avait un frère jumeau, Isaac, et tard cette nuit-là il fit dormir son frère dans son lit, pour que ce soit Isaac qui soit emporté à sa place. Et de fait au matin Isaac était mort, et personne ne sut jamais comment. Ah, mais on ne peut pas échapper à la mort. Ceux qui ont été maltraités ici-bas reviennent hanter leurs bourreaux. Et c'est ce qui arriva à Daniel. Nuit après nuit, Isaac venait le trouver quand il était seul et il essayait d'enserrer de ses doigts glacés le cou de Daniel parce que s'il arrivait à s'emparer de lui, et à glisser son esprit dans le corps de Daniel, ce corps serait à lui, et Daniel serait condamné à être traîné derrière le coursier de Hugh de la Petite Tête pour l'éternité. Impossible de briser le sortilège ; Daniel avait perdu sa place au Ciel pour avoir tué, aussi fit-il un pacte avec le Diable. Il se coucha sur le rivage de Carsaig Bay, entre les lignes de haute et de basse marée, plaça une main au sommet de sa tête et l'autre à la plante de ses pieds, puis il appela le Diable et lui offrit tout ce qui se trouvait entre ses deux mains : son cœur, son âme et son esprit – tout ce qui fait qu'un homme est un homme. Et le Diable prit tout cela et promit de tenir Isaac à distance À CONDITION que Daniel fasse ce qu'il lui demanderait. Le Diable voulait un meurtre, un meurtre parfait, et il ordonna à Daniel de tuer un innocent, un inconnu. Ainsi fit Daniel, et il ne revit jamais le spectre d'Isaac. Mais le meurtre, ah mes amis, c'est comme les femmes, quand on y a goûté, on ne peut plus s'en passer. Voilà pourquoi chaque fois que la nécessité s'en est fait sentir, pour quelque raison que ce soit ou sans raison du tout, Daniel Maclean a tué. Il dit qu'il ne regrette rien. Son frère a fait de sa vie sur terre un enfer, et maintenant qu'il va être pendu, il trouvera enfin la paix. »

Jamie avait les yeux fixés sur moi et je ne pus me résoudre à affronter son regard. Aussi leur souhaitai-je le bonsoir avant de me rendre dans la chambre que je partageais avec mes deux frères, Martin et Jim. J'arpentai la minuscule pièce tout en murmurant que je n'étais pas Daniel Maclean mais Robert Maclean, que je n'étais pas un meurtrier, et que jamais je ne vendrais mon âme au Diable, jamais je n'obéirais à ses ordres, jamais je ne tuerais un innocent.

Mais je comprenais l'angoisse de Daniel Maclean parce que Hugh de la Petite Tête était venu à moi, il était venu *pour* moi ; mais ce n'est pas *volontairement* que je lui avais donné mon frère. C'était un accident. Larry était tombé. Tout le monde avait reconnu que c'était un accident. J'aimais mon frère. Je ne l'aurais jamais tué volontairement.

Ou bien l'avais-je fait ?

Il me sembla que les murs de la minuscule chambre s'écroulaient autour de moi ; je ne pouvais plus respirer, les sensations qui étreignaient ma poitrine me faisaient suffoquer. Il me fallait partir. Partir loin de Mallaig, loin de l'Écosse.

Je mis à la hâte les quelques vêtements que je possédais dans une petite valise en cuir, et attendis le départ de Jamie. Lorsque la maison fut tranquille, je pris les cinq livres que j'avais gagnées en travaillant dans les docks, et me faufilai dans la nuit. Sans un mot à mon père, je m'engageai sur un bateau qui devait aller à Liverpool et, au lieu de la brillante carrière d'avocat dont mon père rêvait pour moi, je vécus dans l'ombre des ports, jouant aux cartes avec des marins soûls pour gagner mon pain quotidien.

Jusqu'au jour où j'eus une révélation : je n'avais

pas besoin, comme Daniel Maclean, de me coucher sur le rivage de Carsaig Bay et d'offrir mon âme au Diable.

Elle lui appartenait déjà...

« Robert ? »

Simone tirait doucement la jambe de mon pantalon. Je rouvris les yeux et me rendis compte que j'avais failli tomber de l'échelle. J'allais redescendre lorsqu'un bruit sourd se fit entendre contre la fenêtre ; regardant en direction de la terrasse, d'où était venu le bruit, je vis un tout petit oiseau qui s'était cogné contre la vitre.

L'oiseau n'était pas mort – son cœur battait à tout rompre lorsque je le pris au creux de ma main – mais il était étourdi et son aile gauche, probablement cassée, pendait. Je réclamai un linge pour l'envelopper. L'une des filles ôta son jupon et j'installai la petite créature dans les volants de dentelle encore chauds du contact avec la peau de Nathalie.

« Tu devrais mettre fin aux souffrances de cette pauvre bête, Rob, suggéra Will en caressant la tête de l'oiseau.

– Assassin !

– Simone, un oiseau qui ne peut pas voler est malheureux, dit Will pour se justifier. Il vaudrait mieux qu'il soit mort.

– Il est seulement étourdi, dis-je. Une nuit de repos, enveloppé bien au chaud, et demain il devrait être tout à fait remis. Il faudrait que nous lui trouvions une boîte. »

Je caressai la tête de l'oiseau avec mon pouce jusqu'à ce qu'il ouvre les yeux et me regarde. Son cœur battait régulièrement, à présent ; il devait sentir que je ne lui ferais pas de mal, et il se mit à donner des petits coups de bec dans les garnitures de dentelle de sa cage douillette.

« Personne n'aime autant les animaux que moi, insista Will, c'est pour cela que je ne veux pas les voir souffrir.

– Il souffre ? dit Simone. Où voyez-vous qu'il souffre ? Il est *happy*, ici...

– Dans les mains de Robert, oui. Et toi aussi, ma belle. Mais si demain il ne peut pas voler... »

Will laissa sa phrase en suspens. On aurait dit qu'il venait d'avoir une apparition ; je me retournai pour voir ce qui avait pu le fasciner à ce point. Une jeune fille frêle et minuscule, aux longs cheveux roux, se tenait dans l'embrasure de la porte. Je reconnus Clarisse, la plus jeune – mais certainement pas la moins expérimentée – des pouliches de l'écurie de Madame. On disait que Clarisse avait perdu sa virginité cent vingt-deux fois. Elle portait d'élégants atours, mais pas de chapeau, et ses cheveux étaient défaits comme si elle avait couru dans la tempête. À cause de sa taille – la pauvre petite ne mesurait sans doute pas un mètre quarante – elle avait l'air d'une enfant déguisée avec les vêtements de sa mère.

« Clarisse, *where is your hat ?* » s'écria Madame, avant de lui reprocher en français d'avoir l'air d'une fille qui fait le trottoir, avec ses cheveux pendants.

La jeune fille expliqua qu'une bande de gamins lui avait arraché son chapeau à Sannois, puis elle raconta d'une petite voix que son père lui avait interdit d'assister à l'enterrement de sa mère. Elle se mit à pleurer et Madame la prit dans ses bras, la cajola et la berça comme un bébé.

« Qui est-ce ? demanda Will en me tirant le bras, les yeux rivés sur Clarisse.

– Elle ne travaille pas ce soir, répondit Simone d'un ton brusque.

– Mais...

– Vous ne voyez pas qu'elle est en deuil !

– Simone ! » cria Madame pour la faire taire.

Will me poussa du coude et je chuchotai : « Clarisse. » Il fit un mouvement vers elle ; Simone lui barra le passage mais il la repoussa, s'approcha de Clarisse et lui assura que tout ce qu'il voulait, c'était la consoler. Madame fit à Will un signe d'acquiescement, puis fourra dans le corsage de sa robe les billets que Will avait sortis. Simone me pressa d'intervenir. Mais que pouvais-je dire ? La pauvre enfant avait cessé de pleurer et, lorsque Will la souleva pour l'emmener en haut, elle se blottit tout tranquillement dans ses bras, et ses yeux turquoise étaient secs comme de l'amadou.

Je me tournai vers Simone, mais elle avait couru sur la terrasse et agrippait ses mains à la rambarde de fer. À l'ombre de l'auvent, sa chevelure blonde prenait des nuances presque roses ; les boucles dorées qui encadraient son visage étaient humides de la même humidité qui faisait briller sa peau parfaitement blanche. Elle avait fermé les yeux pour refouler ses larmes et, lorsqu'elle se laissa tomber dans l'un des sièges tournés vers le bois de Boulogne, je me demandai – comme je me le demandais chaque fois que j'étais en sa compagnie – pourquoi je n'éprouvais pas d'amour pour elle. Elle était irritable et acerbe depuis que j'étais arrivé avec Will, et je ne comprenais pas pourquoi ils avaient tout de suite éprouvé une antipathie aussi violente l'un envers l'autre. Simone était à l'ordinaire une personne d'un caractère très doux et tranquille ; elle avait une nature mélancolique qui me plaisait : je pouvais la consoler. Il est plus facile de consoler que d'aimer.

Je vins à elle, m'accroupis à ses pieds et déposai l'oiseau sur ses genoux, puis je lui pris les mains et les baisai.

« Tu vas partir avec lui, dit-elle en se penchant en avant, si près que nos têtes se touchèrent. Tu vas me quitter.

– Non. »

Je l'attirai à moi et la serrai très fort pour éviter de rencontrer ses yeux d'un bleu profond remplis de larmes. J'avais beaucoup d'affection pour elle, une affection bien plus grande que je ne l'aurais voulu, mais ce n'était pas de l'amour. Et puis, je n'étais pas maître de la situation. Je redoutais son emprise sur moi, et l'obligation – si tacite fût-elle – de devoir lui donner mon cœur puisqu'elle m'avait offert le sien.

« Je le déteste, dit-elle en s'écartant de moi.

– Pourquoi ?

– Parce que c'est un démon. »

Je ris et elle prit une attitude indignée.

« *It's true !* C'est vrai ! Tu verras ! Tu verras ce qu'il est, ce qu'il a dans le cœur !

– Chchchut, tu fais peur à notre petit ami à plumes. On l'emmènera au Bois demain matin, pour lui rendre sa liberté ?

– Robert, pourquoi veut-il que tu rentres avec lui ? Pourquoi ? Pourquoi insiste-t-il ?

– Oublie Will...

– Je vais te dire, pourquoi : *he's a devil,* c'est un démon...

– Et si nous allions au ballet ce...

– Mais tu verras ! *You'll see !*

– Qu'est-ce que je verrai ?

– Robert ! » cria de l'intérieur une voix que je reconnus être celle d'Adèle, car elle avait l'accent gai et chantant de Marseille, sa ville natale. Elle se précipita sur la terrasse, en chemise et corset, sa longue chevelure d'ébène tombant en spirales interminables. D'un mouvement vif elle fut près de moi, s'extasia lorsqu'elle aperçut l'oisillon sur les genoux de Simone, puis sortit une paire de boucles d'oreilles dont l'une était cassée et me pria de la réparer.

Simone protesta, disant qu'il y avait un bijoutier juste en bas de la rue, et que j'étais en vacances. Mais je pris une des épingles à cheveux de Simone, tordis le nez à mon amie, et déclarai que j'en avais pour une minute.

« Qu'est-ce qui lui est arrivé ? » questionna Adèle en caressant la tête de l'oiseau.

Simone le lui expliqua pendant que je réparais la boucle d'oreille. Quand j'eus terminé, Adèle m'embrassa sur la joue puis demanda si elle pouvait prendre l'oiseau. Je le posai dans ses mains, tout en observant Simone qui avait remué sur son siège, l'air toujours fâché.

« On va se promener un peu ? proposai-je en lui offrant mon bras.

– Non ! s'écria Adèle. Vous devez terminer votre histoire... l'histoire que vous avez commencée hier soir. Le kououououou...

– Cûchullin.

– Oui !

– Non ! On y va...

– D'accord, d'accord, dis-je pour empêcher que les choses ne s'enveniment. Nous irons nous promener après, Simone.

– Oui, après, approuva Adèle. D'abord Robert va finir l'histoire du beau Koulin.

– Kou-Houll-Inn. !

– Oui, blond, aux yeux bleus, beau comme un dieu... Koulin. »

Ses yeux noirs pétillaient en me regardant et je ris à l'idée qu'elle pouvait m'identifier au héros irlandais de la légende ; mais l'honnêteté m'obligeait à lui révéler que Cûchullin ne possédait aucun de mes traits nordiques. Je précisai donc :

« En fait, Cûchullin était très brun.

– Comme Will ?

– Comme Will.

– Beau.

– Et méchant », grommela Simone.

Elles se mirent à discuter au sujet de Will. Simone répétait qu'il était méchant, Adèle au contraire estimait qu'il n'existait pas au monde d'homme plus doux et plus gentil, et je dus littéralement les séparer pour empêcher une effusion de sang. Je soulevai Simone, m'installai sur le siège qu'elle avait occupé un peu plus tôt et la fis asseoir sur mes genoux.

Madame et les autres filles étaient venues sur la terrasse en entendant que j'allais raconter une histoire, et elles s'approchèrent. Je demandai du whisky et Madame sonna le domestique qui fit son apparition avec une bouteille et sept verres. « Il nous en faudra une autre », dis-je en montrant la bouteille tandis qu'il remplissait les verres.

Puis j'entrepris de narrer la suite des aventures du héros irlandais Cûchullin qui se déroulèrent, dit-on, il y a environ deux mille années.

« Après maintes épreuves et maintes péripéties, Cûchullin avait enfin trouvé la terre qu'il cherchait : l'Écosse, le pays des Ombres, et la femme qui devait faire de lui un guerrier accompli : Scathach, la plus grande des guerrières qui vivaient sur l'île de Skye.

» Scathach lui enseigna les secrets de la guerre et ceux de l'amour, jusqu'au jour où éclata un conflit entre Scathach et la princesse Aoife, une guerrière plus jeune qu'elle mais plus ardente encore au combat.

» Scathach ayant été blessée, Cûchullin prit sa place et dut affronter Aoife en combat singulier.

» Jamais Cûchullin n'avait rencontré femme plus belle, jamais non plus il n'avait rencontré adversaire aussi acharné et aussi courageux. Aoife faillit le tuer mais Cûchullin eut finalement le dessus, grâce à une ruse qu'il utilisa pour lui faire lâcher prise : il fit croire à Aoife que ses chevaux, qu'elle aimait par-dessus tout, étaient au bord de la falaise.

» Jetant Aoife aux pieds de Scathach, Cûchullin s'agenouilla, tira son couteau et l'appuya contre la gorge d'Aoife. Plongeant son regard dans l'azur profond des yeux de la jeune femme, il se demanda s'il aurait à cœur, maintenant, de la tuer. Car les yeux bleu sombre le regardaient d'un air de défi. Comment pourrait-il tuer quelqu'un d'aussi courageux ? À être ainsi, tout près d'elle, il sentait s'éveiller son désir, et elle n'était plus l'adversaire, elle n'était plus l'ennemie jurée de sa maîtresse d'armes, Scathach ; elle était une femme et il avait envie de jeter au loin son couteau et de la prendre dans ses bras.

» Le regard d'Aoife le pénétra, pénétra jusqu'à son âme, puis se porta plus loin, derrière lui, là où se tenait Scathach. " Scathach, déclara Aoife, si ta main se souvient du poids d'une épée, si ton corps se rappelle ce que c'est que de sentir le martèlement des sabots d'un cheval au galop, accorde-moi la vie, afin que je puisse encore connaître ces plaisirs inestimables. "

» Mais c'est Cûchullin qui répondit, car la vie d'Aoife était entre ses mains, non entre celles de Scathach. Et il dit : " Tu auras la vie sauve si tu m'accordes trois choses : ne plus jamais faire la guerre à Scathach, rester avec moi comme otage jusqu'à ce que les morts soient ensevelis et que les blessés puissent bouger, et me donner un fils. "

» Et Aoife contempla longuement le visage sombre de l'homme qui l'avait vaincue, et elle sut que jamais il n'y aurait sur terre aussi fier guerrier, et qu'elle voulait un fils de cet homme, cet homme qui était aussi courageux qu'elle-même. Et elle accepta.

» Ils s'aimèrent pendant trente jours et trente nuits et, au terme de ce temps, Aoife dit à Cûchullin qu'elle lui donnerait un fils. Mais elle savait que la place de Cûchullin était en Irlande et qu'elle-même ne pourrait jamais quitter le pays des Ombres ; alors, elle le pria de lui donner quelque chose pour leur fils, afin qu'il sache qui était son père. Il ôta un anneau d'or qu'il portait au pouce et le mit dans la main d'Aoife en disant : " Quand mon fils aura la main assez grande pour porter cet anneau, envoie-le-moi en Ulster. Donne-lui le nom de Connla et, lorsqu'il entreprendra le voyage en Irlande, dis-lui de ne jamais s'écarter devant quiconque, de ne jamais dire son nom à personne et de ne jamais refuser de se battre. "

» Aoife serra avec force l'anneau dans sa main, toucha le visage de Cûchullin, puis partit rejoindre ses troupes qui l'attendaient pour la ramener chez elle. Elle ne se retourna pas et, l'eût-elle fait, Cûchullin ne l'aurait peut-être jamais laissée partir, car le beau visage d'Aoife était étoilé de larmes. Pas un instant elle ne baissa la tête, et il la regarda s'éloigner en sachant qu'il abandonnait ce qu'il avait de plus précieux, ce qu'il aimait le plus au monde... Aoife. »

Lorsque j'eus terminé mon récit, Simone pleurait ; elle essuya rapidement ses larmes tandis que Madame se tamponnait le contour des yeux avec un mouchoir brodé.

« Mais, Roooobert, dit cette dernière, qu'est-il arrivé à son fils ? Est-ce que Kou... Kou...

– Kou-Houll-Inn. Il le tue, sans savoir que Connla est son fils ; quand il l'apprend, c'est trop tard.

– C'est terrible, murmura Adèle. C'est une histoire très triste, Robert. Elle est vraie ?

– Bien sûr qu'elle est vraie.

– Ah, aller en Écosse », soupira Nathalie.

C'était exactement ce que je pensais : je devais y retourner. Mais comment le dire à Simone ?

Je pris l'oiseau des mains d'Adèle, étendis le bras vers Simone et lui demandai de monter. L'un des domestiques avait trouvé un carton à chapeaux ; j'y installai l'animal et l'emportai avec nous. Lorsque nous passâmes devant la chambre de Clarisse, qui jouxtait celle de Simone, Simone s'arrêta. Un bruit étouffé de sanglots filtrait à travers la porte ; comme son visage se faisait plus grave, je lui affirmai que Will était en train de consoler Clarisse et que le meilleur moyen pour la jeune fille de surmonter son deuil, c'était de pleurer. Puis je serrai Simone dans mes bras, la soulevai de terre, et la conduisis dans la chambre voisine. Je déposai l'oiseau dans sa boîte près de la fenêtre et, me retournant, vis Simone l'oreille collée au mur qui séparait sa chambre de celle de Clarisse. Je m'assis sur le lit et me débarrassai de mes chaussures, tout en essayant de trouver les mots pour lui annoncer que je devais retourner en Écosse et ne reviendrais pas auprès d'elle. Car je savais que je ne reviendrais pas. J'étais trop engagé avec elle et je ne pouvais absolument pas lui donner ce dont elle avait besoin. Nous nous étions disputés la nuit précédente – c'était devenu un rituel, car nous en revenions toujours au même point. Elle me suppliait de l'emmener vivre quelque part, n'importe où. Et je lui expliquais que ce n'était pas possible, les jeux de cartes organisés par Madame dans le petit salon avaient fait de moi, certes, un homme riche mais ils n'étaient pas mon unique source de revenus : j'avais en effet des arrangements analogues avec les propriétaires d'établissements comme celui de Madame dans toutes les grandes villes du continent. Je lui parlais toujours avec douceur et lui assurais qu'elle était quelqu'un à part – ce qui était vrai. Ne versais-je pas chaque mois une pension à Madame pour éviter que Simone soit obligée de travailler pendant mon absence ? N'était-ce pas faire preuve de galanterie ?

Mais pendant que je me remémorais notre conversation de la veille, les paroles de Simone me revinrent à l'esprit : « *Tu pourrais m'installer quelque part, Robert, cela te coûterait moins cher que ce que tu paies à Madame. Mais tu ne veux pas parce que cela ferait de moi ta maîtresse, presque ta femme.* » Et elle avait raison. Je ne voulais ni d'une maîtresse ni d'une femme. Mais je ne voulais pas non plus la blesser.

Le corsage de sa robe défait, elle se tenait debout devant moi, et la chaleur donnait à ses épaules d'un blanc laiteux, si lisses, si gracieuses, un aspect satiné.

Je ne pouvais pas coucher avec elle... Plus maintenant.

Elle se tourna vers moi, s'exclamant : « Clarisse est... » puis s'interrompit, la bouche ouverte comme si elle venait de voir quelque chose de terrifiant, et baissa la tête.

Dis quelque chose, Maclean ! Nom de Dieu, mais dis quelque chose, mon vieux !

« Simone...

– Non !

– Ce n'est pas toi ; c'est moi. Je ne peux pas...

– Arrête ! Je t'en prie ! »

Elle se dirigea vers la salle de bains puis s'arrêta brusquement, tendant l'oreille. Clarisse pleurait à nouveau. J'attrapai mes chaussures et les enfilai, retournant dans ma tête ce que j'allais dire à Madame. Je lui demanderais de trouver un mari à Simone. Un homme beau et fortuné qui la traiterait comme une princesse et prendrait soin d'elle... un homme qui l'aimerait. Moi je partirais sur-le-champ pour l'Écosse et après mon départ Madame pourrait expliquer...

« Mon Dieu ! » cria Simone en se précipitant hors de la chambre, faisant irruption dans mes pensées de manière si violente que je faillis tomber. Elle courut jusqu'à la porte de Clarisse, agrippa la poignée et l'agita en tous sens, tambourinant en même temps sur la lourde porte de chêne. Mais celle-ci était fermée à clé.

« Il lui a fait quelque chose ! Ouvre la porte, Robert ! Enfonce-la ! »

Simone était hors d'elle et martelait la porte avec une telle violence que je percevais à peine les gémissements de Clarisse. Mais j'entendis son cri. Un cri comme jamais auparavant je n'en avais entendu. Quelques secondes plus tard, la porte s'ouvrit brusquement et Will fut devant moi, le visage blême de frayeur. Il était habillé comme tout à l'heure, en pantalon et en manches de chemise, et portait à la main ses chaussures et son manteau. Simone passa devant lui et se précipita dans la chambre tandis que Will me saisissait le bras en s'écriant : « Rob, Dieu merci ! Elle... elle était... et puis d'un seul coup elle a pris une fiole, et il y a eu du sang... »

Simone hurlait de toutes ses forces, réclamant un médecin, la police et, au milieu de ses cris, elle lançait des menaces contre Will, disant qu'elle le tuerait pour avoir fait une chose pareille à Clarisse.

« Du calme, Will. Raconte-moi ce qui s'est passé.

– Nous étions au lit, mais... je ne l'ai pas touchée... je veux dire, je la tenais simplement, je la calmais. La pauvre petite ne se possédait plus. Puis elle... elle a cessé de pleurer et... et elle a tendu la main vers le tiroir de la table de nuit et a répandu sur les draps... mon Dieu, je suis certain que c'était du sang... ensuite elle s'en est barbouillée entièrement, et elle gémissait comme si elle souffrait, et je... j'ai été pris de panique, j'ai bondi hors du lit, et alors elle a crié. Mon Dieu, tu as entendu comme elle a crié ? Robert, je ne comprends pas. Pourquoi faire une chose pareille ? Pourquoi ? »

Will était là, le visage contracté par la peur, complètement défait, tandis que j'entendais Clarisse geindre et Simone essayer de l'apaiser. Je fermai les yeux et m'efforçai de revoir la scène qui avait précédé le cri de Clarisse. Simone était allée à elle avant qu'elle ne crie, avant d'avoir pu savoir que quelque chose n'allait pas. Les cloisons étaient minces, mais pas à ce point. Moi aussi, j'avais entendu Clarisse gémir. Mais rien n'indiquait qu'elle ait été physiquement blessée – aucun bruit anormal révélant un quelconque incident. Simone ne pouvait pas savoir que les gémissements de Clarisse n'avaient pas pour origine la mort de sa mère. Et soudain je me rappelai ce qu'elle avait dit lorsque nous étions sur la terrasse : « *Tu verras... tu verras ce qu'il a dans le cœur...* »

Je voyais parfaitement.

Évitant Madame, les autres filles et les deux valets de service qui accouraient dans le corridor, j'entraînai Will dans ma chambre, verrouillai la porte et commençai à jeter quelques affaires dans un sac de voyage, luttant contre la rage qui montait en moi.

« Simone est derrière tout cela ! Dieu, quel imbécile je suis ! Elle te déteste ! Mais jamais je n'aurais pensé qu'elle ferait une chose pareille ! Elle était avec Clarisse hier soir ! Elles ont dû tout machiner, jusqu'à l'enterrement de la mère ! C'est Simone qui...

– Pour que tu ne viennes pas en Écosse avec moi.

– Elle m'a presque dit ce qu'elle complotait ! Tu as tes papiers avec toi ?

– Oui, j'ai juste eu le temps d'attraper mon manteau. Mais qu'est-ce que...

– Nous partons pour l'Écosse. »

J'ouvris la porte, sortis dans le couloir, butai contre Simone.

« Démon ! Regarde ce qu'il lui a fait, Robert ! Mon Dieu, viens voir ce qu'il lui a fait ! »

J'eus une seconde d'hésitation ; Simone avait un visage si bouleversé que j'en eus le cœur retourné. Mais elle avait été actrice – oh ! pas très bonne, c'est pour cela que Madame lui avait mis la main dessus – et cet après-midi elle jouait le rôle de sa vie. Quelle que fût ma colère à l'idée qu'elle ait pu s'abaisser à ce point pour me garder, une part de moi-même lui était reconnaissante : je tenais maintenant le prétexte que je cherchais pour la quitter. Je lui jetai un regard furieux, poussai Will derrière moi et dis, d'un ton aussi calme que je le pus : « Comment oses-tu t'en prendre à un homme dont la réputation est sans tache ?

– Viens voir...

– Voir quoi ? Le sang ? Comment as-tu dit que tu le fabriquais ? De l'eau, de la farine de mais et de la teinture rouge – pour une fausse virginité ?

– Robert...

– Madame est au courant ? Elle est dans le coup, elle aussi ? Hein ? »

Elle ne me répondit pas, secoua la tête et marmonna quelques mots incompréhensibles.

Je tremblais, tous mes nerfs étaient à vif parce

que même si je n'étais établi nulle part, j'avais vécu ici par intermittence pendant presque cinq ans et j'avais fait confiance à ces femmes, j'avais éprouvé de l'affection pour elles. J'étais anéanti qu'elles aient pu me tromper.

Madame sortit précipitamment de la chambre de Clarisse, pleurant et s'essuyant le visage, et elle donna l'ordre à l'un des domestiques d'envoyer chercher le docteur. Elle hocha la tête en me voyant et gémit :

« Mon Dieu, mon Dieu, mon Dieu, Rooobert, qu'est-ce que vous avez amené chez moi ?

– Un démon ! » cria Simone.

Will, la main posée sur mon dos, m'exhortait à partir ; je ramassai donc mon sac et me mis à descendre l'escalier pour gagner la porte d'entrée, avertissant le domestique qui se tenait dans le hall que j'enverrais quelqu'un prendre nos malles. Jetant un dernier coup d'œil sur cette maison qui avait été mon seul refuge, je hélai une voiture, donnai l'ordre au conducteur de nous amener à la gare où nous prendrions le rapide pour le Nord, puis m'installai pour écouter Will qui tentait de remettre en place les pièces du puzzle.

Tout ce qu'il disait était logique : Simone était amoureuse de moi et elle savait qu'elle courait le risque de me perdre si je retournais en Écosse ; elle avait donc persuadé Clarisse de l'aider à ruiner la réputation de Will, convaincue que je la croirais, elle, et non Will. Mais qu'est-ce qui avait pu pousser Madame à cautionner leur trompeuse mise en scène ? Que gagnerait-elle à me perdre ? Car pour ce qui est de me perdre, elle m'avait bel et bien perdu.

Pourquoi ? Pourquoi ? Pourquoi ? Pourquoi ?

« Rob ?

– Hmmmmmm ?

– Pourquoi quoi ? »

Je m'éclaircis la gorge, gêné d'avoir sans m'en rendre compte parlé tout haut.

« Pourquoi Madame a-t-elle soutenu le complot de Simone ?

– Je dirais que tu lui as apporté tout ce que tu pouvais comme clientèle. Elle a sûrement trouvé quelqu'un d'autre qui va lui amener de nouvelles têtes, de nouvelles affaires. C'est une dure à cuire, Rob. Toute élégance au dehors, mais en réalité c'est une foutue putain. Et une putain reste une putain. Nous ne devons pas oublier comment elle a débuté. Elle a saigné à blanc Lord Bealey, elle l'a fait chanter. Tu as rempli ton rôle, elle a tiré de toi tout ce qu'elle a pu et, maintenant que tu ne lui es plus d'aucune utilité, Madame a décidé de se débarrasser de toi, par mon intermédiaire. »

J'acquiesçai d'un signe de tête mais détournai aussitôt mon visage de peur qu'il n'y lise la souffrance que ses paroles m'avaient causée. Je me rappelai l'expression de Madame chaque fois que je passais le seuil de sa porte : une expression de joie non feinte. Je me rappelai la façon qu'elle avait de me prendre le bras, de marcher à mes côtés et de me susurrer de petits secrets concernant tel ou tel gentleman. Je me rappelai comment elle prononçait mon nom : « Rooooobert », comment elle m'avait accueilli chez elle et m'avait permis de faire partie de sa maison... et m'avait fait cadeau de Simone, son joyau, sa perle, sa préférée.

Ma gorge se serra et je dus défaire un peu ma cravate pour demander deux billets pour Southampton avec correspondance pour Cromdale, Écosse. Au moment de monter dans notre wagon-lit, je me posai la question : Et si c'était vrai ? Si Simone n'avait pas menti et que Will ait blessé Clarisse ? Si Will avait fait l'objet d'un coup monté, comment Simone pouvait-elle prévoir qu'il serait tellement attiré par la petite et qu'il insisterait pour monter avec elle ? Et puis, Simone avait protesté, elle m'avait supplié d'intervenir. Cela faisait-il partie de la comédie ? Était-ce une comédie ? Seigneur Dieu, et si Will avait blessé

Clarisse ? Pourquoi n'avais-je pas vérifié si oui ou non c'était vrai ?

Parce que je n'avais jamais douté de Will... jusqu'à présent.

Il m'attendait, la main tendue pour m'aider à monter et, juste avant de lui passer mon sac, je levai les yeux vers lui. Je ne dis rien mais il devina mes pensées car il descendit du marchepied, posa la main sur mon épaule et déclara d'un ton solennel : « Je n'ai pas blessé Clarisse. Je ne l'ai pas touchée, Rob. »

Je montai dans le train.

CHAPITRE 3

(Cromdale, Écosse, 6 juillet 1895)

J'attendis qu'il soit exactement trois heures de l'après-midi et que la porte de Flora se soit refermée – signe qu'elle allait faire sa sieste quotidienne qui durerait jusqu'à cinq heures – pour ouvrir en grand mon armoire, tandis qu'Helen sortait la plus petite de mes malles.

Je n'emportais que le strict nécessaire : avant tout des vêtements de cheval et quelques robes, ainsi que mes patrons de couture ; j'aurais pu les laisser car je n'aurais guère le temps de coudre, avec ma nouvelle activité de directrice d'hôtel, mais j'avais fini par aimer dessiner et fabriquer mes vêtements moi-même. J'étais capable de copier n'importe quel modèle, modifiant tantôt le col tantôt les manches, juste en étudiant les illustrations des magazines parisiens ; et rien ne me plaisait davantage que de voir les monceaux de soie, de dentelle et autres articles de mercerie, entassés sur ma table de couture, se transformer sur mon mannequin en une robe somptueuse.

Mes ouvrages professionnels, ma machine à coudre et mes fournitures seraient empaquetés par Nancy le matin de mon départ et expédiés au Loch Leven. J'avais promis à Helen que, pour sa propre sécurité, elle ne jouerait qu'un rôle secondaire dans mon évasion, de peur que mon frère, à son retour, ne puisse la soupçonner. Joseph enverrait mes malles et mes cartons, ainsi que les bagages de Jean, au Loch Leven par train, et nous avions déjà prévenu Martha, l'intendante du domaine, afin que tout soit prêt pour notre arrivée.

J'aurais préféré éviter de mettre Martha dans le secret car je ne l'avais pas revue depuis onze ans, lorsqu'elle était venue à Cromdale pour la dernière fois, à la mort de ma mère. Mais Joseph m'assura qu'on pouvait lui faire confiance, qu'elle avait été au service de ma mère, qu'elle connaissait la vraie nature de Will et qu'elle m'apporterait son aide.

Les bijoux de ma mère seraient vendus à un joaillier d'Inverness ; cette perspective me pesait affreusement, mais je n'avais aucun autre moyen d'obtenir les fonds nécessaires à la remise à neuf de la propriété, puisque ma pension avait été supprimée depuis la déclaration de ma « maladie ».

Lorsque tout fut emballé, je sonnai Jean et une autre domestique qui emportèrent la malle chez Joseph : je n'osais pas la garder dans ma chambre, de crainte que ma belle-sœur ne l'y trouve. Puis, constatant qu'il me restait encore une bonne heure et demie de liberté, j'enfilai mes bottes et ma culotte de cheval pour aller faire ma chevauchée quotidienne.

D'ordinaire, c'était Flora qui m'escortait mais, depuis qu'elle était enceinte, elle avait pris l'habitude de dormir l'après-midi, et la corvée de surveiller la « pauvre Kate » était retombée sur Helen. Helen avait horreur de monter et s'affolait dès que les chevaux dépassaient le trot ; aussi avait-elle, au bout de quelques jours, renoncé à remplir cette fonction, et elle me laissait me promener seule.

C'était un drôle de personnage, mon Helen, et après neuf années, ou presque, passées en sa compagnie, j'étais toujours incapable de dire si je l'aimais vraiment. Squelettique, pudibonde, elle n'avait sans doute guère plus de quarante ans, et pourtant tout en elle évoquait un passé depuis long-

temps révolu. Elle avait peur de tout, le danger rôdait à chaque détour de chemin. Aussi le fait qu'elle ait consenti à m'aider, risquant sa place et probablement sa vie si jamais mon frère venait à découvrir qu'elle n'était plus sous son emprise mais sous la mienne, était-il pour le moins louable. Mais je ne pouvais pas dire qu'elle me manquerait une fois que j'aurais quitté Cromdale.

Elle me répéta que ce n'était pas la peine de contrarier mon père en me faisant surprendre non accompagnée. Je lui assurai que mon père se trouvait à la distillerie, à cinq kilomètres de là, à l'autre bout de la propriété, et qu'il ne rentrerait pas avant six heures et demie, l'heure de son thé. Puis j'enfilai mes gants et me dirigeai vers la porte.

« Mais, Miss Cathy, cria Helen en battant l'air de ses bras maigres, vous ne devriez pas sortir seule. Souvenez-vous de la pauvre Janet. »

Oh ! non, je ne voulais pas me souvenir de la pauvre Janet. Pas maintenant. J'avais besoin d'être forte et si je pensais à elle, je m'effondrerais.

« Ils n'auraient pas dû abandonner les recherches avant d'avoir appréhendé le monstre, mais le fait est, Miss Cathy... IL rôde toujours par là-bas... quelque part. »

IL est en France.

« Et la pauvre Janet... »

Est morte.

« Oh, Miss Cathy, j'insiste pour que vous ne preniez pas le risque... »

Sa voix se perdit, remplacée par ma propre voix qui résonnait dans ma tête : LÂCHE, TU AURAIS PU LA SAUVER. TU AURAIS PU LA RASSURER, LUI FAIRE COMPRENDRE QU'ELLE N'ÉTAIT PAS SEULE. MAIS TU NE L'AS PAS FAIT, KATE. ET MAINTENANT JANET EST MORTE.

« Helen, arrêtez je vous en prie. Ce qui est fait est fait. Je serai de retour pour cinq heures. »

Sans attendre ses protestations, je sortis vivement de la pièce et descendis ; une fois dans le hall, je m'appuyai contre le mur et secouai la tête pour refouler les images qui dansaient devant moi comme des figurines de papier dans un brasier. J'étais restée au chevet de Janet, je lui avais tenu la main et j'avais essayé pendant tout ce temps de rassembler mon courage pour me confier à elle, lui dire que je SAVAIS *ce qu'elle ressentait, qu'elle n'était pas seule et qu'avec le temps ses blessures guériraient. Mais je n'y avais pas réussi. Et lorsqu'elle apprit qu'elle portait un enfant de son agresseur, elle se jeta dans la rivière et se noya. Si j'avais eu le courage de tuer Will, et plus tard la force de dire à Janet que son agresseur était mort et enterré, et pourquoi je l'avais tué, elle serait encore en vie.*

Mais je ne pouvais pas me permettre de penser à cela maintenant. Cela me rendrait vulnérable. Tout ce que je pouvais faire, c'était me jurer à moi-même et devant Dieu de venger cette mort absurde, et tous les êtres qui avaient souffert. Cela me prendrait peut-être toute la vie, mais je tuerais la bête.

Je repoussai Janet dans un coin de ma mémoire, je la consignai dans les plus obscurs recoins de mon esprit, là où je les tenais tous prisonniers – les secrets, la honte, les morts – et je prononçai les mots que je me répétais chaque jour depuis l'âge de quatorze ans : Bàs no Beatha, la Mort ou la Vie. Les poètes compliquent les choses ; rien d'aussi simple, d'aussi évident : on vit ou on meurt. On choisit. Et j'avais toujours choisi la vie. Demeurer dans le passé, c'est mourir, car on ne peut pas continuer. Or je voulais continuer. Mon avenir s'annonçait brillant. Il scintillait devant moi comme un phare dans la brume et il suffisait que je continue à travailler, à aller de l'avant, en direction de cette lumière pour qu'en fin de compte il m'appartienne. Je trouvais refuge dans le travail – le travail physique – et consolation dans la certitude que je survivrais, quoi que Will puisse me faire. Il ne pouvait me prendre ni mes rêves ni mon espérance, ni même ma dignité, car tout cela m'appartenait et jamais je n'y renoncerais sous peine de mourir. Il ne pouvait pas me prendre ce à quoi j'avais renoncé de mon plein gré : ma liberté. Je n'étais pas sa prisonnière. J'étais ma propre prisonnière. Si j'étais restée à Cromdale pendant neuf ans, c'est parce que je savais qu'un jour j'en partirais, non pas comme une fugitive, mais en tant que Maîtresse du Loch Leven. Rien n'est impossible. C'est ce que mon père avait toujours dit, et il était la preuve vivante qu'avec un travail acharné et de la persévérance nous pouvons obtenir tout ce que nous désirons. Lorsque j'étais petite, il me prenait sur ses genoux et me disait : « Cathy, si tu travailles dur et si tu veux quelque chose si fort que ça te brûle les entrailles, alors rien n'est impossible. Rien. » Ces paroles m'avaient nourrie, remplie pendant neuf longues années ; elles étaient mon pain quotidien, ma subsistance.

Je voulais le Loch Leven. Demain, il serait à moi.

En ouvrant la porte, je sentis la chaleur du vent d'été frémir dans mes cheveux. Je respirai, laissai l'air bienfaisant me pénétrer, puis me hâtai vers les écuries où Joseph m'attendait et où je trouverais mon cheval sellé, bridé et prêt à partir.

Jamais je ne m'étais posé la question de savoir si j'aimais Joseph. Jamais je n'en avais éprouvé le besoin. Je savais que je l'aimais, totalement, avec dévotion, aussi profondément que mon propre père. Si seulement le fils de Joseph avait possédé ne fût-ce qu'une infime parcelle de la vaillance de son père, je l'aurais aimé. Oh ! Dieu, comme je l'aurais aimé et je crois que je l'aurais suivi n'importe où. Mais Hal, le tendre, le doux, l'affectueux Hal était faible. Et j'étais incapable d'aimer un homme sans bravoure.

Tournant au coin de l'étable, je m'apprêtais à appeler Joseph lorsque je l'aperçus qui se tenait au-dessus de Sam, et mon père était à son côté. Ils avaient saisi Sam chacun par un bras et tentaient de le mettre debout. Sam tituba en avant et une bouteille de whisky tomba de son gilet sur le pied de mon père. Je me disposais à battre en retraite, puisque je n'étais pas autorisée à sortir du château sans chaperon, quand la voix de mon père rugit : « Catherine !

– Oui, Papa, répondis-je d'un ton humble.

– J'ai envoyé chercher Miss Cathy, m'sieur, déclara Joseph avant que mon père puisse ajouter autre chose. Comme vous savez, elle sait s'y prend' avec Sam quand il est dans c't état. »

Le regard de mon père passa de moi à Joseph ; il ne le croyait pas, mais il avait trop d'affection pour lui pour exprimer ouvertement ses doutes. Il ordonna à Sam de se ressaisir, puis ramassa la bouteille et la fourra dans sa poche. J'observai Joseph pendant qu'il emmenait Sam à la cuisine – mon père avait demandé qu'on prépare du café et des œufs sur le plat pour le dégriser – puis m'avançai lentement.

Mon père était un homme très grand – un mètre quatre-vingt-dix –, de forte carrure et, à soixante-deux ans, encore très beau. Mais à l'intérieur il était brisé, vide. Will avait tari la vie qui était en lui. Et de toutes les actions malfaisantes de mon frère, celle-ci était à mes yeux la pire : il s'était emparé de l'esprit vif et malin de mon père et en avait fait de la bouillie. Tout le feu qui était en lui, sa rage, sa passion – grâce à quoi il avait pu bâtir un empire – s'étaient éteints et il n'en restait plus que des cendres. Will avait pris possession de lui. Il n'existait aucun être au monde aussi doué que mon frère pour influencer les autres. Sans recours à la ruse ou à l'astuce, un tremblement adoucissait sa voix, une larme perlait à son œil, et tous ceux qui le voyaient étaient subjugués. Mon père aimait Will. S'il avait su que mon frère le considérait – ainsi qu'il considérait tous les êtres vivants, sauf moi – comme un simple instrument, il en serait mort.

Je m'arrêtai à moins d'un mètre de lui car il n'aimait pas que je m'approche davantage et il lui était déjà assez pénible de se trouver seul avec moi, ne fût-ce qu'une minute. Il joua avec la bouteille de whisky presque vide, puis l'ouvrit, en jeta le contenu et grommela : « Parfois je déteste l'idée que c'est moi qui fabrique cette saleté. »

Je ne sus que dire : il ne s'était pas adressé à moi, mais à lui-même; mais c'était la première fois depuis des années qu'il me parlait autrement que sur un ton railleur ou méprisant.

« Il ne buvait pas avant, dis-je à voix basse. C'est seulement depuis que Janet...

– Oui... depuis Janet. »

Mon père me regarda, d'abord avec tristesse, puis ses yeux s'assombrirent et je sus qu'il aurait voulu que ce soit moi, la putain, qui ait succombé sous les assauts du dément, au lieu de Janet, l'innocente jeune fille. Et j'eus envie de lui dire qu'il se trompait, que c'était son fils qui avait violé Janet, que c'était Will le dément. Et que Will lui avait raconté des mensonges à mon sujet et au sujet de Wolf – des mensonges, rien que des mensonges. Mais il ne m'aurait jamais crue.

Son regard se porta sur ma culotte de cheval, puis sur mes bottes et, avant qu'il ait le temps de dire quoi que ce soit, j'expliquai que mon intention avait été d'aider Joseph à disposer les obstacles pour le lendemain, et que je n'avais pas voulu salir une robe.

« Tu ne participes pas au jumping.

– Je sais.

– Joseph a des garçons d'écurie pour l'aider. Il n'a pas besoin que tu traînes dans ses jambes. Rentre. »

Je fis un pas en arrière et me dirigeai vers l'aile du château. La voix de mon père me demandant où j'allais m'arrêta. Je désignai du doigt la porte de la cuisine; j'appréhendais d'ouvrir la bouche, de crainte de pleurer.

« Tu n'as rien à faire à la cuisine. Monte dans ta chambre.

– Je voulais juste m'assurer que Sam va bien.

– Fais vite, alors. »

Comme il était sur mon chemin, je fis un détour

pour l'éviter; il eut un mouvement pour m'arrêter et dit :

« Il va y avoir un tas de... d'hommes ici, demain. Tu restes avec Flora et Helen. C'est clair?

– Oui.

– Pas de danse.

– Non. Il n'y aura pas de danse. »

Comment aurait-il pu y en avoir? Le seul cavalier que j'avais le droit de fréquenter était en France.

« Je ne veux pas d'embêtements, Catherine. Tu comprends ce que je veux dire.

– Oui, Papa. Je comprends. Puis-je y aller, maintenant? »

Il hocha la tête en signe d'acquiescement. Je sentis son regard dans mon dos – il me brûlait au fer rouge – tout le temps que je mis pour arriver à la porte latérale qui menait à la cuisine.

Nancy et Joseph étaient en train de se disputer et j'attendis dehors qu'ils aient terminé, car c'était moi leur sujet de discussion. Nancy m'en voulait d'avoir provoqué l'exil de son fils Hal en Australie – pas parce qu'il avait quitté l'Écosse mais parce que j'avais refusé de l'y rejoindre. Joseph comprenait, bien qu'il eût aimé que je me marie avec son fils, mais il savait que je n'aimais pas Hal et que j'aurais été malheureuse en épousant un homme pour qui je n'éprouvais pas de respect. Mais leur dispute ne concernait pas Hal; il était question de Jean, et du fait qu'elle aussi allait quitter ses parents – elle allait les quitter à cause de moi. Nancy disait que notre fuite du lendemain soir était de la folie et que, même si nous parvenions à Inverness et même si nous réussissions à convaincre un notaire que j'avais été dépouillée de mon héritage, il n'en restait pas moins que je ne pourrais pas entrer en possession de mon bien à moins de me marier.

« Bon, Nance, elle va pas épouser Hal, alors tu pourrais bien...

– Ça va barder quand Will s'ra d'retour, et tu sais à qui y va s'en prend' : à Jean. Elle ira pas!

– J'IRAI ! intervint Jean d'une voix aiguë. J'ai dit à Kate que j'irais, alors j'y vais.

– J'irai seule, dis-je en entrant dans la pièce. C'est mieux comme ça.

– Où donc que tu vas, petite ? demanda Sam en levant vers moi sa tête malingre. Tu nous quittes, Cathy ? »

Je lui souris, effleurai son bras puis, désignant la tasse de café qu'il tenait à la main, l'engageai à boire.

« L'acte de propriété ne s'ra pas valable s'il est pas certifié, dit Jean.

– Peu importe. Le domaine ne m'appartiendra pas légalement tant que je ne serai pas mariée. Mais je suis certaine de pouvoir persuader un avocat qu'il y a eu injustice et ne pas tenir compte de la clause du testament de ma mère.

– Et qu'est-ce tu diras, ma fille ? fit Joseph. Qu'est-ce tu diras quand l'juge te d'mandera pourquoi ton frère t'a enfermée ici neuf années ? »

Je dus faire un effort pour soutenir son regard d'acier car, bien que Joseph n'eût jamais soupçonné que Will et moi avions été amants, il savait que les sentiments de mon frère pour moi n'étaient pas naturels. Et j'avais beau lui avoir répété maintes et maintes fois qu'il se trompait et que tout ce que Will m'avait fait, il l'avait fait par pure haine, Joseph savait la vérité. « T'imagines qu'y vont croire que Will a fait ça pour l'domaine, alors qu'il y'a pas mis les pieds d'puis la mort de ta mère ?

– Le juge ne saura pas ça.

– Et quand il d'mandera comment ça s'fait qu'ton propre père était d'accord pour déclarer qu't'étais folle, qu'est-ce tu diras, à c'moment, Cathy ? »

Ils étaient là tous les trois à me dévisager en attendant ma réponse. Mais de réponse, je n'en avais aucune. Je baissai les yeux sur Sam, perdu dans la contemplation de sa tasse de café. Il me prit la main, la pressa et me demanda à nouveau où j'allais.

« Je vais chez moi, Sam. » Levant la tête vers Joseph, je répétai : « Je vais chez moi. » Il regarda par terre tout en écrasant le talon de sa botte sur le sol. Nancy tordit son tablier, puis vint vers moi, m'attira contre elle et m'embrassa sur la joue en murmurant : « Oui, ma p'tite, tu vas chez toi.

– Elle ira pas seule à ch'val à Inverness », déclara Joseph.

Il avait promis de m'aider, mais n'avait jamais caché qu'il trouvait mon plan peu sûr.

« J'aurai Duncan avec moi.

– Non », s'insurgea Nancy. Se tournant vers son mari, elle ajouta : « T'iras avec elle, Joseph. J'dirai à M'sieur Brodie que t'es malade, s'il te d'mande.

– Et moi ? intervint Jean.

– Toi, tu restes ici, ma fille, répondit Joseph. C'est moi qu'escorterai Miss Cathy. »

Je souris, avec l'envie de corriger le terme qu'il avait utilisé. Il faisait bien plus que m'escorter : Joseph Kelly était mon sauveur.

Nous passâmes en revue les détails de la nuit suivante et j'insistai pour que nous partions bien avant l'aube, afin d'être sûrs que Joseph serait de retour à Cromdale avant que mon père ou Flora ne remarquent son absence. Mais il refusa et déclara qu'il viendrait avec moi chez l'avocat et qu'il signerait sous serment un papier attestant ma santé mentale. Les accusations que je porterais contre mon frère suffiraient à elles seules à me faire passer pour folle, si elles n'étaient pas confirmées par un tiers. Will Brodie – le fringant héritier de la firme Clan Brodie Whisky, universellement connue ; le généreux donateur de toutes les bonnes causes ; ancien élève de l'université d'Inverness ; marié à Flora Kerr, fille unique de la troisième fortune de Grande-Bretagne, juste derrière celle de la famille Brodie – avait séquestré sa sœur pendant neuf ans dans le but de lui ravir son héritage. Même moi j'étais obligée de convenir de l'extravagance de mes revendications, mais la vérité aurait été bien pire.

J'acceptai l'idée que Joseph signe une déclaration sous serment, mais seulement après avoir décidé que le document en question serait utilisé dans le seul dessein de gagner la confiance de l'avocat, et ne serait pas produit en justice en cas de procès.

Les six coups de l'horloge murale nous firent tous sursauter. Je pris congé, fourrai un morceau de sucre dans ma poche pour Titan, puis me rendis à l'écurie. Titan était fâché que nous n'ayons pas fait notre promenade quotidienne, mais le petit carré de douceur atténua sa déception, et il frotta son museau contre mon bras pour que je le caresse.

« Demain, dis-je en flattant son encolure. Demain nous allons tout recommencer, Titan. » Puis je fermai les yeux et me mis à prier en silence. Mon Dieu, je ne vous ai pas demandé grand-chose dans la vie, mais entendez-moi à présent, cette fois-ci seulement; aidez-moi, veillez sur moi demain.

Minuit.

Dans moins de vingt-quatre heures, j'aurais quitté Cromdale et serais en route pour le Loch Leven. En route pour chez moi.

Allongée dans mon lit, j'écoutai le silence de la maison : tout le monde dormait. Tout le monde sauf moi.

J'étais un vrai paquet de nerfs; je priai pour que le sommeil vienne, mais rien à faire. Je pensais au bal, à mon père, à ce qu'il penserait lorsqu'il s'éveillerait lundi matin et découvrirait que je l'avais dupé.

Mais il n'y avait aucun autre moyen... aucun autre moyen... aucun autre moyen...

Rejetant les couvertures, je bondis hors du lit et m'approchai de la fenêtre. Une musique s'élevait des habitations des domestiques : le violon de Duncan. Combien de fois, la nuit, avais-je ouvert furtivement ma fenêtre et m'étais-je glissée le long du chêne, pour rejoindre Joseph et sa famille dans leur minuscule chaumière, de l'autre côté des écuries? Des centaines de fois? Sans aucun doute. Ils allaient me manquer.

Il allait me manquer.

« Joseph... » murmurai-je dans la nuit. La musique s'arrêta une seconde, comme s'il m'avait entendue.

Il fallait que je le voie. Pour cette dernière nuit, il fallait que je sois avec lui. Que j'entende son rire mélodieux, que je sente la chaleur de ses mains me tapotant le dos. Nancy serait encore debout, Jean aussi, et nous chanterions, nous danserions, cette dernière nuit, parce que demain soir ce ne serait plus le moment de s'amuser.

Je me précipitai à la porte de ma chambre, l'ouvris tout doucement, tâtonnai dans le haut de la porte pour attraper la clé puis, toujours sans faire de bruit, refermai la porte à clé. Helen était censée la verrouiller de l'extérieur chaque soir, et remettre la clé au-dessus du chambranle ; mais elle avait cessé de jouer les geôlières – du moins lorsque mon frère était absent – et elle me laissait verrouiller ma porte de l'intérieur, au cas où Flora vérifierait.

Je ne pris pas la peine de m'habiller : la nuit était douce et je relevai ma chemise de nuit au-dessus de mes genoux ; puis je me laissai glisser par-dessus le balcon, descendis le long du chêne, et courus jusqu'à la maison de Joseph.

Il y avait du feu à l'intérieur – la seule lumière de la pièce. Malgré l'été, il avait été allumé pour garder la chaleur, car l'épaisseur de la forêt ne laissait pas passer les rayons du soleil, et la rivière qui coulait là derrière refroidissait les murs de pierre de l'humble logis de Joseph.

Je frappai doucement au carreau et souris à Nancy qui agitait la main en me faisant signe d'entrer ; quelques secondes plus tard, la porte s'ouvrit. « Je n'arrivais pas à dormir, haletai-je, essoufflée d'avoir couru.

– C'est qu'j'ai envoyé les fées t'chercher, Cathy. T'en as mis, du temps, ma jolie.

– T'as les pieds pleins d'boue, Kate. T'as donc pataugé dans l'ruisseau ?

– Non pas, elle est allée danser avec le Sluagh, à Schiehallion. »

Je souris à Duncan. J'aurais bien aimé danser avec le roi des Fées sous la colline des Calédoniens. Mais la raison de la saleté de mes pieds était un peu moins romantique.

« Il fait noir comme dans un four et j'ai marché dans une flaque. Il n'y a pas de lune.

– Oh si, belle enfant. Un joli croissant d'lune argenté, juste suffisant pour éclairer not' chemin. Elle s'cache derrière les nuages, et faut espérer qu'elle sortira d'main soir... Ce soir.

– Ce soir, fit Jean en écho, tout en pressant le bras de sa mère.

– J'vous ai préparé deux pâtés en croûte, Kate, dit Nancy. Et une p'tite bouteille de vin pour la route. J'mettrai ça avec les ch'vaux. »

J'écoutai Joseph expliquer tout ce que lui et moi aurions à faire. Puis il se leva, tendit sa main et dit :

« M'accorderez-vous cette danse, Miss Brodie ? Duncan, tu pourrais pas nous jouer un' p'tit air sur ton crincrin, gars ?

– Tout à l'heure, Joseph, tout à l'heure. Faut d'abord que j'me rince le gosier. »

Joseph me serra tout contre lui et commença à se balancer en fredonnant, pendant que Duncan vidait son verre de brandy.

Le violon se mit à jouer un air joyeux mais j'avais le cœur si lourd qu'il me semblait prêt à se briser. Blottie contre cet homme que j'aimais et que j'admirais tant, j'eus envie de lui dire merci pour tout ce qu'il avait fait pour moi

« Joseph, murmurai-je, à peine capable de parler.

– Je sais, petite... je sais... »

CHAPITRE 4

(Cromdale, Écosse, 7 juillet 1895)

Will tapa avec sa canne sur le toit de la voiture, et nous nous arrêtâmes devant une grille en fer ouvragée qui devait bien mesurer quatre mètres de haut. Le cocher descendit pour sonner un domestique, mais Will voulait garder notre arrivée secrète ; il sortit de la voiture en vociférant, fouilla dans son manteau afin d'y chercher les clés, et ouvrit lui-même la grille.

« Home, sweet home », murmura-t-il en remontant près de moi.

Je repris mon observation à travers la vitre, inspectant avec la vigilance d'Argus, le géant aux cent yeux, les collines qui s'élevaient dans le lointain. Explorant. Mais tout ce que je vis, ce fut l'allée de pierre, devant nous, éclairée par la lanterne du coche. Jamais je n'avais vu une nuit si noire, c'était comme si nous traversions un nuage d'encre. Où était la lune ? Les pieds de Will battaient impatiemment la mesure au rythme des roues tandis que nous approchions du château qui émergeait des arbres.

Tout était tranquille. Will paya le cocher et me conduisit à l'intérieur. Il alluma une lampe dans le hall, éclairant les boiseries finement ciselées qui recouvraient les murs, et commença à monter l'escalier. Je désignai une lumière à l'extrémité du hall ; il s'arrêta brusquement et redescendit. Je lui emboîtai le pas. Une fois arrivés devant une pièce où brillait la flamme d'une bougie, nous restâmes sur le seuil, à observer un homme assez âgé penché sur un bureau, une main fourrageant ses cheveux gris, l'autre s'agitant doucement au-dessus de ce qu'il était en train d'examiner.

« Père ? »

L'homme leva la tête, écartant la bougie pour voir qui pouvait bien avoir parlé.

« Will ? C'est donc toi, fils ? »

Il se redressa, vint vers nous et je reculai d'un pas, stupéfié par sa taille : debout, il était immense alors qu'assis à son bureau il paraissait petit. Il serra Will contre lui, l'enveloppa dans ses bras tout en lui tapant doucement le dos ; la joie lui faisait monter les larmes aux yeux. Il prit la main de Will dans les siennes, puis remarqua ma présence et, à contrecœur, se détacha de son fils.

Will nous présenta, mais ses yeux s'égaraient vers le plafond et je suis sûr qu'il aurait sans peine sauté à travers le toit, tant était évident le bonheur qu'il éprouvait à l'idée de retrouver son épouse. Son père avait envie de bavarder, mais Will s'excusa et le fit entrer dans une pièce attenante au bureau, en lui promettant de « causer tranquillement » le lendemain au petit déjeuner. Il fit asseoir son père sur le lit, l'aida à retirer sa veste d'intérieur et lui recommanda gentiment de prendre du repos, sans cesser de lancer des regards au plafond.

J'observai Kenneth Brodie, ou plutôt ce qui restait de lui, car l'homme que j'avais sous les yeux n'avait plus grand-chose du puissant baron du whisky dont j'avais tant entendu parler. On aurait dit qu'il était brisé de l'intérieur, comme si tous ses os avaient été fracturés et qu'au lieu de les ressouder, on les avait simplement rattachés avec de longs fils très fins. C'était encore un bel homme mais ses yeux, bien que fixés sur Will, étaient morts. En le regardant, je pensai à mon propre père ; comme il avait dû changer... et vieillir.

Will souhaita le bonsoir à son père puis me fit grimper l'escalier à toute vitesse et me conduisit en hâte dans une chambre. Ne voulant pas le retenir, tant il paraissait impatient, je lui affirmai qu'il était inutile de réveiller un domestique pour m'apporter de l'eau chaude, et je lui souhaitai de beaux rêves.

Je retirai mon manteau et commençai à défaire ma cravate, puis jetai un coup d'œil à la porte en face de la mienne. Will était en train de passer la main sur le haut du chambranle, semblant chercher quelque chose. Il finit par agripper la poignée qu'il secoua frénétiquement, puis il se rua vers la porte d'à côté. Il frappa, pas très fort mais avec une grande détermination, comme s'il ne voulait réveiller personne en dehors de celui ou celle qui dormait là derrière.

Une femme décharnée, avec de longs cheveux gris coiffés en tresses, ouvrit, serrant de toutes ses forces son peignoir autour d'elle, et fixa sur Will des yeux écarquillés, comme s'il avait eu trois têtes.

« Helen, chuchota-t-il, le souffle coupé de tant d'émotion contenue. Où est la clé ?

– Monsieur Will... vous êtes.... vous êtes...

– De retour. Helen, où est la clé ?

– Je suis sûre... Euh... Elle n'est pas là, monsieur ? Au-dessus de la porte ?

– Non, elle n'y est pas. Vous n'avez pas fermé à clé ?

– Je... je crois que si...

– Vous croyez ? Vous croyez ? Donnez-moi une épingle à cheveux et des ciseaux.

– Mais, monsieur...

– Helen, s'il vous plaît ! Elle est partie. J'en suis sûr. Elle a pris la clé et elle a verrouillé de l'intérieur, et elle est descendue par l'arbre. »

La femme disparut dans sa chambre ; Will fit les cent pas devant la porte close, en grommelant quelque chose au sujet de barreaux de fer et d'abattage d'arbres. Je le dévisageai, mortifié à l'idée que sa ravissante petite femme s'était sauvée quelque part, puis je me demandai comment il se faisait qu'elle soit enfermée à clé. Je ne souhaitais pas me mêler de ce qui ne me regardait pas, mais Will paraissait tellement malheureux que je vins à lui, en enfilant mon manteau, et lui posai cette question stupide qu'on pose toujours dans les situations dramatiques : est-ce que quelque chose n'allait pas.

Il m'expliqua que sa sœur souffrait de troubles mentaux, qu'elle devait faire l'objet de la plus stricte surveillance, et que sans aucun doute elle s'était enfuie et devait être, à l'heure qu'il était, perdue dans la forêt. La vision d'une jeune fille faible d'esprit dévorée par les loups surgit à mon esprit et je commençai à ressentir la terrible émotion de Will.

La femme qu'il avait appelée Helen revint avec tout ce qu'il fallait pour crocheter une serrure et Will se mit à l'œuvre avec la dextérité d'un cambrioleur professionnel. La porte s'ouvrit, on réclama de la lumière et Will fouilla l'armoire et la commode pour vérifier que tout était à sa place.

Tout était à sa place.

Il se précipita dans l'escalier et je le suivis, en lui conseillant d'allumer une torche avant que nous n'entreprenions nos recherches, car la nuit était toujours aussi noire et la lune toujours aussi invisible que lorsque nous étions descendus de voiture. Il m'emmena à la cuisine, ouvrit un placard dont il sortit deux torches, les alluma, m'en tendit une, puis ouvrit la porte et courut en direction d'un petit bosquet. Nous longeâmes une rivière, moi avec moult précautions, Will en bondissant comme s'il marchait sur des charbons ardents, et arrivâmes enfin à une petite maison en pierre. Une lumière brillait derrière la vitre et nous regardâmes à l'intérieur.

Je ne sais pas à quoi je m'attendais, sans doute à voir une enfant, mais le spectacle qui s'offrit à moi me stupéfia au point que je faillis laisser tomber ma torche. Une femme grande et mince dont les longs cheveux retombaient en désordre autour du visage dansait dans les bras d'un homme plus petit qu'elle mais plus âgé. Elle portait une chemise de nuit, ses pieds nus étaient couverts de boue séchée, et elle rejetait la tête en arrière en tournoyant sans fin. Elle souriait et la joie faisait briller ses yeux. Elle me fit penser à une nymphe des bois venue parmi les mortels afin de les entraîner dans son repaire. Jolie... si jolie.

Will me tira derrière lui et ouvrit toute grande la porte de la chaumière. Tout s'arrêta : la musique, la danse, les rires, et même les occupants, qui restèrent bouche bée à contempler Will comme s'il était ressuscité d'entre les morts.

Je ne sais pas combien de personnes se trouvaient dans la pièce à part les danseurs. Je ne vis qu'elle, la nymphe. Elle se tenait immobile, les yeux rivés sur Will, mais avec un regard sans expression, comme en état de transe. Il s'approcha d'elle avec précaution, tendit lentement la main vers elle puis la referma sur le bras nu de la jeune femme.

La scène s'était passée sans qu'un seul mot fût prononcé. Mais en me retournant pour suivre Will qui emmenait sa sœur, je remarquai deux femmes assises sur un sofa mité, et je me demandai pourquoi elles pleuraient.

Je courus derrière Will qui m'avait presque oublié et qui montait les marches du château en portant à moitié sa sœur. Il lui parlait à voix basse et je n'entendais pas ce qu'il disait. Lorsque nous fûmes près de la chambre de sa sœur, Will s'arrêta, posa la main sur la tête de la jeune femme et lui dit : « Kate, c'est Mr. Maclean. C'est un ami à moi et il va rester avec nous pendant quelque temps. »

Elle leva les yeux et j'y vis... une peine et une souffrance comme jamais je n'en avais vu auparavant. Ses yeux exprimaient une tristesse si profonde que j'eus l'impression de tomber dans son âme, de me perdre en elle, à l'intérieur d'elle. Il faisait sombre dans le couloir, éclairé par nos seules torches, mais en observant ses yeux je les vis se remplir de larmes. Et je sentis que mes yeux aussi devenaient humides et voulus me détourner, mais n'y parvins pas... jusqu'à ce que je sente la main de Will sur mon bras. Je saluai, marmonnai quelques mots et rentrai dans ma chambre.

Je restai debout près du lit, puis fis demi-tour pour aller fermer la porte. Celle en face de la mienne était entrouverte et je vis Will faire asseoir sa sœur sur le lit, disparaître quelques instants et revenir avec une cuvette et un broc. Il s'agenouilla devant elle, lui prit doucement la jambe et se mit à lui laver les pieds. Elle fixait un point au-delà de son frère, sourde et aveugle à sa touchante sollicitude, sans prêter attention à l'eau qui lui dégoulinait le long des jambes. Il lui parlait à voix basse et je n'entendais pas ce qu'il disait, mais en observant cette tendre scène j'eus honte d'avoir douté de lui ; par discrétion, je me hâtai de refermer ma porte.

Il n'était pas loin de trois heures du matin. J'aurais dû être épuisé, mais je ne l'étais pas. J'arpentais de long en large cette grande chambre meublée avec goût, l'esprit tourmenté par la présence de cette triste créature, de l'autre côté du corridor. Qu'est-ce qui avait bien pu provoquer sa folie ? Un choc ? Une maladie ? Will ne me l'avait pas dit ; bien sûr, nous n'avions pas eu le temps d'entrer dans les détails et c'était...

« SORS D'ICI ! » cria une voix de femme quelque part derrière ma porte. « SORS D'ICI ! » répéta la même voix, accompagnée cette fois par ce qui ressemblait à un bruit de porcelaine cassée.

J'ouvris brusquement ma porte, me ruai dans le couloir et vis Will les mains en l'air comme pour se rendre, et sa sœur folle qui brandissait un lourd pichet.

« Kate, je t'en prie, implorait-il, les mains tendues. Retourne dans ta chambre, comme une gentille fille... »

Elle leva le pichet pour l'assommer. Je bondis vers elle, ramenai son bras en arrière et lui enlevai son arme des mains de peur qu'elle ne me la fracasse sur la tête. Des portes s'ouvrirent et deux femmes surgirent de chaque côté du couloir : l'une était la dénommée Helen, l'autre de toute évidence Flora Brodie. Cette dernière se précipita dans les bras de Will et il l'embrassa sans cesser de regarder la sauvage créature qui se débattait entre mes mains. Je ne savais quoi faire d'elle ; je craignais, si je la relâchais, qu'elle ne s'attaque à Will, alors je continuai à la tenir, tout en écartant mes pieds des siens qui martelaient furieusement le sol. Helen était dans tous ses états, elle agitait ses doigts et ses tresses en tournant autour de moi et en criant : « Miss Cathy, Miss Cathy ! » Miss Cathy devint toute flasque et je crus un instant qu'elle s'était évanouie ; puis je la sentis trembler et me rendis compte qu'elle pleurait. Ce n'étaient plus les larmes silencieuses de tout à l'heure, mais des sanglots qui nous secouaient tous les deux. Je relâchai mon étreinte et elle s'affala comme si ses jambes ne pouvaient plus la porter. Je voulus la relever mais Will intervint pour la séparer de moi ; elle bondit alors, nous échappant à tous les deux, rentra dans sa chambre et claqua la porte.

Je me tournai vers Will qui s'excusa, me présenta à sa femme puis la pressa de retourner se coucher, lui indiquant qu'il avait besoin de me parler. Ensuite il prit Helen à part, lui dit quelque chose à voix basse, ferma à clé la porte de sa sœur, remit la clé au-dessus du chambranle, et enfin me fit entrer dans ma chambre.

« Ah, Rob, soupira-t-il en se laissant tomber dans l'un des fauteuils qui encadraient la fenêtre, et en me faisant signe de m'asseoir dans l'autre. Je suis navré que tu aies vu cela. Elle n'est pas toujours comme ça.

– Est-ce qu'elle ne devrait pas être... ?

– Internée ? Oui. Mais je ne peux pas. Je ne peux pas me résoudre à la faire enfermer. »

Je lui posai des questions sur le mal dont était atteinte sa sœur et il me l'expliqua vaguement. Je dus avoir l'air perplexe car au bout d'un moment il précisa :

« Ma mère est morte lorsque Kate avait quatorze ans. Tout découle de là. Elle était tout à fait normale tant que ma mère était en vie mais, après son décès, quelque chose chez ma sœur s'est... détraqué. Elle s'est enfuie juste après l'enterrement et nous avons pensé qu'elle s'était rendue à l'ancien domaine de ma mère au Loch Leven. Mon père et ses hommes sont partis à sa recherche. C'est moi qui l'ai retrouvée dans une cabane que nous avions construite lorsque nous étions enfants... avec... avec un inconnu. J'ai chassé l'homme, malgré les protestations de ma sœur, j'ai ramené Kate à la maison et j'ai envoyé un télégramme à mon père. Je ne pouvais pas lui raconter que sa fille de quatorze ans avait forniqué avec un inconnu, alors je lui ai fait croire qu'elle avait essayé de se rendre au Loch Leven, sous le coup du chagrin causé par la mort de ma mère, qu'elle avait mendié nourriture et abri et que finalement elle avait recouvré ses esprits et était rentrée chez nous.

« Mais les choses ont empiré. N'importe quel homme faisait l'affaire. Et quand elle n'avait pas d'homme sous la main, elle avait recours à... à... Mon Dieu, c'est difficile à expliquer. Elle avait toujours l'air tendue, renfermée sur elle-même ; elle disparaissait des journées entières avec son chien, Wolf. Un jour je l'ai suivie, je l'ai trouvée près de la rivière avec l'animal et... et ce que j'ai vu est indescriptible. J'ai abattu le chien. Mais je ne pouvais pas me résoudre à expliquer pourquoi je l'avais tué, et tu ne peux pas imaginer ce que c'est, de vivre en passant pour un être cruel et sanguinaire. Mais qu'est-ce que j'aurais pu dire ? Je n'ai rien raconté à mon père, la mort de ma mère l'avait presque anéanti. Mais je n'avais que dix-huit ans et je ne savais absolument pas quoi faire au sujet de ma sœur. Avec les années, les choses ont empiré et, bien entendu, on a commencé à parler dans toute la région de Catherine Brodie, la putain folle de Cromdale. J'ai essayé de tenir mon père à l'écart de tout ça, de maintenir le voile devant ses yeux. Jusqu'à ce qu'elle ait seize ans et qu'il se rende compte par lui-même. »

Will baissa la tête, essuya une larme, s'éclaircit la voix et continua, non sans mal :

« Mon pauvre père, Rob. Ça l'a presque tué. Elle était là, à se contorsionner comme une folle, le fils du palefrenier sur elle. Impossible de cacher plus longtemps à mon père l'horrible vérité. Je lui ai tout raconté et il a voulu la faire enfermer. Mais je n'ai pas pu... Je n'ai pas eu le courage de la condamner à... à l'asile. J'ai promis à mon père de la prendre sous ma responsabilité et de m'occuper d'elle. Mais je ne sais pas combien de temps encore je vais pouvoir... continuer... »

Il sanglotait. Je tendis la main vers lui, la posai sur son épaule et demandai :

« Il doit certainement. exister un traitement ?

– Tu crois que je n'ai pas essayé ? Les meilleurs médecins l'ont examinée. Il n'y a aucun espoir, Rob. Elle est folle... folle... »

Quand il eut repris ses esprits, il se leva, m'assura que sa sœur ne quittait presque jamais sa chambre, par conséquent je n'aurais pratiquement aucun contact avec elle et pouvais la chasser de mon esprit puisqu'il n'y avait plus rien à faire pour elle.

Mais il me fut impossible de la chasser de mes pensées... Kate. Quel gâchis.

Je retirai mon manteau, le posai sur le lit et, en contemplant cette forme sans vie, je pris soudain conscience que j'allais dormir seul cette nuit. Je consultai ma montre : trois heures et demie. La nuit serait longue. Je pensai à Simone, à la chaleur et à la douceur de son corps lové contre le mien, puis je la rejetai avec force de ma mémoire, en me rappelant la mise en scène écœurante qu'elle avait montée au bordel. J'étais mieux au loin et sans elle.

Il y avait du papier et de l'encre sur le bureau près de la fenêtre et je me dis que je pourrais peut-être essayer de mettre par écrit ce que j'allais dire à ma famille, à Mallaig, pour expliquer mes onze années de silence. J'avais envoyé de l'argent et une carte à chaque Noël, mais sans adresse pour la réponse ; jamais de lettre, non plus, car je n'avais jamais été capable de trouver les mots.

La chambre était étouffante et je décidai d'aller faire un tour, espérant que l'air frais me remettrait les idées en place. Reprenant mon manteau, je me glissai dans le corridor, descendis l'escalier avec précaution, et sortis sans faire de bruit.

Les nuages avaient disparu et un croissant de lune argenté brillait haut dans le ciel parsemé d'étoiles, baignant le paysage dans une ombre iridescente. Je marcherais jusqu'à ce que je trouve les mots...

Je restai figé sur place en réalisant où j'étais : en Écosse.

Je regardai derrière moi, envahi par un sentiment de trouble et de malaise. Je n'avais pas ressenti cela depuis onze ans – la peur. Pourquoi étais-je venu ? Pourquoi étais-je revenu, sachant que ce pays exécrable tenait mon âme en esclavage ? Je restai là, à mi-chemin entre le château et les écuries, incapable de décider où aller. Je ne pouvais pas rester seul. Pas en ce moment. Pas ici. Je courus vers les écuries, espérant que les garçons seraient encore debout, à boire ou à jouer aux cartes, car j'apercevais la lumière d'une lanterne à l'intérieur, et c'était samedi soir, jour de paie, et...

Elle était là... Kate.

Elle avait relevé ses cheveux; elle portait des bottes et une culotte de cheval; elle sellait un grand cheval bai. Elle se retourna lorsque j'entrai, tira un poignard et adopta la position d'un guerrier prêt au combat. Je ne pensai pas qu'elle me tuerait, même si le regard qu'elle me lança traduisait la colère et non la peur. Je marquai toutefois une pause car, souvenir de notre première rencontre, le tibia me brûlait à l'endroit où elle m'avait donné des coups de pied.

« Je suis désolé, Miss Brodie, m'empressai-je de dire avant de lui laisser le temps de me jeter le couteau qu'elle tenait à hauteur de ma gorge. Je ne voulais pas vous faire peur. » J'espérais que mes paroles la tranquilliseraient mais elle ne fit aucun mouvement et, tandis qu'elle m'observait d'un air furieux, je me rappelai que cette sauvage créature était une démente tout à fait capable de me trancher la gorge. On dit que la musique apaise les bêtes sauvages; fort de cette assertion, je pris ma voix la plus douce et lui dis presque en chantant : « Puis-je vous accompagner dans votre promenade ?

– Pourquoi ? »

Je me creusai la cervelle pour trouver une réponse intelligente. Comment expliquer que, me promenant sur les terres d'une propriété où j'étais un étranger, j'avais soudain éprouvé le besoin pressant de faire une balade à cheval à trois heures du matin ? Mais je me rendis compte que je n'avais pas besoin de trouver une excuse parce qu'elle était folle et incapable de me juger.

Rejetant le masque invisible que je portais depuis près de vingt ans, je me sentis frémir sous son regard et je répondis à voix basse :

« Je ne peux pas rester seul ce soir.

– Pourquoi ?

– Parce que j'ai peur.

– De quoi ?

– De quelque chose que je ne peux pas voir, ni toucher, mais dont je sens la présence. »

Elle me regarda fixement, sans reproche ni mépris, juste avec étonnement. Elle abaissa son couteau, le remit dans le fourreau qu'elle portait à la ceinture, prit une selle et une bride à un râtelier, se dirigea vers une des stalles et me pria de la suivre. Elle posa une couverture sur un grand hongre alezan et dit :

« Il s'appelle Bran.

– Le fils de Febal.

– Vous êtes irlandais ?

– À moitié. »

Elle examina mon visage, puis passa son doigt sur ma joue droite où il y avait une petite cicatrice à peine visible, conséquence d'une bagarre, quelques années plus tôt, et dit : « Cette moitié. » Je retins mon souffle, ne sachant quoi répondre, jusqu'à ce qu'elle retire sa main et me tende la selle.

Je me dépêchai de préparer le cheval, observai la jeune femme monter en selle et attendre que j'en fasse autant.

Nous longeâmes la rivière bordée de chaque côté d'énormes blocs de granit et de bois touffus. Le silence de ma compagne me mettait à rude épreuve. J'avais envie de lui parler ; il y avait tellement à dire, tellement de choses que je n'avais jamais dites par peur de ce qu'on penserait de moi. Elle, elle ne penserait rien, puisqu'elle était folle. Il ne pouvait exister interlocuteur plus parfait.

Nous arrivâmes à un embranchement ; j'arrêtai Bran près d'un chêne immense et mis pied à terre. « Si nous laissions reposer les chevaux ? » proposai-je. Puis je lui tendis la main et ajoutai : « Voulez-vous vous asseoir et bavarder un moment avec moi ? » Comme elle ne répondait pas, j'attachai les rênes à une branche et vins vers elle en étendant les bras et en disant : « Je ne vous ferai pas de mal. » Elle me regarda attentivement, comme si elle cherchait à percer l'expression de mon visage, puis passa sa jambe par-dessus la selle et se laissa glisser dans mes bras. Nous restâmes ainsi et je la sentis proche et chaude ; puis je m'écartai d'elle car le désir accélérait les battements de mon cœur. Ce serait une erreur de coucher avec elle. Elle dut deviner mes pensées car ses yeux se firent plus perçants.

Elle était descendue à la rivière en franchissant les pierres lisses où ruisselait l'eau, et je me dis que si je couchais avec elle en sachant qu'elle était folle, jamais je ne me le pardonnerais – et Will non plus. Or Will était mon ami, mon seul ami.

Je lui parlerais et elle écouterait.

Elle était agenouillée, et quelque chose était blotti dans ses bras. Je m'assis près d'elle et elle sourit. « Un hérisson », dit-elle. Je posai le bout de mon doigt sur le museau de l'animal ; il était doux. « Je me suis souvent demandé pourquoi ils ne mordent pas, dis-je.

– Ils n'ont pas peur. Les animaux n'attaquent que lorsqu'ils ont peur.

– Comme les gens.

– Non... pas comme les gens. »

Elle caressa les piquants du hérisson, pressa le petit animal contre elle puis le laissa repartir.

Nous restâmes immobiles quelques instants, à regarder couler la rivière, puis elle retira ses gants et approcha sa main de l'eau. J'étudiai ses doigts, longs, fins, rugueux – des doigts qui avaient travaillé, pas des doigts de lady. Pourtant, j'avais envie, j'avais *besoin* de les toucher. Je plongeai ma main près des siennes ; l'eau était glaciale.

« Avez-vous déjà vu l'océan ? demandai-je.

– Oui.

– Je veux dire l'océan Atlantique. Tellement salé qu'on ressort tout blanc. Et les brisants qui peuvent atteindre trente mètres de haut avec l'écume, et qui creusent les falaises, et le vent qui siffle... qui rugit.

– Vous êtes marin.

– Non... J'aurais aimé l'être. Mais pas maintenant, il y a deux mille ans.

– La Calédonie.
– *Aye*[1]... »

Je n'avais pas parlé écossais depuis que j'avais quitté Mallaig. Et pourtant, sans réfléchir, je lui avais répondu « aye ». C'était venu naturellement, du plus profond de moi, car c'était ma voix, ma vraie voix, et non l'anglais policé que j'avais adopté. Elle me regardait avec une extrême attention, guettant mes mots, et cela me donnait envie de lui dire des choses que je n'avais jamais dites à personne. Au sujet de mon frère, de sa mort, de la vérité, parce qu'à elle je *pouvais* le dire.

« Je ne suis pas revenu en Écosse depuis l'âge de dix-sept ans. » Plongeant la main dans la rivière, j'en ramenai une poignée de tourbe, grasse, presque noire, et la lui tendis. « Certaines nuits, j'aurais donné n'importe quoi pour sentir ce que je tiens dans ma main : la terre d'Écosse. Il nous ressemble, ce pays d'eau, ce pays mélancolique. » Je replongeai ma main dans l'eau, y laissai tomber la tourbe, puis pris sa main. Elle me repoussa mais je ne la lâchai pas. « Je ne vous ferai pas de mal. Je le promets. Je veux juste vous toucher. Je veux juste sentir votre main dans la mienne. » Ses yeux étaient rivés aux miens, essayant de deviner si elle pouvait ou non me faire confiance, puis je la sentis se détendre. Sans rien dire, je caressai sa main, je la caressai comme on caresse un chien. Jusqu'au moment où je repensai à ce que Will avait dit concernant sa bizarre attirance pour la gent canine ; dégoûté, je cessai de la toucher. Elle pencha la tête et posa entre ses genoux la main que j'avais tenue dans la mienne. Puis elle se leva et s'en fut vers l'arbre où étaient attachés nos chevaux, prête à monter en selle.

Sautant sur mes pieds, je la rejoignis, lui pris les rênes des mains et dis : « Je suis désolé de vous avoir blessée. Je vous en prie, restez avec moi. » Je saisis sa main que je portai à ma poitrine, et je la

1. « Oui », en écossais.

conduisis au pied d'un chêne où un lit de mousse douillet semblait me faire signe – le cadre idéal pour faire ma confession. Je m'y couchai, puis l'invitai à me rejoindre. Elle s'agenouilla, glissa son bras derrière elle et, avant que j'aie pu comprendre ce qui se passait, je sentis le froid de la lame de son couteau sur ma gorge. Appuyant davantage le poignard contre ma peau, elle dit : « Vous êtes l'ami de mon frère. » Ce n'était pas une question mais une affirmation, et pourtant elle attendait que je réponde. Mais quelle était la bonne réponse ? Oui ? Non ? Laquelle des deux me permettrait de garder ma tête sur mes épaules ?

« Je désire être votre ami, Miss Brodie.

– Paradoxe.

– Pourquoi ?

– Pourquoi désirez-vous être mon ami ?

– Parce que je peux vous parler comme je n'ai jamais pu parler à un autre être humain. Parce que... je pense que nous sommes semblables.

– Fous ? »

Je ne savais que répondre. Elle ne souriait pas et n'avait pas écarté la lame de ma gorge. Je saisis sa main qui tenait le couteau et la désarmai doucement. Elle ne résista pas, ne se débattit pas et, en remettant le poignard dans son fourreau, je répondis : « Seuls. »

Je la sentis trembler et je vis ses yeux se remplir de larmes. Je l'attirai à moi, la serrai plus fort, jusqu'à ce qu'elle se détende et se presse contre moi.

Qu'était-il arrivé à cette gracieuse créature ? Quel démon s'était introduit dans son esprit et avait dérobé sa raison ? Quelle cruauté, qu'elle puisse être tellement lucide un moment, et insensée l'instant d'après. Nous étions étendus sans parler, dans les bras l'un de l'autre, et j'oubliai la sauvage avec qui j'avais lutté un peu plus tôt. J'oubliai la furie qui avait failli me trancher la gorge. Disparues. Il n'y avait plus qu'elle... Kate. Une femme douce, chaude et belle, près de moi. Son souffle devint régulier et je me vis dans l'obligation de renoncer à soulager mon âme en lui parlant car je m'aperçus qu'elle m'avait presque quitté, s'enfonçant de plus en plus profondément dans le pays des rêves, et je n'eus pas le cœur de troubler un moment de paix si durement acquis.

La nuit se fit silencieuse, on n'entendait que le bruit du courant. Sa tête était posée sur ma poitrine, tout contre mon cœur, et chaque fois qu'elle respirait je la sentais sombrer plus profondément en moi, et j'inspirais l'air qu'elle exhalait. C'était la paix. Je n'avais jamais ressenti cela auparavant. Et je savais que je ne la posséderais pas, que je n'abuserais pas de sa confiance. Je lui donnerais ce qu'elle m'avait donné, ce dont nous avions si désespérément besoin l'un et l'autre : le repos. Fermer les yeux et, pendant un moment, une heure peut-être, chasser les démons qui nous hantaient, et dormir.

Je la serrai plus près de moi, la couvris avec mon manteau pour la protéger de la fraîcheur matinale, et murmurai : « Dors... dors... et quand tu t'éveilleras, ce sera le matin... seulement le matin. »

C'était l'aurore, ou presque, car tout baignait dans un chatoiement bleu, rose, violet. Tout, même elle... Kate. Comme elle dormait ! De quoi rêvait-elle ? De quoi rêvent les fous ?

Je changeai légèrement de position et passai ma main sur son dos, avec l'espoir qu'elle se réveillerait et que nous pourrions être de retour aux écuries avant que le reste de la maison soit sur pied. Elle remua, remonta sa jambe et l'enroula sur ma cuisse, puis se pressa un peu plus contre moi en laissant échapper un soupir. Non, pas exactement un soupir. C'était un gémissement léger et voluptueux, qui me toucha au plus profond. Elle avait les yeux clos – sans doute dormait-elle encore –

et je souhaitai qu'elle n'ait pas senti ma réaction naturelle à l'excitation provoquée par son éveil. Ses hanches commencèrent à se mouvoir, très lentement, en un rituel immémorial, et je compris qu'elle me prenait pour son amant, le dernier en date, peu importe lequel, et était fin prête pour des ébats matinaux.

J'avais promis, juré. Quel genre d'homme étais-je donc ? C'était la sœur de mon ami Will, et une malade mentale. Il fallait être le plus infâme des scélérats pour penser à abuser d'une aussi innocente créature. Que je sois maudit ! Pendant ce temps, son corps glissait et ondulait jusqu'à se retrouver pratiquement sur moi ; et tandis que mon cerveau m'ordonnait, avec une autorité absolue mais silencieuse, de me lever et de ramener à sa famille cette pauvre femme dérangée, ma main s'égarait de son dos à ses hanches et je la serrais plus fort contre moi, et je l'embrassais. Brusquement, tout ce qui me retenait – que ce fût le sens de l'honneur, la peur ou la loyauté – s'évanouit. Toutes les barrières s'écroulèrent et il ne resta rien entre moi et mon enivrante bacchante, rien que nos vêtements. Elle répondit à mon baiser avec toute l'ardeur que j'y avais mise moi-même et, lorsque je fis rouler son corps sous le mien, elle ouvrit grand les yeux et pendant un moment j'y lus de la stupéfaction. Elle sourit gentiment, embrassa les coins de ma bouche et chuchota : « Attendez. »

Impossible. Impossible d'attendre, car de toute ma vie je n'avais éprouvé un besoin aussi impérieux de me sentir à l'intérieur d'une femme. Il me fallait la posséder et je savais que rien d'autre ne comptait. Un tremblement de terre ou un cyclone n'auraient pu séparer mon corps du sien. Lorsque je glissai la main dans son corsage, elle détacha ses lèvres des miennes et murmura : « Je vous en prie, attendez. » Elle avait formulé sa requête sans grande conviction car, dans le même temps, ses doigts cherchaient avidement à défaire les boutons de ma chemise. Je l'ignorai donc et me concentrai sur la douceur de sa peau, tandis que mes mains écartaient son caraco de soie à la recherche de ses seins. Ils étaient tout petits, comme des seins de jeune fille, mais ils durcirent sous mes caresses et son baiser se fit plus ardent, jusqu'au moment où, à nouveau, elle se détacha de moi en disant : « Nous devons attendre. »

Je dénudai ses épaules afin de pouvoir goûter à cette peau souple qui avait répondu avec tant de passion au contact de mes doigts, et je dis : « Attendre ?

– Que nous soyons mariés. »

Elle m'aurait aspergé avec un seau d'eau glacée, je ne me serais pas écarté d'elle plus rapidement. Elle avait les yeux écarquillés, sans doute autant que les miens. Puis elle baissa la tête et fixa le sol. Je la regardai reboutonner son corsage et remettre les épingles dans ses cheveux, toujours penchée et silencieuse. Quand elle eut terminé, elle se leva et descendit vers la rivière.

J'avais fait dans ma vie beaucoup de choses dont j'avais honte – j'avais volé, menti, triché – mais jamais je ne m'étais senti aussi abject que lorsque je la vis s'agenouiller au bord de l'eau. Maintenant, je savais de quoi rêvent les fous, je savais de quoi rêvait cette femme : qu'un prince charmant, venu d'un pays lointain, tombe fou amoureux d'elle et l'emmène dans son royaume pour l'épouser.

Je me relevai lentement, passai la main dans mes cheveux et sur mes vêtements pour les défroisser, et vins vers elle : « Miss Brodie, je vous dois des excuses. Vous êtes si ravissante... et... et je crains de... » Elle secoua la tête comme si mes paroles avaient blessé ses oreilles puis, reprenant ses esprits, elle se dirigea vers son cheval. Les gens qui disent que les fous n'ont pas de dignité se trompent. Je l'observai tandis qu'elle retrouvait toute sa fierté, tout son orgueil, et lorsqu'elle monta en selle, elle avait vraiment la grandeur d'une reine.

Notre chevauchée de retour fut pénible, c'est le moins qu'on puisse dire, mais pas si insupportable que cela, jusqu'au moment où j'aperçus le château illuminé comme une grande fête foraine, et une cohorte de domestiques qui s'agitaient dans tous les sens. Il ne me fallut pas longtemps pour comprendre les raisons de ces gesticulations matutinales : ils étaient à notre recherche, et nous avions beau être encore trop loin pour entendre distinctement ce qu'ils disaient, j'étais presque sûr qu'il était question de Kate, la putain folle de Cromdale, qui s'était enfuie Dieu sait où avec l'ami de Monsieur Will.

Je voulus parler à la sœur de Will, pour que nous trouvions quelque explication plausible à notre absence durant ces deux ou trois dernières heures, mais elle semblait parfaitement indifférente à toute cette agitation. Elle descendit tranquillement de cheval, passa les rênes à un garçon d'écurie, puis se dirigea vers le château. Je m'apprêtais à en faire autant lorsque je vis Will courir comme un fou dans la cour, torse nu, armé d'un fusil de chasse capable de tuer un éléphant. Il se précipita sur moi, brandissant le fusil comme une matraque ; sans attendre qu'il m'estourbisse avec, je levai les mains en l'air et expliquai que nous avions fait une promenade, que nous n'avions pas échangé deux mots et que nous n'étions même pas descendus de cheval. Il me crut – je mens fort bien face au danger – et il me pressa l'épaule en me présentant ses excuses ; puis il se tourna vers sa sœur, qui le repoussa et entra d'un pas décidé dans le château. Nous restâmes là à la regarder et, voulant le rassurer quant à l'innocence de notre balade nocturne, j'essayai d'inventer une histoire qui me permettrait à la fois de me disculper de toute relation secrète avec sa sœur, et de ne pas lui causer, à elle, plus d'ennuis qu'elle n'en avait déjà. Mais avant que j'aie pu dire un mot, Will appela un homme très grand et barbu et lui ordonna d'abattre l'arbre sous le balcon de la chambre de Kate.

Couché dans mon lit, je naviguais entre veille et sommeil. Des bruits de marteau m'avaient empêché de dormir : Will avait donné l'ordre de clouer les portes vitrées qui, dans la chambre de sa sœur, donnaient sur le balcon et, à chaque coup de marteau, je me recroquevillais comme si j'entendais quelqu'un en train de clouer un cercueil. Elle pourrait tout aussi bien être morte, enfermée à clé, sans possibilité de fuite.

Enfin le sommeil m'emporta, mais un sommeil agité. Je pensais à la sœur de Will, à la paix qu'elle m'avait apportée, puis à ses baisers et à la passion qu'ils avaient éveillée. Quel gâchis, quelle pitié, ne cessais-je de soupirer.

Une musique s'insinua par ma fenêtre ouverte : la mélodie d'un orchestre et le murmure d'une assemblée ; le jumping avait commencé. Je me forçai à me laver, à revêtir ma tenue de cheval et à mettre mon masque : celui de Robert Maclean, charmant gentleman, jeune et riche. Mais je n'avais aucune envie de jouer ce rôle. Will m'avait promis que je ne dormirais pas seul cette nuit. Il avait parlé d'une certaine Hetty, ou Henny, blonde aux yeux bleus, bien en chair, une vraie beauté. Pourquoi ne ressentais-je pas l'excitation d'une conquête imminente ? Penser à cet après-midi et au bal qui suivrait ne me procurait aucune joie. Tout ce que je voulais, c'était en avoir fini avec tout cela et...

« Et quoi, Maclean ? demandai-je à mon reflet dans la glace tout en me rasant. Où iras-tu ? »

Paris, c'était terminé. Madame et Simone, aussi. Je serais obligé d'aller à Mallaig, je m'étais promis d'y aller. Mais je ne m'étais pas encore préoccupé du discours que je ferais à mes parents, aussi les repoussai-je dans un coin de mon esprit.

Je me rinçai le visage, m'essuyai, puis écoutai les coups violents qui résonnaient de l'autre côté du couloir. Will était en train de frapper comme un forcené à la porte de Kate en lui ordonnant d'ouvrir. Je me demandai pourquoi il n'utilisait pas la clé – je l'avais vu la mettre dans sa poche après avoir enfermé sa sœur.

Je m'habillai, mais les coups continuaient de plus belle, ainsi que les hurlements de Will ; j'entendis finalement le bruit d'une serrure qu'on fermait, puis à nouveau des coups, mais cette fois c'était la voix de sa sœur qui accompagnait les martèlements, suppliant qu'on la laisse sortir.

J'ouvris ma porte, sortis dans le couloir et aperçus Will qui se ruait dans l'escalier et se dirigeait vers les écuries. Je restai là, à regarder la porte trembler tandis que la malheureuse créature qui se trouvait derrière gémissait : « Laisse-moi sortir ! » Sa voix était si implorante que je m'approchai et cherchai au-dessus du chambranle de la porte, là où je savais qu'était cachée la clé. Mais elle n'y était pas.

Je frappai et appelai : « Miss Brodie, votre frère a pris la clé. Je...

– Mon cheval ! Il va le tuer ! »

De toute évidence, elle était en proie à une de ses hallucinations et prenait son frère pour un ennemi mortel. Incapable de trouver un moyen de la réconforter, je m'apprêtais à descendre à mon tour pour aller rejoindre Will et lui demander de libérer sa sœur, lorsque je perçus un hennissement suivi aussitôt d'un cri.

Je me précipitai dans la chambre jouxtant celle de la jeune femme, courus au balcon contigu au sien et qui donnait sur les écuries et aperçus, juste au-dessous de la fenêtre de sa sœur, Will à califourchon sur un grand cheval bai, cravachant sans retenue la pauvre bête. J'entendis un bruit de verre cassé et, en me retournant, je vis Kate occupée à briser la porte vitrée avec un chenet. Mais elle avait été entièrement clouée et la jeune femme avait beau essayer de pratiquer une ouverture assez grande pour pouvoir passer au travers, les petits encadrements des carreaux ne bougeaient pas, malgré la force étonnante déployée par cette créature si fragile. Elle s'arrêta brusquement, m'aperçut et gémit : « Aidez-moi. »

Inutile de me le dire deux fois. Je lui demandai de s'éloigner, attrapai une chaise et la lançai de toutes mes forces. La jeune femme se précipita, me bouscula au passage et se rua hors de la pièce. J'eus à peine le temps d'entrevoir son beau visage ; c'était la première fois que je la voyais en plein jour, la première fois que je remarquais ses yeux bleu-vert et ses cheveux d'un roux flamboyant... comme ceux de Clarisse.

Seigneur, dans quelle galère m'étais-je laissé entraîner ?

La sœur de Will traversa la cour à toute allure tandis qu'il continuait à frapper son cheval dont les flancs à présent dégoulinaient de sang. Elle bondit sur son frère, agrippa sa main qui tenait la cravache et le fit dégringoler du cheval comme s'il n'avait pas été plus lourd qu'une plume. Elle se mit à le frapper de toute la force de ses poings et je ne pus m'empêcher de penser à Aoife, Aoife la guerrière de l'île de Skye. Ils roulèrent sur le sol et Will lui rendit ses coups de poing avec le même acharnement, puis il la saisit par les cheveux et leur reflet dans le soleil m'éblouit... et me réveilla.

Descendant l'escalier quatre à quatre, je me frayai un chemin à travers la foule qui s'était amassée autour des deux combattants et restait bouche bée devant l'affreux spectacle. Will se mit sur Kate, lui immobilisa les bras et la maintint au sol avec son genou, tout en lui cognant la tête par terre. Au moment où j'arrivai sur lui, elle gisait inanimée et je crus l'espace d'une seconde qu'elle était morte. Je bondis sur Will, l'arrachai à sa sœur et nous tombâmes tous deux à la renverse, moi sur lui. Je levai le poing pour le rosser mais fus arrêté par une main puissante qui me serra si fort que j'entendis les os de mon poignet craquer, et la voix de Kenneth Brodie qui commandait : « Lâchez-le ! »

Dégageant ma main de son emprise, j'allai vers Kate. L'homme que j'avais vu la nuit précédente danser avec elle la tenait et essayait de la soulever mais il n'y parvint pas ; je la pris donc dans mes bras et cherchai un endroit où l'étendre. La foule s'ouvrit sur mon passage lorsque je l'emmenai vers l'écurie, et des chuchotements où il était question de folie et de pratiques abominables tombèrent autour de nous, sur nous, comme des larmes de boue, sales et noires.

« Ici, m'sieur, dit l'homme qui m'avait conduit à l'écurie. Étendez-la ici. J'vas prendre soin d'elle.

– Pourquoi s'en est-il pris à son cheval ?

– Pa'ce que c'est l'seul moyen pour la faire... »

Il s'interrompit à l'approche de Will et de son père.

« Elle va bien ? » demanda Will en se laissant tomber à mes côtés, les yeux posés sur sa sœur comme si elle avait été happée par un train et non assommée sous ses coups malveillants.

« Vous d'vriez pas vous occuper d'vos invités, m'sieur Will ?

– Elle a dû se cogner la tête, Joseph. Je ne...

– Will ! cria l'homme que Will avait appelé Joseph. Va-t'en ! T'en as pas fait assez ?

– Joseph », protesta faiblement Kenneth, puis, apercevant sa fille, il tomba à genoux en sanglotant : « Cathy ! Oh Will, elle est...

– Sans connaissance. Elle ira mieux dans un instant.

– Nous devons faire venir un docteur, fils. Nous devons...

– Vous voulez que cela se sache dans tout le pays, Père ? N'avons-nous pas suffisamment de problèmes ? N'a-t-elle pas déjà sali notre nom par l'aberration de son comportement ?

– Parce qu'on aurait dû appeler un docteur, fils.

Tu aurais dû me laisser appeler les docteurs quand sa maladie a commencé. On aurait pu la sauver. Tu ne m'as jamais laissé appeler... »

Kate remua et le père de Will voulut s'approcher d'elle. Mais Will le repoussa et lui enjoignit d'aller auprès de leurs invités. Le vieux Brodie protesta, insista pour voir sa fille, et Will à la fin se leva, emmena Kenneth à la porte de l'écurie et lui dit :

« Laissez-la, maintenant ! Allez donc rejoindre vos invités, ne les laissez pas jaser ! Et... »

Il s'interrompit, conscient pour la première fois de ma présence, et me regarda avec circonspection. J'adoptai un visage impassible, cherchai à gagner du temps, et me contentai d'attendre.

« Rob, je sais que c'est difficile à comprendre mais c'était le seul moyen de la faire sortir de sa chambre. Elle avait barricadé la porte. Elle aurait pu mettre le feu et nous aurions été incapables de la sauver. Je sais ce que tu penses... Je sais que ça peut paraître cruel, mais un cheval, c'est peu de chose quand la vie de ma sœur est en jeu. »

Kate gémissait et essayait d'ouvrir les yeux. Elle eut un faible battement des paupières et réclama son cheval. Will se laissa tomber près d'elle, lui tint délicatement la tête mais elle tenta de le repousser et il lui demanda pardon de l'avoir blessée. J'étais tellement écœuré que je le saisis par le collet et le remis debout. J'aurais voulu le démolir mais cela n'aurait pas été intelligent – du moins pas pour l'instant. Aussi lui tapai-je amicalement sur le dos en disant : « Tu ferais mieux d'aller retrouver tes invités. Je m'assurerai que ta sœur retourne dans sa chambre, une fois remise. » Et j'ajoutai en souriant : « Tu n'as rien à expliquer, Will. Tu as fait ce que tu devais. »

Son regard passa de moi à Kate, toujours étendue, passablement étourdie, puis il me tapota le bras en disant : « Je savais que tu comprendrais. » Il jeta ensuite un dernier regard à sa sœur et quitta les lieux. Je me tins en retrait, hors du champ de vision de Joseph et de Kate, et m'interrogeai sur la conduite à tenir.

Kate marmonna quelque chose au sujet de son cheval. Joseph lui assura que les blessures de Titan étaient superficielles et qu'un des garçons d'écurie le soignait. Puis il l'aida à s'asseoir et, les mains posées sur les bras de la jeune femme, lui dit :

« Pars en Australie.

– Non.

– Le Loch Leven s'ra jamais à toi, Cathy ! Il t'laissera jamais y'aller !

– Je me marierai, répondit Kate en libérant ses bras de l'étreinte de Joseph. Une fois que j'aurai l'acte de propriété, le domaine sera à moi. Je me marierai...

– Il t'laissera jamais t'marier ! Cathy, c'est-y qu't'es aveugle, ma p'tite ? Tu vois donc pas pourquoi il fait ça, pourquoi il s'est attaqué à Titan...

– Pour me faire sortir de ma chambre.

– Pour t'avoir sous lui !

– Parce qu'il me déteste, Joseph ! Il a l'esprit tordu et il me déteste...

– Pa'ce que tu lui r'fuses...

– Joseph...

– Cathy, va r'trouver Hal. Va en Australie. J't'en prie, fillette, va le r'trouver.

– Je ne peux pas. Je n'aime pas Hal. Je ne peux pas. Ce serait l'utiliser. Je me détesterais, après. »

J'en avais entendu suffisamment. Je m'agenouillai près de Joseph et demandai : « Pourquoi Will fait-il passer sa sœur pour folle ? Cet héritage, l'acte de propriété du domaine du Loch Leven, c'est à cause de ça ? » Kate lui saisit le bras pour l'empêcher de parler ; il secoua la tête et murmura qu'il ne connaissait pas les raisons de Will. « Elle est prisonnière ici, Joseph. Pourquoi ?

– Parce que Will veut...

– Joseph ! » cria Kate, l'obligeant à se taire. Puis elle ajouta à mon intention : « Je vais bien, à présent, Mr. Maclean. Vous pouvez rentrer au château. »

Elle avait parlé sans me regarder, gardant la tête inclinée pendant qu'elle remettait ses cheveux en place, de la même manière que ce matin après être restée couchée auprès de moi. Et je compris qu'en me dérobant à sa proposition de mariage je l'avais blessée cent fois plus que Will en la rouant de coups, parce que ce n'était pas une ruse : elle était réellement tombée amoureuse de moi. Je la regardai se lever avec l'aide de Joseph, admirai son corps souple et mince lorsqu'elle se dirigea vers le château. Elle ne courba pas la tête, elle ne laissa rien paraître lorsque les invités s'écartèrent sur son chemin, comme si elle eût été une reine déchue. Une reine, elle l'était, certes. Elle était Aoife, princesse et guerrière.

Je *devais* l'aider, et je *l'aiderais.*

Elle avait besoin d'un mari pour faire valoir ses droits sur le Loch Leven. Je pouvais être ce mari. Tout ce qu'il nous fallait, c'étaient les papiers officiels, et nous pourrions nous marier à Gretna Green où l'on n'est pas obligé d'attendre. Je lui ferais clairement comprendre que ce serait un mariage blanc. Une fois que tout serait réglé, je repartirais pour le continent et elle aurait son domaine. Elle pourrait demander le divorce l'année suivante, garder mon nom puisque le sien était souillé par tous les ignobles faux témoignages de Will, et nous ne nous reverrions sans doute jamais et n'entendrions plus parler l'un de l'autre jusqu'à la fin de notre vie. C'était parfait.

À un petit détail près : elle était amoureuse de moi et j'étais... extrêmement attiré par elle.

Mais inutile de s'inquiéter pour cela : tant qu'elle ne me toucherait pas, tout irait bien. Il s'agissait d'un contrat d'affaires, et je saurais me comporter en conséquence. Notre *mariage* ne serait pas consommé – tant que je rejetterais de mon esprit les images de son corps souple et chaud, son corps qui était étendu sous le mien ce matin. Non, non, non, il n'y aurait *pas* consommation. Nous nous serrerions la main une fois que je l'aurais déposée sur le seuil de sa maison, et nous nous dirions au revoir. Je suivrais mon chemin, et elle le sien. Un arrangement. Juste un arrangement.

Adoptant donc le masque de l'homme d'affaires méthodique qu'exigeaient – ainsi en avais-je décidé – les réjouissances de la soirée, je m'habillai pour le bal, impatient de communiquer à ma future et temporaire épouse le plan qui la libérerait des chaînes de Cromdale, impatient aussi de régler son compte à Will, puis j'attendis.

À onze heures et demie, après avoir ingurgité plus *de haggis* [1], de saumon et de boulettes de homard que n'en auraient englouti trois colosses; après avoir dansé avec Hetty et Henny – ou peut-être était-ce une seule et même personne – jusqu'à en avoir mal aux pieds; après avoir attrapé un torticolis à force de surveiller l'escalier, certain qu'elle pouvait faire son apparition d'un moment à l'autre, j'en conclus finalement que Kate n'assisterait pas au bal.

Je ne pouvais guère aller la chercher moi-même : Will ne m'avait pas quitté des yeux durant toute la soirée, tout en restant aussi cordial et amical que je l'étais; il avait écarté d'une chiquenaude le drame de cet après-midi comme s'il s'était agi d'agaçantes vétilles. Mais il savait que j'avais vu clair en lui. Seulement, il ne pensait pas que je ferais quoi que ce soit.

Remarquant la longue et maigre femme qui, la veille, avait changé de place la clé de la chambre de Kate, je m'arrangeai pour m'approcher d'elle; j'étais certain qu'elle avait délibérément égaré la clé pour qu'elle se retrouve de l'autre côté de la

1. Panse de brebis farcie, plat traditionnel écossais.

porte de sa maîtresse – ce qui faisait d'elle la complice de Kate, et la mienne. Elle frappait dans ses mains, ou plutôt tapait le bout de ses doigts en mesure, tout en observant le tourbillon de robes brillamment colorées qui la frôlaient en froufroutant. Je lui offris mon bras en lui demandant une valse ; elle se mit à trembler si violemment que je crus qu'elle allait avoir des convulsions, et bégaya qu'elle était juste descendue pour regarder.

« Miss Brodie ne se joindra pas à nous ? demandai-je à la flageolante geôlière de Kate en lui remplissant un verre de punch et en m'assurant que Will ne se trouvait pas dans les parages.

– Non, monsieur. Elle... Elle ne se sentait pas très bien.

– Rien de cassé, j'espère. » Ses yeux devinrent larges comme des soucoupes ; je m'approchai d'elle et chuchotai : « Je veux l'aider. Lui apporterez-vous un message de ma part ? » Et je glissai dans sa main un petit mot que j'avais pris la liberté de rédiger avant de quitter ma chambre. Le message était bref : il disait simplement que j'étais conscient qu'elle avait joué la comédie, sous l'arbre, afin de me pousser à l'épouser, et que cela avait blessé mon amour-propre, mais que je me rendais compte maintenant de la terrible situation qui était la sienne et que je désirais l'aider par tous les moyens possibles. Il serait plus facile pour elle comme pour moi de lui laisser croire que je n'avais pas conscience de ses sentiments réels à mon égard et, vu les circonstances, mes conjectures n'avaient rien d'insensé.

Refermant la main sur le bout de papier comme sur un insecte qu'elle aurait attrapé au vol, Miss Tremblote le porta à son sein et se faufila dans l'escalier avec toute la discrétion d'une authentique espionne. Elle revint quelques instants plus tard, me saisit le bras et chuchota : « Elle m'a dit de vous dire... Attendez voir. Ah oui, elle m'a dit de vous dire : merci, mais elle a pris d'autres dispositions.

– Et le Loch Leven ?
– Elle... c'est-à-dire que...
– Elle l'abandonne.
– Non, monsieur. Elle a dit qu'elle doit... attendez voir, comment elle a dit ça... c'était un terme militaire, comme quoi il faut battre en retraite pour pouvoir mieux surveiller l'ennemi... oui, c'est ça qu'elle a dit.
– Voudriez-vous lui apporter un autre message de ma part ? Lui dire que je peux l'aider à partir cette nuit avec l'acte de propriété du domaine ? Vous voulez bien lui dire cela ?
– Mais, monsieur, le seul moyen pour faire ça serait que vous épousiez Miss... »
Elle s'interrompit, me regarda bouche bée, fit la révérence et remonta l'escalier en courant.
J'attendis dans le hall avec l'espoir de pouvoir parler à Kate avant Will, lorsqu'elle descendrait. J'observai le vieux Brodie, de plus en plus pompette car il vidait son verre chaque fois que la servante lui mettait le plateau d'argent sous le nez. Je me demandai s'il avait attaché la jeune femme à une ficelle car elle restait en permanence dans un rayon de moins d'un mètre autour de lui puis se précipitait pour lui reverser à boire. Il était dans mon intérêt que le vieil homme soit bien imbibé avant que je lui demande la main de sa fille. Le problème, c'était Will. Comment occuper son attention de telle sorte que Kate et moi puissions nous éclipser avec le père et l'emmener à l'endroit où il gardait l'acte de propriété ? C'était le principal problème.
Je tapotai le petit pistolet que j'avais fourré dans ma veste, espérant ne pas en avoir besoin. Non que je me sois attendu à ce que Will accepte de bonne grâce de me donner sa sœur, mais je n'avais aucune envie de me battre en duel pour une femme qui serait mon épouse au mieux quelques jours durant. J'avais cependant nettoyé et chargé l'arme : prudence est mère de sûreté. Et puis, le

petit Derringer en argent faisait désormais partie intégrante de ma garde-robe car les cercles dans lesquels je jouais avaient beau être bien organisés, les choses dérapaient parfois et j'avais besoin de l'aide de mon fidèle ami.

Les yeux rivés sur l'escalier, je tripotai mon nœud de cravate, qui me parut soudain trop serré, en répétant mentalement le discours que j'avais préparé.

Elle était là... Kate. Radieuse, rayonnante. La teinte turquoise de ses yeux splendides semblait illuminer l'escalier et les visages des gens qui se trouvaient en bas. Elle portait une robe bleu-vert, bordée de plumes de la même couleur, et elle avait laissé pendre ses magnifiques cheveux roux, relevés juste sur les côtés. Ils brillaient à la lumière des lampes comme si l'on y avait mis le feu, jetaient des éclairs dorés, intenses, et je me sentis l'envie folle de passer mes doigts dans cette crinière flamboyante.

Ramassant ses jupes d'une main, elle posa l'autre sur la rampe et commença à descendre lentement les marches. Will tendit son verre à Flora, se précipita vers sa sœur, passa son bras sous le sien et la conduisit dans la salle de bal en réclamant une valse. Elle ne m'avait pas jeté un seul regard. J'offris mon bras à Flora qui affirma qu'elle ne danserait pas, puis changea d'avis lorsqu'elle vit Will enlacé avec sa belle-sœur, et me fit promettre de valser lentement.

La salle de bal était majestueuse, formée sur deux côtés de portes-fenêtres en forme de voûtes et, sur les deux autres murs, de miroirs où se reflétaient les danseurs – où se reflétaient Will et sa sœur qui tourbillonnaient sans fin. Elle ne le regardait pas, ne lui parlait pas, mais il était en train de lui murmurer quelque chose, et je sentis poindre en moi un sentiment qui me stupéfia car jamais auparavant je ne l'avais éprouvé : l'envie. Je n'avais jamais vu personne danser comme eux deux ; ils ne dansaient pas, ils volaient, et ne formaient plus qu'un.

Tout en dansant, j'amenai Flora près d'eux et la poussai pratiquement dans les bras de Will en attrapant Kate et en lançant : « Changement de cavalières ? » Kate sourit de mon effronterie – ce que je venais de faire ne se faisait pas, sauf peut-être dans un bal du samedi soir où l'on danse la gigue écossaise – et je lui souris à mon tour.

Nous restâmes silencieux. Elle attendait sans doute de moi une explication, mais j'oubliai tout sauf ce que je ressentais auprès d'elle. Nous dansions comme si nous avions été faits l'un pour l'autre, et j'aurais voulu que la musique ne s'arrête pas. Mais Kate me pressa très légèrement l'épaule, avec un mouvement de tête pour me signaler que Will approchait.

« J'ai une proposition à vous faire, Miss Brodie.

– Oui, Helen me l'a dit. Mais pourquoi ?

– Parce que votre frère m'a berné de belle façon et que je n'aime pas être berné. » J'aurais pu m'en tenir là mais je ne sais pas ce qui me poussa à continuer : « Et puis, vous avez besoin d'aide et vous méritez d'être aidée. »

Elle regarda ailleurs et je la sentis frémir. Cela devait lui coûter de rester dans mes bras en repensant à notre dernière étreinte. Sa peau d'une blancheur parfaite se colora, et je me souvins que l'affaire en cours était d'une importance vitale.

« Les domestiques sont avec vous ou avec Will ? demandai-je précipitamment.

– Avec moi, sauf le valet de chambre de mon frère. Cet homme de haute taille, là dans le coin.

– Quelqu'un peut-il créer un incident qui obligerait Will à quitter cette pièce ?

– Oui. À minuit et demi.

– L'acte de propriété ?

– Dans un coffre, dans le bureau de mon père.

– Comment est-ce que je... »

La main de Will était posée sur mon bras ; il

nous sépara et emmena sa sœur et Flora hors de la piste de danse, sans m'adresser le moindre mot.

Il savait qu'il se passait quelque chose.

Je devais rejoindre Kenneth Brodie et demeurer auprès de lui ; ainsi, quelle que soit la diversion imaginée par les fidèles acolytes de Kate, je serais prêt à l'entraîner dans son bureau. Je passai la maison au peigne fin mais en vain. Je m'apprêtais à essayer le parc, pensant qu'il était allé faire un petit tour pour désembrumer sa tête noyée dans le whisky, puis je me rappelai que Will et moi l'avions trouvé seul dans son cabinet de travail, l'autre nuit. Cherchant mon chemin à tâtons dans le sombre corridor de l'autre côté de l'escalier, j'aperçus une lumière sous une porte. Je m'approchai, ouvris doucement la porte et entrai.

Le vieux monsieur était assis à son bureau, tout comme la nuit précédente, et il regardait fixement quelque chose sur quoi il passait lentement les mains en murmurant : « Margaret. » Il répéta plusieurs fois ce nom, et à la fin sa voix se brisa et il éclata en sanglots. Son chagrin m'émut et je faillis ressortir de la pièce avec l'intention d'attendre quelques instants puis de frapper. Mais il leva la tête et, m'apercevant, me fit signe de m'asseoir. Il me versa un verre, puis reporta son regard sur la photographie. J'attendis qu'il ait essuyé ses larmes, puis je m'éclaircis la voix et dis :

« Je suis tombé amoureux de votre fille, Mr. Brodie, et je voudrais l'épouser.

– L'épouser ? Épouser Cathy ?

– Oui, monsieur.

– Non, non... Non, vous ne pouvez pas épouser Cathy. Elle est... Mais vous n'êtes pas du coin, n'est-ce pas, mon garçon ? Alors vous ne pouvez pas savoir. Non, vous ne pouvez pas épouser Cathy. Elle n'est pas... Elle est...

– Will m'a parlé de sa maladie, monsieur. J'ai entendu parler d'un médecin en Suisse qui pourrait l'aider.

– Non, non, non, Will ne voudra rien savoir. Il n'y a pas de traitement. J'ai voulu faire venir les docteurs mais Will... Will ne m'a pas laissé... Cathy est... elle est... Oh Seigneur, vous ne savez pas le quart de l'histoire. Ça vous donnerait envie de vomir si vous saviez. Ça me dégoûte chaque fois que je la regarde.

– Alors pourquoi ne pas la laisser se marier avec moi, monsieur ? Je l'emmènerais loin d'ici et je la ferais soigner. Ne m'accorderez-vous pas sa main, pour que je l'aide à recouvrer la santé ? »

Il me dévisagea, puis porta son regard sur la photographie qu'il tenait à la main. Il fut sur le point de parler lorsque soudain la porte s'ouvrit, et Kate se rua dans la pièce.

« Cathy, est-ce que tu l'aimes ? Est-ce que tu aimes cet homme, ma fille ? »

Elle vint à lui, s'agenouilla, joignit les mains et les posa sur les genoux de son père comme pour prier, et répondit : « Oui, P'pa. Je l'aime. » Il lui releva la tête, essuya les larmes qui coulaient sur le visage de Kate et dit : « Oui, c'est vrai, petite. Tu l'aimes... Alors nous devons envoyer chercher Will...

– Non, P'pa. Laisse-moi partir avec Mr. Maclean. Je t'en prie.

– Cathy, je ne peux pas prendre de décision sans ton frère, ma fille. Tu sais comment sont les choses, maintenant. C'est Will le maître...

– Non, c'est toi. C'est toi le maître, pas Will. Je t'en prie, laisse-moi épouser Mr. Maclean. Je t'en prie, P'pa. »

Il la serra contre lui, appuya la tête de sa fille contre sa poitrine. Je les regardai qui pleuraient tous deux, puis il se leva, prit la main de Kate et la mit dans la mienne en déclarant : « Elle est à vous, à une condition : vous lui rendez la santé. Je veux votre promesse, mon garçon. Vous allez rendre la santé à ma Cathy.

– Oui, monsieur, je vous en donne ma parole. »

La main de Kate était toujours dans la mienne ; je savais que je devais la relâcher mais elle était si chaude et si douce que je la serrai plus fort. Brodie était allé à la fenêtre et je me raclai la gorge pour dire :

« Il y a la question de la dot de Kate, monsieur. Je crois qu'il y a une propriété, le Loch Leven ?

– *Aye.*

– L'acte notarié ?

– Dans le coffre... mais je... je ne connais pas la combinaison. Je ne m'en souviens pas. »

Nous ouvrîmes ses bouquins, sa Bible, ses livres de comptes, pour trouver la combinaison du coffre, conscients que Will pouvait entrer d'un instant à l'autre et tout flanquer par terre. Mais en vain. Kate amena son père devant le coffre-fort et le fit asseoir, avec l'espoir qu'à la vue des petits chiffres blancs sur le cadran noir, il retrouverait le nombre magique qui rendrait le domaine à sa propriétaire légitime. Il tourna le cadran je ne sais combien de fois, mais rien à faire. Le coffre-fort resta fermé.

« Qui d'autre connaît la combinaison, P'pa ?

– Personne... personne sauf Will. Je vais lui demander.

– NON ! »

L'exclamation nous avait échappé en même temps, à Kate et à moi. Son père ouvrit la bouche, surpris, puis la referma et je m'attendais à l'entendre demander : « Pourquoi ? » mais il prononça : « Will. »

Je poussai Kate sur le côté, fis un pas vers son frère et dis : « Présente-nous tes félicitations, Will. Ton père a consenti à...

– Sors d'ici !

– Voilà des paroles peu cordiales envers ton futur beau-frère...

– Sors d'ici ! Tu as une minute pour quitter les lieux, sinon...

– Tu me tueras ? Avec tous ces gens ici ? Pense au scandale, Will. Tu es un homme très soucieux du scandale. Et tu sais comme les gens parlent, et comme les sales rumeurs se répandent rapidement. Mais imagine ce qui se passe quand ces sales rumeurs sont des vérités, appuyées par des *faits*, des *témoignages*, des *examens médicaux*. Avec quelle rapidité la réputation d'un homme peut changer ! Il peut chuter des sommets de la respectabilité pour plonger dans les abîmes de l'infamie. »

Il n'eut pas un mouvement, pas un battement de paupières, mais il avait compris ; il savait que, s'il osait s'interposer, je le briserais à cause de ce qu'il avait fait à Clarisse. Je dis à Kate de faire ses bagages, attendis qu'elle ait quitté la pièce, puis fis signe au père de Will : « Peut-être pourriez-vous vous écarter, monsieur, afin que Will puisse ouvrir le coffre et en sortir l'acte de propriété ?

– Je ne le signerai pas.

– Ah non ? Dois-je parler à ton père de ton penchant pour les rousses ? Et de ce que tu as fait dans un bordel de Paris à une petite rousse que tu as laissée en train de crier...

– Ça suffit !

– Will ? questionna Kenneth. Qu'est-ce qu'il raconte ?

– Allez voir Flora, Père.

– Mais...

– Allez ! Sortez ! »

Le vieil homme sortit de la pièce en titubant, toucha le bras de son fils, puis ferma doucement la porte derrière lui.

« Ouvre le coffre, Will. »

Will bondit sur moi, me jeta à terre et me martela avec ses poings. Nous luttâmes jusqu'à ce que je parvienne à prendre le dessus ; je l'immobilisai au sol et grognai : « Je te briserai, salaud ! Je ferai témoigner Clarisse ! Elles t'accuseront et te traîneront devant les tribunaux français ! Ce sera dans tous les journaux ! Tout le monde saura ce que tu as fait à cette pauvre fille ! Et on t'enfermera pour le restant de tes jours ! »

Lorsque je sentis qu'il cessait de résister, je me levai, me versai un verre, le bus puis, désignant le coffre-fort, j'ordonnai à Will de l'ouvrir et de rappeler son père pour qu'il signe l'acte.

« Je veux voir ton nom à côté de celui de ton père, Will. Je veux que tu te portes garant. Et j'exige que demain matin tu annonces dans le *Times* que le domaine du Loch Leven a été vendu à Robert Maclean. Catherine Brodie disparaîtra ce soir et on n'entendra plus jamais parler d'elle. Je me suis bien fait comprendre ? »

Il acquiesça, ouvrit la porte, appela son valet de chambre qui se tenait à l'entrée, et lui demanda d'aller chercher son père. Je l'observai pendant qu'il ouvrait lentement le coffre-fort et en extrayait l'acte notarié ; lorsqu'il me le tendit, je fis remarquer que ce devait être une bien belle propriété pour qu'il ait voulu détruire sa sœur et la garder prisonnière afin de s'en emparer. Il parut surpris, grommela quelque chose, puis signa son nom à côté de celui de son père et franchit la porte-fenêtre qui menait du bureau à l'extérieur de la maison.

Kate avait hâte de partir ; elle insista pour que nous prenions le train de nuit afin d'être hors de Cromdale le plus tôt possible. Nous persuadâmes le vieux Brodie de ne pas annoncer nos fiançailles à ses invités – une assurance pour Kate que son nouveau nom ne serait pas entaché de toutes les horreurs accolées à l'ancien. Il me serra la main, me rappela ma promesse de guérir Kate de sa *maladie,* et se mit à la recherche de Will qui avait disparu.

Le cocher de Brodie chargea nos malles tandis que Kate faisait des adieux touchants à Joseph et à sa famille, promettant de leur écrire et de venir les voir à Noël.

Lorsque la voiture se dirigea vers les hautes grilles en fer forgé de Cromdale, je vis les yeux de Kate briller d'excitation : cela faisait neuf années qu'elle n'avait pas franchi ces portes. Comme elle était jolie, comme elle avait l'air jeune et attirante ! J'avais envie de lui prendre la main, de la serrer, de partager son euphorie. Mais je ne le fis pas, et m'obligeai à me rappeler que nous avions conclu un traité, que je la quitterais le surlendemain... et que je ne la reverrais jamais. Que je ne contemplerais plus jamais son beau visage. Que je ne sentirais jamais ces mèches soyeuses et flamboyantes glisser entre mes doigts. Que je ne la toucherais jamais...

« M'sieur, vous voulez pas descend' ? » cria le cocher en arrêtant, en même temps que la voiture, le cours de mes pensées mélancoliques. Je sortis et rejoignis l'homme ; il montra du doigt un cheval qui traversait rapidement la route.

« Regardez sa bouche, m'sieur. L'écume. C'est Titan.

– Qu'est-ce que...

– Ça doit êt' la colique, regardez, il piaffe comme si son vent' était... »

Il n'acheva pas sa phrase. Kate avait sauté de la voiture et courait sur la route pour essayer d'attraper son cheval. Je la suivis, ainsi que le conducteur, et nous finîmes par amener l'animal près du coche, sous la lanterne, ce qui nous permit de l'examiner. Dès que Kate l'eut saisi par la crinière, il s'effondra en se tordant et en gémissant de douleur.

Ce n'était pas la colique. C'était du poison.

« Il est en train de mourir, geignit Kate. Il est en train de mourir. » Elle se tourna vers le cocher en suppliant : « Henry, un revolver ! Vite ! Il souffre ! » Je la relevai et la poussai vers l'homme à qui je commandai de la ramener à la voiture. Mais elle me résista, réclamant à grands cris un revolver. Je la serrai d'une main contre moi, appuyai son visage contre ma poitrine, et sortis mon pistolet ; puis je visai la tête de son cheval et tirai deux fois.

Kate frémit comme si les balles l'avaient traversée, puis se redressa, s'écarta de moi et dit avec gravité :

« Donnez-moi le pistolet.
– C'est fini, Kate.
– Donnez-le-moi.
– Pour aller tuer votre frère avec ?
– Donnez-le-moi.
– Vous ne voyez pas que c'est exactement ce qu'il veut ? C'est pour cela qu'il l'a fait ! Pour que vous retourniez là-bas et que, devant cent invités, vous menaciez de le tuer ! Il prouverait ainsi que tout ce qu'il a toujours dit à votre sujet est vrai ! Il vous ferait interner...
– Henry, le fusil ! Donnez-moi votre fusil !
– Miss Cathy, le monsieur a raison. Continuez vot' route, mam'selle. Partez tant qu'vous l'pouvez. J'enterrerai Titan quand j'reviendrai...
– Et Will restera impuni, comme toujours ?
– Je me chargerai de lui », dis-je en l'éloignant du macabre spectacle et en la ramenant à la voiture.

Je me chargerais de lui, oui. Dès mon retour en France, je veillerais à ce qu'une accusation soit portée contre lui. Je persuaderais Clarisse et surtout Madame de témoigner – le scandale était mauvais pour les affaires, mais des hommes comme Will étaient pires : ils abîmaient la précieuse marchandise qu'elle vendait.

Kate resta là, à fixer le château, puis elle marmonna :

« Il est en train de nous regarder. Je le sens.
– Kate...
– ... Il sait... il sait...
– Il sait quoi ? »

Sans répondre, elle monta dans la voiture, tourna la tête du côté de la fenêtre et ferma les yeux.

Comme il n'y avait pas de trains, je louai un coche qui devait nous permettre d'arriver le matin à Gretna Green, à la frontière anglaise.

Kate, assise à côté de moi, ne disait rien. Je la voyais lutter contre les larmes qui lui montaient aux yeux, et je savais que je ne la toucherais pas, que je ne *pouvais* pas la toucher, car ce serait dangereux et je me sentais déjà tellement lié à elle que la séparation du lendemain serait déchirante. Je regardai mes mains et les vis s'avancer vers elle, la prendre aux épaules, comme si elles avaient été indépendantes de mon corps. À ce contact, Kate ne put retenir davantage ses larmes, et je la serrai avec force contre moi pour la consoler. Je ne sais quand le sommeil la prit. Le cocher changea les chevaux trois ou quatre fois avant que ses pleurs ne cessent. Alors je laissai, moi aussi, le sommeil m'emporter.

Nous nous mariâmes à Gretna Green le 9 juillet. Le juge qui nous unit n'avait sans doute jamais été témoin d'une scène aussi lugubre. Kate pleura pendant toute la cérémonie et, lorsque le juge eut fini et me demanda d'embrasser la mariée, je m'éloignai en marmonnant que ce n'était pas nécessaire.

Nous prîmes le premier train pour le Nord, en direction du Loch Leven, et chaque kilomètre parcouru faisait chavirer mon cœur car, plus nous approchions de sa maison, plus nous approchions aussi du moment où je devrais la quitter.

CHAPITRE 5

« Voici le domaine du Loch Leven ! m'écriai-je en désignant la grande maison blanchie à la chaux blottie dans un bouquet de châtaigniers.

– Plutôt petit pour un hôtel, répondit Mr. Maclean en regardant par-dessus mon épaule, à travers la vitre ouverte. Vous aviez parlé, je crois, de quarante-cinq chambres.

– Ceci est la maison d'habitation. L'hôtel se trouve de l'autre côté du Loch Leven, à environ un kilomètre et demi en amont.

– Je demande au cocher de nous y emmener tout de suite ? » Je ne sais ce qu'il lut sur mon visage – la surprise, le soulagement ou la joie – mais il sourit et s'empressa d'ajouter : « Vous ne croyez tout de même pas que je vais partir sans l'avoir vu ? » puis donna l'ordre au cocher d'aller directement à l'hôtel.

Il avait dû pleuvoir, et abondamment, car la lande au lieu d'être brune était d'un vert luxuriant. Le Ben Nevis se dressait au nord ; il avait l'air d'un géant parmi les autres montagnes. Il était plus de huit heures mais, comme c'était l'été, il ferait jour jusqu'à presque dix heures. Le soleil éclairait les vagues qui clapotaient sur les bords du Loch Leven, donnant à l'eau un scintillement doré : on aurait dit un lac de whisky. Et cela m'appartenait. Enfin, cela m'appartenait.

Montrant la grande bâtisse de pierre, sur une colline qui dominait le lac, j'expliquai à Mr. Maclean que mon grand-père maternel avait fait construire le château en 1805 pour en faire un hôtel. Il avait amassé une petite fortune en attirant de riches étrangers qui venaient dans les Highlands pour dormir dans un « authentique » manoir écossais et monter de fougueux chevaux qui étaient les descendants des coursiers de Macbeth. Mon père avait fermé l'hôtel après la mort de ma mère mais la maison au bord de la rivière Leven était entretenue par un personnel réduit et, d'après ce que j'avais pu voir, elle n'avait presque pas besoin de réfection.

Malheureusement, tel n'était pas le cas de l'hôtel. De loin, la situation ne paraissait pas trop catastrophique mais, à mesure que nous approchions du sommet de la colline, je sentais mon cœur se serrer : la bâtisse était complètement en ruine.

Comment onze années d'abandon avaient pu entraîner semblable désolation, voilà qui me dépassait. Il ne restait pas un carreau en place, et on aurait dit que des millions de fourmis avaient creusé des tunnels dans les murs, provoquant dans la pierre effritée par les intempéries des fissures telles que le château paraissait aussi vieux et décrépi que les ruines de Clava Cairns, qui dataient d'entre 1800 et 1500... avant Jésus-Christ.

Mr. Maclean m'aida à descendre de voiture, demanda au cocher d'attendre, puis avança avec moi vers l'entrée. Il y avait un drôle de sourire sur son beau visage. Tout en repoussant l'herbe qui était aussi haute que moi, je fis la réflexion que les travaux de réfection seraient peut-être un tout petit peu plus importants que je ne m'y étais attendue.

Il s'arrêta, rejeta la tête en arrière et se mit à rire. Que dis-je ? Il était plié en deux, il se tenait les côtes, il hurlait de rire. Debout à côté de lui, plutôt vexée de le voir tourner en dérision mes malheurs, j'attendis que son hilarité se calme, puis répétai que je savais fort bien que le château, ayant été abandonné pendant onze ans, aurait besoin d'être rénové mais que de toute façon j'avais toujours eu l'intention de lui rendre sa splendeur première.

« Ré... Ré... Rénové ? Ma chère, ce n'est pas de rénovation que votre malheureux château a besoin, mais de dynamite.

– Avec un peu d'efforts...

– Et beaucoup de nitroglycérine...

– J'aurai le plus bel hôtel de toute l'Écosse...

– Pour les pigeons, les mouettes et autres oiseaux migrateurs. Regardez la mouette dans la tour...

– Mr. Maclean ! Je vous prierai de garder vos réflexions pour vous, si c'est pour m'insulter.

– Vous insulter ? Dieu me garde de vous insulter, ma charmante épouse. Puis-je vous apporter mon aide ?

– Pardon ?

– Eh bien, disons qu'en travaillant toute la nuit d'arrache-pied, les lieux pourront être en parfait état et prêts à ouvrir demain matin. »

Sans répondre, je me dirigeai vers l'arrière du château pour jeter un coup d'œil aux écuries.

C'était encore pire. Les toiles d'araignée étaient si nombreuses que j'eus l'impression que toutes les araignées d'Écosse avaient rendu visite à ma citadelle déchue et déposé leurs fils en souvenir de leur passage. Quant aux portes de bois des quarante stalles, l'humidité de l'air du Loch Leven les avait presque fait sortir de leurs gonds.

J'entendais Mr. Maclean déclamer aux murs en ruine quelque chose comme « combattre pour votre pays et mourir pour votre château », et mêler de gloussements les noms de Will et le mien. Je ne pouvais guère le blâmer de trouver risible ma guerre avec Will, maintenant qu'il avait la conviction que nous nous battions pour un vieux château délabré qui aurait sans doute eu plus de valeur vendu pierre par pierre qu'en l'état.

Je me laissai tomber sur un vestige de banc. Mr. Maclean s'assit près de moi et demanda :

« Où est-il ?

– Quoi ?

– Le trésor enfoui. »

Je ne pus m'empêcher de rire car il avait parlé avec tant de conviction et de gaieté que même moi j'étais obligée de voir l'absurdité de ma situation.

« Bon, soupirai-je en me levant. Par quoi pensez-vous que je devrais commencer ?

– Commencer ?

– La restauration.

– Mais vous ne songez pas sérieusement à restaurer cette ruine ? Ce serait pure folie de seulement essayer. Vous n'y arriveriez pas. Vendez ce qui en reste – le terrain doit valoir quelque chose, même si le paysage est gâché par ce tas de décombres – et investissez l'argent dans la maison près de la rivière. Cette partie du domaine au moins semble habitable. »

Je le regardai, abasourdie, et j'eus envie de lui crier que j'avais vécu pendant neuf ans comme otage de mon frère, que j'avais enduré ses ignominies et ses mensonges révoltants, que je l'avais laissé traîner mon nom dans la boue, que j'étais restée, au lieu de m'enfuir, que j'avais tout supporté, afin de pouvoir un jour être ce que j'étais aujourd'hui : Maîtresse du Loch Leven. Et que ce domaine représentait pour moi bien plus qu'une simple propriété : il m'avait maintenue en vie tout au long de ces neuf années. Voilà ce que je voulais dire à cet homme. C'est alors que je me rendis compte que je l'aimais, qu'il allait partir, et que je ne le reverrais jamais.

N'osant pas en dire trop, de peur qu'il ne s'aperçoive de mon désarroi, je me détournai de lui et affirmai simplement : « Je ne le vendrai pas. Je le restaurerai. » Et je retournai à la voiture.

Il ne me suivit pas tout de suite et je l'observai qui traînait autour du château en donnant des coups de pied dans des mottes de terre et en grommelant tout seul. Ensuite, il s'en fut au bord de la falaise et resta là, à contempler le lac. Je me demandai à quoi il pensait mais hésitai à m'approcher de lui car il semblait perdu dans sa méditation. Les minutes s'écoulèrent, le soleil disparut à l'horizon et je commençai à me dire que ce qui le troublait, ce n'était pas mon insistance à restaurer le château, mais l'imminence de notre séparation.

Il tenait donc à moi. Mais il allait partir. Il avait été très clair à ce sujet, et je l'avais vu mettre dans sa poche le billet pour le train de onze heures qui devait le conduire à Southampton où il prendrait un ferry pour la France.

Il était presque dix heures et je me demandai s'il avait conscience de l'heure, car il fallait bien trente minutes en voiture pour aller à la gare. Une partie de moi-même espérait qu'il resterait sur la falaise jusqu'à la dernière seconde, nous obligeant à des adieux précipités. Et une autre partie souhaitait que j'aie le courage d'aller à lui, de le supplier de rester avec moi une nuit, une seule nuit, dont je me nourrirais le reste de ma vie. Mais j'avais peur de me jeter à sa tête, non par crainte d'être repoussée – ses baisers, sous l'arbre, m'avaient prouvé qu'au moins il me trouvait désirable – mais parce que je redoutais les conséquences d'une telle impulsivité. Si je l'aimais déjà à ce point, qu'arriverait-il après m'être donnée à lui ? L'angoisse que je ressentais à l'idée de le perdre était déjà atroce ; s'il me quittait après m'avoir fait l'amour, je serais bien capable de dépérir et de mourir.

Il garda la tête baissée pendant très longtemps, puis se redressa de toute sa taille et vint vers moi en marchant d'un pas décidé. Il avait les yeux rouges ; peut-être était-ce à cause de l'humidité de l'air, ou de la fatigue du voyage, mais je ne pus m'empêcher de penser qu'il avait pleuré. Il se glissa à côté de moi, commanda au cocher de nous ramener à la maison d'habitation, puis se tourna vers moi en disant : « Comment envisagez-vous de financer la restauration ?

– Je vais vendre les bijoux de ma mère. » Ce qui

me permettrait de réparer les fenêtres... de l'aile est. Les dégâts dépassaient tellement mes prévisions que je rougis de cette réponse grotesque, en me demandant comment diable je pourrais jamais trouver les fonds nécessaires pour la restauration de mon château. Mr. Maclean tripotait son chapeau, le tournant et le retournant dans tous les sens jusqu'à le réduire à une masse informe. Puis il se pencha vers moi et dit :

« Accepteriez-vous un prêt de quelqu'un qui désire investir dans vos projets ?

– Je...

– Oh, ne vous inquiétez pas ! La propriété restera entièrement à vous. Je serai ce qu'on appelle un associé commanditaire. Autrement dit, je câblerai l'argent sur votre compte et vous serez libre d'en faire ce que vous voudrez. Et une fois que votre " entreprise " se sera révélée fructueuse, vous pourrez me rembourser.

– Avec intérêt.

– Sans intérêt. Cadeau de mariage, Mrs. Maclean. »

S'il était mon associé, s'il était partie prenante dans l'hôtel, ne serait-ce que financièrement, nous aurions bien sûr besoin de correspondre, d'une manière ou d'une autre. Il me faudrait lui écrire, l'informer de la manière dont j'investirais son argent, des réparations effectuées, des acquisitions nécessaires au succès de l'hôtel. Et il serait sans doute désireux de voir le résultat final de tous mes efforts et de son généreux investissement ; il me rendrait certainement visite et...

« Vous êtes en train d'y réfléchir ?

– Non... je veux dire, oui. Je serais très heureuse d'accepter un prêt de votre part, Mr. Maclean.

– Alors, affaire conclue, chère associée. »

Il prit ma main, la serra et la garda dans la sienne. Comme la voiture arrivait devant la maison, j'essayai doucement de retirer ma main mais il ouvrit la portière et descendit en m'entraînant avec lui.

« Bon... fis-je en gardant les yeux rivés sur mes chaussures car je sentais déjà les larmes monter.
– Bon... »
Allez-vous-en ! Ne pouvez-vous pas juste me dire au revoir et partir, avant que je ne tombe en mille morceaux !
« Cathy ? C'est-y toi, ma belle ? »
Nous nous retournâmes en même temps vers la maison, d'où venait la voix : Martha descendait en trombe l'escalier, les bras grands ouverts. Je ne l'avais pas vue depuis onze ans. Elle devait avoir quarante ans, maintenant, mais elle n'avait pas changé. Potelée, les joues roses, ses cheveux auburn étaient relevés sur la tête de telle façon qu'elle avait l'air de porter un chapeau russe. Ses yeux noisette brillaient de bonheur et, me saisissant par la taille, elle me fit tournoyer sans fin.
Je la présentai à Mr. Maclean, qui lui serra vigoureusement la main et pencha la tête vers moi avec un sourire idiot lorsque Martha détailla le menu du dîner. La situation devenait extrêmement embarrassante : j'avais bien averti Martha par télégramme que j'arriverais non avec Jean mais avec mon mari, mais je n'avais pas mentionné qu'il ne m'avait épousée que dans un grand moment d'altruisme. Par conséquent, elle ne se doutait en rien que Mr. Maclean était là pour les affaires, non pour le plaisir. Je finis par rassembler tout ce qui me restait de bon sens et proposai :
« Resterez-vous pour le dîner, Mr. Maclean ?
– Pouvez-vous m'héberger pour la nuit ?
– Oh oui, je pense. La maison comporte huit chambres. »
Martha nous regarda d'un air si ébahi que je crus que les yeux allaient lui sortir de la tête. Mr. Maclean récupéra sa valise, paya le cocher, lui demanda de revenir le lendemain matin à huit heures, puis nous suivit dans la maison.
Tout était propre et bien rangé et lorsque nous traversâmes le salon de devant, clair et spacieux,

avec ses fauteuils et sofas confortables recouverts de tissu ivoire, je décidai de ne rien modifier. Les murs étaient décorés de beaux panneaux de chêne et, malgré la présence de meubles anciens de très grande valeur, la pièce baignait dans une atmosphère chaude et douillette qui en faisait tout le charme. La salle à manger, de l'autre côté du salon, comportait une grande table ovale de douze couverts et un dressoir qui contenait le service en porcelaine rose pâle de ma mère et son argenterie.

Nous suivîmes Martha à l'étage et, lorsque nous fûmes devant la chambre principale, je me demandai comment faire comprendre à Martha que Mr. Maclean dormirait dans la chambre qu'elle avait préparée pour Jean, et non avec moi. Mr. Maclean perçut mon embarras et indiqua gentiment à Martha qu'il prendrait la chambre voisine de la mienne, afin que je puisse avoir un moment de solitude pour me préparer à ma nuit « de noces ». Je le remerciai, puis attirai Martha dans ma chambre et lui fis un résumé rapide des onze dernières années de ma vie. J'omis un certain nombre de choses, de celles que je n'avais jamais dites à personne, et terminai en lui racontant que Mr. Maclean m'avait épousée uniquement pour me permettre de quitter Cromdale et de prendre possession du domaine; j'ajoutai que Will avait empoisonné mon cheval. Elle hocha la tête, incapable de comprendre comment mon père avait pu faire preuve de tant d'aveuglement face aux actes abominables de Will. Je lui expliquai que mon père n'était plus le géant d'autrefois, Will l'avait réduit à n'être plus que l'ombre de lui-même, et je rappelai à Martha qu'elle avait connu mon frère petit et que ce don d'influencer les autres, qu'il possédait déjà étant enfant, s'était amplifié avec l'âge jusqu'à atteindre des proportions quasi divines.

« Bon, ma belle, soupira-t-elle en m'aidant à retirer ma tenue de voyage. T'en as fini avec lui, maint'nant.

– Oui... pour l'instant.

– Quel bel homme ! s'exclama-t-elle en désignant la chambre d'à côté. Un vrai gentleman.

– Un vrai gentleman qui part demain matin. »

Elle me regarda avec attention, puis sourit et dit : « Et tu t'es toquée d'lui.

– Complètement. »

Je révélai à Martha notre escapade amoureuse, à Cromdale, lui affirmai que je me consolerais, puis m'empressai d'aller honorer mon premier repas en tant que Maîtresse du Loch Leven.

Le dîner se passa plutôt bien ; je ne me rappelle guère ce qui y fut dit car je ne cessai de me demander si le dessert dont je gratifierais Mr. Maclean serait la tarte à la rhubarbe et au gingembre de Martha, ou ma propre personne. Finalement, c'est le gâteau qui l'emporta. Après le dîner, nous sortîmes et allâmes dans la véranda, d'où l'on avait vue sur la rivière. La nuit était fraîche, l'air vif et de gros nuages gris annonçaient de la pluie pour les prochaines heures.

Désignant la balançoire, Mr. Maclean m'invita à m'y asseoir avec lui ; au moment où je ramassai mes jupes pour répondre à son souhait, il tendit le bras vers moi, me tira à lui et m'avertit : « Attendez ! Elle est cassée ! » Sans me lâcher, il resta là à me contempler et dit : « Le ressort est rouillé. » J'aurais dû regarder derrière moi, car le ressort était là, attaché à la poutre en bois où était suspendue la balançoire. Mais impossible de détacher mes yeux des siens.

« L'humidité..., murmura-t-il, son regard rivé au mien.

– Hmmmm ?

– L'humidité... de l'air. Cela abîme... » Sa tête se pencha vers la mienne jusqu'à ce que nos lèvres se rapprochent et que je sente la chaleur de son souffle sur ma joue. Je levai mon visage vers lui et, juste au moment de m'embrasser, il fit un bond en arrière et s'exclama : « Je ferais mieux de la réparer.

– La réparer ?

– La balançoire. Avec votre aide, bien sûr. Où sont les outils ? »

Je le conduisis au cellier, près de la cuisine, où mon père gardait une boîte à outils pour les petites réparations, et il fouilla pour dénicher un autre ressort. N'en trouvant pas, il me tendit un lourd rouleau de fil de fer et des cisailles, et je le suivis jusqu'à la véranda. Il travaillait vite et mettait une grande dextérité à enrouler le fil de fer, et je contemplais ses larges mains, avec l'envie d'être enveloppée par elles. Je lui demandai où il avait appris à être si adroit et il m'expliqua qu'enfant, il aimait observer son père effectuer les réparations de leur petite maison à Mallaig.

« Vous n'allez pas voir votre famille ? Mallaig n'est qu'à quatre-vingts kilomètres d'ici.

– En fait, c'est pour cela que je suis venu en Écosse. Mais j'ai une affaire urgente à régler à Paris. J'irai les voir quand je reviendrai. »

J'eus envie de lui demander quand, mais il avait fini de réparer la balançoire et me suggéra de l'essayer. Il ne s'assit pas près de moi mais resta appuyé contre la véranda, à m'observer tout en enroulant le fil de fer autour de son poignet, puis il dit brusquement : « Je suis désolé pour ce soir, quand nous sommes arrivés. Je n'aurais pas dû rire. » Il avait dit cela d'un ton si solennel, presque douloureux, que je sentis les larmes me monter aux yeux.

« Ce n'est pas grave, répondis-je en souriant.

– J'admire votre... votre force d'âme. Je ne crois pas que j'aurais pu tenir neuf ans. Personne n'aurait pu... à part vous. » J'aurais voulu lui dire que je n'avais pas eu le choix, mais il me regardait d'une façon si insolite que ma voix s'étrangla dans ma gorge et que je ressentis un creux à l'estomac. « Comme vous êtes courageuse, Kate. » Ces mots furent prononcés avec une telle vénération que je baissai la tête pour ne pas voir ses yeux qui me dévoraient littéralement.

Les minutes passèrent et le silence s'alourdit. Puis il regarda sa montre et dit :

« Savez-vous qu'il est presque deux heures du matin ? Vous devez être épuisée.

– En effet. Mais vous ne semblez pas l'être.

– Je n'ai pas besoin de beaucoup de sommeil. Quatre heures. Je me couche rarement avant l'aube.

– Comme les vampires. »

Il rit et j'en fis autant, puis nous redevînmes silencieux et j'eus l'impression que la distance qui nous séparait s'effaçait lentement, et c'était presque comme si nous nous touchions.

Se détachant de la véranda, il vint vers moi et me tendit la main en disant : « Il faudrait que vous vous reposiez un peu. » Je mis ma main dans la sienne, puis la retirai, de peur de ne pas pouvoir me séparer de lui si je la laissais plus longtemps. Il m'attendit, et me suivit dans l'escalier. Sans venir à ma porte, il alla directement à sa chambre, entra et demanda :

« Vous verrai-je demain matin avant mon départ ?

– Oui, bien sûr. Nous prendrons le petit déjeuner. A sept heures et demie ?

– Très bien... Bonne nuit, Kate.

– Bonne nuit... Robert. »

Sa porte se referma, mais il ne dormit pas plus que moi, car je l'entendis marcher de long en large dans sa chambre. Je conjurai l'impulsion qui me poussait à aller le retrouver, en me répétant ce vieil adage : ce que l'œil ne voit pas ne fait pas peine au cœur.

Demain, il serait parti... parti... parti...

« Nooooon ! »

Je bondis hors du lit tandis que son cri résonnait autour de moi. Il cria à nouveau pendant que je me débattais avec mon peignoir et courais à sa chambre. Je ne frappai pas, persuadée que Will était venu couper la gorge à Robert parce qu'il savait – il savait que j'aimais Robert Maclean.

Je me précipitai vers le fauteuil, près de la cheminée, où je distinguai vaguement la silhouette d'un homme, jetai les bras autour de son cou, certaine qu'il dégoulinait de sang, et criai son nom. Il me saisit les poignets et les serra à les faire craquer; la douleur me fit crier, et je tombai à genoux.

« Seigneur Dieu, gémit-il en me relâchant, il est ici. »

La fenêtre était fermée, la porte l'était aussi avant que je n'arrive. Comment était-il entré? J'allumai une lampe, m'assurai que Will n'était pas dans la chambre, puis revins vers Robert, trempé de sueur, le visage blême. Ses yeux étaient clos; il les ouvrit lorsque j'avançai la main pour le toucher.

« Je vous ai réveillée...

– Vous avez dit qu'il était ici. Que mon frère...

– Non, mon... » Il s'interrompit, se redressa dans le fauteuil et ajouta précipitamment: « C'était un cauchemar. Je suis désolé de vous avoir réveillée. »

Il était habillé, et son livre était tombé par terre. Je me baissai pour le ramasser et le lui tendis. Il avança la main mais, au lieu de prendre le livre, il saisit mon bras, me fit asseoir sur ses genoux et enfouit sa tête entre mes seins, en me serrant fort à m'étouffer. Je lui caressai la tête pour le calmer, tandis que ses larmes mouillaient mon peignoir; et je me mis à pleurer, moi aussi.

« Je ne peux pas, Kate, murmura-t-il d'une voix rauque. Je ne peux pas rester ici. Je ne peux pas vous aimer. Ce n'est pas à cause de vous, c'est à cause de moi... et...

– Et quoi? »

Il se redressa, s'écarta de moi et s'essuya le visage avec le revers de sa manche, puis il attrapa le rebord de mon peignoir et m'en tamponna doucement les yeux. « Les larmes ont rendu vos yeux verts.

– Et quoi? questionnai-je en repoussant ses mains de mon visage. Pourquoi ne pouvez-vous pas rester ici?

– Parce que je serais pour vous un piètre mari et

que vous méritez... vous méritez un prince, ma lady. » Sa voix était calme et unie, mais teintée d'une amertume qui en était absente auparavant. « Il y a des gens qui vivent seuls parce qu'ils sont faits pour vivre seuls. Je n'ai pas de maison, belle châtelaine. Je n'en veux pas. J'aime vivre dans... les hôtels, j'aime changer de compagne aussi souvent que de lit. » Je tressaillis à cette dernière phrase. Il sourit d'un air entendu et précisa : « Bien que vivant seul, je n'aime pas dormir seul. » Je regardai ailleurs, incapable de comprendre ce qui était arrivé à l'homme qui sanglotait dans mes bras quelques instants plus tôt. Où était-il passé ? Celui qui me parlait à présent avait le langage d'une canaille. Pourquoi me racontait-il tout cela ?

« Vous m'avez demandé hier, ma chère, s'il fallait être très intelligent ou avoir beaucoup de chance, pour gagner autant d'argent que moi en jouant aux cartes. J'ai menti en vous répondant : les deux. La vérité, c'est qu'il faut tricher. Et puisque j'en suis à étaler les mensonges que j'ai commis durant notre courte mais délicieuse... association, je vais vous dire : je ne joue pas dans des hôtels de luxe, je n'y vis pas non plus. Je joue dans des bordels. En fait, je mange, je bois et je dors dans des bordels. Et mes " compagnes de cœur " sont des dames qui travaillent dans ces établissements-là. » Je m'écartai de lui pour me lever, mais il m'attrapa le bras et m'obligea à rester assise sur ses genoux, puis il dit : « Comprenez-vous maintenant pourquoi je ne peux pas vivre avec vous ? »

Ses larmes étaient taries comme les miennes. J'ignore ce qui stoppa les siennes ; moi, ce fut la colère, une colère noire. Je pris cependant mon air le plus aimable pour lui répliquer : « Je comprends parfaitement.

– Vous pouvez garder mon nom, j'aime assez l'idée d'être lié à vous, même si c'est seulement par le nom.

– Merci, je pense que c'est ce que je ferai. Mon

nom à moi risquerait d'amener une clientèle assez différente de celle que je souhaite.

– Et bien sûr, je vous enverrai l'argent.

– Que j'aurai la bonne grâce d'accepter et que je vous rendrai rapidement... avec intérêt.

– Sans intérêt.

– AVEC intérêt. » Ma voix était devenue si perçante qu'il s'écarta de moi comme si je l'avais piqué avec une épingle. Je me levai, me dirigeai vers la porte et lançai : « Je dirai à Martha de vous monter votre petit déjeuner.

– Je descendrai...

– Non ! Je vous le ferai monter ! »

Je souris, au prix d'un immense effort, et claquai la porte derrière moi.

J'arrachai mes vêtements de nuit, maudis les boutons de ma culotte de cheval qui refusaient de coopérer, tirai sur mes bottes, puis descendis bruyamment l'escalier. Martha était debout ; il n'était que six heures et demie, mais c'était une lève-tôt. Je lui demandai de faire des œufs brouillés pour Mr. Maclean, souhaitant qu'elle y laisse un peu de coquille pour qu'il s'étrangle, puis j'allai à l'écurie. La voiture devait arriver à huit heures, et j'avais bien l'intention d'être loin à ce moment-là.

J'étais furieuse, non parce qu'il s'était conduit comme un goujat, mais à l'idée qu'il m'estime assez stupide pour croire tout ce qu'il disait. Je savais qui était le vrai Robert Maclean, parce que je m'étais couchée à côté de lui, cette première nuit, à Cromdale. Me croyant folle, il avait laissé de côté tous les faux-semblants, il s'était mis à nu, et j'étais tombée amoureuse de cet homme-là. Car il était doux et tendre, mais torturé ; j'avais compris sa souffrance – ces petites lames invisibles qui déchirent le cœur – parce que moi-même j'avais le cœur en lambeaux. Comment pouvait-il renier cette nuit-là ? Oublier qu'il n'avait formé qu'un avec moi, que nous avions été plus proches, plus sincères que ne peuvent l'être deux êtres humains ? C'est cela qui me faisait rager :

qu'il brise l'enchantement... Qu'il me mette dans une telle colère... Et pourtant je continuais à l'aimer.

M'appuyant contre une des stalles, j'appelai une petite jument rouanne : « Je suis ta nouvelle maîtresse, Mrs. Maclean. Mais tu peux m'appeler Kate. » Elle fouina dans mes poches pour chercher un sucre et je lui caressai doucement la tête. « La vérité, c'est que même lorsqu'il agit en canaille, il y a une certaine noblesse dans ses actes. Il a voulu me mettre en colère pour que je ne pleure pas quand il partira. Et ça a marché, tu vois, je ne pleurerai pas. Je sais parfaitement pourquoi il a dit tout cela : pour être sûr que je ne le regretterai pas. Mais le problème, c'est que je crains... de l'aimer d'autant plus. » La jument se frotta contre mon visage, comme pour essuyer mes larmes; je la flattai et ajoutai : « Merci, tu as été très gentille, mais je suis certaine que je me consolerai, avec le temps. Ces choses-là...

– Vous d'mande pardon, M'dame ? »

En me retournant, je vis un homme petit et trapu, avec une barbe de trois jours et des yeux de rat. Priant pour qu'il n'ait pas surpris la totalité de ma conversation avec l'animal, je souris, tendis la main et me présentai. Il expliqua qu'il était l'un des trois hommes travaillant sur la propriété et proposa de m'accompagner afin de visiter le domaine. J'acceptai, trop heureuse d'entendre les mots de quelqu'un d'autre, pour calmer ceux qui ne cessaient de tourner dans ma tête : VA LE TROUVER... DIS-LUI QUE TU LE VEUX, MÊME POUR UNE HEURE... VA LE TROUVER...

« Non ! » criai-je en détournant mon regard de l'homme qui chevauchait à mon côté et qui dut croire sa nouvelle patronne complètement folle. Je consultais ma montre toutes les deux minutes et, à huit heures, j'arrêtai mon cheval et regardai la maison derrière moi. La voiture avait dû arriver, elle allait l'emmener, et je ne le reverrais jamais plus.

Et je n'avais même pas eu la courtoisie de le remercier ou de lui dire au revoir.

Poussant mon cheval au galop, je criai à mon compagnon qu'on avait besoin de moi à la maison et je traversai la lande à toute allure. Il s'était mis à bruiner, un petit crachin mais qui me mouillait le visage; tant mieux, je pourrais dire que c'était la pluie et non les larmes. Il sourirait parce que c'était un gentleman, en dépit de l'opinion qu'il avait de lui-même, et je le conduirais à l'étage, je laisserais mon orgueil de côté, et je lui demanderais de me faire l'amour, pour une heure, pour une journée, pour le temps qu'il voudrait.

La cour était vide lorsque j'arrivai, mais j'avais la certitude qu'il était là et je me ruai dans la maison, où je faillis me cogner contre Martha qui me tendit deux lettres.

« Il est... Mr.... mon... ?

– Parti, Cathy. Tu l'as manqué d'dix minutes. Il m'a dit de t'donner ça. »

Je pris les lettres, les froissai et m'apprêtai à monter.

« Cathy, t'as pas l'air bien, ma jolie.

– Je... Je suis fatiguée, c'est tout. »

Elle vint à moi, me serra contre sa douce et généreuse poitrine et me tapota les cheveux en disant :

« Là, ça va, maintenant, ma belle.

– Oh, Martha, sanglotai-je. Je suis tellement stupide... Mon orgueil me perdra... Nous sommes mariés. Légalement mariés, et je l'aime. Quel mal y aurait-il eu à... à... être sa femme pour une nuit ?

– Chchchchut...

– Même si... même si j'avais un enfant... il serait... lé... lé...

– Légitime. Oui, ma douce. Mais c'est p't-êt' mieux comme ça. Ça aurait pu êt' pire. »

Je ne voyais vraiment pas comment cela aurait pu être pire. Je séchai mes larmes et montai dans ma chambre, puis me laissai tomber en travers du lit et ouvris en hâte sa lettre.

Elle ne disait pas grand-chose, c'est-à-dire pas les mots d'amour que j'avais espéré y trouver, seule-

ment le nom de son homme d'affaires, le nom et le numéro de compte de sa banque en Suisse, et autres détails administratifs.

La seconde lettre venait de Cromdale : deux feuillets et un compte rendu du vétérinaire. Il y avait une lettre de Flora et une de Will : l'un et l'autre nous adressaient leurs félicitations, à Robert et à moi, disaient qu'ils viendraient dès que Flora aurait eu le bébé, et avaient le regret de m'informer que Titan était mort de coliques – certificat du docteur Macleod à l'appui – la nuit où j'étais partie avec Mr. Maclean.

Will avait acheté le docteur Macleod, il l'avait acheté comme les autres. « Comment avez-vous pu ? » dis-je à haute voix en pleurant, à l'adresse du vétérinaire. Il avait soigné Titan pendant les premiers mois de sa vie, il était resté debout avec moi des nuits et des nuits. Comment avait-il pu falsifier son certificat de décès ? « Vous êtes un vétérinaire, vous êtes censé aimer les animaux. Vous avez laissé Will vous acheter, espèce de putain... »

Mes larmes coulaient, coulaient comme jamais auparavant – pour Titan, pour Robert – et je les laissai couler car je savais que c'était le seul moyen pour que je puisse continuer à vivre.

Et je pleurai pour les morts.

Je ne sais quelle heure il était lorsque je me réveillai. Il pleuvait fort, ma chambre était plongée dans l'obscurité ; j'avais dû m'endormir sans m'en rendre compte. Avais-je dormi une heure ? deux ? huit ? Je ne sais, mais je me sentais étourdie. Mon sommeil avait été troublé ; j'avais entendu la porte s'ouvrir mais, chaque fois que je m'éveillais, il n'y avait personne.

La lettre de Will était sur le plancher et, en la regardant, j'imaginai les longs doigts fins de mon frère serrés sur la plume d'oie pour écrire les mensonges malveillants avec lesquels il espérait m'influencer. Ses doigts longs et fins... tranchants comme une lame.

Attrapant la lettre, je la déchirai en mille morceaux et la repoussai ; j'entendis alors la porte d'en bas s'ouvrir et des bruits de pas dans l'entrée. C'étaient des pas pressés et pesants – une démarche masculine – qui se faisaient de plus en plus lourds en montant l'escalier.

« Will... » dis-je en gémissant. C'était lui, je le savais, je le sentais.

Où était le pistolet ? Mon Dieu, Kate, où as-tu laissé le pistolet ? Je me levai en toute hâte, me ruai sur les malles pas encore défaites, à la recherche du poignard que je portais d'habitude à la ceinture. Pourquoi ne l'avais-je pas mis sur moi, ce matin ? Il approchait. Ses pas s'accéléraient, il montait les marches deux à deux. Je sentis mon estomac se nouer : je n'étais pas armée. Mon Dieu, Kate, qu'est-ce que Joseph t'a appris ? De ne jamais, jamais, rester sans arme. Mes vêtements gisaient en désordre sur le plancher et, au moment où je donnai un coup de pied dans la deuxième malle, j'aperçus un reflet argenté et me précipitai sur le poignard qui était sorti de son étui. La porte s'ouvrit d'un seul coup et je me relevai tant bien que mal en tenant mon arme devant moi, prête à l'accueillir.

Il était sur moi et c'est seulement lorsqu'il écarta mes cheveux de mon visage que je compris que j'étais tombée et me trouvais dans les bras de Robert Maclean.

Il me souleva, me porta jusqu'au lit, m'y étendit, me déshabilla lentement, se déshabilla à son tour, en silence. Il me caressa longuement ; la frénésie qui nous avait saisis sous l'arbre était sublimée par une gravité qui rendait ses gestes presque sacrés. Sous ses mains, je me sentais immatérielle. C'étaient des mains larges, douces. Des mains tendres. Des mains pleines de bonté. Des mains que je vénérerais, même si elles étaient salies, souillées, ridées par l'âge, car c'étaient ses mains : les mains de Robert Maclean.

Je le regardai s'habiller en me demandant quelles pensées pouvaient bien tourner dans sa tête, car il n'avait rien dit lorsque nous nous étions réveillés, et j'avais déjà décidé de ne pas parler la première. Quoi qu'il décide, quoi qu'il propose, j'accepterais, je m'y accrocherais et je dirais merci.

La pluie avait cessé et les pâles rayons d'un soleil de fin d'après-midi entraient par la fenêtre ouverte, mettant de l'or sur sa poitrine et sur ses bras. Il était puissamment bâti, pas trop grand mais très musclé, comme un lutteur... très beau.

En boutonnant sa chemise, il aperçut mon reflet dans la glace de l'armoire ; il sourit, vint vers moi s'assit sur le lit, porta mes mains à ses lèvres et les embrassa. Il les regarda longuement et je dus me retenir de ne pas les soustraire à son examen car elles étaient longues, maigres, veineuses et pas très belles. Il les retourna, paumes vers le ciel, et dit en contemplant les bouts de mes doigts :

« Alors, ils sont invisibles ?

– Quoi donc ?

– Les fils qui m'ont ramené vers toi.

– Il n'y a pas de fils.

– Un filet ? Tissé avec les mèches de ta chevelure flamboyante ?

– Non, il n'y a pas de filet.

– Alors ce sont sans doute tes yeux qui m'ont hypnotisé : ces aigues-marines m'ont ensorcelé. » Il prit mes mains, les porta à sa poitrine et dit d'une voix douce et tendre : « Je suis tombé amoureux de toi, belle Kate, et je ne suis pas sûr que cela nous apportera quoi que ce soit de bon. Je ne peux ni rester ni te quitter... Je suis allé jusqu'à la gare et tout le long du chemin je n'ai cessé de tâter la poche intérieure de ma veste, du côté gauche, certain d'avoir oublié mon portefeuille. C'était une sensation très bizarre, comme s'il y avait eu un trou dans ma poitrine et que quelque chose manquait. J'étais telle-

ment sûr d'avoir perdu mon portefeuille que je suis vite revenu à la voiture et que j'ai demandé au cocher de m'aider à chercher entre les sièges. Mais tu vois, je ne mets jamais mon portefeuille à gauche, je le porte à droite. Ce n'était pas lui que j'avais perdu... » Ses yeux se mouillèrent et j'avançai la main pour recueillir la larme qui était tombée ; il me serra tout contre lui en murmurant : « Veux-tu me garder, Kate ? Ne serait-ce que pour peu de temps ? Pourrons-nous nous aimer sans penser à ce que demain nous réservera ? J'aimerais te jeter un sort, te réduire à la taille d'un dé à coudre, et te garder avec moi pour... » Sa voix s'estompa ; je levai le visage et il m'embrassa en chuchotant : « Non... pas besoin de sorcellerie... tu seras toujours avec moi, où que nous soyons... toujours. »

Nous rencontrâmes les hommes qui travaillaient sur le domaine et Robert dit qu'ils feraient l'affaire ; le plus jeune – un grand type brun du nom de Neil – ne me plaisait pas, mais je faisais confiance au jugement de Robert et les trois hommes montrèrent plus d'entrain lorsqu'ils comprirent que leur nouvelle Maîtresse avait un Maître. J'éprouvai une sympathie immédiate pour Drew Baird ; bien que très différent physiquement de Joseph, il y avait en lui quelque chose de rassurant qui me rappelait mon fidèle maître d'armes. Le visage de Drew était marqué de petite vérole mais j'eus l'intuition que derrière ce vilain masque se trouvait une âme noble et je décidai de le nommer contremaître. Ralph Fleming – celui que j'avais rencontré un peu plus tôt – avait un aspect assez minable, sans doute à cause de ses horribles yeux de rat – mais il ne rechignait pas à la tâche et Robert dit que nous le garderions.

Les trois hommes nous accompagnèrent jusqu'aux ruines de l'hôtel et je leur expliquai qu'en plus de leur travail à la maison d'habitation ils devraient aussi donner un coup de main pour la res-

tauration du château. Robert et moi engagerions une entreprise pour surveiller les travaux, mais je voulais que mes hommes soient là pour être sûre que les choses soient faites convenablement et rapidement, car je prévoyais un très grand gala pour l'ouverture de l'hôtel au moment des vacances de Noël.

Une semaine passa. Les travaux de rénovation avançaient à grands pas, mais j'aimais à penser que c'était moins grâce à l'efficacité de l'entreprise qu'à celle de nos propres mains, à Robert et à moi, qui grattaient et replâtraient avec ardeur. Robert était extraordinaire, il s'occupait de tout et les hommes l'écoutaient car il savait tout faire, de la plomberie à la maçonnerie. Il prenait un tel plaisir à la restauration du château que nous restions souvent travailler passé minuit, à la lueur des torches. Il ne fit aucune allusion à la durée de son séjour, définitif ou temporaire, mais je savais qu'il m'aimait, et je sentais qu'il me fallait l'approcher comme je l'avais fait pour Titan : avec du sucre, et en cachant le licou derrière mon dos.

Je reçus une deuxième lettre de Will qui annonçait son arrivée au domaine pour le 1er août, en compagnie de mon père. Robert était blême : il ne comprenait pas comment Will osait venir nous voir, après ce qui s'était passé à Cromdale. Mais Will me connaissait mieux que mon mari. Une visite de mon père, qui m'avait fuie durant ces neuf dernières années, était bénie, et Will savait que je ne refuserais pas.

Martha prépara un festin et arrangea deux chambres éloignées de celle que nous occupions, Robert et moi. Nous attendîmes avec appréhension. Robert était tendu, il regardait toutes les deux minutes du côté de la route, tandis que moi je jurais en silence de ne pas penser à Titan, ni à Wolf mais d'embrasser docilement Will lorsqu'il me serrerait dans ses bras – car tel était le pacte sous-entendu dans sa lettre : que je lui offre ma présence en échange de l'approbation de mon père. Qu'avait-il bien pu lui dire pour faire disparaître le voile d'infamie qu'il avait jeté sur ma personne, je n'en savais rien. Mais il est vrai qu'il restait si peu de chose de la volonté de mon père que Will pouvait faire de lui ce qu'il voulait – jusqu'à lui demander de se jeter du haut d'un pont.

Ils arrivèrent juste avant huit heures ; je me précipitai vers la voiture et me jetai dans les bras de mon père au moment où il descendit. Il me prit fermement par les épaules et m'écarta de lui. Je ravalai mes larmes, en espérant que Robert n'avait pas été témoin de cette scène, puis je me préparai à l'étreinte de Will. Il s'avança lentement vers moi, m'entoura de ses bras et m'embrassa sur la tête en murmurant mon nom. Je ne pus me résoudre à l'embrasser ; je lui tapotai le bras et dis : « Entrez. » Il ne me lâcha que lorsque Robert lui posa la main sur l'épaule en disant :

« Bienvenue, Will... dans notre humble demeure.

– Rob, pardonneras-tu à un frère trop protecteur qui avait bu un coup de trop ? Je m'en suis voulu pendant des semaines. Je jure de renoncer à cette satanée bouteille ; ça fait ressortir le diable en moi. »

Robert se contenta de sourire d'un air entendu, puis entra dans la maison avec moi.

Je servis les apéritifs et Will, en prenant son verre sur le plateau, me sourit et dit : « Tu l'aimes, Kate. Je suis heureux pour toi. » Le plateau tomba par terre, Martha se précipita pour nettoyer et je sortis un moment pour essayer de me ressaisir, d'arrêter de trembler, parce que les mots de Will, les vrais mots qui se cachaient derrière cette formule aimable, résonnaient dans ma tête : il mourra...

Will le tuerait. Il le tuerait, ou bien il le laisserait en vie à condition que je...

Je fis appel à toute la rage qu'il y avait en moi. Et la rage chassa la peur. Alors je me redressai et demandai à Martha de dire à Will qu'il vienne me voir dans le bureau.

Il arriva quelques instants plus tard et se dirigea vivement vers la cheminée où flambait un feu. Avant qu'il ne me touche, je me tournai vers lui et dis d'une voix posée : « Je suis libre désormais, Will. Je ne suis pas obligée de t'ouvrir ma porte. Je ne suis pas obligée d'aller à Cromdale ni de te laisser venir au Loch Leven. Je ne suis même pas obligée de te revoir... si tel est mon désir. » La pièce était sombre, mais je vis le sang se retirer de son visage. « Est-ce que tu me comprends, Will ? »

Toute son assurance et la domination qu'il exerçait sur moi s'évanouirent d'un coup. C'était lui maintenant la marionnette, et moi qui tirais les ficelles, et je ne me priverais pas de le faire marcher comme il m'avait fait marcher pendant neuf longues années. Je répétai ma question avec toute la condescendance d'une reine s'adressant à son bouffon et il répondit faiblement « Oui.

– Donc, tu ne viendras ici que si tu es invité ?

– Oui.

– Et jamais seul. Toujours avec Papa.

– Oui.

– Je veux que tu laves ma réputation.

– Impossible.

– C'est toi qui l'as souillée, tu me dois de la rétablir.

– Mais je ne peux pas. Qu'est-ce que je dirai ?

– Tu iras trouver le médecin et le notaire que tu as payés et qui m'ont déclarée folle, et tu exigeras qu'ils fassent une déclaration publique disant qu'une erreur de jugement a été commise il y a neuf ans.

– Ils n'accepteront jamais. Cela prouverait...

– Que tu les as achetés.

– Tu pourrais être guérie. Je pourrais leur faire certifier que tu es guérie. Que ton mari t'a emmenée en Suisse et que tu as miraculeusement guéri de ta maladie. » Il soupira, secoua la tête et reprit : « Non, cela ne passerait pas.

– Il le faut, parce que si le bruit se répand que la

propriétaire de l'hôtel du Loch Leven est en fait Catherine Brodie, la putain folle de Cromdale, je ne ferai pas beaucoup d'affaires. »

J'avançai d'un pas vers lui et répétai : « Lave ma réputation.

– Oui.

– Qu'ils disent que Miss Brodie préfère commencer sa nouvelle vie en Europe dans l'anonymat et a exigé que son nom de femme mariée ne soit pas divulgué. »

Il acquiesça en silence, rejeta la tête en arrière pour m'observer, et je dus détourner mon regard car ses yeux avaient changé, ils étaient doux et tendres. Et je me demandai si je serais un jour capable de tuer l'être à présent désemparé qui levait les yeux vers moi avec l'expression de tristesse, mais aussi de pardon, d'un chien que son maître vient de battre sans pitié.

Il tendit encore une fois la main pour attraper le bord de ma robe et, en m'attirant à lui, s'enquit :

« Quand viendras-tu à Cromdale ?

– Je ne sais pas.

– À Noël.

– D'accord. »

Je m'apprêtais à sortir lorsqu'il se précipita vers moi pour me retenir et déclara avec conviction :

« Henry a dit que tu crois que j'ai empoisonné Titan. Tu ne le penses pas, n'est-ce pas, Kate ?

– Arrête, Will.

– Mais, Kate, pourquoi ? Pourquoi l'aurais-je tué ? Dans quel but ? »

J'étais tellement dégoûtée de le sentir près de moi et de l'entendre mentir que je me dégageai d'un mouvement brusque et grommelai :

« Oui, d'accord. Il est mort de coliques. J'ai vu le compte rendu du docteur Macleod.

– Alors tu n'es pas fâchée avec moi ?

– Non... non, je ne suis pas fâchée avec toi. Viens, il faut que nous allions retrouver les autres. »

Robert me dévisagea, puis dévisagea Will

lorsqu'il entra peu après moi, et m'interrogea du regard pour savoir où j'avais été. Je marmonnai une excuse au sujet de la cuisine et il hocha la tête, puis fixa les yeux sur Will.

Will était animé, enjoué, spirituel. Je l'observai tisser autour de Robert un filet magique, l'enjôlant avec ses paroles et ses gestes, et Robert se mit à rire. Qu'il se laisse duper m'inquiéta, jusqu'au moment où, à la fin de la soirée, Will et mon père se levèrent de table. Dès l'instant où Will eut le dos tourné, le sourire quitta le visage de Robert et, en regardant mon frère monter l'escalier, il avait un air courroucé, comme s'il avait découvert quelque chose de monstrueux. Alors il se tourna vers moi, remplit nos verres de vin et demanda :

« Pourquoi ? Pourquoi veut-il être ami avec nous ? Ou je devrais plutôt dire : avec toi ? Parce que c'est toi qu'il veut, pas moi. Mais pourquoi ?

– Je ne sais pas.

– Le Loch Leven t'appartient désormais. Tu as gagné et il a perdu. Alors, que fait-il ici ?

– Il est tard », fis-je en me levant. Mais il m'obligea à me rasseoir et dit : « Je veux savoir pourquoi il est ici. Je veux savoir pourquoi tu as offert l'hospitalité à un homme qui t'a séquestrée neuf ans durant, a sali ton nom, a retourné ton père contre toi, a empoisonné ton cheval, et Dieu sait quoi encore. Pourquoi est-il ici, Kate ? Pourquoi va-t-il dormir sous le même toit que nous cette nuit ? Pourquoi ?

– Tu ne comprends pas, Robert.

– Je veux comprendre. Explique. »

Mais je ne pouvais pas expliquer, il ne comprendrait jamais. Comprenais-je moi-même ?

« À cause de mon père, dis-je faiblement. C'est le seul moyen que j'aie de voir mon père.

– Mais c'est Will qui a monté ton père contre toi. Crois-tu que je n'ai pas remarqué la façon dont ton père t'a repoussée, lorsqu'ils sont arrivés ? Grands dieux, on aurait dit qu'il embrassait une lépreuse !

Ne me dis pas que tu ne l'as pas remarqué ou que tu ne t'en soucies pas : tu avais l'air de quelqu'un qu'on a transpercé d'un coup de couteau.

– Il a besoin de temps...

– De temps ? Il continue de croire aux mensonges de ton frère !

– Auxquels tu as cru, toi aussi ! »

Il détourna son regard, se leva lentement, puis s'agenouilla près de moi. « Il est dangereux, Kate. Je suis inquiet pour toi. J'ai peur qu'il ne te fasse du mal lorsque je serai...

– Parti ? »

Il posa sa tête sur mes genoux et je le caressai. Il m'entoura de ses bras, me serra fort, puis m'emmena à l'étage.

Mon père et Will vinrent nous rendre visite chaque week-end. J'espérais que le temps effacerait les horreurs que Will avait gravées dans l'esprit faible de mon père. Mais le mal était fait et je commençai à redouter leur séjour hebdomadaire.

Will était parfait avec Robert et moi ; gentil, serviable, il enfilait même une tenue de travail pour nous aider à terminer la rénovation de l'hôtel. Mais ses longues mains fines n'étaient guère habituées à l'activité physique et je sus gré à Robert de lui offrir une paire de gants en cuir, grâce à quoi ses mains restèrent immaculées... et hors de vue. Les yeux peuvent mentir, mais le cœur d'un homme se lit dans ses mains.

Au 1er octobre, la remise en état de l'extérieur du château était achevée. Robert et moi étions restés après le départ des hommes pour admirer le résultat de deux mois et demi de labeur acharné. On avait comblé les fissures et fait sauter le revêtement des murs pour révéler la pierre d'origine, une belle pierre couleur de miel. Les immenses fenêtres brillaient de tout l'éclat de leurs vitres translucides, et les tours rondes couronnaient majestueusement l'édifice, dominant le Loch Leven, quarante-cinq mètres plus bas.

Nous étions assis côte à côte et nous aurions dû nous réjouir ; mais aucun de nous deux n'éprouvait la joie de voir notre forteresse presque terminée. Robert allait partir. Drew Baird devait l'accompagner à la gare le lendemain matin et Robert m'avait demandé de ne pas y aller. Aussi fus-je surprise lorsque, se tournant soudain vers moi, il me dit : « Viens avec moi.

– Peut-être serait-ce plus facile si je...

– Non. Je veux dire : viens avec moi sur le continent. Fais tes bagages et viens avec moi. Tu n'as pas eu de lune de miel, Mrs. Maclean. Prends des vacances. Drew fera le nécessaire pendant ton absence. Viens avec moi. »

Dans ma tête, j'avais imaginé qu'il me demanderait de prolonger notre « association », et je m'étais juré de saisir la chance qu'il m'offrirait, si petite soit-elle. Mais sa présence ici m'avait tellement enrichie, tellement comblée, que je me sentais comme un chien à qui on jette un os après l'avoir régalé des plus délicieux morceaux. J'en voulais davantage. Je voulais qu'il vive avec moi, jour après jour, qu'il travaille avec moi, qu'il m'aime, jusqu'à la fin de notre vie. Aussi, malgré mon sourire, il y avait un peu d'amertume dans ma voix lorsque je demandai :

« Pendant un mois ?

– Pendant aussi longtemps que... que...

– Jusqu'à ce que tu te lasses de moi ?

– Non », soupira-t-il. Abandonnant le ton badin qu'il avait quelques instants plus tôt, il dit d'un air douloureux : « Kate, je sais ce que tu veux mais je ne peux pas te le donner. Je ne peux pas être ce que je ne suis pas. Ce n'est pas ma nature. Jamais je ne supporterais de me sentir attaché. Je grimperais aux murs si je devais me dire que, tous les jours que Dieu fait, ce serait la même chose, encore et toujours. La monotonie d'une vie immobile.

– Quelle aimable description de notre vie commune...

– Mais ne vois-tu pas que cela a été merveilleux parce que nous savions tous deux que je partirais ? Parce que ce n'était pas un mariage, mais une histoire d'amour. Si je restais ici avec toi, tu en aurais vite assez et la passion nous quitterait, nous deviendrions comme tous les autres couples mariés : bêtes et ennuyeux, supportant en silence la banalité des jours, remuant avec amertume les tisons de l'ancienne passion. Je t'aime. Je t'aime comme jamais je n'imaginais qu'on puisse aimer un être humain, et c'est pourquoi je ne veux pas mettre en péril cet amour en le tuant avec le quotidien. Le mariage tue la passion. C'est une institution fallacieuse, inventée par l'homme pour se procurer une esclave qui lui fera la cuisine, s'occupera de sa maison, mettra au monde ses enfants et réchauffera son lit tous les jours de sa vie. En tant que femme, toi, plus que toute autre, tu devrais avoir conscience de la triste condition des personnes du beau sexe dans le mariage. Qu'y gagnent-elles, en fait ? Au bout du compte, que récoltent-elles, sinon la perte de leur liberté ?

– Un compagnon de toute une vie...

– La fidélité d'un chien vaut beaucoup mieux...

– Une maison...

– Qu'elles se procureraient facilement si les femmes pouvaient disposer de leur dot au lieu d'être vendues comme esclaves par leur père...

– Des enfants...

– Des chaînes vivantes qui lient l'homme à la femme, mais point n'est besoin du mariage pour donner naissance à des enfants.

– Non, bien sûr... si on ne se soucie pas de faire d'eux des enfants illégitimes, des bâtards.

– Kate, tu es une femme si exceptionnelle. Pourquoi t'attaches-tu aux conventions d'un monde hypocrite, ordonné, monotone ? Tu n'appartiens pas à ce monde-là. C'est à Paris que tu devrais vivre. Les Français, eux, savent vivre !

– Dans la décadence !

– Parfaitement ! Ils ont chassé la banalité, fait fi des conventions, et ils vivent leurs passions au lieu de les cacher, de les repousser sous les lits et dans les recoins avec des chuchotements apeurés. L'Angleterre est faite de bons bougres qui mènent une vie convenable le jour, et qui ne demandent qu'à se laisser entraîner au plaisir et à la luxure, le soir, au bordel du coin...

– L'Écosse, ce n'est pas l'Angleterre...

– Non, mais elle est quand même empêtrée dans toutes sortes de règles et de convenances ; or toi, ma chère Kate, tu devrais t'élever au-dessus de tout cela et venir avec moi.

– En quelle qualité ? Comme ta compagne ? Ta concubine ? Ton porte-bonheur ?

– As-tu besoin d'un titre ? Je t'ai épousée, tu es ma femme.

– Et pourtant, tu refuses d'être mon mari. »

Robert bondit sur ses pieds, leva les bras en l'air et s'exclama :

« Bon sang, nous sommes unis par les liens sacrés du mariage ! Tu portes mon nom !

– Et je partage ton lit, mais tu refuses que nous vivions sous le même toit ! Dis-moi, je te prie, comment tu appelles cela, car ce n'est certainement pas un mariage ! Peut-être aimerais-tu divorcer pour que je sois ta maîtresse !

– Oui !

– Quoi ?

– Oui ! C'est cela que je veux ! Que tu sois ma maîtresse ! Vends cet endroit et viens voyager avec moi ! »

J'avais prié pour qu'il prononce ces mots, je me les étais répétés, je les avais entendus résonner dans ma tête. Mais à présent, ils étaient réels et la réalité de ce que Robert me demandait fondit soudain sur moi : ne plus être la Maîtresse du Loch Leven, mais celle de Robert Maclean. Cette terre que j'aimais, pour la possession de laquelle je m'étais battue, était sacrée pour moi. Impossible de l'abandonner. Et pourtant, sans l'homme que j'aimais, que pourrait-elle m'apporter de bon ?

Je ramassai une poignée de cette terre fraîche et douce, puis je pris la main de Robert et la joignis à la mienne en disant : « Te souviens-tu de cette première nuit à Cromdale, lorsque tu as dit que cette terre, le sol de l'Écosse, nous ressemblait ? C'est vrai. Elle nous ressemble tellement que je ne peux pas la quitter. Je l'aime, comme je t'aime, Robert Maclean, mais il y a une chose dont je suis sûre : si je pars, si j'abandonne le Loch Leven, une part de moi-même mourra. Et je crains que ce ne soit le meilleur de moi qui se perde... et alors, c'est toi que je perdrais car, que tu le veuilles ou non, Robert, on n'aime pas la médiocrité. On exige le meilleur, on le recherche chez l'autre, afin de s'en nourrir soi-même. Ce lieu, ce pays m'a maintenue en vie durant ces neuf dernières années ; je suis devenue forte et courageuse, mais ce n'est pas grâce à moi, c'est grâce à cette terre d'Écosse, et sans elle, je ne suis rien... rien... »

En sanglotant, je me détournai de Robert, montai sur mon cheval et revins à la maison.

Il était presque minuit lorsqu'il me rejoignit. Il se pencha au-dessus du lit, puis s'assit au bord et me caressa doucement les cheveux.

« Sois ma femme, dit-il en passant ses doigts sur mon visage. Garde ton château et sois ma femme... une femme généreuse, compréhensive, qui me permettra de continuer à mener mon existence chaotique. Qui me permettra de gagner ma vie, même si c'est de façon peu honorable – mais c'est la seule dont je sois capable – car c'est comme cela que je suis devenu riche et je ne souhaite rien d'autre que t'offrir tout ce que j'ai, jusqu'au dernier sou, pour que tu en fasses ce que tu veux. Si seulement tu acceptais d'être ma femme et de me laisser revenir à toi, mon amour, mon âme... mon foyer. »

Je l'attirai tout contre moi, approchai mes lèvres des siennes et, avant de l'embrasser, murmurai : « Oui. »

CHAPITRE 6

« Roberto ! » appela une voix vaguement familière lorsque je descendis du train, à Paris. Me retournant, j'aperçus à l'autre bout de la gare du Nord une de mes connaissances de jeu – un Italien – qui se précipita à ma rencontre.

« Paolo ! » répondis-je en lui serrant vigoureusement la main, puis je me mis à rire lorsqu'il m'étreignit et m'embrassa sur les deux joues. « Que faites-vous à Paris ?

– Je vous cherchais. Où étiez-vous ? »

Je le lui expliquai, et il saisit ma main gauche pour vérifier que je portais bien une alliance, avant de s'exclamer que ce n'était pas possible, qu'il m'avait cru un célibataire aussi endurci que lui, et qu'il n'existait pas une femme au monde capable de le traîner un jour devant l'autel.

« Vous ne diriez pas cela si vous aviez rencontré ma femme, Paolo.

– Elle est belle ?

– Comme un ange. Que faites-vous à Paris ?

– Je vous l'ai dit, cela fait presque trois mois que je vous cherche. Nous devons nous dépêcher.

– Pour aller où ?

– À Rome. Le jeu est pour ce soir.

– J'ai une affaire à régler ici.

– Cela peut attendre. »

Non, cela ne pouvait pas attendre. J'avais juré de m'occuper de Will et c'était ce que j'allais faire. Madame n'engagerait pas de poursuites si on ne l'y poussait pas, et il me fallait la convaincre de faire pendre haut et court Will Brodie. Ce ne serait pas facile. Je m'étais conduit comme une crapule en accordant foi à Will – un homme que je ne connaissais alors que depuis six semaines – plutôt qu'aux femmes avec qui je vivais depuis près de cinq ans. Mais, d'une manière ou d'une autre, j'amènerais Madame à comprendre.

« Roberto, le train part de la gare de Lyon dans une demi-heure. Nous devons nous dépêcher. »

Malgré mes protestations, il refusa de m'écouter, m'entraîna hors de la gare et héla une voiture. Paolo ne jouait pas aux cartes ; il pariait sur les joueurs. La dernière fois que j'avais joué pour lui, nous avions ramassé *molte lire*. Oui, *molte lire*. Et, en réfléchissant à ce que m'avait coûté la restauration du château de Kate, je me demandais s'il n'était pas plus sage de différer ma visite à Madame et d'aller à Rome avec Paolo. Will ne reviendrait pas en France avant le mois de février puisque son rendez-vous avec Lemercier avait été reporté à cette date, et la police française pourrait cueillir Will le Malin à son arrivée à Paris.

« Presto, Roberto ! E urgente ! »

Jetant mon sac de voyage dans le fiacre qui attendait, je montai à côté de Paolo, puis je souris lorsqu'il me demanda de lui décrire ma nuit de noces... et Kate.

Avec mon changement de programme, j'éliminai tout temps mort et m'inscrivis pour de petits jeux l'après-midi, en plus des parties à forts enjeux auxquelles je participais dans les bordels les plus huppés. En effet, j'étais impatient de regarnir mon compte en banque, que le domaine dévorait avec un appétit féroce, et plus encore de retrouver

Kate. Dans chaque ville où je me rendais, je déposais les brochures de l'hôtel, et les directeurs des établissements où je descendais acceptaient de bon cœur que j'en laisse une pile dans leur hall car j'avais promis de faire la même chose pour eux, une fois de retour au Loch Leven. Le grand gala d'ouverture était fixé au soir de la Saint-Sylvestre – Hogmanay, comme on dit en Écosse –, je devais rentrer le 15, et je comptais les jours.

Revenu à Paris le 1er décembre, je me rendis sans perdre de temps chez Madame. Il y avait presque six mois que je n'avais pas vu les femmes du bordel et j'espérais que je serais capable d'expliquer ma vile conduite. Je ralentis en approchant du parc, couvert d'une épaisse ouate blanche, puis fourrai mon alliance dans ma poche. Je ne voulais pas que Simone la voie avant d'avoir pu lui donner des explications. Cela la blesserait, je le savais. Mais je souhaitais que mon mariage la pousse à quitter le bordel. Je lui offrirais de l'argent et l'exhorterais à retourner dans sa famille, à Lyon.

J'accélérai le pas, impatient d'en finir avec ce qui sans aucun doute serait un après-midi fort pénible, puis je m'arrêtai une fois parvenu à l'hôtel particulier de Madame. Devant moi se dressait la carcasse noircie de ce qui avait été sa maison. Entièrement brûlée.

Je sentis mes jambes se dérober sous moi, m'agrippai à un lampadaire pour ne pas tomber, et retins mon souffle. Est-ce qu'elles s'étaient trouvées à l'intérieur ? Oh, Dieu, faites que non ! Mais la maison était toujours pleine, toujours... *Calme-toi, Maclean. Elles vont bien... elles vont très bien.* Lorsque je pus me tenir debout, je me dirigeai vers la maison d'à côté, sonnai et demandai ce qui s'était passé. Une domestique me répondit que la maison avait brûlé le matin du 13 juillet, qu'on soupçonnait un incendie criminel mais qu'on n'avait pas attrapé le coupable. Il n'y avait pas eu de survivants.

Je vis en un éclair les femmes de la maison, et imaginai leurs corps dévorés par les flammes. Madame, Adèle, Nathalie... Simone, oh mon Dieu, Simone... brûlées vives. Incendie criminel, avait dit la domestique. J'avais menacé de dénoncer Will le soir où il avait signé l'acte de propriété du Loch Leven – la nuit du 8 juillet. Mais il ne pouvait pas avoir... Il avait empoisonné le cheval de Kate, violenté Clarisse... Mais là il s'agissait de meurtre, le meurtre de quinze, vingt, peut-être vingt-cinq personnes... Oh non, Seigneur Dieu, ce n'était pas possible. Il était en Écosse, à ce moment-là. Et il avait signé l'acte de propriété. Mais seulement parce que j'avais menacé de le démasquer. Il n'avait aucune raison de me faire confiance. Et il savait que je retournerais en France. S'il pensait que je lui ferais des ennuis, que j'irais trouver Madame pour la convaincre d'engager des poursuites contre lui, il avait pu payer quelqu'un pour mettre le feu à la maison. Et s'il avait salement blessé Clarisse, s'il l'avait torturée au point qu'il était indispensable de faire disparaître complètement toute preuve, alors un incendie les détruirait toutes... toutes...

« Kate », pleurai-je en contemplant les affreux décombres noircis.

Mais Kate était en Écosse... et Will aussi.

J'étais au Loch Leven trois jours plus tard.

Il y avait beaucoup de neige et la tempête avait soufflé très fort, formant des congères de chaque côté de la route verglacée ; je fus obligé de prendre un traîneau car les voitures ne pouvaient pas passer.

La maison était éclairée et je maudis la rage qui m'avait envahi, car j'avais souhaité que mon retour au foyer soit joyeux et je pressentais que, si je trouvais Will seul avec Kate, je le tuerais.

Sans prendre la peine de frapper, j'ouvris la

porte, pénétrai dans le hall et vis Will assis en face de son père, près de la fenêtre, jouant aux échecs. Kate était assise sur le sofa, non loin d'eux, et cousait ; elle écarquilla les yeux en m'apercevant, puis un sourire illumina son visage, avec tant d'éclat que je restai cloué sur place. Elle rayonnait.

Elle se précipita vers moi, glissa ses bras autour de moi et me serra fort contre elle ; je fermai les yeux en l'étreignant et enfouis mon visage dans ses longs cheveux roux. « Je ne t'attendais pas avant le 15 », dit-elle en m'aidant à enlever mon manteau, mais je le gardai sur moi car je voulais emmener Will dehors. Je lui expliquai qu'elle me manquait trop. Puis je jetai un coup d'œil sur Will, surpris qu'il ne se soit pas levé pour m'accueillir amicalement, comme d'habitude. Son vieux père me sourit, leva deux doigts en guise de salutation, mais Will garda les yeux fixés sur le jeu d'échecs.

Il s'était passé quelque chose.

« Mets ton manteau, Will, dis-je en poussant doucement Kate vers son père.

– Pourquoi ?

– Marchons un peu.

– C'est la tempête, Rob.

– Mets ton manteau. »

Il ne bougea pas, et continua à jouer avec son père dont les yeux fatigués passaient de moi à Will.

Quelque chose n'allait pas. Il ne feignait même plus de s'adresser à moi avec chaleur. Comme s'il n'avait plus besoin de m'impressionner avec sa sincérité. Comme s'il ne se souciait plus de ce que je pouvais penser de lui. Pourquoi ?

Levant la tête, il se tourna lentement vers moi et me demanda :

« Comment s'est passé ton voyage dans la terre de Gaule ?

– Très bien. Mets ton manteau.

– Il fait froid, dehors.

– Très. Mets ton manteau.

– On est bien mieux ici, près du *feu.* »

Il eut un sourire imperceptible en lâchant le dernier mot. Je ne sais ce qui me prit, car toute ma vie j'avais appris à me contrôler – il était indispensable, dans mon métier, d'avoir des nerfs d'acier –, mais, à ma grande surprise, je bondis sur lui, l'arrachai de son siège, le traînai à l'extérieur, le jetai sur un tas de neige et hurlai : « Combien ça t'a coûté, d'incendier une maison pleine de gens innocents ? Combien, Will ? »

Kate et son père étaient venus me rejoindre, tandis que je me tenais debout au-dessus de Will, qui époussetait la neige dont il était couvert en tremblant de froid. Will regarda Kate, puis se redressa en disant :

« Ton mari a mauvais caractère, petite sœur. Tu ferais bien de t'arranger pour qu'il me traite un peu plus cordialement. »

Je lui assenai un coup et nous roulâmes dans la neige. Il était athlétique, plus grand que moi, mais j'étais plus fort. Nous luttions corps à corps, si bien que le père de Kate ne put nous séparer, et c'est seulement lorsque le coup de feu partit que je m'écartai brusquement de Will en me demandant lequel de nous deux avait été touché.

Kate était debout devant nous, un pistolet à la main ; elle vint vers Will, le pistolet pointé sur la tête de son frère, et lui dit : « Rentre. » L'expression du visage de Will, lorsqu'il se releva lentement et se dirigea vers la maison, était très étrange : ce n'était pas de la peur, mais de la tristesse. Je me tournai vers Kate mais déjà elle lui emboîtait le pas, m'annonçant qu'elle avait besoin de parler avec son frère.

J'avais du sang dans la bouche, l'arcade sourcilière droite ouverte, mes mains en avaient pris un coup – mes jointures saignaient – , mais Will était en plus piteux état que moi. Je les observai par la fenêtre, ils discutaient dans le salon. Kate parlait et Will gardait la tête baissée, comme un enfant qu'on réprimande, tout en essuyant le sang sur son visage. Il l'implora, puis leva les mains en l'air et se laissa tomber à la renverse sur le sofa, tandis qu'elle secouait la tête. Chantage. C'était ce que je pensais au sujet des visites hebdomadaires de Will. Il exerçait une pression sur elle et utilisait son père comme appât, sachant que Kate ne refuserait pas de le voir. Mais que retirait-elle de la présence du vieil homme ? Voilà qui me dépassait, car à l'évidence elle continuait à lui inspirer de la répulsion. Et, en regardant le frère et la sœur, le mot de chantage s'imposa une fois de plus à moi. Oui, il y avait chantage, mais qui faisait chanter l'autre ?

Il se passa un bon quart d'heure avant que notre conducteur ait attelé le traîneau qui devait emmener Will et son père à la gare, mais j'attendis dehors car je voulais dire un mot à Will.

Lorsqu'ils sortirent de la maison, je lui saisis le bras et, tout en marchant à son côté, lui chuchotai à l'oreille : « Tu vas pousser ta sœur à commettre un fratricide, Will, mais je ne te laisserai pas faire ça. Il faut que Kate aille au Paradis lorsqu'elle mourra. » Il essaya de se dégager mais je le tenais fermement et collai ma bouche à son oreille : « Mais moi, mon cher Will, je suis damné depuis le début. Moi, j'irai en Enfer. Et que je te tue ou pas, cela changera peu de chose à mon destin. »

Rien ne se modifia dans son comportement, pas un tressaillement, pas un tremblement, causé par mes paroles, et pourtant j'avais dit la vérité. Il continua à marcher et, une fois arrivé à la voiture, il se dégagea de mon emprise pour me dire, d'une voix sans expression : « Tu ne peux pas me tuer. » Et, regardant derrière lui, en direction de la maison, il ajouta : « Elle seule le *peut.* »

Je regardai le traîneau s'éloigner, puis rentrai. Kate avait rempli une cuvette d'eau et humecté un linge pour essuyer le sang de mon visage ; retenant sa main, je demandai :

« Pourquoi l'autorises-tu à venir ici ? Ne me dis pas que c'est pour ton père : il ne t'adresse pas trois mots. Je veux savoir pourquoi.

– Il s'est passé quelque chose ?

– Oui, il s'est passé quelque chose. Ton frère a tué tous les habitants d'une maison ! Des gens innocents. Il a payé quelqu'un pour mettre le feu. Qu'a-t-il bien pu faire de si atroce à une jeune fille pour qu'il ait eu besoin de tuer non seulement cette fille, mais toutes les personnes qui se trouvaient dans la maison le jour où il l'a brutalisée ?

– Une... une jeune fille ?

– Une jeune fille. Quatorze, quinze ans peut-être. Avec des cheveux roux...

– Mon Dieu !

– Et des yeux bleu-vert...

– Oh, mon Dieu ! » gémit-elle en s'écartant de moi. Mais je la retins et questionnai :

« Que lui a-t-il fait ? Pourquoi l'a-t-il blessée ? Parce qu'elle s'est refusée à lui ? Comme tu t'es refusée à lui ? C'est pour cela ?

– Robert... je t'en prie...

– Toute femme aux cheveux roux est-elle destinée à devenir sa proie ? À payer pour le refus de sa sœur ? Que fait-il ici, Kate ? Pourquoi ce monstre est-il autorisé à pénétrer dans notre maison ? Cette maison pour laquelle il a failli te tuer ? Pourquoi, Kate ? Quelle sorte de pacte as-tu passé avec ce démon ?

– Arrête... » En sanglotant, elle se laissa tomber sur la première marche de l'escalier et s'agrippa aux barreaux. « Je lui ai parlé... Je lui ai fait promettre de ne pas venir ici lorsque tu y seras...

– Je t'annonce que ton frère a tué des innocents, et tout ce que tu trouves à dire, c'est qu'il ne viendra pas...

– Tu as des preuves ? Tu peux prouver qu'il a fait incendier cette maison ? Non ! Tu n'as aucune preuve ! Et tu n'en auras jamais ! Tu ne peux pas l'attraper, ni lui faire de mal, parce qu'il est protégé ! Je m'en suis rendu compte toute ma vie, Robert : c'est comme si une puissance invisible veillait sur lui !

– Eh bien, je lui enfoncerai un pieu dans le cœur !

– Tu ne peux pas le tuer !

– Qui le peut ? Toi ? » Elle détourna les yeux. Je l'attrapai par le bras, l'obligeai à se lever et dis d'un air rageur : « Pourquoi es-tu la seule personne à pouvoir tuer la bête ? Ce n'est pas un être surnaturel ! C'est un homme ! Un homme mauvais, abominable, un chien enragé qui doit être abattu !

– Tu ne peux pas ! C'est toi qui seras tué. » Se rapprochant de moi, elle posa ses mains sur mon visage. « Je t'en prie, fais comme je te le demande. Tu ne le verras presque pas, seulement une ou deux fois par an. Je ne veux pas te perdre, Robert. Fais comme moi, attends ; le moment viendra pour Will. »

Je plongeai dans ses yeux d'aigue-marine, je m'y enfonçai, j'aurais pu m'y noyer. Je ne voulais plus lutter, je ne voulais plus la tourmenter. Je voulais seulement sentir sa peau contre la mienne, ses longs cheveux roux se répandre sur ses épaules, ces entrelacs de soie flamboyants s'enrouler autour de mes doigts.

Je paierais quelqu'un pour tuer Will...

« Non ! » cria-t-elle en s'écartant de moi comme si je l'avais giflée. Seigneur, lisait-elle dans mes pensées ? « Promets-moi de ne pas lui faire de mal, Robert ! Promets-moi ! Que ni toi ni personne d'autre ne fera de mal à mon frère ! » Son visage exprimait une telle souffrance que je dus détourner mon regard, parce que je n'étais pas sûr de pouvoir répondre à sa supplication. Je n'étais pas sûr de pouvoir vivre avec elle, sachant que l'infâme créature qu'elle protégeait l'aimait autant que moi. S'accrochant à ma chemise, elle m'attira à elle en implorant : « Promets-moi, Robert... promets-moi !

– Oui... Je promets... » *Pour l'instant... Pour ce soir... Je promets.*

Elle essuya le sang de mon visage et de mes mains, sans rien dire – qu'aurait-elle pu dire ? –

avant de m'emmener dans notre chambre et de m'entraîner sur le lit avec elle. J'essayai d'être lent et doux, mais cela faisait si longtemps, et je la voulais, je la désirais tant. La robe, les boutons n'en finissaient pas, et dessous il y avait sa peau douce et blanche dont je rêvais depuis près de trois mois. Le corset, les sous-vêtements, tant d'obstacles à franchir qui me séparaient de sa chaleur, de son velours. Enfin il n'y eut plus que le jupon et le caraco. Ses bras et ses seins s'étaient épanouis; passant mes mains sur sa poitrine, je chuchotai: « Tu n'as pas résisté à la délicieuse cuisine de Martha. Je t'aime bien ainsi... je vais avoir où planter mes dents. » Elle rit, tout en m'ôtant mes vêtements; je lui enlevai son caraco, le jetai sur le plancher, et la saisis à la taille; elle avait un peu forci. « Qu'as-tu mangé pendant que je n'étais pas là ? » murmurai-je en arrachant les restes de l'armure de dentelle qui la protégeaient encore de l'assaut de mes mains. « Tu as même pris un petit ventre, ma caille. »

Elle eut un sourire serein – un sourire d'ange – puis me saisit la main et la posa sur son ventre arrondi. Et je compris.

« Oh, Seigneur ! » soupirai-je, oubliant un moment sa présence. Puis je regardai son visage. Je voulus la toucher, mais elle m'échappa, s'enveloppa dans sa robe de chambre et sortit précipitamment de la pièce.

Un enfant. Responsabilité. Obligation. Charge. Devoir. Chaînes. Menottes. Pas de fuite... Pas d'échappatoire... Seigneur Dieu, c'était impossible. Je ne pourrais jamais être père. Quelle folie. Quelle absurdité. Pourquoi n'y avais-je pas pensé ? Nous n'avions jamais abordé le problème des enfants. Je supposais qu'elle avait compris ce que je lui offrais, et qu'elle prendrait ses précautions, comme faisaient les femmes du bordel, quel que fût le moyen qu'elles employaient pour éviter d'avoir des enfants. Pourquoi n'avais-je pas parlé avec elle ? Pourquoi ne m'étais-je pas assuré qu'il n'y aurait pas de bébé ? Mon Dieu, qu'allais-je faire ? Son visage était si radieux, elle était folle de joie. Je ne pouvais absolument pas suggérer... non, impossible... Un enfant... Et moi un père... C'était trop, trop de changements étaient survenus dans ma vie : une épouse, un foyer, et maintenant un enfant – et il y en aurait d'autres. Je me retrouverais enchaîné à elle, enfermé ici, en Écosse, jusqu'à la fin de mes jours... Seigneur Dieu, jamais je ne pourrais le supporter.

Je me levai, m'habillai en hâte et restai planté au milieu de la chambre. Où était-elle ? Où était-elle partie pleurer ?

Je me ruai dans l'escalier, inspectai toutes les pièces et me rendis au salon. Et là, par la fenêtre, je la vis. Elle était debout au bord de la rivière gelée, enveloppée dans une courtepointe, de la neige jusqu'aux genoux... En la regardant, mon cœur se serra et le froid me saisit, car je sentais l'air glacial qui l'environnait et la souffrance que je lui avais infligée ; je les sentais parce que son être était entré dans le mien, et moi en elle, et tout ce qu'elle ressentait, je le ressentais avec une intensité déchirante. J'allai vers elle, la pris dans mes bras – elle se débattit – puis la portai jusqu'à la maison ; je la fis asseoir près de la cheminée, où se consumaient les braises d'un feu, et retirai les bottines qu'elle avait chaussées en hâte. Je lui réchauffai les pieds en en mettant un sous mon aisselle et en frictionnant l'autre. Puis je lui pris les mains et, les tenant entre les miennes, je baissai la tête et dis : « Pardonne-moi... Pardonne à l'homme qui t'aime et qui aimera notre enfant. J'ai couru si loin et pendant si longtemps, Kate, mais si tu me gardes, je ne courrai plus, ma lady. »

Nous entrâmes dans une nouvelle année – 1896 – et je mourais d'envie d'emmener Kate avec moi sur le continent. Mais elle refusa de quitter le Loch Leven et je compris qu'il me fallait retrouver les tables de jeu qui m'attendaient. L'hôtel avait beau démarrer magnifiquement, les frais d'entretien étaient énormes, le fonds de roulement était loin d'être suffisant et un apport d'argent frais – mes gains mal acquis – se révélait indispensable. Will était parti le 2 janvier et ne serait pas de retour en Écosse avant l'été, je pouvais donc théoriquement laisser Kate seule pendant trois mois et revenir, de toute façon, avant la naissance du bébé en mai. Mais je n'arrivais pas à la quitter et je retardais sans cesse le moment de partir ; enfin, je m'obligeai à fixer la date de mon départ au 1er février, ce qui me laissait vingt et un jours avec ma bien-aimée.

Il était temps d'aller à Mallaig.

J'envoyai un télégramme à ma famille pour dire que j'arriverais le 25 janvier – la Nuit de Burns – et leur demander de tous se réunir à la maison de mon père. Nous prîmes notre voiture ; par train, nous aurions mis moins de temps, mais je voulais pouvoir partir sur-le-champ au cas où les choses tourneraient mal.

Je m'efforçai de rester calme pendant le voyage et parlai à Kate, sans m'appesantir, de mes souvenirs d'enfance. Mais une fois à Morar – à quelques kilomètres au sud de Mallaig, pas loin du détroit de Sleat –, je ne pus contenir plus longtemps la terreur qui s'était emparée de moi ; je commandai au cocher de s'arrêter, bondis hors de la voiture et me précipitai au bord de la falaise surplombant la mer déchaînée. Kate me rejoignit aussitôt, me saisit par le bras et me demanda ce qui m'avait pris.

« Cela fait trop longtemps, balbutiai-je en remontant le col de mon manteau pour me protéger du froid cinglant. Je vais leur télégraphier que nous avons eu un empêchement et...

– Tu n'en feras rien.

– Cela fait onze ans. Je ne peux pas...

– Robert Maclean, tu es un lâche ! Tu es un lâche dans l'âme ! Un lâche dans l'âme ! »

Kate venait de définir en quelques mots parfaitement justes cette peur irraisonnée que j'essayais de nommer depuis des années ; pas une peur physique – je ne craignais aucun adversaire, homme ou animal –, mais crainte des conflits moraux – l'idée de devoir faire face, par exemple, à quelqu'un que j'avais déçu, me laissait tremblant comme une poule mouillée. Kate avait mis le doigt sur ce misérable trait de mon caractère : j'étais un lâche dans l'âme.

Et il était temps que cela cesse. Pendant onze ans j'avais retardé le moment de les affronter. Si je ne le faisais pas maintenant, je ne le ferais jamais.

J'embrassai les mains de Kate, gantées de daim violet, je la conduisis à la voiture et ordonnai au cocher de nous emmener à Mallaig.

Notre maison se trouvait à la limite de la ville. C'était une petite maison blanche qui dominait la mer. En approchant, j'aperçus un garçon penché au-dessus de la clôture qui entourait le modeste terrain. Se pouvait-il que ce soit Martin ? Dieu, ce n'était pas possible ! C'était un petit mioche de trois ans lorsque j'étais parti ; le grand et beau gaillard qui agitait la main vers nous ne pouvait quand même pas être mon plus jeune frère ! J'aidai Kate à descendre de voiture – regrettant qu'elle n'ait pas choisi une tenue plus simple car ma famille vivait humblement et aurait été pauvre sans les deux cents livres que je lui envoyais à chaque Noël – et me dirigeai avec elle vers la maison. Mon cœur battait à tout rompre. Kate pressa ma main en murmurant gentiment : « Tout va bien. Tout va très bien se passer. »

« Le voilà ! » cria le garçon, et à ce moment-là je fus certain que c'était Martin. « Le voilà ! Rob est là ! Nance, M'man, il est là ! »

Ma mère et ma sœur aînée Nancy sortirent de la maison en courant. Mon cœur bondit dans ma poitrine et les larmes me montèrent aux yeux : elles souriaient, et elles se précipitèrent à ma rencontre, les bras grands ouverts. Ma mère m'entoura de ses bras et me serra à m'étouffer ; j'associai Nancy à cette étreinte et vacillai en les sentant toutes deux si proches – les voir, sentir leur odeur, la chaleur de leurs corps. Elles pleuraient lorsque je les relâchai, elles pleuraient et riaient en même temps quand Martin m'embrassa et me dit que j'avais l'air d'un vrai monsieur. Je les présentai à Kate qui tendit la main, mais ma mère la prit dans ses bras et l'étreignit avec tout l'amour dont elle m'avait enveloppé.

Nous nous dépêchâmes d'entrer à la maison car il faisait un froid de loup. Puisque mes retrouvailles avec ma mère et ma sœur s'étaient si bien passées, je ne doutai pas que mon père me recevrait, même si ce n'était peut-être pas avec le même enthousiasme.

Mes frères et sœurs m'embrassèrent à tour de rôle, Kate serra les mains, sourit, et je cherchai mon père, ne le voyant pas dans la tribu qui avait envahi le petit salon de ma mère. La maison était minuscule et nous devions bien être trente ; je me dis qu'il devait attendre dans la cuisine que nous nous soyons tous retrouvés.

Me frayant un chemin vers la cuisine, j'attrapai ma mère par son tablier et lui demandai : « Où est Papa ? »

Elle baissa les yeux et mon cœur se glaça, car je n'avais pas imaginé une seconde que mon père pouvait être mort, et je le sentis : il était mort. Je m'écroulai sur une chaise, fis asseoir Kate près de moi, tandis que le silence tombait sur cette maison qui, quelques instants plus tôt, résonnait de rires et de gaieté.

« Ton père... ton papa...

– Mort.

– Non... non, sûr que non. Il... Il est en train de travailler. »

C'était samedi, et c'était la Nuit de Burns – fête au cours de laquelle l'Écosse rend hommage à son poète préféré, Robert Burns – , le jour de l'année que mon père aimait le mieux. Il n'était pas en train de travailler. Il ne voulait pas jeter les yeux sur le fils qui l'avait abandonné.

C'était pire que s'il était mort.

Ma mère changea rapidement de sujet et m'abreuva de nouvelles concernant mes frères et sœurs, tout en farcissant des *haggis* qu'elle tendait ensuite à ma sœur Nancy pour qu'elle les couse.

« Une douzaine de *haggis,* Rob. Nance et moi, on y est depuis l'aube. Vous aimez les *haggis,* Kate ?

– Beaucoup, oui.

– Florence, tes deux petits polissons sont encore en train de mijoter une de leurs entourloupes, cria ma mère en regardant par la fenêtre, au-dessus de l'évier où elle s'affairait. Henry Beattie, relâchez donc votre frère, vous allez l'étouffer ! »

Je me mis à rire. J'aimais sa voix, colorée d'un accent irlandais charmant et mélodieux.

Ma mère n'avait pas changé, elle avait seulement quelques kilos de plus. Sa peau était toujours fine et sans rides, et son teint de porcelaine. Ses beaux yeux, presque bleu marine, étincelaient. En la contemplant, je me souvins de l'époque où elle me tenait sur ses genoux devant la cheminée en me racontant les légendes de Cûchullin et de tous les héros irlandais du temps des Celtes. Elle avait rempli ma tête de merveilles, sa voix mélodieuse décrivant des tableaux qui étaient restés gravés dans ma mémoire : Temair – l'ancien siège des Grands Rois d'Irlande, Moytura, et Emain Macha – le pays de Cûchullin. Comment avais-je pu rester éloigné d'elle durant toutes ces années ?

Kate s'était levée pour aider à farcir les *haggis* et je tirai Nancy par son tablier en faisant un petit signe de tête en direction de la cave : c'était le seul endroit de la maison où nous pourrions parler sans être dérangés, car j'avais besoin de savoir ce que mon père avait dit à mon sujet.

La cave était sombre et sentait le moisi. Nancy

avait apporté une bougie et nous nous fîmes une place sur une des vieilles malles. Je m'assis près de ma sœur et lui résumai rapidement les onze dernières années de ma vie, puis lui demandai :

« Où est-il ?

– Il a pas dit. Mais y s'ra pas là c'soir, Rob. »

Nancy était bien plus grande que moi – d'au moins une tête, une géante – et sa voix allait avec sa taille. Mais c'était l'une des personnes les plus gentilles que j'aie jamais connues. Comme je baissais la tête, elle me tapota légèrement le genou en disant :

« L'matin après qu't'es parti, Rob, P'pa est sorti pour t'chercher. Et chaque nuit, pendant une année, y marchait dans les rues et y t'cherchait. Puis quand t'as envoyé l'argent, c'est tout juste s'il l'a pas déchiré en p'tits morceaux, il était complèt'ment fou, et y disait qu't'étais... un...

– Un foutu lâche !

– *Aye.* M'man lui a d'mandé d'être poli avec toi quand tu s'rais là, après l'télégramme, et P'pa a dit qu'y aurait rien à faire pour qu'y mette les pieds dans la maison si t'y étais.

– Il me déteste tellement.

– Y t'aime tellement. »

Elle me donna une petite tape sur la tête et dit qu'on avait besoin d'elle en cuisine.

Je contemplai la pile de vieux journaux solidement ficelés que mon père conservait. A côté, il y avait des albums en cuir dans lesquels il avait collé, année après année, les événements qui avaient changé la face du monde. La pile avait grossi depuis la dernière fois où je m'étais assis dans cette cave, à coller les coupures de presse et à étiqueter chaque album. Qui l'avait aidé, pendant ces onze dernières années ? *Ça, c'est l'Histoire, Rob,* me disait-il. *Tu la tiens dans tes mains, fils... l'Histoire.* Comme il aimait lire ! Il était avide de connaissance, et si seulement le génie dépendait de la détermination, mon père aurait été l'homme le plus brillant de la terre. Mais il avait du mal à retenir ce qu'il apprenait, n'avait pas réussi à entrer à l'université et avait juré que son fils, lui, y parviendrait. Son travail de comptable à la compagnie de ferries de Mallaig l'occupait beaucoup, mais chaque soir après le dîner il s'asseyait avec moi dans la cuisine, et passait en revue non seulement mes devoirs, mais aussi les choses que j'aurais besoin de savoir plus tard, pour être prêt. Si j'avais de très bonnes notes, ce n'était pas parce que j'étais brillant, mais parce que j'avais un professeur très tenace en la personne de mon père. Pourtant, jamais cela ne me parut dur, parce qu'il était toujours prompt à rire et à plaisanter ; mes soirées studieuses ne me pesaient pas, car il rendait tout intéressant. Grâce à lui, j'avais la tête plutôt bien faite que bien pleine. Il avait été mon ami.

Et je l'avais quitté sans même avoir la politesse de lui dire au revoir.

La soirée se passait dans la joie, mais je me sentais en proie à une insondable tristesse. Je bus énormément et je me demande comment, étant complètement ivre, je fus capable de lire le poème de Robert Burns intitulé *To a Haggis,* tandis que Martin jouait de la cornemuse et que ma mère et Nancy apportaient des plateaux chargés de *haggis.* On réclama davantage de whisky. Kate, éméchée, gloussait et disait des bêtises. Je regardais fixement la porte d'entrée, priant de toutes mes forces que mon père franchisse le seuil.

Il y avait des navets, des pommes de terre en purée, des *haggis* et du whisky. La Nuit de Burns était une occasion pour tout le monde de s'autoriser des excès, et nous, les Maclean, ne faisions pas exception. On parla de Nessie, le monstre du loch Ness : existait-il ou pas ? Jim affirma que non, car à certains endroits le lac atteint une profondeur de presque trois cents mètres et, avec la quantité de tourbe provenant des huit rivières qui s'y jettent, la visibilité est presque nulle, par conséquent personne ne peut savoir exactement ce qu'il y a au fond. « Il existe ! cria Martin. Harvey Raeburn l'a vu. Il y a été la s'maine dernière et... » Il s'interrompit brusquement, les yeux rivés sur la porte d'entrée. Je me retournai car, avec tout ce vacarme, je ne m'étais pas rendu compte que quelqu'un avait pénétré dans la maison.

C'était mon père.

Ses yeux bruns étaient fatigués et injectés de sang, mais son visage n'avait toujours pas de rides ; le froid mordant de la nuit avait rendu son nez et ses joues écarlates. Les quelques cheveux fins qui lui restaient – il était chauve depuis l'âge de vingt-cinq ans –, autrefois blonds, étaient devenus blancs, et il avait l'air si petit, si fragile, là devant moi. Je sentis la main de Kate presser doucement mon genou pour m'engager à aller vers lui. Mais il ne souriait pas et j'avais peur qu'il ne me jette physiquement hors de cette maison que j'avais désertée onze ans plus tôt.

Je me levai lentement, en prenant appui sur une chaise car j'étais tellement soûl que je tenais à peine debout. Je ne savais pas si c'était le whisky ou les larmes qui embuaient mes yeux. Mon père devait être aussi ivre que moi car il tanguait, lui aussi. Je fis un pas, il en fit un, nous nous arrêtâmes et il dit :

« Ça fait un bout d'temps.

– *Aye.*

– Si t'mettais ton manteau, fils, et v'nais faire un tour avec moi ? »

Je me dirigeai en zigzaguant vers le portemanteau, près de la porte, et faillis tomber sur mon père ; il me rattrapa mais me lâcha avant que j'aie repris mon équilibre, et je me retins à son bras. Il eut un mouvement pour s'écarter, puis il me prit contre lui et me serra très fort. Son visage était aussi humide que le mien, et il poussait force soupirs en disant : « Aaaah, Rob, t'es rev'nu... » Puis il essuya ses larmes, demanda à Martin de jouer quelque chose de gai, et me fit entrer dans la cuisine, en prenant au passage une bouteille de whisky.

Il n'y avait plus de sièges, toutes les tables et les chaises ayant été réquisitionnées pour le dîner dans le salon. Mon père alluma une bougie pendant que j'ouvrais la porte de la cave, et nous allâmes nous asseoir sur la malle où je m'étais installé un peu plus tôt avec Nancy.

« Pourquoi, Rob ? Pourquoi ? » interrogea mon père. Je lui racontai ce que j'avais dit à Kate – que je m'étais senti incapable de le décevoir en lui faisant part de ma décision de ne pas aller à l'université – puis lui racontai en une heure les onze dernières années de ma vie, pour finir avec mon mariage avec Kate.

« La rouquine ? La maigrichonne ?

– *Aye.*

– Jolie. Elle a qu'la peau sur les os, mais c'est un beau brin d'fille. Rien à voir avec Win MacDougal. »

Il sourit en clignant de l'œil, et je ris en me souvenant de la séduisante Winnie, l'amoureuse de mes quinze ans, une fille blonde et bien en chair.

« Tu sais, Papa, comme disent les Français, tout ce qui ne tient pas dans une coupe de champagne est superflu.

– Eh ben, fils, j'aurais eu sous la main les seins d'Win MacDougal, j'les aurais pas mis dans une coupe de champagne, j'peux t'le dire ! »

Le rire nous secoua jusqu'à nous faire perdre haleine. Puis mon père posa sa main sur mon genou et dit d'une voix basse :

« Comme tu m'as manqué, Rob. Tu m'as tellement manqué.

– J'ai voulu revenir tant de fois. Mais j'en étais incapable.

– Pourquoi, fils ?

– Parce que j'étais parti sans un mot.

– À cause d'l'histoire de Jamie su' Daniel Maclean.

– Non... c'était...

– Je sais qu'c'était toute c't'histoire sur Daniel Maclean qui avait tué son frère jumeau. J'm'en suis voulu jusqu'à aujourd'hui d'avoir laissé Jamie t'raconter ça. Mais t'avais dix-sept ans et j'voulais qu'tu sois un homme et qu't'en finisses avec la mort de ton frère. Mais j'ai bien vu dans quel état ça t'avait mis, Rob. Et quand t'es parti l'matin d'après, j'étais sûr qu'c'était à cause d'l'histoire de Jamie et qu'tu t'sentais responsable d'la mort de Larry. Mais tu dois faire avec, mon fils. Ton frère est mort et toi pas. T'as rien à voir avec sa mort, mon garçon. Il est tombé sur un pieu qui a transpercé son p'tit cœur...

– Papa...

– Mais, Rob, après toutes ces années, fils, tu dois savoir qu'c'était pas ta faute. Pourquoi tu t'fais des reproches, mon p'tit ? Pourquoi ? »

Je pris une gorgée de whisky, puis me levai en disant :

« Remontons.

– Rob...

– Arrête, Papa. D'accord ?

– Est-ce que Kate le sait ?

– Non. Et je préférerais qu'elle ne le sache pas.

– Elle l'découvrira un jour ou l'aut'.

– Non, pas si tu ne le lui dis pas », dis-je avec brusquerie. Puis je me radoucis et ajoutai : « Viens, Papa, remontons. » Mais il resta assis à me regarder. Je lui souris et dis : « Je vais être père. En mai. » Il observa attentivement mon visage, puis mes yeux, et répondit : « *Aye*, l'moment est v'nu. T'es mûr pour ça. Maintenant, présente-moi donc à c'te jolie liane qui t'a enjôlé. La mère de mon... attends voir... dix-septième petit-enfant ! »

L'aube commençait à poindre lorsque nous partîmes. Mon père voulait que nous restions, mais je tenais à rentrer au Loch Leven ; j'étais épuisé mais, avec ou sans Kate, je n'osais pas dormir à Mallaig. Je dis que j'allais repartir pour le continent mais que je reviendrais en mai, avant la naissance du bébé, et je les invitai à venir tous passer des vacances au domaine au mois de juin. Mon père m'embrassa, puis embrassa Kate et, en souriant, il lui dit : « Merci, belle Kate... merci d'avoir fait rev'nir mon fils. »

Assis dans le bureau de Kate à l'hôtel, les yeux fixés sur les colonnes de chiffres qui s'étalaient devant moi, j'augmentai un peu la lumière, avec l'espoir d'empêcher les chiffres de danser sous mon regard. Mais cela ne changea pas grand-chose car ce n'était pas mes yeux qui avaient besoin d'y voir plus clair, c'était mon cerveau tourmenté par les visions de Kate en train de mettre au monde notre enfant.

Elle m'avait obligé à quitter la maison, le matin, lorsque les douleurs avaient commencé, et je l'avais laissée avec ma mère et Martha qui m'avaient assuré que tout se passerait bien et que je devrais aller à l'hôtel jeter un coup d'œil sur les comptes.

Je n'avais rien fait de la journée, à part marcher de long en large dans le bureau, au point d'imprimer la trace de mes pas dans l'épaisse moquette. Il était presque neuf heures du soir et j'avais la conviction que quelque chose de terrible était arrivé. J'avais eu un sinistre pressentiment, en France, et j'étais rentré en avril, trois semaines plus tôt que prévu, persuadé que Kate avait des problèmes. Mais je l'avais trouvée en excellente santé et avec un moral formidable ; elle donnait ses instructions de dernière minute à Mr. et Mrs. Gordon, qui devaient prendre en main l'hôtel durant tout le temps où elle allaiterait : elle avait en effet décidé que notre enfant ne serait pas confié à une nourrice, mais qu'elle s'en occuperait elle-même.

Je me levai, ouvris la fenêtre et laissai pénétrer la douce brise de printemps. Nous étions le 11 mai, et le ciel était zébré de bleu et de pourpre. J'entendais la musique de l'orchestre. Comme j'aurais voulu faire partie des clients en train de danser sur la terrasse qui surplombait le lac, Kate dans mes bras, valsant en plein air au lieu de souffrir le martyre, comme c'était le cas, j'en avais la certitude. Je me souvins que j'étais là lorsque ma mère avait accouché de Martin. C'était une naissance difficile et il avait fallu appeler le médecin ; j'avais entendu ma mère crier et cela m'avait terrorisé. Ma mère avait mis au monde huit enfants avant Martin, et cela s'était toujours bien passé, parce qu'elle était bâtie pour cela. Elle était large et épanouie, contrairement à Kate qui avait gardé un corps d'adolescente. Les femmes comme Kate n'étaient pas faites pour avoir des enfants. Pourquoi avais-je accepté cette folie ? Quatorze heures avaient passé et toujours rien. Quelque chose n'allait pas. Martha avait insisté pour que je ne revienne pas à la maison avant qu'elle ne m'ait envoyé un des hommes. J'étais en train de contempler le lac et, tout à coup, je me mis à imaginer ce que serait ma vie sans Kate. Que ferais-je sans elle ? Elle était entrée dans mon univers et l'avait bouleversé ; elle l'avait rendu réel, magnifique. Je m'étais joué la comédie pendant si longtemps que je n'avais pas même idée d'à quel point ma vie était misérable, avant que Kate ne me fasse découvrir ce qu'était le bonheur. Jamais je ne pourrais revenir à ma vie d'avant. Je serais trop malheureux. Et dire qu'elle pouvait mourir !

Je me précipitai à l'écurie, sautai sur mon cheval, fouettai la pauvre bête jusqu'à ce qu'elle soit couverte d'écume, et l'obligeai à traverser la lande au triple galop. Enfin, nous arrivâmes à la maison ; je bondis, entrai en courant et me cognai à Martha.

« Elle est morte, dis-je, hors d'haleine.

– Non, m'sieur. Elle va bien. J'allais vous envoyer Drew. » Je la bousculai pour passer et l'entendis lancer derrière moi : « Et l'enfant est une p’tite fille, m’sieur. Votre mère est en train d’l’habiller. Elle est bien belle. »

Mais je ne me souciais pas de l’enfant. Il fallait que je voie Kate.

Je grimpai l’escalier quatre à quatre et courus à notre chambre. Kate était pâle mais elle avait revêtu un de ses plus beaux peignoirs et ses cheveux, bien coiffés, étaient relevés sur les côtés. On avait changé les draps et ouvert la fenêtre, mais l’odeur du sang flottait encore dans la pièce, écœurante. Kate sourit lorsque je m’approchai.

« Tu l’as vue ? demanda-t-elle en me prenant la main et en me faisant asseoir sur le lit, près d’elle.

– Non... Comment te sens-tu ?

– Fatiguée », soupira-t-elle. Puis elle sourit et ajouta : « Fantastique. Elle est tellement belle, Rob. Tu ne veux pas la voir ?

– Si, bien sûr. »

Mais je n’en avais pas envie. Pas vraiment. Parce que, lorsque je la verrais, alors elle serait vraiment ma fille. Et je serais un père.

« Tu es déçu que ce soit une fille ?

– Non... cela m’est égal. Je veux dire, que ce soit une fille ou un garçon.

– Le prochain sera un garçon. »

Je dus pâlir car elle me regarda d’un air surpris et fut sur le point de dire quelque chose, lorsque la voix de ma mère, depuis le couloir, déclara :

« Kate, notez bien ce que je vous dis : ça sera une beauté, avec ces... Oh, tu es là, Rob ? C’est le numéro dix-sept, mais c’est la plus jolie, jusqu’à maintenant. Regarde donc les cils qu’elle a. Comment vous allez l’appeler ?

– Jenny », répondit Kate, puisque tel était le prénom que nous avions choisi.

Ma mère se tenait à mon côté, un paquet blanc et duveteux dans les bras ; elle se pencha et déposa la couverture dans mes bras. « Tu as déjà vu une petite fille aussi jolie, Rob ? »

Je baissai les yeux sur le minuscule visage,

entendis ma mère chuchoter quelque chose, traverser la chambre et fermer la porte derrière elle.

J'avais déjà vu des nouveau-nés – tous mes frères et sœurs – et j'avais le souvenir de petits êtres plutôt laids, rouges et fripés, avec des visages tout chiffonnés et, très souvent, des crânes aux formes bizarres et dépourvus de cheveux. Des horreurs, à vrai dire. Mais la petite chose qui dormait entre mes bras était d'une telle perfection, d'une telle beauté, que je ne parvenais pas à croire à sa réalité. Sa peau était de l'albâtre teinté d'un soupçon d'incarnat qui colorait ses petites joues rondes, et ses lèvres avaient l'air dessinées au pinceau tant leur forme était parfaite. J'écartai les bords de la couverture, curieux de voir si le reste était aussi sublime, et je remarquai ses petites mains, pas plus grosses qu'une noix. J'approchai mon doigt des siens, ce qui la réveilla ; elle ouvrit les yeux, très surprise, et me regarda ; ses yeux étaient d'un bleu profond, d'un bleu comme je n'en avais jamais vu. Ses doigts se refermèrent autour du mien, et je sentis la force de cet être minuscule, sa volonté, son invincibilité, tandis qu'elle regardait ce géant. Sans aucune crainte. Car elle était la fille d'Aoife, la fille de Kate – la guerrière qui m'avait appris à être fort, qui m'avait appris à aimer. Et à cette seconde, la petite créature qui me tenait si fort ne fut plus une chose, mais une partie de Kate, la meilleure partie de Kate, et ce que je ressentis pour elle, ce fut de l'amour, un amour surgi du plus profond de moi, qui se mit à couler dans mes veines et me submergea complètement. Et je voulus la remercier, elle, Kate, pour ce cadeau, pour cette vie qu'elle avait mise au monde : ma fille. Mais je me sentais incapable de formuler mes sentiments.

Reposant le bébé dans le berceau, près du lit, je m'assis à côté de Kate. Elle toucha mon visage, essuya les larmes qui coulaient ; je l'embrassai, l'attirai à moi, appuyai sa tête contre ma poitrine et formulai silencieusement les mots que je ne pouvais dire tout haut : Kate, mon amour, si j'étais un honnête homme, j'aurais renoncé à un quelconque droit sur ta personne. Je t'aurais laissé ta maison, ton château, le Loch Leven, et j'aurais reconnu que je ne te méritais pas. Je t'aurais dit adieu et je t'aurais abandonnée à un autre prétendant, plus digne de toi. Seulement, je ne suis pas un honnête homme. Je suis un joueur et le hasard, ou un étrange coup du destin, a envoyé par erreur un ange à un diable. Et j'ai l'intention de te garder, aussi longtemps que tu voudras de moi... Mais je te fais ce serment : aucun homme jamais n'aimera une femme comme je t'aimerai. Jusqu'au jour où les vents cesseront de souffler, et où l'océan retiendra ses vagues, je t'adorerai. Je te protégerai, j'empêcherai qu'on te fasse du mal et celui – homme ou bête – qui s'y risquerait affronterait alors mon courroux infini. Je t'honorerai, je te défendrai, car je te déclare ma reine et je serai ton chevalier. Et maintenant que les graines de notre amour ont donné un fruit, et que nous avons le bonheur d'avoir un enfant, je jure, ma lady, de chérir cette enfant comme je te chérirai, jusqu'à mon dernier souffle...

CHAPITRE 7

(Le Loch Leven, Écosse, 20 septembre 1901)

Repoussant la pile de factures, de commandes et quantité d'autres papiers qui encombraient non seulement mon bureau mais aussi ma vie, je regardai par la fenêtre. En bas, sur la terrasse, mon fils Davie, onze mois tout juste, avançait d'une démarche chancelante entre Jenny et mon père, sous le regard fier et attendri de Miss Petit, la gouvernante des enfants. Davie avait fait ses premiers pas le matin même – des pas triomphants bien que flageolants – allant de mes bras à ceux de... Will, et une fois de plus mon mari avait raté un moment important de notre vie. Robert était en Espagne et ne devait pas revenir avant le mois de novembre, pour le premier anniversaire de Davie.

La brise qui pénétrait par la fenêtre ouverte faisait danser les voilages et ébouriffait les cheveux de mon frère. Will et mon père étaient venus au Loch Leven pour leur visite hebdomadaire, comme ils le faisaient chaque fois que mon frère était en Écosse.

« Kate, viens voir, dit Will. Je crois que je n'ai jamais vu Papa aussi heureux. »

Je me levai et vins près de lui. Mon père était assis, Jenny sur un genou, Davie sur l'autre, et les cheveux cuivrés de Davie voltigeaient au soleil tandis que mon père le faisait sauter joyeusement. Nous apercevant, mon père agita la main en criant :

« Cathy, descends donc, ma fille. Viens voir le gosse marcher. »

Cathy. J'étais redevenue Cathy et, à défaut d'autre chose, il y avait au moins cela : mon père m'aimait à nouveau. Il avait fallu presque un an à Will pour réparer le mal qu'il avait fait, et réussir à convaincre mon père que, à la suite d'un traitement en Suisse, j'étais complètement guérie d'une maladie due à un déséquilibre métabolique. J'avais remercié Will, et Robert m'avait traitée d'idiote, me rappelant que c'était Will qui, au départ, avait introduit d'ignobles mensonges dans la pauvre tête de mon Père. Il avait raison, mais retrouver l'amour de mon père était pour moi un cadeau, et le donateur, quel qu'il fût, méritait toute ma reconnaissance.

« J'ai du travail, P'pa. Je viendrai plus tard.

– Mais, Maman, cria Jenny. Davie marfe. Il marfe comme une grande perfonne. »

J'éclatai de rire. J'avais grande envie d'aller les rejoindre, mais les papiers sur mon bureau semblaient s'être multipliés et j'y retournai à contrecœur.

« Elle est tellement belle », dit Will, et je compris qu'il était en train de contempler Jenny. C'était vrai, même si une mère se doit d'être impartiale : Jenny était une enfant remarquablement jolie et elle deviendrait sans aucun doute une femme splendide. Elle avait les cheveux roux, comme moi, mais là s'arrêtait heureusement la ressemblance. Ses yeux étaient du même bleu marine que ceux de Robert et on aurait dit une poupée de porcelaine, ronde et douce, aux traits parfaits.

« Oui, elle est jolie, répondis-je. Elle n'est pas maigrichonne comme Davie ou moi.

– David sera grand. Combien tu paries qu'il mesurera un mètre quatre-vingt-dix à vingt ans ?

– Une livre.

– Un baiser.

– Une livre », répétai-je avec dureté, avant d'ajouter d'un ton plus léger : « Tu aurais dû emmener William. Ils aiment bien jouer ensemble. »

William était le quatrième fils de mon frère et il avait trois mois de plus que Davie. Flora était à nouveau enceinte et priait pour que ce soit une fille. Elle adorait Jenny, bien que ce fût ma fille. Les choses ne s'étaient jamais très bien passées entre Flora et moi mais, depuis que Will avait pris l'habitude de venir ici chaque week-end, sa femme éprouvait pour moi une aversion qu'elle avait bien du mal à dissimuler sous ses dehors polis. Elle aimait mon frère, et était assez froide et calculatrice pour ne pas tenir compte de ses infidélités. Elle s'était mariée tard, à vingt-cinq ans, non pas faute de prétendants – Flora Kerr était d'une beauté éblouissante, à son charme s'ajoutaient toutes sortes de talents, et elle était l'héritière de la troisième fortune de Grande-Bretagne – mais parce qu'elle avait attendu le seul homme qu'elle avait décidé d'épouser : mon frère. Elle était fascinée par lui, comme nous l'avions tous été à un moment ou à un autre. Quant à Will, il fallait bien qu'il se marie, ne serait-ce que pour assurer la continuation de la lignée Brodie, et Flora, en plus d'avoir une immense fortune et d'être un splendide objet de décoration, allait pouvoir me servir de gardienne durant les voyages de mon frère. Elle avait accompli cette tâche avec beaucoup de zèle car elle croyait que j'étais réellement folle. Mais, ayant pris conscience désormais que les sentiments de Will pour moi n'avaient pas grand-chose de fraternel, elle n'avait qu'un seul désir : récupérer son mari. N'étant pas assez sotte pour essayer de le ligoter, elle attendait, et attendait encore.

« Pourquoi ne laisses-tu pas tomber tout cela, Kate, et on ira faire une promenade à cheval ?

– Une promenade à cheval ? »

Mon Dieu, cela faisait des siècles que je n'avais pas fait cela, ni rien d'autre d'ailleurs, à part payer des factures, écouter les doléances des gens et résoudre les innombrables problèmes qui assaillaient l'hôtel. Il y avait toujours quelque chose qui tombait en panne, qui débordait ou qui explosait, à croire que quelqu'un avait jeté un sort au château. Les affaires marchaient à merveille, l'hôtel était presque toujours complet mais, catastrophe après catastrophe, je m'étais retrouvée dans le rouge et j'avais dû hypothéquer le château au profit de la banque, uniquement pour pouvoir payer les factures. Robert me poussait à vendre car l'hôtel avait englouti toutes ses économies et il nous restait seulement l'argent qu'il gagnait aux cartes pendant ses voyages. Une partie de moi-même avait grande envie de vendre parce que l'hôtel ne correspondait en rien à ce que j'avais espéré. Mais je ne voulais pas que Robert puisse penser qu'il avait versé des millions de livres juste pour satisfaire le caprice d'une femme versatile. J'aimais travailler – même si je n'aimais pas être directrice d'hôtel – et j'adorais me lever chaque matin en ayant un but; d'ailleurs, même si je chérissais tendrement mes enfants et regrettais de ne pouvoir passer plus de temps avec eux, je me serais ennuyée si j'avais dû rester à la maison toute la journée.

« Kate, tu as entendu? demanda Will qui était venu près de moi. J'ai dit : laisse tomber tout ça et allons faire une promenade à cheval. Nous emmènerons les enfants.

– Je ne peux pas, Will. Cela fait presque trois mois que je retarde le moment de m'occuper de cette dette monstrueuse. Je dois le faire aujourd'hui et en finir une fois pour toutes.

– Ce dont tu as besoin, c'est un directeur.

– J'ai Mr. et Mrs. Gordon.

– Oui, ils s'occupent de l'hôtel. Mais je parle de quelqu'un qui se chargerait de la gestion à ta place, ce qui te permettrait de prendre du bon temps.

– Jamais je ne pourrais rémunérer un directeur. Je peux à peine payer le personnel. »

Will s'assit sur un coin du bureau, se mit à jouer avec un coupe-papier et dit doucement : « Ma pauvre chérie, ce n'est pas ta faute si tu es épuisée. Ce genre d'entreprise se gère à deux... et tu es seule. »

Je n'avais nulle envie d'engager une conversation au sujet de Robert, de crainte que Will ne devine mon désir de voir mon joueur de mari travailler avec moi à la maison. Je n'avais pas besoin d'un directeur, mais d'un mari, un vrai, qui resterait avec moi tous les jours de l'année, et non de cet éternel voyageur dont j'étais devenue la maîtresse. Oh, bien sûr, je portais son nom et j'avais mis au monde ses enfants, mais ce n'était pas vraiment un mariage et, bien qu'ayant accepté notre « arrangement », je ne pouvais m'empêcher de penser que tout irait mieux si Robert vivait avec moi.

« L'hôtel serait obligé de fermer dans six mois, sans les gains de Robert.

– Exact. C'est pour cela que tu as besoin d'un directeur. »

Il était debout derrière moi et me caressait les épaules. Je souhaitai que quelqu'un appelle et me fournisse ainsi un prétexte pour fuir le contact de ses mains. Il était autorisé à me démontrer son affection, tant que ses gestes demeuraient fraternels, mais ses sentiments à mon égard et le contact physique avec lui me seraient toujours insupportables, quelque affectueux que soient ses propos.

« Kate, pourquoi ne me laisses-tu pas t'aider ? Nous appellerons cela un prêt. J'engagerai quelqu'un, je paierai son salaire et, une fois que l'hôtel sera sorti du rouge, tu me rembourseras.

– Non.

– À cause de Robert ?

– Parce que je préfère diriger l'hôtel moi-même. Il n'a pu fonctionner que... »

Je m'interrompis au moment où la porte s'ouvrait brusquement, livrant passage à Jenny qui tenait Davie dans ses bras ; tous les deux riaient comme des fous. Will sauta à bas de mon bureau, souleva les enfants dans ses bras et les fit tournoyer en s'écriant :

« Tu l'as porté toute seule pour monter l'escalier, ma chérie ?

– Oui, répondit fièrement Jen. Ze veux vous montrer comment il marfe comme une grande perfonne, oncle Will. »

Will déposa les enfants par terre, plaça Davie près de la porte, se mit à trois ou quatre mètres de lui, puis tendit les bras en disant : « Vas-y, petit. Montre-nous ce que tu sais faire.

– Marfe, Davie, encouragea Jen. Marfe vers oncle Will. »

L'enfant me regarda, radieux, puis se tourna vers son oncle et, d'une démarche chancelante, alla se jeter dans ses bras.

« Bravo ! » s'écria Will qui l'enveloppa dans ses bras puis roula sur le plancher avec lui. « C'est bien, mon garçon, c'est très bien. » Jenny se joignit à eux et tomba sur mon frère en faisant voler ses jupes. Je restai debout près d'eux jusqu'à ce que Will, tirant sur ma jupe, me fasse asseoir aussi par terre. Davie rampa pour venir sur mes genoux, Jen s'installa sur ceux de Will qui caressa les longs cheveux roux de la petite fille et me sourit. Malgré moi je lui rendis son sourire ; je savais pourtant ce qu'il pensait, même s'il ne le disait pas tout haut : nos enfants, Kate... ce sont nos enfants. Et je le laissais faire semblant, sachant qu'il ne les blesserait jamais parce qu'ils étaient miens, parce qu'ils étaient une partie de moi-même. Robert était blême la première fois que Will avait tenu Jen dans ses bras ; il la lui avait reprise d'un geste violent et lui avait donné l'ordre de quitter la maison. Mais j'avais expliqué à Rob que mon frère ne me blesserait jamais maintenant, ni aucun de ceux que j'aimais, parce que je n'étais plus sa prisonnière. J'étais libre, libre de choisir si oui ou non je lui permettrais de faire partie de ma vie. Par ailleurs, je ne pensais pas que son affection pour les enfants était feinte ; il les aimait, or je ne crois pas que mon frère ait jamais vraiment aimé, pas même ma mère et mon père, ou ses propres fils. Mes enfants l'adoraient et, comme Robert était si souvent absent, Will était devenu un second père

pour eux et, de bien des façons, un second mari pour moi. Nos relations étaient chastes. Depuis que j'avais clairement mis les choses au point, Will n'avait jamais insisté ; il était heureux d'être auprès de moi, c'est tout. De temps à autre seulement, je me rappelais qu'il avait tué et violé ; alors, un nuage venait obscurcir mon horizon et je me demandais si je n'étais pas aussi folle que lui, de laisser mes enfants en sa compagnie. Mais mes doutes s'envolaient rapidement, car il était si gentil, si affectueux avec nous. Je me disais que, pour le moment, nous étions hors de danger.

Jen s'était pelotonnée dans les bras de Will et jouait avec sa cravate pendant qu'il lui chatouillait le bout du nez.

« Une hiftoire, oncle Will, insistait-elle. L'hiftoire de la firène.

– Aaaaaahhh, la sirène », soupira-t-il en me regardant, puis il baissa les yeux sur Jen et enroula une mèche de cheveux flamboyants autour de son doigt. « Elle avait des yeux couleur de mer et des cheveux couleur de feu, comme les tiens. Elle vivait dans la mer des Hébrides, au large de l'île de Skye, et un jour il y eut une terrible tempête. La mer se déchaîna, les vagues se soulevèrent et les flots étaient si agités, si furieux qu'ils entraînèrent son corps mince et frêle jusqu'à l'océan Atlantique et le jetèrent dans le détroit de Lorne. De là, le courant l'emmena au Loch Leven. Trop épuisée pour revenir vers la mer à la nage, elle se laissa flotter et parvint ainsi au bord du lac.

– Et vous l'avez trouvée, poursuivit Jen. Vous l'avez trouvée et elle était prefque morte.

– Oui... elle était presque morte. Elle était si belle, je l'ai aimée dès que je l'ai vue. Je l'ai prise contre moi, je l'ai emmenée à un endroit où l'eau était plus profonde et, tout en la tenant, j'ai laissé les vagues la recouvrir. Elle était très fatiguée et je savais qu'en la maintenant assez longtemps dans l'eau elle reprendrait des forces et pourrait retourner chez elle à la

nage. Je l'ai tenue ainsi pendant des jours et des jours et, lorsqu'elle fut redevenue forte, elle me prit la main et me demanda de la suivre. Mais je n'étais qu'un mortel et je me serais noyé en allant avec elle. Alors elle m'embrassa, et son baiser était magique : il contenait un élixir grâce auquel je pouvais respirer comme elle – comme un poisson. Elle m'entraîna avec elle, loin dans les profondeurs, et je nageai en sa compagnie jusque chez elle, jusqu'à la mer des Hébrides.

– Et au fâteau. Le fâteau fous la mer.

– Oui, le château était beau, de toutes les teintes de bleu, de vert et de gris – toutes les nuances imaginables – et il étincelait car il était entièrement en cristal. Bâti au fond de la mer, il comportait des voûtes et des colonnes de trente mètres de hauteur, et il était si grand que les rayons du soleil atteignaient les flèches et les tourelles et faisaient ruisseler la lumière à travers toute la mer. Il y avait toutes sortes d'animaux marins – d'énormes baleines, des phoques, des congres aussi grands que moi – et aussi des tritons aux longues queues couvertes d'écailles, et d'autres sirènes, mais aucune n'était aussi jolie que la mienne. Je vécus avec elle sous la mer pendant deux ans, jusqu'à ce que la magie de son baiser se dissipe ; alors je sentis que mes poumons ne pourraient plus respirer sous l'eau et que, si je ne revenais pas à la surface, je mourrais. Et nous étions très tristes, car elle m'aimait et je l'aimais, mais je ne pouvais pas vivre sous la mer, et elle... elle ne pouvait pas vivre sur la terre.

– Alors vous êtes revenu au Loch Leven.

– Oui, et ensuite à Cromdale.

– Et vous vous êtes marié avec tante Flora.

– Oui.

– Mais vous aimez touzours la firène, n'est-fe pas, oncle Will ?

– Oui, ma chérie. Et je crois que je l'aimerai toujours... toujours. »

Je gardai la tête baissée, évitant le regard de mon

frère, fixé sur moi. Davie leva le bras et mit son doigt dans ma bouche ; je le mordillai et lui ébouriffai les cheveux.

« Allons nous promener, Kate.

– Je ne peux pas, Will.

– Mais si. La journée est tellement belle.

– Oh maman, dis oui ! F'il te plaît, dis oui !

– Mais, Jen, ma chérie, j'ai beaucoup de travail et... »

On frappa à la porte et Mr. Gordon entra quelques secondes plus tard. C'était un homme de haute taille, aux cheveux d'un gris jaunâtre, à l'allure militaire, extrêmement digne et d'une rigidité toute britannique bien qu'il fût écossais. Mais il avait cette espèce de courtoisie servile des domestiques anglais que je détestais. Il s'inclina – je me demandai pourquoi, d'autant plus que nous étions tous les quatre vautrés par terre – et je me relevai rapidement en passant Davie à Will.

« Mrs. Maclean, pardonnez-moi de vous déranger, mais la viande de ce soir ne nous a pas été livrée. Avez-vous eu le loisir d'examiner leur dernière facture ?

– Non, Mr. Gordon, pas encore. Mais je vais le faire. Je vous ferai appeler et vous pourrez envoyer quelqu'un prendre le chèque.

– Très bien, Madame. »

Il attendit, les yeux fixés sur Will, et je me demandai pourquoi il attendait que ce soit mon frère plutôt que moi qui le congédie.

« Ce sera tout, Mr. Gordon », dis-je d'un ton un peu cassant, avant d'ajouter plus aimablement : « Merci. »

Will se releva et se dirigea vers lui ; il dit en se retournant qu'il en avait pour une minute, fit signe à Mr. Gordon de sortir, et prit Jen et Davie par la main en disant : « Tu as laissé ton pauvre grand-papa tout seul, ma chérie. Va vite et emmène ton frère.

– Et vous, oncle Will, vous venez, auffi.

– Je vais venir, ma beauté, dès que j'aurai fini avec Mr. Gordon, et nous irons tous nous promener. » Il me fit un clin d'œil en disant : « Mets ta culotte de cheval », puis ferma la porte derrière lui.

Je n'aimais pas que Will ait quoi que ce soit à voir avec mon personnel, et je me promis d'en parler au couple Gordon. Je leur dirais clairement que, même si Mr. Brodie était mon frère, les affaires étaient les affaires, et qu'ils n'avaient pas à en discuter avec qui que ce soit d'autre que moi ou mon mari... qui n'était jamais là.

Je chassai Robert de mon esprit – cela n'aurait servi qu'à me faire regretter davantage son absence – et fourrageai dans le monceau de papiers à la recherche de la facture du boucher. Au moment où je mettais la main dessus, la voix de Jenny monta de la terrasse : « Papa ! »

Il me fallut un instant pour prendre conscience de ce qu'elle avait dit. Je courus à la fenêtre : Robert était bien là, et il faisait sauter dans ses bras Jenny dont la jupe virevoltait en tous sens. Davie avançait vers lui à pas hésitants, les bras grands ouverts, un sourire béat sur le visage. En me retournant pour descendre les rejoindre, je me heurtai à Will.

« Pourquoi est-il ici, Kate ? demanda-t-il en me saisissant le bras au moment où je passais devant lui. Il ne devait pas rentrer avant le mois de novembre. Pourquoi est-il ici ?

– Je ne sais pas. Mais lâche-moi, Will, il faut que je le voie.

– Il n'est pas censé être ici. »

Je le dévisageai, luttant contre la colère qui montait en moi, en entendant ses paroles. Puis je lui expliquai calmement qu'il avait dû se passer quelque chose, et qu'il fallait qu'il retourne immédiatement avec mon père à Cromdale. Il protesta et resserra son emprise, mais je me dégageai, lui dis qu'il devait partir avant que Robert ne le voie, puis je courus à la terrasse. Robert déposa les enfants à terre en me voyant et je me précipitai dans ses bras, folle de joie. Il me fit tourbillonner, rit et s'écria :

« Buenos días, Señora Maclean.

– *Tu es rentré.*

– Sí.

– *Parce que tu as gagné ?*

– Sí... muchas pesetas... muchas, muchas...

– *Combien de temps vas-tu rester ?*

– Aun no lo sé... *Combien de temps vas-tu me garder, ma belle Kate ?*

– *Toujours.* »

La bouche collée à mon oreille, il me dit à voix basse que je lui avais terriblement manqué et qu'il ne pouvait pas attendre que nous soyons seuls, puis il me reposa à terre et s'en fut vers mon père. Il était toujours gentil avec lui et lui témoignait la même tendresse qu'aux enfants, et je savais que mon père lui rendait volontiers son affection. Espérant que Robert ne poserait pas de questions au sujet de Will, je m'empressai de suggérer que nous rentrions à la maison. Robert voulait marcher – il y avait plus d'un kilomètre et demi depuis l'hôtel – mais il faisait une chaleur inhabituelle pour la saison, et pas un nuage n'obscurcissait le ciel. Je demandai au cocher de ramener mon père, puis je passai mon bras sous celui de Robert qui avait pris Davie sur ses épaules. Jenny, la main dans celle de son père, lui racontait avec force détails les récents exploits de son frère qui, entre autres, avait mangé les pastels que Robert avait envoyés d'Espagne à Jenny. Il rit, mordilla le mollet de Davie et demanda : « Eh bien, fiston, tu vois, moi je trouve le rouge un peu piquant. Quel goût a le bleu ?

– Il a le goût du fiel », répondit Jen à la place de son frère, dont le vocabulaire se limitait pour l'instant à Ma, Pa, Zen et Will.

– Et quel goût a le ciel, Miss Maclean ? Tu es encore retournée voler dans les nuages et grignoter la voûte céleste ? Que va-t-il rester de nos cieux si tu continues à les dévorer, hmmm ? Il va falloir que je te tienne en laisse pour que tu restes attachée à la terre, ma petite fée.

– Ze ne vole pas dans les nuazes, répliqua Jenny très sérieusement. Je connais le goût du fiel à cause de la plouie.

– Aaaah ! la plouie. Bien sûr. Et elle a quel goût, la plouie ?

– Pas plouie. PLOUIE.

– Pardonnez-moi, Miss Maclean. J'étais en Espagne, ces derniers temps, et j'ai tout oublié de la PLUIE. *Eh bien, dis-moi, quel goût a-t-elle ?*

– Comme... comme la neize fondue, mais pas auffi froide. »

Puis elle courut après un papillon qui voletait devant nous ; Robert s'élança à sa suite, Davie sautant sur son épaule, ravi, et s'accrochant à ses cheveux pour ne pas tomber ; je ramassai mes jupes et courus derrière eux.

Nous étions tous hilares et hors d'haleine en atteignant la maison. Jen insista pour que nous regardions encore une fois Davie « marfer comme une grande perfonne » ; Robert le déposa à terre et le petit marcha en titubant entre nous deux. Robert prit sa voix « de théâtre » – une puissante voix de baryton – pour admirer le jeu de jambes particulier de son fils, mais entre deux exclamations il me chuchotait tout bas une liste détaillée de ce qui m'attendait une fois que nous aurions mis les enfants – et nous-mêmes – au lit. Ses yeux me dévoraient littéralement et mon cœur battait si fort que je me demandai comment nous pourrions attendre jusqu'à la fin du dîner.

« Arrête, Rob, soupirai-je en dirigeant Davie vers sa sœur.

– Arrêter quoi ?

– Ce que tu es en train de faire.

– Qu'est-ce que je suis en train de faire ?

– Tu le sais très bien.

– Alors... Desvistase, Señora Maclean. *»*

Je ne parlais pas un mot d'espagnol, mais je compris qu'il était question de mes vêtements – ou, plus exactement, d'enlever mes vêtements – car je sentais déjà, rien qu'à sa façon de me regarder, ses mains caresser mes seins.

Il se mit à bâiller de façon ostensible, dit à Jenny de surveiller son frère car il avait terriblement besoin de faire une sieste avant le dîner, puis m'entraîna à la maison et grimpa l'escalier si vite que je ne pouvais pas le suivre.

« Vous retardez le spectacle, Mrs. Maclean », s'exclama-t-il, puis il me souleva dans ses bras et me porta pour gravir les dernières marches. « Tu lambines.

– Je ne lambine jamais.

– Et est-ce que tu te languis ?

– Me languir de quoi ?

– D'amour », murmura-t-il en me déposant sur le lit. Il se laissa tomber sur moi, doucement, puis soupira – un profond soupir, presque douloureux – avant d'ajouter : « Oh Seigneur, comme tu m'as manqué... comme j'avais besoin de te toucher. » Ses doigts libérèrent les boutons de ma robe tandis que je lui ôtais impatiemment sa chemise, et lorsqu'il ne resta plus entre nos deux corps que la chaleur qu'y avait allumée le désir, il me prit lentement, en savourant chaque seconde, jusqu'à ce que nous ne formions plus qu'un seul être...

C'est la voix de Will qui me réveilla, si proche, si distincte que je crus un moment qu'il était entré dans notre chambre et se tenait près de moi. Robert se redressa, se tourna vers moi, puis jaillit hors du lit ; il attrapa son pantalon, en tas sur le plancher, pendant que j'enfilais hâtivement mon peignoir, espérant arriver auprès de Will avant lui.

« Reste ici, ordonna-t-il en enfilant son pantalon et en se dirigeant vers la porte.

– Rob, mon père et Will sont venus pour le week-end...

– Sont venus. Ils sont venus pour le week-end. Le week-end est terminé.

– Rob, je vais lui parler. Je t'en prie, ne fais pas de scène...

– Bon sang, Kate! C'est ma maison, pas la sienne! » Comme je tentais d'aller vers la porte, il posa la main sur mon bras et dit gentiment : « Je suis désolé. Ce n'est pas ta faute. J'étais tellement, tellement heureux d'être rentré. Cela m'a fait l'effet d'une douche froide.

– Je vais lui demander de partir.

– Habille-toi d'abord. » Je le regardai d'un air surpris. « Ton peignoir est transparent », ajouta-t-il. Je rougis violemment et il secoua la tête comme s'il s'interrogeait sur la raison de mon désarroi. Je mis son épaisse robe de chambre en cachemire, nouai la ceinture, et sortis dans le couloir à la recherche de mon frère.

Will était dans la chambre de Davie, se roulant par terre avec les enfants et les chatouillant, et je dus taper des mains pour attirer son attention. Petty – c'était le surnom que les petits avaient donné à leur gouvernante – rangeait les animaux en peluche que Jen et Davie, et sans aucun doute Will, avaient éparpillés dans la pièce; je lui fis signe d'emmener les enfants prendre leur bain.

« Les rouquines ne devraient jamais porter de rouge », dit Will en se redressant et en caressant un léopard grandeur nature; ses yeux restèrent un instant fixés sur la robe de chambre de Robert, qui était d'un rouge sombre, cramoisi, puis se portèrent sur mes cheveux, pendants et ébouriffés. « Quand part-il?

– Je ne sais pas. Je veux...

– Une semaine, un mois?

– Je n'en ai aucune idée. J'espère qu'il va rester pour le Nouvel An.

– Cela fait presque trois mois. Qu'est-ce que...

– Je veux que tu rentres à Cromdale. Tout de suite.

– Nous ne sommes pas invités à dîner?

– Non.

– Martha a dit à notre vieux papa qu'elle faisait une Cullen Skink ; tu sais comme il aime cette soupe, et personne ne la fait mieux que Martha. » Will se mit debout, enroula le léopard autour de mon cou et ajouta : « Nous partirons demain matin.

– Non. Toi, tu pars maintenant. Je ferai raccompagner Papa demain, mais toi...

– Kate, je t'en prie, protesta-t-il d'un ton plaintif. Ne me mets pas dehors. »

Pourquoi étais-je incapable d'insister ? Qu'est-ce que j'avais ? Je ne voulais pas qu'il reste. Et Robert serait hors de lui si Will passait la nuit ici. J'étais chez moi. Pourquoi ne pouvais-je pas ordonner à mon frère de partir sur-le-champ ? Ma nuit d'amour serait gâchée si je savais que Will se trouvait à quelques mètres seulement de notre chambre.

Dis-lui de partir, Kate ! Dis-lui de partir maintenant !

« Will... Je... je veux.

– Laisse-moi rester. »

Il répéta doucement cette phrase, je ne sais combien de fois, comme une mélopée, tout en me caressant tendrement la joue ; je finis par hocher la tête en signe d'assentiment, puis me retournai pour partir. Robert se tenait sur le pas de la porte. Je ne sais depuis combien de temps il était là, mais notre attitude devait lui paraître extrêmement... déplacée. Il retira le léopard de mon cou et le lança à Will en disant :

« Prends garde à ses griffes.

– Il n'en a plus... cadeau pour les enfants.

– Il a encore des crocs.

– Non. Plus de crocs, plus de griffes. Complètement inoffensif. »

Will jeta le léopard sur le petit lit de Davie, puis se dirigea vers nous. Il sourit d'un air sournois, me fit un signe de tête affirmatif et attendit que Robert le laisse passer.

« Puis-je ? demanda-t-il.

– Cela dépend de l'endroit où tu comptes aller. Si

c'est pour prendre ton automobile et rentrer à Cromdale, je ne t'empêcherai certainement pas de sortir.

– Ma sœur nous a invités à dîner, Rob.

– Ils partiront demain matin, Robert, ajoutai-je d'un ton humble. Martha a préparé la soupe préférée de mon père.

– Tu ne veux tout de même pas priver ce pauvre homme de l'un de ses rares plaisirs : savourer ce potage délicieux, crémeux, laiteux... Ces pommes de terre tendres, fermes, douces... marinées dans le parfum âcre de... »

Les paroles de Will et son intonation avaient une telle connotation sexuelle que je rougis violemment et terminai sa phrase en bégayant stupidement :

« La Cullen Skink. Attends en bas, Will.

– Faut-il s'habiller pour le dîner ? Ou bien dois-je mettre ma robe de chambre, moi aussi ?

– Fais ce que tu veux, dit Robert d'un ton cordial. Kate et moi dînerons dehors. » Puis il ôta son bras de l'embrasure de la porte.

« Tu es tout pour mon père, Rob. Ne lui refuse pas les quelques moments qu'il peut passer avec toi. Il t'aime... comme un fils. »

L'attitude de Will avait brusquement changé et, était-ce de la comédie ou croyait-il sincèrement à ce qu'il disait, Rob et moi savions qu'il y avait quelque chose de vrai, sous-entendu dans ses paroles : mon père vieillissait.

Nous regardâmes Will descendre l'escalier, puis rentrâmes dans notre chambre pour nous habiller. Robert ne dit rien du spectacle que nous lui avions offert, Will et moi, dans la chambre de Davie, mais je sentais sa colère et j'espérais que mon frère se maîtriserait et essaierait au moins de montrer un peu de respect à l'égard de mon mari.

Par la fenêtre ouverte nous parvint une mélodie. C'était Will qui jouait. Il avait fait livrer le piano six ans plus tôt, lorsqu'il avait commencé à venir régulièrement au Loch Leven. Je lui en avais été reconnaissante, même si je ne jouais pas moi-même, car j'aimais écouter la musique, et cela occupait harmonieusement les mains de Will. Petty enseignait le piano à Jen et j'étais tentée d'apprendre moi aussi, car j'aimais chanter et l'on m'avait dit que j'avais une jolie voix. Mais je n'avais pas une minute de répit, entre les enfants, l'hôtel et, quand il était là, Robert; aussi mes leçons de piano s'ajoutaient-elles à la longue liste des choses que je me promettais de faire une fois à la retraite.

Au dîner, Will fut absolument charmant, badin, enjoué, même avec Robert qui, lui, demeura silencieux et but énormément de vin et de whisky, tout en observant ceux qui l'entouraient comme pour dresser un état des lieux. Nous allâmes mettre les enfants au lit; Robert ne proposa pas de raconter une histoire, comme il le faisait toujours, et j'aurais dû comprendre que mon frère était allé trop loin et que c'était plus que ce qu'un simple mortel pouvait supporter.

Nous finîmes la soirée avec mon père et mon frère dans le salon. Will jouait du piano et Robert buvait whisky sur whisky; à un moment donné, il quitta la pièce, se dirigea vers le bureau, la bouteille à la main, et claqua la porte derrière lui. Je dis à mon père et à Will d'aller se coucher car il était presque deux heures du matin, et j'allai retrouver Robert.

Il était assis, les pieds sur le bureau, la bouteille de whisky dans une main, dans l'autre de grandes feuilles de papier à dessin qu'il étudiait avec beaucoup d'attention. C'étaient les portraits que Will, au fil des années, avait faits de moi. Mon cœur s'arrêta de battre lorsque je vis le dessin qui avait retenu l'intérêt de Robert. Il s'agissait d'un portrait de profil sur lequel on voyait mon visage, mes épaules et mon dos. Mes cheveux, détachés, me descendaient jusqu'à la taille et on ne savait pas très bien si mon frère m'avait dessinée nue ou s'il avait simplement omis de compléter les parties qui n'étaient pas recouvertes par mes cheveux. Rien n'était montré qui n'aurait pas dû l'être, mais c'était un portrait très intime; je n'avais jamais laissé voir aucun de ces dessins à quiconque – ç'aurait été vraiment dépasser la mesure –, aussi les gardais-je dans une grande chemise, sur une étagère à livres. Will avait dû les trouver et les avait posés sur le bureau dans l'espoir que Robert tombe dessus, comme cela s'était effectivement produit.

« Quand a-t-il fait celui-ci ? demanda Robert, les yeux rivés sur le dessin qu'il tenait à la main.

– Je ne sais pas. Il y a quelques années. Je n'ai jamais posé pour lui. Il les fait de... de...

– De mémoire ?

– ... Oui... et avec son imagination.

– Il a dessiné tes épaules de façon très... vivante. Et ton dos de manière... fort majestueuse.

– Rob, pourquoi n'irions-nous pas...

– J'étais en train d'essayer de me souvenir d'une robe à toi qui soit aussi décolletée. Je veux dire, qui permettrait à... l'imagination d'un artiste de se déchaîner, et de dessiner des images qu'il projetterait... qu'il visualiserait mentalement...

– Robert...

– Mais je ne me rappelle pas avoir vu dans ta garde-robe quelque chose qui ressemble à cela.

– C'est juste une esquisse, Robert.

– Dieu merci ! S'il l'avait terminée, on aurait eu l'honneur et l'avantage de voir tes seins ! »

Je me détournai de lui – inutile d'essayer de le raisonner – mais il se leva d'un bond, se mit en travers de la porte et grommela :

« Des seins qu'il n'aurait pas eu besoin d'IMAGINER mais...

– Tu es ivre et je suis fatiguée. Laisse-moi passer...

– Il t'a dit qu'il me tuerait à moins que tu ne t'offres à lui et toi, noble...

– Non !

– ... et magnanime...

– Arrête !

– ... en véritable martyre, tu t'es sacrifiée pour moi !

– Non, il n'y a pas eu de sacrifice ! Il désire juste être près de moi...

– Un homme et une femme peuvent difficilement être plus près...

– Comme un frère...

– Comme un amant. »

J'eus envie de le gifler, mais au lieu de cela je secouai la tête en murmurant : « Idiot.

– Oui, très exactement. C'est très exactement ce que je suis. Un sacré idiot. » Je voulus m'en aller mais il m'attrapa, me poussa contre le mur et dit d'un ton rageur : « Comment tu fais ça ? Tu fermes les yeux en pensant que c'est moi ? » Son visage était si proche du mien que je le sentais brûler de colère. Je me recroquevillai lorsque son poing vint s'écraser contre le mur tout près de moi. Il gémit : « Kate... Kate, il a tué trente et une personnes innocentes, hommes et femmes... il les a assassinées... il les a fait brûler vives... des hommes et des femmes que je connaissais... C'est moi qui ai amené Will là-bas. Ces personnes seraient vivantes aujourd'hui si je n'avais pas amené ce monstre. Ça me rend malade, Kate... ça me donne envie de mourir... » Il sanglotait. Je portai la main à son visage, mais il l'écarta d'un geste brusque et recommença à marteler le mur en criant : « Et tu couches avec lui ! Tu te donnes à un assassin ! Tu le laisses poser ses mains ignobles sur toi ! Ton frère ! Je ne veux pas que tu me sauves ! Tu entends ? Je ne veux plus rien avoir à faire avec toi ! Je tuerai ce salaud ! J'aurais dû le tuer il y a six ans, mais tu as voulu m'en empêcher parce que tu avais déjà conclu un pacte avec le diable : la jouissance de tes cuisses en échange de la vie de ton mari ! »

C'était tellement répugnant, tellement pitoyable que cela m'acheva : je glissai le long du mur et m'effondrai sur le sol, et Robert, penché sur moi, haletait comme un fou : « Pendant six ans, j'ai essayé de chasser cela de mon esprit, Kate ! Je n'ai cessé de me répéter que c'était impossible, que tu ne serais pas descendue si bas, même pour sauver ma misérable peau ! Même ce soir, quand je t'ai vue avec lui dans la chambre de Davie, je me suis dit encore que ce n'était pas vrai ! Imbécile que je suis, je ne voulais toujours pas y croire avant d'avoir les dessins sous les yeux ! Alors, tout est devenu clair, parce que je m'étais maintes fois demandé comment un homme pouvait se contenter des miettes que tu jetais à Will. Aucun homme sain d'esprit – à plus forte raison Will, qui est cinglé – ne pourrait se satisfaire de ta seule PRÉSENCE *! Se satisfaire de* MIETTES *! Mais il ne s'est pas contenté de miettes, n'est-ce pas, Kate ? Il a eu tout de toi, absolument tout ! Il n'avait pas besoin d'imaginer à quoi tu ressemblais nue, n'est-ce pas ? »*

Je luttai pour m'écarter de lui et me relever, et je murmurai : « Je donnerais ma vie pour toi, mais je n'irais pas en Enfer !

– Regarde-moi dans les yeux et dis-moi que vous n'avez jamais été amants ! »

Mais je ne le pouvais pas. Ç'aurait été un mensonge...

J'allai au bureau, déchirai le portrait en petits morceaux, le jetai dans la corbeille à papiers et dis : « Je vais me coucher. »

Il m'observa sans bouger mais il ne me laissa pas atteindre la porte. Se précipitant vers moi, il implora : « Dis-moi la vérité, Kate. Réponds-moi, êtes-vous amants ?

– Tu as déjà décidé que nous l'étions.

– Dis-moi que je me trompe... je t'en prie, Kate... dis-moi que je me trompe. »

Baissant les yeux, je dis avec solennité :

« Je jure que je n'ai jamais... couché avec mon frère.

– Et pendant que je suis au loin ?

– Il me traite comme une sœur.

– Mais il t'aime comme une femme.

– C'est pour cela qu'il... il ne me forcera pas. Il ne me veut que consentante, mais je ne le suis pas et il doit donc se contenter... de miettes.

– Jure-le. Regarde-moi et jure. »

Je me tournai vers lui car je pouvais le regarder dans les yeux et jurer que mes derniers mots étaient vrais ; alors je dis : « Je le jure. »

Il s'agrippa à moi, me serra très fort dans ses bras et dit : « Pardonne-moi... Cela me rend fou, Kate. Il me harcèle. Ce soir, il m'a poussé à bout. Jusqu'à quel point peut-on ravaler sa colère sans être étouffé par elle ? Mais c'est cela qu'il veut, que je le frappe, et que je lui donne un prétexte pour me frapper à son tour. J'ai été à deux doigts de charger...

– Non ! Tu ne le tueras pas, Robert ! Tu ne lui feras pas de mal ! Promets-le-moi ! Promets-le !

– Tu l'aimes ?

– Non. Promets-moi de ne pas lui faire de mal. »

Robert me regarda dans les yeux, prit mon visage à deux mains et dit avec douceur : « Je le promets. »

La situation financière de l'hôtel n'avait jamais été brillante, mais elle se dégrada rapidement jusqu'à notre gala de la Saint-Sylvestre 1906, qui se révéla le plus gigantesque fiasco que le Loch Leven ait jamais connu et fut, selon l'expression consacrée, la goutte d'eau qui fit déborder le vase.

Suivant le conseil de mon frère, j'avais engagé un directeur, ce qui me permettait de passer plus de temps avec Robert et les enfants, et j'avais donc cessé de m'ennuyer à tenir les comptes. Mr. Melville, c'était son nom, m'avait dit de ne pas encombrer ma jolie petite tête avec tous ces chiffres assommants, et m'encourageait à m'occuper davantage des relations avec la clientèle.

Le matin du gala – qui était devenu une tradition non seulement pour nos meilleurs clients étrangers, mais aussi pour les riches Highlanders –, je sentis que quelque chose n'allait pas. D'abord le chef de cuisine donna sa démission, puis ce fut le tour du chef pâtissier, et ensuite de six des serveurs. Je ne m'affolai pas, demandai aux femmes de chambre de faire le service, et à Martha et Petty, accompagnées de Jenny et Davie, ainsi qu'à toutes les personnes restées à la maison, de venir aussi vite que possible. Pendant ce temps, Robert cherchait partout les gérants, Mr. et Mrs. Gordon, et le directeur, Mr. Melville, qui restaient introuvables.

On me livra plusieurs tonnes de glace et j'ordonnai à Drew Baird de commencer à remonter le champagne de la cave et à mettre les bouteilles au frais. Il revint les mains vides et m'informa tranquillement qu'il n'y avait plus rien dans la cave. Il ne restait pas une bouteille de vin, de whisky, de champagne ni de quoi que ce soit, sur les milliers de bouteilles que nous y conservions habituellement. En remontant l'escalier, je croisai Robert, et nous fîmes le même sinistre constat : « Nous nous sommes fait escroquer !

– Et en beauté, dit Robert en m'entraînant dans le bureau. Attends de voir les livres de comptes. Nous avons acheté de quoi approvisionner une centaine de Buckingham Palace.

– Mais où tout cela est-il passé ?

– Maintenant ? Très certainement en Amérique du Sud, dans les poches de Mr. Melville, Mr. et Mrs. Gordon. »

Je ne comprenais pas, et pourtant les chiffres montraient clairement que l'hôtel avait commandé de tout en bien trop grande quantité. Robert m'expliqua :

« Kate, ma chérie, c'est une des plus vieilles arnaques du monde, elle se pratique depuis qu'il existe des hôtels, des restaurants et des directeurs malhonnêtes. Quand on avait besoin de quatre caisses de coûteux champagne français, Gordon ou Melville en commandait douze. Quatre étaient stockées dans la cave, et les huit autres vendues au

rabais à des hôtels et des restaurants de la région, les bénéfices de l'opération allant dans la poche des escrocs. Et il en a été ainsi pour toutes les fournitures nécessaires au fonctionnement de l'hôtel : la nourriture, les alcools, le linge, la porcelaine, l'argenterie, les verres en cristal, et même les selles pour les chevaux. Regarde cette facture : le domaine du Loch Leven est en possession de cent vingt selles ; or nous n'avons que quarante chevaux. Mais, ma douce, la malhonnêteté de nos employés atteint des sommets avec cette autre facture, selon laquelle on nous a vendu vingt-cinq lustres en cristal de Waterford.

– Nous sommes ruinés.

– Complètement

– Eh bien... voilà qui va changer les choses.

– Tu prends cela fort bien. »

Il devait me croire stoïque mais la vérité, c'est que j'étais presque contente d'être débarrassée de l'hôtel parce que j'avais envie de faire autre chose et qu'il était devenu un véritable boulet ; être obligée de le laisser aux banquiers était donc plutôt un soulagement. Je m'y étais accrochée, alors qu'il ne me plaisait plus, pendant plus de dix ans car je n'avais jamais voulu reconnaître l'erreur que j'avais commise en choisissant le métier de directrice d'hôtel, et je me sentais extrêmement coupable à l'idée de vendre le château.

Bien entendu, je garderais la maison d'habitation ainsi que trois cents hectares de terrain, ce qui était largement suffisant pour nous, et il y avait des quantités de choses à faire. C'était le Loch Leven que j'aimais, la terre, pas le château, or la terre, je la garderais toujours.

« Je n'arrive pas à croire que tu souris, dit Robert en commençant à sourire, lui aussi. Tu sais ce que cela signifie, n'est-ce pas ? Tu vas devoir vendre. Que dis-je, vendre ? Il n'y aura pas de vente, la banque va simplement opérer la saisie.

– Quand ?

– D'ici un mois, deux peut-être. Je ne sais pas. Tu souris. Qu'est-ce que cela signifie ? Tu es contente ? »

C'était vraiment ingrat de ma part, après tout ce qu'il avait fait et les millions de livres qu'il avait englouties dans l'hôtel, mais j'étais si heureuse, si soulagée que cela s'arrête – les problèmes, les tracas, toutes ces choses assommantes ; enfin, j'allais pouvoir vivre à nouveau.

Baissant la tête pour ne pas montrer ma joie, j'enveloppai mes bras autour de lui et déclarai :

« C'est sans doute le destin, Robert.

– Eh bien, je suis content que tu le prennes ainsi, Kate. Je ne peux pas dire que cela me fendra le cœur. Ce sacré truc était de toute façon bigrement assommant.

– Tu ne l'aimais pas ?

– Je le détestais. Je n'ai jamais rien dit parce que tu l'aimes tant.

– Oh, Robert, m'écriai-je en jetant mes bras autour de son cou. Nous allons passer le plus beau Nouvel An que nous ayons jamais eu ! »

Il répondit en riant :

« Le plus beau ? Mrs. Maclean, vous n'avez ni chef de cuisine, ni vin, ni champagne, ni whisky, mais cent quatre-vingts invités affamés qui vont arriver. Que comptes-tu faire ?

– Qu'on leur donne de la brioche. »

Une chaîne d'hôtels de luxe américaine racheta le château. J'étais heureuse qu'il continue à être exploité, car mon souci majeur était qu'il ne tombe pas en ruine, après toutes ces années de travail acharné. Robert avait rencontré le directeur des hôtels américains en jouant aux cartes, il lui avait parlé et l'avait convaincu de se porter acquéreur ; la banque, de son côté, était impatiente de trouver un nouveau créancier, et c'est ainsi que mon château devint l'hôtel Franklin du Loch Leven.

La situation était tendue avec mon frère car je savais que Robert avait raison : Will avait eu sa part de responsabilité dans notre ruine. C'est lui qui avait organisé en sous-main la chute progressive de l'hôtel. Je l'avais soupçonné – les chuchotements et les apartés avec les Gordon, puis avec Mr. Melville, auraient dû me mettre la puce à l'oreille – mais j'avais balayé mes soupçons, car je ne voyais pas pourquoi Will aurait voulu que je perde le château. Robert affirmait que l'unique but de mon frère dans la vie serait toujours de me garder pour lui à Cromdale. Mais Will aurait dû savoir que je ne reviendrais jamais à Cromdale, puisque désormais le Loch Leven était à moi et, même sans le château, je possédais toujours la maison d'habitation et trois cents hectares de terres.

L'acte de propriété était resté à mon nom ; Robert suggéra qu'on mette le sien à la place, car il redoutait que Will ne trouve un moyen de me déposséder. J'acceptai et, en enfermant le document – qui portait maintenant le nom de Mr. Robert Maclean – dans le coffre-fort de notre bureau, je me sentis dépouillée, sans trop savoir pourquoi ; quoi qu'il arrive, de toute façon le Loch Leven serait toujours à moi.

Restait à présent la grave question de savoir ce que j'allais faire de ma vie. Robert voulait que j'ouvre une maison de couture ; il était persuadé que je réussirais fort bien, et il était disposé à emporter mes robes avec lui sur le continent et à se faire mon représentant, lorsqu'il ne jouerait pas aux cartes. C'était une idée extraordinaire, qui me séduisit tout de suite. Robert annonça que nous prendrions de longues vacances pour aller voir les maisons de couture françaises comme Worth, Doucet, Dœuillet ou Martial et Armand, et que je pourrais commencer immédiatement.

Mais d'abord, je voulais un bébé.

Jenny avait onze ans et Davie sept ; ils avaient grandi si vite que j'avais l'impression de ne pas avoir profité d'eux, en raison du temps que je pas-

sais à m'occuper de l'hôtel, et je voulais un autre enfant. Robert était inflexible : nous n'aurions plus d'enfants. J'avais imposé à Robert la naissance de Davie de façon quelque peu déloyale, et je n'étais pas tellement fière d'avoir utilisé la ruse pour arriver à mes fins ; c'est pourquoi je souhaitais que notre troisième enfant soit désiré autant par lui que par moi. J'essayai tout : les cajoleries, les supplications, les raisonnements – il était si heureux avec Jen et Dave, un troisième enfant lui apporterait encore plus de bonheur – mais il n'y eut rien à faire : il refusa.

Nous partîmes pour la France en février, en emmenant les enfants et Petty avec nous, et passâmes tout notre temps à faire du tourisme. J'étais démoralisée, car je savais que bientôt je ne pourrais plus avoir d'enfants, et j'acceptais mal le fait que Robert puisse décider si, oui ou non, je serais mère encore une fois. J'avais élevé nos enfants et, certes, il avait été un père merveilleux lorsqu'il était là, mais ses visites étaient brèves et très espacées. Je voulais un bébé. Fille ou garçon, cela m'était égal, pourvu que ce soit un enfant gai, rieur, vif, affectueux.

Le 24 février, jour de mon trente-septième anniversaire, je décidai que c'était maintenant ou jamais : j'aurais un bébé, que cela plaise ou non à Robert. J'étais certaine qu'une fois mis devant le fait accompli, il serait aussi heureux qu'avec Jen et Dave.

Petty s'occupait des enfants pendant que Robert et moi allions dans les maisons de haute couture françaises, où je copiais mentalement les robes somptueuses, mélangeant et assortissant manches et corsages jusqu'à obtenir les modèles que je créerais ensuite, avec toutes les soies et les dentelles rapportées par Robert au fil de ses voyages. Après chaque visite, nous faisions une halte dans un café, et je m'empressais de croquer sur le papier les modèles que j'avais imaginés ; je regrettais amèrement de ne pas posséder un millième du talent de mon frère pour le dessin, car mes croquis ressemblaient à des figurines de bois vêtues d'armures géométriques, disproportionnées et peu esthétiques. Mais je savais ce que je souhaitais obtenir, et c'était l'essentiel. J'étais si enthousiaste pour mon nouveau métier que je me demandais comment je n'avais pas pensé plus tôt à mettre à profit ma passion pour les vêtements. C'était terriblement excitant et j'avais hâte de commencer... après le bébé.

J'avais pris soin de ne pas trop montrer ma joie, pendant que nous étions en France, car il était essentiel pour la réussite de mon plan que Robert me croie très affligée à l'idée de ne plus avoir d'enfants ; mais j'oubliais par moments ma prétendue tristesse parce que Paris était merveilleusement gai et brillant, et que Robert et les enfants n'avaient jamais été de meilleure humeur. Rob nous emmena partout : à Chantilly, où nous pûmes admirer les sculptures des écuries du XVIIIe siècle et le château des ducs de Condé, palais féerique s'élevant entre le lac et la forêt. Puis au Louvre, à la tour Eiffel et aux principaux monuments de Paris. Nous vîmes Cléo de Mérode danser *Faust* à l'Opéra de Paris, et elle était aussi belle et époustouflante que le disait la presse britannique. Nous restâmes muets d'admiration en visitant l'exposition Henri Matisse au Salon d'Automne, en particulier devant son célèbre tableau *La Joie de vivre*, baigné d'un exotisme paradisiaque. Les enfants réclamant des divertissements plus concrets, nous allâmes au champ de courses de Longchamp, au bois de Boulogne. Les « élégantes » – ces Françaises de la haute société parisienne – étaient vêtues de la façon la plus extraordinaire, et Jen et moi étions subjuguées. Quelles couleurs ! Nous étions en février, et pourtant toutes les femmes portaient des chapeaux ornés de magnifiques fleurs naturelles, de tous les tons imaginables.

Nous traversâmes le parc à pied car il faisait soleil et, malgré un froid vif, l'après-midi était agréable. Février n'était pas mon mois préféré – je le *trouvais habituellement froid et triste – mais le ciel était coloré de rose et les arbres, même dépouillés de leurs feuilles, étaient beaux. Nous nous promenions bras dessus bras dessous et, à un moment donné, Robert s'arrêta près du lac et dit :*

« Kate, mon amour, avons-nous jamais passé une journée aussi parfaite ?

– Non... c'était divin.

– Eh bien, nous ferons ce voyage tous les ans. Chaque mois de février, jusqu'à la fin de nos jours, quoi qu'il arrive, nous le passerons à Paris. » Se penchant vers Jen, il demanda : « D'accord, Miss Maclean ?

– Ce sera bien. »

*Davie s'était approché du lac, dont les bords étaient gelés, et Robert lui dit de faire attention. Ignorant les recommandations de son père, Davie s'avança peu à peu jusqu'au milieu du lac. Robert sourit, me dit tout bas qu'il allait faire revenir le garnement avant qu'il ne tombe à l'eau, puis cria : « La glace n'est pas solide, mon fils. Si tu tombes, l'*EACH UISAGE *va t'entraîner au fond du lac. »*

Se retournant pour faire face à son père, Davie hocha la tête et dit : « Il n'y a pas de cheval d'eau dans le lac.

– Comment le sais-tu ? J'ai entendu dire qu'il n'y en a pas seulement un, mais plusieurs. Et ils peuvent même prendre forme humaine. » Souriant à Jen, Robert ajouta : « Ils peuvent se transformer en beaux jeunes gens pour séduire les jolies filles. » Il se tourna vers Davie et cria : « Prends garde, mon garçon.

– Les chevaux d'eau vivent uniquement dans les lochs et les rivières d'Écosse, affirma Davie, qui ne voulait pas se laisser impressionner par les menaces de Rob. Les esprits comme le Lowland Kelpic et l'Orcadian Tangie ne quittent jamais l'Écosse.

– Petit impertinent ! Tu n'as jamais entendu parler des chevaux d'eau qui hantent ce lac depuis Napoléon III, en 1852 ? Si jamais on draguait ce

funeste lac, je frémis à l'idée de ce qu'on y trouverait. » Davie écarquilla les yeux, tout comme Jen, et Robert poursuivit : « Ils surgissent de l'eau, lorsque le jour touche à sa fin, comme maintenant, et ils proposent aux jeunes garçons et aux jeunes filles de faire un tour sur leur dos. Et une fois que leur victime s'est cramponnée à leur crinière, ils plongent avec elle, profond, profond, dans les noirs abîmes, jusqu'à ce que...

– Jusqu'à ce que quoi ?

– Jusqu'à ce qu'on voie flotter à la surface de l'eau un cœur et des poumons... tout ce qui reste de l'infortuné cavalier. »

Davie jeta un coup d'œil au lac, derrière lui, puis se hâta de rejoindre le bord et prit la main de son père, qu'il serra très fort. Jen s'attarda un instant, se demandant si l'histoire des chevaux d'eau était inventée ou bien réelle, puis décida qu'elle n'avait pas vraiment envie de le savoir.

Les enfants réclamèrent d'autres histoires sur les esprits des eaux, que j'écoutai moi aussi en me disant que ma décision de rendre Robert papa pour la troisième fois était parfaitement fondée. Il aimait ses enfants et eux l'adoraient ; et même s'il était rarement à la maison, les moments qu'il passait avec nous étaient magiques.

Lorsque nous arrivâmes à l'extrémité du parc, avenue du Maréchal-Maunoury, le soleil avait disparu et les réverbères s'étaient allumés. Nous marchâmes encore un peu, et Robert devint de plus en plus silencieux ; puis il suggéra aux enfants de courir en avant, et s'arrêta non loin d'un hôtel particulier de construction récente qui tranchait sur les autres maisons, plus anciennes, vieilles de deux ou trois siècles. Il ne dit rien mais je compris que c'était l'endroit où s'élevait naguère la maison... la maison que mon frère avait fait incendier. J'attirai Robert à moi, il m'embrassa puis me demanda d'attendre. Il alla acheter un bouquet de lis à un marchand de fleurs ambulant, le déposa près de la porte et inclina la tête. Priait-il pour leurs âmes ou leur demandait-il de pardonner ? Je l'ignore, mais moi aussi je fermai les yeux et je priai les morts de pardonner...

J'enfilai mon plus beau déshabillé, m'assis à la coiffeuse et me brossai les cheveux d'un air triste et mélancolique. Robert, étendu dans le lit, m'observait ; se redressant et s'appuyant sur un coude, il me dit :

« Tu n'es pas toi-même, depuis que nous sommes en France, Kate. Pourquoi cette tristesse, ma belle ?

– Oh... une mauvaise nouvelle, avant notre départ.

– Rien de grave, j'espère.

– Non... pas pour toi. En fait, cela va probablement te faire sauter de joie. »

J'avais parlé d'une voix basse et douloureuse. Ce n'était pas totalement de la comédie, car j'étais en train de lui mentir et cela me faisait mal, même si c'était pour la bonne cause.

« Ton frère ? s'enquit-il en se soulevant, l'air inquiet.

– Non.

– De quoi s'agit-il, Kate ? Il est arrivé quelque chose. Ton père est malade ?

– Non, non, il est en excellente santé... c'est seulement que... j'ai vu un médecin avant notre voyage, et il m'a appris que je ne pourrais plus avoir d'enfants.

– En est-il sûr ?

– Apparemment. »

Je vis qu'il s'interrogeait sur ce qu'il allait dire. Il devait être enchanté – cela voulait dire que nous pourrions reprendre des relations sexuelles aussi libres et débridées qu'avant la naissance de Jenny – mais en voyant à quel point cela me bouleversait, il dit : « Je suis navré, ma chérie. Mais peut-être est-ce mieux ainsi. »

Il souleva l'édredon et m'invita à venir près de

lui. Plus je m'approchais, plus je me sentais honteuse, parce que je me rendais compte que ce que je m'apprêtais à faire était aussi déloyal et abject que de me donner à un autre homme, et si jamais il venait à découvrir la vérité, sa colère ne connaîtrait pas de bornes.

Il me prit dans ses bras, m'embrassa avec douceur, puis se mit à passer lentement ses mains sur moi, jusqu'à ce qu'il sente que je réagissais à ses caresses. Il dénuda mes épaules, les embrassa, murmura à quel point il m'aimait et avait envie de moi, puis il ôta délicatement mon déshabillé en dentelle, et je fus aussi nue que lui. J'oubliai mon stratagème, me perdis sous ses baisers de feu, sous l'ardent mouvement de ses hanches et, sentant venir le plaisir, je lui demandai de se joindre à moi dans l'extase. Lorsque je le sentis proche de la jouissance, je le retins très fort. Il ne résista pas, au contraire il se laissa aller plus profondément, jusqu'au moment où il retomba sur moi, en moi, dans la plénitude de la volupté. Il enfouit alors son visage dans mes cheveux et murmura : « Je mourrais pour cela... pour toi... »

Faisant un effort pour ne pas pleurer, je me dis qu'il ne saurait jamais, et je m'endormis.

De retour au Loch Leven, en mai, j'exultai lorsque le médecin me confirma que j'étais effectivement enceinte et que l'enfant naîtrait au mois de novembre. Je ne dis rien à Robert car il devait repartir pour la France après l'anniversaire de Jen, le 11 mai, et rentrerait fin juillet : à ce moment-là ma grossesse serait visible et il prendrait mieux la chose. J'avais décidé de demander à mon médecin d'écrire une lettre, formulant simplement les faits, mais de manière à faire comprendre qu'il s'était trompé dans son précédent diagnostic et avait la joie de m'annoncer que j'attendais un bébé.

Je défis nos malles, déballai les dizaines de magazines et de gravures que j'avais rapportés de Paris afin d'y trouver des idées pour mes propres créa-

tions, tout en parlant gaiement à Jen qui était assise par terre près de ma table à couture, en train d'enrouler et de dérouler une bobine de fil. Jen ne disait pas grand-chose depuis notre retour et, comme c'était à l'ordinaire une enfant très enjouée, je n'arrivais pas à comprendre ce qu'elle avait.

Je lui entourai la tête d'un bout de dentelle que j'avais achetée à Calais, lui souris puis m'agenouillai près d'elle et lui demandai :

« Que se passe-t-il, ma chérie ? Pourquoi cette triste mine ?

– Papa s'en va après-demain.

– Il sera de retour bientôt.

– Il n'a pas besoin de partir. Il pourrait rester.

– Mais tu sais bien que non, Jen. Son travail est en France, en Italie, en Espagne...

– Il pourrait jouer à Londres, s'il voulait, et revenir à la maison chaque semaine !

– Qui t'a dit cela ?

– Oncle Will.

– Quand ?

– Après notre voyage en France, quand il nous a emmenés pêcher à la rivière.

– Mais où était Petty ? Tu sais que je n'aime pas te savoir seule avec ton oncle, Jen. J'ai été très claire à ce sujet. Ni toi ni Davie ne devez être...

– Je n'étais pas seule. Petty était en train de démêler la canne à pêche de Davie qui s'était prise dans un buisson, et oncle Will a dit que Papa pourrait jouer dans des salles de jeu de Londres mais qu'il ne le fait pas parce qu'il a des femmes dans tous les autres pays. »

Je me promis d'étrangler mon frère la prochaine fois que je le verrais. Je me détournai de Jen pour reprendre mes esprits et ne pas lui laisser voir la colère qui m'était montée au visage. Je savais parfaitement que Robert avait d'autres femmes. Il partait chaque fois pour plusieurs mois, jouait dans des bordels et n'aimait pas dormir seul. Mais je me disais qu'il n'aimait pas ces femmes et que par conséquent elles ne comptaient pas. Pourquoi éprouvai-je cette brusque animosité contre lui ? De son côté, il avait respecté les termes de notre « arrangement », et je n'avais en principe aucunement le droit d'exiger de lui plus que ce qu'il voulait bien donner. Pourtant, les paroles de ma fille me blessaient parce que c'était vrai, il existait des salles de jeu à Londres et Robert pouvait y jouer et gagner autant qu'à l'étranger, et être à la maison avec nous toutes les semaines.

« Oncle Will t'a raconté un bobard, Jen. Il n'aime pas ton père.

– Pourquoi ?

– C'est très difficile à expliquer, mais je te le dirai quand tu seras plus grande. Tout ce que tu as besoin de savoir, c'est que ton père t'aime, et aime Davie, et moi, plus que tout au monde...

– Alors, pourquoi il ne vit pas avec nous tout le temps ? Pourquoi il ne va pas jouer à Londres ? »

N'ayant aucune réponse logique, je l'entourai de mes bras et dis : « Tu te rappelles, avant que nous ne partions en vacances, je t'ai promis qu'à mon retour tu aurais un petit frère ou une petite sœur. Eh bien, c'est vrai. En novembre, je vais avoir un bébé.

– Oh, Maman ! » s'exclama-t-elle d'un air tellement heureux que je n'éprouvai plus aucune culpabilité quant à la façon dont le bébé avait été conçu. « Mais que dira Papa ? Tu sais bien qu'il ne veut pas d'autres enfants.

– Il sera ravi, mon cœur. Ne t'inquiète pas. »

Elle me regarda d'une manière si étrange que je me demandai si elle se doutait de ma ruse, puis elle sourit et s'enquit :

« On va lui dire ce soir, pour mon anniversaire ?

– Oh, non... non... ce n'est pas une bonne idée. Nous attendrons jusqu'à son retour.

– Mais pourquoi ? Tu as peur qu'il soit fâché ?

– Oui, il risque de l'être.

– Pourquoi ?

– Eh bien... » soupirai-je, ne sachant si je devais

révéler à ma fille toute la vérité. Je lui pinçai le bras par plaisanterie et chuchotai : « Tu es capable de garder un secret, Jen ? Juste entre toi et moi ?

– Oh oui, dis-le-moi ! Je jure de ne pas souffler mot à âme qui vive ! »

Et je lui expliquai – sans entrer dans des détails qui auraient pu heurter son jeune esprit – que j'avais amené son père à croire qu'il ne pouvait plus me donner d'enfants, et que c'est pour cela que nous ne devions pas révéler notre secret avant son retour en juillet. Je terminai notre conciliabule en disant : « Et en novembre nous aurons un nouveau bébé. Tu veux une sœur ou un...

– Va dans ta chambre, Jen ! »

La voix de Robert emplit la pièce comme un coup de tonnerre, et je faillis tomber en l'entendant. Jen écarquilla les yeux, et moi aussi, car ni l'une ni l'autre ne savions depuis combien de temps il écoutait devant la porte ouverte, mais au son de sa voix il avait dû en entendre assez pour m'étrangler, sinon pire.

Jenny se fit toute petite en passant devant lui et je me relevai en cherchant quelque chose à dire, ne trouvant rien de mieux que : « En fait... évidemment... rien n'est sûr. Le docteur a pu se tromper. Il s'est trompé au sujet de... de... »

Robert me tourna le dos, se rua dans notre chambre, et j'entendis le bruit de l'armoire qui s'ouvrait violemment. Il était en train d'empaqueter à la hâte ses affaires. Je vins vers lui mais, avant que j'aie pu prononcer un seul mot, il se retourna brusquement et cria : « Une famille de comédiens ! Tous les deux ! Toi et ton maudit frère, vous êtes vraiment magnifiques ! Ma parole, tu as raté ta vocation, Mrs. Maclean !

– Robert...

– Vous êtes vraiment faits l'un pour l'autre : aussi trompeurs, menteurs, fourbes et pécheurs l'un que l'autre ! Je te laisse ton amant, Mrs. Maclean ! Je te laisse ton amour illicite avec ton frère ! Je te laisse ton enfant illégitime !

– Où vas-tu ?
– Au diable !
– Robert...
– Que je sois damné si je dois être père d'un enfant engendré par tromperie ! Je souhaite qu'il se ratatine et qu'il meure, étouffé par ton infâme fourberie ! »

Il fila devant moi comme un ouragan, dévala l'escalier et sortit en courant.

« Eh bien, dis-je en soupirant à Jen qui était venue timidement me rejoindre. Je crois que je vais devoir aller le trouver.

– Qu'est-ce qu'on va faire s'il ne revient pas ?

– Il va revenir, Jen. »

Mais il ne revint pas. Il n'envoya ni lettre ni télégramme et, au bout de quinze jours, j'écrivis à son notaire en lui demandant de faire suivre mon courrier à la dernière adresse de Robert. Il m'envoya un chèque mais sans me laisser d'adresse. J'en conclus que Robert lui avait demandé de ne pas révéler où il se trouvait. Pour la première fois en douze ans de mariage, je commençai à craindre de l'avoir perdu. J'essayai de commencer les préparatifs pour ma nouvelle entreprise, mais j'étais incapable de me concentrer et, en fin de compte, je réservai un billet pour le continent, bien décidée à retrouver Robert et à lui demander pardon.

Je ne pris pas mon train.

Mon père mourut le 9 juin 1907... le jour de l'anniversaire de Robert.

Nous savons tous que nos parents doivent mourir, un jour ou l'autre. Mais au moment où le cercueil de mon père fut descendu en terre, je sentis une partie de moi-même se déchirer et partir avec lui. C'était ma jeunesse, c'était la petite fille qui s'asseyait sur ses genoux et l'écoutait chanter en la berçant doucement, c'était l'enfant qui lui tenait la main en marchant dans la lande, de bonne heure un matin d'été, des années et des années auparavant... c'était tout ce que j'avais été, et ne serais plus jamais, qui mourait avec mon père.

On lut le testament : tout allait à mon frère, qui indiqua que mon père avait rédigé l'acte à l'époque de ma « maladie » et ne l'avait jamais modifié. Mais Will m'assura que la moitié de tout ce qu'il possédait était à moi et serait toujours à moi, en dépit des dernières volontés de mon père.

Ce soir-là, lorsque tout fut terminé, j'allai dans le bureau de mon père et m'assis dans la petite chambre où il dormait depuis la mort de ma mère ; j'examinai la pile de lettres qu'elle lui avait écrites... et je pensai à Robert. Un mois exactement était passé sans que je reçoive un mot de lui, et la mort de mon père était annoncée dans les journaux du monde entier. Que Robert garde le silence, et ne soit pas avec moi au moment où je me trouvais dans la plus grande détresse, prouvait qu'il ne m'aimait plus et ne voulait plus rien avoir à faire avec moi. Le bébé était une piètre consolation, puisqu'il ne connaîtrait pas son père, et j'aurais voulu – oh ! comme j'aurais voulu – pouvoir faire marche arrière et effacer ce que j'avais fait.

Je me couchai sur le petit lit de mon père, me roulai en boule, la main refermée sur ses lettres d'amour, et me mis à pleurer – pour lui, pour elle, pour Robert.

Il s'approcha à pas si feutrés que c'est seulement quand il fut assis à côté de moi, à me caresser les cheveux, que je pris conscience de ne plus être seule dans la pièce.

« Robert ! m'écriai-je en ouvrant les yeux.

– Chchchchut, ma chérie... essaie de dormir. »

Mais ce n'était pas Robert qui cherchait à m'apaiser. C'était Will.

« Il faut que je rentre », murmurai-je en reniflant et en m'efforçant de me redresser. Mais il me repoussa doucement et dit : « J'ai fait mettre les enfants au lit. Tu peux dormir ici et retourner au Loch Leven demain matin. »

Il avait été si gentil avec moi que je dus me forcer pour ne pas oublier qu'il avait tué, violé, commis un nombre infini d'atrocités, et que j'avais souffert à cause de lui. Je me récitai la liste de ses infamies, je les retournai dans ma tête, et pourtant, en le regardant, je revis le beau prince aux yeux et aux cheveux sombres de mon enfance, et les larmes m'envahirent à nouveau.

« Là, là, ma chérie, murmura-t-il en me prenant contre lui. Il t'a abandonnée. Mais je suis là et je serai toujours là... toujours. » Il me serrait si fort que mes sanglots nous secouaient tous les deux ; je m'accrochai à sa chemise, me rapprochai encore de lui, enfouis mon visage dans la chaleur de sa poitrine. Les minutes s'écoulèrent sans qu'il dise rien, il continuait juste à me caresser et à me bercer doucement. Et, comme des années auparavant, mon cœur s'éleva vers lui, rempli d'amour pour lui, cet être ensorceleur. J'avais les yeux clos, mais je sentis son doux baiser sur mes tempes. Comme ses lèvres étaient apaisantes ! C'était un baume, un élixir qui dissipait toute peine et toute douleur, et laissait place à la sérénité. Sa bouche se posa sur mes yeux, dont elle effaça les larmes, puis se promena sur mes joues, et enfin sur mes lèvres qui se joignirent aux siennes. C'était comme si j'étais tombée dans un courant d'eau chaude qui m'emportait, s'insinuait en moi, et me réchauffait peu à peu, jusqu'à ce que les flots se précipitent en un grondement furieux. Alors je le sentis trembler de désir, et notre sérénité disparut lorsque ma passion répondit à la sienne – par mon corps, par mes lèvres, par ma langue emmêlée à sa langue. Ses mains caressaient mes épaules, mes seins, mon ventre ; soudain ses lèvres s'écartèrent des miennes et il fit un mouvement pour se lever. Mais je le retins, je retins ses mains, car le feu qu'il avait allumé était bien trop intense pour le laisser brûler. Nous étions tous deux tremblants de désir et, lorsqu'il se dégagea de mon étreinte, j'ouvris les yeux, tandis qu'il chuchotait : « Je vais fermer la porte. »

Ce fut comme un coup de tonnerre, comme si je

m'étais endormie et que le fracas rageur d'une tempête déchaînée m'avait réveillée. Will était debout près de moi, prêt à étouffer de sa main le cri qui me venait aux lèvres, et il dit vivement : « Non, Kate. Tout va bien. Tu n'as rien fait de mal. Les choses sont comme elles ont toujours été, comme elles sont destinées à être. » Puis il alla verrouiller la porte. Je bondis hors du lit. Mon Dieu, qu'avais-je fait ? Je chancelai et, en me raccrochant à la petite commode, je fis tomber les objets qui étaient posés dessus.

« Kate...

– Mon Dieu...

– Non, je t'en prie, assieds-toi et laisse-moi...

– Ouvre la porte ! Ouvre-la tout de suite ! »

Il vint vers moi et me saisit par les bras ; en m'écartant brusquement de lui, je tombai contre la commode. Il me supplia interminablement de ne pas renier notre amour et, lorsque ma tête fut près d'exploser, je me dégageai violemment en hurlant : « Noooooon ! »

Plaquant sa main sur ma bouche, il me traîna jusqu'au lit, m'y étendit de force et se mit à califourchon sur moi en disant : « Tu me désires, Kate. Je l'ai senti. Tu me désires autant que je te désire. » Je hurlai de toutes mes forces mais il étouffa mes cris avec sa main. Je lui lançai des coups de pied, essayai par tous les moyens de me dégager, mais il était beaucoup plus fort que moi. « Tu ne peux pas le nier. Tu m'aimes encore. C'est vrai, je l'ai senti. Tu me désires. » D'une de ses mains, il maintenait mes bras au-dessus de ma tête, mais je réussis à dégager un bras et à lui griffer la joue : elle se mit aussitôt à saigner. Il détacha sa bouche de la mienne, porta sa main à son visage, et je criai. Il s'éloigna brusquement de moi, se tint debout près de la porte, puis me regarda en disant : « Tu fais comme tu as toujours fait : tu m'échauffes, tu m'excites jusqu'à ce que je n'en puisse plus, et ensuite tu me renies. »

Quelqu'un tambourina contre la porte et Will répondit : « Ce n'est rien, Kate s'est assoupie et elle a fait un cauchemar. Tout va bien. » Me précipitant sur la porte, je tentai de l'ouvrir ; il m'attrapa le bras et dit d'un ton rageur : « Elle, elle ne me reniera pas. Elle aime son oncle Will. »

Mon sang se figea dans mes veines. Will débloqua le verrou, ouvrit la porte et entra dans le bureau où se tenait un des domestiques, une bougie à la main. « Ma sœur a eu un terrible cauchemar. Veillez à ce qu'on lui donne du lait chaud et un peu de gâteau. Cela l'aidera à dormir. Bonne nuit, Kate.

– Si tu la touches, je...

– Tu me tueras ? Je suis déjà mort. »

Et, pour la première fois de ma vie, je souhaitai être morte, moi aussi.

Nous partîmes la nuit même. Je réveillai les enfants, profondément endormis, les habillai et, une fois dans la voiture, leur expliquai que leur oncle Will était malade et qu'il leur ferait du mal si jamais il les approchait. Je voulais qu'ils se méfient de Will et prennent conscience du danger, mais sans les terroriser – je voulais éviter, en particulier, que Jenny ne se sente la proie désignée de Will. Je les endormis en leur assurant que nous serions tous en sécurité une fois revenus au domaine du Loch Leven.

Ensuite, j'essayai d'effacer de mon esprit tout ce qui s'était passé durant cette dernière heure.

Mais je n'y parvins pas. Je ne cessais de voir le visage de Will, ses mains sur mon corps, et je me recroquevillais chaque fois, comme si je les sentais à nouveau sur moi. Cela faisait vingt-trois ans que j'avais repoussé tout cela loin de moi, que j'avais enterré notre passé tout au fond de moi, si profond que j'avais commencé à croire que je n'avais jamais aimé mon frère. Mais ce n'était que mensonge... mensonge... mensonge...

Non, je ne pouvais pas songer à cela maintenant.

Il y avait des choses à faire. C'était le passé. Terminé. Complètement fini. Et il n'y avait qu'une seule façon de continuer, c'était d'aller de l'avant. Dans ce monde cruel, on coule ou on nage, et j'étais plutôt bonne nageuse. Dieu sait si j'avais nagé, durant ces vingt-trois longues années ! Ni Will ni qui que ce soit d'autre ne me soumettrait, car on en revenait toujours à cela : bàs no beatha – *la mort ou la vie. Et je voulais vivre.*

Il était quatre heures du matin lorsque nous arrivâmes au Loch Leven, mais je réveillai Drew Baird, lui demandai de rassembler les hommes, et tins conseil dans l'écurie. Nous étions quatre et Will était seul, mais je savais que mes hommes risqueraient leur vie s'ils restaient avec moi. Je leur expliquai que mon frère était fou, qu'il l'avait toujours été mais avait traversé de longues périodes de lucidité, dont la dernière venait de s'achever. Je leur dis qu'il était dangereux, qu'il avait tué, et qu'il avait juré d'exterminer ma famille. Je leur dis enfin qu'ils étaient libres de s'en aller mais que, s'ils choisissaient de rester, ils seraient obligés de porter une arme en permanence, et de l'utiliser si mon frère mettait le pied sur mon domaine.

Je les laissai réfléchir et pendant ce temps j'eus une longue discussion avec Martha et Petty, qui toutes deux furent d'accord pour apprendre à se servir d'un pistolet.

Drew et Ralph décidèrent de rester, et Neil demanda qu'on lui paie ses deux semaines d'indemnités de licenciement. Je n'étais pas mécontente de le voir partir, même si j'avais besoin de tous les hommes valides.

Je réprimai mon désir de télégraphier au notaire de Robert; me rappelant que mon mari ne m'aimait plus et ne voulait plus entendre parler de moi, je le rejetai de mes pensées pour mieux me concentrer sur les tâches qui m'attendaient.

Drew Baird proposa d'aller à Cromdale tuer mon frère, mais je ne pouvais laisser quiconque prendre ma place : je savais, au fond de moi-même, que j'étais la seule à pouvoir tuer Will.

Nous passâmes les trois semaines qui suivirent à mettre en place des palissades, à protéger la maison, à nous préparer à la guerre.

Le moment de tuer la bête était venu.

CHAPITRE 8

(Deauville, France, 11 août 1907)

Tout était tranquille lorsque l'aurore commença à poindre au-dessus de l'océan, embrasant de ses lueurs rosées le ciel et mon visage tourné vers la mer.

De l'autre côté de la Manche, il y avait l'Angleterre, au-delà, l'Écosse... et Kate. Il me suffisait d'aller au Havre, de prendre un ferry jusqu'à Southampton, et je serais au Loch Leven le lendemain.

« Will est avec elle, à présent », marmonnai-je en m'adressant à une mouette qui s'était posée sur la terrasse du casino. « En train de la *consoler.* » La mouette s'aventura plus près et, comme il n'y avait personne alentour, je confiai mon désespoir à mon amie ailée. « Tu vois, son frère est un monstre. Pas seulement un sale type, non, écoute-moi bien : Will Brodie est un assassin. Il a incendié une maison dans laquelle trente et une personnes innocentes ont péri. Il aurait dû être pendu. Nous aurions pu, nous aurions DÛ débarrasser la terre de ce salaud. Mais Kate n'a pas voulu. » Ma petite confidente à plumes tourna la tête vers moi lorsque je prononçai le nom de Kate, et je l'informai que Kate était ma femme et la sœur de Will, avant d'ajouter : « La question est : pourquoi ? Pourquoi a-t-elle refusé, catégoriquement, durant toutes ces années, que nous nous débarrassions

– et débarrassions le MONDE – d'un fou dangereux ? Elle jure qu'elle le hait, et elle a de bonnes raisons de le haïr ; alors, pourquoi, pourquoi, pourquoi refuse-t-elle qu'on le tue ? Je vais te le dire, bien que cela me brise le cœur. La raison en est simple : elle NE le hait PAS. Elle l'aime. Et les visites prétendument innocentes de son frère, pendant que j'étais au loin, n'ont pas du tout été chastes. J'avais craint que durant mes absences elle ne prenne un amant, car ma belle Kate est une femme passionnée. Mais elle ne s'est pas consumée de désir, pendant ces nuits de solitude, elle ne s'est pas languie d'amour, non : ses appétits ont été satisfaits. Will et moi travaillant tous deux à l'étranger, en alternance, la situation s'est révélée parfaite pour elle : trois cent soixante-cinq jours par an, son lit est tenu chaud tantôt par son mari, tantôt par son frère. Et lorsque je suis au loin, il prend ma place non seulement dans son lit, mais à sa table, et il fait sauter MES enfants sur ses genoux en faisant semblant de croire que ce sont les siens. Il les a ensorcelés tous les trois : ma femme, mon fils et ma fille. Et maintenant, je te le demande, mouette muette, qu'est-ce qu'on doit faire quand on est un homme – un homme qui se respecte et a brusquement compris qu'il a été trahi par la femme de sa vie, la mère de ses enfants, la gardienne de son cœur, pendant douze longues années ? Quitte-la, dis-tu ! Oui, c'est ce que j'ai fait, et bon débarras, n'est-ce pas ? Seulement, il y a un petit problème, ma jolie amie à plumes : je l'aime... encore. »

La mouette sautilla sur la balustrade en pierre et j'attendis qu'elle me donne son avis. Mais elle alla se poser sur le sol, picora les petits cailloux blancs qu'elle avait dû prendre pour des miettes de pain, puis s'envola, déçue comme je l'étais moi-même que tout ce qui brille ne fût pas de l'or.

J'étais venu à Deauville parce que c'était le dernier casino de tout le continent auquel je ne devais pas d'argent – beaucoup d'argent. J'étais tellement endetté que, même si je gagnais toutes les parties pendant un an – perspective fabuleuse mais assez peu probable –, je serais incapable de rembourser l'ensemble de mes arriérés. Je n'avais rien dit à Kate, bien que mes difficultés fussent vieilles de plusieurs années déjà, car j'étais certain qu'il s'agissait d'une période de malchance temporaire, que les choses allaient s'arranger et que je gagnerais à nouveau. Or je n'avais pas gagné et, durant ces derniers mois, je n'avais fait que m'enfoncer davantage dans le processus d'endettement, au risque d'y sombrer et d'y faire sombrer Kate et les enfants. Je leur avais envoyé de l'argent – pas beaucoup, assez pour leur permettre de s'en sortir –, mais il ne me restait plus rien, et on ne me laisserait pas entrer dans les salles de jeu tant que je n'aurais pas payé mes dettes. Ce qui était une raison supplémentaire d'hésiter à revenir vers Kate, comme un débauché sans le sou. Bien entendu, que je rentre ou non, j'étais responsable d'eux, j'avais toujours le devoir de leur assurer un toit et de quoi manger, et le seul moyen dont je disposais pour cela, c'était de jouer. Mais pour jouer, j'avais besoin d'argent, or chaque sou gagné et mis de côté avait été englouti et *perdu* dans l'hôtel. Nous serions obligés de vendre cent cinquante à deux cents hectares de terres à la société américaine qui avait acheté le château. Je savais que Kate ne verrait pas d'un bon œil ma décision car, si elle avait abandonné l'hôtel sans trop de déchirements, se séparer de la terre serait une tout autre affaire, et elle ferait n'importe quoi pour éviter de la vendre. Pourtant, il ne semblait guère y avoir d'autre solution, sauf demander un prêt à Will, mais j'aurais préféré vendre mes enfants plutôt que de demander un centime à ce monstre. Donc, pas d'emprunt.

Je pouvais aller voir Kate pour discuter de notre situation financière, tâter le terrain, et vérifier par moi-même si tout ce que je pensais au sujet de ses relations avec son frère était exact. Je tenais le prétexte idéal pour revenir vers elle, parce que nous étions *réellement* endettés, et qu'il était *nécessaire* de vendre une partie des terres. Même si le domaine était maintenant à mon nom, il appartenait toujours à Kate et je ne ferais jamais rien sans en discuter d'abord avec elle. Je pouvais rentrer parce que je devais rentrer, pas parce que je l'aimais, mais parce que... parce que... Sacré bon sang, pourquoi as-tu toujours besoin d'un prétexte, Maclean ? Pourquoi ne peux-tu jamais rien faire, simplement parce qu'il faut le faire ?

« Rentre, Maclean. Rentre. »

Était-ce ma voix ou celle de quelqu'un d'autre qui avait parlé ?

Je ne sais, mais j'obéis.

DÉFENSE D'ENTRER SOUS PEINE DE MORT.

J'examinai l'écriteau cloué à la palissade, le centième que je voyais, et je me demandai si c'était moi qui étais concerné par cet avertissement. Je trouvais bizarre que Kate ait décidé d'accrocher les pancartes que nous avions achetées mais jamais utilisées, puisqu'elles étaient destinées à son frère et s'étaient révélées inutiles depuis qu'elle avait conclu un pacte avec lui. En approchant de la porte d'entrée du Loch Leven, je cherchai ma clé dans ma poche, bien que la porte fût rarement fermée pendant la journée, puis je m'arrêtai en apercevant la lourde chaîne et le cadenas qui la fermaient.

Quelque chose n'allait pas.

Je jetai mon sac de voyage par-dessus la clôture et commençai à grimper. Ma chemise s'accrocha à un clou et, tout en essayant de me dégager, j'entendis un déclic ; me retournant, je vis Ralph Fleming qui tenait un fusil de chasse braqué sur ma tête.

« Oh, m'sieur, pardon, bégaya-t-il. J'savais point qu'c'était vous. J'suppose qu'vous avez r'çu l'télégramme.

– Quel télégramme ?

– Mrs. Maclean, m'sieur... elle... »

Il ne termina pas sa phrase. Ou peut-être la termina-t-il, mais je n'entendis pas car, rien qu'au ton de sa voix et à l'expression de son visage, je compris qu'il s'était passé quelque chose de grave, et mon esprit se brouilla. Jenny et Davie accoururent vers moi, mais sans sourire. Ils avaient le visage sale et barbouillé de larmes. Jen arriva la première, bondit dans mes bras en sanglotant ; je la tins serrée contre moi et soulevai aussi Davie. Tous deux pleuraient et j'avais du mal à comprendre ce qu'ils disaient ; je reposai Davie à terre, voulus reposer également Jen mais elle s'accrocha à moi si fort que je dus m'agenouiller pour essayer de la calmer.

« Jen, ma chérie, qu'y a-t-il ? Dis-moi. Qu'est-il arrivé à Maman ?

– Elle est... Elle est...

– Quoi ? Malade ? Maman est malade ? »

Elle me fixa d'un air étrange, puis me repoussa en criant :

« Elle est en train de mourir, parce que tu as lancé une malédiction contre elle ! »

Je faillis tomber à la renverse, mais je me relevai tandis que Jenny courait à la maison en criant pardessus son épaule que j'étais un assassin.

Drew Baird était avec les enfants et, en me voyant approcher, il jeta par terre sa cigarette et vint à moi. Il portait un pistolet à la ceinture, tout comme Ralph. Pourquoi les deux hommes étaient-ils armés ? Seigneur, que s'était-il passé ?

Drew me salua mais je ne m'arrêtai pas ; je me précipitai pour ouvrir la porte, grimpai l'escalier en courant et faillis renverser le docteur Hume.

« Mr. Maclean, Dieu merci, vous êtes là. Nous ne prendrons pas le risque de la transporter à l'hôpital et, de toute façon, ils ne pourront guère faire plus pour elle, là-bas. »

À travers la brume qui avait envahi mon cerveau, j'étais incapable d'une pensée claire. Le médecin continuait à me parler d'une voix monocorde et c'est seulement en entendant le mot « bébé » que je sortis de ma léthargie. Le bébé... Le bébé... Qu'est-ce que j'avais dit ? Quels étaient les derniers mots que j'avais prononcés ? *Que je sois damné si je dois être père d'un enfant engendré par tromperie... Je souhaite qu'il se ratatine et... qu'il meure, étouffé par ton infâme fourberie.*

« Jenny, marmonnai-je.

– Mr. Maclean ? Mr. Maclean, vous devriez peut-être vous asseoir.

– Que s'est-il passé ?

– Le cheval de votre femme a perdu l'équilibre et elle est tombée.

– Mais elle... elle va bien. »

Il baissa la tête et mon cœur s'arrêta de battre.

« Elle approchait de la fin du sixième mois. Une fausse couche à ce stade constitue toujours un grand risque. Pour comble de malheur, elle a une hémorragie, et je ne peux rien faire pour cela, à part lui mettre de la glace. Demain, ce sera le quatrième jour, et il faut espérer que l'expulsion se fera sans complications supplémentaires.

– Quelles complications ?

– L'infection. Une infirmière est avec elle et je viendrai tous les jours. Je crains de ne pas pouvoir faire davantage... Je suis navré. »

Ses mots me déchirèrent la poitrine. Qu'avais-je fait ? Pourquoi avais-je dit quelque chose d'aussi horrible, d'aussi macabre ? Je ne le pensais pas. Menteur, Maclean ! Je le pensais. J'étais en colère contre elle, blessé qu'elle m'ait dupé. Mais je ne voulais pas la blesser, elle, je ne voulais pas blesser Kate.

Deux des chiens étaient couchés à la porte de notre chambre ; ils s'élancèrent pour m'accueillir, mais pas avec le même enthousiasme que d'habitude, comme s'ils savaient que leur maîtresse était malade ; cela me frappa et je me sentis le cœur serré comme dans un étau. En ouvrant la porte, je vis Martha et une femme d'aspect fort digne – sans doute l'infirmière – qui changeaient les draps. Mes yeux tombèrent sur un tas de draps tachés de sang et je crus un instant qu'elle était morte. Avec des gestes précautionneux, les deux femmes placèrent Kate au milieu du lit. L'infirmière fit un signe de tête à Martha pour lui indiquer ma présence, et elles quittèrent toutes deux la pièce.

Kate était si blanche que j'avais l'impression de contempler un cadavre. L'intérieur de ses yeux était pâle, exsangue, et contrastait avec les cernes noirs, tout autour. Elle me regarda, puis s'efforça de sourire. Cela me transperça et je ne pus contenir plus longtemps ma douleur. Je tombai à genoux, pris sa main et la portai à mon visage ; mes larmes affluèrent, brûlantes, et eurent tôt fait de traverser la courtepointe où j'avais posé ma tête.

Je ne sais combien de temps je restai ainsi. Il s'était sûrement écoulé une heure lorsque je sentis Kate trembler et s'accrocher à ma main, tandis que son corps était peu à peu pris de convulsions ; elle murmura le nom de Martha. Je me précipitai à la porte, l'ouvris brusquement et appelai Martha. Elle accourut, accompagnée de l'infirmière qui écarta les draps et se mit à palper le ventre de Kate. Martha me fit sortir de la chambre, dit que le moment était venu, et je me retrouvai seul dans le couloir.

Les gémissements de Kate se transformèrent en cris. Chaque fois qu'elle criait, des vagues de douleur assaillaient mes entrailles. Elle poussa un hurlement, puis ce fut le silence. Je poussai la porte, persuadé qu'elle était morte, et vis Martha envelopper quelque chose dans une serviette. L'infirmière, debout près de Kate, lui épongeait le visage, et l'odeur de l'éther m'étourdit. Se tournant vers moi, l'infirmière me demanda de sortir de la pièce et Martha me prit gentiment le bras.

« Vaut mieux la laisser avec l'infirmière, m'sieur.

– Elle est... elle est...

– Laissez-la, m'sieur. Vaut mieux. »

Je sortis avec elle dans le couloir et regardai la serviette tachée de sang qui contenait mon fils ou ma fille. L'enfant que j'avais maudit et voué à la mort. Le bébé que j'avais tué.

« Un garçon, m'sieur. On va l'enterrer. » Elle s'essuya les yeux. « Faudra envoyer chercher M'sieur Will : c'est son unique parent, m'sieur, et faudrait qu'il la voie avant qu'elle... peu importe ce qui s'est passé, faut qu'il la voie avant qu'elle... » Incapable de continuer, elle serra la serviette contre sa poitrine et descendit lentement l'escalier.

Peu importe ce qui s'est passé. Grands dieux, qu'était-il arrivé pendant que j'étais parti ?

Je demeurai là sans savoir où aller, jusqu'à ce que l'infirmière ouvre la porte et me conduise au chevet de Kate. Elle me recommanda de ne rester que quelques instants car Kate était extrêmement faible, puis elle nous laissa seuls.

Elle avait les yeux fermés. Lorsque je saisis sa main, elle dit :

« Ils t'ont envoyé un télégramme.

– Non, enfin, oui, je suppose que oui. Mais je ne l'ai pas reçu. J'avais déjà décidé... j'avais *besoin* de revenir près de toi. Oh, mon Dieu, Kate...

– Chhhuuut... Les enfants ?

– Avec Drew. »

Sa tête dodelina, puis retomba sur le côté : elle avait perdu connaissance. L'infirmière rentra et suggéra que j'envoie chercher un pasteur et fasse prévenir ses proches.

« Elle ne va pas mourir, dis-je faiblement. Elle... elle est très forte.

– Je crains qu'elle n'ait perdu énormément de sang, monsieur. Vous devriez prévenir sa famille.

– Elle ne va pas mourir », dis-je à nouveau. Je me répétai cette phrase en silence, comme une psalmodie, jusqu'à me persuader que c'était vrai, puis je décidai qu'il me fallait quand même avertir Will.

Je partis à la recherche de Ralph – je voulais que Drew ne quitte pas les enfants, et je n'étais pas encore prêt à affronter Jen –, tout en me demandant où pouvait bien être Petty. Je trouvai Ralph près de la porte d'entrée, lui remis le télégramme dans lequel je demandais à Will et à Joseph de venir le plus tôt possible, et lui dis de l'envoyer sans plus tarder. Il parcourut le morceau de papier, rejeta sa casquette en arrière et se frotta le menton, l'air confus.

« Qu'y a-t-il, Ralph ?

– J'ai r'çu l'ord' de Mrs. Maclean de tirer à vue sur Will Brodie s'il met les pieds de c'côté-ci d'la clôture.

– Quand ? Quand a-t-elle donné cet ordre ?

– Juste après l'enterrement de M'sieur Brodie. Elle est rentrée ici avec les gosses à quatre heures du matin, colère comme tout, et elle a dit qu'son frère était fou et qu'ça allait êt' la guerre. Elle a dit qu'on risquait not'vie si on restait et elle nous a laissés réfléchir. Neil est parti, et Drew et moi, on est restés. »

Les écriteaux. Les armes. Les paroles de Martha, *peu importe ce qui s'est passé.*

« Mais qu'a-t-elle dit de ce qui est arrivé à l'enterrement de son père ? Est-ce que son frère... » Je ne pus achever ma phrase car je réalisai d'un seul coup que je savais exactement ce qui était arrivé. Ralph me dévisageait, attendant que je lui dise quoi faire. Il fallait que je me maîtrise, que je sois fort, car si je n'étais pas fort maintenant, elle mourrait. Et elle ne pouvait pas mourir. Je dis à Ralph d'envoyer le télégramme.

Il fallait que je trouve Jen. Il fallait que je lui explique.

Je me rendis à l'écurie où Drew veillait sur les enfants. Une chatte venait juste d'avoir des petits et Jenny tenait dans ses bras un chaton tout efflanqué aux yeux bleus. Elle se raidit en me voyant et demanda :

« Est-ce qu'elle est... ?
– Elle dort.
– Elle va mourir ? » interrogea Davie.

Je ne sais pas combien de temps s'écoula avant que je puisse lui répondre. Dix secondes, peut-être. Qu'importe, mon hésitation tenait lieu de réponse. Drew se détourna, marmonna qu'il était l'heure de donner à manger aux bêtes, puis disparut dans l'obscurité. Je m'agenouillai près des enfants et berçai Davie dans mes bras. Il avait sept ans, et il était grand et maigre, comme Kate.

« Je ne veux pas qu'elle meure, dit-il en faisant tourner la bague que je portais à la main droite. Il a la même que toi.
– Hmmmm ?
– Le père Noël. Il a la même bague que toi. »

Je souris et serrai mon fils contre moi. Jen se leva et s'éloigna de nous.

« Jenny, viens t'asseoir avec nous un moment.
– Non.
– Jen...
– Je te déteste ! » cria-t-elle en courant vers la rivière.

J'allais la suivre, mais Davie me tira par le bras et s'enquit :

« Tu l'as vu ?
– Quoi ?
– Le bébé.
– Non.
– Il est mort ?
– Oui. Un petit garçon.
– Qu'est-ce que vous en avez fait ?
– Martha l'a lavé et, toi et moi, on va lui fabriquer un cercueil et on l'enterrera.
– Avec Maman ? »

Ma gorge se noua. Je voulais lui dire quelque chose au sujet des miracles, dire qu'il restait un espoir, que sa mère était forte et en bonne santé, et qu'elle s'en sortirait. Mais chaque fois que j'ouvrais la bouche pour parler, je sentais monter les larmes, et je ne voulais pas communiquer à Davie mes sombres pressentiments. Je lui suggérai d'aller voir Drew, puis me dirigeai vers la rivière pour retrouver Jenny.

Elle était agenouillée sur la rive, ses longs cheveux roux lui retombant à moitié sur le visage, le corps agité de petits tremblements, dans un effort pour contenir ses larmes. Je m'approchai d'elle et la pris contre moi, mais elle se débattit et me frappa avec ses petits poings, en signe de protestation. Elle était bien la fille de Kate, la fille d'Aoife, fière et obstinée, et même dans les moments de plus grand désarroi elle avait besoin de garder sa dignité. Je la tins contre moi jusqu'à ce qu'elle se relâche, s'abandonne et s'autorise à pleurer. Lorsque toutes ses larmes furent épuisées, je la berçai, essuyai son visage avec le rebord de sa robe, et la balançai doucement, comme je le faisais quand elle était petite ; puis je l'embrassai sur la tête et tentai d'expliquer.

« Sais-tu que, la toute première fois où je t'ai tenue dans mes bras, tu avais à peine une heure. Tu étais minuscule et parfaite, presque aussi belle que maintenant, et j'ai dû te paraître un géant, à toi dont les yeux s'ouvraient pour la première fois. Mais tu n'avais pas peur. Tu m'as regardé avec un air de défi, sans aucune crainte. Puis tu as attrapé mon doigt et tu l'as serré très fort, et l'expression de ton visage était extraordinaire car quelque chose y brillait qui venait de l'intérieur, quelque chose qui brille aussi chez ta mère : cette même lumière qui m'a complètement ébloui, aveuglé... la bravoure. Et je t'ai aimée tout de suite, Jen. Je t'ai aimée tellement que lorsque est venu pour moi le moment de partir, de retourner à mon travail, j'ai cru que mon cœur allait se briser en deux. Puis, Davie est arrivé, et c'est devenu encore plus difficile de vous quitter, tous, mais il le fallait parce que, tu vois, mon travail n'est pas en Écosse, même si mon cœur y est. Et je savais que, si nous avions un troisième bébé, je ne pourrais jamais plus vous quitter, jamais plus travailler. Or, comment aurions-nous fait pour manger et payer les hommes, et Martha, et Petty ? Alors, j'ai décidé que ce serait mieux si nous n'avions pas un troisième bébé et, quand j'ai entendu par hasard ta mère en train de te raconter qu'elle m'avait joué un tour... eh bien, j'ai été très en colère et j'ai dit une chose horrible, une chose que je ne pensais pas. Et... oh, Seigneur, Jen, je voudrais ne pas l'avoir dite. »

Elle me regarda puis joignit ses mains aux miennes en disant : « Mais tu l'as dite. Et maintenant Maman est... » Elle s'interrompit. Ses mots m'avaient fait mal et cela dut se voir sur mon visage car elle jeta ses bras autour de mon cou et dit : « Pardon, Papa. Ce n'est pas ta faute... Ne pleure pas. Elle n'aurait pas dû monter à cheval. Martha lui a dit qu'elle n'aurait pas dû monter à cheval... oh, Papa, ne pleure pas. J'ai été méchante, très méchante de te faire des reproches. Ce n'est pas ta faute. Tu m'as tellement manqué. Je voulais que tu reviennes à la maison. Je ne veux plus que tu t'en ailles, jamais. Je t'en prie, Papa, promets-moi que tu ne nous quitteras plus jamais.

– Mais mon travail, Jen...

– Tu pourrais jouer à Londres. Comme ça, tu pourrais venir à la maison toutes les semaines. Tu jouerais les week-ends et tu serais avec nous. Dis que tu le feras, Papa. »

C'était vrai que j'aurais pu jouer à Londres. Jusqu'à présent j'avais repoussé cette idée parce que je redoutais l'ennui que ne manquerait pas d'engendrer un emploi du temps aussi organisé. Mais Jen était là à me regarder comme si j'étais un dieu, et je compris qu'il était temps pour moi de prendre en charge et ma vie et la leur, et que je leur devais bien plus qu'un toit et de quoi manger : je leur devais ma propre personne.

En embrassant Jen sur la joue, je lui promis de

faire ce qu'elle souhaitait puis, après avoir récupéré Davie, nous rentrâmes à la maison.

Petty était là, en bottes et culotte de cheval, un pistolet à la ceinture. Pourquoi portait-elle cet accoutrement bizarre et pourquoi était-ce Drew qui s'occupait des enfants et pas elle, leur gouvernante ?

Elle rougit puis expliqua que Mrs. Maclean avait préféré que Drew veille sur les enfants et qu'elle fasse les patrouilles. Je la priai d'aller changer de tenue et lui dis qu'elle s'occuperait des enfants puisque j'étais de retour, et qu'il n'y avait plus lieu de s'inquiéter.

J'accueillerais Will quand il arriverait... avec un pistolet.

À cinq heures du matin, j'allai dans la cuisine. Dehors, il faisait encore nuit, une nuit tiède et sans nuages. Je contemplais le steak que Martha avait mis de côté pour mon petit déjeuner, me demandant si je serais capable d'en avaler une bouchée, lorsque j'entendis quelqu'un secouer violemment la porte de devant pour essayer d'entrer. Je courus, craignant que le bruit n'éveille Kate, et ouvris la porte.

« Où... où est-elle ? demanda Will, hors d'haleine.

– Comment es-tu entré ?

– Où est-elle ? »

Il voulut passer devant moi, mais je le rattrapai, surpris de son aspect débraillé. Il avait jeté une veste d'été légère par-dessus sa chemise de nuit qu'il avait rentrée dans son pantalon, il ne portait pas de chaussettes, et on aurait dit qu'il venait tout juste de sortir du lit.

« Qu'as-tu fait au type qui était à l'entrée ?

– Elle est ici ?

– Qu'est-ce qui est arrivé ?

– Je l'ai frappé ! Il a perdu connaissance ! Pour l'amour de Dieu, où est-elle ?

– Qu'est-ce qui est arrivé, à l'enterrement de ton père ?

– Elle est ici ? Elle est ici, ou elle a été transportée à l'hôpital ?

– Je t'ai posé une question...

– Nous nous sommes disputés au sujet de l'héritage ! Où...

– Menteur ! »

Il se dégagea, me laissant sa veste dans les mains, bondit vers l'escalier, et monta avant que je puisse l'en empêcher. Je courus derrière lui mais, lorsque j'arrivai en haut, il était déjà dans la chambre. Il se pencha sur le lit, s'effondra et prit Kate dans ses bras, caressant son visage jusqu'à ce qu'elle ouvre les yeux et l'appelle par son nom. « Mon Dieu, Kate. » En sanglotant, il enfouit son visage dans ses cheveux. J'étais incapable de faire un mouvement parce que je ressentais avec force, malgré la distance entre nous, l'amour qu'il éprouvait pour elle. Elle gisait dans ses bras, inerte, puis elle se ranima et tenta de s'écarter de lui. Comme il continuait à la serrer contre lui, elle m'appela, ce qui m'arracha à mon hébétude. J'essayai de la séparer de Will mais il resserra encore son étreinte. Kate se débattait et je ne parvenais pas à faire lâcher prise à son frère. Elle ouvrit les yeux en grand et cria : « Jenny ! Où est Jenny ? » Tout en luttant avec Will, elle répéta sa question ; je tentai de la calmer et dis que Jenny dormait dans sa chambre. Martha arriva, et écarta Kate de son frère, de façon que je puisse maîtriser Will. Je le traînai hors de la pièce et à cet instant l'infirmière entra ; elle nous donna l'ordre de descendre et surtout de ne pas faire de bruit.

Une fois en bas, dans le salon, je poussai Will sur le sofa et l'empêchai de se relever.

« Elle devrait être à l'hôpital ! » cria-t-il.

Il voulut se lever et je le frappai au visage pour lui faire reprendre ses esprits. Il secoua la tête, se frotta la mâchoire, puis se passa la main dans les cheveux. « Elle ne peut pas mourir, gémit-il. Elle ne peut pas... elle ne peut pas... »

Impossible de tuer Will dans mon salon, avec tous ces gens dans la maison. Il me faudrait attendre, l'emmener à l'extérieur.

Je préparai deux alcools bien tassés, lui mis un verre sous le nez et lui enjoignis de boire, puis je me rappelai que le pauvre Ralph gisait dehors, inconscient ; je dis à Will de ne pas bouger et je sortis.

Ralph avait le côté gauche de la tête en piteux état et il ne pouvait plus ouvrir l'œil. Je l'aidai à marcher jusqu'à la maison et, une fois à l'intérieur et en pleine lumière, je vis quelles sales blessures Will lui avait infligées. Will leva la tête au moment où je conduisais Ralph à la cuisine, mais ne manifesta, pour cet homme qu'il avait gravement meurtri, guère plus d'intérêt que pour une mouche qu'il aurait écrasée. Je nettoyai les blessures de Ralph mais, comme son œil avait un aspect inquiétant, je demandai à Drew de l'accompagner à l'hôpital de Fort William, puis j'allai retrouver Will.

« Il va sans doute perdre son œil gauche, annonçai-je en remplissant à nouveau mon verre, puis le sien qu'il me tendait.

– Qui ?

– Ralph, l'homme que tu as frappé.

– Envoie-moi la note.

– Je te dis que tu as rendu un homme définitivement aveugle, et tout ce que tu trouves à dire, c'est : envoie-moi la note. Seigneur Dieu, tu es pitoyable.

– Non, je suis clément. Je lui ai laissé l'autre. »

Je le dévisageai, incapable de trouver quoi répondre à ce monstre qui avait un jour été mon ami, puis je m'assis en face de lui. Il regarda mes mains, toujours obsédé par elles depuis toutes ces années.

« D'où te vient cette étrange fascination pour mes mains, Will ?

– J'aimerais que ce soit les miennes.

– Pourquoi ? »

Il sourit sans répondre, puis me demanda ce que j'avais fait pour avoir la conviction que mon âme était vouée à la perdition. Je ne dis rien, mais il comprit presque aussitôt : « Qui as-tu tué ? C'était quelqu'un que tu connaissais. Quelqu'un dont tu étais proche. Quelqu'un que tu aimais. » J'avais adopté un air impassible dès qu'il avait commencé à me questionner, mais sans doute pas assez vite, car il comprit qu'il avait vu juste. « Qui as-tu tué, Rob ? Ce n'était pas voulu, n'est-ce pas ? La culpabilité que tu éprouves montre que ce n'était pas prémédité.

– J'ai tué le frère de ma femme. »

Il rit, et dit :

« Non... non, c'était... c'était quelqu'un que tu aimais profondément et que tu regrettes beaucoup... Ton problème, c'est ta conscience.

– Et toi, ton absence de conscience.

– Je regrette... peu de chose. Mais il y a un certain nombre de choses que j'ai faites et que je voudrais pouvoir... défaire. »

Son ton avait changé : il n'était plus badin, mais pensif et douloureux. Me penchant vers lui, je demandai :

« L'incendie du bordel ?

– Non...

– Quoi ?

– Je regrette... je regrette sincèrement de t'avoir amené à Cromdale il y a douze ans.

– Pourquoi m'y as-tu emmené ? Tu n'avais jamais imaginé que je pourrais tomber amoureux de ta sœur ?

– Non. Elle n'était pas du tout ton genre, ni toi le sien. Tu étais le célibataire le plus endurci que j'aie jamais rencontré, et à cette époque tout le monde croyait qu'elle était folle. »

Will baissa la tête et se mit à pleurer. Je me levai. Il fallait que je m'éloigne de lui car, même si je le haïssais, même s'il était un assassin, même s'il aimait ma femme, il était encore capable de m'émouvoir.

« Il y a autre chose encore que je regrette profondément, me lança-t-il au moment où je quittais la pièce. Je regrette de te perdre, Robert Maclean. »

S'agissait-il d'un stratagème ? Son esprit rusé l'avait-il averti que j'avais l'intention de le tuer avant qu'il ne quitte le domaine ? Cherchant la réponse sur son visage, je sortis de la pièce à reculons.

J'avais besoin de voir Kate.

Je me glissai sans bruit dans notre chambre, approchai un fauteuil du lit et regardai Kate dormir. Je savais que je ne devais pas la réveiller car il lui fallait dormir pour récupérer, mais j'avais un besoin si impérieux de la toucher que j'en aurais crié. J'enlevai mes chaussures et me couchai près d'elle. Elle sentit ma présence, se tourna sur le côté et se blottit dans mes bras. La serrant contre moi, je l'embrassai sur la tête en chuchotant : « Ne me laisse pas, je t'en prie... ne me laisse pas... »

Flora et ses cinq fils arrivèrent avec Joseph juste avant midi. Je dis aux garçons d'aller retrouver Davie et Jenny dans la salle à manger, et emmenai Flora et Joseph voir Kate.

Flora était habillée sobrement et arborait un air tranquille ; elle devait savourer la victoire imminente que serait pour elle la mort de Kate : elle retrouverait son mari. Mais en voyant Kate, elle porta la main à sa bouche pour réprimer un cri, et murmura : « Oh, mon Dieu...

– Elle va beaucoup mieux. » Je mentais. Le médecin m'avait dit que Kate n'avait aucune chance de survivre plus d'un jour ou deux, et l'infirmière m'avait conseillé d'envoyer chercher le révérend Kelvin. Je ne le fis pas. Ni Kate ni moi n'étions pratiquants et j'avais peur : faire venir le pasteur, c'était la mort à coup sûr.

Joseph s'approcha du lit, s'agenouilla, posa sa main sur celle de Kate et soupira : « Ma p'tite fille... » Ses larmes provoquèrent les miennes. Je pris Flora par le bras et la fis sortir de la chambre. Je la ramenai dans le bureau où Will attendait et je la regardai se précipiter vers lui et l'entourer de ses bras en sanglotant. Il la repoussa, demanda comment allait sa sœur, et je quittai la pièce en fermant la porte derrière moi. Je m'arrêtai en entendant la voix de Flora qui disait : « Elle est en train de mourir, Will... elle est en train de mourir.

– Elle ne peut pas mourir », répondit Will.

Je n'avais pas pour habitude d'écouter aux portes, mais je restai là dans l'espoir que Will révélerait ce qui s'était passé après l'enterrement de Kenneth Brodie.

« Will, l'avez-vous vue ? C'en est fini d'elle. Elle est en train de mourir.

– Eh bien, vous devriez être contente. Ne dites pas que vous vous êtes jamais souciée d'elle. Vous avez passé ces douze dernières années à souhaiter sa mort.

– Ne soyez pas grotesque.

– Grotesque ? C'est vous qui êtes grotesque, en vous imaginant que, sans ma sœur, je vous aimerais. Pure illusion, Flora. Il y a au monde une seule femme que j'aime, que j'aimerai toujours, et je ne vous l'ai jamais caché. Vous le saviez en m'épousant.

– Ce n'est pas vrai, Will. Vous m'avez fait croire que vous l'aimiez en frère, que vous éprouviez de la compassion pour elle parce qu'elle était malade... Mais je n'ai jamais pensé... jamais... que vous vouliez dire... Mon Dieu, j'espère qu'elle va mourir ! Elle vous obsède ! Vous êtes aveuglé par elle ! Elle est votre sœur et vous l'aimez comme... comme...

– Comme jamais je ne vous aimerai.

– Mais elle ne vous aime pas !

– Que savez-vous de moi ou de ma sœur ? Que savez-vous de notre vie ensemble ? Vous ne savez rien ! Ce que nous éprouvons l'un pour l'autre est... ah, je ne veux pas souiller ce sentiment en en parlant avec vous !

– C'est... c'est anormal !

– Selon quels critères ? Les vôtres ? Que m'importe ce que vous pensez ou ce que quiconque pense ? »

Flora sanglotait, et j'entendis Will lui intimer l'ordre de sécher ses larmes et d'aller trouver Kate pour lui dire qu'il ne pensait pas ce qu'il avait dit.

« Que lui avez-vous dit ?

– Cela ne vous regarde pas. Contentez-vous de lui transmettre mon message. Elle comprendra.

– Je ne le ferai pas.

– Vous le ferez.

– N'avez-vous aucun égard pour mes sentiments, Will ? Comment pouvez-vous me demander de...

– Faites ce que je vous ordonne, Flora ! »

Elle refusa, et je m'éloignai de la porte en l'entendant venir. Elle sortit précipitamment, et les mots de Will résonnèrent dans ma tête : *Que savez-vous de notre vie ensemble ? Ce que nous éprouvons l'un pour l'autre est...*

Est quoi ?

Je ne savais pas... Je crois que je préférais ne pas savoir.

Je restai avec Kate jusqu'à ce que l'infirmière vienne la changer, puis je cherchai les enfants dans toute la maison, sans succès. Je me dirigeai vers le bureau, certain de les trouver en compagnie de Will car, malgré l'avertissement qu'on leur avait donné de ne pas approcher leur oncle, Jen m'avait assuré qu'il ne leur ferait jamais aucun mal et que sa mère s'était fait des idées.

La porte du bureau était entrouverte, et j'observai Will : il était en train de dessiner, Jen et Dave sur ses genoux.

« La sirène, dit Jen en prenant le dessin de Will. Elle ressemble à Maman.

– Oui.

– Sauf qu'elle a une longue queue, ajouta Davie.

– Je ne veux pas qu'elle meure.
– Elle ne mourra pas, ma chérie. Elle *ne* peut *pas* mourir.
– Mais si elle meurt ?
– On l'enterrera dans une grande boîte, fit Davie. Et les vers la mangeront.
– Non !
– Jen, chhhuuut, dit Will pour la calmer. David, tu ne devrais pas dire des choses pareilles.
– Mais c'est vrai. Ils lui dévoreront toute la peau. »

Jenny se mit à pleurer, et Will la berça et essuya ses larmes. Je ne l'avais jamais vu ainsi. Je restai là à contempler ses mains qui caressaient et câlinaient ma fille jusqu'à ce qu'elle s'apaise ; et d'un seul coup ses mains furent sur ses cheveux, ses cheveux d'un roux flamboyant, comme ceux de Kate, comme ceux de Clarisse, et je pris brusquement conscience que ces mêmes mains avaient torturé, violé, assassiné.

D'un bond je fus dans la pièce, j'attrapai Jen, puis Davie, les mis debout et, avant que Will ait pu protester, je leur ordonnai d'aller dans leurs chambres.

« Mais, Papa, oncle Will était juste...
– Va dans ta chambre, Jen. Emmène Davie...
– Papa...
– Vas-y ! Tout de suite ! »

Elle prit la main de son frère et sortit sans bruit ; les yeux de Will étaient fixés sur eux. S'adossant à son siège, Will s'étira, puis leva les yeux vers moi et dit : « Tu es cruel, Robert. Je ne leur ferais jamais de mal... jamais... Si Kate s'en allait... ils sont tout ce qui me resterait... » Je ne dis rien, je me contentai de le regarder, car étrangement je savais que, en dépit de tout ce qu'il avait commis, il disait la vérité. Il se remit à dessiner et, au moment où je quittais la pièce, il déclara :

« Tu ne peux pas me priver d'eux, Rob ?
– Est-ce une demande ou un ordre ?

– Je veux savoir.
– Ce sont mes enfants.
– Mais...
– Mais quoi ?
– Ce sont aussi... les *siens.* »

J'acquiesçai, sans savoir très bien à quoi, et quittai la pièce.

Drew revint de l'hôpital de Fort William sans Ralph, qui avait décidé que travailler chez les Maclean était préjudiciable à sa santé. On avait pu sauver son œil, mais son visage porterait des cicatrices à vie. Will proposa de l'indemniser et j'envoyai Drew porter l'argent à Ralph – piètre compensation pour la peau d'un homme.

Durant trois jours, Kate sombra dans une profonde apathie. Elle ne pouvait plus soulever sa tête de l'oreiller, alors même que l'hémorragie avait pratiquement cessé. Le médecin demeurait pessimiste et me conseilla d'appeler un prêtre. Je télégraphiai à mes parents pour leur demander de venir. Will resta, malgré mon refus de le laisser entrer dans la chambre de sa sœur. Il était aussi pâle et décharné qu'elle ; il ne mangeait rien et passait son temps à arpenter le bureau, les yeux rivés au plafond, en murmurant le nom de Kate.

Je ne la quittai pas, la forçant à manger, refusant de croire qu'elle puisse mourir.

J'offris ma vie à Dieu – pauvre gage car elle valait peu de chose – s'il consentait à préserver celle de Kate.

Elle s'éloignait de plus en plus de moi.

Les enfants commencèrent à perdre espoir et Jen fit d'horribles cauchemars dans lesquels elle voyait le corps de sa mère grouillant de vers.

La mort rôdait, elle planait sur la chambre, audessus du lit. Elle attendait.

« M'sieur, v'nez vite », appela Martha.

Je laissai tomber l'assiette qui contenait le bouillon de Kate.

« Non, suppliai-je à voix haute, Mon Dieu, non. »

La maison était calme. Il n'était pas cinq heures du matin. Même Will dormait, étendu dans un fauteuil, dans le bureau, complètement épuisé après quatre jours de veille. Je montai lentement l'escalier et hésitai avant d'ouvrir la porte ; ma tête retomba lourdement sur ma poitrine : je ne pouvais me résoudre à tourner la poignée.

La lourde porte de chêne parut s'ouvrir d'elle-même au moment où j'y posai la main.

Kate était adossée contre les oreillers et Martha était penchée sur elle. Elle toucha la joue de Kate et fit : « Dis-le encore une fois, Cathy.

– J'ai faim. »

Je courus vers elle, la pris dans mes bras, la couvris de baisers. Je lui fis répéter dix fois ces deux mots, et sa voix sonnait à mes oreilles comme une musique. Elle était encore extrêmement pâle mais elle avait du rouge aux joues et l'intérieur de ses yeux avait une teinte rosée, signe du retour à la santé.

J'éveillai les enfants, puis mes parents, emmenai Kate dans mes bras de pièce en pièce, dansant pour célébrer sa guérison, jusqu'au moment où je me rappelai que Will était dans la maison. Je ramenai Kate dans son lit, frappai à la porte de Flora et annonçai que Kate était guérie. Faisant un effort sur elle-même pour paraître contente, elle sourit, puis se détourna de moi et referma la porte.

En descendant pour aller trouver Will, je réfléchis à ce que je ferais. Je ne pouvais absolument pas le tuer tant que sa femme et ses fils étaient sur les lieux et, en me rappelant son visage, deux nuits plus tôt, quand il avait dit qu'il regrettait de me perdre, je me demandai si je serais capable de le tuer, tout simplement. Dans un moment de rage, oui, sans aucun doute. Mais faire cela de sang-froid me semblait maintenant impossible et inutile, car j'étais certain désormais qu'il ne ferait jamais de mal ni à Kate ni aux enfants, ni même à moi, en raison de l'adoration qu'il avait pour sa sœur.

Je frappai à la porte du bureau, entrai et lui donnai un coup de pied pour le réveiller.

« Elle est...

– Guérie. »

L'expression de son visage était indescriptible : exultation... rédemption.

Il allait se ruer vers la porte, mais je l'en empêchai et dis :

« Elle croit que tu es parti. Je l'ai avertie que tu es rentré à Cromdale, et c'est ce que tu vas faire. Immédiatement.

– Il faut que je la voie, Rob. Il faut que je lui dise...

– Je le lui dirai pour toi.

– Tu ne sais pas...

– Je lui dirai que tu regrettes d'avoir menacé de faire du mal aux enfants, quand elle a refusé de coucher avec toi après l'enterrement de ton père.

– Permets-moi de la voir.

– Non. »

Il baissa la tête, fonça sur moi, me fit tomber, et sortit en trombe de la pièce. Le temps que j'arrive à mon tour à l'étage, je trouvai Kate renversée contre la tête du lit et Martha qui essayait désespérément d'écarter Will de sa sœur. Je fis une clé à Will pour l'immobiliser, le traînai dans la chambre d'amis où avait dormi Flora, et dis : « Tu as trois minutes pour débarrasser cette maison de ta carcasse. »

Comme je commençais à m'éloigner, il demanda : « Ou quoi ? »

Sans répondre, je le regardai dans les yeux, jusqu'à ce que Flora dise : « Nous nous en allons tout de suite. »

J'attendis qu'ils soient partis avant de remonter voir Kate.

Elle me supplia d'engager quelqu'un pour tuer son frère, et je compris que tout ce que j'avais supposé était vrai. Elle ne voulait pas le tuer pour elle-même mais, désormais convaincue qu'il en voulait à ses enfants, elle s'était résolue à prendre les mesures auxquelles je la poussais, sans succès, depuis douze longues années.

Je la serrai contre moi, lui caressai les cheveux et dis :

« Nous ne pouvons pas, Kate. Ce serait une erreur.

– Alors, je le ferai moi-même.

– Kate...

– Je ne connaîtrai le repos que lorsqu'il sera six pieds sous terre, Robert !

– Chhhuuut, ne te tourmente pas. Même si nous voulions engager quelqu'un, ce serait impossible. Je ne voulais rien dire avant que tu sois tout à fait remise, mais je crains que nous ne soyons complètement fauchés, Mrs. Maclean, et endettés jusqu'au cou.

– Drew... Drew a proposé d'aller à Cromdale... pour rien. Il a dit qu'il tuerait...

– Kate, ça suffit maintenant. Je te dis que c'est terminé. Oublie Will. »

Elle continua pendant plus d'une heure, et je finis par la convaincre que son frère ne constituait plus une menace, mais qu'en revanche notre ennemi réel était la faillite. Kate me demanda ce que nous allions faire, et je lui dis qu'il faudrait vendre deux cents hectares. Elle était accablée mais, voyant qu'il n'y avait pas d'autre solution, elle me pressa de tout régler au plus tôt.

Elle recevait tous les jours des lettres de Will, mais ne les lisait jamais : elle les déchirait en petits morceaux et les jetait au feu.

Nous enterrâmes notre fils, que Kate avait appelé Kenneth en souvenir de son père, dans le petit cimetière du Loch Leven.

Kate était accablée de douleur, et craignait de ne plus jamais pouvoir avoir d'enfants. Elle se reprochait la mort du bébé, persuadée d'avoir été punie pour m'avoir dupé ; quant à moi, même si je me sentais toujours coupable de lui avoir dit ces atrocités, je savais qu'il s'agissait d'un étrange coup du destin. Pourtant, si j'avais été avec elle, la catastrophe ne se serait jamais produite. Mes fréquentes absences l'obligeaient à une totale autarcie et elle était constamment en train de faire des choses dont j'aurais dû normalement m'occuper. Je me jurai de passer plus de temps avec elle sur le domaine, et je me dis que la promesse faite à Jen était la solution. Si je restais avec elle quatre jours sur sept, elle serait heureuse, cela me permettrait de gagner ma vie à Londres et de rembourser mes dettes, et tout le monde serait content.

En octobre, une fois Kate complètement rétablie, je préparai mes affaires pour aller à Londres et je lui appris que j'avais promis à Jen de jouer en Angleterre et d'être à la maison toutes les semaines. Je pensais que Kate serait folle de joie à l'idée que j'avais enfin accepté de vivre avec eux – plus ou moins – comme un époux et un père. Mais ma dulcinée n'était pas ravie, elle était livide, et nous eûmes une violente dispute qui faillit nous séparer à tout jamais. Elle était scandalisée que j'aie décidé de recommencer à jouer au poker ; elle insista sur le fait que, Ralph parti, ma présence était indispensable au domaine, afin qu'elle-même puisse commencer à confectionner des robes, comme nous l'avions prévu. Mais, autant je l'aimais et sentais que je lui devais au moins une chance de réussite, autant je me savais incapable de supporter la routine du quotidien. La monotonie détruirait notre amour, alors que nous avions su le préserver pendant douze ans. Nous continuâmes plusieurs jours à nous chamailler, et j'espérais, je priais pour qu'elle ne me mette pas devant un ultimatum : ma famille ou le jeu. Je finis par la convaincre de me laisser au moins essayer de gagner à Londres de quoi rembourser mes dettes et, par la suite, d'engager quelqu'un pour remplacer Ralph.

Je pris contact avec Henry Thompson, que j'avais rencontré à Paris quinze ans plus tôt. Il tenait à Londres une petite salle de jeu réservée à l'élite, et organisait chaque semaine une partie qui débutait le samedi soir à huit heures et durait de quelques heures à quelques jours ; y participait la crème des joueurs du monde entier.

Je gagnai.

Je gagnai.

Je gagnai.

En janvier 1908, je perdis tout ce que j'avais gagné, ainsi qu'une coquette somme que je ne possédais pas, ce qui nous obligea à vendre encore une bonne centaine d'hectares de terres ; il nous restait la maison et une petite dizaine d'hectares de terrain. Kate était inébranlable : il fallait que j'arrête de jouer et que je travaille avec elle au Loch Leven. J'avais perdu de bien trop grosses sommes et il n'y avait plus rien à vendre, car nous nous étions déjà séparés des meubles et des objets d'art. Kate n'avait pas pu commencer ses robes car je n'avais pas gagné assez d'argent pour pouvoir engager quelqu'un et elle avait dû prendre en charge le travail de Ralph Fleming, ce qui permettait au Loch Leven de vivre en autarcie, mais occupait toutes ses journées. Elle passait ses soirées avec les enfants et leur faisait faire leurs devoirs, car, faute de pouvoir la payer, nous avions dû congédier Petty.

Tout en préparant mon sac de voyage – j'étais déterminé à participer à la partie du samedi soir à Londres le 22 mars – je regardais Kate marcher de long en large dans notre chambre, folle de rage contenue.

« Nous n'avons plus un sou en banque. Avec quoi vas-tu jouer ? demanda-t-elle d'une voix coupante comme l'acier.

– Des billets à ordre.

– Contre quoi ?

– Le crédit dont je bénéficie auprès de Henry Thompson.

– Et si tu perds ?
– Je ne perdrai pas.
– Mais si tu perds ! Robert, cela fait des mois que tu n'as pas gagné ! Il ne nous reste rien ! Tu n'as pas le droit de t'entêter de façon ridicule dans cette spirale de l'endettement qui nous a complètement ruinés !
– Rendons à César ce qui est à César, Mrs. Maclean ! Ton hôtel n'a pas arrangé les choses !
– D'accord ! Mais je te demande d'arrêter, de travailler ici avec nous pendant que je commence mon travail.
– Commence, Kate...
– Sans toi, je ne peux pas ! Il faut que quelqu'un s'occupe du potager, des poules, de la traite des vaches, et de tout ce que Drew ne peut en aucun cas faire seul ! Tu as quarante ans, Robert, et il est temps que tu prennes la responsabilité de ta famille ! Nous avons besoin de toi et tu n'as pas le droit de te baguenauder à Londres pour échapper à Dieu sait quoi ! Ou à Dieu sait qui puisque, sois au moins honnête avec toi-même, si tu ne veux pas vivre avec nous tout le temps, c'est que tu as peur d'être obligé de te regarder chaque jour dans le miroir ! Ce n'est pas avec moi et les enfants que tu ne peux pas vivre ! C'est avec toi-même ! Tu es rongé de culpabilité à cause de la mort de ton frère...
– Ça suffit !
– ... rongé de culpabilité et, plutôt que d'affronter le fait qu'il est mort et toi pas, et de continuer à vivre ta vie...
– Kate !
– ... tu persistes à fuir ! À te cacher ! »

Je l'attrapai, la poussai sur le lit et dis d'un air rageur : « Arrête ! Immédiatement ! Plus un mot ! » Puis je la relâchai, finis d'empaqueter mes affaires et me dirigeai vers la porte.

« Passe cette porte, Robert, et ce sera la dernière fois que tu mets le pied dans cette maison.

– C'est un ultimatum, Kate ?

– Oui ! Je t'aime et je ne veux pas être ta maîtresse ! Je veux être ta femme ! Je veux que tu vives avec moi, que tu travailles avec moi, et que tu élèves tes enfants comme n'importe quel autre homme ! Je veux que tu sois mon mari !

– Nous avons conclu un arrangement, il y a douze ans...

– Oui, et je veux rompre mon engagement ! J'étais stupide parce que je t'aimais et que j'étais certaine qu'il me suffirait d'être patiente pour que tu aies envie de vivre avec moi comme j'avais, moi, envie de vivre avec toi. Mais tu n'as aucune raison d'abandonner ton mode de vie sans contraintes puisque tu as le meilleur des deux côtés : une famille, un foyer, et Dieu sait combien de maîtresses dans les bordels où tu joues ! Tu n'as jamais pris de responsabilités, Robert ! Pas une seule fois ! Tu es un mari et un père, et je veux que tu prennes tes responsabilités comme n'importe quel homme ordinaire et que tu supportes avec nous cette période difficile, au lieu de fuir à nouveau et de me laisser dans... dans... cette merde ! »

Je n'avais jamais entendu Kate jurer et cela me fit un choc. Du coup, c'est avec l'accent de la vérité que je criai :

« Je ne peux ni ne veux vivre comme un homme *ordinaire* parce que je ne suis pas un homme *ordinaire !* Tu le savais, il y a douze ans ; c'est toujours vrai et je ne vais pas m'excuser d'être ce que je suis ! C'est toi qui voulais des enfants, Kate, pas moi ! Je les aime et je prendrai toujours soin de vous trois, du mieux que je pourrai, mais ne me demande pas d'être ce que je ne peux pas être ! Cela fait cinq mois maintenant que je joue à Londres et que je rentre toutes les semaines, comme un... comme un foutu représentant de commerce, bon sang !

– Ce n'est pas suffisant !

– Je ne peux pas faire plus !

– Pourquoi ?

– Parce que je ne peux pas ! Maintenant, veux-tu me dire si je dois me donner la peine de revenir après la partie de samedi soir ?

– Non !

– Réfléchis bien avant de répondre.

– Va-t'en au diable !

– J'irai, car c'est l'ultime destination de ma vie sur cette terre. Je vous salue, Mrs. Maclean. J'enverrai chercher mes affaires. »

Kate s'effondra sur le lit et enfouit son visage dans l'oreiller. Jetant ma valise à terre, je me précipitai vers elle, la pris dans mes bras et l'implorai : « Kate, ne me renvoie pas. Je t'aime tant. Toi et les enfants, vous êtes l'unique chose qui importe pour moi. J'ai le devoir de prendre soin de vous, et je dois le faire de la seule façon que je connaisse. Kate, je te jure que je vais gagner, samedi soir. Je le sens. Je vais gagner, et gros. Ensuite, je reviendrai auprès de toi, nous engagerons quelqu'un pour remplacer Ralph, et tu commenceras tes robes. Je t'aiderai et, dès que tu auras terminé ta collection, j'emporterai tes robes dans les meilleures boutiques du monde et je...

– Tout de suite ! sanglota-t-elle. Pourquoi ne pouvons-nous pas faire cela tout de suite ! Pourquoi dois-tu jouer samedi ?

– Parce que je le dois.

– Et si tu perds ?

– Ce sera ma dernière partie. Je te donne ma parole.

– Tu le promets ?

– Je le promets, répondis-je en l'embrassant. Et maintenant, souhaite-moi bonne chance. »

C'est ce qu'elle fit. J'allai en hâte dans le bureau chercher l'acte de propriété du Loch Leven – j'en aurais besoin pour ouvrir un crédit auprès de Henry Thompson, car je lui devais déjà plusieurs milliers de livres – et je partis à destination de Londres.

La tension emplissait la pièce au même rythme que la fumée. Nous jouions depuis trente-six heures d'affilée. Les yeux me brûlaient, j'avais mal à la tête, et un sentiment de vide nauséeux me nouait les entrailles. Sur la table à jouer recouverte de feutre vert était posée la première mise : une petite « prime » de presque quarante-cinq mille livres sterling et un billet à ordre signé de ma main pour quinze mille livres – l'estimation de la vente du Loch Leven – accompagné de l'acte de propriété.

Je n'étais pas un joueur invétéré, et j'avais toujours su garder une certaine distance par rapport à ce que je considérais comme mon métier. Même en signant le billet qui, si je perdais, signifierait : plus de toit sur nos têtes, plus de terre sous nos pieds, je me disais que j'étais en train de commettre une mauvaise action, une très mauvaise action.

Je signai pourtant.

On tira pour la donne et je l'emportai avec un dix de pique. Je battis les cartes et posai le tas devant l'homme qui se trouvait à ma droite, Frank Stanton.

« Je ne veux pas couper », fit-il d'une voix traînante, en passant la main sur ses grosses joues flasques. C'était un Américain, et le seul des joueurs réunis ce soir-là avec qui je n'avais jamais joué. Il avait un fort accent et peu de vocabulaire, mais ce n'était pas un idiot. Derrière ses yeux las, injectés de sang, on devinait un cerveau de mathématicien. De ses doigts boudinés, il poussa le jeu de cartes à son voisin qui coupa et me rendit le paquet.

« Valets ou mieux pour ouvrir », annonçai-je après avoir distribué cinq cartes à chaque joueur. Nous jouions au tirage et, avec un jeu de deux valets, le neuf de carreau, le six de trèfle et le trois de cœur, je savais que je serais obligé de bluffer tout le temps.

« Je prendrai trois cartes, dit l'homme qui me faisait face.

– Alors, Robbie, mon vieux, fit Stanton. Quand est-ce que vous venez me voir en Amérique, là où on joue vraiment aux cartes ? »

Ignorant sa question, je distribuai trois autres cartes au joueur en face de moi. Puis je me tournai vers Stanton : « Vous y êtes ? lui demandai-je.

– J'y suis, j'y suis. » Il examina ses cartes et un sourire élargit son visage. « Vous n'êtes jamais allé à Chicago ?

– Non.

– La ville du vent. Très belle. Trrrèèèès trrrèèèès belle. » Je l'écoutai vanter les mérites de sa ville natale, tout en observant ses yeux qui faisaient le calcul de son jeu. « Full aux quatre. »

On demanda les paris et je m'interrogeai pour savoir si Stanton avait vraiment un full ou s'il bluffait.

Les deux autres joueurs tirèrent leur révérence, nous laissant Stanton et moi nous battre pour le pot. L'Américain paria mille livres et se mit à fredonner une petite chanson qui parlait d'une poule picorant du pain dur.

« Je demande à voir vos mille livres et je fais une relance de cinq cents, dis-je.

– Mettez votre argent sur la table, mon pote », fit Stanton, continuant à sourire malgré mon intervention.

Je fis un signe à Henry Thompson et demandai une plume et du papier.

« Holà, holà ! Suffit avec les billets à ordre, s'écria Stanton. J'aimerais bien voir des espèces sonnantes et trébuchantes.

– J'ai ce qu'il faut.

– Ah ouais ? » Stanton prit entre deux doigts l'acte de propriété du Loch Leven et demanda : « Et que diable est-ce que je vais faire d'une fichue bicoque en Écosse ? »

Henry Thompson s'éclaircit la gorge et dit :

« La parole de Mr. Maclean lui sert de garantie, dans cet établissement. Ses billets ont toujours été payés.

– Ouais ? Pourtant mon petit doigt m'a dit que Mr. Maclean n'a pas eu beaucoup de veine ces derniers temps. »

Les choses se savent vite, dans le milieu du jeu. Je n'avais pas gagné depuis quatre mois.

« Je demande, annonçai-je, en signant le billet pour quinze cents livres, que je posai au centre de la table.

– Voyons voir si Madame la Chance est avec Mr. Maclean, cette nuit. » L'Américain sourit en me regardant et montra son jeu. « Full. »

Mon cœur bondit dans ma poitrine et je faillis suffoquer en regardant les trois quatre et les deux dames que Stanton avait étalés devant moi.

« Vous avez quoi, mon vieux Robbie ?

– Une paire de valets.

– Ts, ts, ts, c'est terrible, ça ! » Il regarda Henry Thompson, qui était devenu blême, et demanda : « Je crois qu'un full bat une paire, hein ?

– Oui, monsieur. »

Stanton d'un large mouvement des bras ramassa l'argent et les documents qui étaient sur la table. « Allez, venez, petits, vers votre cher papa. »

Je rentrai à mon hôtel à pied, sous la pluie. L'eau pénétrait en moi jusqu'à la moelle et l'air froid du matin me transperçait les poumons. Je priai pour attraper une pneumonie et mourir, ce qui m'éviterait de dire à Kate que j'avais perdu sa maison aux cartes. Comment avais-je pu faire une chose pareille ? Pas un instant je n'avais eu l'intention de mettre en jeu l'acte de propriété. Il devait me servir uniquement à emprunter de l'argent. Pourquoi l'avais-je utilisé comme mise ? Seigneur Dieu, qu'est-ce qui m'avait pris ? Le Loch Leven, le domaine de Kate... perdu... perdu... Je l'avais dépouillée précisément de ce qui faisait sa grandeur. Je n'avais pas le droit de lui faire cela.

Stanton ne voulait pas la maison, il voulait quinze mille livres, et il ne demandait pas mieux que de me rendre l'acte de propriété SI je lui donnais son argent. Et je ne connaissais qu'un seul homme susceptible de me prêter une somme aussi exorbitante : Will. Je ravalerais mon orgueil et, s'il le fallait, je me traînerais à ses genoux et le supplierais de me prêter cet argent.

J'étais à la gare, en train d'acheter mon billet pour Cromdale, lorsque l'évidence me frappa. Will ne me prêterait pas un centime, pour la bonne raison que ce qu'il avait toujours espéré, ce pour quoi il vivait depuis douze ans, était devenu réalité : le Loch Leven était perdu et Kate n'avait aucun autre endroit où aller, sinon Cromdale.

Kate ne voudrait jamais aller à Cromdale. Elle n'avait répondu à aucune des lettres que Will continuait de lui envoyer quotidiennement, et elle refusait de le voir. Nous ne pourrions pas non plus aller à Mallaig : jamais je ne pourrais vivre dans cette maison. Mon frère Martin avait émigré à San Francisco où il avait ouvert une boutique d'alimentation écossaise qui marchait très bien. Nous pourrions aller le retrouver... Mais Kate ne voudrait jamais quitter l'Écosse. Oh mon Dieu, que faire ? Il n'y avait personne d'autre à qui je pouvais emprunter de l'argent parce que j'étais déjà tellement endetté que pas un être au monde ne serait assez fou pour me prêter un sou. Il ne me restait plus rien à vendre, plus rien à échanger. Et dans huit jours nous n'aurions même plus de toit. Pourquoi ne m'étais-je pas arrêté ? Qu'est-ce qui m'avait pris de poser l'acte de propriété sur la table ?

Je sortis de la gare et allai m'asseoir sur un banc pour méditer sur notre triste sort. Je ne pouvais pas me rendre à Mallaig, mais Kate et les enfants le pouvaient. La maison avait trois chambres et mes parents vivaient seuls, maintenant que nous étions tous partis. Kate serait libre de coudre toute la journée, et ils auraient un toit au-dessus de la tête – petit, certes, mais un toit quand même –, et de quoi manger – de la bonne nourriture préparée avec amour par ma mère. Je m'engagerais sur un bateau pendant un an, le temps nécessaire à Kate pour créer son entreprise... Oh, mais elle n'accepterait jamais d'aller chez mes parents sans moi... jamais. Seigneur, que faire ? J'avais huit jours pour trouver une solution... Je pourrais travailler quelque part comme employé de bureau, traducteur, mais qu'est-ce que je gagnerais ? Assez pour prendre un appartement à Édimbourg, mais pas pour payer une domestique ; or, sans domestique, Kate serait obligée de s'occuper de la maison – cuisiner, faire le ménage, laver, repasser –, ce qu'elle n'avait jamais fait jusqu'à présent, et qui lui prendrait beaucoup de temps. Même si elle avait quelques heures par jour pour coudre, il lui faudrait des années pour finir sa collection, et nous ne pourrions pas tenir aussi longtemps. La seule autre solution était de revenir à Cromdale. Et même si je n'étais pas particulièrement enchanté à l'idée de devoir chercher refuge chez mon ennemi juré, je savais une chose : Will ne ferait jamais de mal à aucun de nous. D'habitude, il était sur le continent durant trois mois, au printemps, par conséquent nous ne le verrions même pas, et en trois mois Kate pourrait terminer sa collection parce que je travaillerais à ses côtés, nuit et jour, pour l'aider. Il y avait des tas de choses que je pouvais faire : couper les robes, les repasser – tout ce qui permettrait de gagner du temps. Ensuite, je les emporterais avec moi et j'essaierais de décrocher des commandes à Édimbourg, où Kate espérait les vendre, et dès que nous aurions gagné un peu d'argent, nous prendrions un appartement sur place et alors... Et alors, nous serions tout simplement aussi malheureux que tous les autres couples mariés.

Seigneur, qu'avais-je fait ?

Je quittai Londres le lendemain, après avoir persuadé Henry Thompson de m'avancer les quinze cents livres que je devais à Stanton, et je lui promis de rembourser bientôt le reste de l'argent que je lui devais. Stanton me donna huit jours pour partir du Loch Leven car il voulait « se débarrasser du foutu dépotoir », comme il le disait si joliment, avant de retourner en Amérique en avril.

La maison était plongée dans l'obscurité lorsque je poussai la porte d'entrée et caressai les chiens qui avaient bondi pour m'accueillir. Je montai sans faire de bruit, me faufilai dans notre chambre et me dévêtis en silence tout en regardant Kate dormir. Je soulevai la couverture, me glissai près d'elle et me lovai contre son dos.

« Combien ? » murmura-t-elle. Je ne répondis pas, mais me rapprochai d'elle et lui massai la nuque. « Combien as-tu perdu ? » Après tant d'années passées ensemble, les mots étaient superflus. Elle savait que j'avais perdu, et gros. Elle se raidit, se leva et enfila son peignoir. Puis elle se mit à parcourir la pièce de long en large et dit : « J'irai trouver les gens de l'hôtel, demain, pour voir s'ils achèteraient quelques hectares de plus. Cela nous permettra de vivre jusqu'à ce que je vende mes robes. Martha et Drew sont prêts à rester sans être payés tant que nous pouvons continuer à les nourrir. Au moins, nous avons un toit, et tout le monde ne peut pas en dire autant. » Elle marchait de plus en plus vite tout en parlant.

Je me levai, mis ma robe de chambre et pris Kate dans mes bras. Sans rien dire, je lui transmis mentalement la nouvelle de la perte du domaine. Je posai mon front contre le sien en répétant silencieusement : *J'ai perdu ta maison, Kate... Pardonne-moi.* Il lui fallut un moment avant de comprendre. Alors, elle s'éloigna brusquement de moi et me fit face ; ses yeux lançaient des éclairs. Je tendis la main vers elle et l'appelai doucement.

« Ne me touche pas !

– Kate, écoute...

– Ne t'approche pas de moi ! » cria-t-elle en me repoussant et en se ruant vers la porte. Je courus derrière elle, mais elle avait déjà dégringolé l'escalier et ouvert la porte d'entrée. Elle se précipita vers l'écurie à toute vitesse, et je la suivis. La saisissant par le bras, je lui fis faire volte-face. Elle se mit à me frapper des poings et des pieds. Je la laissai faire, tout en la tenant fermement, et elle criait : « Va-t'en au diable ! » Elle continuait à me taper et, à un moment donné, son corps fut pris de violents tremblements ; elle commença à sangloter, puis tomba à genoux, m'entraînant avec elle. Enfouissant son visage dans ma poitrine, elle gémit : « Le Loch Leven n'était pas à toi. Il était à moi. À moi... »

CHAPITRE 9

Je déambulai dans la maison vide, poussant les portes, fermant les fenêtres, et me retrouvai finalement au salon.

« Va-t'en au diable, Robert Maclean. »

Sentant la colère monter à nouveau, je secouai la tête. C'était fini, maintenant. Terminé. Je n'étais pas quelqu'un de rancunier, et Robert me trouvait particulièrement indulgente ; pourtant, je n'avais pas pour principal trait de caractère la clémence, mais le bon sens. Le passé est le passé, et nous ne pouvons rien faire pour modifier les événements d'une période révolue. La vengeance est absurde et, même si elle peut apporter une satisfaction passagère, au bout du compte cela ne change rien. On doit continuer et il vaut mieux continuer en ayant un but, plutôt que de sombrer en s'apitoyant sur son propre sort.

Mon seul regret était l'enfant que j'avais perdu. Avant qu'on le dépose dans le minuscule cercueil que Robert et Davie avaient confectionné, je demandai à le voir et à le tenir dans mes bras, juste une fois. Robert et moi pleurâmes. La mort de l'enfant laisserait à tout jamais une sombre cicatrice dans mon cœur, car je savais que mon misérable mensonge avait eu de funestes conséquences : je ne pourrais plus jamais avoir d'enfants. À qui en reve-

nait la faute ? À moi ou à Robert ? Qui pouvions-nous blâmer ? Je ne devais m'en prendre qu'à moi-même. J'avais fait le choix de le tromper, j'avais été punie. Je n'avais pas insisté pour que Robert abandonne le jeu et reste travailler avec moi, j'avais perdu ma maison.

Pourtant, tout nuage a son côté lumineux, et mon mari en était la preuve : il m'apportait à la fois la pluie et le soleil. Je ne l'accusais pas de mes malheurs, mais lui se faisait des reproches ; bien que je n'eusse pas l'esprit de revanche, je n'étais pas non plus sans initiative et je ne tardai pas à constater que son sentiment de culpabilité le portait à répondre à tous mes désirs. La balle était dans mon camp et désormais nous vivrions comme JE le voulais, et pas comme lui l'avait décrété. Il fut décidé, PAR MOI, *que Robert chercherait un emploi de bureau à Édimbourg, et prendrait un petit deux-pièces où je pourrais coudre. J'expliquai aux enfants qu'ils allaient devoir être courageux et patients, et que durant quelques mois ils partageraient une chambre à deux. La perte de leur maison fut pour eux un crève-cœur, mais je leur assurai que ce serait temporaire et que bientôt, très bientôt, nous la récupérerions.*

Robert partit pour Édimbourg chercher du travail et un logement et je lui dis de ne pas revenir pour nous, puisque Drew nous accompagnerait, moi et les enfants, à Stirling où il avait trouvé une place ; je ne voulais pas que Robert soit là au moment où je ferais mes adieux au Loch Leven, car je savais que les larmes couleraient. Des larmes inutiles, puisque tôt ou tard je le récupérerais. Je le rachèterais avec l'argent que j'aurais gagné grâce à mes robes. Et, une fois que je l'aurais racheté, il resterait à moi jusqu'à la fin de mes jours.

Martha était allée vivre chez sa sœur à Dumfries, et notre séparation avait été fort triste. Je promis de lui écrire dès que je connaîtrais notre nouvelle adresse à Édimbourg, et nous décidâmes de correspondre régulièrement. Robert ne tenait pas à ce que nous informions ses parents qu'il avait perdu le domaine ; il leur télégraphia que nous emmenions les enfants à l'étranger pendant un an. Je ne voulus pas faire d'histoire à ce sujet, car il se sentait déjà extrêmement coupable, et le jugement que son père aurait porté sur la manière désastreuse dont Rob conduisait sa vie et la nôtre n'aurait fait qu'aggraver son sentiment de honte.

J'avais fait courir le bruit dans la ville que les Maclean quittaient l'Écosse et partaient pour l'Amérique rejoindre Martin Maclean à San Francisco – cela pour empêcher Will de nous chercher, car je ne souhaitais pas qu'il vienne nous harceler à Édimbourg. Robert aurait eu du mal à résister à la tentation d'accepter de mon frère de l'argent ou d'autres avantages, maintenant que notre situation était si difficile, et je ne voulais pas que Will retrouve notre trace. Le seul problème était que je ne pourrais plus écrire à Joseph et qu'il se demanderait pourquoi ses lettres restaient sans réponse. Nous nous écrivions une fois par mois, de courtes lettres, pour garder le contact, et il venait nous voir tous les étés, pour les vacances, avec Nancy et Jean. Le risque de voir tomber mes lettres entre les mains de Will ou de Flora était trop grand, car tout le courrier arrivait au château avant d'être ensuite distribué aux domestiques. Il me faudrait donc attendre et, une fois que mon affaire serait florissante et que nous ne serions plus tentés d'avoir recours à Will, j'écrirais à mon cher maître d'armes.

Je verrouillai la porte d'entrée, mis les clés dans un pot de fleurs, comme convenu avec les nouveaux propriétaires, et emmenai rapidement les enfants vers la charrette où Drew nous attendait.

Je ne regardai pas derrière moi.

Nous nous rendîmes au cimetière pour déposer des fleurs sur la tombe du bébé. Tenant Jenny et Davie contre moi, j'ouvris un petit sachet en satin et le remplis de terre – le sol de l'Écosse, le cœur du Loch Leven –, puis je fis des adieux silencieux à mon petit.

Nous arrivâmes à Stirling seulement en fin d'après-midi, et nous pleurâmes tous en disant au revoir à Drew. Il avait été un employé loyal et un ami sincère et affectueux. J'avais vendu les derniers meubles pour payer Drew et Martha ; ni l'un ni l'autre ne voulaient d'indemnités de licenciement, et j'avais dû insister. Nous n'avions emporté que le strict nécessaire car Robert pensait qu'il vaudrait mieux essayer de trouver un appartement meublé ; j'étais d'accord, mais j'avais demandé à garder la charrette et deux de nos chevaux, certaine d'en avoir besoin pour livrer mes robes une fois mon affaire démarrée. Il n'y avait personne à la gare de Stirling et nous attendîmes à la lumière d'un lampadaire, du côté où Robert nous avait donné rendez-vous.

« Le voilà ! » cria Davie en agitant la main en direction d'un pub, de l'autre côté de la rue. C'était bien son père, en effet, et plus il se rapprochait, plus la colère faisait battre mon sang car de toute évidence Robert avait bu, beaucoup bu. Il se hissa sur la charrette, m'embrassa rapidement, puis serra les enfants contre lui en criant à tue-tête : « Mes chers, chers petits, votre pâpâ déborde de joie en revoyant vos chers visages !

– Oui, répliquai-je. De joie, et de whisky. On s'en va, maintenant ?

– Déjà, Mrs. Maclean ! Mais vous venez juste d'arriver. Portons d'abord un toast à notre nouvelle vie. »

Il tira une bouteille de sa poche et me la tendit.

« Non, merci.

– Tu permets ?

– Non, certainement pas. Tu es déjà complètement ivre.

– Et tu vas l'être aussi, Mrs. Maclean. Tu vas être ivre de joie lorsque tu verras la résidence, le palais, le château...

– Je vais conduire, dis-je en lui prenant les rênes des mains.

– ... que j'ai déniché pour nous.

– Tu as trouvé un travail ?

– Oui. Le plus noble, le plus honorable, et sans doute aussi le plus vieux métier... oh, non, Mrs. Maclean, non, pas CELUI-LÀ. *Dieu nous préserve ! » Davie rit des pitreries de son père, et Rob lui ébouriffa les cheveux en lui proposant d'une voix avinée : « Mais, Davie, mon p'tit gars, tu vas bien boire une p'tite goutte avec ton vieux papa ? »*

Je lui arrachai la bouteille des mains, l'invitai à se ressaisir et fis avancer les chevaux. Je pris la direction d'Édimbourg mais, au bout d'un instant, Robert attrapa les rênes, retint les chevaux et fit tourner la charrette dans la direction opposée... vers Glasgow. Je l'interrogeai du regard et il m'annonça que, comme il n'y avait pas de travail à Édimbourg, il avait cherché à Glasgow, et pris le seul poste disponible à la mine Harrison & Heilding. Dominant à grand-peine ma fureur, je dis aussi calmement que possible :

« Tu parles cinq langues couramment...

– Je lis et j'écris l'anglais seulement...

– ... et le seul poste que tu déniches, c'est celui d'employé dans un bureau d'une mine ?

– Pas dans un bureau. Employé dans la fosse. »

Il sourit et je secouai la tête, incapable de comprendre s'il avait vraiment voulu dire qu'il s'était engagé comme mineur.

« Et notre logement ?

– Propriété de la mine. Tous les mineurs habitent dans une charmante maison, dans Lamb Street.

– Combien de pièces ?

– Cinquante-neuf.

– Toutes pour nous ? s'enquit Davie, pointant sa tête entre nous deux.

– Non, fils. Nous en avons une. En fait, nous sommes la cinquante-sixième famille à occuper la cinquante-neuvième pièce. L'un dans l'autre, on sera au moins deux cent quarante personnes, dans cette maison. Grâce à Dieu, nous ne manquerons pas de compagnie.

– Une... une seule pièce... pour nous quatre ? balbutia Jenny.

– C'est exactement cela, ma chérie. Nous allons devenir ce qu'on appelle une famille très unie. »

J'aurais voulu lui arracher les yeux. Au lieu de cela, j'essayai de garder mon calme et, tout en jouant avec l'ombrelle dont je l'aurais volontiers assommé, je demandai d'un ton aimable :

« Quand commences-tu à la mine ?

– Lundi matin. De bonne heure. »

Nous étions mardi, il restait six jours. Comment faire pour démêler l'horrible situation qu'il avait nouée ? Car j'étais absolument certaine qu'il l'avait fait exprès, pour que je renonce et aille à Cromdale. Mais je NE *retournerais* PAS *à Cromdale.*

Robert, dans son ivresse, décrivait de façon grotesque et avec force exagération l'abominable métropole qui allait devenir notre lieu de résidence. Davie l'écoutait de toutes ses oreilles, ravi à l'idée de vivre ce que son jeune esprit lui représentait comme une aventure passionnante. Quant à Jenny, elle ne disait rien et serrait sa poupée contre son cœur ; je dus faire un effort colossal pour ne pas laisser éclater la fureur que Robert avait déclenchée en moi.

Au bout de deux heures, nous arrivâmes aux portes de la ville – ce cauchemar de noirceur nommé Glasgow – et je me mis à trembler. Surgissant de la fumée, Glasgow ressemblait à une gigantesque et monstrueuse citadelle, couverte de blessures et de brûlures, cicatrices de guerres très anciennes. La rivière Clyde serpentait à travers la ville, ses eaux glauques charriant des déchets industriels et domestiques dont l'épouvantable puanteur me retournait l'estomac. Les usines crachaient leurs fumées suffocantes dans une atmosphère complètement polluée.

Nous parvînmes au cœur de la ville en passant par des rues fangeuses ; certaines avaient un jour été pavées, mais si mal entretenues que d'énormes trous remplis de boue éventraient les avenues jonchées de crottin de cheval. Comment pouvait-on appeler avenues ces ruelles étroites, balayées par le vent et bordées de bâtiments délabrés qui se voulaient sans doute des maisons d'habitation, mais avaient depuis si longtemps perdu tout espoir de réhabilitation qu'ils pourrissaient sur place comme un tas de fumier ?

Il y avait peu d'automobiles à Glasgow. Les nombreux piétons, aussi sales les uns que les autres, se pressaient en évitant les autobus à impériale et les camions qui se disputaient la chaussée au milieu des charrettes et des voitures à cheval. Nous suivions la foule des gens déguenillés qui entraient et sortaient des maisons en se hâtant, chargés de paquets, avec l'air de conspirateurs préparant quelque mauvais coup. Pourquoi étaient-ils tous aussi crasseux, me demandai-je en regardant un gamin qui courait pieds nus à côté de nous. Il me fixa d'un air mauvais, et j'eus l'impression que ses yeux affamés me répondaient : « D'ici un mois, tes enfants seront comme moi... »

En arrivant vers les faubourgs, je commençai à respirer un peu car, même si l'environnement n'était guère engageant, il était beaucoup moins décrépit et nauséabond que le cœur de la ville. Nous nous engageâmes dans Lamb Street, la rue des mineurs, passâmes devant un pub, quelques boutiques, avant de nous arrêter, peu après six heures, devant la porte d'une maison ; c'était la dernière de la rue, au bord de la Clyde, et elle jouxtait le champ non clôturé d'une ferme délabrée. La maison était un bâtiment de deux étages en brique rouge ; Robert avait affirmé qu'elle datait d'une quarantaine d'années tout au plus, pourtant elle commençait déjà à se fissurer et à prendre une teinte grisâtre, faute d'entretien. Les rues étaient pleines d'une boue noirâtre – la poussière de la mine – et un léger brouillard noir planait dans l'air, donnant à toutes choses un aspect fuligineux.

Le travail devait être terminé, à la mine, car bien-

tôt une foule d'hommes au visage noirci et fatigué envahit les rues. Nous restâmes là à les regarder, comme si nous assistions au navrant défilé de soldats vaincus qui rentreraient chez eux au terme d'une guerre qu'ils n'avaient jamais eu aucune chance de gagner. Je me tournai vers Jenny : elle avait l'air horrifiée et, lorsque je lui pris la main, elle sursauta, les yeux agrandis par la peur. Robert, inconscient de la terreur de sa fille, discutait, ainsi que Davie, avec un garçon habillé en mineur, que Robert avait vu le jour où il avait été embauché. Il s'appelait Ian Liddle, et il nous informa qu'on nous avait attribué la chambre située à côté de celle où il vivait avec son père, sa mère et ses six frères et sœurs. Lorsque ses yeux se levèrent sur Jen, il resta bouche bée et continua à la regarder pendant je ne sais combien de temps. Instinctivement, je poussai Jen derrière moi, prenant soudain conscience qu'elle était une jeune fille d'une beauté extraordinaire, et qu'elle devait avoir l'air d'une déesse descendue du ciel aux yeux de ce jeune ruffian. Elle ne l'avait pas remarqué, trop effrayée pour voir quoi que ce soit d'autre à part ce spectacle épouvantable, et je me demandai si ce n'était pas le moment de la mettre en garde contre les malotrus qui risquaient d'être nombreux à solliciter ses faveurs.

Robert nous aida à descendre de la charrette et je serrai la main du jeune homme qui ne quittait pas Jen des yeux, puis, emportant chacun une partie des bagages, nous suivîmes Robert dans la maison, Ian fermant la marche. Les corridors étaient étroits et nous passâmes devant une quantité de gens qui traînaient. Je souris à plusieurs des occupants de la maison en montant l'escalier, et les hommes portèrent la main à leur casquette. Les marches de bois étaient abîmées et fendues, et craquaient à chaque pas. Les murs étaient recouverts d'une peinture autrefois blanche mais devenue depuis longtemps d'un jaune sale, et qui s'écaillait sous l'effet de l'humidité. Une lampe à gaz s'était brisée en tom-

bant du mur, et les morceaux épars étaient emplis de crasse. Je posai ma main sur la rampe, mais la retirai aussitôt car une couche de graisse et de poussière de charbon s'était incrustée dans le bois. Des hommes dévisagèrent Robert, et il me dit à voix basse qu'il espérait que personne ne lui enfoncerait un couteau dans le dos car, le jour où il avait été embauché par Heilding, il y avait une longue file devant la mine et Robert était passé devant une bonne vingtaine d'entre eux. Il avait rencontré Thomas Heilding quelques années plus tôt, en jouant aux cartes, et le propriétaire de la mine avait dû jubiler en le voyant chercher du travail, car Robert lui avait gagné, dans le passé, une grosse somme d'argent.

Les curieux s'écartèrent pour nous laisser passer et leur regard nous suivit tandis que nous longions l'interminable corridor jusqu'à la dernière porte sur la droite. Robert fouilla dans sa poche à la recherche de la clé. Je saisis la main de Jenny au moment où Rob ouvrit, et le souffle me manqua en pénétrant dans la pièce. Elle mesurait moins de cinq mètres de long sur quatre de large, était meublée d'une table et quatre chaises au milieu, de deux lits réunis en un près de la fenêtre et, sur la droite, de deux autres lits en fer recouverts de peinture blanche écaillée. De l'autre côté, il y avait un fourneau ventru, un évier avec une pompe – ce qui signifiait absence d'eau courante – et un baquet rond en métal pour le bain. Les murs avaient dû être blancs au départ, mais la peinture était maintenant grisâtre et craquelée. Des rideaux très fins étaient accrochés aux lits, ce qui offrirait au moins un peu d'intimité pour s'habiller, mais absolument aucune isolation sonore, et je me demandai ce qu'il adviendrait de nos romantiques nuits d'amour.

Davie se planta devant les deux lits qui avaient été retournés contre le mur, tête en bas, à l'autre bout de la pièce, et s'agrippa aux barreaux de fer. « On dirait un peu des lits de prison, remarqua-t-il.

– Ou des lits d'asile », dit Robert d'un ton sarcastique, puis il alla vers le grand lit formé de deux petits matelas, ouvrit grand les rideaux, étendit les bras et déclara : « Et ceci, Kate, mon amour, c'est notre couche. Notre luxueuse paillasse remplie du plus fin duvet...

– Ça suffit », dis-je d'un ton coupant, laissant de côté nos souvenirs de nuits romantiques pour me laisser envahir par une envie beaucoup plus forte : celle de l'étrangler. Je me tournai vers Davie qui avait posé par terre son carton de livres et, en désignant le lance-pierres qu'il avait sorti de sa poche, je voulus savoir pourquoi il l'avait apporté.

« Pour les rats, répondit-il.

– Les... rats, balbutia Jen.

– Ils sont gros et gras comme des cochons », dit Robert.

J'allais protester – Jen était devenue si pâle que je crus qu'elle allait s'évanouir – mais Ian dit en souriant : « Vous inquiétez pas, Miss. Ils entrent jamais dans la maison. »

Jen me regarda d'un air si triste et si désemparé que j'eus envie de pleurer. Robert était à la fenêtre et je me demandais où je pourrais bien envoyer les enfants, pour dix minutes ou un quart d'heure – le temps d'assommer leur père – lorsque Ian proposa d'aider à monter le reste des affaires ; je suggérai que les enfants aillent avec lui.

Aussitôt la porte refermée, je me dirigeai lentement vers Rob en m'exhortant à rester calme. Mais dès qu'il me sentit près de lui, il prit un sourire ironique pour déclarer : « Regarde cette vue magnifique, Kate. Fixe tes yeux juste au-dessus du tas d'ordures et des cabinets, et tu verras la Clyde. Nous avons de la chance d'être aussi près de la rivière : ça nous fera une occasion de sortie en famille. Les enfants pourront barboter pendant que tu feras la vaisselle et laveras mes chaussettes, tandis que moi... »

Abattant mon ombrelle sur son dos avec une

force telle que j'aurais dû soit casser l'ombrelle soit endommager la moelle épinière de mon époux, je criai :

« Misérable traître ! Comment as-tu osé faire une chose pareille ? Comment as-tu osé nous emmener dans cet endroit abominable ?

– Je t'ai dit qu'il n'y avait pas de travail à Édimbourg...

– Menteur ! Tu ne veux pas travailler ! Tu nous as amenés ici avec l'espoir que je serais tellement malheureuse que je demanderais à retourner à Cromdale ! Comment peux-tu me supposer assez bête pour croire que tu ne pouvais trouver aucun autre travail qu'ici, à Glasgow !

– Nous avions une semaine, Kate ! Il fallait que je trouve quelque chose, sinon nous mourions tous de faim !

– Mais pourquoi pas à Édimbourg ? Pourquoi ici ? Je vais te le dire, pourquoi : parce que tu ne veux pas travailler dans un bureau ! Tu ne supportes pas l'idée de gagner ta vie comme un homme normal, de vivre avec ta famille et de t'occuper d'elle trois cent soixante-cinq jours par an ! Alors, tu as manigancé ce plan infâme, tu t'es dit que Glasgow est un endroit tellement abominable que je serais incapable de le supporter, et que comme cela nous retournerions à Cromdale, et tu pourrais mener une vie de luxe et d'oisivité jusqu'à ce que...

– D'oisivité ! Je t'ai dit que je t'aiderais pour tes robes ! Que, si nous allions à Cromdale, je travaillerais AVEC *toi, je ferais tout ce qu'il faudrait. Ensuite, je pourrais...*

– Repartir, comme tu l'as toujours fait...

– Pour vendre TES *robes !*

– Pour FUIR *!*

– Pour te servir de REPRÉSENTANT *! Tu n'aurais jamais pu terminer ta collection à Édimbourg, Kate, parce que tu n'aurais pas eu le temps de tenir la maison et de coudre. A Cromdale, en revanche...*

– Je ne reviendrai jamais à Cromdale...

– Réveille-toi, Kate ! Ton frère n'est plus une menace...

– Imbécile ! Oublies-tu que mon frère a tué trente et une personnes, en les faisant brûler vives ! L'oublies-tu ? Moi non, Robert ! J'y pense tous les jours de ma vie, parce que je suis responsable ! Parce que tout ce que fait mon frère, il le fait à cause de l'amour insensé et malsain qu'il me porte !

– Raison pour laquelle, justement, il ne fera jamais de mal à aucun de nous...

– As-tu la moindre idée de ce dont mon frère est capable, Robert ? Dois-je te dire ce qu'il a fait à cette pauvre fille, au bordel ? Hein ? » Il pâlit et je me rendis compte que j'en avais trop dit, car je n'avais nullement l'intention de lui révéler comment je le savais. « Mais le pire, dans tout cela, c'est qu'après treize ans de vie commune tu ne me connais toujours pas. Parce que, si tu me connaissais, tu ne nous aurais jamais emmenés ici, sachant que je ne retournerais pas à Cromdale. Tu as commis un acte épouvantable, Robert, et je ne sais pas... je ne sais pas si je pourrai un jour te le pardonner.

– Il n'y avait pas d'autre travail !

– Non, il n'y avait pas de travail qui t'intéresse ! Tu n'as jamais fait dans ta vie quelque chose qui te paraisse le moins du monde contraignant, tu n'as jamais été capable de sacrifier une once de ton bien-être personnel pour ta famille ! Si tu avais cessé de jouer...

– Je suis navré pour le Loch Leven, Kate. Un jour, je te le redonnerai, mais en attendant je ne veux pas que tu brandisses ça comme un bâton au-dessus de ma tête ! Nom de Dieu, je ne suis pas un gamin !

– Alors cesse de te comporter comme un gamin ! Deviens adulte ! Tu as quarante ans ! Endosse la responsabilité de tes actes et essaie de t'amender ! Vis avec nous et occupe-toi de nous !

– Avec une paye de mineur.

– Oui.

– Dans cet endroit pourri.

– Ou TU *nous as amenés ! Tu as vu la tête de ta fille ? Tu l'as vue ? Elle est terrorisée, Robert. Et si, avec l'aide de Dieu, nous ne mourons pas de faim ou de froid, si nous n'attrapons pas quelque horrible maladie, un jour peut-être nous sortirons de ce trou infâme, mais pas sans séquelles, Robert.*

– Kate...

– Nous restons. Nous resterons jusqu'à ce que j'aie terminé mes robes et que mon affaire soit lancée. Et puisque tu as décidé d'être mineur, tu seras mineur. Je te suggère d'avoir une petite discussion avec ta fille. J'irai avec Davie à la ferme, voir si la propriétaire peut prendre les chevaux en pension. »

Comme je me dirigeais vers la porte, Robert m'arrêta et dit :

« Laisse-moi préciser une chose : il n'y avait pas de travail à Édimbourg. Rien. Alors, je suis allé à Glasgow et j'ai pris le seul poste disponible, parce que nous n'avions plus un sou et que je ne voulais pas que nous dormions dans la rue. C'est vrai, j'espérais, de toutes mes forces, que tu aurais le bon sens de quitter cet endroit épouvantable pour retourner là où est notre place. MAIS *ce n'est pas pour cela que j'ai pris ce travail de mineur. Je l'ai pris parce que tu devais arriver avec les enfants et que je ne savais ni où vous loger ni comment vous nourrir ; alors, plutôt que de mourir de faim et de n'avoir que la charrette où dormir, j'ai accepté le travail que Heilding m'a proposé, le* SEUL *poste disponible : celui de mineur. »*

Je hochai la tête en signe d'acquiescement. Je n'étais pas tout à fait sûre qu'il n'ait pas fait exprès de nous emmener à Glasgow, mais je me rendais compte qu'il regrettait amèrement ce qu'il avait fait, aussi jugeai-je absurde de poursuivre plus longtemps la discussion.

J'allai trouver la propriétaire de la ferme, une certaine Mrs. Ruthwell, qui nous indiqua un enclos où j'installai Mitch et Kelly, nos deux chevaux. Je la persuadai de garder aussi la charrette, et elle accepta de prendre les chevaux en pension gratuitement, en échange de quelques heures de labour. C'étaient des pur-sang faits pour le saut et ils étaient un peu légers comme bêtes de somme, mais le terrain de Mrs. Ruthwell était assez meuble et pas très grand.

Robert avait emmené Jenny à la rivière et la balançait doucement entre ses bras pour la consoler. Davie et moi les regardâmes. Mon fils était en extase devant notre nouveau domicile; avec son caractère calme et facile – le contraire du tempérament explosif de ses parents – ce serait sans doute lui qui s'en sortirait le mieux. Mais j'étais extrêmement inquiète pour Jen, cette belle fleur, ce lis pur, transplantée dans un hideux champ de mauvaises herbes. Comment arriverait-elle à survivre? La seule lueur d'espoir était l'adoration que Jen éprouvait pour son père. Pour lui, elle ferait de son mieux et supporterait stoïquement les épreuves, j'en étais sûre, mais qu'adviendrait-il de ses sentiments? C'était une fille tellement gentille, délicate, innocente; je craignais que cette ville immonde ne lui durcisse le cœur.

Lorsque Davie et moi les rejoignîmes, Robert avait réussi à faire rire Jen. Nous revînmes dans notre chambre, rangeâmes nos quelques affaires et mangeâmes les sandwiches que Martha avait préparés avant notre départ. Je n'avais aucune idée de ce que je ferais à manger le lendemain, car je n'avais jamais appris à cuisiner; mais je me convainquis que ce ne devait pas être beaucoup plus difficile que de coudre une robe.

Le petit déjeuner du lendemain se passa sans problèmes: nous avions du thé et des toasts – chose assez difficile à rater. Les difficultés commencèrent avec le déjeuner. J'étais allée en ville acheter des pommes de terre, des carottes et du saindoux et j'avais décidé de faire une soupe, pour prouver à Robert que j'étais capable de préparer un repas tout à fait convenable avec le peu d'argent qui m'était alloué. Les légumes, une fois pelés par mes soins, se réduisirent presque à néant et, après cuisson, le premier vrai repas que je servis à mon mari et à mes enfants ressemblait à s'y méprendre à du ciment vaguement liquide. Je goûtai la soupe, et je faillis me trouver mal : la seule comparaison possible pour décrire la saveur exacte de ce brouet serait peut-être de l'eau de pluie ayant croupi dans un tonneau pendant plusieurs mois.

Je décidai de m'acheter un livre de recettes avant toute autre expérience culinaire.

Le dîner fut une réussite, mais uniquement parce que c'est Robert qui l'avait préparé. J'eus beau regarder attentivement comment il faisait, je me demandai néanmoins ce qui se passerait le lendemain.

J'avais depuis peu terminé la vaisselle lorsqu'on frappa à la porte. Davie alla ouvrir. C'était Ian Liddle. Lavé de frais, bien habillé, il était tellement beau que j'avais du mal à croire qu'il s'agissait du même garçon que j'avais vu un peu plus tôt. Il avait dit avoir quatorze ans mais, comme il était bien bâti, il en paraissait plutôt dix-huit et, en voyant ses beaux yeux bleus qui regardaient avidement Jenny, je fus prise de panique. Il avait les cheveux très bruns, presque noirs, un menton carré et des pommettes hautes, comme mon frère ; bien que plus musclé et costaud que Will, Ian me faisait quand même penser à lui, et je dus lutter contre l'aversion que je ressentais, aversion bien imméritée car il était très amical, sans arrière-pensée, et c'était sans doute un garçon très convenable et travailleur. Il avait apporté un gâteau que sa mère avait fait pour nous souhaiter la bienvenue ; nous le coupâmes en cinq et le dévorâmes de bon cœur.

Les yeux de Ian allaient de Jen aux deux cartons de livres que nous n'avions pas encore défaits puisque nous n'avions pas d'étagères ; Robert lui demanda s'il savait lire, et proposa de lui prêter tous les ouvrages qui l'intéressaient. Le jeune homme nous raconta que sa mère lui prenait des livres à la bibliothèque municipale et qu'il lisait la nuit, pour essayer de compléter son instruction, interrompue à cause de son travail à la mine. Davie voulut savoir pourquoi il avait décidé d'arrêter ses études au lycée, et Ian répondit qu'il avait dû quitter l'école parce que sa famille avait besoin d'argent.

« Ton père ne travaille pas ? questionna Davie.

– Si. Il travaille pour payer la nourriture et le loyer, et moi j'travaille pour payer son whisky. »

Il avait dit cela sans amertume, mais je perçus toutefois sa tristesse, car, même si nous ne parlions que depuis quelques instants, je me rendais parfaitement compte que ce garçon était intelligent et avide de connaissances. Il nous invita tous à aller chez MacCrimmon's, une pâtisserie située un peu plus loin dans la rue ; Robert sauta sur l'occasion pour suggérer à Ian d'emmener les enfants, et me jeta un regard concupiscent signifiant que nous attendrions leur retour au lit. J'aurais aimé me laisser aller, ne fût-ce qu'une heure, aux délices de la passion car la nuit précédente avait été un complet désastre. Robert avait essayé de me prendre dans ses bras, mais les enfants étaient si près que j'avais été incapable de me détendre et finalement je l'avais repoussé. Il en avait été blessé ; jamais je n'avais repoussé ses avances, qui étaient fréquentes, et ce n'était pas par devoir conjugal que j'y répondais, mais parce qu'au bout de treize années de vie commune il savait encore porter mes désirs à incandescence. Je mourais d'envie de sentir ses bras autour de moi, mais je craignais de laisser Jen sortir seule avec ce jeune homme empressé et son frère de sept ans pour unique chaperon. Je bafouillai quelque chose, essayant de trouver une raison pour empêcher les enfants de partir avec Ian, mais Robert leur donna un peu d'argent et leur dit de revenir une heure plus tard

Je les suivis du regard ; Robert vint à moi et, sans

perdre un instant, commença à déboutonner ma robe.

« Nous ne le connaissons même pas, Rob. Jen a presque douze ans, maintenant, et... et...

– Et elle joue encore à la poupée.

– Oui, mais Ian n'est pas un enfant. Il travaille à la mine et il a sans doute l'habitude de... de séduire les femmes. Jen est tellement naïve. Elle pourrait se retrouver impliquée dans une histoire avec lui sans même comprendre ce qui se passe ; et après, ce serait trop tard.

– Kate, tu es ridicule. Jenny est encore une petite fille. Que faisais-tu à douze ans, ma belle sirène ? demanda-t-il d'un air taquin, tout en retirant mon corsage et m'embrassant la nuque.

– Je ne jouais pas à la poupée, murmurai-je d'une voix presque inaudible.

– Hmmmm ?

– Rien... »

Je fermai les yeux pour essayer d'effacer les images que sa question avait fait surgir, puis je me laissai aller sous les ardentes caresses de Robert.

Robert avait-il fait exprès de nous amener à Glasgow ? Je ne savais plus du tout que penser, maintenant, car depuis notre arrivée il ne cessait de répéter avec beaucoup d'insistance qu'il aurait fallu être masochiste pour rechercher un emploi de mineur, s'il avait été possible de travailler dans un bureau propre et confortable en gagnant deux fois plus. Mais Robert avait une sorte de tendance suicidaire et n'était-ce pas par dépit qu'il avait choisi la mine ? Pas pour me blesser, mais pour se punir lui-même d'avoir perdu le Loch Leven. Le travail à la mine était très dur et Robert avait beau s'être toujours maintenu en excellente condition physique, il était peu probable que ses muscles supportent les terribles souffrances de dix heures de travail harassant. L'expiation n'en prenait que plus de valeur... sauf que ce serait les enfants et moi qui souffririons le plus. Et c'est pour cela, je pense, que Robert se sentait tellement coupable : son entreprise d'autopunition avait eu un effet inverse, et il nous avait tous entraînés en enfer avec lui.

Nous étions si à l'étroit que nous ne pouvions bouger facilement dans la pièce sans nous heurter les uns aux autres. Impossible de s'isoler, à aucun moment. La maison tout entière fourmillait de tant de gens si divers que, dès le second jour, je dus mettre des boules de coton dans mes oreilles pour atténuer un peu le vacarme. Les murs étaient si minces qu'on les aurait crus en papier mâché. Tous les bruits s'entendaient d'un bout à l'autre de la maison : les vagissements des bébés réclamant la tétée nous réveillaient à six heures ; les cris des gosses jouant dans la rue, dans les couloirs ou dans l'escalier nous indiquaient l'heure du déjeuner ; les papotages des femmes se situaient vers quatre heures de l'après-midi ; le pas pesant des mineurs harassés et affamés annonçait le crépuscule ; enfin, les bruissements paillards des gens faisant l'amour, une fois les lumières éteintes, marquaient la fin de la journée.

On s'habitue au bruit, il suffit de ne pas y prêter attention et de se concentrer sur ses projets. En revanche, le manque d'intimité était insupportable. Pas seulement pour nous, mais pour tous les autres locataires de l'immeuble. Nous savions quelles épouses avaient des amants, à quelle heure lesdits amants passaient les voir, et quelles prouesses s'accomplissaient entre les draps. Si le dîner n'était pas prêt quand le mari rentrait, nous savions quelle femme serait battue, quelle femme serait pardonnée. Les affaires de chacun étaient les affaires de tout le monde et la vie en commun n'était pas celle d'une grande famille heureuse, mais plutôt d'une immense colonie de fourmis affolées.

Nous nous efforcions d'être aimables avec tous, même si nos voisins nous considéraient comme des gens snobs et un peu prétentieux, à cause de notre façon de nous habiller et de parler. La plupart de ceux qui habitaient là travaillaient dur et les seules personnes que je n'aimais pas étaient nos voisins immédiats, Mr. et Mrs. Liddle. Archie Liddle était un lourdaud, une brute dont le passe-temps favori était de taper sur sa femme et ses enfants. J'avais dû faire un effort colossal pour ne pas me précipiter chez eux la première nuit où nous entendîmes crier – des gémissements et des plaintes d'enfant, alternant avec le bruit sourd des coups implacables d'Archie. Rob me déconseilla d'intervenir et, le lendemain matin, Lucy, la plus âgée des filles, avait le nez de la taille d'une orange. Les coups pleuvaient les soirs où Ian était absent et j'en conclus que c'était lui qui retenait son père et défendait sa mère et ses frères et sœurs. Mon opinion à son sujet changea presque du jour au lendemain, et je décidai de l'aider dans ses études par tous les moyens possibles. Même s'il était visiblement très attiré par Jen, elle le considérait comme un grand frère bienveillant et il la traitait avec un respect digne d'une princesse. La mère de Ian, quant à elle, était une femme négligée et stupide, peureuse comme une souris, qui ne protestait jamais lorsque son mari frappait ses enfants. Comment pouvait-on rester assis, à regarder un enfant sauvagement battu pour avoir commis une faute aussi insignifiante que de renverser une tasse de lait, voilà qui me dépassait. Cette attitude timorée me refroidit. J'avais beaucoup de défauts, mais je n'étais pas lâche, et gare à celui ou celle qui aurait essayé de faire du mal à Jen ou à Davie.

La ville, comme la plupart de ses habitants, était dégoûtante, et notre logement avait beau être rudimentaire, nous nous félicitions de vivre dans les faubourgs de Glasgow plutôt que dans le centre. Nous n'avions guère de raisons de nous éloigner de la maison, car il y avait plusieurs magasins dans Lamb Street, pas très luxueux mais assez bien tenus et approvisionnés : boucherie, boulangerie, et une boutique qui vendait un peu de tout, de l'épicerie aux légumes en passant par la vaisselle, les casseroles et même de l'eau de toilette.

Tout bien considéré, la situation n'était pas facile, mais je me dis qu'il me faudrait trois ou quatre mois pour terminer mes robes, et que c'était un laps de temps pendant lequel on pouvait supporter n'importe quoi. Après tout, j'étais restée neuf ans à Cromdale sous la domination de Will, quelques mois passeraient en un clin d'œil.

Le dimanche soir, nous étions tous couchés et les lumières étaient éteintes, lorsque je me rendis compte que Robert guettait le moment où le souffle des enfants deviendrait régulier, signe qu'ils étaient endormis. Je lui tournais le dos ; il s'enroula autour de moi, glissa ses mains sur mes hanches et se serra tout contre moi. Il se mit à me caresser le ventre et les seins ; je tressaillis et tentai de m'écarter de lui. Sans me lâcher, il m'embrassa la nuque, et je chuchotai que j'étais fatiguée et voulais dormir. Se rapprochant encore, il me caressa les cheveux et dit que les enfants étaient endormis, leurs rideaux tirés, les nôtres aussi, et que si nous étions très, très silencieux, personne ne saurait.

« Ne saurait quoi ?

– Que les Maclean, bien que dans le plus grand silence, font l'amour divinement. » Il me massa doucement la nuque, se serra davantage contre moi et dit : « C'est la seule richesse qui nous reste, ma belle Kate... notre amour. La seule chose qui nous permettra de survivre dans cet endroit affreux... notre amour. Il nous faut bannir la laideur grâce à la tendresse de nos baisers, à la douceur de nos caresses... et à l'amour.

– Je... je ne peux pas...

– Chhuuut, viens plus près, tout près...

– Non », grommelai-je, puis je me dégageai de son étreinte et me mis tout au bord du lit. « Tu n'auras qu'à être patient.

– Si nous avions une chambre à nous...

– Je ne retournerai jamais à Cromdale, Robert. Inutile d'en reparler !

– Maman ? appela Jen dans le noir. Qu'est-ce qu'il y a ?

– Dors, ma chérie. J'ai fait un cauchemar. Pardon de t'avoir réveillée. »

Nous restâmes silencieux jusqu'à ce que Jenny se rendorme. Robert se tourna alors de son côté, s'enroula dans les couvertures et marmonna :

« C'est toi qui es folle... tu es complètement paranoïaque. »

Je ravalai les larmes que cette phrase cruelle avait provoquées, mourant d'envie de lui dire la vérité. Mais je ne pouvais pas lui dire quel degré d'ignominie pouvait atteindre la colère de Will, sans lui révéler les sommets de jouissance qu'il avait suscités en moi. Alors, je fermai les yeux en répétant silencieusement : si seulement tu savais, Robert Maclean... si seulement tu savais.

CHAPITRE 10

(Glasgow, 4 avril 1908)

Jenny me poussa du coude, me tendit le blaireau plein de mousse et sourit lorsque nos yeux se croisèrent dans le miroir, au-dessus de l'évier où j'étais en train de me raser.

« Un jour, tu auras une barbe blanche comme de la neige.

– Un jour... Dépêche-toi, maintenant, Jen. Il faut que tu te prépares pour l'école.

– Ian dit que le maître d'école est méchant comme une teigne », m'informa-t-elle en se mettant un peu de mousse sur le nez et les joues. Son sourire s'évanouit et elle demanda d'une petite voix : « Tu crois qu'on nous fouette si on ne connaît pas la bonne réponse ?

– Bien sûr que non, ma chérie. » J'essuyai la mousse de son visage et ajoutai : « Et si ce méchant maître d'école lève le petit doigt sur ta précieuse personne, il aura affaire à moi. Alors, ne t'en fais pas. Tu t'en sortiras très bien. » *Je l'espère.*

« J'aimerais bien que Ian puisse aller à l'école avec Davie et moi.

– Ian doit travailler, ma chérie.

– C'est vraiment injuste, tu ne trouves pas ?

– Si. C'est du gâchis. Il est vraiment très intelligent. »

Je la regardai plus attentivement et me demandai si par hasard Kate avait raison et si je ne devrais pas surveiller de plus près le lascar, parce que Jen avait une très haute opinion de son nouvel ami.

« Dirais-tu que Ian est un beau garçon ?

– Je suppose que oui.

– Hummm... Il n'a pas... il n'a pas essayé de t'embrasser, par hasard ?

– Non, bien sûr que non.

– Et s'il le faisait ? »

Elle rit en secouant ses boucles d'un roux flamboyant, et s'exclama :

« Oh, Papa, il est... il est...

– Quoi ? Il est quoi ?

– Eh bien, il est mineur.

– C'est ce que je serai d'ici un quart d'heure.

– Mais tu n'es pas un VRAI mineur. Tu travailles comme mineur. Ian l'EST et il le sera toujours.

– Espèce de petite snob, dis-je en riant. Mais c'est aussi bien comme ça. Tu es trop jeune pour penser aux messieurs.

– Et puis c'est un brun. Je veux me marier avec un homme beau comme toi. Beau, blond et riche. Un gentleman avec un titre et des biens, noble et... » Elle s'interrompit brusquement, saisit ma main au moment où je trempai le blaireau dans le bol de mousse qu'elle tenait, et elle interrogea : « Je n'avais jamais remarqué cette cicatrice sur ton pouce. D'où vient-elle ? »

J'examinai la marque à la base de mon pouce gauche. D'habitude on ne la voyait pas – elle était devenue blanche avec le temps – mais ce matin, elle était violacée.

« Papa ?

– Je jouais avec un couteau.

– Tu avais quel âge ?

– Huit ans.

– Comment tu te l'es faite ? »

Je lui décrivis le jeu auquel je m'étais amusé des centaines de fois, étant enfant : j'étalais ma main ouverte sur le sable chaud, à Mallaig, et je plantais le couteau entre chacun de mes doigts, de plus en plus vite. J'étais un as. J'étais capable de planter la lame avec la rapidité de l'éclair. Je ne m'étais jamais coupé, pas une seule fois.

Sauf le jour de l'enterrement de mon frère.

« Puisque tu étais si rapide, comment se fait-il que tu te sois coupé au pouce ? demanda Jen qui avait gardé ma main dans la sienne.

– Je suppose que je n'ai pas été assez rapide. »

Mensonge. J'avais dirigé la lame sur ma main. Mais au dernier moment, le courage m'avait manqué et je n'avais pas pu aller jusqu'au bout : je m'étais seulement entaillé le pouce. Ma mère m'avait emmené et m'avait fait une suture. Elle avait pleuré. Moi aussi – pas parce que cela me faisait mal, mais parce que j'avais échoué dans mon désir de punition.

« Tu pourras porter des gants ? s'enquit Jen en retournant ma main, paume en l'air. Je veux dire, à la mine... on te permettra de porter des gants ? Le charbon est tellement coupant... tu *dois* porter des gants... tu *dois.* » Son visage exprimait une telle souffrance que je crus défaillir. Elle serra très fort ma main, la porta à son cœur, et la cicatrice de mon pouce en parut grandie, magnifiée par ses larmes. Lançant le rasoir dans l'évier, je m'agenouillai près de Jen et la pris contre moi. D'un seul coup, je me rendais compte qu'à quarante ans, comme à huit, j'avais une fois de plus manqué mon but.

L'enseigne Harrison & Heilding était apposée sur le plus grand des sordides bâtiments de brique regroupés autour de l'immense cheminée. Mon nouveau lieu de travail avait quelque chose de menaçant dans la lueur blafarde du matin. Quelque chose de malfaisant.

J'arrivai à la mine à huit heures moins cinq. Je

vis Ian qui attendait avec les autres travailleurs devant la cage qui devait nous emmener au fond de la mine – dans la fosse, comme disaient les mineurs –, à plus de deux cents mètres sous terre.

La cage était constituée d'un treillis métallique renforcé par des morceaux de tôle. Nous y entrâmes, puis un des hommes cria « On y va », et je ressentis une secousse lorsque la cage amorça brusquement sa descente. Une affreuse sensation de plongée dans le néant me saisit aux entrailles. Il y eut un flot de lumière, on aperçut des hommes qui travaillaient aux différents niveaux, puis nous fûmes replongés dans le noir et le néant tandis que la cage continuait à descendre. On entendait pleuvoir sur le toit de la cabine, doucement d'abord, puis de plus en plus fort. Nous atteignîmes le dernier niveau – près de deux cents mètres de profondeur – en moins de deux minutes. La cage se vida et nous commençâmes notre marche à travers les galeries, ces longs passages étroits conduisant aux veines ou couches de charbon.

Le porion m'indiqua que je travaillerais dans une section dénommée « Paradis », environ huit cents mètres plus loin.

Les parois de la mine étaient renforcées par des poutres de bois qui retenaient le torchis détrempé. En marchant à pas lents dans le puits étroit, mes galoches faisaient gicler une boue noire. Le plafond s'abaissait graduellement, jusqu'à atteindre moins d'un mètre cinquante. Je rampais dans la boue, mes genoux trempaient dans des trous d'eau, et dans ce noir d'encre flottait l'odeur de la terre en décomposition. Il faisait une chaleur suffocante dans ces sombres profondeurs où la température devait avoisiner les cinquante degrés. Parce que tu es tout près de l'enfer, me disais-je.

J'aperçus Ian qui était en train de réajuster les seaux tout en flattant un petit cheval, puis poussait l'animal vers la plate-forme. Comme la plupart des garçons de la mine, il était *horse putter :* ce travail consistait à conduire les chevaux, chargés des seaux remplis de charbon par les mineurs, au hers-cheur qui apportait ensuite ce charbon en surface pour y être traité.

Je travaillais avec le père de Ian, Archie Liddle, un type immense, avec des cheveux roux et bouclés et des yeux noisette. Il me faisait penser à un ours que j'avais vu un jour dans un cirque, car sa poitrine et ses bras étaient couverts d'une toison cuivrée. Il avait une grosse voix et beuglait plus qu'il ne parlait, mais il avait l'air de bien m'aimer, à en juger par le nombre de claques qu'il m'assenait sur le dos. Il m'avait tout de suite accepté, contrairement à la plupart des autres mineurs qui se montraient froids, pour ne pas dire plus. Je savais que la nouvelle s'était répandue que j'étais un combinard venu de la ville et un ami de Heilding. Mais cela ne paraissait pas déranger Archie, et la gentillesse un peu rude qu'il me témoignait finit par m'attirer l'estime des hommes qui travaillaient à nos côtés.

La besogne était ennuyeuse et fatigante, mais j'eus tôt fait de brandir mon pic et de le manier comme n'importe quel autre mineur.

La condensation, formant rapidement une espèce de sale pluie noire, nous dégoulinait dessus et se mélangeait à la transpiration, m'inondant les cheveux et le visage. Nous travaillions torse nu. Il faisait une chaleur étouffante et, chaque fois que je respirais, mes poumons se remplissaient d'un air brûlant et humide. Quand les chevaux ne pouvaient plus passer dans les tunnels sinueux, les hommes poussaient les seaux pleins de charbon, parfois sur près de cent mètres, jusqu'aux rails. Épuisés et trempés, nous continuions à trimer.

À midi, nous nous arrêtâmes et Archie me tapa sur le bras en disant : « Allez, mon gars, il est temps de becqueter. » Nous quittâmes le front de taille et Archie me montra du doigt une fissure dans le mur. « Écoute. » Collant mon oreille contre la crevasse, j'entendis un léger bourdonnement. « Le grisou. T'y flanques une allumette, et ça fait sauter toute cette foutue mine. » Je me frottai les yeux, car j'y voyais un peu trouble, et demandai : « C'est ça qui fait que les lampes sont bleues ? » Il acquiesça. « Mélange de méthane et d'air... Le souffle du Diable. » Il poussa un braillement, me donna une grande tape dans le dos, et se laissa tomber à terre.

Je pris le sandwich au bacon et la bouteille de thé que Kate m'avait préparés, et m'assis à côté d'Archie. Ian vint nous rejoindre, ainsi que les trois autres hommes qui travaillaient avec nous.

« Les copains, ça c'est Rob Maclean, dit Archie en me présentant aux trois mineurs. Il crèche à la maison, dans la chambre de Tom Douglas.

– Fichtre, vaudrait mieux désinfecter les lits, avertit l'un des hommes.

– Pourquoi cela ? questionnai-je.

– Il est mort. Tuberculose », fit Archie avec un gros rire, imité par les autres, sauf Ian qui me précisa : « Vous inquiétez pas, les lits ont été désinfectés. » Je souris au jeune homme, mais je me dis que je demanderais à Kate d'acheter du kérosène et de la lessive : inutile de prendre des risques.

Archie fit asseoir Ian à côté de lui en disant : « Qu'est-ce qu'elle t'a donné à bouffer ? » Puis il farfouilla dans le torchon qui contenait le repas de Ian et s'écria : « Comment ça se fait que t'as du fromage, et moi j'ai qu'une tartine à la graisse ?

– Eh ben, prends-le, mon fromage, espèce de gros porc. »

Archie lui flanqua une tape sur la nuque en riant. « T'es chatouilleux comme une fille, c'matin, mon gars. » Puis il se tourna vers moi et dit d'un ton geignard : « Non mais, j'te d'mande, Rob, c'est-y des façons pour un gamin d'parler à son vieux ? »

Ian jeta le torchon sur les genoux de son père. « Vas-y, mange. » Mais Archie lui relança le baluchon en refusant : « Seigneur, non, fiston, si ta chère maman apprend que j't'enlève le pain d'la bouche, elle va m'tuer, nom de Dieu. » Il commença à manger sa tartine après l'avoir trempée dans la graisse de viande. « Ça fait rien, d'main c'est mardi, et l'mardi y'a du pâté en croûte. L'meilleur de tout Glasgow. Pas vrai, gamin ? » Ian lui adressa un sourire méprisant, se leva et alla s'asseoir un peu plus loin, sur les rails. Archie le suivit des yeux et me poussa du coude. « Tu veux savoir comment qu'j'ai récolté ça ? » dit-il en me montrant une cicatrice à l'arrière du crâne. Sans attendre ma réponse, il poursuivit : « C'est ma p'tite femme, elle m'a assommé avec une poêle à frire. » Il éclata de rire et je ne pus m'empêcher d'en faire autant, car son rire avait quelque chose de communicatif ; puis il redevint sérieux et marmonna : « Non, comment qu'j'ai attrapé ça, pour de vrai... Dis-lui donc comment, fils. » Mais Ian se contenta de le dévisager dans un silence glacial, et Archie finit par expliquer : « Il m'a frappé avec un nom de Dieu d'tisonnier et il m'a ouvert la moitié du crâne... Sûr, après, il m'a r'cousu lui-même. Il f'ra docteur, Ian, si jamais il sort d'la fosse.

– Tu veux étudier la médecine, Ian ? » demandai-je.

Archie répondit pour lui en gloussant : « Tout c'qu'il veut étudier, Ian, c'est l'anatomie d'la coquine qui sert l'whisky au pub de Lamb Street. » Cette remarque déchaîna les rires de tout le monde, excepté Ian et moi. Une fois l'hilarité apaisée, l'un des mineurs poussa Archie du coude en disant : « Fallait laisser le p'tit à l'école, s'il veut êt' docteur.

– Tu veux êt' docteur, gars ? fit Archie avec un regard mauvais.

– J'sais pas c'que j'veux êt'.

– Sais-tu ce que tu ne veux pas être ? m'enquis-je doucement.

– Ouais. » Il hocha la tête en regardant fixement son père. « Ça, j'sais. »

Archie lui retourna son regard, brandit son pic à charbon et le menaça : « J'devrais t'casser la tête en deux avec ça, sale p'tit con ! » Il avait dit cela à moitié sérieusement, car un sourire élargissait son visage rubicond. Mais Ian, se tournant vers lui, déclara : « Tu f'rais mieux d'prend' quéque chose d'plus gros. »

Il y eut un silence gêné, et l'un des hommes suggéra : « Bon, ben, vaudrait mieux y r'tourner. » Archie observa son fils et je pouvais presque l'entendre penser – allait-il ou non le frapper ? –, alors je dis : « Allons-y, Archie. » Je le mis sur ses pieds pendant que Ian ajustait les seaux sur les rails et claquait de la langue pour faire avancer son cheval.

Le reste de la journée s'écoula sans rien de notable, et j'attendis avec impatience six heures, moment où la cage nous ramènerait à la surface de la terre. Nous montâmes par groupes de douze, tassés comme des sardines, et lorsque les portes de la cabine se fermèrent avec fracas, d'un seul coup je sentis la douleur : tous les muscles de mon corps me faisaient mal, raidis par les efforts de la journée. Je m'étais attendu à être fatigué, mais pas à souffrir de cette façon. Je m'étais toujours maintenu en parfaite condition, et chaque fois que j'étais au Loch Leven j'occupais mes journées à des travaux physiques. J'examinai les hommes qui m'entouraient et je m'interrogeai pour savoir si eux aussi ressentaient les piqûres de ces milliers d'aiguilles de feu qui me transperçaient les bras et les jambes et remontaient jusqu'à mon cou. Mais ils regardaient devant eux avec des yeux morts.

Je contemplais les cals sur mes mains, me demandant si j'avais du sparadrap à la maison, lorsque Ian me poussa du coude. « Faut à peu près une semaine pour qu'elles s'y fassent. » Je redressai mon dos douloureux et Ian ajouta en riant : « L'dos, lui, s'y fait jamais, faut juste supporter. » Je passai le bout de mes doigts sur mes paumes : la peau, naguère douce, était rêche et craquelée. Que ressentirait Kate lorsque mes mains se poseraient sur sa peau douce et soyeuse ? Comme si elle se faisait caresser par un lézard. Par un... Seigneur Dieu, qu'avais-je fait ?

Une fois dehors, Ian leva la tête vers le ciel qui se colorait de pourpre. « Une chance qu'ça soye le printemps, dit-il. En hiver, quand on arrive il fait encore nuit, on descend dans la fosse, et quand on r'monte y'a qu'du noir. »

Nous revînmes vers chez nous sans parler. Je ne pouvais m'empêcher de songer au sort des mineurs. Chaque jour de leur vie, ils trimaient dans cet enfer comme des bêtes de somme, avec une espèce d'esprit moutonnier, gagnant à peine de quoi subsister. Dotés d'une incroyable bonne nature, ils acceptaient leur destin, sacrifiant les meilleures années de leur vie pour la somme dérisoire de vingt-trois shillings par semaine. Je savais que moi, je sortirais de là, d'une manière ou d'une autre. Un jour, je tirerais ma femme et mes enfants de cette fange où je les avais plongés. Mais les mineurs, eux, étaient rivés ici. C'était ça leur vie, leur destinée, et il n'y avait pour eux aucun espoir de lendemains meilleurs.

Au moment où nous tournions dans Lamb Street, Archie me donna une grande claque dans le dos et me désigna un pub à l'enseigne de L'Œil du Taureau, en disant : « Laisse-moi t'payer une bière, Rob. » J'étais épuisé, mais une bonne bière bien fraîche, c'était tentant. Sans attendre ma réponse, il me poussa vers l'entrée, tout en attrapant Ian par sa veste pour l'emmener lui aussi.

La salle, remplie de fumée et de bruits de voix, empestait la bière éventée et le tabac. Les hommes accoudés au comptoir détournèrent leurs visages noircis tandis que nous nous frayions un chemin parmi les mineurs. Archie nous conduisit à la seule table encore libre et se laissa tomber lourdement. Une femme d'un peu moins de trente ans, à la forte poitrine, s'approcha.

« Où c'est que t'étais, hier soir, mon coquin ? » dit-elle à Archie, lui balançant ses gros seins sous le nez pendant qu'elle essuyait la table. Archie lui assena une bonne claque sur le postérieur, fit un signe de tête dans ma direction, et dit à la jeune femme : « Tiens ta langue, Moll. T'as d'vant toi un gentleman, un vrai de vrai.

– Un vrai gentleman ? » fit-elle en prenant un air faussement ébahi et en secouant ses boucles blondes. Puis elle m'observa et dit : « Alors, qu'est-ce diable que vous v'nez faire dans l'coin ?

– Un travail de missionnaire. »

Elle sourit et demanda : « Vous prendrez quoi ?

– Pour moi, une pinte, ma jolie, répondit Archie, la main toujours posée sur les fesses de la serveuse.

– Et l'gentleman ? dit-elle en se tournant vers moi.

– La même chose. »

Elle se redressa en repoussant la main d'Archie et regarda Ian.

« Seulement un bock », fit-il, puis son regard se porta de l'autre côté de la salle, et un sourire se dessina sur son visage. Une lueur s'était allumée dans ses yeux d'un bleu profond, et je me retournai pour voir ce qui avait suscité son intérêt. Une jeune fille de petite taille, qui devait avoir dix-huit ou dix-neuf ans, sortait de derrière le comptoir, avec à la main quatre chopes débordant de bière mousseuse. Ses yeux rencontrèrent ceux de Ian et ses lèvres pulpeuses esquissèrent un joli sourire. Le sourire d'une femme à un homme avec qui elle a couché. Je ne sais si je me sentis mieux ou plus mal à l'idée que Ian avait une maîtresse. En un sens, si ses désirs trouvaient satisfaction auprès d'une autre, il ne ressentirait pas le besoin d'avoir Jen. D'un autre côté, le fait qu'il ait possédé une femme faisait de lui un homme et non plus un gamin, et ma fille était incroyablement belle. Kate disait que Ian était un gentleman-né ; tout en le regardant, je l'avertis silencieusement de se conduire comme tel avec ma fille, sans quoi je lui ferais avaler ses dents.

Archie me poussa du coude. « C'est Alison », dit-il d'un air moqueur, regardant avec des yeux gourmands la silhouette menue mais parfaitement proportionnée de la jeune femme. « Beau brin d'fille, pas vrai, Rob ?

– Très jolie.

– C'est-y qu'elle est aussi bonne que jolie ? » s'enquit Archie en décochant à Ian un regard entendu et en lui donnant un coup de pied sous la table. Ian ne répliqua pas, recula légèrement sa chaise et planta ses yeux dans ceux de son père. « Hein, c'est-y qu'elle est bonne, mon gars ? » insista Archie. Mais Ian, sans répondre à la curiosité de son père, se remit à contempler la jeune fille.

Molly arriva avec nos bières et Archie fit asseoir la serveuse sur ses genoux, en déclarant : « Y'a qu'deux choses dans la vie, Rob, mon pote : l'alcool et les femmes. » Il glissa sa main dans le décolleté de Molly, qui lui donna une petite tape gentille, avant de se dégager de ses mains fureteuses et de s'esquiver. Archie leva son verre et ses yeux croisèrent ceux de Ian. « Pas vrai, fils ? Tirer un coup avec une belle petite. Qu'est-ce que j'donnerais pas pour avoir c't' Allie Graham sous...

– Depuis combien de temps travailles-tu à la mine, Archie ? » demandai-je pour mettre fin à ses propos obscènes dont le seul et unique but était de provoquer Ian. Le père semblait prendre un plaisir manifeste à pousser son fils à bout, comme s'il avait envie de l'entraîner dans une bagarre.

« J'suis descendu quand j'avais huit ans. Ça fait trente ans. » Il jeta à nouveau à Ian un regard sournois et ajouta : « C'qu'y a d'meilleur dans l'boulot, c'est l'bain. Ta p'tite femme t'savonne partout où il faut, ensuite elle t'sèche, et après, elle...

– Laissez-moi tranquille, espèce d'ours ! » cria

une voix de femme à l'autre extrémité de la salle. Nous retournant, nous vîmes Alison coincée entre les bras d'un géant qui devait bien mesurer plus de deux mètres. Il avait enfoui sa tête dans les cheveux de la jeune fille et d'une main la tenait fermement contre lui, essayant de l'autre de lui relever sa jupe. Elle lui écrasa le pied et tenta d'écarter ses mains, mais il la hissa sur le comptoir, plaça les jambes de la fille autour de sa taille, et beugla : « Attends donc un peu, Allie. J'veux juste... »

Alison libéra un de ses bras, gifla le type à l'oreille, juste au moment où Ian posait sa main sur le dos du géant. Il y eut un silence lorsque l'homme tourna la tête vers Ian. Il le toisa, sourit et dit :

« Liddle Ian, mon p'tit ami, j'voulais juste vérifier si Alison...

– Laissez-la tranquille.

– C'est pa'ce que Hughie a dit : Allie a une marque sur la cuisse gauche, qu'on dirait la carte de l'Inde, expliqua un petit bonhomme qui avait pointé la tête derrière son colossal ami. Et j'ai parié deux shillings qu'c'est pas vrai.

– Laissez-la tranquille, répéta Ian d'un ton lent et prudent.

– J'suis pas sûr qu'tu soyes concerné, Liddle Ian. J'lui fais pas d'mal. J'veux juste montrer à Robyn... »

La jeune fille essaya de descendre du comptoir, mais le type l'en empêcha et dit avec brusquerie : « J'en ai pas encore fini avec toi. » Les yeux d'Alison se remplirent de larmes mais le colosse ne parut pas y prêter attention. Attrapant le rebord de la jupe de la fille, il voulut la lui remonter jusqu'à la taille.

Plaquant sa main sur celle de l'homme, Ian dit d'une voix étonnamment calme : « Laissez-la tranquille.

– Écoute-moi bien, gringalet, ou bien tu vas poser ton cul sur ta chaise et tu t'occupes d'tes oignons, ou alors j't'aplatis comme une mouche ! »

Je donnai un coup de coude à Archie et demandai : « Tu le connais ?

– J'le connais ni d'Ève ni d'Adam. Il doit bosser à un des aut' niveaux. »

J'avais observé autant que je pouvais, mais au moment où je repoussai ma chaise pour aller dégonfler le bibendum dénommé Hughie, la brute s'écarta de la jeune Alison, tapa Ian sur l'épaule et dit :

« D'accord, espèce de clown, on va régler ça ?

– D'accord », répondit Ian, tandis que les autres se mettaient à déplacer tables et chaises et à les empiler contre le comptoir. Les deux adversaires commencèrent à déboutonner leur chemise, les spectateurs firent cercle autour d'eux et les paris furent pris. Archie, renversé sur sa chaise, contemplait la scène d'un air tranquille. Je lui donnai un coup de pied, désignai son fils et dis : « Le type est énorme. Ian va se faire défoncer la tête.

– Qu'est-ce qu'on en a à faire, d'sa tête ? Vaut mieux qu'il s'brise pas les mains, par cont', il en a b'soin pour t'nir son pic. » Il tendit son verre vide en direction du comptoir et cria : « Moll, un aut' ! »

Je me levai, marchai sans me presser jusqu'à Ian et me penchai sur lui en chuchotant : « Ian, cet homme est deux fois plus grand que toi.

– Alors, vous f'rez bien d'miser sur lui », répliqua-t-il en souriant, puis il me tendit sa chemise. Il était bien bâti et costaud pour un garçon de quatorze ans, mais le spectacle qui allait commencer avait quelque chose du combat de David contre Goliath, et je craignais que Ian n'ait oublié d'apporter sa fronde. Le jeune homme avança jusqu'au centre de la salle, transformée en ring de boxe improvisé, puis se mit en garde devant le colosse qui plastronnait. Je le suivis tout en essayant de réfléchir au moyen d'éviter ce qui allait être à coup sûr un massacre. Si j'entrais dans l'arène pour combattre moi-même le type, Ian perdrait la face devant les autres mineurs. Je pouvais provoquer une mêlée générale pour faire diversion, et j'aurais alors la possibilité d'attaquer le géant, mais ce serait sans doute la dernière fois qu'on m'inviterait à prendre un verre dans ce pub. J'avais moi-même connu quelques bagarres, à l'époque où je jouais aux cartes, car je jouais souvent pour des sommes astronomiques et parfois...

« Qui c'est, çui-là, bon Dieu, son entraîneur ? » s'écria Hughie en me poussant pour m'écarter de Ian.

Personne n'aime être poussé. C'est une attaque directe contre le petit espace que chacun préserve autour de soi, et qui délimite notre territoire personnel. Que tout homme puisse mener son propre combat, voilà qui est une question d'honneur, mais cette brute épaisse venait de commettre la bévue de faire de lui mon ennemi personnel.

Je me tournai lentement vers le type et dis très distinctement : « Personne ne vous a jamais dit que ce n'est pas bien de BOUSCULER les autres ? » Je soulignai le mot BOUSCULER du geste correspondant, et ce balourd de Hughie recula de quelques pas. « Savez-vous, espèce de gros tas, bouffon ridicule, que chez certains peuples d'Afrique du Nord BOUSCULER quelqu'un – et je recommençai – constitue une déclaration de guerre ? » Une expression d'égarement total passa sur le visage du géant lorsque je m'approchai de lui. « BOUSCULER, homme de Cro-Magnon, voilà ce qui a précipité Harry Hogg du haut des falaises de Duncansby Head, où il se balançait dangereusement. » Décontenancé d'avoir été insulté sans savoir exactement jusqu'à quel point, l'hercule bomba la poitrine. Je fis encore un pas et dis : « Et BOUSCULER quelqu'un, vipère lubrique... » Je le poussai de toutes mes forces, puis désignai le sol en souriant. « Votre lacet est défait. »

Le colosse baissa le regard, juste une seconde, le temps qu'il me fallut pour saisir une chaise et la lui fracasser sur le crâne. Il recula en titubant, les yeux vitreux, et je lui flanquai un coup de pied dans l'entrejambe ; il chancela en grimaçant de douleur. Enfin, je lui envoyai un magistral coup de poing sur la tempe, et il s'étala de tout son long, dos contre terre, inconscient.

« Mets-y l'paquet ! rugit Archie.

– C'est ça ! » cria quelqu'un, tandis qu'un autre renchérissait : « Défonce-lui l'crâne ! »

Je ne sais ce qui se produisit : était-ce la foule qui hurlait ou la colère que j'avais réprimée, mais je m'acharnai sur le type qui gisait sur le plancher, jusqu'à ce que son visage devienne une masse sanglante et que ma main douloureuse ne puisse plus assener un seul coup. Alors je me relevai en vacillant, écœuré par toute cette scène, et me dirigeai vers Ian. Il reprit sa chemise, que j'avais jetée sur mon épaule, l'enfila, la boutonna avec lenteur. « C'est un combat déloyal, Mr. Maclean. » Je ne répondis rien, évitai de regarder le type que j'avais frappé sans pitié, et d'un geste indiquai que nous ferions bien de prendre rapidement congé.

Nous nous dirigeâmes tous trois vers la maison. Ian garda le silence mais leva les yeux sur moi à plusieurs reprises, et il me sembla y lire un respect nouveau. Il retint un instant ma main, lorsque je leur souhaitai le bonsoir, à lui et à son père, puis me sourit et m'adressa un petit salut.

Lorsque j'ouvris la porte de notre chambre, Davie et Jenny étaient assis à la table, penchés sur leurs livres, et Kate, devant le fourneau, remuait le contenu d'une marmite bouillante. Elle sourit en me voyant, et porta la main à sa bouche pour réprimer un rire. J'allai me regarder dans la glace au-dessus de l'évier. Un étrange personnage me faisait face et, avec le blanc de mes yeux qui ressortait sur mon visage noir de charbon, j'avais l'air d'un acteur s'apprêtant à entrer en scène pour jouer *Othello*. J'envoyai Davie chez MacCrimmons chercher de la glace pour ma main, et Kate me demanda avec qui je m'étais battu. Je le lui racontai ; elle eut un regard pour Jen, hocha la tête, et retourna à son fourneau.

L'adaptation à notre nouveau domicile ne s'était pas faite aisément. Davie, la première semaine d'école, revint tous les jours avec le nez en sang, à cause de deux gamins qui le traitaient de sale Anglais mangeur de porc et jouaient à un méchant petit jeu appelé « Écossais ou Anglais ». Ce jeu consistait à attacher une pierre à une corde et, en la faisant tournoyer tout près de la tête des autres enfants, à crier les mots « Écossais ou Anglais ». Si un garçon était courageux, il répondait « Anglais » et s'enfuyait à toutes jambes, poursuivi par celui qui tenait l'engin. Il existait plusieurs variantes à ce jeu – l'une d'elles étant « Écossais ou Irlandais » – et tous ceux qui n'étaient pas écossais avaient droit aux pierres. Et mon pauvre Davie, bien qu'écossais comme eux, parlait, comme nous tous, avec l'accent anglais. Mais c'était un petit gars courageux, aussi résistant que les garçons de son âge, et je savais qu'il ne se laisserait pas abattre et que, quelle que fût la durée de notre séjour ici, il en sortirait indemne.

Kate ne parlait à personne, en dehors de Ian, trop occupée à coudre et à tenir la maison pour perdre son temps en bavardages inutiles, comme elle disait. Inutile de préciser que ma femme n'était guère populaire.

Mais c'était pour ma petite Jen que les choses se passaient le moins bien. Hypersensible comme elle était, la misère et la crasse de Glasgow l'agressaient quotidiennement, la blessaient jusqu'au fond du cœur. Et me blessaient par contrecoup, car je ressentais sa profonde souffrance.

Comment défaire ce que j'avais fait ?

Le Loch Leven. Il fallait que je récupère le domaine : pour Davie, pour Jen... pour Kate. La terre fertile était sa chair, la rivière le sang qui coulait dans ses veines ; sans le Loch Leven, elle ne pouvait pas vivre.

Je passais mes journées, à la mine, à échafauder des plans pour récupérer le domaine de Kate.

Les autres mineurs commençaient à me considérer comme un des leurs, sans doute parce que j'avais écrabouillé Hughie, et j'étais surpris de constater que nombre d'entre eux étaient en fait cultivés et fort intelligents. Les plus vieux, comme Archie, étaient en majorité illettrés, car ils étaient entrés trop jeunes à la mine pour avoir suivi l'école. Et les propriétaires de la mine savaient bien que plus un homme était instruit, moins il était enclin à accepter de travailler pour un salaire de misère dans des conditions intolérables. Mais plusieurs des mineurs avaient continué leur instruction, comme Ian, et étudiaient chez eux, après leur journée de travail, avec l'espoir qu'un jour ils pourraient se faire une vie meilleure. Il n'y avait rien de déshonorant à être mineur ; c'était un travail utile et honnête, et c'est bien pour cela qu'il aurait dû être mieux rémunéré. Le problème, c'est que les propriétaires savaient qu'on vivait une époque extrêmement dure et qu'il était difficile de trouver du travail. Tous les mineurs âgés de plus de vingt ans se souvenaient de la grève de 1894, qui avait paralysé Harrison & Heilding, et fait mourir de faim des centaines de mineurs et leurs familles. C'est la mine qui avait gagné, en fin de compte : il n'y avait pas eu d'augmentation de salaires, et aucune des mesures de sécurité pour lesquelles s'étaient battus les mineurs n'avait été adoptée. Mais, comme disait Archie, combien de temps un homme peut-il rester sans rien faire en voyant sa famille dépérir sous ses yeux ? J'avais écouté avec une grande attention, et une part de moi-même avait envie de faire quelque chose, d'organiser une action, de lutter pour de meilleurs salaires et de meilleures conditions de travail. De les guider... Les guider vers quoi? J'avais déjà conduit ma propre famille aux portes de l'enfer. J'abandonnai cette idée, mes qualités de « guide » laissant beaucoup à désirer.

Comme Ian l'avait prédit, les cloques de mes mains se transformèrent en rudes callosités – un avantage pour piocher le charbon. Le jeune homme manifestait à mon égard un respect proche de la vénération, ce qui ne manquait pas de m'embarrasser, car je trouvais difficile de remplir le rôle du héros sans peur et sans reproche qu'il m'attribuait.

Le douzième anniversaire de Jenny, le 11 mai, coïncida avec notre quarante et unième jour à Glasgow, et ce fut une triste fête. Comme nous n'avions pas assez d'argent pour acheter un cadeau, j'avais demandé à Kate de faire pour Jen une robe en soie puisqu'elle en possédait des mètres et des mètres. Mais elle n'avait pas eu le temps – elle disait qu'elle devait consacrer tous ses moments libres à finir sa collection – et s'était contentée de découper des rubans de différentes couleurs qu'elle avait empaquetés pour les offrir à Jenny. Celle-ci avait remercié sa mère, mais j'étais déçu parce que Jen s'était montrée très courageuse, dans notre terrible épreuve, et elle méritait une récompense. Elle détestait Glasgow, haïssait l'école et tous les autres enfants de la maison, et avait pour seuls amis Ian et Davie. Elle ne se plaignait jamais, arborait toujours un sourire lorsque je rentrais le soir, et ce masque stoïque sous lequel elle dissimulait sa détresse me donnait le sentiment d'être un salaud.

Kate et moi nous bagarrions régulièrement au sujet de notre retour à Cromdale, et je commençai à perdre espoir; jamais je ne réussirais à lui faire prendre conscience de la folie qui la faisait rester à Glasgow. Je ne l'avais jamais vue aussi active : elle cousait avec frénésie, parfois jusqu'à deux ou trois heures du matin, essayant désespérément de finir ses robes. Elle ne s'était pas rendu compte du nombre d'heures qu'elle passerait aux tâches ménagères, même si notre logement était petit, et le temps qu'elle devait consacrer à la cuisine, au nettoyage, à la lessive et aux courses lui prenait une bonne partie de la journée. Nos nuits étaient catastrophiques. Quand elle me laissait la toucher, je voyais bien qu'elle écoutait si les enfants dormaient, ou pensait à autre chose, et toutes mes craintes concernant l'avenir de notre bel amour se réalisaient : elle en avait assez de moi et je n'éveillais plus de désir en elle. Mais moi j'avais toujours envie d'elle, *besoin* d'elle.

Le 9 juin était le jour de mon anniversaire. L'anniversaire de la Mort : celle de mon frère et celle de Kenneth Brodie. C'était un jour maudit, qui aurait dû être rayé du calendrier. Un jour que je vivais généralement en état d'inconscience, grâce à une bonne dose d'alcool. Mais il me fallait travailler et je n'avais pas un sou pour me payer du whisky ; alors je laissai Archie m'offrir à boire, au sortir de la mine, et je bus jusqu'à ce que l'engourdissement me gagne et que je me sente capable de rentrer à la maison.

Kate était en train de coudre. Sitôt entré, j'allai à elle, éteignis la lampe à gaz posée près de sa machine à coudre, et la fis lever. Elle commença par protester, puis s'arrêta en voyant ma tête et me suivit docilement jusqu'au lit. Mais je ne voulais pas qu'elle se donne à moi de cette manière, silencieuse et résignée. Je voulais la sentir vibrer sous mes caresses, répondre à mon amour comme elle le faisait auparavant. Je me ruai sur le portemanteau, attrapai ses affaires, les lui donnai et lui dis de s'habiller rapidement et de me suivre.

Nous n'avions pas d'argent en dehors de la petite somme réservée à la nourriture de la semaine. Je vidai la boîte à thé qui contenait nos économies – quelques shillings que je fourrai dans ma poche – et pressai Kate de sortir, après qu'elle eut griffonné un mot pour les enfants. Je la conduisis en ville, au premier hôtel que je trouvai, et la menai, par un escalier aux marches qui craquaient, à une chambre petite et sale. Archie m'avait offert un flacon d'alcool comme cadeau d'anniversaire ; je le sortis de ma poche et le tendis à Kate en lui demandant de boire avec moi. Elle refusa. Je l'entraînai sur le lit, recouvert d'une courtepointe mitée et effrangée, témoin d'amours illicites et fugaces, et je la suppliai : « Bois avec moi, Kate. Oublie, afin de pouvoir te souvenir. J'ai besoin que tu te souviennes comment c'était, avant... bois avec moi. »

Elle porta la bouteille à ses lèvres, but quelques gorgées, me rendit le flacon et commença à défaire sa robe. Je bus tout en la regardant se déshabiller et détacher ses cheveux, qui se répandirent sur ses épaules et tombèrent jusqu'à sa taille. Nous partageâmes le contenu du flacon de whisky et jetâmes la bouteille par terre, avec le reste de nos vêtements. Nous fîmes l'amour, et elle était totalement présente, et bougeait au même rythme que moi, oubliant tout. Elle cria, et ce n'était plus les recommandations chuchotées pour ne pas éveiller les enfants, c'était un cri de plaisir. À ce moment de jouissance, je la sentis frémir et je me laissai aller à mon tour, jusqu'à ce que nous nous retrouvions épuisés, satisfaits et heureux.

Je la serrai tout contre moi, très fort, et murmurai : « J'avais tellement envie de toi, Kate.

Encore quelques mois seulement.

– Nous ne tiendrons jamais plusieurs mois. Glasgow nous tuera.

– Non.

– Glasgow tuera notre amour. La pauvreté le tuera. C'est déjà en train de se produire. Tu ne m'as pas regardé pendant trois semaines. Vraiment regardé. Et toi, regarde-toi. Ta robe est sale, cela fait cinq jours de suite que tu la portes. » Je ris, l'embrassai sur la tête et poursuivis : « Mais si toi tu ne me regardes plus, moi je te vois toujours, je vois tout de toi, tout. Je ne peux pas m'en empêcher. » Je lui caressai la joue et mon doigt remonta jusqu'à ses sourcils.

« ... Là, quand tu fermes les yeux pour que je ne voie pas tes larmes. Mais je les vois quand même. Je les sens, et elles montent en moi aussi, et elles m'étouffent, et elles m'étranglent... comme en ce moment. » Ma main descendit jusqu'à ses lèvres. « ... Cette bouche, qui peut guérir et apaiser, m'excite. Comme je l'aime ! » Je fis glisser mes doigts sur sa gorge, puis sur sa poitrine, et posai mes mains sous ses petits seins. « ... Mais voici ce que j'aime le plus : ton cœur. Et ce cœur, je l'ai brisé, n'est-ce pas, Kate ? J'ai brisé ton cœur... et du même coup j'ai brisé le mien. » Je sentis ses larmes inonder ma poitrine, et je dis : « Je te rendrai ta maison, Kate. Dussé-je en mourir, je te la rendrai, mais je ne le peux pas si nous restons ici. Je ne peux pas... Ah, comme j'envie ta force d'âme, Aoife, ma courageuse guerrière. Comme j'aimerais la posséder.

– Tu es beaucoup plus fort que tu ne penses, Robert.

– Non. Je l'ai peut-être été, sauf pour... pour...

– Pour la mort de ton frère. » Je me tournai, embarrassé par le tour qu'avait pris la conversation. « Robert, après toutes ces années, ne vas-tu pas cesser de payer pour un crime que tu n'as pas commis ? C'était un accident... »

Ce n'était pas un accident.

« Robert, il est tombé. Vous étiez des enfants... »

Assez grands pour savoir...

« Enterre le passé et continue à vivre ta propre vie, Rob. Il y a dans la vie de chacun des événements qui ont eu lieu, des actes que nous avons commis et dont nous avons honte, mais nous ne pouvons pas revenir sans cesse dessus. Nous devons les accepter et continuer à vivre, sinon nous sommes perdus. Tout le monde a une tache sur son passé, et personne n'est irréprochable. Nous avons tous fait quelque chose... quelque chose que nous... nous...

– Que nous... ?

– Quelque chose... dont nous avons honte.

– Qu'as-tu fait dont tu as honte, mon incomparable ? »

Elle ne répondit pas, mais enfouit son visage dans mon cou, et je la sentis trembler tandis qu'elle s'accrochait à moi. « Là... là, fis-je en lui caressant les cheveux. Chhhuut, mon amour, mon unique amour, chhhuuut. Je ne chercherai pas à le savoir. Tes secrets resteront à toi. Là, ne pleure pas... Dors... dors... et quand tu t'éveilleras... ce sera le matin... seulement le matin... »

CHAPITRE 11

Derrière les rideaux déchirés de la chambre d'hôtel, l'aube commençait à poindre. Je secouai doucement Robert, le réveillai d'un baiser et lui murmurai qu'il devait aller travailler. Il me regarda d'un air étrange, comme si je l'avais blessé, puis il s'habilla en silence. Lorsque les vêtements de mineur eurent recouvert son corps vigoureux et musclé, je tendis la main vers lui, le fis se recoucher et le serrai contre moi. Je me rendais compte brusquement que quelque chose de lui s'en était allé, et j'avais besoin de le sentir une fois encore mêler son corps au mien. Il avait un air douloureux en se débarrassant des vêtements crasseux qui séparaient sa peau de la mienne et, lorsqu'il fut nu et tout contre moi, collant ses lèvres à mon oreille, il chuchota : « ... Oui... nous le tuerons avec un baiser... »

Je ne cessais de me répéter la phrase favorite de Robert – un vers du poète Burns – selon laquelle rien dans la vie ne se passe jamais comme nous l'avons prévu. Comme elle correspondait bien à la situation ! Les trois mois que j'avais cru nécessaires pour finir ma dizaine de robes s'étaient déjà étendus à quatre, et je n'en étais même pas à la moitié. Tout semblait prendre beaucoup plus de temps que prévu. Et, dans mon programme, j'avais tout simplement oublié de compter les tâches ménagères indispensables, malgré la petite taille de notre logis. Mes journées étaient bien remplies et je n'avais que quelques heures pour coudre ; quant à mes soirées, j'avais promis à Robert, le jour de son anniversaire, en juin, de les consacrer aux ébats amoureux.

Les plans que j'avais échafaudés pour notre salut commençaient à prendre un aspect aussi sinistre que la poussière de charbon qui souillait tout ce qu'elle touchait.

Quel est le fou qui a inventé la journée de vingt-quatre heures, alors qu'il en faudrait soixante ou soixante-dix ? C'était en tout cas la durée dont j'avais désespérément besoin pour accomplir tout ce que j'avais à faire. Des mesures draconiennes s'imposaient, elles furent prises. Jenny fut nommée cuisinière en chef ; elle se révéla très douée et nous préparait en un tour de main des repas peut-être pas dignes d'un roi mais savoureux, ce que je ne pouvais pas dire de mes mixtures sans goût. J'assignai à Davie la fonction de garçon de course : il reçut une liste et mon porte-monnaie, et chaque jour après l'école il allait au marché remplir le panier d'osier qui était presque aussi grand que lui. Je n'avais plus qu'à m'occuper de la lessive et du ménage, ce qui me laissait quatre heures par jour pour coudre. Je ne finirais jamais à temps et, si je ne finissais pas, nous étions perdus.

J'avais besoin de mes nuits.

Mais comment reprendre la promesse que j'avais faite à Robert de consacrer chaque nuit aux voluptés de l'amour, sans le blesser ? Non seulement il serait profondément meurtri, mais cela confirmerait ce qu'il avait toujours dit : la familiarité engendre le mépris. Je ne pouvais pas me refuser à lui... pas volontairement... à moins d'être obligée de le faire.

Les petits mensonges font-ils autant de mal que les gros ? Sûrement pas, dans la mesure où ils ont pour but d'adoucir la peine que pourrait provoquer la vérité. Évidemment, mon petit mensonge n'était pas si petit que cela, ni si innocent, et mon but – même si à long terme on pouvait le considérer comme louable – était de tromper.

Je dis à Robert que j'avais attrapé une maladie, à cause du manque d'entretien des latrines, utilisées quotidiennement par les deux cent quarante personnes qui habitaient l'immeuble. J'ajoutai que c'était très contagieux et qu'il ne fallait pas qu'il me touche pendant six semaines. Au moment même où je proférais ce misérable mensonge, une voix en moi me cria : PRENDS GARDE, RAPPELLE-TOI CE QUI EST ARRIVÉ LA DERNIÈRE FOIS QUE TU LUI AS MENTI. TU AS PERDU TON BÉBÉ, TON FILS. *Mais j'étais désespérée et, dans mon désespoir, j'ignorai cette voix, et priai pour que Robert ne sache jamais la vérité.*

Sa réaction faillit annihiler ma trompeuse décision : il fut complètement affolé, et rongé de regret à l'idée que je puisse être malade parce qu'il nous avait amenés ici. Il voulait voir le médecin, s'assurer que tout le nécessaire était fait, et suggéra même que j'aille à l'hôpital. Il était si gentil, si attentionné que je fus incapable de le regarder en face, et je me détestai d'avoir recours à de si vils expédients pour continuer à coudre. Mais il n'y avait pas d'autre moyen et, chaque soir, je regardais Robert se glisser, seul et triste, dans notre lit.

J'avais exactement six semaines – pas un jour, pas une heure de plus – pour terminer mes robes, et je m'absorbai dans cette tâche comme si ma vie en dépendait – car elle en dépendait. Je savais ce que je voulais : créer la meilleure maison de couture que l'Écosse ait jamais connue. Tel était mon destin. C'était pour cela que j'avais appris à coudre et à dessiner des robes. Pour cela, en fin de compte, que j'avais perdu mon hôtel parce que, si je l'avais gardé, je n'aurais jamais eu la possibilité de réaliser les merveilleux modèles que j'avais en tête. Il me suffisait d'être courageuse et patiente, et le succès viendrait. Non, il ne viendrait pas, c'est moi qui irais le chercher, et je le saisirais à bras-le-corps. Un succès fabuleux. Toute une classe sociale était en train de monter. Une classe de gens qui n'étaient pas nés riches, mais qui avaient su s'imposer dans cette ère industrielle. Des gens qui avaient gagné beaucoup d'argent que j'allais, moi, bonne âme, les aider à dépenser, en les habillant avec mes somptueuses créations : des robes élégantes qui paraissaient faites sur mesure, mais qu'on trouverait pour quelques livres, plutôt que les robes ordinaires proposées par la plupart des boutiques.

Et, pour mettre mon plan à exécution, il fallait que je termine mes robes : dix modèles somptueux, tous différents, tous relevés de délicates broderies – dix robes royales. Nombre de fabricants faisaient des robes pour les femmes « ordinaires », et la seule possibilité pour une femme riche qui voulait une robe élégante, c'était de la commander à un couturier – ce qui coûtait du temps et de l'argent Mes modèles seraient conçus pour pouvoir être adaptés à toutes les tailles – grâce à de très larges coutures qui pourraient être élargies ou rétrécies, selon le cas – et, à partir des dix modèles de base, j'exécuterais des robes avec des tissus, des couleurs et des motifs différents, de façon à créer ce qui aurait l'air d'un vêtement nouveau et donnerait à toute femme qui achèterait une de mes robes l'assurance de posséder un modèle original.

J'avais six semaines et je FINIRAIS*... Si seulement j'avais pu me trouver sur une île déserte ! Seule ! Sans l'obligation de faire la lessive et le ménage, sans personne pour me harceler. Tout et tout le monde me devenait pesant, et je ne supportais plus d'être détournée de mon but : finir mes robes, atteindre le salut.*

Je crois bien que je devins un peu folle, ce mois d'octobre. D'habitude, c'était un de mes mois préférés, car l'automne était une pure merveille au Loch Leven. Les feuilles prenaient toutes les couleurs possibles et imaginables, du jaune le plus pâle au rouge le plus écarlate, et l'air vif et frais régénérait toutes choses. Ici, à Glasgow, le ciel morne et gris avait une teinte aussi sombre que celle des immeubles lépreux et des visages lugubres des habitants. Les jours raccourcissaient, la pluie augmentait, transformant les rues déjà sales et noires en bourbiers infâmes.

J'étais à six semaines seulement de ma date limite : le 15 novembre. Si je n'avais pas fini mes robes à cette date – de fastueuses toilettes de Noël ornées de paillettes, incrustées de bijoux –, je n'aurais rien à vendre. Robert m'avait conseillé de dessiner une collection de robes de printemps, moins élaborées, que j'aurais pu vendre en été au cas où je n'aurais pas eu le temps de les finir pour le printemps. J'avais la conviction que, plus les robes seraient somptueuses, plus j'aurais de chances de les vendre, et je conçus des modèles pour les fêtes, certaine de les avoir terminés en juillet ou en août au plus tard – ce qui m'aurait donné le loisir d'exécuter les commandes et de livrer mes robes à la mi-novembre. Et je formai le projet de faire, sur les mêmes modèles, une collection dans des soies plus légères et des couleurs pastel, et de vendre les robes aux mêmes marchands qui m'auraient acheté les toilettes de Noël. C'était un excellent projet... à ce moment-là. Mais maintenant que l'hiver approchait et que je voyais où j'en étais, j'étais prise de panique parce que, si je ne vendais pas mes modèles avant le 15 novembre, jamais je ne pourrais les fabriquer et les livrer avant Noël, et tout ce dur labeur, les journées interminables et les nuits sans sommeil, tout aurait été inutile.

À vouloir ainsi absolument terminer ma collection, je devins nerveuse, anxieuse, et la tension extrême que je ressentais rejaillit, bien malgré moi et très injustement, sur Robert et les enfants. Les braillements d'Archie Liddle n'étaient pas faits pour me calmer, et nous avions beau être habitués à ses beuveries du samedi soir, il y eut un soir d'octobre où nous restâmes pétrifiés par la peur. Car ce n'était pas Archie qui hurlait, mais Mrs. Liddle qui criait au secours. Robert bondit à la porte d'à côté, les enfants et moi sur ses talons. « Restez ici », ordonna-t-il aux enfants en les repoussant dans la pièce, pendant que j'ouvrais la porte des Liddle. Archie était par terre, et Ian bourrait de coups le visage de son père. Robert écarta Ian d'Archie mais Archie en profita pour se lever, se saisit d'une chaise et la balança de toutes ses forces dans la poitrine de son fils. J'entendis un bruit sec et vis Ian s'écrouler dans les bras de Robert. Archie brandit la chaise au-dessus de sa tête, prêt à frapper une seconde fois, mais Robert la lui arracha des mains en criant : « Bon Dieu, mais tu vas le tuer ! »

Archie recula en titubant tandis que Ian essayait de se relever, mais la violence du coup lui avait sûrement brisé les côtes. Archie, toujours chancelant, regarda sa femme, et j'aidai Ian à se mettre debout. Archie avait l'air d'un gros ours et je craignais qu'il ne s'en prenne encore à Ian, aussi fis-je signe à Robert de l'emmener. Je n'aimais pas beaucoup que Robert fréquente cette brute stupide, mais ce soir je m'en félicitais car il serait capable de l'éloigner de cette pièce et de l'empêcher ainsi de faire plus de mal à son fils. Tirant brusquement Archie par le bras, Robert dit : « Allez, viens, tu vas me payer un whisky. » Archie ne bougea pas, alors Robert lui donna une grande tape dans le dos et le poussa vers la sortie. Rob me dit en partant : « Fais-lui un bandage avec l'adhésif que j'ai utilisé pour la fenêtre. » Il ajouta en fermant la porte : « Ne le laisse pas sortir d'ici. »

Les six petits frères et sœurs de Ian se tenaient, horrifiés, près de la fenêtre. Mrs. Liddle et moi portâmes Ian jusqu'au lit. Il serra les dents, émit un petit gémissement et essaya de se redresser. Je le forçai avec douceur à rester allongé, en disant : « Je pense que tu as une côte cassée. Nous allons te bander et dans six semaines tu seras complètement remis. »

Davie et Jen se glissèrent dans la pièce et, en voyant ma fille, Ian se releva brusquement. Il eut une grimace de douleur lorsqu'il essaya de poser ses pieds par terre. « Je t'en prie, Ian, reste immobile, dis-je. Tu ne feras qu'aggraver les choses si tu bouges. Davie, cours chercher l'adhésif que Papa a utilisé pour réparer la fenêtre. »

Jen avait les yeux pleins de larmes. Ni Robert ni moi n'avions jamais frappé les enfants et, en regardant Ian, Jen porta instinctivement sa main à son côté gauche, comme si elle ressentait physiquement la douleur du jeune homme. Il lui sourit, conscient de la sensibilité presque télépathique de ma fille, et lui assura que tout irait bien.

« Oh, Ian », s'écria-t-elle en se précipitant vers lui. Elle toucha l'épaule de Ian, puis son visage, à l'endroit où Archie l'avait frappé. « Pourquoi... Pourquoi... ?

– Ça va bien, Jen.

– Pourquoi... ?

– Chhhuuut...

– Pourquoi est-ce qu'il te déteste ? Comment peut-il te détester, toi ? »

Elle s'effondra, la tête sur les genoux de Ian. Il eut un mouvement pour la caresser, mais se retint, et la releva d'un geste très doux. Savait-elle à quel point il l'aimait ? Si elle avait vu son visage, elle n'en aurait pas douté. Mais elle n'était encore qu'une enfant et, même si elle lui portait une immense affection, c'était une affection toute fraternelle.

« Ian, tu ne dois pas rester ici, dit-elle d'une voix pressante, en essuyant ses larmes. Dans cet endroit horrible... horrible... horrible.

– J' peux pas partir maint'nant, Jen.

– Pas maintenant. Mais il faut que tu viennes vivre avec nous, plus tard. N'est-ce pas, Maman ? Quand nous partirons d'ici, et que le Loch Leven sera de nouveau à nous, n'est-ce pas que Ian pourra venir avec nous ?

– Bien sûr, Jenny. Mais pour l'instant, nous devons soigner ses côtes. »

Le regard de Ian alla de Jen à moi, et je souris pour lui faire comprendre que ma réponse était sincère, puis je lui retirai doucement sa chemise. Son flanc gauche était enflé et prenait déjà une vilaine teinte violacée. Je priai pour que sa côte soit seulement fêlée et pas cassée, sinon elle pourrait lui perforer le poumon.

« Tu devrais pas mettre ton père en rogne comme ça, mon garçon, dit Mrs. Liddle à voix basse. Comment qu'tu vas travailler, maint'nant ? » Ian tourna doucement le visage de sa mère, laissant apparaître une marque bleuâtre sur toute la longueur de sa joue. Elle s'écarta de lui, secoua la tête et grommela : « C'est rien... c'est rien. » Puis elle prit le bébé des bras de son fils Tommy et s'installa pour lui donner le sein. Je me mordis la langue, en me répétant que ce n'étaient pas mes affaires et qu'il valait mieux ne rien dire. Davie revint avec l'adhésif et je fis à Ian un bandage serré. Nous l'aidâmes à se recoucher, puis rentrâmes tous les trois chez nous.

Nous ne sûmes jamais vraiment ce qui s'était passé ce soir-là, sinon que Ian avait tenté de défendre sa mère. Quelle que fût l'origine de la dispute, je savais en tout cas que le problème venait d'Archie. La plupart des hommes travaillaient comme des bêtes pour que leurs fils aient une vie meilleure, aillent à l'école, se fassent une situation. Mais Archie était terrifié à l'idée que son fils puisse un jour le surpasser, non sur le plan physique – il y avait peu de chances – mais sur le plan intellectuel. Archie n'était jamais allé en classe et je me demande s'il savait lire et écrire ; en tout cas, même s'il n'était pas un imbécile, il n'aurait jamais pu rivaliser avec l'intelligence innée de Ian. Ian aurait beaucoup aimé continuer ses études et, doué comme il l'était, il serait allé loin. C'était du gâchis, un gaspillage affreux, car je craignais fort que cet esprit brillant, ces capacités exceptionnelles ne soient engloutis, jour après jour, à deux cents mètres sous terre.

Moi aussi j'étais engloutie, emprisonnée dans le

cocon que je tissais autour de moi, mais contrairement à la chrysalide qui attend patiemment la venue du printemps je luttais avec frénésie contre mon ennemi mortel, le temps. Y avait-il une vie en dehors de Glasgow ? Sans doute. J'entendais les gens s'affairer autour de moi, mais à part Ian et ma famille j'avais perdu tout contact réel avec les habitants de la maison. Je n'avais pour tout horizon que les quatre murs de notre chambre, ma machine à coudre et les robes inachevées. Ce n'est pas que les autres occupants m'aient évitée dès le début. Une douzaine de familles au moins étaient venues nous souhaiter la bienvenue, la première semaine ; beaucoup avaient apporté du pain fait à la maison et des douceurs, et j'aurais bien voulu leur rendre leur gentillesse en me montrant plus sociable. Mais le temps m'était tellement compté, entre les tâches ménagères et la couture, que je n'avais jamais le loisir de m'arrêter un instant, juste pour papoter. Je passais donc pour une bêcheuse et une snob, et bientôt je n'eus plus besoin de refuser les invitations à une pause-bavardage : elles cessèrent d'elles-mêmes.

Robert s'était lié d'amitié avec plusieurs personnes dans la maison et m'avait exhortée à en faire autant, soulignant que les femmes feraient d'excellentes couturières et que j'aurais besoin d'elles, une fois mon affaire lancée. Il avait raison : toutes cousaient, même si elles n'avaient pas le luxe de posséder, comme moi, une machine, et Robert suggéra que nous fassions une liste des meilleures couturières ; je pourrais ainsi les engager dès que j'aurais des commandes. Il me présenta Lizzy Gibbon, Meg Morison et Rachel Ferguson – selon lui celles qui cousaient le mieux et sur qui on pouvait le plus compter. Je pris, à contrecœur, une heure un après-midi pour les inviter à prendre le thé et leur expliquer ce que je voulais faire. Elles étaient toutes enchantées à l'idée de gagner un peu d'argent en plus ; même si les tâches ménagères les occupaient beaucoup, elles trouveraient quelques heures pour coudre, et leurs maris ne refuseraient certainement pas un revenu supplémentaire. Mrs. Gibbon m'affirma que je ne manquerais pas de couturières, car toutes les femmes ici avaient grandement besoin d'argent. Ma position dans la maison s'en trouva grandie, et il n'était pas rare que je découvre devant ma porte une assiette de sablés ou de gâteaux au gingembre. Leur gentillesse me touchait, et rendait plus impérieuse encore la nécessité de réussir. Je m'absorbai donc toujours plus dans ma tâche.

Le soir, Ian venait chez nous et travaillait avec les enfants : il étudiait les leçons que Jen et moi avions préparées pour lui. Je maudissais Archie Liddle de priver un garçon aussi brillant d'une éducation à laquelle il avait droit, et me jurai de payer le whisky d'Archie dès que mon affaire serait florissante, pour que Ian puisse continuer ses études.

Davie passait ses après-midi, une fois les courses faites, à la ferme de Mrs. Ruthwell : il s'occupait des animaux et donnait à manger à nos chevaux, Mitch et Kelly. Le dimanche, Robert attelait la charrette et emmenait les enfants se promener dans les collines du nord de Glasgow, plein d'amertume parce que je refusais de les accompagner. Nous nous parlions rarement, et en général avec peu d'aménité. Fini les mots tendres et les petits jeux amoureux qui donnaient du piquant à notre relation. Je le regardais souvent, par-dessus ma machine, en train de dormir ou de lire, et j'avais envie d'abandonner mon travail pour goûter un moment d'ardente volupté entre ses bras; mais ç'aurait été lui révéler que j'avais menti au sujet de ma « maladie ». Je me dis que tout irait bien une fois que j'aurais vendu mes robes, et je chassai de mon esprit la voix qui m'avertissait : tu es allée trop loin, Kate, tu l'as perdu, tu as tué votre amour... pas avec un baiser, mais avec ta folie de réussite.

« Davie, debout, mon garçon, tu vas être en retard à l'école », dis-je en m'adressant au paquet de

draps et de couvertures roulés en boule, qui était censé être mon fils.

Jen était en train de faire sa toilette dans l'évier, et Robert de mettre ses vêtements de travail. Il enfila une chaussette, jura, la retira et la jeta dans ma direction en grognant :

« Je t'ai dit que ma chaussette avait besoin d'être reprisée, Kate ! Je te l'ai dit hier soir !

– Et moi je t'ai dit d'en mettre une autre paire !

– Il n'y en a pas une qui ne soit pas trouée, bon sang ! »

Je ramassai la chaussette d'un air excédé, allai à ma boîte à couture et enfilai une aiguille. Je reprisai en vitesse la chaussette, avec l'envie de laisser des aiguilles dedans, et levai les yeux sur Jen qui passait une robe froissée.

« Mets une robe propre, Jen.

– Je n'en ai pas de propre. »

Je croisai le regard de Robert et, sans lui laisser le temps de faire remarquer que je n'étais pas allée au lavoir de toute la semaine, je lui lançai sa chaussette.

Dans quinze jours nous serions en novembre, ce qui me laissait vingt-neuf jours pour terminer mes robes. Je n'avais fait ni ménage ni lessive cette semaine, pour pouvoir me concentrer entièrement sur ma couture. Les vêtements sales étaient empilés dans un coin de la pièce, et une fine poussière noire recouvrait tout, y compris ma propre personne. J'avais les cheveux dégoûtants, je n'avais pas pris de bain depuis dix jours et mes sous-vêtements me collaient à la peau. Grâce à Dieu, on était en hiver. En été, l'odeur aurait été insupportable.

Je mis la bouilloire sur le feu, ainsi que la grande bassine pour le bain, dans l'intention de me laver après le départ des enfants. Me penchant au-dessus du lit de Davie, je soulevai les couvertures. Les cheveux du petit étaient trempés et lui collaient au visage, il était tout rouge et avait le front brûlant. La veille au soir, il s'était plaint d'avoir des vertiges et le nez bouché. Il se retourna, ouvrit les yeux puis se mit à tousser – une toux sèche et violente. Robert s'approcha du lit, regarda Dave, lui palpa la gorge et lui demanda de tirer la langue. Il avait la bouche et la gorge très rouges et irritées. Nous prîmes sa température – le thermomètre indiquait un inquiétant 40° – et Rob suggéra de faire venir un médecin. Je me mis à bafouiller, car nous n'avions pas de quoi payer un médecin, étant donné que j'avais utilisé une partie de l'argent de la semaine pour régler un entoilage, ce qui ne nous laissait que quelques sous jusqu'à la prochaine paye de Robert.

Je dis à Robert que Davie avait seulement un rhume et qu'en restant au lit un jour ou deux cela passerait. Il partit au travail à contrecœur, et Jen alla à l'école tout en se plaignant de ne pas se sentir très bien non plus. Je la forçai un peu car j'étais d'avis qu'il ne faut pas trop s'écouter. Mais elle revint à midi les joues rouges de fièvre et toute courbatue. Je la mis au lit et j'abandonnai avec colère mon travail pour m'occuper de mes deux malades. La toux de Davie empira, sa température grimpa encore. Je m'aventurai dans le couloir, où je croisai une femme qui se lamentait de ce que ses enfants étaient malades, tout comme une demi-douzaine d'autres familles de la maison.

Robert revint de la mine accompagné de Ian, et se tint anxieusement près de lui pendant que le jeune homme examinait Davie. Ian s'était procuré je ne sais comment un manuel médical qu'il connaissait presque par cœur, et tout le monde dans l'immeuble l'avait baptisé « médecin-chef ». Il tâta les ganglions du cou de Davie et sa poitrine, fit subir le même examen à Jen, puis nous fit signe, à Rob et à moi, de le suivre dehors. Une fois dans le couloir, il déclara :

« J'pense que c'est une infection virale : la grippe.

– Oh, mon Dieu !

– Tu es sûr ?

– Ils ont tous les symptômes, et elle traîne en c'moment.

– Ce n'est pas une maladie, dis-je d'un ton brusque. C'est juste un mauvais rhume. »

Tous deux me regardèrent d'un air incrédule. Robert remercia Ian, qui nous suggéra de donner aux enfants de l'aspirine et du citron pressé, puis il me prit le bras et me conduisit à notre porte. J'allais tourner la poignée lorsqu'il plaqua avec force sa main sur la mienne en grommelant :

« Je vais les emmener à l'hôpital.

– À l'hôpital ? Avec quoi ? Nos trois sous ?

– Tu sais ce qui arrive avec cette maladie, Kate ? Elle tue ! Elle peut décimer des populations entières !

– Ils n'ont pas la grippe ! Mais même s'ils l'avaient, la pire chose à faire serait de sortir dans le froid. »

J'expliquai à Robert que j'appréciais le jugement de Ian, mais que je n'étais pas d'accord avec son diagnostic. À l'appui de ma propre analyse, je lui rappelai que Jenny et Davie étaient des gamins en bonne santé, et qu'on faisait beaucoup de problèmes pour un simple rhume. Pour finir, je lui caressai le visage en affirmant : « Dans une semaine, ils seront rétablis. »

Robert me prit par les épaules, me poussa brutalement contre la porte et approcha son visage tout près du mien. Ses doigts s'enfoncèrent dans le tissu de ma robe lorsque j'essayai de me dégager. « Écoute-moi, Kate, écoute-moi bien. » Ses yeux étincelaient, je ne l'avais jamais vu dans une rage pareille. « S'il arrive quoi que ce soit aux enfants, je te considérerai comme personnellement responsable.

– Res... responsable ! Dois-je te rappeler, Robert Maclean, que si nous sommes dans cet enfer, c'est parce que c'est TOI *qui nous as amenés à Glasgow !*

– Tu aurais préféré habiter dans la charrette, et mendier ta nourriture ?

– J'aurais PRÉFÉRÉ *habiter dans* MA *maison, la maison que* TU *as perdue !*

– Ah, j'attendais ça !

– C'est la vérité ! Dis le contraire !

– Je ne peux pas dire le contraire, et tu le sais. Crois-tu que je ne regrette pas ce que j'ai fait ? Hein ? Qu'éprouve-t-on, selon toi quand on a sur le dos non pas une, mais quatre personnes ? J'aurais voulu me jeter à l'eau ! Dieu tout-puissant, cela aurait été plus facile que d'avoir à affronter le fait que j'avais quasiment tué ma propre famille ! Mais je ne me suis pas suicidé ! Je n'ai pas fui, Kate ! Je suis resté ! J'ai assumé la responsabilité...

– Et alors, qu'est-ce que tu attends ? Une médaille ? Un prix, pour avoir fait ce que N'IMPORTE QUEL *homme qui se respecte aurait fait ? Ne compte pas sur moi pour te tresser des lauriers, Robert ! Tu n'as fait que ce que tu aurais dû faire depuis le début : travailler pour gagner ta vie et subvenir aux besoins de ta famille !*

– J'ai travaillé ! Et j'ai royalement subvenu à vos besoins, durant près de treize ans...

– En faisant ce que tu aimes le mieux : en te prélassant autour d'une table de jeu...

– En me prélassant !

– En perdant jusqu'à notre dernier sou !

– Que j'avais, moi, gagné ! As-tu jamais gagné de l'argent, avec ton maudit hôtel ? Hein ?

– Non...

– Et qui a payé pour le remettre en état ?

– ... Toi.

– Oui, moi ! Et je ne le regrette pas, parce que cela t'a rendue heureuse pendant treize ans. Et c'est cela qui comptait... c'est cela qui a toujours compté... » Sa voix se brisa et ses yeux se remplirent de larmes. « ... Ce qui arrive nous dépasse toi et moi, Kate. Nos enfants sont malades, très malades. Je n'ai pas d'argent et je n'ai rien que je puisse vendre. Dis-moi, je t'en prie, Kate, dis-moi comment je peux les faire guérir ? »

Si j'avais ouvert la bouche, je me serais mise à pleurer ; je n'avais rien à lui répondre, et je le regar-

dai essuyer ses larmes et pousser d'un air las la porte de notre chambre.

Deux jours plus tard, la maison fut mise en quarantaine. Le conseil municipal, réuni en urgence, décréta la fermeture de la mine jusqu'à ce que l'épidémie soit enrayée. Deux cent vingt-deux personnes, sur les deux cent quarante qui habitaient l'immeuble, attrapèrent la grippe. Les plus durement touchés étaient les enfants et les vieillards et, trois jours après le début de l'épidémie, il y avait déjà dix-sept morts. Je me répétais à chaque instant que Jenny et Davie étaient vigoureux, et qu'ils résisteraient, mais la mort planait sur la maison, et elle se rapprochait dangereusement. L'état de Jen restait stable, mais Davie s'affaiblissait de jour en jour. Nous devions nous y mettre à deux, Robert et moi, pour le faire manger, et il était d'une pâleur mortelle. Des quintes de toux sèche et rauque secouaient douloureusement son pauvre petit corps.

Robert attrapa la maladie mais refusa de rester au lit, et soigna Davie et Jenny pendant que je continuais à coudre. Je ne pouvais pas faire grand-chose, et ce n'est pas de rester assise à côté d'eux en me tournant les pouces qui les aurait aidés à guérir. Il fallait que je termine mes robes. Si je ne les terminais pas, nous n'aurions aucune chance de sortir un jour de Glasgow.

Davie avait les joues écarlates de fièvre ; sa toux devint grasse, son souffle haletant, et Ian diagnostiqua une broncho-pneumonie, une des complications de la grippe. Robert ne disait rien de mon comportement peu maternel, mais je lisais une telle aversion dans ses yeux que je devais me retenir pour ne pas lui jeter à la figure que, si les enfants étaient malades, c'était parce qu'il nous avait amenés dans cet endroit infâme. Les soins vigilants qu'il leur prodiguait étaient une arme à double tranchant : cela me permettait de continuer à coudre, mais aggravait mon ressentiment contre lui, étant donné que j'aurais dû m'occuper de mes enfants au lieu de coudre comme une forcenée. Il allait de Jenny à Davie, changeait le linge mouillé sur leur front, les épongeait avec de l'eau froide, les rassurait gentiment en leur disant qu'il leur suffisait de dormir pour guérir... et pendant ce temps-là, je cousais... je cousais... je cousais...

La seule lumière de la pièce était la lampe à gaz posée près de ma machine à coudre. Je regardais sur le mur l'ombre de Robert penché sur le lit de Davie. Il lui caressa les cheveux, puis baissa la tête en murmurant : « Oh, Seigneur, ne me le prenez pas, je vous en prie, ne me le prenez pas. » Ses mots furent comme un couteau me transperçant le cœur, et une voix dans ma tête me cria : Il est en train de mourir. Ton petit garçon est en train de mourir. La robe à laquelle je travaillais tomba par terre ; je me levai et vins vers Robert. Posant ma main sur son épaule, je lui dis d'aller se coucher, et que je veillerais sur notre fils. Mais il secoua la tête en signe de dénégation, s'agenouilla sur le plancher et posa la tête sur le lit de Davie. Les larmes me montèrent aux yeux, m'étranglèrent, et je n'y tins plus.

J'attrapai mon manteau, le jetai sur mes épaules, sortis de la pièce en courant et dégringolai l'escalier à toute allure. Je voulais aller à la rivière, mais un policier barrait la sortie et m'avertit que personne n'avait le droit de quitter l'immeuble.

Mrs. Ruthwell. Elle avait toujours aimé Davie. Elle m'aiderait.

Je retournai rapidement dans notre chambre, griffonnai un mot pour la fermière et redescendis. Je soudoyai le policier pour qu'il le lui porte, bien qu'il fût plus de minuit, et Mrs. Ruthwell arriva quelques instants après. Elle n'avait pas d'argent, mais apportait des épinards de son jardin, un demi-rosbif et un pot de graisse. Je lui remis une de mes robes et lui demandai si elle pouvait aller le lendemain matin à la pharmacie et essayer d'obtenir de la codéine et de l'aspirine en échange de la robe. Elle accepta et je me dépêchai de remonter chez nous.

Robert écrasa la viande avec les épinards et la graisse, et nous fîmes une sorte de pâte qui n'avait pas un goût extraordinaire, mais contenait plein de vitamines. Il tint Davie pendant que je le faisais manger, mais le pauvre petit était si faible qu'il pouvait à peine avaler. J'ajoutai de l'eau à la mixture et Davie arriva à finir le bol. Je suppliai Rob d'essayer de dormir au moins quelques heures, et lui promis de ne pas quitter le chevet de notre fils. Il accepta, non sans rechigner, se dévêtit et se coucha. Je mouillai la poitrine de Davie, dans l'espoir de faire tomber sa fièvre. Il se mit à tousser si fort qu'il se plaignit d'avoir mal à l'estomac, et j'étais obligée, à chaque quinte, de tenir l'oreiller serré contre sa poitrine pour éviter qu'il n'ait des convulsions. Jen était toujours au lit, mais sa fièvre était tombée et elle n'avait plus de courbatures. Jen, comme Robert, avait par miracle attrapé une forme bénigne de la maladie. Quant à moi, j'y avais complètement échappé. Pourquoi, je préférais ne pas le savoir, de peur de rompre le charme qui semblait me protéger.

Le lendemain matin, le policier me remit deux flacons de codéine et d'aspirine que Mrs. Ruthwell s'était procurés à la pharmacie, ainsi que deux guinées. J'aurais voulu l'embrasser, mais au lieu de cela je me précipitai pour aller donner à Davie deux cuillerées à soupe de médicament. Comme il avait la gorge très enflammée, Robert dut écraser l'aspirine avec du sucre et de l'eau afin de la lui faire avaler. Nous fîmes réchauffer la mixture à la viande pour Jen et Davie, mais Jen dit qu'elle se sentait beaucoup mieux et qu'elle voulait laisser sa part à son frère.

Le 23 octobre, la quarantaine fut levée. Quarante-neuf personnes, en majorité des enfants et des bébés, étaient mortes.

Davie s'assit sur le bord du lit, se leva avec maladresse, fit trois pas en titubant et tomba dans les bras de Robert. « Marche jusqu'à ta mère, mon garçon », dit Robert en remettant Davie sur ses pieds.

Le petit s'avança en chancelant, avec un sourire si radieux que j'en eus les larmes aux yeux, et je me souvins de ce matin d'octobre, sept ans plus tôt, lorsqu'il avait fait ses premiers pas sur la terrasse de l'hôtel, au Loch Leven. Il s'écroula dans mes bras, enfouit son visage dans mon cou, et je le serrai très fort contre moi. Je le portai jusqu'à son lit, tapotai ses oreillers, et déposai un baiser sur sa joue, douce et fraîche.

Pour célébrer la guérison de Davie, Jen nous prépara un petit déjeuner royal, avec des saucisses, des œufs et des tomates grillées, et, pour la première fois depuis le début de l'épidémie, Robert me sourit.

« Joli travail, infirmière, dit-il en levant sa tasse de thé vers moi. Tu seras récompensée.

– Et toi, tu devrais te dépêcher de t'habiller. Il est presque sept heures et demie. Il ne faut pas que tu sois en retard.

– En retard pour quoi ?

– Pour la mine. Ian a dit que tout le monde doit reprendre le travail aujourd'hui.

– Je n'y retourne pas, déclara Robert en coupant sans se presser le reste de sa tomate. Dès que Davie sera sur pied, nous irons à Cromdale. Tu finiras tes robes et j'irai travailler dans une des distilleries du coin, Glenlivet ou...

– Oh oui ! s'écria Jen. Dis oui, Maman, oncle Will...

– ... vous anéantira !

– Kate...

– Je ne retourne pas à Cromdale !

– Et moi, je ne reste pas à Glasgow !

– Je ne partirai pas ! Je ne peux pas !

– Eh bien, nous voilà dans l'impasse, Mrs. Maclean. »

C'était tellement absurde ! Nous ne pouvions pas aller à Cromdale ! Nous devions rester ici ! Mes robes représentaient notre seul espoir d'avenir ! J'étais si près du but ! Je ne pouvais pas m'arrêter maintenant ! Il fallait que Robert retourne à la mine ! Je ravalerais mon orgueil et je me traînerais à ses pieds s'il le fallait.

J'envoyai Jen à l'école, mis David au lit avec deux cuillerées de codéine car sa toux persistait, et tirai les rideaux autour de lui. Puis je demandai à Robert de venir avec moi à la rivière. Il ne voulait pas laisser Davie seul mais j'insistai, et l'embrassai tout doucement derrière les oreilles. Il tenta de me repousser mais j'étais décidée, et je lui léchai et lui mordillai la nuque. « Le soleil est levé, murmurai-je en lui embrassant les coins de la bouche. Viens t'asseoir un moment avec moi. » Ses yeux se posèrent sur le calendrier et je me rappelai mon affreux mensonge lorsqu'il s'écarta de moi. Le 15 novembre était entouré de rouge, car c'était le jour où j'étais censée être « guérie » de ma fausse maladie – dans vingt-trois jours. Que pouvais je dire ? J'avais besoin qu'il retourne à la mine. Dans vingt-trois jours, ma collection serait terminée et nous pourrions quitter Glasgow, mais il ne pouvait pas abandonner maintenant. Il fallait que je trouve un moyen pour qu'il retourne à la mine.

Je défis les boutons de sa chemise, embrassai son torse et chuchotai : « Tout va bien. J'ai vu le médecin juste avant que Davie ne tombe malade, et il m'a affirmé que j'étais guérie. Je voulais te le dire... je pensais que nous aurions pu célébrer ça en passant la nuit en ville... comme nous l'avons fait au mois de juin. Et puis Davie a été malade, et... et je n'y ai plus du tout pensé. » Il jeta un coup d'œil vers le lit de Davie, guetta son souffle, puis regarda notre lit. Me pressant contre lui, je l'entraînai du côté de la fenêtre, le poussai doucement sur le lit et m'assis sur ses genoux. « Robert, j'ai tellement envie de toi. Cela fait si longtemps... prends-moi.

– Tu es sûre ?

– Certaine. »

Je finis de déboutonner sa chemise tandis qu'il retirait les épingles de mes cheveux. Il les jeta par terre, passa ses mains dans ma chevelure, débou-

tonna mon corsage et me le retira. Puis il enfouit sa tête entre mes seins, et gémit doucement en me serrant fort contre lui. Je l'écartai de moi et chuchotai :

« Après, tu iras à la mine.

– Non.

– Si. » Ma main descendit le long de son corps, atteignit les boutons de son pantalon. « Tu retourneras à la mine pendant un mois.

– Non. » Mais il faiblissait. Je le sentais déjà frémir, tous ses muscles tendus, pendant que je commençais à lui retirer son pantalon. « Oh, Seigneur, Kate... comme j'ai envie de toi. »

Je l'embrassai et nous tombâmes à la renverse sur le lit. Il me retira ma jupe, remonta mon jupon jusqu'à ma taille, m'arracha presque mes sous-vêtements. Je l'arrêtai en posant ma main sur sa poitrine et lui dis : « Tu me promets de retourner à la mine ?

– Oui.

– Promets-le.

– Oui, oui, je le promets. »

CHAPITRE 12

Posté sous la fenêtre de notre chambre, j'observais la silhouette de Kate qui allait de sa machine à coudre au fourneau où chauffait son fer, attendant que la lumière s'éteigne pour pouvoir rentrer me mettre au lit.

Il était presque trois heures du matin. Glasgow dormait. La ville était silencieuse, paisible presque. Mais même dans l'obscurité, elle était laide.

Je descendis jusqu'à la Clyde, m'assis au bord et contemplai les eaux troubles. Elles scintillaient sous la lune, mais cela n'avait rien à voir avec le chatoiement argenté de la rivière qui longeait notre maison au Loch Leven. La Clyde avait un aspect huileux et blanchâtre ; on aurait dit qu'elle charriait des écailles de poisson mort. Et l'odeur nauséabonde qui s'en dégageait rendait presque irrespirable le brouillard qui planait au-dessus de l'eau. Et pourtant elle me faisait signe : viens, viens noyer tes soucis, tes malheurs, ton âme douloureuse, viens... viens te noyer en moi.

Dieu, qu'elle était froide ! Elle ne devait pas faire plus de cinq degrés. Dans un mois, nous aurions de la neige. De la neige noire, à cause de la poussière de charbon.

Je me relevai et me dirigeai vers la ferme de Mrs. Ruthwell et l'étable où nos chevaux partageaient une stalle. Il ferait chaud – enfin, plus chaud – dans la grange et, si quelqu'un me demandait ce que je faisais à traîner dans les rues, par une nuit lugubre et glaciale, je pourrais toujours dire que j'étais venu vérifier si les chevaux allaient bien. Je jetai un dernier coup d'œil derrière moi : la lumière était toujours allumée. Je décidai de seller Kelly et de me promener du côté du sud pendant environ une heure. Ou peut-être d'aller jusqu'à l'Angleterre. La Manche était propre. Je serais capable de m'y jeter.

Depuis une semaine, c'était tous les soirs pareil : je quittais la mine, j'allais au pub, puis je marchais jusqu'à ce que la lumière de notre chambre s'éteigne. Kate et moi n'avions pas échangé une parole depuis le matin où j'étais retourné à la mine. Ce jour-là, elle s'était levée, habillée, m'avait tendu mes vêtements de travail et mes galoches, et elle avait attendu... elle avait attendu que je tienne ma *promesse.* Pas un mot n'avait été échangé. Pas un. Non parce qu'il n'y avait rien à dire, mais parce que nous savions tous deux que les mots seraient comme des couteaux que nous nous lancerions, et qui mettraient en lambeaux le peu qui restait de nous.

Je m'approchai de l'entrée de la grange, et m'arrêtai en entendant des voix d'hommes. Je ne comprenais pas ce qu'ils disaient, mais les chevaux piaffaient et, au moment où je compris que ces types étaient en train de voler Mitch et Kelly, je reçus un grand coup derrière la tête et tombai à genoux. *Le fusil. Rampe et cours à la maison chercher le fusil.* L'homme était sur moi, maintenant ; c'était un grand costaud à l'air méchant, qui tenait à la main un tuyau de plomb. Bondissant sur lui, je lui enserrai les genoux avec mes bras, le fis tomber, et tentai de lui arracher le tuyau, tandis qu'un de ses compagnons accourait vers nous. Je réussis à m'emparer du tuyau de plomb, frappai mon agresseur à la tempe jusqu'à ce qu'il s'écroule, puis me relevai et me trouvai face à l'autre homme. Je reculai vers l'entrée de la grange, espérant l'attirer à l'extérieur. Il me suivit tout en fouillant dans ses poches, et je compris qu'il cherchait son pistolet. Visant sa tête, je lançai le tuyau de toutes mes forces, mais l'homme se baissa vivement et je le manquai d'un cheveu. Maintenant désarmé, je cherchai quelque chose, n'importe quoi, un râteau ou une houe, mais il n'y avait rien à portée de ma main, et l'homme était désormais à moins d'un mètre de moi.

« À genoux, mon pote ! ordonna-t-il en pointant son arme sur moi. Mains derrière la tête ! »

Je ne bougeai pas et il répéta son ordre, le doigt sur la détente. Je jetai un coup d'œil en direction de notre chambre ; la lumière était toujours allumée.

« T'es sourd, ou quoi ? J'ai dit : à genoux, et fais tes prières.

– Ce sont mes chevaux.

– C'était. Mets-toi à genoux.

– Les voleurs de chevaux, on les pend.

– Si qu'on les attrape. On s'f'ra pas attraper. Mets-toi à genoux.

– Non.

– Comme tu voudras. »

Je fus surpris qu'il n'insiste pas, puis je compris : il attendait que le troisième larron ait fini de seller les chevaux. Une fois qu'ils seraient prêts à partir, il me tuerait.

Une étrange sensation me saisit. C'était presque du soulagement. Jusqu'à ce que je pense aux enfants et imagine leur tête lorsqu'ils me retrouveraient, au matin. D'un seul coup, je n'eus plus envie de mourir, pas de cette façon, à la merci d'un voleur de grand chemin. Je regardai autour de moi, cherchant une issue. J'entendis un gémissement. Le type que j'avais frappé revenait à lui et secouait la tête. Il se releva avec un grognement, m'aperçut et chargea comme un forcené. Il me fit tomber à terre et me bourra de coups de pied. L'homme au pistolet se mit à crier, et lui dit d'aller aider l'autre à seller les chevaux, mais le type était fou de rage et s'acharnait sur moi Sa botte m'atteignit juste au-dessus de l'oreille ; je vis trente-six chandelles, sentis un filet de sang chaud couler dans mon cou et une douleur aiguë me transperça le cuir chevelu. Je n'y voyais plus très clair et c'est dans une espèce de brouillard que j'essayai de me relever.

« Laisse-le, John ! Va aider Tom avec les ch'vaux !

– C'connard a voulu m'bousiller...

– Finis d't'occuper des ch'vaux ! »

Le dénommé John m'envoya un dernier coup de botte, cette fois dans le dos, et je tombai en avant, le visage dans la boue. Je relevai la tête pour essayer de voir l'homme au pistolet ; il amorça son arme au moment où le nommé Tom criait qu'ils étaient prêts. Le bandit me sourit, me dit : « Sans rancune », et je fermai les yeux.

Le bruit de la balle qui explosait envahit la grange, et je m'étonnai de ne rien ressentir, de ne pas avoir mal. Ouvrant les yeux, je vis l'homme devant moi s'affaisser doucement. Derrière lui se tenait Kate, le canon du fusil qu'elle portait encore fumant. Elle rechargea, visa dans ma direction, me dit : « Ne bouge pas », leva le canon juste au-dessus de ma tête et tira. Celui qu'elle avait atteint poussa un cri, et le troisième voleur tomba à genoux en la suppliant de ne pas tirer. Mrs. Ruthwell accourut avec un fusil de chasse, et brusquement tous les habitants de notre maison se retrouvèrent dans la rue. Ian arriva avec plusieurs policiers qui interrogèrent Kate, puis moi, passèrent les menottes aux deux bandits et demandèrent à Kate de se rendre le lendemain matin au commissariat pour faire une déposition. Ils m'aidèrent à me mettre debout et me proposèrent de m'emmener à l'hôpital, mais je leur dis que ce n'était pas nécessaire, et je me dirigeai vers la maison.

Jen et Davie accoururent vers moi ; Jen mit ses bras autour de ma taille et enfouit son visage contre moi en pleurant.

« Elle les a tués ? s'enquit Davie. Maman a tué les voleurs de chevaux ?

– L'un d'eux, oui. L'autre est blessé au genou. » Je caressai Jen sur la tête et me penchai sur elle en disant : « Là, ma chérie... chhhuuut, ne pleure pas. C'est fini, maintenant.

– Seigneur, regarde ta tête, s'écria Davie. Qu'est-ce qui s'est passé ?

– J'ai reçu des coups de pied. Jen, je t'en prie, ne pleure pas. Je t'en prie. Je vais bien, et ta mère aussi. » Mais plus j'essayais de la rassurer, plus elle pleurait. Ma tête saignait beaucoup et je commençais à avoir le vertige ; je tendis la main vers Davie pour me retenir, et Jen se mit à gémir : « Il te tuera... cet endroit... il nous tuera tous... »

Était-ce le sang que j'avais perdu ou les paroles de ma fille qui m'ôtèrent mes forces, mais je tombai et Jen tomba en même temps, le visage contre moi, secouée de sanglots. Davie appela sa mère et Ian, qui accoururent. Kate insista pour que j'aille à l'hôpital mais je secouai la tête, berçai doucement Jen et dis :

« Tu es aussi habile avec une aiguille qu'avec une carabine, Aoife. Tu me recoudras.

– Je l'f'rai, proposa Ian.

– Aoife le fera. N'est-ce pas, Aoife ? Aoife est capable...

– Cesse de m'appeler comme ça !

– Mais tu es Aoife. Ma guerrière. Quel tireur – pardon, quelle tireuse – d'élite, Aoife !

– Aide ton père à rentrer, Davie...

– Tu connais l'histoire d'Aoife, Ian ?

– Aye. On f'rait bien d'vous ramener avant...

– Alors tu connais l'histoire de Cûchullin, le chien de Culann. Mais connais-tu l'histoire du chien d'Aoife...

– Ça suffit, Robert ! Davie, aide-moi à le relever. Jenny, debout, va mettre de l'eau à bouillir. »

Kate allait prendre le bras de Jen, mais je lui donnai une tape pour l'en empêcher et criai : « Laisse-la tranquille ! » puis je soulevai les cheveux qui couvraient le visage plein de larmes de ma fille et murmurai : « Chhhuuut... il faut que tu sois forte, mon ange... forte pour nous deux. Sèche tes larmes. » Je lui caressai la joue jusqu'à ce qu'elle se calme, puis la fis lever et tendis la main à Ian pour qu'il m'aide à me remettre debout. Kate m'attrapa l'autre bras mais je m'écartai d'elle en grommelant : « Retourne à tes robes ! Tu es en train de perdre ton temps, Aoife ! » Elle recula, puis se dirigea vers la maison.

Au moment où nous arrivâmes en haut de l'escalier, Kate avait mis l'eau à chauffer et débarrassait la table de ses affaires de couture. Elle pressa les enfants de retourner se coucher, tira les rideaux de leurs lits, malgré l'insistance de Davie qui voulait voir Ian opérer, et leur dit de dormir. Ian mit dans la bouilloire les ciseaux de Kate, une grosse aiguille et une bobine de fil, puis réclama mon rasoir.

« Pour quoi faire ?

– J'dois vous raser autour d'l'oreille.

– Le diable si tu...

– Robert...

– Tu n'as pas quelque chose à repasser, Aoife ? »

Ignorant ma remarque, elle prit mon rasoir sur l'évier et le plongea dans la bouilloire pendant que Ian se lavait les mains. Je retirai ma veste et ma chemise tachées de sang, m'épongeai la tête et sentis le morceau de peau qui pendait au-dessus de mon oreille.

« J'ai b'soin qu'vous t'niez la peau en place pendant que j'couds, dit Ian à Kate. Vous pouvez l'faire ?

– Oui.

– Aide médicale, tireur... tireuse d'élite, voilà seulement deux des talents de ma chère épouse.

Elle est aussi une actrice remarquable. La future Sarah Bernhardt. Tu devrais la voir. Son répertoire est illimité...

– Mr. Maclean, assoyez-vous et...

– ... illimité. Elle sait jouer avec une tristesse pathétique la femme qui ne peut plus enfanter. Mais son interprétation de l'épouse souffrante...

– Ça suffit, Robert!

– ... d'un mineur paillard...

– Bon...

– ... n'est rien, comparée au rôle de la séductrice, enjôleuse, ensorceleuse, ardente, passionnée...

– Ça suffit!

– Mais les qualités de ma femme en matière de chirurgie dépassent de loin son talent d'actrice! Elle est capable de castrer un homme sans couteau ni scalpel! Elle te coupe les couilles, hop! et tu ne sens rien, jusqu'à ce que...

– Ça suffit!

– Bon sang, oui, ça suffit, Aoife!

– Appelle-moi encore une fois comme ça, et je jure devant Dieu que je... je te...

– Tu me frapperas? Vas-y!

– Mr. Maclean, j'crois que...

– Vas-y, Aoife, tire à vue de nez... »

Elle se rua vers moi et Ian l'arrêta au moment où je me levais : je lui dis de la lâcher. Ian regarda Kate, me regarda, et hocha la tête en disant : « J'veux pas m'mêler de c'qui me r'garde pas, mais si on vous r'coud pas, Mr. Maclean, vous allez perdre tout vot' sang.

– Bien, marmonna Kate.

– Tu es embêtée parce que tu t'es trompée de cible, Aoife!

– Bon sang, oui!

– Écoutez, insista Ian, s'interposant à nouveau entre nous. Est-ce que vous pourriez pas, tous les deux, r'mettre ça à plus tard? »

Mais ni Kate ni moi ne l'entendîmes. Je fis un

pas vers elle et elle m'envoya son poing dans l'estomac avec une telle force que je tombai contre la table. Je lui saisis le bras mais, de l'autre, elle me frappa au visage. Elle devint hystérique, et me tapa de son poing droit tandis que je serrais le gauche de plus en plus fort, jusqu'à ce qu'elle tombe à genoux en criant. Je la lâchai car j'eus peur de lui avoir brisé le poignet, et elle se mit à m'envoyer des coups dans les jambes, tout en tenant son poignet gauche replié contre sa poitrine. Ian essaya de l'arrêter, mais je lui intimai l'ordre de ne pas intervenir et levai la main pour frapper Kate, lorsque je me retrouvai face à face avec Jen. Sa bouche s'ouvrit toute grande mais aucun son n'en sortit. Ce n'était pas nécessaire. L'horreur qui se lisait sur son visage suffit à me retenir. Je laissai retomber ma main tandis que Kate me martelait les jambes, maintenant complètement insensibles. Je tombai en arrière contre la table, où je m'assis, pendant que Jenny attrapait sa mère par l'épaule pour la séparer de moi. Kate se débattit et continua d'envoyer des coups, jusqu'à ce qu'elle remarque le visage de sa fille.

« Arrêtez ! fit Jen. Vous êtes en train de devenir des sauvages, tous les deux ! » Elle se tourna vers moi en criant : « Tu l'as blessée... tu l'as blessée ! » Puis elle se laissa tomber à côté de sa mère et se mit à la secouer. « Tu as tiré sur un homme ! Tu l'as tué ! Qu'est-ce qui t'arrive ? Qu'est-ce qui nous arrive à tous ? »

Ni Kate ni moi ne fûmes capables de lui répondre.

« C'est cet endroit... c'est cet endroit... il nous tuera tous... tous. »

Davie regarda avec stupéfaction le poignet rouge et enflé de sa mère, puis me dévisagea, et on aurait dit quelqu'un qui vient de voir écorcher vif un animal. Si je n'avais pas brisé en mille morceaux le poignet de Kate, il devait en tout cas être fêlé... et elle devait avoir mal. Je fis un signe à

Davie ; il alla vers sa mère et lui demanda à voix basse de le suivre. Il l'aida à se relever, l'emmena dans le couloir comme s'il guidait une aveugle, et referma la porte derrière eux.

Ian s'approcha de moi, mais je hochai la tête en désignant la porte et dis :

« Bande-lui d'abord le poignet... je crois que je le lui ai cassé.

– J'm'en occuperai après. Faut vous r'coudre avant qu'vous perdiez tout vot' sang. »

Jenny se tenait là, perdue, effrayée et, au moment où je la regardai, ses mains cherchèrent quelque chose où elle pût s'appuyer.

« Jen, va avec Dave et ta mère », dis-je en sentant monter une envie de vomir, sans savoir si c'était à cause du sang que j'avais perdu ou de la scène grotesque à laquelle nous venions de nous livrer, ma femme et moi. « Va, ma chérie. Je t'appellerai quand Ian aura fini.

– Ian ne peut pas le faire tout seul. Je l'aiderai.

– Non.

– Ton papa a raison, Jen. Tu dois pas rester ici. Va avec ta maman et Dave. Ton papa va m'aider.

– Je veux faire quelque chose... j'ai *besoin* de faire quelque chose. »

Ian et moi détournâmes le regard. La souffrance qu'exprimait le ravissant visage de Jen était insoutenable. J'acquiesçai d'une voix faible, puis je m'assis et retirai ma ceinture ; je mordis dedans pour ne pas crier lorsque l'aiguille me traversa la peau, et j'attendis que Ian finisse de me recoudre.

Si seulement les déchirures de notre relation avaient pu se recoudre aussi aisément, peut-être les choses auraient-elles été comme avant entre nous. Mais le lendemain, c'était Halloween, nuit de divertissement pour tout un chacun... sauf pour moi. Halloween, c'était la nuit où les morts venaient se mêler aux vivants.

Je retournai à la mine – bien que Ian m'affirmât que tout le monde était au courant de ma mésaventure et que le porion me donnerait ma journée – en partie parce que, si je ne travaillais pas, on me retiendrait un jour de salaire. Et surtout, parce que j'avais peur de me retrouver seul enfermé toute la journée avec Kate ; je craignais que, sans personne pour nous retenir, nous ne nous entre-tuions.

Je passai la journée dans une humeur particulièrement noire, redoutant ce que la nuit apporterait, mais tout le monde autour de moi avait l'air si joyeux que, lorsque je revins à la maison, un peu de la gaieté ambiante m'avait envahi. Et, pour la première fois de ma vie, je cessai d'appréhender cette nuit maudite et décidai au contraire d'en jouir, de m'évader dans le chant et la danse, de remplir mes veines de whisky, et d'être heureux.

Les habitants de la maison préparaient une immense fête ; les femmes cuisinaient depuis plusieurs jours, et tout le monde avait donné cinq shillings pour le whisky et la bière. Des feux de joie avaient été allumés dans tout Lamb Street, et Mrs. Ruthwell avait prêté un de ses champs pour qu'y soient installées les tables et les chaises que chaque famille apportait de chez elle... chaque famille sauf les Maclean, car la table des Maclean croulait sous le matériel à couture de Kate. Pour permettre aux gens de faire la fête à l'intérieur comme à l'extérieur, chacun laissait sa porte ouverte... chacun sauf les Maclean puisque Kate n'avait pas daigné participer aux festivités. Les jeunes gens de la ville, revêtus de déguisements bizarres, le visage masqué, frappaient aux portes et demandaient en contrefaisant leur voix : « S'il vous plaît, pour les masques, et je vous chanterai une jolie petite chanson », et on leur donnait des friandises. C'était aussi l'occasion de faire des blagues et des farces sans méchanceté, comme d'obstruer les cheminées ou de démonter les portes d'entrée. Enfin, il y avait les séances de divination, où l'on cherchait, par toutes sortes de moyens, à savoir qui épouserait qui et comment tournerait le mariage, bien ou mal. La méthode réputée la plus efficace pour connaître l'issue d'une relation amoureuse était de faire brûler des noix. Deux noix, représentant l'une le garçon, l'autre la fille, étaient jetées dans le feu. Selon qu'elles brûlaient tranquillement ensemble ou, au contraire, se séparaient violemment, on en concluait la réussite ou l'échec de la liaison.

Kate ne leva même pas la tête de sa machine à coudre lorsque j'entrai dans la pièce. Je pris un bain rapide, m'habillai et sortis à la recherche des enfants.

Quelques couples dansaient autour d'un feu, un des nombreux feux allumés pour procurer lumière et chaleur et non pour brûler les sorcières, comme à l'origine. Harry Gibbon était au violon et Walter Ferguson à la cornemuse. Ils m'invitèrent à me joindre à eux et, en désignant ma tête bandée, m'avertirent que, si je refusais de danser le quadrille, ils enverraient les farfadets me scalper le côté gauche. J'éclatai de rire, fis tournoyer Meg Morison avant de l'amener dans les bras de son mari, puis me hâtai d'aller retrouver Archie Liddle qui se tenait un peu plus loin, en compagnie de quelques autres hommes que je connaissais.

Ils étaient plongés dans une discussion politique, et Henry MacKenzie poussait à la grève. Archie me tendit une chope de whisky tout en me donnant une grande tape dans le dos et en faisant une plaisanterie au sujet des Indiens qui avaient envahi Glasgow la nuit précédente, puis il se tourna vers Henry et dit :

« Ils nous tiennent par les couilles, les salauds, et ils le savent : on fait grève, on bouffe pas.

– Mais combien d'temps encore on va les laisser nous traiter comme des bêtes ? R'garde la maison, Archie. C'est pas des pièces où on vit, c'est des cages. Bon Dieu, quand ils ont construit, ils savaient bien qu'on n'était pas célibataires, mais pères d'famille. On a tous des mômes. R'garde, toi, vous êtes à neuf dans une seule pièce. C'est honteux.

– Pourtant, t'y es toi aussi, mon gars.

– Mais on d'vrait pas y être. On a tous droit à un logement décent. On d'vrait tous avoir un appart'ment avec au moins deux chambres. Ça s'rait normal.

– *Aye.* Va trouver Heilding et dis-lui. Tu verras.

– Un homme seul peut pas, Archie. Faut qu'on soye tous ensemble.

– Ce qu'il faut, c'est une organisation au plan national », dis-je, incapable de garder plus longtemps le silence, malgré la voix qui me soufflait : *tu t'engages dans quelque chose qui te dépasse.* « Pas seulement notre mine. Il faut que tout le pays fasse grève le même jour, à la même heure. Il faut paralyser l'industrie.

– Ils f'ront v'nir les briseurs d'grève irlandais.

– Ces salauds travailleraient pour une d'mi-patate...

– Ta gueule, Henry, Robbie est à moitié irlandais.

– Les Irlandais sont dans la même situation que nous. Les choses vont mal partout. Une grève nationale obligerait les propriétaires des mines à négocier.

– Négocier, mon cul! Souviens-toi d'94. Seigneur Dieu, jamais j'veux subir ça une aut' fois. On tombait comme des mouches. J'ai perdu mon plus p'tit, l'premier fils de May. Non, m'sieur, comptez pas sur moi. »

Je faillis lui répondre qu'il aurait peut-être tenu un autre discours s'il n'avait pas eu un fils qui, au lieu d'être à l'école, travaillait pour lui payer son whisky; mais, réflexion faite, je préférai changer de sujet. Encore un peu, et j'aurais proposé de conduire une délégation et d'organiser une grève nationale. Au lieu de cela, je remplis ma chope et demandai si on avait vu les enfants.

« Tu vois tout c'monde autour du feu, près d'la

grange, Rob ? Eh ben, tu vas la trouver là, ta Jen, avec la moitié des gars du coin qui tirent une langue d'trois kilomètres d'long et qui ont qu'une envie, c'est d'brûler leurs *noix* avec elle. » Il avait dit cela d'un air cynique qui ne me plut pas et je le remis en place en lui rappelant qu'il parlait de ma fille. « Aye, Rob, la belle de Glasgow. Au fait, puisqu'on parle du beau sexe, où c'est qu'est ta moitié ?

– En train de coudre.

– Sacré coup, quand même. Bon Dieu, c'est toi qui lui as appris à tirer ?

– Non. Tu as dit que Jen se trouve où ?

– T'as qu'à suivre les gars, Rob... les gars t'mèneront à elle. »

Je me dirigeai vers la ferme, et acceptai avec plaisir le bon bol chaud que m'offrit May Liddle : un bol de *sowens*, le traditionnel dîner de Halloween, fait de bouillie d'avoine et de beurre. Kate n'aimait pas May, et j'en étais désolé car je savais à quel point Ian aimait sa mère ; Archie la battait avec une régularité inquiétante, presque tous les samedis soir, quand il était soûl. C'était un autre point noir dans mes relations avec lui : sa brutalité, et le fait qu'il empêchait Ian d'aller à l'école. Pourtant, à jeun, Archie était un homme jovial, chaleureux, que tout le monde aimait bien. J'espérais qu'il finirait la soirée dans le lit de Molly, la serveuse du pub, plutôt que dans celui de sa femme.

Davie était avec Ian et regardait Alison jeter sa noix dans le feu à côté de celle de Ian. La noix sauta et vint rouler aux pieds de Davie, et Alison insista pour qu'ils répètent l'opération. Davie lui dit en riant que c'était la huitième fois que sa noix refusait de rester tranquillement avec celle de Ian, et qu'elle ferait mieux d'essayer avec quelqu'un d'autre.

« Davie Maclean, répondit-elle d'un ton irrité. C'est toi qu'as trouvé mes noix, et t'as fait exprès d'en prendre des qui sont mangées à l'intérieur par les vers. Va en chercher d'aut'. » Elle chuchota quelque chose à l'oreille de Ian qui hocha la tête puis, m'apercevant, la repoussa gentiment.

« Comment qu'va vot'tête ? demanda-t-il lorsque je m'assis en face de lui.

– Très bien, merci, docteur Liddle. Tu as vu Jen ?

– Non. » Pressant doucement la jambe d'Alison, il pria la jeune femme d'aller lui chercher une autre bière, et la regarda s'éloigner. Lorsqu'elle fut hors de portée de voix, il dit :

« J'étais en train de m'dire que j'devrais aller la chercher. C'est pas une nuit à s'promener toute seule.

– Elle est énervée à cause des noix, déclara Davie.

– Que s'est-il passé avec les noix ?

– Ian a jeté la sienne à côté de celle de Jen, et elles ont sauté ensemble. »

Ian me jeta un coup d'œil et décocha un regard à Davie.

« C'est juste un charme... ça veut rien dire.

– Bien sûr que si, riposta Davie. Ça veut dire que vous allez vous marier. C'est pour ça qu'Allie est fâchée.

– Davie, cours voir si tu trouves ta sœur. »

Nous le regardâmes partir à toute allure et je m'efforçai de trouver des mots qui décourageraient Ian sans le blesser, parce que j'aimais bien ce garçon, sincèrement.

« Je pense que nous savons tous les deux que Jenny n'appartient pas à ce milieu, Ian.

– Aye. »

Je me levai, posai ma main sur son épaule et ajoutai :

« Toi non plus, mon garçon. »

J'avançai de deux pas, il se leva, me fit face et dit :

« Je s'rai pas toujours mineur.

– Je le sais. »

Il acquiesça d'un signe de tête, me salua en portant la main à sa casquette et s'éloigna. Je le suivis des yeux et j'éprouvai une sensation très étrange : j'eus l'impression qu'il était beaucoup plus sage que moi, beaucoup plus fort, qu'il ferait beaucoup de chemin dans la vie... et qu'un jour il épouserait ma fille.

Il y avait un petit bosquet à l'autre extrémité du champ, et je traversai la foule des gens qui chantaient, dansaient, s'amusaient, certain que là-bas, dans l'ombre, je trouverais Jen.

Elle était assise sur une souche, le dos tourné à la fête. Lorsque je m'assis près d'elle, elle me prit la main et la posa contre sa joue, froide et encore humide de pleurs.

« Tu te souviens du dernier Halloween ? soupira-t-elle en passant ma main sur son visage. Tu nous avais emmenés à Londres et tu nous avais acheté un chapeau neuf, à Maman et à moi. Ensuite, nous sommes allés voir un ballet à Covent Garden, et après tu nous as emmenés dîner à la Tour Blanche. » Ses larmes inondaient ma main, alors je lui tapotai doucement la joue, la serrai contre moi, et mis ma veste autour d'elle pour qu'elle n'ait pas froid. « Dans quatre mois, nous serons en février et tu avais promis... tu avais promis que nous passerions le mois de février à Paris... tu te souviens, Papa ?

– Oui.

– Nous n'irons pas, n'est-ce pas ?

– Pas cette année.

– Et l'année prochaine ?

– Je ne sais pas.

– C'est si affreux, ici... si *affreux*... »

Je soupirai et ne trouvai rien d'autre à dire que : « Je suis désolé, Jen. Désolé de vous avoir amenés ici, tous les trois. Désolé d'avoir perdu le Loch Leven. Désolé... » S'écartant de moi, elle posa un doigt sur ma bouche, hocha la tête et dit : « Non.

Personne ne te fait de reproches. Il n'y avait pas d'autre travail. Nous étions obligés de venir à Glasgow. C'est seulement que ce soir j'ai eu soudain tellement peur. Je n'ai pas arrêté de penser : et si nous ne partions jamais. Si Maman ne finit pas ses robes et si nous ne partons jamais d'ici. Alors, je serais obligée de vivre ici et...

– Et d'épouser Ian ?

– Non ! Je n'épouserai jamais Ian ! Je n'épouserai jamais un mineur ! Quelle idiotie de... de brûler des noix ! Comme si une noix pouvait prédire l'avenir ! Moi, ce que je peux prédire, c'est l'avenir de Ian Liddle : il sera OBLIGÉ d'épouser Allie Graham.

– OBLIGÉ ? Pourquoi, OBLIGÉ ?

– Oh, Papa, je ne suis plus une enfant ! Tout le monde sait ce qu'il fait avec Allie dans la grange de Mrs. Ruthwell ! Dieu du ciel, il sera sans doute père avant l'âge de seize ans ! »

Je faillis tomber à la renverse, tellement j'étais stupéfié qu'elle soit au courant de ces choses-là, et je fus soudain pris de panique à l'idée qu'elle pouvait avoir appris tout cela de première main. En voyant ma tête, elle sourit et dit :

« Oh, ne sois pas stupide, Papa. Il ne m'a jamais touchée.

– Est-ce qu'il...

– Non, et s'il le faisait, il prendrait ma main sur la figure.

– Alors, pourquoi étais-tu si contrariée, quand vous avez fait brûler vos noix ensemble ?

– Parce que... parce que...

– Parce que tu l'aimes.

– Non... mais...

– Tu pourrais l'aimer. Tu *l'aimerais*... s'il n'était pas mineur.

– Non... Je ne sais pas. Ce que je sais, c'est que j'ai eu affreusement peur parce que... parce que c'est ce qui arriverait si nous ne partions pas d'ici : j'épouserais Ian. Tu imagines ce que serait ma vie ?

Pareille à celle des Liddle, à la tienne et à celle de Maman. Une vie horrible, cruelle, une vie si misérable qu'on n'a même pas assez d'argent pour manger correctement ou avoir une chambre à soi, et on finit par se détester, comme toi et Maman. Et c'est cet endroit affreux qui vous a séparés... qui vous a tués... qui a tué votre amour. Et c'est pareil pour tous ceux qui vivent ici, tous. Ils battent leur femme et leurs enfants, ils finissent par les haïr... comme toi. Tu hais Maman, et bientôt tu nous haïras, Davie et moi.

– Je ne hais pas ta mère, Jen, et...

– Si. Tu allais la frapper, hier soir. Et, toute la semaine dernière, tu n'es pas rentré avant qu'elle soit couchée – je t'ai vu, tu attendais près de la rivière –, tu attendais que Maman éteigne la lumière, parce que tu la détestes tellement que tu avais peur... tu savais que tu la frapperais si vous vous disputiez. Et c'est ce qui est arrivé. Tu l'as blessée. Tu lui as presque cassé le poignet. Et je suis sûre que si nous n'avions pas été là, vous vous seriez entre-tués.

– J'aime ta maman plus que tu ne peux le savoir, ma petite fille.

– Tu L'AIMAIS. Tu veux dire que tu L'AIMAIS. Mais tu ne l'aimes plus, parce que personne ne peut aimer, dans cet endroit abominable. Ici, tout le monde devient méchant, cruel, haineux. Les gens deviennent des animaux, pire même, ils deviennent des sauvages. Maman a tiré sur deux hommes, elle en a tué un. Papa, tu ne vois donc pas que cet endroit nous enlève tout ce que nous avons de bon, et fait de nous des barbares sans cœur ? Cet endroit nous tue, tue l'amour en nous et ne laisse que la haine. »

Que pouvais-je dire ? Comment apaiser ses craintes, qui n'étaient que trop fondées, et présageaient un avenir sombre, un avenir si sombre que j'aurais voulu me coucher par terre et mourir. Tout ce qu'elle venait de dire était vrai – et ne l'était pas. J'aimais Kate... encore.

Je me mis debout, relevai Jen et la conduisis auprès de May Liddle en promettant de revenir dans un instant, avec Kate.

Lorsque j'ouvris la porte, Kate était en train de repasser. Elle leva la tête mais n'eut pas un sourire en me voyant. Je posai près du fourneau le bol de *sowens* que je lui avais apporté, en disant : « En gage de réconciliation.

– Je n'ai pas faim. »

Mes yeux se portèrent sur son poignet gauche, enveloppé dans un morceau de soie provenant de la robe à laquelle elle travaillait en ce moment, et je grimaçai en me rappelant avec quelle violence je l'avais empoignée, le soir précédent. Je tendis la main vers elle et fis un pas dans sa direction, mais elle recula et, brandissant le fer comme une massue, s'écria :

« Ne me touche pas.

– Je veux juste jeter un coup d'œil à ton poignet. Il est peut-être fracturé.

– Il va bien.

– Laisse-moi regarder...

– Je te dis qu'il va bien ! Sors et laisse-moi travailler.

– J'ai promis à Jen que je ne reviendrais pas bredouille.

– Eh bien, prends ça », dit-elle d'un ton hargneux en me fourrant le bol de *sowens* dans l'estomac.

Je lançai le bol dans l'évier, il se brisa et Kate sursauta. J'avançai vers elle. Elle me menaçait toujours avec le fer, mais je continuai d'avancer lentement jusqu'à ce qu'elle se retrouve dos au mur. Alors elle ferma les yeux, reposa le fer sur le fourneau, et éclata en sanglots. Le cœur transpercé par ce spectacle, je fermai les yeux à mon tour, puis je pris Kate dans mes bras et la tins contre moi. Son corps se mit à trembler, elle secoua la tête, et dit en gémissant qu'il fallait qu'elle finisse, sinon nous allions mourir.

« Tu finiras. Je t'aiderai.

– Tu ne peux pas... il faut que tu travailles...

– Sors avec moi ce soir, et demain je t'aiderai. Nous t'aiderons tous. Davie et Jen, et je demanderai à Ian, aussi.

– Je ne peux pas...

– Kate, tu es épuisée. C'est trop. Regarde ce qui s'est passé hier. Nous avons tous besoin de nous arrêter, ne serait-ce qu'un soir, nous arrêter et vivre un peu. Accorde-toi un moment de repos. Viens t'amuser avec moi, boire et rire. Je ne t'ai pas vue rire depuis que nous sommes ici. Nous avons besoin de rire, nous en avons besoin l'un comme l'autre.

– Il faut que je finisse.

– Oui, mais pour pouvoir finir, tu dois t'arrêter, parce que tu es en train de t'éreinter. Arrête-toi, cela ira mieux après. Demain nous nous lèverons tôt et nous travaillerons tous ensemble. Nous allons changer de conduite, Kate, et conclure un pacte : tous les samedis soir, nous ferons la fête, quoi qu'il arrive, et le dimanche, nous travaillerons pour finir tes robes.

– Je ne peux pas...

– Kate, pourquoi crois-tu que les marins partent en bordée, les soldats en permission ? Pour reprendre des forces, relâcher la pression. Et quand ils se sont arrêtés, après ils naviguent mieux, ils se battent mieux. »

Elle me repoussa, secoua la tête et marmonna :

« Ne comprends-tu pas, Robert ? Je ne peux pas m'arrêter, je ne peux pas, sinon je tomberais raide morte de fatigue, et je n'arriverais jamais plus à me relever...

– Kate, je t'en prie...

– Ce sont des robes de Noël, Robert ! Si je ne les finis pas maintenant, je ne les vendrai jamais ! Tu ne comprends pas ça ? Et que ferons-nous, alors ? Je n'ai pas d'argent pour acheter d'autre tissu pour une collection de printemps. Tout ce que j'ai, ce sont ces robes, des ROBES DE NOËL !

– Chhhuuut, calme-toi...

– Me calmer ? Es-tu sourd et aveugle ? C'est ma vie qui est en jeu, ce sont NOS vies ! Soixante jours, Robert ! C'est tout ce qui me reste !

– Bon sang, Kate, tu ne vas pas mourir si tu ne finis pas ! Je gagne assez pour nous assurer le vivre et le couvert !

– Pendant combien de temps ? Tu pourras tenir encore un an ici ? Tu le pourras ? Tu pourras supporter de vivre encore un an avec moi ? Moi, je sais que je ne pourrai pas vivre un mois de plus avec toi !

– Viens avec moi.

– NON !

– Avant qu'il ne soit trop tard.

– IL EST trop tard ! » Elle me tourna le dos, reprit le fer à repasser et ajouta : « Maintenant, sors. Retourne à ton *Halloween*, à ton *sowens*, à ton *whisky*... et laisse-moi tranquille. »

Je restai planté là, craignant de faire le moindre mouvement, car il n'y avait apparemment que deux issues possibles : lui tomber dessus et la frapper, ou faire demi-tour et sortir. Dans un cas comme dans l'autre, ce serait notre perte à tous deux.

J'ouvris la porte, sortis dans le couloir, refermai derrière moi.

Jenny attendait avec May Liddle ; elle sourit en m'apercevant et chercha sa mère du regard pardessus mon épaule. Ne la voyant pas, son sourire s'évanouit, elle recula en titubant, faillit heurter Mrs. Liddle, et se mit à courir à toutes jambes en direction de la rue. Je me précipitai derrière elle en criant son nom et me frayai un chemin à travers les danseurs. Jen avait remonté Lamb Street et se dirigeait vers le centre de la ville. Soudain je la perdis de vue au milieu de la foule. Je courus à toute vitesse car, si je ne la rattrapais pas avant qu'elle n'atteigne le cœur de la cité, elle était perdue. Les rues de Glasgow grouillaient d'une faune inimaginable, ivrognes, voleurs, prostituées, prêts à s'en prendre à toute personne assez insensée pour s'aventurer dans cet enfer. J'allais droit devant moi, faisant bruyamment résonner mes pas, criant sans répit le nom de Jen, mais sans l'apercevoir nulle part. Et la peur grandissait en moi à mesure que je me rapprochais des quartiers pauvres, et que je tentais d'éviter la foule qui se pressait sur mon chemin – des résidus d'humanité, crasseux, en loques, titubants. Arrivé à une place, je m'arrêtai, essayai de deviner où Jen avait pu aller, puis m'engageai dans une allée sombre et sinistre. Et à un coin d'immeuble faiblement éclairé, tapie comme un petit animal, j'aperçus Jen. Elle avait les yeux rivés sur un tas de haillons, tout près d'elle, et tremblait de tous ses membres. Elle ne parut pas me voir et sursauta quand je la touchai, poussa un cri et continua à fixer le tas de vêtements. Secouant la tête, elle dit quelques mots inintelligibles.

« Tout va bien, Jen, tout va bien. C'est moi, c'est Papa. Chhhuuut...

– Ils...

– Chhhuuut...

– ... sont en train...

– Jenny...

– ... de le manger. Les rats... »

En regardant de plus près le tas de loques, je vis le visage d'un homme, un visage à moitié rongé, couvert de pustules, la bouche béante. Des rats gros comme de petits chiens, aux yeux noirs et luisants, s'affairaient sur le bonhomme, et l'un d'eux se mit sur ses pattes de derrière afin de nous regarder. Poussant Jen derrière moi, je ramassai un cageot vide et tapai sur le corps pour faire fuir les horribles bêtes, tout en frappant des pieds et en poussant des cris. Quelqu'un observait, dans l'allée, et je demandai qu'on aille chercher un agent, puis je pris Jen contre moi et l'empêchai de voir le pauvre homme mort. Elle tenait à peine debout et tremblait tellement que je dus la porter pour sortir de l'allée. J'attendis l'arrivée de la police, fis un signe en direction du cadavre, puis repris le chemin de Lamb Street, Jen dans mes bras.

« Non, s'écria-t-elle lorsque je pénétrai dans la maison. Je t'en prie, ne me ramène pas ici... je t'en prie, Papa... je t'en prie.

– Il n'y a aucun autre endroit où je *puisse* t'emmener, ma chérie. »

Elle se mit à sangloter, le visage contre mon cou, et la souffrance, la rage, la frustration montèrent brusquement en moi avec les larmes de ma fille. Davie et Ian accoururent en demandant ce qui était arrivé. Je me contentai de hocher la tête, et j'emmenai Jen vers la grange. Dans l'obscurité, j'entendis des soupirs de volupté et, ne voulant pas priver les occupants des lieux d'un des rares plaisirs encore possibles dans cet endroit damné, je ressortis et me dirigeai vers la rivière. Je m'assis, Jen sur mes genoux, et je la berçai jusqu'à ce qu'elle se calme. Puis je dis :

« Demain, tu iras à Mallaig avec ta mère et Dave, Jen.

– Et toi.

– Non, moi je dois partir quelque temps, six mois peut-être, le temps de gagner assez d'argent pour racheter le Loch Leven.

– Comment ?

– Ne t'inquiète pas. Sache seulement que je le ferai... d'une manière ou d'une autre. Tu sais que Mallaig n'est pas loin du Loch Leven, et tes grands-parents s'occuperont de vous...

– Non...

– Jen, écoute, écoute-moi. Nous ne pouvons pas rester ici plus longtemps. C'est impossible.

– Les robes de Maman...

– Maman les terminera à Mallaig. Elle n'aura pas à faire la cuisine, le ménage, ni rien d'autre en dehors de sa couture ; elle finira ses robes et prendra des commandes pour Noël prochain.

– Mais toi ?

– Je ne peux pas gagner assez d'argent à Mallaig pour pouvoir racheter le domaine, Jen. C'est pour cela que tu dois y aller sans moi, avec ta mère et Davie. Dans six mois, je reviendrai vous chercher et je vous ramènerai à la maison. Je le promets.

– Maman n'ira pas.

– Elle ira.

– Je la connais. Elle n'ira pas. Elle est devenue folle. Rien ne l'intéresse à part ses robes. Elle ne partira jamais d'ici.

– Elle partira », assurai-je à Jen, et j'ajoutai en silence : *Il faudra qu'elle parte.*

Jen et moi restâmes au bord de la rivière jusqu'à deux heures du matin – le temps que je la persuade de la justesse de mon plan de sauvetage –, puis nous allâmes trouver Davie, à qui j'annonçai qu'il partirait le lendemain pour Mallaig avec Jenny, et que sa mère les rejoindrait le lundi matin. Il ne fit guère de commentaires et se soumit de bon gré à ma décision. J'envoyai les enfants se coucher en leur recommandant de ne rien dire à Kate, car je voulais lui parler moi-même, puis je partis à la recherche de Ian.

Ne le trouvant pas, j'en conclus qu'il devait être avec Allie, et je profitai de ce moment pour aller emprunter une plume et du papier à Rachel Ferguson, afin d'écrire à mon père pour l'avertir de l'arrivée des enfants, puis de Kate. Je savais que j'aurais dû amener les enfants moi-même, mais je craignais la réaction de mon père et je préférais ne pas me trouver face à face avec lui. J'écrivis une lettre de douze pages dans laquelle j'expliquais tout ce que je n'avais pas dit, et que j'aurais dû dire, après la perte du Loch Leven. Dans une seconde lettre, je parlai de Ian à mon père, et lui demandai d'aider le garçon dans ses études. J'étais certain que Ian apprécierait toutes les occasions de voir Jen, et je voulais avoir l'assurance que le brillant jeune homme qui était amoureux de ma fille ne resterait pas mineur toute sa vie. Car j'étais sûr, absolument sûr, que les noix n'avaient pas menti et qu'il épouserait un jour Jenny. Six mois plus tôt, j'aurais trouvé cette idée révoltante, mais six mois plus tôt, je n'avais pas le plaisir, que dis-je : l'*honneur*, de connaître Ian Liddle, un prince parmi les pauvres.

Une fois mes lettres terminées, je les cachetai, les mis dans ma poche et partis à nouveau à la recherche de Ian. Je le trouvai assis auprès d'Allie, son bras passé autour de la taille de la jeune femme. En m'apercevant, il relâcha son étreinte, se leva, aida sa compagne à se mettre debout et lui suggéra d'aller retrouver ses amies, qui s'amusaient à tirer à la courte paille pour savoir qui arriverait vierge au mariage.

J'attendis que la jeune femme se soit éloignée mais je gardai les yeux fixés sur elle en recommandant à Ian de faire bien *attention* avec elle. Il rit et se roula une cigarette. Tirant les lettres de ma poche, je mis Ian au courant de mon plan. Il m'écouta avec attention et à la fin il demanda :

« Qu'est-ce qui vous fait croire qu'Mrs. Maclean ira d'son plein gré ?

– Rien, et c'est pour cela que j'ai besoin de ta coopération. Elle viendra te demander de l'aide, et si tu veux vraiment l'AIDER, il faudra que tu refuses et que tu la pousses à aller rejoindre les enfants à Mallaig. Il faudra que tu sois ferme, Ian. Ma femme sait être extrêmement... *persuasive*. »

Il réfléchit, et il devait sans doute se dire que ses chances de revoir ma fille seraient minces s'ils allaient vivre à Mallaig. Je lui tendis alors la lettre dans laquelle je parlais de lui à mon père. Je lui en révélai le contenu et lui rappelai que Mallaig n'était qu'à quatre heures de train de Glasgow, puis je demandai :

« Tu m'aideras ?

– Ça va pas plaire à Mrs. Maclean... elle m'en voudra.

– Tu n'as qu'à dire la vérité : ton père te prend ta paye, et tu n'as même pas un shilling à lui donner. Le loyer doit être payé lundi, et elle n'aura pas un sou.

– Elle pourrait essayer d'vendre les cinq robes qu'elle a terminées, pour payer l'loyer.

– Quatre. Elle en a vendu une quand Davie était malade, pour acheter ses médicaments, mais même avec quatre, cela lui laisserait de quoi rester quelques mois de plus ici. Elle garde les robes dans une malle que j'emporterai demain avec moi, lorsque je partirai avec les enfants pour notre *excursion* à Whitelee Forest – au fait, tu es invité –, et je l'enverrai par le train avec les enfants. Elle sera obligée de partir.

– Et vot' père est d'accord pour tout ça ?

– Je lui ai écrit une lettre que Jen lui remettra, et je lui enverrai un télégramme de la gare, demain, juste avant le départ des enfants, pour qu'il puisse aller les chercher à leur arrivée.

– Et vous, vous irez où ?

– Vers le sud.

– Londres ?

– Là où il y a de l'or, mon garçon », répondis-je avec un sourire. Nous nous serrâmes la main avant de monter dans nos chambres.

Kate et les enfants étaient endormis. Je sortis sans bruit la malle qui contenait les quatre magnifiques créations de Kate, l'emportai à la grange de Mrs. Ruthwell et l'enfermai dans le coffre de la charrette. Puis je réfléchis à ce que nous possédions d'autre, susceptible d'être vendu.

Rien. Nous n'avions rien. Elle serait obligée d'aller à Mallaig.

En me glissant dans le lit à côté d'elle, je regardai son visage à la dérobée, tout en me disant qu'il ne fallait pas que je la regarde, parce que dans son sommeil elle était paisible, elle redevenait ma belle Kate, et non plus la mégère qui m'avait émasculé. Et j'avais envie de la serrer contre moi, de l'embrasser et de lui dire à quel point je l'aimais... encore. Mais cela aurait été dangereux, j'aurais faibli ; or il fallait que je sois fort, il fallait que je les quitte, pour qu'ils puissent vivre. Je lui tournai le dos, fermai les yeux et murmurai : « Je t'aime, Kate. »

Le lendemain matin, je partis avec Ian et les enfants pour Whitelee Forest. Leur train n'était qu'à quatre heures et j'avais envie, j'avais *besoin* de passer du temps avec eux. Ils étaient accoutumés à mes absences, mais cette fois-ci c'était différent, je n'aurais pas su dire pourquoi, puisque j'avais promis d'écrire et de les tenir au courant, comme je l'avais toujours fait. Jen avait repris confiance et n'avait jamais été aussi gaie depuis que nous étions à Glasgow, et Davie commençait à trouver passionnante l'idée de vivre au bord de l'océan, quand je lui parlais des fabuleuses créatures marines vivant dans le détroit de Sleat. Tous deux avaient passé un mois avec mes parents, deux ans plus tôt ; cela leur avait énormément plu et ils seraient volontiers revenus chaque année, s'il n'y avait eu la fausse couche de Kate, puis la perte du Loch Leven.

Ian gardait le silence. Je savais que l'idée de trahir Kate ne l'enchantait guère, car il avait pour elle une immense affection et un profond respect, et il avait accepté uniquement parce qu'il comprenait la nécessité pour ma famille de quitter Glasgow. Et puis, il devait savourer ces quelques heures avec Jen, sachant qu'ensuite il ne la verrait plus qu'une fois par semaine.

Ian m'accompagna chez le forgeron qui acheta Mitch et Kelly, ainsi que la charrette, pour la somme dérisoire de vingt livres, avec laquelle je pris les trois billets de train. Les enfants pleurèrent la vente de leurs chevaux, et pleurèrent plus encore au moment des adieux. Je leur assurai que cette séparation serait temporaire et qu'ils ne verraient pas le temps passer, et je promis de revenir non seulement avec les clés du Loch Leven, mais aussi suffisamment d'argent pour nous permettre de vivre dans le luxe jusqu'à la fin de nos jours. J'embrassai Jen et lui remis la lettre pour mon père, les billets de train, et cinq shillings pour chacun au cas où ils auraient faim et voudraient acheter quelque chose à la buvette. Davie ne pleura pas jusqu'au moment où je l'embrassai ; je lui rappelai alors que ce serait lui l'homme de la maison pendant mon absence, et qu'il devrait veiller sur sa mère et sa sœur ; je lui dis aussi que, si sa mère n'était pas au train de midi le lendemain, il fallait que son grand-père aille la chercher et l'emmène, de force si nécessaire, à Mallaig. Ian serra la main à Jen et à Dave, et resta avec moi sur le quai pendant que nous regardions les enfants s'installer à leur place et coller leur visage contre la vitre. Je ne sais pas ce qui me prit, mais je me précipitai à la vitre, posai ma main dessus comme si je pouvais sentir la chaleur de mes enfants à travers, et les larmes me serrèrent la gorge. Je leur avais dit au revoir des centaines de fois, mais jamais je ne m'étais senti le cœur aussi déchiré que ce jour-là. Les lèvres de Jen formèrent les mots « Je t'aime ». Je me reculai lorsque le train démarra, et je criai : « Je vous aime... tous les deux... soyez sages... »

Et maintenant, à Kate.

Il fallait que je garde mon sang-froid, que je ne me laisse pas fléchir par ses supplications, son chantage ou ses cajoleries, car je savais qu'elle ferait tout pour demeurer à Glasgow, tant étaient grands son désespoir et son obsession. Mais il fallait qu'elle parte, et je devais être assez fort pour l'OBLIGER à partir, calmement mais fermement.

Avant même que je tourne la poignée de la porte, j'entendis la voix de Kate m'ordonnant de rester là où j'étais. Elle était en train de couper la doublure de sa cinquième robe, et c'est d'un air exaspéré qu'elle déplaça le coupon de tissu pour me laisser passer ; elle bougonna que j'arrivais trop tôt et que je devrais attendre qu'elle ait fini.

J'empaquetai quelques affaires – une chemise propre, des chaussettes, mon rasoir, un livre et mon Derringer – puis m'assis sur notre lit et attendis. Elle ne demanda pas où étaient les enfants, ne posa aucune question, et cela me confirma dans l'idée qu'elle avait perdu toute estime pour moi, et que le seul moyen de me racheter à ses yeux était de lui rendre le Loch Leven.

Une heure s'écoula ; je l'observais tout en repassant dans ma tête le discours que j'avais préparé.

« Appelle Jenny, qu'elle vienne préparer le dîner, dit-elle, toujours absorbée dans son ouvrage. Il y a du mouton et...

– Viens t'asseoir près de moi, Kate. »

Elle continua son travail, sans même me regarder, et dit avec un soupir : « Va chercher les enfants.

– Viens ici et assieds-toi. Je veux te parler.

– Pour dire quoi ? Je n'ai pas le temps de bavarder. »

Elle alla à sa machine à coudre, mais je lui pris le bras et la fis asseoir à côté de moi et, sans lui laisser le temps de protester, je posai un doigt sur ses lèvres et dis :

« Chhhuuut, écoute. Écoute seulement. Et ne dis rien avant que j'aie terminé. Tu as énormément de talent, et un jour tu seras à la tête de la meilleure maison de couture du pays. Cela, je n'en ai jamais douté. Mais tu as commis une erreur de jugement, il y a six mois, en décidant de créer une collection de robes pour Noël, car tu as grandement sous-estimé le temps que cela te prendrait. Je t'ai conseillé de dessiner plutôt une collection de printemps, avec des modèles moins compliqués, mais tu n'as pas tenu compte de mon avis, et maintenant tu as pratiquement dépassé tes limites – et les miennes, et celles des enfants. Si nous restons à Glasgow...

– Je n'irai pas à Cromdale !

– Non. Tu iras à Mallaig. Demain matin à huit

heures. » Elle resta bouche bée, bafouilla, et avant que pleuvent les imprécations qui ne manqueraient pas de suivre, je me hâtai d'ajouter : « Les enfants sont déjà en route et mon père ira les chercher à la gare ce soir à huit heures. Il t'attend demain à midi. Toi et les enfants habiterez là-bas, tu termineras ta collection et tu prendras des commandes en septembre prochain, ce qui te laissera le temps de faire fabriquer les robes. D'ici là, j'aurai gagné assez d'argent pour racheter le Loch Leven et nous lancerons ton entreprise comme prévu. Je serai ton représentant, ainsi que je te l'ai promis, et...

– Non !

– Kate, écoute-moi.

– Tu es devenu fou, ou quoi ?

– Je fais ce que j'aurais dû faire il y a six mois.

– Et comment gagneras-tu cet argent ? En te faisant voleur de grand chemin ? C'est comme ça que tu vas racheter le domaine ?

– J'ai vendu les chevaux et la charrette, j'en ai tiré vingt livres.

– Tu vas jouer... » Je la fis lever et elle répéta sa phrase, puis me saisit le bras et implora : « Oh, mon Dieu, Robert, je t'en prie... je t'en prie... ne fais pas cela. Tu as perdu. Tu as tout perdu. Tu ne peux pas recommencer à jouer. »

Je lui mis le billet de train dans la main, me levai à mon tour et me dirigeai vers la porte en disant : « Va à Mallaig, Kate, et dans six mois je serai de retour avec l'acte de propriété de ton domaine. »

Elle se rua sur moi, me saisit par les bras, et supplia :

« Nous ferons ce que tu as dit, pour le samedi soir. Je ne travaillerai pas. Je...

– Va à Mallaig !

– Non ! Je ne peux pas. Je ne peux pas. Je sais que je PEUX finir mes robes, je le peux, si tu m'aides. Les enfants n'iront pas à l'école pendant un mois et...

– Arrête ! Tu te rends compte de ce que tu dis ? Hein ? Tu sais que Jenny s'est enfuie, la nuit dernière ? Tu es consciente de ça ? Tu es consciente d'autre chose que de tes robes ? J'ai trouvé Jen cachée dans le recoin d'une allée, à côté d'un cadavre dévoré par les rats ! » Elle recula en secouant la tête ; attrapant mon sac, j'ajoutai : « Jenny m'a supplié de l'emmener hors de cet endroit maudit. Elle ne peut pas rester ici. Ce serait un crime de l'obliger à rester une minute de plus.

– Seulement un mois encore...

– Kate, nous avons failli perdre notre fils, il y a quinze jours. Tu as déjà oublié ? Et je t'ai blessée, je t'ai blessée volontairement, parce que tu m'avais blessé. C'est à cause de cet endroit. Glasgow nous tuera. Nous n'appartenons pas à ce milieu. J'ai eu tort de vous amener ici. J'aurais dû vous conduire à Mallaig, dès le début, avant que... avant que nous ne nous détruisions l'un l'autre... avant que nous ne détruisions notre amour. Va à Mallaig. »

Je posai la main sur la poignée de la porte, mais Kate me retint, me prit les mains, se jeta dans mes bras et se mit à pleurer. Je m'y étais attendu, et je savais que ses larmes n'étaient pas feintes, mais elle les laissait couler parce qu'elle voulait me fléchir. Il fallait que je reste ferme.

Je la repoussai doucement, ouvris la porte et, au moment où je franchissais le seuil, elle tomba contre la porte en gémissant :

« Je t'aime... je t'en supplie, Rob... je ferai tout ce que tu voudras, tout... mais je t'en supplie, ne me quitte pas.

– Je veux que tu ailles à Mallaig.

– Viens avec nous.

– Je ne peux pas.

– Je suis désolée. Pardonne-moi pour tout ce que... je sais que j'ai été abominable, mais... je t'en supplie... » Je fis un pas dans le couloir, et elle courut derrière moi, me saisit le bras et sanglota : « Tu ne peux pas faire ça, Robert. Tu ne peux pas te débarrasser de nous simplement parce que nous sommes un fardeau pour toi... tu ne peux pas faire ça.

– Je ne me débarrasse pas de vous. Je pars pendant six mois...

– Et je recevrai une lettre, écrite par quelqu'un que je ne connais pas, d'un endroit lointain, et qui m'apprendra que Robert Maclean... est... mort.

– Non !

– Si ! Ce sera plus facile si nous te croyons mort, comme cela tu n'auras pas à... à nous dire en face que tu ne nous aimes plus...

– Qu'est-ce que...

– Robert, reconnais-le ! Tu fuis parce que tu ne veux plus rien avoir à faire avec nous... avec moi ! C'est à cause de moi, tu me détestes ! Mais tu n'as pas le droit de... d'abandonner tes enfants !

– Abandonner ! Mais qu'est-ce que tu racontes ? Je ne vous abandonne pas, je ne me débarrasse pas de vous ! Je reviendrai dès que j'aurai récupéré le Loch Leven ! Dès que...

– Jamais ! Tu mens ! Tu ne veux plus nous avoir à ta charge ! »

J'étais incapable de répondre. Qu'elle puisse me croire aussi abject, après toutes ces années de vie commune, prouvait une seule chose : j'étais tombé vraiment bien bas dans son estime. Comment pouvait-elle imaginer que je les abandonnerais ? Même lorsque je l'avais quittée, avant sa fausse couche, j'avais continué à envoyer de l'argent, et j'avais toujours veillé à ce qu'ils ne manquent de rien, même lorsque je ne vivais pas avec eux. Jamais je ne les avais abandonnés. Qu'elle me croie capable d'un acte aussi méprisable me blessait au-delà de ce que j'aurais su dire.

Je ramassai mon sac, dévalai l'escalier, et ne me retournai pas lorsque Kate s'écria : « Lâche ! Que Dieu te damne, Robert Maclean ! Je leur dirai la vérité ! Je jure que je leur dirai ! Les enfants sauront, lorsque ta lettre ignoble arrivera, que tu n'es pas mort, en réalité, que tu n'as pas été ENLEVÉ à eux, mais que tu les as quittés de ton PLEIN GRÉ ! »

C'est seulement en atteignant le bout de Lamb Street que je m'arrêtai. Alors, je fermai les yeux et je répondis en silence : *Je te rendrai ta maison, Kate. Même s'il me faut pour cela mentir, tricher, voler, je te rendrai le Loch Leven.*

CHAPITRE 13

« Que Dieu te damne, Robert Maclean ! »

Je répétai mon imprécation, en lançant un coup de poing dans le vide, ou plutôt dans le tas de poussière et de crasse accumulées sous notre lit, à l'endroit où auparavant se trouvait la malle contenant les robes terminées. Partie, la malle. Et je savais où elle était : dans le train de Mallaig, avec Jen et Davie. Dieu sait depuis combien de temps Robert mijotait cette scandaleuse évasion. Aller jusqu'à expédier mes robes...

Or, à part les robes, je n'avais rien à vendre. J'avais le billet de train, mais seulement pour l'aller ; comment reviendrais-je à Glasgow si le père de Robert refusait de me prêter l'argent pour le billet de retour ? Les enfants étaient mieux au loin, avec leurs grands-parents, au moins pour quelques mois, le temps qu'il me faudrait pour me faire connaître et déménager à Édimbourg. Mais j'avais besoin de cette malle. Je pourrais télégraphier au père de Robert pour lui expliquer que nous nous étions disputés mais que maintenant tout était rentré dans l'ordre, et lui demander de me renvoyer la malle et de prévenir les enfants que j'irais les voir le dimanche suivant.

Arrivée à la porte, je me rendis compte que je n'avais pas un shilling pour envoyer le télégramme.

« Que Dieu te damne, Robert Maclean !! »

Il ne me restait rien, pas une bague, pas un collier, rien que je puisse vendre ou échanger... et il le savait.

« Que Dieu te damne, Robert Maclean !!! »

Tout le monde dans la maison m'avait entendue supplier mon mari de ne pas me quitter. Grands dieux, quelle humiliation d'avoir à me mettre à plat ventre pour dix pence ! À qui les demander ? Ian était parti avec Robert et les enfants pour leur excursion, mais je n'imaginais pas que Robert ait pu impliquer Ian dans son plan abominable : Ian n'aurait jamais accepté.

Faisant appel à toute ma fierté, j'ouvris la porte et allai à la chambre des Liddle. Je respirai à fond avant de frapper, en me disant que j'avais vécu pendant neuf ans, à Cromdale, sous le regard méprisant de gens qui me croyaient folle et dévergondée, et que je ne baisserais pas la tête, je ne détournerais pas les yeux, même si on me recevait avec des quolibets ou des insultes.

Archie ouvrit la porte, s'appuya contre le chambranle en se curant les dents, et déclara d'un air moqueur qu'il était désolé d'apprendre que j'allais quitter Glasgow, et que Ian n'était pas là. Je revins chez nous, en me creusant la tête pour trouver d'autres prêteurs éventuels, parce qu'il me fallait envoyer le télégramme avant la fermeture du bureau de poste. Je n'avais aucune idée du prix d'un télégramme, mais cela ne devait pas dépasser dix ou quinze pence. La plupart des femmes de la maison me considéraient comme une prétentieuse, et elles triompheraient en disant que je n'avais que ce que je méritais. Il n'y avait que trois femmes avec qui j'avais réellement des contacts : Lizzy Gibbon, Rachel Ferguson et Meg Morison. Je pourrais demander à Mrs. Gibbon ou à Mrs. Ferguson mais, avec leur gentillesse, je craignais qu'elles ne me prodiguent des marques de sympathie plutôt que des sous, et leur compassion ferait fondre ma résolu-

tion. Meg Morison était une tête de linotte, beaucoup plus jeune que moi et qui ne se soucierait pas de témoigner de la pitié à la pauvre Mrs. Maclean.

*Je m'apprêtais à aller la voir lorsqu'on frappa à ma porte. J'ouvris en espérant trouver Ian, mais c'était sa mère. Elle me tendit un bol de soupe fumante en disant : « Un peu d'*broth[1] *écossais. J'pensais qu'vous aviez p't-être faim. »*

J'avais faim, mais il n'était pas question d'accepter quoi que ce soit de cette femelle timorée qui laissait son mari les battre, elle et ses enfants. Je lui répondis que j'avais déjà mangé.

« Ben, vous en voudrez p't-être plus tard. J'vous le dépose.

– Ce n'est pas nécessaire, merci. »

Elle était plantée là, à attendre je ne sais quoi, jusqu'à ce que je sorte dans le couloir, referme la porte derrière moi et lui dise que j'allais chez Meg Morison.

« J'suppose qu'vous allez partir ?

– Non. Je reste. Maintenant, si vous voulez bien m'excuser, Mrs. Liddle, je vous souhaite le bonsoir.

– Si vous avez... b'soin d'quéque chose...

– Merci, mais je suis certaine que cela ira. Bonsoir, Mrs. Liddle. »

Meg était avec son mari, Douglas. Je l'appelai dans le couloir et lui demandai si elle pouvait me prêter un shilling, que je lui rendrais dès que j'aurais vendu mes robes. Sans me poser de questions, elle alla vers son mari, qui était occupé à fixer un des rideaux du lit des enfants, et elle fouilla dans la poche de son pantalon. Il rit d'une manière obscène, en lui disant que ce qu'elle cherchait se situait davantage au-dessous de la ceinture, puis il m'aperçut et devint cramoisi.

Le télégramme me coûta dix pence et je calculai mentalement ce que je pourrais acheter à manger avec les deux pence restants, regrettant amèrement d'avoir refusé le bol de broth *de May Liddle. Je fis*

1. Soupe.

bouillir le mouton que j'avais acheté pour notre dîner; il n'était guère appétissant et j'eus du mal à l'avaler mais, comme je n'avais rien d'autre, je finis mon assiette et mis le reste de côté, sur la fenêtre, pour le lendemain.

Ian ne revint pas avant deux heures du matin. En l'entendant, je me précipitai dans le couloir. Il détourna le regard, fourra ses mains dans ses poches, et je compris qu'il était complice de Robert. Je me sentis accablée. Je retournai à ma chambre; Ian me suivit et je secouai la tête à ses explications.

« Écoutez, il a raison. Vous pouvez pas rester ici...

– Judas...

– J'ai fait c'que j'pensais êt' le mieux...

– Le mieux? Tu as aidé mon mari à kidnapper mes enfants et à voler mes robes, espèce de... de traître! Tu as aidé un homme à abandonner sa famille!

– Il vous a pas abandonnés...

– Bien sûr que si! Tu ne le connais pas! Toute cette mascarade qui consiste à nous envoyer à Mallaig, ce n'est qu'une excuse pour pouvoir nous quitter! Me quitter...

– Il vous aime.

– Non... non... plus maintenant.

– Si. Il vous aime plus qu'vous croyez. L'aut' soir, il m'a d'mandé d'soigner vot' poignet avant que j'm'occupe de l'recoud'...

– Et tu crois que c'est une preuve d'amour! Quelle stupidité, Ian! Mon mari est suicidaire! Il espérait sans doute perdre tout son sang pendant que tu me soignerais! Tu ne le connais pas. Mais moi, oui. Dans six mois, nous recevrons une lettre nous annonçant qu'il est mort et... et... je ne le reverrai plus jamais.

– Allons, allons, dit Ian en passant son bras autour de mes épaules, et en sortant de sa poche un mouchoir pour essuyer mes larmes. Pleurez pas. Vous vous trompez complètement. Il va vous rend'

vot' domaine, et vous r'tournerez tous vivre dans vot' milieu.

– Non... Il est parti... C'est moi qui l'ai chassé. J'ai été tellement abominable, méchante, horrible avec lui. Je n'étais pas comme cela, avant. Je riais, je souriais. Je n'étais pas une épouvantable mégère. Grands dieux, regarde-moi, j'ai l'air d'une sorcière. Je n'ose même plus me regarder dans une glace... et je suis encore plus laide à l'intérieur. Odieuse, cruelle. Il me déteste parce que... parce que j'ai tout fait pour qu'il me déteste.

– Il vous déteste pas.

– Si... Je n'aurais jamais dû... On ne change pas les gens, je n'aurais jamais dû essayer. Il n'était pas fait pour être un mari ni un père, et maintenant... maintenant je l'ai perdu...

– Il r'viendra.

– Non, il nous fera croire qu'il est mort et il reprendra la vie qu'il menait avant de me rencontrer... et... sa conscience ne le tourmentera pas, tu sais, parce qu'il se dira que, si nous le croyons mort, nous ne pourrons pas lui reprocher de nous avoir abandonnés... C'est un suicide, le plus parfait qui soit : l'anonymat, au milieu d'étrangers, avec personne à aimer, personne de qui être aimé... la solitude complète. Ne vois-tu pas, Ian, que c'est la mort, et pour lui... c'est la liberté... la paix.

– J'sais pas grand-chose du suicide, mais j'sais r'connaître quand un homme aime sa famille, et Mr. Maclean vous aime tous les trois et il vous abandonnerait pas. Il a fait c'qu'il avait à faire. Il a raison : vous pouvez finir vos robes à Mallaig et les vend' l'année prochaine. J'vous aiderai à faire vos bagages. »

La rapidité avec laquelle les émotions de quelqu'un peuvent changer est stupéfiante. En un éclair, mon chagrin se transforma en colère ; je lançai à Ian son mouchoir, rassemblai tout mon courage et dis :

« Je reste.

– Vous pouvez pas...

– Je te défends d'oser me dire ce que JE PEUX *et ce que* JE NE PEUX PAS *faire, Ian Liddle ! Toute ma vie, les gens ont décidé où et comment je devais vivre ! D'abord mon frère, ensuite mon mari ! Maintenant, ça suffit ! Personne – ni Robert, ni toi, ni qui que ce soit d'autre – ne décidera de l'endroit où je vivrai ! Je* NE *quitterai* PAS *Glasgow avant de l'avoir* DÉCIDÉ MOI-MÊME *! Et je vendrai mes robes pour* CE *Noël, et pas pour Noël* PROCHAIN *!*

– Vous pouvez pas. On a expédié la malle...

– ... Que je fais réexpédier à Glasgow par le train de midi en provenance de Mallaig. J'ai télégraphié au père de Robert.

– Comment ?

– Peu importe. Ce que je veux savoir, c'est si tu peux convaincre ta mère d'éloigner le receveur de loyers pendant que j'irai vendre mes robes à Édimbourg demain ? Tout ce qu'elle a à dire, c'est que Mr. Maclean a pris un poste à l'étranger et que Mrs. Maclean continuera d'habiter ici pendant quelques mois, et qu'elle passera au bureau mardi régler les dix shillings qu'elle doit. » Ian détourna les yeux et je le saisis par les bras pour l'obliger à me regarder en face.

« Ian, je reste, que tu m'aides ou non... Mais ce sera plus facile si je sais que je peux compter sur toi.

– J'lui ai donné ma parole. J'ai promis.

– Donc, tu ne m'aideras pas ?

– C'est que... quelle différence ça peut faire qu'vous lanciez vot' entreprise c't' année ou l'année prochaine ? J'veux dire...

– Tu veux dire : c'est difficile, et je ferais mieux d'abandonner. On n'a rien sans rien, Ian. Je pourrai y arriver, maintenant que je sais que les enfants sont pris en charge et ont une vie plus aisée. Avec l'argent que me rapporteront quatre robes, je pourrai acheter quatre ou cinq machines à coudre.

– Vous finirez jamais en quinze jours.

– Je finirai en quinze jours... Tu m'aideras ?

– J'vais être... déloyal, s' pas ?

– Non. Tu vas être... généreux. Aide-moi, Ian. Aide-moi. »

Son regard se posa un instant sur le plafond, puis sur ses mains noires de charbon, et il acquiesça d'un signe de tête.

Ma malle arriva à quatre heures de l'après-midi exactement... avec Davie et Jenny. Leur grand-père n'étant pas venu les chercher à la gare, ils avaient parcouru à pied, en portant la malle, les huit kilomètres qui les séparaient de la maison des parents de Robert. La maison n'était pas éclairée, les volets étaient fermés, et l'herbe du jardin était aussi haute que la clôture ; alors, ils s'étaient rendus chez une voisine qui les avait fait entrer et leur avait appris que Mr. et Mrs. Maclean étaient allés à San Francisco rendre visite à leur fils Martin, et qu'ils ne devaient pas rentrer avant la fin du printemps. Elle les hébergea pour la nuit, et le lendemain matin ils retournèrent à la gare, espérant que je serais dans le train de Glasgow. Ne me voyant pas, ils achetèrent des billets avec l'argent que Robert leur avait donné, et ils revinrent à Glasgow.

Davie trouva cette aventure fantastique, malgré la pluie, le vent glacial et la neige fondue qui leur avaient gelé les os. Je gardai les yeux fermés tout au long de son récit, en partie pour ne pas regarder ses joues cramoisies – seulement dix jours plus tôt il était cloué au lit par la grippe –, mais surtout pour ne pas voir le visage tragique de Jen, pâle comme la mort. Elle n'avait pas dit un mot depuis qu'ils étaient descendus du train. Je devinais le trouble qui l'agitait, malgré l'impassibilité qu'elle affichait, et je cherchais un moyen de la consoler. Mais elle ne voulait pas de ma sympathie et secouait la tête chaque fois que je m'adressais à elle.

Mrs. Gibbon et Rachel Ferguson m'avaient prêté de l'argent pour aller à Édimbourg et, si je voulais arriver avant la fermeture des boutiques, à six heures, je devais partir immédiatement. Je pressai les enfants de rentrer à la maison, car ils étaient complètement trempés et il tombait une pluie glaciale. Jen refusa, et Davie insista pour m'aider à porter la malle, disant qu'ils m'attendraient à l'extérieur des magasins pendant que je discuterais avec les marchands.

Lorsque nous arrivâmes à Princes Street, l'avenue la plus luxueuse d'Édimbourg, la pluie avait cessé et Davie nous montra l'arc-en-ciel qui se déployait sur le château, certain qu'il s'agissait d'un heureux présage. Voulant jeter une note légère sur notre triste situation, je suggérai que nous courions jusqu'au bout de l'arc-en-ciel, pour voir si par hasard nous n'y trouverions pas une jarre pleine d'or. Davie fut enchanté de cette idée, mais Jen demeura silencieuse. Elle me blâmait, moi, et non son père, pour notre malheur, et son regard d'un bleu d'acier, naguère rempli d'adoration, me faisait à présent rentrer sous terre. Son mutisme était insoutenable, et les mots qu'elle ne prononçait pas s'enfonçaient en moi comme des lames de couteau. La colère montait en moi, et je maudissais intérieurement Robert, Jen, et tout ce qui était arrivé. J'avais froid, j'étais trempée. Mes robes ne seraient plus qu'un tas de chiffons quand je les sortirais de la malle. Je n'étais pas bien préparée et je savais que cela n'avait rien de très professionnel, d'arriver, toute ruisselante, avec quatre robes froissées, et deux enfants pâles et fatigués sur mes talons. Les reproches tacites de Jenny réduisaient à néant ma détermination. Je pouvais à peine avancer, si accablée par la culpabilité et la peur de l'avenir que, lorsque nous fûmes parvenus à East Princes Street Gardens, je poussai les enfants vers un banc, posai la malle et dis : « Je suis navrée. Je suis absolument navrée que votre père soit parti et que ce soit moi qui aie causé son départ. Mais je dois vendre mes robes, sinon nous n'aurons pas de quoi manger.

Nous n'aurons plus de toit au-dessus de nos têtes. Et... et je ne sais pas ce que nous deviendrons. » Je sanglotais sans pouvoir me retenir. Alors, Jen se leva, jeta ses bras autour de ma taille et m'étreignit. Je sentis sa chaleur et je la serrai plus fort contre moi, puis j'attirai aussi Davie à nous. Nous étions comme trois naufragés agrippés les uns aux autres, et les passants nous regardaient d'un air effaré. Peu m'importait ; je laissai la chaleur et la tendresse de mes enfants pénétrer en moi. J'avais besoin, désespérément besoin de leur confiance, puisque je n'avais plus Robert pour me rassurer et me guider.

Nous séchâmes nos pleurs et je soulevai un des côtés de la malle, mais Jenny proposa de la porter avec son frère. Nous parcourûmes Princes Street pareils à trois soldats transportant un trésor royal, scrutant les vitrines, cherchant une boutique susceptible d'acquérir mes robes. La plupart des magasins vendaient des vêtements simples, de tous les jours, et mes robes étaient bien trop sophistiquées et coûteuses pour eux. À six heures moins cinq, je commençai à me décourager, car nous étions entrés dans une douzaine de boutiques, où l'on avait trouvé mes créations sensationnelles... mais on ne m'en avait pas acheté une seule. C'est alors que nous aperçûmes une enseigne au nom de « Madame Paulette », et je me souvins d'avoir entendu parler de cette boutique, qui ne vendait que de très beaux vêtements importés de France. Madame Paulette en personne nous reçut, mais elle refusa de voir mes robes, sous prétexte que la fabrication locale ne l'intéressait absolument pas. J'ouvris tout de même la malle et en sortis une robe de velours rouge toute décorée de faux rubis sur le haut et les manches, et je remarquai que le regard de Madame Paulette s'éclairait. Jenny présenta aussitôt une robe de taffetas vert émeraude, et nous retînmes toutes deux notre souffle tandis que Madame Paulette tournait et retournait les modèles comme s'ils étaient tissés avec de l'or.

« Combien ? demanda-t-elle, en allant prendre dans la malle les deux autres robes. Combien pour les quatre ? »

J'étais aux abois, il fallait que je les vende tout de suite et, si j'avais pu faire les choses normalement, je les aurais vendues quatorze guinées chacune. Se rendit-elle compte que j'étais en train de faire le calcul ? Toujours est-il qu'elle ne me laissa pas le temps de répondre et proposa : « Je vous en donne dix livres... pour les quatre. »

J'étais accablée. Dix livres pour les quatre robes, qui représentaient des centaines d'heures de travail ! C'était un affront, c'était une escroquerie.

Mais j'étais aux abois.

« Vingt, répondis-je. Pas un penny de moins.

– Quinze.

– Guinées.

– Vous mégotez, ma chère. Soit. Quinze guinées... une fois que je les aurai vendues.

– Je ne laisse rien en dépôt. Si vous voulez mes robes, je crains que vous ne deviez me les payer aujourd'hui, Madame. »

Elle sourit, plongea sa main grassouillette dans un tiroir-caisse en bronze, et en sortit quinze pièces d'or étincelantes qu'elle me mit dans la main en demandant : « Comment les appelez-vous, vos robes ?

– Jenda, répondis-je en posant ma main d'abord sur la tête de Jen, puis sur celle de Dave. JEN DA. Et je suis Catherine Maclean. J'en suis la créatrice et la propriétaire. »

Nous refermâmes la malle, assurâmes Madame Paulette que nous reviendrions avec d'autres robes, toutes des modèles uniques, puis repartîmes pour Glasgow avec les quinze guinées – une petite fortune – tintant dans mon sac en perles.

Un mois de loyer coûtait quarante shillings, il en fallait autant pour la nourriture, il me resterait donc un peu plus de onze guinées, de quoi acheter TROIS machines à coudre. Mais cela aurait été déraison-

nable, car je devais une semaine de loyer, et il faudrait payer les femmes. Mieux vaudrait acheter deux machines... ou réduire notre budget de nourriture. Robert n'étant plus là, nous dépenserions moins – peut-être cinq ou six shillings de nourriture par semaine, au lieu de dix. Et une troisième machine était indispensable pour gagner du temps. Nous nous serrerions la ceinture pendant quelques mois pour investir dans trois machines à coudre flambant neuves.

Nous étions euphoriques, nous nagions dans le bonheur... jusqu'au moment où nous descendîmes du train à Central Station et marchâmes dans les rues de Glasgow. Comment deux villes d'une même région pouvaient-elles être aussi différentes ? Même sous la pluie glaciale, Édimbourg avait du charme, alors que Glasgow était sinistre, avec cette boue noire qui envahissait les rues. En arrivant dans Lamb Street, nous ralentîmes le pas, pensant tous trois la même chose : Robert ne serait pas à la maison lorsque nous pousserions la porte de notre chambre. Quand nous fûmes arrivés devant l'immeuble, Jen leva les yeux et son regard, au lieu d'exprimer l'effroi, comme habituellement, était chargé d'un dégoût profond. Rejetant la tête en arrière, elle dit : « Je veux que tu m'apprennes à coudre. »

Ce n'était pas une demande, mais un ordre. Je m'apprêtais à lui répondre que je serais ravie de lui montrer, une fois mon affaire sur les rails, mais elle répéta son ordre et ajouta qu'elle ne retournerait pas à l'école, et qu'elle ne ferait rien d'autre, d'ailleurs, à part m'aider à terminer mes robes. Je commençai à protester, sans trop de conviction en fait, car son aide me serait très précieuse, même si ce n'était pas bien de la retirer de l'école. Mais elle me fit taire et dit : « C'est la seule chose qui compte. C'est le seul moyen pour nous sortir d'ici. Davie nous aidera également.

– Je ne veux pas coudre, s'insurgea-t-il, en tapant

du pied dans une pierre qui alla tomber dans la rivière, derrière nous.

– Non, mais il y a d'autres choses à faire. Tu peux repasser. N'est-ce pas, Maman ? Ce n'est pas difficile ?

– Non, bien sûr. Mais, Jen, Davie n'a que huit ans. Il doit aller en classe.

– Il DOIT *quitter Glasgow. Nous* DEVONS *tous quitter Glasgow. »*

Comment se pouvait-il que cette voix, énergique et volontaire, pleine d'autorité, sorte de la bouche de ma petite fille ? Je la dévisageai, mi-admirative, mi-craintive : elle avait tellement changé. Saisissant un côté de la malle, elle fit signe à son frère de prendre l'autre, puis entra dans l'immeuble d'un pas décidé. Je la suivis, un peu déroutée, et remarquai qu'elle évitait Ian, dont le regard surpris, puis ravi, s'évanouit en constatant qu'elle ne lui rendait pas son sourire. J'étais aussi stupéfaite que lui, parce que Ian avait été pour Jen un ami très cher, son seul ami en dehors de Davie. Pourquoi le fuyait-elle ? Tandis que j'essayais de comprendre ses griefs contre lui, il me revint à l'esprit ce que Robert avait dit : Jen s'était enfuie et il l'avait trouvée dans une allée, blottie près d'un cadavre. Je questionnai Ian, qui marmonna quelque chose concernant des noix qu'on faisait brûler et me demanda pourquoi Dave et Jen n'étaient pas restés à Mallaig. Je lui racontai brièvement la pénible expédition des enfants, puis ma vente inespérée chez Madame Paulette, et je lui dis d'annoncer dans toute la maison que chaque femme désireuse de travailler pour Mrs. Maclean vienne se présenter le lendemain matin.

Jen mit à réchauffer le mouton bouilli avec lequel j'avais failli m'empoisonner la veille, et je lui suggérai de faire son possible pour lui donner un tant soit peu de goût, puis je pris Davie à part et l'interrogeai sur ce qui s'était passé l'avant-veille au soir. Il me raconta toute l'histoire des noix, la façon dont les noix de Ian et de Jen avaient sauté ensemble, et le fait que Jen avait juré de ne jamais épouser un mineur.

« Et c'est pour cela qu'elle s'est enfuie ? chuchotai-je à Dave qui gardait comme moi un œil sur Jen installée au fourneau. À cause de Ian ? Parce qu'elle avait peur que ce soit vrai ?

– Et parce que tu n'étais pas descendue.

– Mais pourquoi ? Qu'est-ce que cela pouvait bien faire ? »

Il me dévisagea un long moment, puis hocha la tête et se mit à rire, d'un rire ironique et désabusé, avant de répondre :

« C'était Halloween, Maman. Halloween. »

Je baissai la tête, soudain accablée – par la honte ? par le mensonge ? parce que j'avais tenu ma famille à distance, ces deux derniers mois ? C'était comme si le voile d'égoïsme dont je m'étais enveloppée s'était brusquement déchiré, me permettant de voir, d'entendre, de ressentir tout ce à quoi j'étais restée insensible. Et la seule chose dont je me souvenais, c'était le visage de Robert, cette nuit-là, et comme il m'avait suppliée de le rejoindre, de m'amuser, de m'accorder un moment de répit, pour un soir. J'avais refusé. Si j'avais dit oui, serait-il avec nous maintenant ?

Davie parlait, parlait de Ian et de Jen, et je pris conscience que je n'avais même pas regardé mes enfants – vraiment regardé – depuis deux mois. Mon acharnement à terminer mon travail m'avait aveuglée. Jenny n'avait pas changé en une soirée. Cela s'était produit petit à petit, depuis notre arrivée ici. Seulement, je ne l'avais pas remarqué.

Jen resta silencieuse durant tout le dîner, m'aida à établir les listes pour les coupes du lendemain, y compris les garnitures et les accessoires nécessaires pour chaque robe, puis m'embrassa en me disant bonsoir et alla se coucher. Je retardai le moment d'aller au lit, appréhendant de le trouver froid et vide, mais la fatigue l'emporta et je finis par m'assoupir. J'eus un sommeil agité, peu reposant, durant lequel je ne cessai de penser à Robert, me demandant où il était, ce qu'il faisait, s'il reviendrait ou s'il enverrait cette lettre tant redoutée qui le tuerait... et moi avec.

C'est peu avant l'aube, je crois, que j'entendis Jen crier. Un cri plein d'angoisse qui déchira la pièce. Je me levai, me précipitai vers elle : elle était en sueur et gémissait. Je la secouai pour la réveiller, puis la berçai doucement jusqu'à ce qu'elle se calme. Elle me dit qu'elle avait rêvé de l'homme dévoré par les rats. Je la pressai contre moi, puis murmurai la phrase avec laquelle Robert nous avait tous, un jour ou l'autre, apaisés : « Dors... dors... et quand tu t'éveilleras, ce sera le matin...

– ... seulement le matin », soupira-t-elle, achevant les mots que j'étais incapable de prononcer, étranglée par mes larmes. Elle caressa ma joue humide et dit : « J'ai demandé à Mrs. Duncan de faire suivre les lettres de Papa de chez Grand-Mère et Grand-Père.

– Quelles lettres ?

– Il a dit qu'il écrirait toutes les semaines jusqu'à son retour. Mais tu comprends, il croit que nous sommes tous à Mallaig, alors c'est là qu'il enverra ses lettres ; si personne ne les fait suivre, nous ne les aurons jamais, puisque ses parents ne seront pas de retour avant le mois de mai. Et Papa sera rentré, à ce moment-là. »

Je gardai le silence, tout en pensant : ton père ne reviendra jamais, ma chérie, parce que je l'ai chassé, je l'ai humilié, j'ai tué l'amour qu'il avait pour moi.

« Tu sais, Maman, les parents de Papa croyaient toujours que nous étions à l'étranger. Et Mrs. Duncan a dit qu'oncle Martin a envoyé les billets pour l'Amérique, mais que Grand-Papa ne voulait pas partir parce qu'il n'avait pas de nouvelles de nous depuis longtemps et qu'il était inquiet. Mais tante Nancy leur a dit d'y aller parce qu'ils n'avaient pas pris de vacances depuis qu'ils étaient mariés. Tu imagines ça, ne pas partir en vacances pendant quarante ans ?

– Non...

– Papa a dit que, lorsqu'il reviendra, nous retournerons à Paris.

– Hummmmm...

– Comme il nous l'avait promis. Quand Papa reviendra à la maison, tout ira bien. Ça sera comme avant. »

Je ne savais quoi dire. Pourquoi lui dévoiler la vérité ? Pourquoi lui briser le cœur ? Je ne le pouvais pas. Et Robert devait savoir que, quelle que fût ma colère contre lui parce qu'il nous avait abandonnés, jamais je ne blesserais les enfants en leur révélant la vraie raison pour laquelle il les avait envoyés à Mallaig.

J'embrassai Jen et me recouchai... seule.

Le lendemain matin, une cohorte de femmes, toutes désireuses de travailler, vinrent frapper à notre porte. Je ne pouvais absolument pas les engager toutes, et je me heurtai à la difficulté d'avoir à choisir. Je connaissais Meg Morison, Mrs. Gibbon et Mrs. Ferguson et c'est à elles que je prêterais les trois machines à coudre. Il me restait assez de tissu et de fournitures pour confectionner quatre autres robes de Noël, et deux très grands coupons de dentelle qui seraient parfaits pour les modèles de printemps. Jen et moi distribuâmes les paquets que nous avions préparés et qui contenaient tout ce dont les femmes auraient besoin pour couper et assembler les robes. Tout était indiqué, et j'y avais joint mes dessins, dont je devais reconnaître qu'ils n'étaient pas très faciles à suivre. Il fut convenu que je paierais vingt shillings par robe. Mais comme les modèles étaient très élaborés, qu'ils comportaient beaucoup d'ornements, de perles et de broderies, je suggérai aux femmes de travailler par équipes de quatre durant la semaine suivante, de façon que nous puissions livrer les robes avant Noël ; et lorsque nous commencerions la collection de printemps, alors elles travailleraient seules. Jen se servirait de ma machine, puisque j'aurais à faire des allées et venues entre les couturières pour leur donner des instructions – aucune d'elles, en effet, n'avait de patron à partir duquel travailler – et m'assurer que tout se passait bien.

Et tout se passa bien... durant les trois premiers quarts d'heure.

Un tiers des femmes de la maison étaient illettrées et, par conséquent, ne pouvaient ni lire ce que Jen avait écrit, malgré les crans, ni faire la différence entre l'avant et l'arrière d'une manche, la partie droite ou gauche d'un corsage, et ainsi de suite...

J'étais très en colère, non pas contre elles, mais contre un système qui maintenait les gens dans l'ignorance. C'était inimaginable, surtout si l'on pensait que la loi sur l'enseignement de 1872 avait rendu obligatoire l'instruction pour tous les enfants entre cinq et treize ans, ce qui leur laissait largement le loisir d'apprendre à lire et à écrire. La triste vérité, c'est qu'un grand nombre de ces femmes avaient grandi ici, à Glasgow, et avaient commencé à travailler en usine dès l'âge de six ans, de façon illégale, bien entendu, mais avec l'assentiment de leurs parents; elles n'avaient donc pu bénéficier de l'instruction qui leur aurait permis de rechercher un meilleur emploi. Le temps manquait pour leur apprendre à toutes, tout de suite, à lire et à écrire mais je me jurai de le faire ou de payer quelqu'un pour le faire, une fois lancée ma maison de confection. En attendant, je répartis différemment les tâches, confiant aux femmes qui ne savaient pas lire la couture manuelle et le travail des perles.

Nous achetâmes nos trois machines; elles nous furent livrées le lundi après-midi, et je montrai rapidement à Jen et à mes trois bonnes fées – c'est ainsi que j'avais baptisé Lizzy Gibbon, Rachel Ferguson et Meg Morison – comment se servir de cet outil précieux. J'aurais beaucoup aimé investir dans des machines à coudre électriques, mais la maison n'avait pas l'électricité, aussi faudrait-il compter davantage sur nos jambes que sur les watts.

Mes robes étaient devenues nos robes. Jenda était autant l'affaire de Jenny et de Davie que la mienne. Davie travaillait comme garçon de course, courant toute la journée ici et là pour nous rapporter du fil, des garnitures, des aiguilles et toutes sortes d'autres fournitures. Jenny était prodigieuse : elle allait sans cesse de la machine à coudre au fer à repasser, et cousait comme si elle avait fait cela toute sa vie. Le soir, Ian venait nous retrouver ; elle l'observait mais lui adressait rarement la parole, et il se contentait de sourire, calmement, tranquillement, comme Robert aurait pu le faire, et s'entretenait avec Davie ou moi.

Les enfants me demandèrent plusieurs fois de me mettre en contact avec mon frère, m'assurant que je m'étais méprise sur ses intentions, que leur oncle Will était comme un père pour eux et qu'il ne leur ferait jamais de mal. Je refusai, incapable de leur démontrer le danger que représentait Will sans entrer dans les détails de notre passé. À la fin, un après-midi, exaspérée – ou, plus vraisemblablement, honteuse –, j'explosai et leur interdis de prononcer son nom devant moi.

Au bout de deux semaines, Jenny insista pour que nous allions à Mallaig le dimanche, car nous étions sans nouvelles de son père et elle était persuadée que Mrs. Duncan avait mal libellé notre adresse, ce qui expliquait pourquoi nous n'avions pas reçu les lettres de Robert. Nous fîmes le voyage pour rien : il n'y avait pas de lettres, et Mrs. Duncan promit de les faire suivre, si seulement il en arrivait. Jenny continuait à croire dur comme fer que son père écrirait, comme il l'avait toujours fait chaque fois qu'il était au loin, parce qu'il l'avait promis. J'étais inquiète de ce silence, non que j'aie attendu quoi que ce soit pour moi-même, mais parce que, en effet, Rob écrivait toujours et que, même s'il était décidé à jouer cette ignoble comédie de son décès, il lui faudrait faire croire aux enfants qu'il avait bien l'intention de revenir. Pourquoi n'avait-il pas écrit ? J'eus d'horribles visions dans lesquelles il gisait au fond d'une prison, blessé et malade, mais je les chassai de mon esprit.

Le 20 novembre – le jour de l'anniversaire de mon petit Davie –, les robes étaient presque terminées et Lizzy vint me trouver en me soumettant l'épineux problème de la rémunération des couturières. Elles avaient accepté de travailler par équipes de quatre et de partager les vingt shillings, ce qui leur ferait à chacune cinq shillings par robe. Mais, de mon côté, je leur avais assuré qu'elles auraient fini en une semaine ; or, le travail leur avait pris trois semaines. Voulant être juste et sachant qu'elles avaient toutes travaillé vraiment très dur, je décidai de donner quinze shillings à toutes celles qui avaient aidé à assembler les robes.

Nous vendîmes les robes à Madame Paulette, qui nous proposa à nouveau quinze guinées pour les quatre ; nous acceptâmes, puisque nous n'avions pas le choix, et payâmes les dix-neuf femmes – la vingtième, ma fille, travaillant bénévolement. Il nous restait en tout et pour tout quarante-deux shillings, deux coupons de dentelle, et quatre machines à coudre à notre nom.

Qu'est-ce qui n'allait pas ?

Je fis et refis les calculs, tout en sachant que nous avions trop payé les femmes, à cause de mon entêtement à créer des œuvres d'art plutôt que de simples robes. C'était déraisonnable, et Madame Paulette avait profité de mon inexpérience – elle vendrait sans doute mes modèles quarante ou cinquante guinées chaque. Je serais obligée de lui vendre encore les deux robes que nous confectionnerions avec la dentelle, mais après cela nous chercherions d'autres clients auxquels nous proposerions des modèles plus simples. C'était une bonne résolution, mais il y avait juste un petit problème : nous n'avions pas assez d'argent pour acheter la soie utilisée dans nos modèles de printemps.

La plus grande maison de tissus en gros de Glasgow, Merry and Go., nous ouvrit un crédit en jan-

vier, ce qui nous permit d'acheter la soie et les fournitures dont nous avions besoin. Je signai un contrat qui endettait Jenda et Catherine Maclean pour la coquette somme de soixante-trois livres et quinze shillings. Avec cela, nous devions pouvoir confectionner vingt robes – des modèles simples – qui seraient livrées le mois suivant à plusieurs boutiques.

Tout se passa comme prévu... jusqu'au moment où j'allai régler ma note chez Merry and Co. et où j'appris que les soixante-trois livres se montaient maintenant, avec les intérêts, à soixante-dix-neuf.

Il nous restait un florin d'argent, équivalant à deux shillings. Pour la première fois de notre vie, nous eûmes faim. La douleur lancinante, au creux de notre estomac, nous rappelait en permanence que le temps filait. En renouvelant la même funeste opération auprès de Merry and Co., nous parvînmes à nous maintenir à flot, mais tout juste, et il y eut plus d'un soir où nous ne mangeâmes rien d'autre que du pain rassis et de la graisse de viande.

Les mois s'écoulèrent et les commandes, au lieu d'augmenter, diminuèrent. Mais pas notre charge de travail. Nous étions tellement endettés chez Merry and Co. qu'à la fin du mois nous avions à peine plus que lorsque nous avions commencé. Mes dettes m'obligeaient à voyager de plus en plus loin de Glasgow, jusque dans le nord de l'Écosse, à la recherche de nouveaux clients. En vendant les robes à prix coûtant, nous obtînmes pas mal de nouvelles commandes, mais elles suffisaient à peine à couvrir nos obligations financières. Une fois le loyer payé, il nous restait tout juste de quoi subsister.

Le Loch Leven nous appelait. Les vents des Highlands bruissaient à nos oreilles en murmurant nos noms. Bien souvent, je me couchais avec la certitude qu'à mon réveil Martha frapperait à ma porte et nous apporterait notre petit déjeuner, à Robert et à moi, et que les enfants viendraient se blottir dans notre lit moelleux pour un câlin. Mais quand je me réveillais, j'étais seule, et c'était la misère. Nous étions dans une prison, et c'était moi qui y avais enfermé les enfants, et moi qui en possédais la clé. Et j'étais une gardienne cruelle, qui nourrissait ses prisonniers de gruau et de graisse de viande. Je voyais leurs yeux s'agrandir lorsque nous arrivions devant la boucherie, et la seule viande que nous mangions, c'était les restes que la mère de Ian nous faisait parvenir. Je voyais rarement Mrs. Liddle, mais je ne pouvais ignorer sa générosité, et je commençais à penser que je m'étais trompée à son sujet. Car en nous donnant de la nourriture qui aurait dû, à juste titre, aller dans l'estomac de ses enfants, elle augmentait les risques d'être battue par sa brute de mari. Égoïstement, j'acceptais ce qu'elle nous offrait, en me jurant de le lui rendre un jour.

Jen et Dave maigrissaient et chaque jour qui passait éteignait un peu plus la lueur dans leurs yeux. Je décidai que, lorsque les parents de Robert reviendraient, en mai, je leur demanderais de prendre les enfants avec eux jusqu'à ce que je puisse quitter Glasgow.

J'emmenais Jenny et Dave avec moi quand nous allions chercher d'autres coupons de tissu et des fournitures. J'avais besoin d'eux pour m'aider à porter les paquets puisque nous ne pouvions pas payer un garçon de course ni prendre une voiture. Comme nous avions dépassé notre crédit chez Merry and Co., nous étions obligés de nous fournir ailleurs. Les magasins de gros se situaient dans le quartier le plus minable de Glasgow ; la pierre gris-rose des immeubles était trouée et effritée, comme après un bombardement. Nous avancions comme des aveugles, ignorant la puanteur presque insoutenable, essuyant nos yeux ternis par la fine couche de suie noire suspendue dans l'air. Nous marchions au milieu des ivrognes, des prostituées et des enfants crasseux. Personne ne nous remarquait, et pour cause : nos vêtements étaient aussi usés et déchirés que les leurs, nos visages aussi sales, nos estomacs aussi vides.

Je savais qu'il était dangereux de négliger notre aspect extérieur, mais je me disais que « demain » nous nous occuperions de notre apparence, et je laissais de côté toilette et lavage pour gagner du temps – ce temps qui restait mon ennemi mortel. Mais bientôt nous fûmes en mars. Le printemps. Le ciel de Glasgow n'était pourtant pas bleu, non, il était gris, d'un gris d'acier, glacial, hivernal, et il formait au-dessus de nos têtes comme le toit d'une prison.

Cheminant dans les rues pleines d'immondices, les yeux rendus vitreux par la fatigue, hypnotisés par les monceaux de nourriture qui garnissaient les devantures des magasins, nous nous retrouvâmes devant une boulangerie. L'odeur du pain frais nous remplit les narines, et Davie s'arrêta devant la vitrine pour contempler les pains et les gâteaux. Les yeux de Jenny papillotèrent, ses lèvres s'entrouvrirent, comme si rien qu'en aspirant l'arôme elle pouvait sentir le goût des miches fraîches et chaudes. Quant à moi, en regardant les petits pains à la cannelle, je surpris mon reflet dans la vitre. Je faillis me retourner pour voir qui était la femme qui m'avait rejointe, avant de comprendre que ce visage blême et ces yeux tristes et sans vie étaient les miens. Je passai mes doigts sur ma peau, sous mes cernes noirs, sous mes yeux injectés de sang, puis je regardai Jenny, dont les beaux cheveux roux pendaient, ternes et emmêlés, autour de son visage au teint cireux. Davie était décharné, avait les traits tirés, et ses petits doigts, appuyés contre la vitrine, étaient rouges et gercés.

Tu es en train de les tuer, Kate, tu es en train de tuer tes propres enfants, *murmura une voix dans ma tête.*

Les prenant tous deux contre moi, je les éloignai de la devanture et les emmenai à la maison d'un pas décidé. Une fois rentrés, je fis chauffer de l'eau pour le bain, les obligeai à se laver à fond, de la racine des cheveux jusqu'aux orteils, et je pris moi aussi un bain. Je fis un tas de tous les vêtements qui étaient déchirés ou abîmés, et Jen et moi commençâmes à les raccommoder. Je reprisai les chaussettes de Davie, Jen rajusta les cols de dentelle de ses robes, puis nous fîmes un paquet du tout et partîmes pour le lavoir. Nous frottâmes, brossâmes, jusqu'à ce que le noir et la crasse disparaissent entièrement, après quoi nous entreprîmes le récurage complet de notre pièce, du sol au plafond. Une fois tout cela terminé, je déclarai aux enfants : « À partir d'aujourd'hui, personne ne quittera cette pièce sans être absolument propre, de la tête aux pieds, et correctement habillé. Nous serons les gens les plus impeccables que Glasgow ait jamais connus. »

Les joues de mes petits chéris reluisaient de propreté et nous nous sentions tous trois plus optimistes depuis que j'avais pris cette décision, mais aucun nettoyage ne pouvait redonner à leurs visages émaciés les bonnes couleurs des enfants bien nourris.

Nous économisions quelques sous, tout au long de la semaine, pour pouvoir nous acheter un morceau de viande le samedi. Mrs. Liddle nous envoyait des restes par l'intermédiaire de Ian. C'était une des meilleures couturières parmi toutes les femmes de la maison. Comment faisait-elle pour terminer tout ce qu'on lui donnait à faire, et trouver encore le temps de cuisiner et de tenir son ménage, cela me dépassait. Je ne pouvais oublier le soir où elle était venue avec un bol de soupe pour moi – le soir où Robert nous avait quittés –, et où je l'avais remerciée de sa gentillesse en lui claquant la porte au nez. Je la rencontrai un après-midi chez le boucher et décidai enfin de prendre mon courage à deux mains et de lui faire mes excuses pour mon comportement peu amène. Elle devait avoir près de quarante ans et avait sans doute été très jolie dans sa jeunesse, bien qu'elle fût grosse maintenant, pas plantureuse mais comme alourdie sous le poids de nombreux fardeaux. Elle avait le bébé avec elle – une petite chose rose du nom de Millie – et le plus jeune frère de Ian, un gamin de deux ans. Nous nous dîmes bonjour et je réfléchis au moyen d'engager la conversation. Elle demanda plusieurs morceaux de viande, me signala les bonnes affaires, et mit ses achats dans son panier, tout en s'escrimant à faire passer Millie de son épaule sur sa hanche. Je lui proposai de tenir la petite, parce que je ne voulais pas que ses lourds paquets tombent par terre, mais surtout parce que j'avais envie de tenir dans mes bras ce bébé qui me souriait de façon si gracieuse.

Dans Lamb Street, nous rencontrâmes plusieurs femmes de chez nous qui nous saluèrent cordialement. Tous les hommes de notre maison étant mineurs, les commerces de Lamb Street s'adressaient à une clientèle plutôt pauvre. Les immeubles étaient bâtis dans la même brique grisâtre que le nôtre, mais encore plus mal entretenus, et les vitres avaient été cassées par des bandes de gamins excités, trop jeunes pour travailler à la mine et peu soucieux d'aller en classe. Les propriétaires avaient cloué, en travers des fenêtres brisées, des plaques de bois ou de métal, et les sales gosses tapaient dessus avec des bâtons et des tuyaux, faisant un vacarme de tous les diables. Les rues n'étaient pas pavées, dans ce coin de Glasgow, et chaque fois qu'il pleuvait il s'y formait des rigoles et des flaques de boue noire. L'air était chargé de suie et le ciel, déjà gris, s'apprêtait à se déchaîner et se couvrait de gros nuages.

« Ça va bien ? » me demanda Mrs. Liddle. Je crus qu'elle faisait allusion au bébé dans mes bras mais, en la regardant, je vis tant de compassion dans ses yeux que je sentis les miens se remplir de larmes, et je dus me détourner. « Aye... *C'est pas facile quand un homme est pas à la maison. » Ma gorge se serra, pas parce que je pensais à Robert, mais parce que je me rendais compte que j'avais pris pour de l'indifférence ce qui était en fait de la pure discrétion. Elle me tapota gentiment l'épaule, sourit et murmura : «* Aye... aye... *» Je décidai que le moment n'était*

peut-être pas mal choisi pour dire ce que j'aurais dû dire depuis longtemps.

« Mrs. Liddle, je vous dois des excuses. Je crains de n'avoir pas été très cordiale avec vous depuis notre arrivée ici, et je tenais à vous assurer à quel point j'en suis désolée, et vous remercier pour toute la nourriture que vous nous avez donnée. Vous avez été tellement gentille.

– C'est vous qu'avez été gentille, avec Ian, j'veux dire. En lui enseignant l'beau langage. »

Ian passait la plupart de ses soirées chez nous, jusqu'au moment où son père rentrait du pub, et nous travaillions avec lui et Davie la grammaire et l'orthographe, pendant que Jen et moi cousions.

« Oh, ce n'est rien, répondis-je. C'est tellement dommage qu'il ne puisse pas poursuivre ses études. Il est très intelligent. Exceptionnellement doué.

– Ouais. J'ai toujours pensé qu'il était plus dégourdi qu'tous les aut'. Même quand il était p'tit, Seigneur, les questions qu'il posait !

– Vous n'aimeriez pas qu'il aille à l'université ? Vous savez qu'il y a des bourses pour les gens qui n'ont pas l'argent nécessaire.

– Archie veut pas qu'il aille en classe, dit Mrs. Liddle d'un ton de regret. Et pis, on a b'soin du salaire de Ian. »

J'avais les mots sur le bout de la langue, et je dus me retenir pour ne pas crier que, si Archie ne dépensait pas ledit salaire en whisky, Ian pourrait étudier. Mais Mrs. Liddle n'était pas idiote, elle le savait parfaitement. Je hochai tristement la tête et demandai :

« Pourquoi Archie déteste-t-il son fils ? »

Elle s'arrêta brusquement.

« Il aime Ian. Il l'aime plus qu'tous ses aut' enfants.

– Pourquoi le brutalise-t-il, alors ? »

Elle haussa les épaules et nous continuâmes notre chemin. Au bout d'un moment, elle dit :

« Quand la vie est dure, les gens d'viennent durs.

Ils sont obligés, sinon ils tiennent pas l'coup longtemps... Archie frappe seul'ment quand il est vraiment énervé, à cause du whisky. Sinon, il est doux comme un agneau. »

Un loup déguisé en agneau, *maugréai-je en moi-même.*

« Les autres, ils savent que, s'ils s'tiennent tranquilles, Archie arrêtera d'les embêter. Mais Ian, lui, il d'vient fou. Il supporte pas d'voir quelqu'un prend' une raclée. Il dit qu'ça fait trop mal d'voir ça. »

Je connaissais ce sentiment.

« Il sait pas comment prend' son père, continua Mrs. Liddle. Répond' par des coups, ça sert à rien. C'est comme l'Soleil contre l'Vent.

– Que voulez-vous dire ?

– C'est un conte de l'ancien temps. L'Vent prétend qu'il est plus fort que l'Soleil. Alors, ils s'disputent pour savoir qui c'est qu'est l'plus puissant des deux. Ils voyent un homme qui marche sur un ch'min, et l'Vent dit : " On va voir c'lui qui va ôter son manteau à c'type. " L'Vent s'met à souffler fort fort, et l'homme serre son manteau contre lui, il le serre, il le serre. Ensuite, l'Soleil s'met à briller, à chauffer, jusqu'à ce que l'homme aye tell'ment chaud qu'il r'tire son manteau.

– Et c'est le Soleil qui gagne », fis-je d'un air rêveur.

Nous rentrâmes dans la maison de cinquante-neuf pièces et je laissai Mrs. Liddle à sa porte. J'allais ouvrir ma porte lorsqu'elle glissa quelque chose dans mon panier. J'aperçus un papier gras enveloppé d'une ficelle, et je compris que c'était un morceau de viande. Je commençai à protester, mais elle me poussa gentiment dans ma chambre en disant :

« C'est qu'un morceau de gras.

– C'est très gentil à vous, mais vraiment je...

– Faites donc pas d'façons. C'est rien. »

Je la regardai conduire le petit Jim dans leur

pièce et, au moment où elle refermait la porte, je lançai :

« Merci, Mrs. Liddle.

– Vous voulez pas m'app'ler May, Mrs. Maclean ?

– À condition que vous m'appeliez Kate. »

May Liddle se révéla une amie précieuse et digne de confiance, mais malgré ce qu'elle nous donnait, notre vie était très difficile. Nos corps étaient affaiblis par le dur labeur et les privations, et nos cœurs par l'absence de Robert. Les enfants n'exprimèrent jamais ouvertement la crainte que leur père les ait abandonnés, et je pense que cette idée affreuse ne pénétra même pas dans l'esprit de Davie, convaincu que son père reviendrait un jour ou l'autre. Mais Jenny devait se poser des questions, et j'eus plus d'une fois envie de tout laisser tomber pour partir à la recherche de Rob car, moi aussi, je me posais des questions. Pourquoi n'écrivait-il pas ? Cela n'avait pas de sens. Quels que fussent ses sentiments – ou son absence de sentiments – à mon égard, il aimait ses enfants et ne leur aurait jamais fait de mal volontairement. Le fait qu'il n'envoie pas de lettres ne pouvait s'expliquer que de deux façons : soit il était mort, soit il était si près de mourir qu'il était incapable d'écrire. Et si tel était le cas, alors je m'étais affreusement trompée quant au motif de sa fuite, qui n'était pas de nous abandonner et de nous faire croire plus tard qu'il était mort, mais qui était une tentative désespérée pour retrouver non seulement sa propre estime – que j'avais complètement sapée –, mais aussi notre maison. L'idée qu'il soit réellement parti pour toujours était si déchirante et si insupportable que je m'obligeai à croire qu'il n'était pas mort, et qu'il nous reviendrait un jour.

Nous essayions de rester fermes et résolus, et de prendre soin de notre apparence, sachant que si nous nous laissions aller, ce serait notre perte. Je *m'astreignais à laver et repasser nos vêtements, j'insistais pour que nous prenions chaque soir un bain, et j'assignais à chacun les tâches qui nous permettaient de tenir impeccable notre modeste logis. Mais notre ardeur à faire le ménage avait sensiblement diminué, car nous avions beau nettoyer encore et encore, cela n'empêchait pas notre pièce d'être misérable, minuscule, et froide.*

Je commençai à me demander si je n'avais pas perdu la raison, si sa fatigue et la tension ne m'avaient pas ébranlée, et si je n'étais pas en train de conduire mes enfants et moi-même au bord du gouffre. Ils suivaient, acceptant aveuglément toutes les tâches que j'exigeais d'eux, et je les regardais travailler, travailler, alors qu'ils auraient dû être à l'école. Cela faisait cinq mois, maintenant, qu'ils n'allaient plus en classe. Je proposai à plusieurs reprises que Davie au moins y retourne, mais Jenny refusa en disant avec force qu'on avait besoin de son frère à la maison, que la seule chose qui comptait, c'était de quitter Glasgow, et que le seul moyen d'y parvenir était notre entreprise de couture. Elle allait chaque matin à la boîte aux lettres et revenait les mains vides. Mais jamais elle n'exprima tout haut les doutes qui devaient la harceler. Elle s'asseyait à sa machine et elle cousait. Et je la voyais se retirer dans son monde intérieur, s'y réfugier, en attendant la chaleur de l'été, le chant de l'alouette, le Loch Leven... et le retour de son père.

CHAPITRE 14

(Angleterre, 24 mars 1909)

« Il est mort, tu crois ?
– Il est p't-êt' gelé.
– Touche-le.
– Touche-le, toi. »

J'ouvris les yeux en entendant des voix parler avec un fort accent du Derbyshire, et je sentis une petite main sur mon bras. Un garçon de huit ou neuf ans se tenait au-dessus de moi, les yeux écarquillés. A côté de lui, une petite fille aux cheveux bruns et raides aussi hirsutes que ceux de son frère. Leurs vêtements étaient usés mais propres, et la petite fille tenait une poupée de chiffon à laquelle il manquait un bras.

Passant la main sur mon visage sale et ma barbe piquante, je m'assis et m'appuyai contre l'arbre sous lequel j'avais passé la nuit. Mon estomac gargouillait. Je n'avais pas mangé depuis trois jours. Les yeux sombres de la petite fille observèrent mes vêtements en lambeaux, puis mon visage. Je lui souris et elle me rendit mon sourire. Le garçon la poussa derrière lui en disant :

« Vous êtes sur not' terre.
– Et où donc sommes-nous ?
– Dans la vallée de l'Éden.
– C'est à quelle distance de Londres ?
– P't-êt' cent cinquante kilomètres. »

Je frottai mes yeux encore embués de sommeil, me passai la main dans les cheveux, et essayai de me lever. Les enfants reculèrent. Une fois debout, je fus pris de vertige et tombai à genoux.

« Vous êtes malade ? demanda le garçon en s'approchant.

– Je vais bien. » Mais je n'allais pas bien du tout. J'avais des élancements dans la tête et de brûlantes douleurs d'estomac. J'inspirai profondément, posai mes mains contre le tronc de l'arbre, et me relevai tout doucement. Le froid humide de la terre pénétra dans les trous de mes bottes, et je frissonnai. Je regardai autour de moi le paysage – une mosaïque de vastes champs désolés – puis je scrutai le ciel matinal, chargé de nuages noirs.

« Tu peux me montrer le chemin pour Londres ? »

Le gamin m'examina un instant, puis acquiesça et me fit signe de le suivre. Nous traversâmes un champ et la petite fille me prit la main. Je regardai les minuscules doigts serrés sur les miens, et une vague de tristesse m'envahit au souvenir d'une autre petite main, chaude et douce, qui tenait la mienne, neuf ans plus tôt...

... Nous marchions avec précaution sur les cailloux du ruisseau qui passait derrière notre maison, au Loch Leven – des cailloux ronds, lisses, recouverts d'algues glissantes. Jenny me tira par le bras et me demanda d'aller plus vite ; elle agrippa ma main, riant aux éclats et jetant un coup d'œil derrière elle, tandis que je me balançais, en équilibre tantôt sur un pied, tantôt sur l'autre. Ses doigts serraient fort les miens et elle répétait : « Ne me lâfe pas, Papa... Ne me lâfe pas... »

« Georgie ! cria le petit garçon en écartant sa sœur de moi. C'est un inconnu ! Tu sais c'que M'man a dit ! »

Je m'arrêtai brusquement. La pensée de Jenny m'avait enlevé le peu d'énergie qu'il me restait. Je me pliai en deux.

« Quand c'est qu'vous avez mangé pour la dernière fois ? demanda le gamin.

– Cela fait quelques jours. »

En me redressant, je remarquai que l'enfant regardait en direction d'une petite maison au toit de chaume. Il se retourna vers moi en disant : « V'nez. »

Il me conduisit à la chaumière et me fit entrer ; la porte était si basse que je dus courber la tête. Nous nous retrouvâmes dans une pièce qui servait à la fois de cuisine, de salle à manger et de salon. Le sol était dallé et une énorme cheminée de pierre occupait tout le mur face à la porte. Le gamin me désigna une des quatre chaises qui entouraient une table ronde, et la petite fille la tira pour moi. Le garçon coupa quelques tranches de pain bis, versa du thé dans une chope et posa le tout devant moi.

« Mangez », me dit-il en s'asseyant en face de moi.

Je détachai lentement les morceaux de pain, les portai à ma bouche, les mastiquai soigneusement pour savourer chaque bouchée, puis je bus le thé à petites gorgées.

« Comment vous vous app'lez ? s'enquit la gamine.

– Robert. Et toi ?

– Georgina Doyle. » Regardant son frère, elle ajouta : « Lui, c'est Thomas. » Elle posa sur la table sa poupée dont elle arrangea les jupes sales et déchirées. « Vous savez c'qui est arrivé au bras d'ma poupée ?

– Non. » J'attendis qu'elle me l'explique, mais elle continua à arranger les vêtements de la poupée. « Qu'est-il arrivé au bras de ta poupée ?

– J'sais pas. C'est pour ça qu'je vous d'mande.

– Georgie ! cria une voix d'homme à l'étage. Avec qui tu parles, ma fille ?

– Un mendiant.
– Thomas, t'es avec not' Georgie ?
– Oui, P'pa.
– Où c'est qu'est ta mère ?
– Dans l'champ.
– Amène-moi donc c't' homme, fiston. »

Le petit garçon m'expliqua que son père s'était cassé la jambe, qu'il était alité, et que sa mère était obligée de travailler seule aux champs. Je montai derrière les enfants à une petite chambre où un homme fort et barbu était étendu sur un lit à colonnes. Il me regarda de haut en bas, puis m'interrogea :

« Z'êtes vagabond ?
– Non, monsieur.
– Travailleur agricole ?
– Non, monsieur. »

Il m'observa un instant, puis me demanda si je voudrais travailler en échange du vivre et du couvert. Il ajouta que le lendemain était la fête de l'Annonciation, qu'il avait loué une batteuse et que sa femme aurait besoin d'aide pour vanner et battre le blé. N'ayant guère d'autres possibilités devant moi pour manger correctement, j'acceptai et les enfants me conduisirent à leur mère.

Une femme de petite taille, vêtue d'une grossière blouse de travail beige, était debout près d'une meule de paille, le visage tourné vers le ciel. Des mèches de cheveux bruns échappées de son bonnet voletaient sur sa nuque. Elle se retourna à notre approche, prit appui sur une fourche et écarta ses cheveux de son visage – un joli visage... très joli... et douloureux. Pourquoi ? *Ne pose pas de questions, ne pense pas, n'éprouve rien, Maclean.* Son regard se porta sur la manche déchirée de ma veste, puis sur mon visage. Il y avait de la pitié dans ses yeux bruns et je me sentis honteux.

« Il va aider d'main au battage, M'man, dit le garçon. P'pa l'a engagé.
– Et il va dormir dans la gange, ajouta la petite fille.

– Dans la grange, corrigea sa mère en posant la main sur la tête de la petite. Comment vous appelez-vous, monsieur ?

– Smith. »

Elle hocha très légèrement la tête pour signifier qu'elle avait compris que ce n'était pas mon vrai nom, puis elle sourit faiblement et acquiesça. Elle devait avoir environ vingt-cinq ans, mais le soleil avait déjà plissé sa peau fine et blanche autour des yeux. Elle parlait un anglais impeccable, pointu et précis, comme une maîtresse d'école, et paraissait étrangement déplacée, dans cette étendue désolée.

Le vent nous fouettait, et elle leva à nouveau la tête vers le ciel, en déclarant : « Le vent *Helm* arrive. » Je regardai à mon tour les nuages et la femme expliqua que cette formation particulière de nuages annonçait l'approche du vent *Helm*, un vent qui venait de la chaîne Pennine, soufflait au printemps, arrachait les clôtures et renversait le bétail, sans discontinuer pendant quinze jours. Puis elle jeta un coup d'œil dans ma direction et son nez se plissa : je n'avais pas pris de bain depuis cinq mois.

« Thomas, va faire chauffer de l'eau pour Mr. Smith et donne-lui des vêtements propres. Je serai là à midi pour préparer le déjeuner. »

Les enfants me ramenèrent à la chaumière et j'aidai Thomas à remplir le baquet qui servait aux bains. Je me déshabillai, entrai dans l'eau brûlante, et la regardai devenir noire. La dernière fois que j'avais pris un bain, c'était à Liverpool, juste après avoir quitté Glasgow...

... J'étais retourné à Liverpool parce que c'était là qu'avait débuté ma brillante carrière, et que la *fortune* m'avait souri. À dix-sept ans, avec seulement cinq livres en poche, j'étais entré dans un pub où j'avais observé des marins soûls jouer aux cartes, et j'avais imaginé un moyen de devenir riche.

J'avais joué avec mon père et Jamie McEwen, pour des petites sommes de rien du tout, et j'avais souvent gagné, mais je n'avais pas envie de risquer le peu d'argent que je possédais avec des vieux loups de mer qui jouaient comme des professionnels. Il fallait que je sois SÛR de gagner. Je m'achetai un costume neuf et un beau chapeau, puis je m'exerçai à parler l'anglais distingué qu'affectait Jamie et que j'avais copié en vue de mon futur séjour à l'université d'Édimbourg et pour plus tard, lorsque je serais avocat. Me faisant passer pour un jeune seigneur fortuné, j'entrai en trébuchant dans un pub, commandai du whisky d'une voix avinée, et me mis à dévoiler mon cœur, assez fort pour que tout le monde entende. Je fis comprendre que mon père était un homme très, très riche, et que j'avais été mis à la porte de l'université pour avoir *compromis* une jeune fille à qui mon père avait dû verser une somme rondelette. Je fus immédiatement invité à me joindre aux marins qui m'affirmèrent qu'un jeu de cartes serait tout à fait indiqué pour me remonter le moral. Je leur fis un numéro du tonnerre, et trois heures plus tard j'avais gagné quarante-cinq livres. Je feignis la surprise et les marins, bons bougres, me laissèrent mes gains, croyant de toute évidence à un coup de chance. Nous nous séparâmes, eux pour retrouver leur bateau, moi pour entrer dans un autre pub, un peu plus loin, où je refis le coup du fils de famille débauché.

Cela avait marché à l'époque, pourquoi pas aujourd'hui ?

D'accord, je n'étais plus un jeune gaillard, mais maintenant j'étais expérimenté et encore capable de *jouer* lorsque l'occasion se présentait. Car ce n'était pas mon âge qui avait poussé les marins à prendre des paris extravagants, mais mon état d'esprit – j'étais soûl –, mon statut – j'étais un gentleman –, et l'assurance que toute dette d'honneur (imputable soit au jeu soit à la débauche) serait remboursée. Je me baptisai Sir Robert Yarwood of Kent, je revêtis Sir Rob des atours seyant à son rang et à sa personne, et, prenant l'air d'un type complètement imbibé, je fis savoir que j'avais suivi ma jeune maîtresse à Liverpool pour lui restituer financièrement ce qui ne pouvait plus l'être corporellement, mais que je n'avais pas réussi à retrouver ladite demoiselle, et que je n'aurais de cesse de *payer* pour ma mauvaise conduite.

Les seize livres qui me restaient, enroulées autour de morceaux de papier et exposées à la vue de tous, tandis que je racontais ma triste histoire, devaient avoir l'air d'une grosse somme d'argent et, comme je l'espérais, je fus invité à me joindre aux marins pour un *amical* petit jeu de cartes. J'assurai mes aimables victimes que je n'avais jamais joué aux cartes, à part le whist de temps à autre ; ils eurent à cœur de m'expliquer les rudiments du jeu, et commandèrent encore du whisky.

Sir Rob, à sa stupéfaction et à celle de ses partenaires, ramassa le paquet. J'empochai mes gains, impatient de regagner mon hôtel pour terminer les trois lettres que j'avais commencées pour Kate et les enfants, et que j'avais laissées en attente car je voulais joindre à chacune un beau billet de cinq livres.

Je ne revins jamais à mon hôtel.

Les trois marins que j'avais dépouillés de leurs sous durement acquis, se doutant qu'ils avaient été roulés, m'attrapèrent à la sortie du pub et m'entraînèrent dans une allée. Le premier coup me fit tomber à genoux et me brisa trois côtes ; le deuxième déchira le joli travail de couture de Ian, au-dessus de mon oreille droite ; je ne sentis pas le troisième... ou le quatrième... ou le cinquième...

Je me réveillai trois jours plus tard à l'infirmerie d'un hospice. L'endroit était incroyablement crasseux et sordide – condition indispensable, car il fallait chasser les pauvres de leur seul refuge, sous peine de les voir trop bien s'accoutumer à ce qu'on s'occupe d'eux. Le système était simple : ceux qui étaient valides devaient travailler pour leur entretien, et ceux qui ne l'étaient pas, eh bien on les laissait mourir lentement de faim. Notre nourriture consistait en un gruau liquide – en fait, de l'eau tiède et sale dans laquelle nageaient quelques flocons d'avoine broyés –, et ma cellule – que je partageais avec vingt autres hommes à des stades divers de déchéance – était en pierre, sans fenêtre, non chauffée, et éclairée seulement au moment des repas ou lorsque le médecin passait. On nous laissait dans l'obscurité parce que nous étions mourants ou presque, d'après ce que j'avais pu comprendre en écoutant mes gardiennes, et de cette façon il n'y avait pas de gaspillage de temps et d'énergie.

Mais je ne mourus pas. Parce que je ne devais pas mourir. Oh, ce ne fut pas grâce aux soins inlassables des femmes qui s'occupaient de nous : ceux qui ne pouvaient pas se nourrir tout seuls mouraient de faim, et si les draps étaient changés toutes les semaines, ce n'était pas pour le confort des malades, mais parce que la puanteur de ces déchets humains en décomposition était insupportable. Naturellement, elles ne faisaient que leur travail, car la salle dans laquelle je me trouvais était destinée uniquement à empêcher les moribonds de mourir dans la rue – ce qui aurait constitué un danger public; par conséquent, les critiques étaient hors de propos, puisque ces braves femmes précipitaient l'inévitable. Je les écoutais parler entre elles, et j'appris ainsi que j'étais le lit numéro huit; qu'un méchant coup de matraque m'avait brisé les côtes, sans compter les plaies et les bosses qui agrémentaient mon crâne naguère parfaitement plat; et qu'on pensait que j'étais un gentleman car les vêtements que je portais – ou plutôt ce qui en restait – lorsqu'on m'avait trouvé étaient ceux d'un homme aisé. On se posait beaucoup de questions sur mon identité mais, comme personne ne vint me réclamer, l'intérêt disparut vite et on me laissa croupir. Je suppose que ma résistance stupéfia mes gardiennes autant qu'elle me surprit, car j'entendis à plusieurs reprises le médecin dire à la femme qui l'aidait à refaire les pansements de ma tête que c'était un miracle si j'étais encore en vie. J'aurais pu lui dire pourquoi je n'avais pas succombé car, contrairement à ce qu'ils croyaient, je n'avais pas perdu l'usage de la parole ; je pensais simplement qu'en me faisant passer pour sourd et muet, je pourrais plus facilement m'enfuir une fois rétabli. Si j'étais encore vivant, c'est parce que j'avais promis aux miens que je serais de retour dans six mois avec l'acte de propriété du Loch Leven.

Et c'est ce que je ferais.

Lorsque je pus remuer mes bras et mes jambes, je me levai et exerçai mes membres dans l'obscurité, retournant vite au lit dès que j'entendais des voix parce que, si je marchais, cela signifiait que j'étais guéri. Et je serais obligé de travailler, pas pour un salaire, mais pour payer mes gardiennes de leur charité. De plus, on me transférerait au dortoir des hommes, où les lits étaient des plates-formes de bois recouvertes de matelas de grosse toile remplie de paille, sur lesquels dormaient côte à côte vingt-cinq personnes. Il est vrai que ceux de mes compagnons capables de travailler jouissaient du luxe d'un bain mensuel – froid et collectif – ainsi que de modestes lampes à gaz, et que leurs soirées étaient agrémentées par la lecture de la Bible, faite par un des administrateurs de l'hospice. Mais je m'étais habitué à mon lit et à l'obscurité de ma salle, et il aurait été peu raisonnable d'abandonner ce petit luxe. Ainsi, une fois mon crâne guéri, j'ajoutai une série d'exercices à ma gymnastique quotidienne, espérant intercaler un peu de muscle entre ma peau et mes os saillants. Le problème était mon régime alimentaire, le gruau liquide et le petit pain du dimanche n'étant pas faits pour me donner du poids, bien au contraire. Des cadavres plus petits, cela signifiait des cercueils moins grands : moins de bois, moins de clous, donc moins de frais auprès de l'entrepreneur des pompes funèbres. Je me révélai un futur cadavre peu coopérant, puisque je me glissais la nuit dans le garde-manger, avec la prudence d'une souris dans une maison habitée par des chats. La nourriture n'était pas sous clé puisque la cuisine se trouvait entre les salles des malades en phase terminale – les hommes d'un côté, les femmes de l'autre, tous cloués au lit, sauf moi – et que la nourriture était ainsi, croyait-on, à l'abri des doigts affamés. Je me bourrais d'avoine et de lard cru et retournais prudemment me coucher. Au bout de cent vingt-neuf jours – calcul basé sur le nombre de repas qu'on m'avait donnés – je me sentis suffisamment en forme pour envisager de lever le camp. Je me dis qu'on devait être à la mi-mars et que le temps serait assez doux pour que j'aille à pied jusqu'à Londres. Par malheur, les trois marins m'avaient dépouillé non seulement de mon portefeuille, mais aussi de mon manteau, de mon pantalon et de mes chaussures, ne me laissant sur le dos qu'une chemise tachée de sang. La fuite semblait bien difficile pour Robert Maclean.

Mais pas pour Sir Robert Yarvood of Kent.

Ce fringant gentleman guérit miraculeusement, manifesta avec force cris et gestes sa profonde indignation d'avoir été si terriblement maltraité, et demanda à être libéré sur-le-champ. Les autorités de l'hospice blâmèrent le surveillant, qui blâma le médecin, qui à son tour blâma l'infirmière. On me trouva des vêtements et on me prêta des bottes qui ne faisaient que deux pointures de trop, et dont les semelles avaient si peu de trous qu'elles étaient comme neuves, et on me relâcha par une sombre matinée de printemps, le lundi 18 mars.

Je me rendis tout droit au bureau de poste pour envoyer un télégramme à Mallaig, puisque Kate et les enfants étaient sans nouvelles de moi depuis près de cinq mois et devaient me croire mort. Les administrateurs de l'hospice avaient eu la bonté de prêter à Sir Robert un florin, pour qu'il puisse prévenir sa famille de sa résurrection et, en attendant la ligne, je jouais avec la pièce et réfléchissais au texte de mon télégramme. Que dire ? Comment expliquer ? Ce n'était pas un télégramme qu'il fallait envoyer, mais une lettre, et une longue. Comment serait reçue ma missive, après cinq mois de silence ? Kate avait peut-être mis à exécution sa menace de dire aux enfants que je les avais quittés non pas pour leur rendre le Loch Leven, mais parce que je ne voulais plus d'eux. Mais les enfants ne la croiraient jamais... À moins de rester cinq mois sans un mot de leur père.

La pièce brilla, m'aveugla un instant, me glissa des doigts et tomba par terre. Je posai le pied sur la petite pièce d'argent et la contemplai jusqu'à ce que ma vue se brouille : elle jetait des éclats pareils à ceux des vagues, au crépuscule, à Mallaig, pareils aux rochers de granit qui surgissaient du détroit de Sleat, là où ELLE s'assiérait pour contempler la mer... en m'attendant.

« Ah, Jen », soupirai-je en me mettant à quatre pattes pour ramasser la pièce. Et d'un seul coup son visage m'apparut, tout près de celui de Davie, collé à la vitre du train : un visage plein d'amour et de confiance... Non, elle ne croirait pas ça. Elle savait combien je l'aimais. Jamais elle ne me croirait capable de l'abandonner. Mais Kate, oui. Kate pensait que je ne l'aimais plus, ni elle, ni les enfants. Il fallait que j'envoie le télégramme. Il me fallait les convaincre, tous les trois, que je les aimais, que je n'avais jamais cessé de les aimer.

Je me relevai péniblement, me dirigeai vers la fenêtre, rédigeai en hâte mon télégramme – « Je vais bien, lettre suit, serai bientôt de retour, je vous aime tous, Papa » – et le glissai à l'homme derrière le guichet. Il le lut, me réclama un shilling six pence et, au moment où j'allais lui tendre le florin, la pièce brilla à nouveau, comme en signe d'avertissement, et une voix dans ma tête demanda : *quelle quantité de nourriture peux-tu acheter avec deux pence ?* Sans argent pour manger, je n'arriverais jamais jusqu'à Londres, je ne rachèterais jamais le Loch Leven.

Je n'expédiai pas le télégramme.

Je marchai en direction du sud-ouest, dormant derrière des haies. J'avais calculé que je pourrais faire entre vingt-cinq et trente kilomètres par jour. Mais j'étais encore faible à la suite de mon séjour à l'hospice, et le côté gauche de ma cage thoracique, mal cicatrisé, me faisait mal à cause de l'air froid et humide des Midlands ; si bien que je pouvais à peine marcher dix kilomètres par jour.

Mon florin me dura jusqu'à Sheffield, à deux cent cinquante kilomètres de Londres. Mon argent une fois envolé, mes nobles espoirs de reconquérir le domaine s'envolèrent avec lui.

Demain, je travaillerais comme ouvrier agricole. Et après ?

Je me récurai à fond, me rasai devant la petite glace prêtée par mon hôte handicapé, puis admirai mon œuvre. Sans barbe, mon visage était pâle et émacié, mais au moins j'avais l'air propre. Mes côtes saillaient sous ma poitrine naguère musclée. J'avais dû perdre près de dix kilos, malgré mes incursions au garde-manger de l'hospice. Je trouvai près du tub un pantalon et une chemise de flanelle que le gamin avait empruntés à son père, et je m'habillai. Les vêtements étaient trop grands pour moi ; je resserrai la ceinture et relevai les manches. Les enfants vinrent chercher le baquet pour le vider, et Thomas découpa des morceaux de cuir pour les glisser dans mes bottes trouées ; puis il m'aida à les nettoyer et à les astiquer, me souriant de temps à autre, tranquille et sûr de lui...

comme Davie. Mon Davie. Il valait mieux que je ne pense pas à lui. Mais je ne pouvais m'empêcher, tout en discutant avec les enfants, de les observer. La manière dont le garçon protégeait sa sœur était admirable, car elle avait l'air d'un petit elfe. Elle passa la matinée à chercher le bras de sa poupée, sans succès. Les deux petits m'emmenèrent à la grange, me donnèrent des couvertures, et nous fîmes une chambre à coucher d'une des stalles à chevaux.

« Vous êtes de Londres ? questionna le garçon en pliant une couverture en guise d'oreiller.

– Non.

– Vous parlez comme M'man.

– Ta mère est de Londres ?

– Hhhhmmm. Elle est partie quand elle avait seize ans.

– Elle a fait tout l'chemin à pied, renchérit la petite. P'pa l'a trouvée écroulée...

– Georgie !

– Oui, c'est vrai ! Il l'a trouvée écroulée sur la route de Lambeth...

– Tais-toi, maint'nant...

– Mais c'est vrai, Thomas. Fanny Newland, elle a dit...

– T'occupe pas de c'que Fanny Newland a dit. Va chercher une lanterne pour Mr. Smith. »

Nous regardâmes Georgie s'éloigner en sautillant ; Thomas tritura les couvertures en évitant mon regard, puis donna un coup de pied dans une botte de paille en marmonnant :

« Horrible endroit, Londres... horrible.

– Y es-tu déjà allé ? »

Il ne répondit pas tout de suite et, lorsqu'il parla, ce fut pour me demander pourquoi je voulais aller là-bas.

« Pour le travail.

– Qu'est-ce que vous faites ?

– Je... je suis expert financier.

– C'est quoi, ça ?

– Eh bien, j'estime combien d'argent ont les gens, et je les conseille sur la meilleure façon de le placer. » *Dans mes mains qui en ont tant besoin.* « Tout Londres n'est pas horrible. Seulement East End. Mais ta mère n'est pas d'East End, n'est-ce pas ?

– Non... Kensington.

– C'est un très joli coin de Londres, juste après Hyde Park. Un quartier riche. Très huppé.

– Très quoi ?

– Élégant. À la mode. C'est là que vivent les gens riches. » Le gamin avait l'air troublé. Ne voulant pas éveiller des soupçons dans son jeune esprit quant au passé de sa mère, je souris et ajoutai : « Mais peut-être y a-t-il plusieurs Kensington, Londres est une très grande ville. » Un sentiment de soulagement effleura son visage ; je fus frappé du peu de ressemblance qu'il avait avec son père, et je crus savoir pourquoi sa mère trouvait Londres horrible. L'expression de soulagement disparut du visage de Thomas. Lui aussi, il savait. La confirmation de ses soupçons était quelque chose de terrifiant, et la colère s'inscrivit sur ses traits. Instinctivement, je fis un mouvement vers lui et posai ma main sur son épaule : il ressemblait tellement à Davie, d'un seul coup, lorsque mon fils était fâché, et j'avais envie de l'apaiser. Mais il s'écarta de moi, se releva et sortit de la grange sans un mot.

La petite fille revint avec une lanterne et me montra comment m'en servir ; je souris de l'extrême sérieux qu'elle apporta à cette leçon, comme si elle était un professeur et moi son élève préféré... la même chose qu'avec Jen. Que pensait-elle, ma petite fille ? J'aurais dû envoyer le télégramme, qu'importe si j'étais resté sans le sou. J'aurais dû lui dire tout mon amour et lui donner l'espoir de mon retour. Parce que je reviendrais, je devais revenir. J'avais marché pendant six jours en direction de Londres, comme si Londres était la terre promise, et je savais que si je m'étais arrêté, je me serais étendu par terre et je serais mort. Mais je ne voulais pas mourir, parce que je devais leur rendre leur maison. Et je la leur rendrais. Mais pour cela il me fallait être fort, alerte, en excellente condition physique. Je resterais chez les Doyle jusqu'à ce que je sois en pleine forme. Je ferais trois bons repas par jour, mes muscles se reconstitueraient et, une fois que j'aurais retrouvé ma vigueur passée, alors j'irais à Londres... et je ferais des estimations financières.

À midi nous revînmes à la chaumière et, en ouvrant la porte, l'odeur de viande qui cuisait me remplit les narines. La femme était devant le fourneau et remuait quelque chose ; elle se retourna lorsque j'entrai. En me voyant, elle resta bouche bée et rougit violemment.

« Vous... vous m'avez fait peur, dit-elle en baissant les yeux.

– Je suis désolé.

– Vous avez un air tellement différent, sans la barbe. »

Elle aussi avait un air différent. La base de son cou était dénudée, et j'avais une folle envie de la toucher, car elle devait avoir une peau souple, comme celle de Kate. Il y avait si longtemps que je n'avais pas touché une femme, senti la chaleur et la tendresse d'une femme, cette chaleur et cette tendresse qui guérissent. Je ressentis une douleur qui n'avait rien à voir avec mes côtes cassées ; simplement, cette femme avait éveillé en moi le désir de Kate. Mes yeux passèrent de son cou à ses hanches ; elle mit ses mains devant elle, comme pour se cacher, et, gênée par mon regard indiscret, elle se retourna vers le fourneau.

Le repas fut plutôt calme, égayé par l'homme qui, du haut de sa chambre, participait à la conversation. C'était un type très jovial qui parlait un patois du Derbyshire formant un contraste étonnant avec la façon de parler de la femme. Les yeux du petit garçon ne quittèrent pas sa mère un instant et, à la fin du repas, il reposa sa fourchette et demanda : « Quand c'est qu't'as quitté Londres, M'man ? J'veux dire, c'était quel mois ? »

La femme me regarda, baissa les yeux sur son assiette et répondit : « Au printemps.

– Mars.

– Non.

– Avril ? Mai ? L'2 juin ? »

Sans regarder son fils, elle commença à débarrasser la table. J'étais très ennuyé du tour qu'avaient pris les choses, même s'il était évident que le gamin se doutait depuis déjà quelque temps qu'il avait été conçu avant la rencontre de sa mère avec Tom Doyle. Je regrettais seulement que ce soit moi qui aie renforcé ses soupçons.

Nous passâmes l'après-midi à faire les préparatifs pour le battage du lendemain. Le vent était devenu plus violent et la femme demanda au petit garçon de bien fermer les volets et de ramasser tout ce qui n'était pas à l'abri.

Après le dîner, la femme et les enfants s'installèrent près de la cheminée et je leur souhaitai le bonsoir, ne voulant pas m'immiscer dans leur intimité.

Je dormis d'un sommeil haché, la proximité des Doyle me faisant penser à ma propre famille. J'eus la vision de Kate, puis d'Emma Doyle et de ses courbes attirantes ; je chassai cette dernière de mon esprit et imaginai les visages de Kate et des enfants lorsque je rentrerais, avec l'acte de propriété du Loch Leven, et je finis par m'endormir.

Le lendemain matin, le ciel était noir, le vent avait encore augmenté et balayait la vallée de son souffle glacial. La batteuse était un engin de bois relié à un moteur qui fonctionnait au charbon. Le propriétaire de la machine jouait le rôle du mécanicien, tandis que la femme et moi étalions le blé, que les enfants avaient vanné, sur un tambour pivotant qui battait les grains un à un. Nous travaillions en silence et rapidement, car le propriétaire de la batteuse était engagé dans une autre ferme le lendemain, et nous devions avoir terminé au crépuscule. Le terrain des Doyle n'était pas très grand et normalement nous aurions aisément fini, mais le vent était tellement fort que nous avions du mal à nous tenir debout sur la plate-forme.

C'était un travail peu fatigant intellectuellement, mais physiquement pénible, et je fus heureux lorsque, à midi, la femme demanda au mécanicien d'arrêter un moment. Elle distribua d'épaisses galettes et du thé froid, et nous déjeunâmes là, sur la plate-forme. Mes genoux tremblaient, mes oreilles bourdonnaient. J'observai la femme lorsqu'elle s'assit à côté des enfants, enleva des bouts de paille de leurs vêtements, et mordit délicatement dans sa galette. Elle mangeait d'une manière raffinée, et je me demandai qui pouvait bien être le père du petit garçon. Elle surprit mon regard et baissa la tête pour arranger le bonnet de la petite fille.

Lorsque nous nous remîmes au travail, le vent faisait rage et la petite fille fut envoyée à la maison, de peur que le vent ne la plaque au sol. Le garçon resta, bien qu'il eût beaucoup de mal à vanner le blé. Le battage fut terminé peu après sept heures, et je frottai mes bras et mes épaules endolories, impatient d'aller me coucher. Mais le vent était tellement déchaîné que nous dûmes enfermer tout le bétail dans la grange. Nous conduisîmes les oies et les poules auprès des vaches et des chevaux, et la femme proposa que je dorme dans la maison jusqu'à ce que le vent se calme.

Mais le vent ne se calma pas. Il fit rage pendant quinze jours et souffla avec une telle violence qu'il arracha la clôture et fit tomber plusieurs arbres. Le travail à l'extérieur était impossible, et je restai dans la chaumière avec la femme et les enfants.

Ils avaient peu de livres, à part la Bible, et j'essayai de lire pour m'occuper pendant que la femme cuisinait et reprisait. Le garçon se tenait éloigné de sa mère et l'observait, et les joues de la femme se marbraient de rouge, comme si le regard de son fils la flagellait. J'avais envie de parler au petit, de lui dire de ne pas juger sa mère, parce qu'il ne connaissait pas les circonstances, mais ce n'était pas à moi de le faire, et j'espérais que la femme le prendrait à part pour lui expliquer. Elle ne le fit pas. La tension s'accrut, un silence lourd s'installa dans la pièce, rompu seulement par le tic-tac de la pendule... et les battements effrénés du cœur d'Emma Doyle, sous le corsage de sa robe, où mes yeux s'attardaient chaque fois que je levais mon regard de ce que je lisais. Je me mis à jouer aux dames avec Tom Doyle, puis au gin rummy, dans l'espoir que, si je me rapprochais de lui, mes pensées licencieuses vis-à-vis de sa femme disparaîtraient. Car ce qui était fou, c'était que je ne la désirais pas, en réalité, pas comme je désirais Kate. Mais j'avais besoin de sa douceur, j'avais le sentiment qu'elle pouvait me guérir, effacer la douleur qui me taraudait, me rendre la santé. Lorsque je l'écoutais lire la Bible, je me disais et me redisais que j'étais là pour une seule et unique raison : reprendre assez de forces pour me rendre à Londres.

Lorsque le vent s'apaisa, nous réparâmes les clôtures démolies, et je retournai dormir dans la grange. Mais je n'arrivais pas à dormir. Je ne cessais de me retourner, et j'avais envie de boire un verre. Les Doyle n'avaient pas d'alcool chez eux, car c'étaient des chrétiens pratiquants, et je n'avais pas d'argent pour acheter une bouteille. De plus en plus agité, je décidai d'aller marcher un peu.

Une lumière brillait faiblement, dans la chaumière, du côté de la cuisine, et je me demandai qui pouvait bien être encore debout, car il était presque minuit et la lumière s'éteignait en général à neuf heures. Je m'approchai de la fenêtre et regardai à l'intérieur. La femme était dans le tub, près de la cheminée, et passait une éponge sur ses bras. À la lueur des flammes, sa peau scintillait et des gouttes d'eau coulaient sur ses seins. J'imaginai leur douceur : si seulement je pouvais y poser ma tête, les effleurer de mes lèvres, respirer cette peau embaumant la lavande, cette peau de femme. En même temps, une voix me commandait de m'en aller. Mais j'étais incapable de bouger, incapable de détacher mes yeux de cette femme. C'était un festin pour mes yeux affamés, et je la buvais du regard, je léchais l'eau qui dégoulinait sur elle, je me rassasiais de ces globes parfaits qui bougeaient à chacun de ses mouvements. Je serais mort sur place pour pouvoir les toucher, seulement les toucher, une seule fois, et les sentir se dresser sous mes doigts. *Régale-toi. Délecte-toi. Goberge-toi... Va-t'en, ne regarde pas. Ce festin des yeux te laissera affamé. Elle ne peut pas te contenter, elle ne peut pas te rassasier. Retourne dans la grange et va rêver de Kate.*

Elle se releva, attrapa une serviette et je retins mon souffle. Elle était si belle, si bien faite, si...

Elle laissa tomber la serviette, se couvrit de ses mains et poussa un cri, ses yeux rivés aux miens. Je reculai et courus vers la grange, en essayant d'effacer de mon esprit l'expression de son visage : une expression d'horreur. Seigneur Dieu, qu'étais-je devenu, à regarder ainsi aux fenêtres, comme un vieux vicieux ?

Il fallait que je parte. C'était à Londres que je devais être, pas dans la vallée de l'Éden, pas avec Emma Doyle. Ce n'était pas Emma Doyle que j'aimais, ni le garçon, ni la petite fille. Je n'avais pas besoin d'emprunter à Tom Doyle sa famille pour l'aimer par procuration, parce que ma propre famille m'attendait à Mallaig.

J'enveloppai la couverture autour de moi, fis un balluchon avec ma veste, et pris la direction du sud.

Londres m'attendait.

Londres... et la rédemption.

CHAPITRE 15

Les rues de Londres regorgeaient de centaines de boutiques, et les femmes les mieux habillées de Grande-Bretagne se fournissaient à Bond Street. Londres m'appelait, me faisait signe... mais en vain. Je ne pouvais décemment pas dépenser l'argent destiné à nourrir mes enfants en frais de train et d'hôtel.

Nous avions un client à Leith, sur la côte d'Édimbourg, qui nous devait de l'argent depuis deux mois, et n'avait pas répondu à mes nombreuses lettres de relance. Je décidai de prendre le taureau par les cornes et, si nécessaire, de faire le siège de son magasin jusqu'à ce qu'il me paye. Je m'engageai dans Cork Street et m'arrêtai soudain en arrivant devant la boutique. « À louer » annonçait un écriteau apposé à la vitrine barbouillée de peinture blanche. « Charlatan ! » m'écriai-je intérieurement. Il nous devait exactement soixante-cinq livres, somme dont nous avions terriblement besoin. Je me rendis dans les boutiques voisines, où l'on m'apprit que le propriétaire avait quitté la ville six semaines plus tôt, au volant d'une magnifique Rolls Royce flambant neuve.

Je revins à Glasgow et marchai lentement vers la maison, avec le sentiment que tout était perdu. En approchant, je remarquai une belle Daimler blanche garée près de l'entrée. C'était un modèle très récent, sûrement de l'année – 1909 – et le cuir noir de l'intérieur était souple et brillant. J'avais toujours admiré les voitures et rêvé d'en posséder une... un jour. Je me demandai à qui elle pouvait bien appartenir, car les automobiles étaient rares dans le coin, surtout d'aussi belles et neuves que celle-ci. Le capot était froid, signe que le propriétaire était là depuis un moment. Quelqu'un de riche. Quelqu'un avec plein, plein d'argent. De l'argent à flamber... comme un joueur.

Je levai la tête vers notre fenêtre et soudain mon cœur se mit à battre plus fort. Il était revenu. Je le savais. Je le sentais. Il était là-haut avec les enfants, en train de leur distribuer des cadeaux, de leur demander pardon. Fonçant sur la porte d'entrée, je la poussai de toutes mes forces. Il était de retour ! Me ruant dans le hall, je grimpai l'escalier quatre à quatre.

À mi-chemin, je m'arrêtai brusquement. Comment osait-il revenir ? Avais-je perdu l'esprit ? Il avait quitté femme et enfants. Oubliais-je déjà les mois de famine, la douleur de l'abandon, la souffrance de mes enfants ? Une fois arrivée sur le palier, je m'affalai contre le mur en regardant la porte de notre chambre. Derrière cette porte, il y avait Robert. Je fermai les yeux et me rappelai la dernière fois où il m'avait tenue dans ses bras. Je me rappelai le contact de ses mains, l'odeur de sa peau, la manière dont il...

Peu m'importait ! Il était là et j'avais besoin de lui, besoin d'être avec lui. Je lui pardonnerais. J'excuserais ce moment de faiblesse. Je me précipitai vers notre chambre et ouvris la porte en grand.

Une pile de cadeaux enveloppés de couleurs vives s'élevait sur la table. Il y en avait tant que je ne voyais pas son visage. Mais je voyais ceux de Jenny et Davie, rayonnants.

« Kate. »

Je me figeai sur place. Je ressentis un choc au

creux de l'estomac et dus me retenir à une chaise pour ne pas tomber.

« Kate », répéta-t-il en venant vers moi.

Je le sentis m'attirer à lui, mettre ses bras autour de moi. Je reculai en chancelant. « Will... Qu'est-ce que tu... » Je ne pus continuer, trop bouleversée à la fois par la déception et par le choc de revoir mon frère au bout de deux ans, ou presque. Il était l'élégance personnifiée, habillé à la dernière mode, avec juste quelques cheveux grisonnants sur les tempes. Il me regarda et je me vis dans ses yeux : pâle, hagarde, vieille avant l'âge, comme toutes les femmes de cette maison. Son regard se voila et se remplit de pitié.

« Kate... »

Honteuse, je détournai les yeux et aperçus le ravissant visage de Jenny. L'air radieux, elle tenait à bout de bras une robe violet foncé et elle s'exclama : « Oncle Will nous a apporté des cadeaux, Maman. As-tu déjà vu une aussi belle robe ? » Était-elle devenue folle ? Avait-elle oublié qu'il était dangereux, qu'il lui ferait du mal ? Elle ne l'avait pas oublié, non, parce qu'elle ne m'avait jamais crue, ni Davie non plus. Il restait, il resterait toujours pour eux leur cher oncle Will. C'était cela qui le rendait si terriblement dangereux. Je savais qu'il me fallait faire appel à toute ma rage, prendre les armes, me tenir prête, jeter Will dehors et lui dire que je ne voulais plus jamais le revoir. Mais où était passée la colère qui m'avait envahie après l'enterrement de mon père ? Où était la fureur qui s'était emparée de moi après ma fausse couche ? J'aurais pu le tuer, alors. J'aurais DÛ *le tuer. Mais la colère avait disparu. Et il était là, devant moi, gentil et tendre, et il me regardait, il m'enveloppait de sa compassion et de son amour. Dangereux.*

J'essayai de me détacher de Will et j'esquissai un pas vers la fenêtre, mais il me retint par le bras et porta doucement sa main à ma joue, en soupirant : « Mon Dieu, Kate... mon Dieu... ton visage...

– Je suis simplement fatiguée, répondis-je faiblement, tentant en vain de me défaire de son emprise. Comment nous as-tu trouvés ?

– Un détective privé. Je suis allé à San Francisco. Pourquoi as-tu menti, Kate ? Pourquoi ? Pourquoi n'es-tu pas venue vers moi ? Tu sais que je t'aurais aidée. Tu sais que j'aurais donné n'importe quoi... n'importe quoi... » Je regardai sans le voir le monceau de cadeaux sur la table. Will se rapprocha de moi et m'expliqua, comme s'il parlait à un petit enfant perdu : « Je suis venu te chercher pour t'emmener à la maison. »

Sa voix était comme une musique, douce et caressante. J'écoutais Will parler et cette voix basse et lente résonnait dans ma tête, me plongeait tout doucement dans l'oubli, comme il savait si bien le faire lorsqu'il était ainsi. Sincère. « Laisse-moi t'aider, Kate... je t'en prie. Ne serait-ce que pour le bien des enfants. Reviens à Cromdale. » Son bras entourait mes épaules et je sentis que je m'abandonnais. Il y avait si longtemps que personne ne m'avait tenue ainsi. Avec douceur, il me caressa les cheveux et attira ma tête contre sa poitrine. Je sentis les larmes me monter aux yeux. Des larmes brûlantes que je retenais depuis six longs mois. J'essayai de me dégager, mais Will me serrait contre lui et je n'avais pas la force de lutter. J'avais envie de pleurer. De me laisser aller. D'oublier. Même pour un court instant. Oublier que je n'avais pas d'argent, que mes enfants avaient faim, que nous vivions dans un taudis, et que l'homme que j'aimais m'avait abandonnée. Will m'attira encore plus près et dit tranquillement pardessus mon épaule : « David, prépare tes affaires. Nous partons pour Cromdale. »

Ce fut comme s'il m'avait lancé de l'eau froide au visage. Je m'arrachai à son étreinte et fixai ses yeux sombres, toujours doux et tendres, des yeux de biche. Emprisonnant mes mains dans les siennes, il les porta à sa poitrine. « Tu pourrais coudre à Cromdale. Sois raisonnable, Kate. » Il continua jusqu'à ce que je me retrouve dos au mur. « Laisse-moi t'aider.

– Je n'ai pas besoin de ton aide », répondis-je d'un air de défi, trouvant enfin le courage qui me faisait défaut quelques instants plus tôt.

Il me glissa une liasse de billets dans la main et, en refermant mes doigts dessus, il dit : « Considère cela comme un petit prêt. » Il tenait toujours ma main et, comme je le regardais fixement, il sourit doucement et ajouta : « Viens à la maison, Kate. À la maison à laquelle tu appartiens.

– Je ne peux pas...

– Tu peux. Jenny et Davie sont d'accord.

– ... Jenny ?

– Il a raison, Maman, dit Jen en se levant et en venant vers nous. Oncle Will a raison. Nous pouvons coudre à Cromdale, et employer les femmes de la région comme couturières, et dès que nous aurons gagné assez d'argent, nous irons à Édimbourg comme prévu. »

Elle était à côté de lui et, tandis que mon regard passait de ma fille à mon frère, les mots de Will résonnèrent dans ma tête : ELLE, ELLE NE ME RENIERA PAS... ELLE AIME SON ONCLE WILL. M'écartant de lui en chancelant, j'attrapai Jen, la fis passer derrière moi, jetai l'argent par terre et hurlai : « Sors !

– Kate...

– Sors ! »

Il recula d'un pas et regarda Jen en disant : « Emmène ton frère quelques instants, Jen. Il faut que je parle à ta mère.

– Non... »

Jenny hésita et ses yeux allèrent de moi à Will, qui insista : « Va, Jen. Emmène ton frère et nous t'appellerons.

– Non.

– Kate, je veux cinq minutes. Cinq minutes pour m'expliquer. Tu me dois cela.

– Je ne te dois rien !

– Mais si. Si, Kate. »

Mes jambes flageolèrent, faillirent se dérober sous moi. Jenny attendait des instructions. Je fis un signe d'acquiescement, évitant son regard ; elle prit Davie par la main et l'emmena hors de la pièce.

« Assieds-toi, Kate.

– J'aimerais mieux rester debout.

– Je veux que tu t'asseyes près de moi et que tu écoutes calmement ce que j'ai à dire. » Mon corps se mit en mouvement, sans l'intervention de ma volonté, et je me sentis glisser comme sur de la glace, suivre Will jusqu'au lit, où il me fit gentiment asseoir à côté de lui. Il me prit la main, la posa sur ses genoux, la caressa. « Tu m'as blessé, après l'enterrement de Papa, Kate. Je voulais te blesser à mon tour. Mais tu sais que je ne pensais pas ce que j'ai dit. Seigneur Dieu, Kate, je les aime, tous les deux. Ils sont davantage mes enfants que ne le sont mes propres fils. J'étais là quand ils ont fait leurs premiers pas. Robert y était-il ? Non, c'était moi. Kate, je le jure, j'ai dit quelque chose de stupide, quelque chose d'insensé, parce que j'avais perdu la tête.

– Tu l'avais déjà perdue une fois auparavant, Will, et tu as failli me tuer ! As-tu oublié ? Moi, pas !

– Cela n'arrivera plus jamais.

– Mais quelle assurance puis-je avoir ?

– Le prix que j'ai payé... Mais tu m'aimes... encore.

– Non...

– Si. Tu le sais. Tu as peur des conventions, de ce qu'on pourrait dire, de ce que les gens pourraient penser. Mais toi et moi, nous ne sommes pas comme les autres, nous ne sommes pas obligés de vivre comme les autres. »

Folie... Folie... qui était le plus fou, lui ou moi ?

« Kate, viens à la maison vivre avec moi. Ce sera comme tu voudras, personne ne saura. Nous serons discrets. Donne-moi ton cœur, Kate. Il était à moi, autrefois, tu me l'avais donné de ton plein gré. J'en ai besoin, aujourd'hui.

– Je... je...

– Ton cœur, ton cœur, ma chérie. Le reste... le reste est secondaire. Aime-moi, Kate. Aime-moi comme tu m'as aimé un jour. »

Se rapprochant de moi, il attira ma tête contre la sienne jusqu'à ce que nos fronts se touchent, et je faillis hurler. Son contact était grotesque, odieux. Will avait tué. Will avait violé. Will avait tué trente et une personnes innocentes. Il avait été à deux doigts de me tuer.

Me débattant pour m'écarter de lui, je me levai et désignai la porte en disant : « Sors. Tout de suite. Va-t'en. Va-t'en et ne reviens plus jamais.

– Tu ne penses pas ce...

– Je le pense.

– Kate...

– Sors ! »

Il baissa la tête et je détournai les yeux, de peur de le voir pleurer, car ses larmes m'auraient brisée. Il se leva, ramassa son chapeau et ses gants, puis les billets de banque éparpillés au sol, et se dirigea vers la porte. Il garda un instant sa main sur la poignée, puis la tourna doucement et, au moment de franchir le seuil, il me lança :

« Jamais je ne lui ferais du mal... jamais.

– Tu as juré un jour de ne jamais me faire de mal... et...

– ... Oui. »

Lorsque les enfants rentrèrent, Jenny me demanda pourquoi j'avais refusé d'aller à Cromdale. Je lui répondis que, quoi qu'il puisse dire ou faire, leur oncle demeurait toujours une menace pour eux, et que son frère et elle devaient être vigilants et ne jamais se trouver seuls avec lui.

« Tu te trompes, Maman, dit-elle en caressant la splendide robe pourpre. Oncle Will ne nous ferait jamais de mal parce qu'il nous aime. »

Comment lui expliquer que l'amour de mon frère était différent de tout ce qu'elle pouvait imaginer, qu'il ne connaissait aucune limite, et ne pouvait en aucun cas les préserver de son courroux, lui aussi sans limite? Impossible de lui dire comment je savais cela, sans révéler tout ce qui s'était passé entre mon frère et moi.

J'allai vers le fourneau pour voir ce que Jenny nous avait préparé à dîner. De la graisse de viande et du pain rassis. Je regardai la pile de babioles et de vêtements que Will avait laissés sur la table, regrettant de ne pas avoir accepté la liasse de billets. « Enveloppe tout cela et porte-le aux Liddle.

– Mais, Maman...

– Jen...

– Pas ma robe. Laisse-moi au moins garder ma robe », implora-t-elle, en tenant la robe de satin contre son cœur. Pouvais-je lui refuser cette unique folie? « Je t'en prie, Maman », répéta-t-elle.

Je me laissai tomber sur le lit, avec l'impression d'avoir été vidée de mon sang. Nous ne serions jamais en sécurité. Il reviendrait. Nous serions obligés de déménager. Il fallait que je vende suffisamment de robes pour nous sortir d'ici. Loin de...

« Maman! Je peux garder ma robe?

– Oui, Jen, fis-je d'un ton las. Mais donne tout le reste. »

Davie se tenait près du lit et m'observait. Nos yeux se croisèrent et, l'espace d'un instant, je crus qu'il savait, au sujet de Will et moi. Mais il demeura silencieux, mit ses mains dans ses poches et déclara : « Je vais mettre le couvert. » Je regardai Jen verser la graisse de viande dans nos bols à café, et Davie découper des tranches de pain qu'il déposa devant chacune de nos trois assiettes.

La visite inattendue de mon frère mit à rude épreuve mes nerfs déjà à vif. Maintenant plus que jamais, il me fallait emmener Jenny et David hors de Glasgow. La seule chose positive, c'était que désormais je n'avais plus besoin de laisser Joseph ignorer où nous étions. Je lui adressai un résumé rapide des événements, en sautant les détails les plus sordides et en ne mentionnant pas la fuite de

Robert, et je promis de lui écrire une VRAIE *lettre dès que j'en trouverais le temps.*

Nous redoublâmes d'efforts pour maintenir Jenda – et nous-mêmes – à flot, ne dormant pas plus de quatre heures par nuit, et j'engageai cinq couturières de plus, sans savoir comment je les paierais.

Comptant de plus en plus sur les enfants, je revins sur ma décision de réinscrire Davie à l'école, et je rencontrai l'acheteuse de Gardner's, l'un des grands magasins les plus importants de Glasgow. On me passa commande de trente-cinq robes, que je promis de livrer à la fin de la semaine. C'était de la folie de ma part : étant donné la structure de notre entreprise, je serais en principe incapable de faire face à mes obligations. Et, même si les trente-cinq robes étaient coupées sur le même modèle, Gardner's avait demandé des tailles et des coloris divers, et s'attendait à recevoir trente-cinq robes différentes. Nous modifiâmes astucieusement cols et manches, ajustâmes les tailles grâce à des coutures plus ou moins larges, si bien que chaque robe avait l'air d'être unique. Mais la soie était un crêpe georgette, très fin et souple, difficile à travailler.

La veille de la livraison de la commande, je me ruai de porte en porte pour ramasser le travail. La plupart des robes étaient si mal finies qu'en temps normal j'aurais refusé de les livrer. Je les pris néanmoins sous le bras, avant d'aller trouver la dernière couturière. Rachel m'ouvrit. Repoussant d'une main les boucles de ses cheveux orangés, ramenant de l'autre dans la chambre ses trois enfants, elle cria : « Laissez donc passer Mrs. Maclean, bande de p'tits galopins. » Puis elle leva les yeux sur moi, hocha tristement la tête et dit : « Mon p'tit Dougie, il est resté au lit avec un rhume. » Sans même lui demander des nouvelles de son fils, j'entrai dans la pièce, cherchant du regard les quatre robes qu'elle était censée avoir terminées, et je m'enquis un peu sèchement : « Vous avez fini, Rachel ?

– J'ai fini. Mais j'crois pas qu'vous allez pouvoir les vend'.

– Pourquoi ?

– Pa'ce que l'devant d'la jupe a été coupé contre le sens du tissu, et elles font des plis, toutes les quat', que c'est affreux. »

La bousculant, je fonçai sur sa machine et examinai la première robe qui me tomba sous la main. Elle avait raison. « Bon sang ! » m'écriai-je, si fort qu'elle sursauta. Je me tournai vers elle, blême de colère, et rugis : « Au nom du Ciel, pourquoi les avez-vous terminées, sachant qu'elles avaient été coupées contre le sens du tissu ?

– J'savais pas avant d'avoir quasiment fini.

– Mais vous avez sûrement dû... »

Je m'interrompis, inspirai profondément, attrapai la pile de robes et rentrai chez moi.

Je me préparai une tasse de café bien fort, puis m'installai à ma machine pour essayer de réparer le désastre. Je restai là jusqu'à l'aube, mais en vain. Il aurait fallu recouper les quatre robes. Nous n'avions pas d'argent pour acheter d'autre tissu, nous avions dépassé notre crédit chez Mr. Macmillan et, même s'il nous avait donné la soie nécessaire, à moins d'un miracle, nous n'aurions jamais terminé à dix heures.

Je me lavai, m'habillai, préparai le petit déjeuner des enfants et partis avec Rachel, qui accepta de m'accompagner chez Gardner's avec les trente et une robes terminées, tandis que Davie et Jen iraient livrer Madame Paulette, à Édimbourg.

Le responsable de la facturation fit appeler l'acheteuse, la prévenant que les robes étaient de confection médiocre et qu'il vaudrait mieux qu'elle y jette un coup d'œil. L'acheteuse refusa la livraison, disant que les modèles que je lui avais montrés étaient de bien plus grande qualité, et que ces robes-là étaient vraiment mal finies. Je proposai de les lui laisser à moitié prix. Nous discutâmes pendant un quart d'heure et, finalement, poussée par le désespoir, je réussis à la convaincre de les prendre pour le quart du prix initialement convenu, payable à la fin du mois.

Rachel et moi revînmes à la maison. Je m'enfermai dans notre chambre et tirai les volets. « C'est fini, dis-je en m'adressant aux murs d'un ton las. Tu as perdu, Kate. » Je restai assise dans l'obscurité pendant des heures, me sembla-t-il, jusqu'à ce que quelqu'un frappe. Je me levai pesamment, me traînai jusqu'à la porte, l'entrebâillai et vis May Liddle. Je reculai pour la laisser passer et elle me tendit une assiette avec quatre tartelettes, en me disant : « Vous avez travaillé tell'ment dur, ces derniers jours, j'me suis dit qu'une p'tite douceur... » Elle s'interrompit, car mes yeux s'étaient remplis de larmes qui se mirent à couler sur mon visage. Me serrant contre sa robuste poitrine, elle attira ma tête contre elle et me caressa les cheveux en murmurant : « Là, là, Kate, ça va aller, maint'nant. Tout ça va s'arranger... Pleure pus... Pleure pus. »

Je m'écroulai contre elle en sanglotant et en gémissant : « Oh May... J'ai si peur. J'ai si horriblement peur. Je crois... Je crois que j'ai perdu la raison... »

Elle me conduisit doucement jusqu'au lit, s'assit près de moi, me serra contre elle et me caressa la tête. « C'est dur d'élever deux p'tits gosses quand on est toute seule, Kate. Une mère...

– Une mère ! Quelle sorte de mère suis-je ? Une sorcière ! Je suis devenue inhumaine, j'affame mes enfants et je les force à travailler comme de petits... Je suis en train de les tuer. » May sortit de la poche de son tablier un mouchoir avec lequel elle me tamponna les yeux. Je saisis sa main, m'y accrochai. « May, j'ai fait de ma vie un tel gâchis. Un gâchis épouvantable... J'ai fait fuir l'homme que j'aimais... J'ai perdu mon bébé... J'ai retiré mes enfants de l'école et je les ai obligés à travailler... Rien de tout cela ne serait arrivé si je... Oh, j'ai tant de regrets... si seulement je... Il y a tant de choses que je ferais différemment... J'ai tant de regrets.

– C'lui qu'a pas d'regrets, c'est c'lui qu'a rien vécu.

– Alors, moi, j'ai vécu pour vingt. »

May rit doucement et me caressa les cheveux. Enfouissant ma tête dans ses genoux, je dis :

« Je ne peux pas les payer, May. Je ne peux pas payer les femmes cette semaine. Que vais-je faire ?

– Elles vont comprend'.

– Comment vont-elles comprendre ? Elles comptaient sur cet argent. Beaucoup d'entre elles ont acheté de meilleurs morceaux chez le boucher, en lui disant qu'elles régleraient samedi, une fois que je les aurais payées. Il ne me reste rien, May. Je ne peux attendre d'elles qu'elles travaillent pour rien.

– Elles savent que t'es honnête, et qu'tu les paieras dès qu'tu pourras. C'est pas comme si qu'elles avaient rien d'aut'. Leurs maris travaillent à la mine. Ça ira bien. » Elle se mit debout, me fit lever, ouvrit grand les volets, puis alla au fourneau, me prépara du lait chaud et dit : « Tu vas pas laisser tomber, Kate. Pa'ce qu'ici, toutes les femmes, elles t'soutiennent... et moi la première. » Elle posa le lait chaud devant moi, m'embrassa sur la tête et se dirigea vers la porte. Attrapant sa main au passage, je la serrai fort. « Merci, May Liddle. »

La compassion de May libéra le torrent de larmes qui s'étaient accumulées en moi depuis si longtemps – un déluge tel que je pouvais à peine travailler. Mes doigts me faisaient mal et mes yeux voyaient trouble. Vers deux heures du matin, cette nuit-là, sentant que je ne pourrais pas continuer à coudre, je sortis de la chambre, fis quelques pas dans le couloir, puis m'assis sur la première marche de l'escalier, en m'appuyant contre le mur. Je ne voulais pas que les enfants se réveillent et trouvent leur mère en train de pleurer. Je décidai d'en finir une fois pour toutes avec mes larmes. Ce soir, je pleurerais, et demain je reprendrais mon travail.

J'avais horreur de pleurer car mes larmes étaient comme un torrent toujours plein qui s'épanchait chaque fois que quelque chose me touchait, joie ou peine. Je jouai donc à un petit jeu auquel je jouais étant enfant, me disant que les larmes étaient comme une espèce de réserve et que, si je pleurais suffisamment, j'épuiserais cette réserve.

Il toucha mes cheveux et s'assit en face de moi en laissant tomber une enveloppe sur mes genoux. Je relevai la tête, essuyai mes larmes et m'exclamai : « Oh Ian, c'est toi. » Puis, examinant l'enveloppe : « Qu'est-ce que c'est ?

– Ouvrez »

Passant la manche de mon corsage sur mon nez, je grommelai, avec un certain manque de dignité : « Si je ne peux ni le manger, ni le dépenser, je n'en veux pas. » Ian rit. Je déchirai l'enveloppe et trouvai un aller-retour pour Londres et quatre pièces flambant neuves d'une demi-couronne chacune.

« Faut qu'vous y alliez. C'est là qu'y'a l'argent. À Londres. »

J'étais incapable de parler. Je fais partie de ces gens qui ne bronchent pas si on leur donne des coups, mais craquent pour un mot gentil, une épaule offerte dans un moment de faiblesse. Mes larmes tombèrent sur l'enveloppe, et Ian dut croire qu'il avait fait quelque chose de mal. « Qu'est-ce qu'y a ? Ça vous embête si Jen et Dave restent tout seuls ? » Je secouai la tête. « Eh ben, quoi, alors ? » Essuyant mes larmes, j'essayai de parler : « C'est... c'est ta mère qui t'a dit d'acheter ce billet ?

– Non. »

Honteuse de mes pleurnicheries, je montrai le billet et demandai : « Combien a-t-il coûté ?

– C'est un cadeau. Ça coûte rien. »

Il avait dit cela simplement. Puis il se tut. Si longtemps que je finis par dire : « Pourquoi ?

– Pa'ce que vous d'vez aller à Londres.

– Que diras-tu à ton père ?

– Vous en faites pas pour mon vieux. »

Je scrutai son visage, et soudain je compris pourquoi j'aimais ce garçon. Il me rappelait Robert. Pas physiquement, mais dans sa façon de se comporter. Cette immense gentillesse, derrière son apparence virile. Secouant la tête pour chasser Robert de mon esprit, je ris et dis : « Je me suis soûlée de larmes, depuis ce matin. On dirait qu'elles ne peuvent pas s'arrêter.

– Vous pensez à lui ?

– Oui.

– Il r'viendra.

– Oui, il reviendra. Je veux qu'il revienne. » Je pris un ton rêveur. « Je veux qu'il revienne, pour pouvoir glisser mes mains autour de son cou... et l'étrangler. » Je me relevai, tapotai le genou de Ian et lui tendis la main pour l'aider à se lever. « Je ferais bien d'aller dormir un peu. Si je dois aller à Londres demain. »

J'ouvris la porte de notre chambre, me retournai et le remerciai. Il hocha la tête en signe d'assentiment, ouvrit sa porte, puis la referma derrière lui.

En me déshabillant à la lumière de la lune, je me jurai qu'un jour je rembourserais Ian Liddle. Avec intérêts.

CHAPITRE 16

(Londres, 30 avril 1909)

LE PICKPOCKET DE BOND STREET A ENCORE FRAPPÉ !

Le titre s'étalait en gros caractères à la une de l'édition du matin du *Times*. Je ricanai intérieurement tout en sirotant mon thé, puis je repliai le journal et demandai l'addition au serveur. La place Duke of Wellington bourdonnait comme une ruche. Je me dirigeai vers Piccadilly en retroussant ma moustache – car je portais maintenant une fine moustache noire. Apercevant mon reflet dans une vitrine, je saluai l'impeccable dandy si différent du pauvre vagabond qui avait débarqué à Londres trois semaines plus tôt.

À Derby, un marchand de fromages qui n'avait pas envie de faire la route seul m'avait emmené jusqu'à Londres. Et, tandis que mon aimable chauffeur m'expliquait les secrets de l'art fromager, je réfléchissais au moyen de voler les quatre mille livres qui me semblaient indispensables pour recommencer à jouer. Dévaliser une banque était hors de question : le risque était trop grand, et l'idée de tuer sans le vouloir un innocent me faisait frémir. Je voulais pratiquer une forme de vol indolore, prendre pour cible des gens riches à qui l'argent dont je les soulagerais ne ferait pas défaut. Je me rappelais m'être fait voler mon portefeuille à Rome, quelques années plus tôt, par un type déguisé en clown qui faisait l'imbécile en se cognant dans les gens. Il avait déjà disparu dans la foule lorsque nous nous aperçûmes qu'il nous avait délestés non seulement de nos soucis, mais aussi de notre argent. L'habit de clown ne passerait pas à Londres – d'ailleurs, je me sentirais légèrement ridicule – mais l'idée de la bousculade pouvait marcher.

Je jugeai que le meilleur endroit pour pratiquer ma nouvelle profession était Bond Street. Mais je ne pouvais guère me balader du côté de Harrods ou de Gieve's habillé avec les vêtements de travail trop grands de Tom Doyle et chaussé de bottes trouées.

Quelqu'un m'avait dit un jour que j'étais né sous une bonne étoile. Il faut croire que c'était vrai car, tandis que je me demandais comment diable j'arriverais à me procurer des vêtements neufs, le wagon du métropolitain dans lequel je me trouvais amorça un virage en entrant dans un tunnel, et un petit bonhomme à lunettes tomba sur moi. Comme je l'aidais à se relever, son portefeuille glissa à terre ; je le ramassai, le fourrai dans ma poche et me dirigeai en hâte vers le wagon suivant.

Le portefeuille contenait douze livres. J'allai immédiatement dans un bureau de poste pour expédier le télégramme que je n'avais pu envoyer de Liverpool. Je ne le ferais pas suivre d'une lettre, car je pensais qu'il valait mieux que je m'explique de vive voix avec ma famille, et j'étais sûr que dans quelques semaines seulement nous serions à nouveau tous réunis. Grâce à la généreuse contribution du petit bonhomme à lunettes au « Fonds Robert Maclean de rachat du Loch Leven », je fis l'acquisition d'un élégant costume et de tous les accessoires nécessaires, et pris une chambre au Royal Court Hotel, à Sloane Square. Je me teignis les cheveux et la moustache en un noir brillant qui me donnait un petit air mystérieux et je changeai plusieurs fois d'hôtel, me faisant inscrire sous le nom de Robert Smith. J'allai m'entraîner dans une salle de gymnastique, pratiquant le lever de poids et le saut à la corde, pour essayer de me remettre en forme. Je fis quatre repas par jour, si bien qu'à la fin de la semaine je commençais déjà à me sentir mieux et prêt à l'action.

J'allai chez Jaeger's, dans Regent Street, m'acheter une paire de gants. Au moment de payer, je lâchai mon portefeuille, laissant exprès les billets s'éparpiller autour de moi. Un gentleman d'un certain âge, portant monocle et moustache, se baissa pour m'aider. Dans la confusion, je fis tomber son chapeau et, au moment où il allait le rattraper, je basculai sur lui, lui fis perdre l'équilibre, et il se retrouva à genoux. Je l'aidai à se relever, en lui faisant toutes mes excuses pour ma maladresse ; d'une main je le tapotai légèrement pour vérifier qu'il était toujours entier, de l'autre j'attrapai son portefeuille dans sa poche de poitrine. Après m'être assuré que le brave homme était en parfait état, je pris mon paquet, saluai le monsieur et sortis du magasin.

C'est ainsi que débuta l'éblouissante carrière du Pickpocket de Bond Street. Pourquoi les journaux choisirent-ils de limiter mon rayon d'action à Bond Street ? Mystère, car j'œuvrais dans tout le centre de Londres et je n'étais pas assez sot pour opérer deux fois dans le même magasin. Mais il fallait bien qu'on me trouve un nom, et je jugeais celui-là plutôt distingué pour un escroc. Un escroc fort moral, en plus de cela, qui ne s'en prenait jamais ni aux femmes ni aux enfants. Je me voyais un peu comme un Robin des Bois moderne. Bien sûr, je ne distribuais pas mes biens mal acquis aux pauvres, non, je cachais mon butin sous mon matelas. J'envoyai vingt livres aux Doyle de la vallée de l'Éden, parce qu'ils avaient été bons avec moi et que je me sentais encore coupable de voyeurisme vis-à-vis d'Emma Doyle. J'avais envie d'envoyer de l'argent à Mallaig pour Kate et les enfants, mais je décidai d'attendre de les voir en chair et en os, avec de l'argent, des cadeaux et l'acte de propriété du domaine. Ce ne serait pas très long, maintenant.

La matinée était chaude et douce, et je me sentais léger en me rendant chez Fortnum and Mason, à Piccadilly. C'était un vaste magasin, très chic, où l'on trouvait de tout, des fruits et légumes les plus rares aux élégants vêtements pour femmes, et où venait s'approvisionner la crème de la bonne société de Londres. Je l'avais gardé pour la fin – la fin de ma carrière de voleur. Il me manquait quatre-vingts malheureuses livres, et j'étais certain qu'une matinée de travail me rapporterait ladite somme. Une fois que j'aurais terminé chez Fortnum and Mason, je passerais à la salle de gymnastique, puis je m'offrirais un bon déjeuner à la Tour Blanche, et j'irais chez un coiffeur me faire raser et couper les cheveux. J'espérais que le coiffeur pourrait rendre à mes cheveux leur couleur blonde d'origine, car j'avais hâte de redevenir Robert Maclean, et de rembourser à Henry Thompson les trois mille livres que je lui devais. Je lui raconterais que ma femme avait fait une dépression nerveuse à cause de la perte de sa maison, et que j'avais dû rester auprès d'elle. Puis je lui mettrais les trois mille livres dans la main et lui demanderais s'il avait prévu une partie de cartes pour le soir. Je ramasserais le paquet, car je me sentais plus chanceux que je ne l'avais jamais été dans toute ma vie, puis je prendrais le train pour Mallaig et irais retrouver ma famille chérie. Ils seraient fâchés que je n'aie pas donné signe de vie pendant près de cinq mois, mais j'avais le sentiment qu'ils comprendraient, une fois que j'aurais raconté mon séjour à l'hospice, et ils seraient si heureux à l'idée de retourner au Loch Leven qu'ils me pardonneraient, en fin de compte. Nous transformerions la grange en atelier de couture, Kate pourrait confectionner ses robes, je recommencerais à jouer tout en faisant office de représentant de Kate, et tout redeviendrait comme avant.

Je poussai la lourde porte vitrée, me dirigeai vers le rayon des chaussures pour hommes, et repérai ma proie. Il glissait ses petits pieds potelés dans une paire de demi-guêtres gris perle, et son costume de Savile Row formait un renflement à l'endroit du portefeuille, bourré – je n'en doutais point – de beaux billets de banque tout neufs. Je le regardai payer, rassembler ses autres achats et marcher dans ma direction. Je reculai jusqu'à me trouver sur son passage, puis me retournai brusquement, le faisant tomber, lui et ses paquets.

« Mon Dieu ! m'écriai-je en me précipitant sur lui. Êtes-vous blessé ?

– Un peu étourdi. »

Tapotant sa cheville d'une main, de l'autre je commençai à empiler ses paquets. Tandis que le vendeur de chaussures m'aidait à remettre son client debout, je plongeai la main dans la poche intérieure du brave monsieur et fis passer son portefeuille dans la manche de ma veste.

« Quelle maladresse de ma part. Je vous prie de m'excuser, monsieur. » Je lui remis son chapeau sur la tête, tout en faisant glisser le portefeuille de ma manche dans ma poche. « Vous êtes sûr de ne pas être blessé ?

– Non, mon bon monsieur, il n'y a pas de mal. »

Nous nous serrâmes la main et il me dit au revoir.

J'étais en train de gagner la sortie lorsque, passant devant le rayon des chapeaux pour dames, j'aperçus le plus ravissant chapeau du monde. Il était en feutre bleu-vert pâle, avec juste une touche de gris – la couleur exacte des yeux de Kate. Les plumes avaient été teintes dans le même ton et une fine voilette complétait le tout. Je fermai les yeux un instant, l'imaginant sur la tête de Kate. Je décidai de l'acheter. J'en achèterais un aussi pour Jen, puis je prendrais quelque chose pour Davie, et...

« Je vous ai vu voler le portefeuille de cet homme. »

Je me figeai sur place en sentant une main sur mon épaule.

Jetant un coup d'œil vers la sortie, j'aperçus un policier dont les yeux étaient rivés sur moi. J'eus une vision soudaine de Kate lisant dans les journaux que son mari avait été arrêté pour vol. J'imaginai la consternation des enfants, la honte et le déshonneur d'être traités de fils et fille d'un vulgaire criminel. Je vis l'étroite cellule où on m'enfermerait. J'entendis se refermer les portes de fer. De toutes mes peurs, celle d'aller en prison était sans doute la plus grande. Je savais que je ne survivrais pas à l'emprisonnement.

« Avez-vous entendu ce que j'ai dit ? » répéta la voix. Une voix grave, mais une voix de femme, coupante comme un rasoir. « J'ai dit que je vous ai vu voler le portefeuille de cet homme. »

Je me retournai et mes yeux rencontrèrent une paire d'yeux gris pareils à des billes d'acier. La femme était aussi grande que moi et se tenait très près. Elle devait avoir pas loin de cinquante ans ; elle avait des rides marquées autour des yeux et de la bouche, mais son visage restait beau en raison d'une ossature parfaite. Elle portait un tailleur de teinte écarlate, un chapeau et des gants assortis, et une broche de rubis qui devait bien valoir vingt ou trente mille livres. Elle me rappelait vaguement quelqu'un, et j'étais certain de l'avoir déjà rencontrée.

Je lui souris et dis :

« Je vous demande pardon, est-ce à moi que vous vous adressez ?

– Vous savez parfaitement que c'est à vous que je m'adresse.

– Je crains que vous ne fassiez erreur.

– Dans ce cas, sortez le contenu de votre poche droite pour prouver que vous n'êtes pas en possession du portefeuille de cet homme. »

Exhibant l'objet en question, je déclarai : « Rien d'autre que mon propre portefeuille. » Après un rapide coup d'œil aux initiales gravées sur la peau de porc, j'ajoutai : « Ce sont mes initiales : G.C., George Cowles de Mayfair. »

Elle sourit et rejeta la tête en arrière : « Bravo ! Mais ouvrez-le donc et regardez à l'intérieur. Je suis sûre que vous allez y trouver une carte de membre du St. Jame's Club au nom de Sir Gerald Cumberland. » Le sourire disparut de mon visage et la femme ajouta : « C'était un très bon ami de mon défunt mari. »

Si je la renversais et prenais mes jambes à mon cou, je ne réussirais jamais à m'échapper. Le flic nous observait, et je cherchai désespérément un moyen de me sortir de ce pétrin.

La femme resta silencieuse un bon moment, à me regarder me débattre dans les affres de l'angoisse, puis elle dit : « Je vous ai vu, l'autre jour, chez Liberty's. Vous avez laissé tomber votre gant et un gentleman l'a ramassé. Bien que je n'y aie pas fait attention sur le moment, je suis certaine à présent que vous lui avez volé son portefeuille. » Elle eut un sourire narquois et poursuivit : « Mais comme je suis grossière ! Permettez-moi de me présenter, je suis la comtesse Eudora Ashton. » Je m'inclinai. « Et vous, vous devez être le Pickpocket de Bond Street. » Je souris, un œil sur le policier, souhaitant qu'elle en finisse vite et qu'elle l'appelle. « Vous paraissez terriblement raffiné pour un voleur, monsieur. Puis-je, sans indiscrétion, connaître votre histoire ? » Elle jouait avec moi comme une chatte avec une souris.

Je décidai que, tant pis, il vaudrait mieux que je sois tué en essayant de m'enfuir plutôt que de...

« Monsieur l'agent ! » appela la femme, comme si elle lisait dans mes pensées. Je fis un mouvement et elle m'agrippa le bras. « Monsieur l'agent ! » Le policier se précipita vers nous et la femme serra mon bras encore plus fort. « Savez-vous qui est cet homme ?

– Non, madame la comtesse.

– Ce n'est autre que » – un éclat dans ses yeux, juste avant le coup de grâce – « ce n'est autre que mon cher cousin George, que je n'avais pas revu depuis l'enfance. »

Je restai là, décontenancé, ne sachant absolument pas quoi penser. Passant son bras sous le mien, la femme me désigna un carton à chapeaux que je ramassai et elle dit : « Monsieur l'agent, voulez-vous avoir la gentillesse de nous accompagner, mon cousin et moi, jusqu'à mon auto. Je suis tout simplement paralysée, avec ce pickpocket fou en liberté. C'est effarant. Absolument effarant.

– Mais bien sûr, madame la Comtesse », répondit le policier, désireux d'accomplir une bonne action.

Nous sortîmes du magasin et un chauffeur bondit d'une Daimler rouge, ouvrit la portière et aida la femme à monter dans la voiture. Le policier porta la main à son képi tandis que le chauffeur mettait le carton à chapeaux dans le coffre. Je restai sur le trottoir, cherchant comment formuler mes sentiments de gratitude, lorsque la femme tendit le bras en ordonnant : « Venez, George. Nous allons déjeuner. »

Je compris qu'elle jouait sans doute la comédie pour l'agent de police et, ne voulant pas abuser davantage de sa bonté, je répondis : « Je dois retrouver oncle Freddie au Claridge. Peut-être une autre fois.

– C'est absurde ! s'exclama-t-elle. Vous déjeunez avec moi, et oncle Freddie peut bien aller au diable. Montez, maintenant, George, et ne me faites pas attendre. »

Quelque chose dans le ton de sa voix me donna la chair de poule. Refermant la portière, je dis avec un sourire : « Je ne peux vraiment pas faire cela à ce cher vieil homme. Vous savez à quel point il m'aime. »

Elle descendit la vitre et fit : « Montez, George. Sinon, je dirai à monsieur l'agent quel vilain garçon vous avez été. »

Je la regardai fixement, puis jetai un coup d'œil au coin de la rue, où il y avait un autre agent. Je n'avais qu'une envie, m'enfuir, car la situation avait quelque chose d'extrêmement bizarre. Mais je me serais fait prendre à coup sûr et, à l'idée d'aller en prison, je préférai monter dans la voiture.

La femme donna l'ordre au chauffeur de la ramener chez elle, puis elle s'installa près de moi.

« George... mais puis-je vous appeler George ?

– Madame la Comtesse peut m'appeler comme elle le désire.

– Eh bien, disons George, alors. Vous ne me donneriez pas votre vrai nom, de toute manière, n'est-ce pas ? » Je répondis par un sourire et elle continua : « Que faisiez-vous, avant de devenir un voleur ? Oh non, ne me le dites pas. Je veux deviner. » Elle m'étudia scrupuleusement, plongeant d'abord ses yeux dans les miens, puis examinant mon visage, et enfin l'ensemble de ma personne. « Un acteur.

– Non.

– Vraiment ? Pourtant, je me trompe rarement. Vous avez une telle présence, et puis vous êtes très beau et vous avez une voix magnifique, pour le peu que j'en ai entendu. Peut-être êtes-vous passé à côté de votre vocation.

– Peut-être.

– Je suis une passionnée de théâtre. Et vous ? »

Je lui répliquai que oui et nous parlâmes de choses et d'autres jusqu'au moment où nous arrivâmes chez elle, une magnifique maison de style géorgien, à Belgravia, non loin de Hyde Park. Un maître d'hôtel prit mon chapeau et mon manteau, et la femme me fit entrer au salon. Elle dit à une femme de chambre que son cousin déjeunerait avec elle et, à voir le regard de la jeune fille, je n'étais pas le premier « cousin » que Madame amenait à la maison.

La pièce était tendue d'un luxueux tissu velouté lie-de-vin et, en observant la tenue écarlate de la femme, je fus parcouru d'une étrange sensation de malaise.

« Qu'y a-t-il ? demanda-t-elle, lisant une fois de plus dans mes pensées.

– Vous aimez vraiment beaucoup le rouge.

– La couleur de la passion.

– Et du sang.

– Ce qui revient au même, n'est-ce pas ? »

Ses yeux me transpercèrent et je détournai le regard. La domestique entra en annonçant que le déjeuner était servi, et nous prîmes notre repas sur la terrasse, qui surplombait un jardin pas très grand mais somptueux. Après le café, nous fîmes quelques pas parmi les roses ; la femme me prit le bras et posa sa tête sur mon épaule.

« J'ai un abonnement à Covent Garden, dit-elle abruptement. Aimeriez-vous aller à l'opéra, ce soir ?

– Madame la Comtesse a été plus que bonne, mais il faut vraiment que je parte.

– Pour aller où ? »

Je lui expliquai que je devais de l'argent à un gentleman qu'il me fallait rembourser le soir même, sous peine d'avoir des ennuis. Elle proposa de me prêter l'argent, et je lui dis que j'avais la somme nécessaire à mon hôtel.

« Je veux que vous soyez mon invité pour le week-end, déclara-t-elle. Stellings vous conduira en auto à votre hôtel, vous pourrez prendre vos affaires, payer votre ami gentleman, et Stellings vous ramènera à la maison. »

Ce n'était pas une invitation. C'était un ordre. Essayant de rester poli, je dis : « Je ne peux vraiment pas imposer ma présence à Madame la Comtesse.

– Si c'était le cas, je ne vous l'aurais pas

demandé. » Son regard gris, chargé de nuages, vrilla le mien. « J'insiste. »

Qu'avait-elle en tête ? Je me sentis acculé. Pris au piège. Et je n'aimais guère ce sentiment. Je réfléchis rapidement à la situation. Je laisserais son chauffeur m'amener à l'hôtel, je ressortirais discrètement par l'arrière et j'irais me perdre quelque part du côté des quartiers pauvres d'East End.

J'acceptai, et son chauffeur me conduisit à mon hôtel. Je descendis de voiture en disant que je n'en aurais que pour un instant. Mais le chauffeur me suivit à l'intérieur.

« Madame la Comtesse m'a demandé de vous aider à porter vos bagages, monsieur.

– Je n'ai qu'un sac de voyage et je peux me débrouiller seul, je vous remercie. »

Je m'apprêtais à monter, mais il se mit en travers de mon chemin.

« Madame la Comtesse a insisté, monsieur. »

Il était plus grand que moi et ressemblait plus à un lutteur qu'à un chauffeur. J'acquiesçai d'un signe de tête, en me disant que je m'échapperais une fois chez Henry Thompson. Je mis trois mille livres dans une enveloppe et fourrai le reste de l'argent dans mon sac, avec ma trousse de rasage et une chemise propre. Le chauffeur, debout à la porte, attrapa mon sac et nous quittâmes l'hôtel pour nous rendre chez Henry Thompson. J'avais toujours le portefeuille de Sir Gerald Cumberland dans ma poche et, lorsque nous passâmes dans Shaftesbury Avenue, je sortis les quarante livres qu'il contenait et jetai le portefeuille par la vitre de la voiture. Le chauffeur insista pour m'accompagner jusque dans le bureau de Henry Thompson ; je lui expliquai que je devais discuter d'une affaire personnelle délicate, et lui demandai d'attendre près de la porte. Il fallut que je promette de laisser la porte entrebâillée pour qu'il accepte.

C'est tout juste si Henry me reconnut, avec ma moustache et mes cheveux noirs, et il m'accueillit fraîchement, même lorsque je lui tendis l'enveloppe. Mais il se fit plus chaleureux quand je fus entré dans les détails de la « dépression nerveuse » de Kate et, au bout de trois quarts d'heure, il accepta que je participe à la partie de poker du samedi soir, exigeant que je joue avec de l'argent liquide et non avec des billets à ordre. Il m'annonça qu'un riche éditeur londonien avait racheté le Loch Leven à Stanton.

Regardant d'abord la fenêtre qui donnait sur la rue, puis le chauffeur qui montait la garde devant la porte, je me rendis compte que je ne pourrais jamais m'échapper.

« Connaissez-vous une certaine Lady Eudora Ashton ? demandai-je à Henry qui remplissait une fois de plus nos verres.

– Je ne la connais pas personnellement, mais c'est un personnage très célèbre à Londres. Vous avez sûrement déjà lu son nom dans les chroniques mondaines des journaux. Elle fait des choses formidables pour les pauvres. Elle et son défunt mari ont apporté leur soutien très actif à de jeunes artistes : bourses, concours, que sais-je encore. Tous deux ont été salués unanimement par la presse car leur action allait bien plus loin que de simples dons en argent, à la portée de toute personne riche.

– Comment cela ?

– Chaque année, ils organisaient une sorte de concours pour les jeunes écrivains. Le gagnant recevait un prix de cent guinées, plus la pension gratuite à l'hôtel particulier des Ashton, où il pouvait écrire tranquillement.

– Il ?

– Oui, c'était toujours un jeune homme. Dennis White a été l'un de leurs protégés. »

Dennis White avait été reconnu par l'ensemble de la critique comme l'un des romanciers les plus doués du siècle. Il était devenu alcoolique et avait fini par se suicider. Les circonstances de sa mort étaient plutôt affreuses et...

« Ils n'avaient pas d'enfants, vous comprenez, dit Henry, interrompant mes réflexions. J'ai toujours pensé que la création de cette bourse était une façon de remplacer le fils qu'ils n'avaient jamais eu. »

Je retournai tout cela dans ma tête. Lady Ashton était une veuve solitaire qui recherchait un peu de compagnie. Je pouvais bien lui offrir un week-end de ma vie et aller avec elle à l'opéra. Elle avait besoin d'un ami, quelqu'un avec qui bavarder... et, si je ne passais pas le week-end chez elle, elle risquait de me dénoncer à la police. Elle ne pouvait guère me retenir prisonnier, et lundi de bon matin je m'esquiverais et quitterais Londres.

Je saluai Henry, lui dis de me compter parmi les joueurs, samedi soir, et retournai chez Lady Ashton avec Stellings.

La comtesse m'installa dans la chambre de feu son mari, décorée comme le reste de la maison dans des tons rouge foncé, et m'invita à prendre un smoking dans l'armoire, puisque j'étais à peu près de la même taille que Lord Ashton. Nous dînâmes, puis allâmes à l'opéra. Elle me présenta à ses amis comme un cousin perdu de vue depuis longtemps, et je priai pour que ne figure pas parmi eux quelqu'un que j'avais soulagé de son portefeuille. Lady Ashton était d'humeur folâtre et très aguichante avec moi, et je ne pouvais m'empêcher de penser qu'elle aurait bien aimé m'avoir dans son lit. Il y avait peu de chances que cela se produise, car elle n'éveillait guère de désirs en moi, et tout ce dont j'avais vraiment envie, c'était de me plonger dans un bain chaud et de me détendre. Je déclinai sa proposition de prendre un verre dans son boudoir, lui baisai la main, et me retirai dans ma chambre.

La salle de bains contiguë à ma chambre était en marbre, et la baignoire était assez grande pour contenir trois personnes. Je me savonnai entièrement, appuyai ma tête contre le rebord de la baignoire, fermai les yeux et évoquai un de mes souvenirs les plus plus chers...

... C'était notre dixième anniversaire de mariage. Kate avait disposé des dizaines de bougies dans la salle de bains, et les petites flammes vacillantes dansaient sur le carrelage blanc et formaient sur la peau de Kate des scintillements dorés. Les gouttes d'eau qui ruisselaient sur sa jambe longue et fine, enroulée à la mienne, semblaient des perles de nacre. Nous buvions du champagne en parlant du passé... tu te souviens quand... ? Puis du futur, et de ce qu'il nous réservait. Et en contemplant ses yeux couleur de mer, mon cœur fut pris de nostalgie et le moment présent me parut soudain fragile, éphémère, et précieux. Je fis un mouvement vers elle et l'attirai à moi, de crainte de la voir disparaître sous mes yeux. La serrant très fort et caressant ses cheveux humides, je murmurai : « Ne me quitte jamais... Ne... »

« Mais vous êtes blond ! »

Je relevai brusquement la tête et ouvris les yeux : Lady Ashton était plantée là, en train de m'examiner. La colère monta en moi à l'idée qu'elle ait pu avoir l'audace d'ouvrir une porte que j'avais fermée à clé. Sans compter qu'elle avait interrompu ma merveilleuse rêverie avec Kate. Je devais être blanc de rage car elle dit : « Je suis désolée de vous avoir fait peur. Je voulais m'assurer que vous étiez bien installé.

– Tout à fait bien, je vous remercie. »

Elle portait une chemise de nuit et un peignoir grenat, et avait dénoué ses cheveux bruns, qui tombaient en ondulant sur ses épaules. Elle s'assit sur un petit tabouret près de la baignoire et se saisit d'une éponge qui flottait à la surface de l'eau, juste à côté de ma cuisse. « Puis-je vous laver le dos ?

– Non... Merci. »

Ses yeux détaillèrent ma poitrine, descendirent plus bas – elle s'exclama qu'elle n'aurait jamais pu deviner que j'étais blond – puis elle laissa traîner sa main dans la baignoire et commença à décrire des cercles dans l'eau. Ses ongles longs et pointus se dirigèrent lentement vers moi, puis elle posa sa main sur ma poitrine, tira sur les poils à me faire mal, et glissa ses doigts en direction de mon ventre.

« Je crains d'être indisposé, pour le moment, madame la Comtesse, dis-je en arrêtant le mouvement de sa main. Peut-être une autre fois.

– Combien ?

– Je vous demande pardon ?

– Combien devrais-je payer pour que vous viviez ici avec moi ?

– À quel titre ?

– Vous seriez mon chevalier servant. Mon confident. Mon ami, et mon... »

Ses yeux s'étaient portés sur mon bas-ventre. Je souris. C'était la première fois de ma vie qu'on me proposait un emploi de gigolo, et je me sentis plutôt flatté. Je lui dis que son offre avait beau être à la fois généreuse et fort tentante, j'allais quitter Londres sous peu et me voyais donc dans l'obligation de refuser.

« Vous rendez-vous compte de ce que je vous offre ? fit-elle d'un ton indigné.

– Un collier et une laisse... en or massif et ornés de diamants, mais un joug tout de même.

– Vous seriez libre d'aller et venir comme vous le voulez. Vous auriez une somme d'argent, ainsi qu'une voiture à votre disposition. La seule chose que j'exige de vous, c'est la fidélité.

– Et mes... services.

– Cela va sans dire.

– N'avez-vous pas peur de ce que diront les gens ?

– Les gens médiocres craignent pour leur réputation. La mienne est établie et elle est irréprochable. Je suis libre d'agir à ma guise. »

Sous ses yeux gris couvait le feu, et je repensai à ce que Henry Thompson avait dit au sujet des jeunes gens qu'elle accueillait avec tant de bonne grâce dans sa maison... et probablement dans son lit. Il y avait quelque chose de pervers dans tout cela : son obsession du rouge, la maison, la façon dont les domestiques lui obéissaient, son regard tandis qu'elle...

« Eh bien, George ? Concluons-nous le marché ? »

Je n'avais pas l'intention d'être le gigolo de qui que ce soit. Dès que j'aurais gagné suffisamment d'argent aux cartes chez Henry Thompson, je rachèterais le domaine et je retournerais auprès de Kate et des enfants. Cependant, l'offre de cette femme m'intriguait. Pourquoi payer pour mes services, alors qu'elle pouvait disposer de moi gratuitement ? Elle avait vu de ses yeux l'odieux Pickpocket de Bond Street voler le portefeuille d'un ami à elle. Si je refusais d'entrer dans son jeu, elle pouvait menacer de me livrer à la police.

Devinant le cheminement de ma pensée, elle sourit et dit :

« Vous vous demandez pourquoi je ne tente pas de vous faire chanter afin que vous restiez avec moi, n'est-ce pas ?

– Pourquoi ne le faites-vous pas ?

– Parce que je ne peux guère vous enfermer dans une cage ; d'ailleurs, où serait le plaisir ? Vous forcerais-je à rester, vous ne songeriez qu'à vous enfuir. Je vous veux... pleinement consentant. »

Son ongle se promena de mon épaule à mon poignet, laissant une profonde trace rouge.

Va-t'en, m'avertit une voix intérieure. *Va-t'en, Maclean.*

Je lui laisserais croire que son offre m'intéressait, puis je partirais après la partie de cartes du lendemain soir.

« Je dois jouer demain soir et j'ai besoin de sommeil pour être en pleine possession de mes facultés, dis-je en me frottant le bras à l'endroit où elle m'avait égratigné. Madame la Comtesse m'accorderait-elle vingt-quatre heures de délibération ?

– Mais certainement. »

J'attendis qu'elle s'en aille mais elle demeura là à me contempler, une espèce de sourire désabusé aux lèvres. J'étais fatigué et j'avais envie qu'elle parte. Me redressant, je dis : « Madame la Comtesse est assise sur ma serviette.

– Vraiment ? »

Elle repoussa le tabouret avec son pied, recula et jeta la serviette sur son épaule ; elle était presque à un mètre de moi. J'hésitai, puis sortis de la baignoire et allai jusqu'à elle. Ses yeux parcoururent mon corps humide et je me sentis souillé. Elle ne cessa de me regarder pendant que je m'essuyais, puis elle m'aida à enfiler la robe de chambre de feu son époux, rouge évidemment. Elle en noua la ceinture, me tapota la joue, puis se dirigea vers la porte ; au moment de l'ouvrir, elle me lança : « Ne vous enfermez pas. »

– Je suppose que cela ne changerait rien. Madame la Comtesse a la clé.

– Oui, bien évidemment, j'ai la clé. » Elle me fit un petit salut de la tête en disant : « Dormez bien. »

La porte refermée, je me débarrassai de la robe de chambre et me mis au lit ; j'examinai la trace de ses griffes acérées sur mon bras, puis j'éteignis la lumière et m'endormis.

Nous passâmes la journée du lendemain au champ de courses, et Lady Ashton me présenta là aussi à ses nombreux amis comme le cousin George. Il faisait beau et chaud, et la bonne société de Londres était venue nombreuse. J'étais en train de serrer la main d'une vieille fille à l'air distingué lorsque je sentis le bras de Lady Ashton serrer le mien ; je la vis rejeter la tête en arrière et arborer un grand sourire, au moment même où jaillissait l'éclair d'un appareil photo. Comme elle agitait la main vers l'homme qui avait pris la photographie, je l'entraînai à part et lui demandai à voix basse : « Ce n'était pas pour un journal, n'est-ce pas ?

– Bien sûr que si, George. Le *Sunday Times*. Oh, voici Sir Peter. Je veux vous faire rencontrer...

– Lady Ashton, je préférerais que ma photographie ne paraisse pas dans le journal. »

Elle me toucha la joue en souriant et s'exclama : « Ridicule, George, craignez-vous que quelqu'un à qui vous avez *emprunté* son portefeuille ne vous reconnaisse ?

– Oui... » Mais plus que d'être identifié par une de mes victimes, je craignais de l'être par Kate et les enfants. Kate lisait les pages mondaines du *Sunday Times* pour y trouver des idées de robes nouvelles. J'imaginai sa tête si elle tombait sur le cousin George, bras dessus bras dessous avec Lady Eudora Ashton, flânant aux courses par un tiède après-midi de printemps, pendant qu'elle et les enfants attendaient patiemment à Mallaig. « Pensez-vous que vous pourriez demander à ce monsieur de ne pas publier la photographie ?

– George, personne ne songerait jamais à établir un lien entre le Pickpocket de Bond Street et Lady Eudora Ashton. Tant que vous *resterez* avec moi, vous serez en sécurité. »

Je n'eus pas le temps de protester car elle me conduisait déjà vers un fringant jeune homme et me présentait à Sir Peter Esmond. Plusieurs fois dans l'après-midi, je tentai d'aborder le sujet avec mon envahissante hôtesse, la pressant de demander la destruction du cliché avant qu'il ne parvienne au bureau du journal. Mais elle m'assura que j'étais stupide et que, comme elle ne refusait jamais une interview ni une photo, si elle faisait des histoires, cela ne pourrait qu'attirer l'attention. Je me mis à la recherche du photographe, avec l'idée de lui flanquer un coup sur la tête, de lui dérober son matériel et de m'enfuir. Il avait disparu dans la foule, et je finis par abandonner, en me disant qu'avec ma moustache et mes cheveux noirs, il y avait très peu de chances pour que Kate me reconnaisse.

Stellings, le chauffeur de Lady Ashton, m'amena dans la Daimler rouge chez Henry Thompson à huit heures du soir. Je lui dis de ne pas m'attendre, car le jeu pouvait durer aussi bien quelques heures que quelques jours. Il me répondit que Madame la Comtesse lui avait demandé de me ramener, et qu'il avait apporté des mots croisés pour passer le temps.

Le jeu se déroula plus vite que je ne m'y attendais. Au bout de trois heures seulement, j'avais perdu neuf cents livres – tout ce qui me restait au monde –, ainsi que la montre-bracelet en or massif de Lord Ashton, que j'avais fourrée dans ma poche, en cas de nécessité.

Après le départ des autres joueurs, je restai assis face au tapis de feutre vert et regardai mes mains. Des images de Kate et des enfants flottèrent devant moi. Je refermai mes mains sur elles comme pour essayer de les capturer, mais elles s'évanouirent.

Il y avait une sortie à l'arrière de la maison de Henry Thompson. Une porte secrète qui conduisait à une allée invisible de la rue. C'était la porte que j'avais prévu d'utiliser après avoir gagné. La porte qui m'aurait finalement permis de retourner vers Kate, vers Davie, vers ma petite Jen chérie.

Je me levai, sortis dans le couloir, ouvris la porte d'entrée, et montai dans la Daimler rouge.

CHAPITRE 17

Mon voyage à Londres marqua un tournant dans notre existence. La générosité de Ian changea le cours de notre vie et, maintenant plus que jamais, j'étais décidée à aider le jeune homme, d'une manière ou d'une autre.

Je revins à Glasgow avec un carnet de commandes bien rempli – plus de cent robes – et la certitude que désormais nous étions prêts pour présenter notre collection à A. J. Pearce, de la Pearce Clothing Company. Nous avions différé cette démarche jusqu'ici parce que la Pearce Company était la chaîne de grands magasins la plus prestigieuse d'Écosse et commençait à rivaliser avec Harrods de Londres. Nous devions être sûrs de pouvoir leur fournir des vêtements en grande quantité, et répondre rapidement à de nouveaux ordres de commande – qui ne manqueraient pas d'être nombreux. Et, pour cela, nous aurions besoin d'un atelier. Nous pourrions ainsi engager des couturières qui travailleraient à temps plein, ce qui nous permettrait de fabriquer les vêtements à la chaîne et d'accroître considérablement nos capacités de production. Pearce avait ouvert des magasins en Angleterre et en Irlande, et on disait qu'il avait un œil sur l'Europe. Je décidai d'avoir un œil sur lui.

Je rencontrai ses acheteuses au siège social, à

Édimbourg; elles adorèrent notre collection. Le délai de livraison de six semaines que je sollicitai posait quelques problèmes, mais je demeurai inflexible car il nous fallait au moins cela pour obtenir le prêt indispensable à l'acquisition d'un atelier. Je demandai à voir Mr. Pearce en personne et, après deux heures d'attente, je fus introduite dans son bureau, meublé avec un goût exquis. M'attendant à rencontrer un homme plutôt âgé, je fus un peu décontenancée de me trouver face à un bel homme distingué d'un peu moins de cinquante ans. Il flirta sans vergogne avec moi, mais d'une manière franche et courtoise et, si j'avais été dans une autre disposition d'esprit, j'aurais pu aisément tomber amoureuse de lui. Je quittai son bureau avec une invitation à dîner pour une date lointaine et non précisée, et une commande de trois cents robes à livrer sous six semaines.

Je me couchai ce soir-là en songeant à Robert. Je m'efforçais de ne pas penser à lui pendant la journée, en me jetant dans le travail, tout comme Jen, mais les nuits étaient interminables car j'étais incapable de le chasser de mon esprit, incapable de dissiper son image qui flottait au-dessus du lit, même lorsque je fermais les yeux. Impossible de le croire mort, cette idée était trop atroce et quelque chose me disait qu'il était vivant : j'étais certaine qu'il gisait au fond d'une geôle. C'était la seule explication à son silence. Il avait perdu les vingt livres au jeu et s'était transformé en voleur de grand chemin pour racheter le Loch Leven ; il avait été arrêté et croupissait maintenant en prison. Où ? Pas en Écosse. J'étais sûre qu'il avait quitté l'Écosse. Sur le continent ? En Angleterre, peut-être ? Les prisons anglaises étaient abominables. Et si on lui avait tiré dessus, s'il était blessé, si... Non, je ne pouvais supporter de l'imaginer maltraité, meurtri, enchaîné dans un cachot. Il valait mieux croire qu'il était endormi, inconscient, et qu'une fois éveillé il reviendrait vers nous.

Je pris ma plus belle plume pour mettre soigneusement sur le papier mon projet d'entreprise, y joignant une estimation chiffrée pour les vingt machines à coudre électriques que nous avions l'intention d'acheter, ainsi que les différents bons de commande représentant au total quatre cents robes. J'avais rendez-vous jeudi à trois heures à la Clydesdale Bank pour une demande de prêt.

Les banquiers naissent-ils d'une mère, ou bien sortent-ils tous d'un même moule ? Je me posais la question en examinant le petit homme chauve – la soixantaine environ – qui soulevait ses lunettes pour se frotter l'arête du nez. Hochant la tête, il brassa les papiers étalés sur son bureau et leva les yeux sur moi. « N'y a-t-il rien que vous puissiez apporter en gage, Mrs. Maclean ? »

Je regardai à la dérobée les documents qu'il tenait à la main et qui portaient mon écriture. « Voulez-vous dire des biens, ou une maison, Mr. Cronin ?

– Oui.

– Non, je crains que non, répondis-je avec un soupir qui n'était pas entièrement feint. D'ailleurs, si je possédais quelque chose, je le vendrais et je n'aurais point besoin d'un prêt. »

Il réprima un rire, oubliant momentanément son état de banquier. « Je dois reconnaître, Mrs. Maclean, que cela peut paraître un peu compliqué, mais je crains que toutes les banques ne fonctionnent de la même manière. »

Je l'observai pendant qu'il tournait et retournait les papiers devant lui ; les rides de son front se creusèrent, puis se relâchèrent brusquement. « Brodie... Pas les Brodie de Clan Brodie Whisky ? »

J'hésitai. Jamais, depuis le jour où j'étais devenue Mrs. Maclean, je n'avais avoué avoir été autrefois Catherine Brodie, la putain folle de Cromdale. Et même si Will avait tenu sa promesse et fait faire une déclaration qui rétablissait ma réputation, il m'était insupportable d'admettre, même si c'était faux, qu'un jour j'aie pu être folle. Le banquier attendait, me dévisageant et se demandant pourquoi je mettais si longtemps pour répondre à une question simple qui n'exigeait guère réflexion. Prenant une profonde inspiration, je déclarai :

« Kenneth Brodie était mon père.

– Mais, Mrs. Maclean, voilà qui change tout ! » s'exclama-t-il, avec une expression qui, pour lui, devait être proche de l'exaltation. Je lui rendis son sourire, soulagée qu'il ne se souvienne pas des histoires sordides qui avaient entaché ma jeunesse, ou qu'il ne s'en soucie pas. Mon euphorie ne dura guère. Quelques secondes plus tard, il ajouta : « Il nous suffit de télégraphier à votre frère pour le prier de cosigner la demande de prêt. Ma secrétaire va s'en occuper tout de suite.

– J'ai bien peur que ce ne soit pas la peine, répliquai-je d'un ton las.

– Mais cela résoudrait...

– Non. Nous ne nous parlons plus.

– Oh... Oui, je vois. »

Il baissa à nouveau les yeux sur les documents, puis referma le dossier. Lentement, avec précaution, il poussa la chemise vers moi. « Je crains de ne rien pouvoir faire. » Il se leva et me tendit la main en ajoutant : « Je suis vraiment désolé. »

Je sortis du bureau et entendis le claquement de mes talons sur les dalles de marbre – claquement qui augmenta au fur et à mesure que j'accélérais le pas, pour arriver en courant à la grande porte d'entrée. Une fois dehors, je sentis la chaleur du soleil sur ma peau, mais son éclat m'éblouit et je dus mettre ma main en visière. Mon cœur battait à tout rompre. Il y avait d'autres banques, me disais-je... Mais non, elles seraient toutes pareilles... Je sentais mon sang bouillir dans mes veines. Je serrai les poings avec une telle rage que mes ongles laissèrent des marques rouges sur mes paumes. Ce n'était pas possible d'être arrivée si près du but et de devoir abandonner tout espoir... Je sentis ma poitrine se contracter, j'étouffais. Je parvins je ne sais comment à la gare de chemin de fer mais, en approchant des lourdes grilles qui se dressaient devant moi, je m'arrêtai, chancelante. Si je passais ces portes, c'en était fini de nous. Fini.

Je lançai contre les grilles le dossier qui contenait les documents pour la banque, en criant : « Non ! » Des passants s'arrêtèrent, tandis que je faisais face à mon ennemi invisible. J'obtiendrais le prêt. Dussé-je en mourir, j'obtiendrais le prêt.

Je m'agenouillai pour ramasser les papiers épars, pensant à Will. Je n'avais qu'une chose à faire : le laisser cosigner la demande de prêt et, à titre de garantie, il exigerait ma présence à Cromdale. Ce n'était pas grand-chose... Mais, mon Dieu, je serais damnée si je retournais à Cromdale... Je ne... Je...

« Excusez-moi, mademoiselle. Ceci vous appartient sans doute, dit un jeune homme en me tendant un bon de commande qui s'était envolé.

– Merci », répondis-je doucement. Je rassemblai les papiers, les remis soigneusement dans la chemise, et y joignis le document que le jeune homme m'avait donné. Au moment où je refermai le dossier, mon regard se porta sur le nom qui figurait sur le bon de commande : A. J. Pearce.

La femme qui se tenait derrière le bureau était jeune – sans doute pas plus de dix-huit ou dix-neuf ans. J'observai ses mains lorsqu'elle écarta de son visage les mèches de ses cheveux couleur de miel. Des mains lisses et blanches. Je regardai les miennes qui étaient en piteux état, cherchai mes gants dans mon sac – mais ils n'y étaient pas – et demandai à voir Mr. Pearce.

Je ne m'étais pas sitôt assise que la porte s'ouvrit en grand, livrant passage à A. J. Pearce qui vint vers moi à pas rapides. Prenant ma main et la portant galamment à ses lèvres, il me fit entrer dans son bureau, referma la porte et m'examina pendant un temps qui me parut interminable.

« Vous êtes ravissante, aujourd'hui », dit-il d'un ton si doux et si sincère que je me sentis rougir.

Il remplit deux verres de sherry, s'assit sur le rebord de son bureau, à quelques centimètres de moi, et me tendit un verre. J'eus l'impression que ses yeux me déshabillaient. J'essayai de boire, mais j'avais les mains qui tremblaient. J'entendais sa respiration, calme et régulière. Si proche que je n'arrivais pas à me rappeler pourquoi j'étais venue. Je regardai ses yeux, des yeux tendres, marron avec une légère touche de vert. Noisette... comme les bois au printemps... Kate ! *me houspillai-je,* au nom du Christ, mais qu'est-ce que tu es train de faire, à ton avis ? *« Mr. Pearce, lâchai-je si brusquement qu'il sursauta.*

– Oui, Mrs. Maclean ?

– Je... Je suis venue pour... » Il pencha la tête vers moi, prêtant à mes paroles une telle attention que j'en oubliai complètement ce que je voulais dire. « Puis-je en avoir un autre ? » m'enquis-je, paniquée. Il regarda mon verre, auquel je n'avais pas touché. J'en avalai d'un coup le contenu, comme quelqu'un qui se dope, et le lui tendis.

Lorsqu'il prit mon verre, sa main s'attarda sur la mienne et je vis briller son alliance, une alliance en or massif aussi spectaculaire que la marque blanche sur mon doigt – la marque de ma propre alliance un jour troquée. Je détournai la tête et il alla se rasseoir sur le rebord de son bureau. Qu'est-ce qui me prenait ? La première fois que je m'étais trouvée en sa compagnie, j'étais calme, à l'aise, maîtresse de moi-même, et aujourd'hui j'avais l'air d'une collégienne. Mais lui non plus n'était pas pareil, à ce moment-là. Il y avait eu une sorte de jeu entre nous, pendant qu'il examinait ma collection, un badinage plaisant et léger. Aujourd'hui, il était sérieux. Et sa sincérité me prenait au dépourvu.

« J'espérais vous revoir », dit-il sur le ton de la confidence.

Dis-le. Dis que tu es venue pour un prêt. Un prêt. P.R.Ê.T. Pas pour l'amour. Pour les affaires...

« Nous n'avons pas décidé de la date de notre dîner, fit-il d'un air tendre. Que diriez-vous de ce soir ?

– Non... Je ne peux absolument pas...

– Demain soir, alors.

– Non...

– Samedi... un petit déjeuner, tard dimanche matin ? » Ses yeux pétillaient et je ne pus m'empêcher de sourire. « C'est décidé, alors.

– Non, m'écriai-je, brusquement consciente de toutes les implications contenues dans ses paroles.

– Non pour le dîner, ou pour le petit déjeuner ?

– Non pour les deux. Je ne crois pas que mon mari serait d'accord, Mr. Pearce.

– Eh bien, nous ne lui dirons rien », fit-il simplement, comme si c'était l'évidence même. Je me mis à rire malgré moi. Il y avait si longtemps que je n'avais ri. « Où vais-je vous emmener ? demanda-t-il, en riant lui aussi, d'un rire profond et mélodieux. Que diriez-vous de " Chez Michel " ? » proposa-t-il en prenant mon verre pour le remplir à nouveau.

« Chez Michel », le restaurant le plus chic d'Édimbourg, s'enorgueillissait d'être le seul restaurant français de toute la Grande-Bretagne à faire venir tous ses produits directement de Paris. Rob et moi y avions très souvent dîné, avant Glasgow.

« Je ne suis pas venue ici pour... pour le sherry, dis-je doucement, en repoussant sa main. Je suis venue pour affaires. »

Son visage se rembrunit, et il passa prudemment de l'autre côté de son bureau. Il s'assit, posa son verre de sherry sur le sous-main en cuir, croisa ses bras sur le bureau et questionna d'une voix calme et assurée : « Que puis-je faire pour vous ?

– J'ai besoin d'un prêt. »

Ce n'était pas du tout ce que j'avais préparé. Je voulais me montrer habile et sûre de moi, comme l'autre fois. Une vraie femme d'affaires. Et j'avais l'air d'une petite fille.

« Je ne suis pas une banque, Mrs. Maclean.

– Je le sais bien. Mais vous êtes un homme d'affaires avisé. Je vous donnerais l'exclusivité de la vente de mes robes.

– De quel genre de prêt s'agit-il ? »

J'inspirai profondément avant de répondre : « De quoi acheter vingt machines, ainsi que le tissu et les fournitures nécessaires pour confectionner quatre cents robes par mois dans un atelier.

– Ce qui représente ? »

Sa voix était toujours calme, ses yeux tranquilles.

« Trois mille cinq cents livres. »

Il se tourna vers la fenêtre et un sourire se dessina sur son visage. Puis je vis sa mâchoire se crisper et je fus prise de panique. Je lui expliquai que j'avais l'intention de lui payer des intérêts sur l'argent emprunté, je lui montrai le dossier que j'avais préparé pour la banque, avec tous les ordres de commande que j'avais reçus, et je lui affirmai que nos robes seraient un bon investissement. Il me laissa parler pendant dix minutes, puis convint d'un taux d'intérêt de dix-huit pour cent, sur une période de dix-huit mois, avec exclusivité sur les droits de vente de mes robes.

J'étais folle de joie, j'exultais lorsqu'il me dit avec un sourire : « Je vais demander à mes avocats de faire le nécessaire, et vous pourrez venir prendre le chèque demain. » Il me tendit la main, je la serrai mais, au lieu de la lâcher, il la garda dans la sienne, fit le tour de son bureau pour se retrouver devant moi, et dit : « Bon. À quelle heure puis-je aller vous chercher, samedi soir ? »

Le samedi, je pris le train pour Édimbourg et m'installai confortablement pour lire la longue lettre de Joseph – dix pages – qui me prodiguait ses encouragements et son affection et promettait de venir nous voir pendant ses vacances d'été. J'arrivai devant « Chez Michel » à huit heures moins le quart, regrettant d'avoir pris un train d'avance, et je m'apprêtais à attendre dans un petit salon de thé proche du restaurant, lorsque quelqu'un posa sa main sur mon bras en disant : « J'espérais que vous seriez là de bonne heure. » Ses yeux lançaient des éclats joyeux et il m'offrit son bras pour me conduire au restaurant. Il y avait déjà du monde dans la salle à manger, entièrement décorée de somptueux panneaux de chêne, éclairée de vitraux et agrémentée d'immenses plantes vertes. L'endroit était charmant et je commençai à me détendre lorsque le serveur me fit asseoir et me tendit le menu. C'est juste un dîner d'affaires, ensuite il te raccompagnera chez toi et te serrera la main. Affaires et...

« Champagne ? proposa Mr. Pearce en soulevant mon verre.

– Pourquoi pas. »

Pourquoi pas ? Je vais te le dire, Mrs. Maclean, *fit ma petite voix intérieure.* Parce que le champagne te tourne la tête, et qu'alors tu deviens très très...

« Quand allez-vous ouvrir vos nouveaux magasins en Europe ? demandai-je, en faisant taire la petite voix.

– Le mois prochain à Paris, et le mois suivant à Rome. »

Ses cheveux grisonnaient, nettement plus que ceux de Robert, mais il avait peu de rides. Quarante-huit, quarante-neuf ans... un visage finement sculpté, un nez petit, des lèvres très bien dessinées qui remuaient, remuaient à toute allure.

« Pardon, que disiez-vous ? bafouillai-je en posant ma serviette sur mes genoux.

– Aimeriez-vous venir avec moi ? À Paris.

– À Paris ?

– Oui. » »

Pourquoi me faisait-il cet effet-là ? Je me sentais

maladroite, stupide. Attrapant le menu, je dis précipitamment : « Non. Merci. Peut-être pourrions-nous commander ?

– J'aimerais mieux régaler encore un peu mes yeux du spectacle de votre personne », répondit-il en me prenant le menu et en gardant ma main dans la sienne.

Et ce fut ainsi pendant tout le dîner. Je parlais affaires, il parlait amour et, à la fin du repas, après avoir bu la bouteille de champagne et presque deux bouteilles de vin, je le suivis comme un petit chien lorsqu'il suggéra de terminer la soirée en prenant un verre à sa garçonnière de Queensferry Road.

Arrivée en haut de l'escalier, je le regardai qui essayait pour la troisième fois d'introduire la clé dans la serrure. Ma petite voix intérieure ne disait plus rien, depuis longtemps endormie par les vapeurs d'alcool dont je l'avais abreuvée. Mais moi j'étais bien là et, en franchissant le seuil, je hochai la tête en disant doucement : « Al... »

Il n'était plus Mr. Pearce, mais Al, et moi, Catherine. Sans rien dire, il me prit dans ses bras et m'adossa contre la porte. Il se débarrassa de son manteau avec des gestes lents et maladroits, et commença à dégrafer ma cape. Je sentis ses mains sur mon cou, son corps contre le mien, ses lèvres sur ma bouche. Je l'attirai plus près encore et il me caressa les seins. Puis ses mains descendirent sur mes hanches, son souffle se fit plus rauque, et mon corps répondit avec ardeur à ses baisers. Ma fougue parut le surprendre, et attiser son désir. « Catherine... » murmura-t-il.

Me rendant compte soudain que ce n'était pas Robert, je détachai mes lèvres des siennes et laissai retomber mes mains le long de mon corps en disant : « Je ne peux pas... je vous en prie... je vous en prie, arrêtez. » Il recula d'un pas, cherchant à voir mon visage, car la pièce n'était éclairée que par la lueur de la lune. Avec douceur, il posa ses doigts sur mes lèvres, m'embrassa délicatement l'oreille, et je me sentis fondre. « Je vous en prie, raccompagnez-moi », suppliai-je.

Je tremblais et peut-être crut-il m'avoir effrayée, car il s'écarta brusquement, ramassa ma cape et la remit sur mes épaules en disant : « Pardonnez-moi, Catherine. Je vous ramène. »

Une fois dans la voiture, je me confiai à lui. Je lui racontai tout. Notre installation à Glasgow, le départ de Robert, le courage des enfants. Il m'écouta et ne dit rien jusqu'à ce que nous soyons arrivés. Il me demanda alors : « Et jusqu'à quand allez-vous l'attendre... votre insaisissable époux ?

– Jusqu'à ma mort. » Il ne rit pas de ma réponse, car elle était entièrement, absolument sincère.

J'aurais eu mille bonne raisons de prendre un amant, et une seule de ne pas le faire : j'étais éperdument amoureuse de mon mari, et incapable de me donner à un autre homme tant que mon cœur appartenait à Robert.

Al eut l'air de comprendre et, pour un associé d'affaires, je ne pouvais guère exiger mieux. Nous annulâmes toutes les commandes que j'avais prises à Londres, en expliquant que Jenda avait signé un contrat d'exclusivité avec Pearce Clothing Stores. Al m'apprit beaucoup de choses, avec gentillesse et fermeté. Il me démontra qu'il valait mieux cesser de confectionner des robes d'une seule sorte pour, au contraire, élargir mon entreprise à une grande échelle, et il me fit la promesse de me commander cent robes de chaque modèle et de chaque taille. Nous continuâmes à expérimenter toutes les variations possibles d'un même modèle, en changeant les cols et les manches, et Al nous recommanda d'utiliser une plus grande variété de tissus. Dans un premier temps, nous avions surtout utilisé la soie, mais il nous fit connaître également le lin, les broderies en coton, la laine et le cachemire. Nous nous mîmes à fabriquer aussi des tailleurs et des manteaux pour femmes, mais toujours destinés à une clientèle riche. Nous continuâmes à cultiver l'excellence et à tout faire pour que nos vêtements soient impeccables. Il aurait été facile de se laisser aller à faire des vêtements ordinaires, de tous les jours, ce qui nous aurait pris moins de temps. Mais Al pensait, lui aussi, que nous tenions un bon « créneau » et que nous devions continuer à confectionner des vêtements élégants et luxueux.

J'avais prévu un délai de six semaines pour mettre en place l'atelier de Rutherglen Street mais, avec l'aide de Al, nous pûmes livrer dans ses boutiques trois cents robes de différents modèles en quinze jours seulement.

Les femmes des mineurs continuèrent à travailler pour nous comme couturières à la maison, et nous leur réservions les modèles les plus compliqués, car elles travaillaient à la pièce et chacune terminait une demi-douzaine de robes par semaine. Les employées de l'atelier cousaient à la chaîne, ce qui permettait d'aller plus vite, même si le travail était moins minutieux que celui des autres femmes. L'atelier n'était pas grand, mais suffisant pour répondre aux commandes de Al, qui affluaient à une vitesse vertigineuse. Nous pensâmes un moment prendre un appartement près de Rutherglen Street mais, après nous être réunis en conseil de famille, nous décidâmes d'économiser nos sous en attendant de trouver la maison de nos rêves à Édimbourg.

Mes prières secrètes pour le retour de Robert furent sans effet. Je me jetai à corps perdu dans le travail mais cette fois-ci, contrairement aux six mois précédents, l'espoir et l'énergie me soutenaient tout au long de la journée. Je courais de l'atelier de Rutherglen Street à la maison de cinquante-neuf pièces, je donnais des ordres, je dessinais, je créais, et je sentais dans toutes mes fibres que le succès était à deux pas.

Mais Will aussi était à deux pas.

Il avait séjourné à Glasgow durant toute la semaine et n'avait cessé d'arpenter Lamb Street. Il n'avait pas cherché à aborder les enfants, mais il essayait de me parler chaque fois que je rentrais à la maison. Il me suivait jusqu'à notre chambre, alors je me dépêchais d'ouvrir la porte, je me glissais à l'intérieur et je refermais aussitôt derrière moi. Mais il restait là à attendre, et je n'arrivais pas à me concentrer sur mon travail, si bien que je finis, dans un accès de rage, par ouvrir brusquement la porte et lui crier de s'en aller, menaçant d'appeler la police.

« Pourquoi ? demanda-t-il. Je veux juste te parler, Kate. Pour l'amour de Dieu, accorde-moi cinq minutes et laisse-moi m'expliquer. »

Je reculai pour le laisser passer, puis j'allai à la fenêtre, que j'ouvris en grand. Il s'assit à la table et dit :

« Je pars demain pour l'Angleterre et je pensais que, si tu voulais me confier quelques-unes de tes robes, je pourrais prendre des commandes dans les boutiques de quelques grands hôtels.

– Pourquoi ?

– Pourquoi ?

– Oui, pourquoi veux-tu m'aider ?

– C'est une question stupide.

– Je la pose néanmoins.

– Parce que je sais ce que représente pour toi cette entreprise de couture, et je veux te voir heureuse.

– Et m'aider.

– Oui.

– Comme tu m'as aidée pour l'hôtel ?

– Non... Kate...

– J'ai signé un contrat d'exclusivité avec la Pearce Clothing Company.

– Je vois. »

Il se leva, vint à la fenêtre, tritura le bord de son chapeau, regarda au-dehors et dit : « Tu es tout ce qui compte pour moi, Kate. Ne me mets pas à l'écart. »

Je gardai le silence. Sa sincérité était si touchante que je faillis lui tomber dans les bras. Il me demanda s'il pouvait venir avec Flora et les enfants nous rendre visite, lorsqu'il reviendrait du continent en janvier. J'acceptai, en calculant mentalement que j'avais tout juste huit mois pour partir de Glasgow avec les enfants et emménager quelque part où il ne pourrait jamais nous retrouver.

Cette nuit-là, je me tenais près de la fenêtre à regarder les enfants dormir, lorsque je crus soudain voir Robert caresser les cheveux de Davie. Cette scène avait l'air tellement réelle que, le cœur battant, je fis un mouvement vers lui. À peine avais-je étendu la main que l'image s'évanouit, me laissant un sombre sentiment de vide. Ne devrais-je pas essayer de retrouver Robert? Je pourrais engager un détective privé qui ferait des recherches dans toutes les prisons du pays parce que, dans le fond, c'était moi qui l'avais poussé à voler, en le traitant avec tant de mépris, et s'il se trouvait en prison, c'était en partie par ma faute. Un détective privé... C'est comme cela que Will nous avait découverts. Où pouvait-on dénicher un détective? Je me précipitai sur le journal, cherchai les petites annonces en dernière page, mais ne dénichai aucune proposition en ce sens. Je continuai à feuilleter distraitement le journal, en me demandant dans quelle direction orienter ma recherche. Un policier à la retraite... ou un ancien militaire... ou...

Mes yeux s'arrêtèrent net sur une photo, dans le carnet mondain du Sunday Times, *montrant une femme élégamment vêtue, en compagnie d'un homme aux cheveux noirs qui ressemblait si étrangement à Robert que j'en restai médusée. Plus je regardais, plus la ressemblance était évidente, et un frisson me parcourut tout le corps. Les yeux, le sourire, la façon dont il se penchait vers la personne dont il serrait la main... mon Dieu, c'était lui... Pourtant, cela ne pouvait pas être lui. C'était impossible. Il y a dans le monde des millions d'êtres humains, parmi lesquels certains se ressemblent... mais le sourire? Deux personnes peuvent-elles avoir le même sourire?*

M'arrachant à la contemplation de l'homme, j'examinai la femme : Lady Eudora Ashton. J'avais souvent vu sa photo dans le journal, à propos de diverses œuvres charitables. Elle devait avoir pas loin de cinquante ans, mais elle était encore fabuleuse... et fabuleusement riche. Revenant à l'homme, j'essayai de l'imaginer sans moustache, avec des cheveux blonds, et à nouveau je vis Robert qui me souriait.

C'était insensé. Impossible. Mes yeux étaient en train de me jouer un tour... mais pas mon cœur. C'était lui. C'était bien lui.

Je ramassai le journal et quelques dessins que j'avais faits un peu plus tôt, courus à la porte d'à côté et frappai chez les Liddle. Ian ouvrit, sortit dans le couloir, et je le priai de jeter un coup d'œil sur mes dessins car je voulais avoir l'avis d'un homme. Je l'invitai ensuite à regarder, dans le journal, la robe de la femme. Je vis ses yeux se plisser tandis qu'il examinait de plus près, non la femme mais l'homme qui se tenait près d'elle. Ian resta bouche bée; je retins mon souffle.

« C'est lui, n'est-ce pas ? C'est lui, Ian. Je ne suis pas folle. C'est Robert. Il s'est teint les cheveux et s'est laissé pousser la moustache. La femme à côté de lui, qui lui tient le bras, c'est Lady Eudora Ashton. Elle est veuve... et extrêmement riche.

– Je ne peux pas imaginer qu'il...

– Non ? Moi, oui. Il a perdu les vingt livres au jeu, est allé à Londres, a rencontré cette femme, et maintenant il... Je le tuerai !

– Jen a vu ça ?

– Non, Davie m'a apporté le journal ce matin mais, comme je n'avais pas le temps de le lire, je l'ai mis de côté. Ian, elle va être anéantie.

– Faut pas qu'elle le voie. Cachez-le. Mieux même, brûlez-le.

– Non. J'en ai besoin. Au cas où il reviendrait un jour. »

Ian protesta, m'exhortant à ne rien faire car il

était malgré tout possible que l'homme de la photo ne soit pas Robert. J'étais sûre que c'était lui, mais je tombai d'accord avec Ian pour ne pas révéler mon affreuse découverte aux enfants.

Une semaine s'écoula et, comme nous approchions de la date de l'anniversaire de Jen, ma fille devint de jour en jour plus triste, car nous étions toujours sans nouvelles de son père. Le dimanche, elle insista pour que nous allions tous à Mallaig, déclarant que peut-être un télégramme était arrivé et qu'en l'absence des parents de Robert, toujours à San Francisco, il avait été réacheminé vers le bureau de poste. Je demandai à Ian de nous accompagner car je désirais qu'il soit là lorsqu'on dirait à Jen qu'il n'y avait pas de télégramme – au cas où elle s'effondrerait – et je maudis Robert d'avoir trompé sa fille... et moi.

L'employé des postes me tendit trois télégrammes, sur lesquels Jen se précipita comme sur une manne tombée du ciel. « Un de Papa – celui qu'il a envoyé le 1er novembre après nous avoir mis dans le train. Le tien, Maman, pour ta malle... et... et... Il revient ! Maman, il revient ! Écoute : " Je vais bien, je serai bientôt de retour, je vous aime, Papa. " Maman, il revient ! Il revient à la maison ! Le télégramme est daté du 13 avril ! De Londres ! Maman, il revient ! Il revient à la maison ! Tu ne vois pas ce que cela signifie ? » Elle riait, dansait autour de nous trois. Je restai plantée là, ne sachant quoi dire, car je voyais bien ce que cela signifiait : il n'y avait désormais plus aucun doute sur l'identité de l'homme qui figurait sur la photo du journal aux côtés de Lady Ashton. C'était Robert Maclean. « Pourquoi pleures-tu ? s'enquit Jenny en me prenant les mains et en les embrassant. Tu as l'air si triste. Maman ? Il revient à la maison. Tout ira bien, maintenant. Tu ne comprends pas ? Il ne pouvait pas écrire ou télégraphier avant d'avoir regagné le Loch Leven au jeu. J'en suis sûre. Bientôt... il dit qu'il sera bientôt de retour. » Elle mit ses bras autour de *moi en s'écriant : « Pour mon anniversaire ! Voilà quand il va revenir ! Encore deux semaines ! ENCORE DEUX SEMAINES ! ! ! » Mes yeux rencontrèrent ceux de Ian, qui hocha la tête, ébouriffa les cheveux de Davie, et sortit du bureau de poste.*

Je m'interrogeai toute la semaine pour savoir si j'irais ou non à Londres pour essayer de trouver Robert. L'euphorie de Jen était insoutenable : elle se déplaçait dans notre petite pièce d'un pas aérien, elle chantait, elle dansait, si heureuse que je ne pouvais la regarder sans me sentir nouée jusqu'au fond des entrailles. Son père allait revenir en brandissant l'acte de propriété du Loch Leven, racheté soit en volant de l'argent à Lady Ashton, soit... pire... mais je ne pourrais jamais plus vivre avec lui. Jamais. Et qu'arriverait-il à Jenny ? Je ne pouvais pas la meurtrir ainsi. Après toutes les épreuves qu'elle avait traversées, la faim, la pauvreté, la misère de Glasgow, tout ce qu'elle avait enduré avec tant de stoïcisme. Non, je ne pouvais pas la meurtrir.

Je brûlai le journal.

Le 2 mai, une semaine avant le treizième anniversaire de Jen, le père et la mère de Robert frappèrent à notre porte. Les enfants étaient aux anges de voir leurs grands-parents, et je m'efforçai de participer à la joie débordante de Jenny, qui raconta nos malheurs en atténuant si bien le tableau qu'on aurait pu le croire idyllique, et termina en parlant du télégramme de son père confirmant son retour imminent. Le père de Robert était calme, mais il gardait les yeux rivés sur moi, même lorsque Jen dit : « Papa a écrit cela pour vous, Grand-Père, avant de partir, en novembre, et je devais vous le remettre. Mais je l'ai gardé... et... et j'espère que vous ne serez pas fâché, mais je l'ai lu. » Exhibant le contenu d'une enveloppe sale et froissée, elle tendit à son grand-père une lettre dont le papier était déchiré à force d'avoir été plié et replié. « J'espère que vous ne m'en voudrez pas de l'avoir lue. Je sais que ce n'est pas bien de lire le courrier des autres... mais... »

Son grand-père prit la lettre et tapota gentiment la tête de Jen. Je me demandai combien de fois par nuit elle avait dû lire cette lettre qui ne lui était pas adressée mais qui, écrite de la main de son père, était tout imprégnée de lui. Dix fois ? Vingt fois ? Le papier était devenu aussi fin que du papier de soie et peut-être les taches d'encre étaient-elles dues aux pliures, mais je ne pouvais m'empêcher de penser que c'étaient ses larmes qui avaient effacé les mots par endroits.

Mes propres larmes se mirent à couler malgré moi ; je baissai la tête et voulus sortir de la pièce. Mais Jenny m'attrapa par le bras, m'attira à elle, prit ma main et l'embrassa en disant : « Que tu es sotte, Maman. Ne pleure pas. Chhhuuut, tout ira bien, maintenant. N'est-ce pas, Grand-Père ?

– ... Aye, ma p'tite.

– Grand-Mère, dites-lui, vous, qu'elle est sotte.

– Eh bien, à vrai dire... d'être tassés dans cette boîte à sardines, c'est suffisant pour faire pleurer n'importe qui. Vous allez tous venir à Mallaig, pour des petites vacances.

– C'est une idée formidable ! s'écria Jen. N'est-ce pas, Maman ?

– Tu pourrais y aller pendant une semaine avec Davie.

– Et toi. Nous y allons tous.

– Non... Je... je ne peux vraiment pas partir. Les couturières ont besoin de moi. Mais toi, vas-y avec Davie, Jen. Vous avez travaillé tellement dur. »

Jen ne voulait pas me laisser seule mais nous finîmes par la convaincre. Les parents de Rob emmenèrent les enfants avec eux à Mallaig et je devais les rejoindre le week-end suivant.

Il n'y avait qu'une seule solution : lorsque Robert reviendrait, je prétendrais n'avoir jamais vu le journal et je goberais tout ce qu'il me raconterait. MAIS *je ne serais plus sa femme. Je n'avais jamais douté de sa fidélité, ou plutôt je n'avais jamais douté de sa fidélité à sa réputation de coureur de jupons ; j'avais juste accepté qu'il ait des relations avec des prostituées, cela faisait partie de notre « arrangement ». Je savais qu'il n'éprouvait pas d'amour pour les femmes avec qui il couchait et, lorsqu'il était avec moi, il ne regardait même pas les autres femmes, qui pourtant s'intéressaient beaucoup à lui. Mais Lady Eudora Ashton n'était pas une prostituée. C'était une femme riche, belle, cultivée, fascinante et, s'il était avec elle, ce n'était pas uniquement pour son argent. Que j'aie passé des mois dans les affres de l'angoisse parce que je le croyais en train de croupir au fond d'une prison, alors qu'en fait il batifolait dans les draps de satin de sa noble lady, cela me rendait folle. Vraiment, c'en était trop. Cela, je ne pouvais le pardonner. Les enfants ne sauraient jamais que j'avais appris de quelle façon leur père avait racheté le Loch Leven, mais* LUI *le saurait. Il vivrait avec nous, pour le bien des enfants, mais il ne partagerait pas mon lit. Il m'avait laissée seule, et je n'étais plus son épouse. J'étais libre, et désormais je vivrais en femme libre. Je me trouverais un nouveau compagnon. Quelqu'un de charmant, cultivé, brillant, passionnant. Un gentleman, un homme riche. Quelqu'un... comme A. J. Pearce.*

Le lundi matin, je m'éveillai pleine d'entrain, pareille à une pouliche qui sent l'arrivée du printemps. Je bondis hors du lit, impatiente de commencer ma nouvelle vie. Je pris un bain, m'habillai, mis du rouge à mes joues et à mes lèvres – encore un peu pâles à cause de tous ces mois de privations – et revêtis une jolie robe que j'avais arrangée pour qu'elle s'ajuste à mon corps squelettique – déplorant de ne pouvoir également « arranger » les rides qui s'insinuaient autour de mes yeux. Je n'avais jamais été belle, même si on me disait très séduisante, mais je possédais quelques atouts. J'avais de beaux yeux, bien qu'un peu trop expressifs et presque toujours remplis de larmes ; mes cheveux, roux et brillants, me tombaient jusqu'à la taille ; et je crois qu'à la lueur des chandelles j'aurais pu passer pour une beauté... à condition de ne pas regarder de trop près. Espérant qu'Al était un peu myope, je jetai un rapide coup d'œil au lit que j'avais partagé avec Robert, et me précipitai chez Lizzy Gibbon, chez qui les femmes s'étaient rassemblées pour assister à un cours de fabrication de boutonnières.

Meg Morison avait complètement raté le manteau auquel elle travaillait, et j'avais furieusement envie de lui nouer les manches autour du cou pour l'étrangler lorsque Al passa la tête à travers la porte. « Puis-je me permettre ? s'enquit-il.

– Certainement, répondis-je. Votre arrivée a sans doute sauvé la vie à Meg Morison. » Je tendis le manteau à Meg en lui disant : « Défaites ça avec beaucoup de précautions, et recommencez. Et cette fois-ci Meg, cousez la boutonnière sur le bon côté du tissu.

– Oui, madame. »

Je souhaitai bon après-midi à ces dames et me dirigeai vers Al qui était resté dans l'embrasure de la porte. Je lui demandai en souriant : « Êtes-vous allé à l'atelier ?

– Oui, elles ont l'air de très bien s'en sortir. À tel point que je pensais que peut-être vous et moi pourrions aller déjeuner ensemble. »

Je refermai la porte de Lizzy Gibbon, fis un pas dans le couloir et répondis : « D'accord.

– " Chez Michel " ?

– Pourquoi ne déjeunerions-nous pas à votre appartement ?

– Je crains qu'il ne soit pas équipé d'une... cuisine. » Sa voix s'était attardée sur le dernier mot. Il avait lu dans mes yeux que tout ce dont nous avions besoin pour ce fastueux déjeuner, nous le trouverions dans son lit. Il hocha la tête, me regarda plus intensément, puis sourit et m'offrit son bras.

Tout en grimpant à son nid d'amour, je ne cessais de me répéter que je ne faisais rien de mal. Je n'étais plus mariée et, même si Al l'était encore, il avait si souvent trompé sa femme qu'une fois de plus ne changerait pas grand-chose, me disais-je pour me consoler. Pourtant, mon cœur battait la chamade et je regrettais amèrement de ne pas avoir attendu le samedi soir : au moins, il aurait fait noir, nous aurions bu beaucoup de vin, et je serais arrivée sans problème au bout de la soirée.

Al ouvrit la porte, me fit entrer et me retira mon manteau. Je sursautai lorsque sa main caressa la mienne et je faillis tomber en arrière. Il me retint, m'aida gentiment à reprendre l'équilibre, puis me désigna le sofa – ou ce qui ressemblait à un lit recouvert d'un tas de coussins – et me dit de m'asseoir. La pièce était très jolie, décorée d'objets d'art oriental, très raffinée mais masculine, avec ses tons de brun orangé.

« Du sherry ? Ou bien préférez-vous...

– Du whisky... s'il vous plaît. »

Mais quelle folie m'avait saisie ? Jamais je ne serais capable de faire cela. Je ne pouvais m'empêcher de trembler, j'avais l'impression d'être une idiote inexpérimentée, et je ne doutais pas que Al devait entendre le bruit de mes genoux qui s'entrechoquaient. Il s'assit près de moi, me tendit mon verre et se contenta de me dévisager. Je ne trouvai rien à dire. Que dit-on dans ce genre de situation ? Nous savions l'un et l'autre pourquoi nous étions là. Peut-être attendait-il que je me déshabille et m'enfouisse sous les coussins du sofa ? Pourquoi ne disait-il rien ? Je fermai les yeux et tentai de me remémorer la nuit où il m'avait embrassée dans l'entrée. Je l'avais désiré, et j'aurais succombé s'il n'avait pas prononcé mon nom, ou plutôt le nom que jamais, au lit ou hors du lit, Robert n'avait prononcé puisque, pour lui, j'avais toujours été Kate.

« Catherine ?

– Oui ?

– Êtes-vous sûre que vous ne voulez pas manger quelque chose “ Chez Michel ” ?

– Oui, répondis-je en serrant les dents pour les empêcher de claquer. C'est très bien ainsi... je vous

assure. » J'inspirai profondément, puis avalai mon verre de whisky.

« En voulez-vous un autre ?

– Oui. »

Il se leva, remplit mon verre, me le tendit avec un sourire et dit :

« Vous avez l'air de quelqu'un à qui l'on va arracher une dent de sagesse. Je ne suis pas un dentiste, Catherine.

– Je suis désolée. Peut-être que si je buvais un autre verre.

– Pour vous donner du courage ? Pourquoi êtes-vous ici avec moi ? » Je le regardai – sa question me paraissait plutôt absurde, car la réponse n'était que trop évidente – et il se mit à rire, mais d'un rire très chaleureux, et s'assit à mon côté. « Ma chère Catherine, comment se fait-il que personne ne vous ait jamais appris à dissimuler vos yeux ?

– Mes yeux ?

– Ils sont presque indécents, ils laissent si peu de place à l'imagination. » Je baissai la tête, mais il me la releva. « Oh, mais ne les cachez pas, ils sont très beaux, très rafraîchissants... et si désarmants. Et comme ils sont éloquents ! » Puis il se redressa en ajoutant : « Ils me disent que vous l'aimez encore. Ils me disent de vous ramener chez vous. »

C'était étrange : je me sentais dans la peau de quelqu'un qui attend un châtiment bien mérité, et qui s'y est longuement préparé, mais qui finalement y échappe.

« Je... je veux rester... Je DOIS *rester.*

– Vous DEVEZ *? fit-il en riant. Et pourquoi donc* DEVEZ*-vous rester, Catherine ? » Le sourire disparut de son visage. « Parce que je suis l'instrument de la vengeance ?*

– Non...

– Je vais vous raccompagner.

– Al... ce n'est pas cela. Je ne suis plus mariée.

– Vous avez divorcé ?

– Non... mais j'ai décidé que je ne serais plus sa

femme, lorsqu'il reviendra. Je suis libre. Nous... nous pouvons... si vous voulez...

– Je vois. »

Je restai assise, à me demander ce qu'il ferait si je commençais à déboutonner ma robe : quitterait-il son air renfrogné, et en finirions-nous une fois pour toutes ? Mais il ne bougea pas, debout devant moi mon verre à la main.

« Pourquoi m'avez-vous choisi ? demanda-t-il, en faisant tourner le verre entre ses mains. Vous êtes une femme très séduisante, beaucoup d'hommes doivent rechercher vos faveurs. Pourquoi moi ?

– Je... je pensais que vous...

– Que je vous désirais ? Oui... très fort.

– Alors pourquoi... ?

– ... ne vous ai-je pas courtisée avec plus d'ardeur ? J'avais vraiment l'intention de satisfaire vos désirs... et les miens. Mais, en dépit de votre décision, Catherine, vous restez bel et bien mariée à votre époux. Bien que les considérations morales ne m'arrêtent pas lorsque j'ai envie de coucher avec l'épouse d'un autre homme, l'idée de séduire une femme dont le cœur appartient à un autre me laisse froid. » Je baissai la tête, comme un enfant puni. Al mit sa main sur mon genou, et poursuivit avec beaucoup de tendresse : « Mais si vous vous libérez un jour de cette passion dévorante pour l'homme qui vous a abandonnée, Catherine, je ne demanderai pas mieux que de prendre sa place. » Il m'aida à me relever, passa mon manteau sur mes épaules et me raccompagna chez moi.

Dans le train qui m'amenait à Mallaig, je pensais à Robert : je craignais de le trouver chez ses parents, et d'être incapable de lui résister. Chaque fois que je songeais à Lady Ashton, la colère m'envahissait et je n'avais aucune peine à m'imaginer assassinant Robert, inventant même des tortures d'une cruauté surprenante de la part de quelqu'un d'aussi peu vin-

dicatif que moi. Will avait dit un jour que j'avais un seul défaut – son adoration pour moi devait l'aveugler, car j'en avais bien plus d'un : j'étais trop clémente. En réalité, j'étais capable de tuer : j'avais tué le voleur de chevaux qui menaçait Robert, mais je pouvais justifier sa mort. J'étais incapable de tuer sans raison, et la jalousie ne justifiait pas l'assassinat... même si elle constituait une raison valable pour flanquer une bonne raclée à la maîtresse de Robert. Je n'étais pas rancunière et je m'en estimais heureuse, car la rancune n'est guère une vertu, mais peut-être n'étais-je pas assez impitoyable. Si j'avais été un petit peu plus sanguinaire, je serais partie pour Londres, je serais allée trouver Lady Ashton, je lui aurais arraché les cheveux et j'aurais assommé Robert... Au lieu de cela, j'oscillais entre pleurs et crises de colère, gaspillant mon énergie pour une aussi piètre cause, puis je séchais mes larmes et jurais d'effacer Robert de ma vie. Je pouvais difficilement prendre un nouveau départ si mon cœur continuait de soupirer après Robert, et j'avais décidé de commencer une nouvelle vie. Et d'être la maîtresse de A. J. Pearce. Un jour... Lorsque l'ombre de Robert aurait cessé de me hanter.

J'avais acheté des boucles d'oreilles en saphir pour l'anniversaire de Jenny, un très joli bijou avec de toutes petites pierres mais un support en argent finement travaillé, et May Liddle avait confectionné la magnifique robe en satin bleu que j'avais mise de côté pour Jen. J'imaginai la joie de ma fille lorsqu'elle ouvrirait ses cadeaux.

Vers midi, il se mit à pleuvoir, mais une agréable petite pluie, fine et tiède. Je franchis le portail de la demeure des Maclean et vis la mère de Rob accourir vers moi, le visage rouge et bouleversé; m'entraînant à la maison, elle m'expliqua que Jenny s'était enfuie et que son grand-père, Davie et tous les frères et sœurs de Robert étaient à sa recherche.

« Enfuie ? Pourquoi ?

– Les journaux. Elle était en train de les coller

avec Dave. Mrs. Duncan a gardé tous les journaux pendant que nous étions à San Francisco, et les enfants aidaient leur grand-père : vous savez qu'il conserve les journaux...

– La photo...

– Aye. Ça sautait aux yeux. N'importe qui l'aurait reconnu.

– Mon Dieu ! Quand ? Quand est-elle partie ?

– Ce matin. Elle s'est sauvée de la maison comme si elle avait le diable aux trousses. Elle est allée directement vers la mer. On a eu peur qu'elle se jette à l'eau, et votre beau-père l'a rattrapée, et elle, elle s'est roulée en boule comme un petit animal et... oh Seigneur, Kate, ça m'a brisé le cœur de la voir. Je n'ai jamais rien vu d'aussi terrible. Comme si son petit cœur s'était fendu, brisé en mille morceaux. On l'a ramenée à la maison, on l'a couchée, on l'a calmée, mais elle a dû se sauver par la fenêtre. Votre beau-père est parti avec les garçons et... »

Lui tendant le paquet que j'avais apporté pour Jen, je me dirigeai rapidement vers la plage, avec l'espoir de trouver le père de Robert. L'océan était gris et menaçant, les vagues si hautes qu'elle aurait eu seulement à s'approcher de l'eau pour basculer dedans. Je courus jusqu'aux rochers déchiquetés qui surplombaient la mer, scrutant la falaise, me faisant tremper par les embruns, tout en me répétant sans cesse : Que Dieu la protège !

Où irait-elle ? Où irais-je, moi ?

À la maison.

Le Loch Leven était à quatre-vingts kilomètres de Mallaig. Si elle essayait d'y aller en marchant, elle mettrait peut-être deux jours... et en courant ?

Je trouvai le père de Robert en compagnie de Jamie McEwen et de Davie. Je leur fis part de ma conviction que Jen avait essayé de rejoindre le domaine, et je leur suggérai d'aller avec la voiture de Jamie prévenir les nouveaux propriétaires de la fugue de Jen ; moi-même je suivrais à cheval. Davie insista pour venir avec moi. J'empruntai un pantalon et des bottes à mon beau-père, nous louâmes deux chevaux et partîmes pour le Loch Leven. Il y avait une route nationale qui allait de Mallaig à Fort William, mais j'étais certaine que Jen éviterait les grandes routes; Davie et moi suivîmes donc les bords du Loch Morar. Jen avait quatre heures d'avance sur nous; j'essayai de calculer la distance qu'elle aurait parcourue quand tomberait la nuit et, lorsque nous arrivâmes au Loch Beoraid, nous fîmes ralentir les chevaux et commençâmes à appeler le nom de Jen. Mais s'arrêterait-elle pour se reposer durant la nuit, ou bien continuerait-elle sa marche à travers la lande aride et les vallons qui s'étendaient sur des kilomètres et des kilomètres? La lande était sinistre et désolée, et la pluie avait fraîchi à l'approche du soir. Elle s'arrêterait sûrement sur une petite colline herbeuse et s'allongerait sous un arbre en attendant le matin. Ferait-elle cela? Que ferais-je, moi?

« On continue, Davie. Elle ne se sera pas arrêtée.

– Elle ne peut guère être allée beaucoup plus loin que cela, Maman.

– Si, elle le peut. Elle marchera jusqu'à ce qu'elle tombe... et après, elle rampera »

Davie leva les yeux vers le ciel, regarda les nuages qui couraient devant la lune, puis la vallée rocheuse qui s'étendait devant nous. « Regarde, au-delà de cette corniche, le blanc sur la montagne.

– Le reflet de la lune.

– Non. La neige. »

Mon cœur se glaça, comme si le froid de ce sommet couronné de neige avait pénétré au plus profond de moi. Ce n'étaient pas des collines qui nous faisaient face, mais des montagnes. De hautes montagnes rocheuses qui s'élevaient au-dessus des landes brunes, semblables aux troncs noueux d'énormes arbres centenaires. Elle ne passerait jamais par là.

Un coup de tonnerre nous fit sursauter, suivi d'un

éclair qui zébra le ciel obscur : le crachat du Diable. Je ne pouvais l'abandonner, pas maintenant, alors que j'étais si près. J'étais sûre qu'elle se trouvait là, car il était impossible qu'en marchant elle soit allée plus loin. En continuant à chevaucher en zigzag pendant encore quelques kilomètres, et en l'appelant, nous devrions la retrouver ; sinon, nous rejoindrions la grand-route et irions chercher de l'aide à Glenfinnan.

Nous continuâmes donc à avancer, sous la pluie battante qui nous transperçait les os, appelant son nom que l'écho nous renvoyait, mêlé aux hurlements des loups. Nous continuâmes jusqu'à ce que nous n'ayons plus de voix et que les chevaux titubent de fatigue ; alors nous nous dirigeâmes vers la grand-route, vers Glenfinnan et le poste de police.

Après avoir tenté de nous persuader de dormir sur place et d'attendre le matin, devant notre refus les policiers finirent par nous prêter des torches et envoyer cinq hommes pour nous aider dans nos recherches. Nous nous séparâmes par groupes de deux, et nous déployâmes le long des vallons, évitant les dangereuses montagnes, tout comme Jen devait le faire. Nous arrivâmes à Fort William au matin. Toujours aucune trace de Jen. Je persuadai l'homme qui m'accompagnait de revenir en arrière, au Loch Linnhe, car Jen connaissait bien ce lac, qui conduisait directement au Loch Leven, et il lui suffisait de le suivre pour arriver à la maison. Toute la journée, nous passâmes au peigne fin les rives des deux lacs. En vain. Je m'en fus retrouver le père de Rob et Jamie McEwen, avec l'espoir que Jen avait pris un autre chemin et qu'elle serait au domaine avec eux. Les propriétaires étaient à Londres, mais la gardienne et son mari avaient prêté des chevaux à mon beau-père et à Jamie, et avaient même participé aux recherches. Je faillis défaillir en sentant sous mes pieds la terre du Loch Leven et je dus faire un immense effort pour me maîtriser et me répéter que ma petite fille était perdue et que la seule chose qui comptait, c'était de la retrouver et que, même si cette maison n'était plus à moi, elle le serait à nouveau... un jour.

Les gardiens avaient gentiment offert un lit à Davie et le pauvre petit était si épuisé que, malgré ses protestations, il sombra dans un profond sommeil sitôt la tête sur l'oreiller. Quant à moi, je refusai leur aimable hospitalité, incapable de jouer le rôle de l'invitée alors que j'avais été pendant tant d'années la maîtresse de maison. J'allai m'allonger dans la grange pour me reposer quelques heures car, moi aussi, j'étais morte de fatigue.

Fut-ce un rêve? Fut-ce une vision? Jenny et Robert bondissaient sur les pierres lisses d'un ruisseau et, une fois de l'autre côté, se précipitaient vers un bosquet où poussaient des framboisiers. Les framboisiers formaient une masse si dense que les enfants en avaient entrelacé les branches pour former une hutte au sol de mousse. Ils s'y allongeaient pour regarder défiler les nuages, et se régalaient des baies mûres et juteuses qu'ils arrachaient au toit de leur délicieuse demeure.

Je me retrouvai soudain en train de courir, enjambant plantes grimpantes et racines nues, jusqu'à ce que je parvienne au massif de framboisiers. J'écartai les ronces, m'avançai dans le fourré... Elle était étendue sur le côté, les genoux ramenés contre sa poitrine, et elle dormait. Son souffle était régulier mais elle avait les cheveux tout emmêlés et trempés; ses vêtements aussi étaient mouillés, tachés et déchirés. Je n'osai pas la réveiller – elle n'avait pas dû dormir depuis près de trois jours – mais je me blottis contre elle, enroulant mon corps autour du sien pour la protéger du froid matinal. Elle était plus petite que moi, mais la rondeur de ses hanches et de sa poitrine la rendait bien plus féminine que moi et, l'espace d'un instant, je crus me trouver auprès de ma propre mère; dans un mouvement instinctif j'enfouis mon visage dans sa longue chevelure rousse. Mais, au lieu d'être doux et chauds, ses cheveux étaient humides et avaient une odeur de sève. Lorsque je m'écartai d'elle, elle bougea, puis se détendit. Attrapant ma main, elle la posa sur sa joue en chuchotant : « J'ai mal. Aux jambes et à l'estomac... Il fallait que je voie le domaine une dernière fois.

– Je sais. Mais ce n'est pas la dernière fois. Nous allons le récupérer.

– Non. C'est fini. C'est trop tard... Il est mort.

– Non, Jen, il n'est pas mort, il est...

– Mort... pour moi il est mort... »

CHAPITRE 18

(Londres, 11 mai 1909)

« Ma très chère Jen... »

Je regardai les mots que j'avais tracés onze jours plus tôt.

Tous les soirs, je m'asseyais au bureau de Lord Ashton et je contemplais la superbe carte d'anniversaire que j'avais achetée pour les treize ans de ma fille. Je voulais lui expliquer mon silence, lui dire à quel point je l'aimais, elle, et Davie, et leur mère. Impossible d'aller au-delà de la formule d'introduction; impossible de trouver les mots. Même les mensonges me restaient dans la gorge, y laissant un goût infect qui m'empêchait de les mettre sur le papier. Quant à la vérité, bien plus abominable que les faux-fuyants, ma petite Jen aurait éprouvé autant de douleur à la lire que moi à l'écrire.

Repoussant la carte d'anniversaire, je me renversai sur mon siège. La pièce était sombre, éclairée juste par une bougie posée sur le bureau. De temps à autre, un éclair traversait le ciel et le tonnerre grondait. La pluie tombait à verse, rafraîchissant l'atmosphère qui avait été exceptionnellement chaude ce jour-là. Je remuai sur mon siège, mal à l'aise. Mon dos me faisait mal, lacéré par les ongles pointus d'Eudora.

Le soir où j'étais retourné chez Lady Ashton, je

l'avais trouvée qui m'attendait dans mon lit. Elle se leva au moment où j'entrai dans la pièce, vint à moi et m'ôta ma veste avec des gestes lents. Je regardai ma veste tomber, et avec elle mon orgueil. Lady Ashton me retira le reste de mes vêtements, puis me conduisit jusqu'au lit. Et, à l'âge de quarante et un ans, je perdis mon innocence, et la naïve conviction que l'amour physique était affaire de tendresse et d'harmonie, que l'apaisement des sens s'obtenait par les caresses amoureuses et les baisers passionnés. Idiot que j'étais de croire que faire l'amour consistait à procurer du plaisir à l'autre.

Car ce que je fis avec Eudora n'avait pas grand-chose à voir avec le plaisir.

J'avais éprouvé de l'aversion pour elle mais, après cette nuit-là, je me mis à la haïr comme jamais je n'avais haï aucun être humain. Je pris la décision de lui voler ses bijoux et tout ce qui me tomberait sous la main, de les vendre, de racheter le domaine à l'éditeur londonien, et de rentrer en Écosse.

Les bijoux étaient enfermés dans un coffre-fort, l'argenterie gardée sous clé, et la somme d'argent qui m'était allouée quotidiennement me permettait de ne me priver de rien, mais pas de racheter le Loch Leven. J'aurais pu partir. Mes déplacements n'étaient pas surveillés. J'étais libre d'aller où bon me semblait. J'aurais pu trouver un emploi, par exemple comme docker sur les quais d'East End. J'aurais gagné vingt shillings par semaine en faisant un travail subalterne, mais honnête.

J'aurais pu... mais je ne le fis pas. Je restai, pour me livrer chaque soir au combat avec Eudora, qui me nourrissait et me vêtait avec splendeur et magnificence, et je payais de ma misérable personne le luxe de mon entretien. Parce que je n'avais pas le cran de me tuer moi-même, je lui laissais le soin de le faire à ma place... lentement, en me faisant souffrir. Mon seuil de tolérance était assez élevé, et la souffrance physique était bien plus facile à supporter que l'angoisse qui me tordait les entrailles. Je pansais mes blessures, me glissais dans ma chambre, et rêvais de Kate et des enfants.

Je crois que j'aurais pu le supporter si elle s'était contentée d'abuser de moi. Ce qui me révulsait, c'était ce qu'elle me demandait de lui faire. Au début, je regimbai car je n'avais jamais aimé brutaliser les autres, mais elle suscitait en moi une telle haine qu'en fin de compte je n'eus pas besoin de me forcer pour la faire souffrir. Le plus terrifiant, c'est que je sus très vite comment m'y prendre pour l'amener juste à la limite de la souffrance, arrêter avant que ce ne soit intolérable, jusqu'au moment où ses gémissements de douleur se transformaient en grognements de satisfaction.

J'avais besoin d'être fin soûl pour me résoudre à entrer dans sa chambre et, un soir, je l'invitai à boire avec moi, espérant qu'elle sombrerait et que je serais dispensé de mes obligations. Le whisky lui délia la langue et elle me parla de son défunt mari. Apparemment, Lord Ashton avait pour les garçons un penchant presque aussi grand que sa lady. Leur « bourse d'études » pour les apprentis écrivains n'était rien moins qu'une imposture pour attirer les poètes désargentés dans leur antre de débauche. Ils se « partageaient » le troubadour et, lorsqu'ils l'avaient complètement épuisé, ils le renvoyaient en Nouvelle-Zélande ou en Australie. Je me demandai pourquoi aucun de ces jeunes gens n'avait révélé au grand jour les perversions des Ashton. Mais je connaissais la réponse : personne ne l'aurait cru.

Parfois, allongé dans mon lit, la nuit, je me laissais aller à imaginer mon retour auprès des miens. Car, si mon esprit s'était résigné au fait que je ne les reverrais jamais, mon cœur, en revanche, n'avait pas renoncé à l'espoir. Je prononçais tout haut les mots que j'avais écrits : *Ma douce Kate, pardonne-moi. Si je suis parti de Glasgow, c'est parce que nous ne pouvions plus y rester et que je savais qu'en t'obligeant à aller à Mallaig avec les enfants nous avions une chance de sauver notre amour du désastre où nous l'avions conduit. C'était, dans le fond, une noble action. Mes intentions étaient pures. En fait, si tu regardes bien, tu te rendras compte que...*

Je n'allai jamais au-delà. Car, en regardant bien, je me rendais compte que ma petite fille avait sans doute le cœur brisé. Que mon fils ne croyait plus en moi. Que Kate pleurait la perte d'un amour qui avait été bâti sur les bases de la confiance, de la compréhension et de la passion. Un amour que j'avais brisé en mille morceaux. Mais il n'était pas mort. Car chaque morceau de cet amour continuait à vivre, à gagner en intensité, à grandir au fil des jours où je vivais séparé d'elle. Parce que l'amour ne meurt jamais... jamais. Les âmes, elles, oui. L'esprit d'un homme peut être anéanti. Son sens de l'honneur peut disparaître dans cette zone floue où le bien et le mal se confondent, et où tout est permis. Cet endroit qui est l'Utopie des pécheurs. Ce monde où je vivais en compagnie de Lady Eudora Ashton : les enfers.

Je décidai que, si Kate et les enfants étaient perdus pour moi, alors rien d'autre n'avait d'importance. Aurais-je eu une once de dignité, j'aurais appuyé sur la détente du petit Derringer en argent que j'avais acheté précisément dans ce but. Seulement, il faut du courage pour se suicider. Il faut du cran, des tripes, de l'estomac pour se tuer... physiquement. Mais un lâche peut mourir un millier de fois en esprit. Chaque nuit passée avec Eudora était comme une nouvelle mort. La dignité en moi avait été assassinée depuis longtemps, tout comme la retenue. Mais des étincelles de compassion réussissaient encore à jaillir, de temps à autre... lorsque la lumière revenait, et que je voyais ce que je lui avais fait.

Il est cependant difficile de s'émouvoir pour son ennemi mortel. Car c'est ce qu'elle était devenue. Je ne sais pas qui je haïssais le plus : elle, parce qu'elle me gardait, ou moi, parce que je restais.

Nous formions un drôle de couple, et pourtant personne n'émettait jamais le moindre soupçon concernant la réelle parenté du « cousin George ». Nous fréquentions l'aristocratie londonienne et Eudora tenait parfaitement son rang en présence des autres, lors des soirées d'opéra ou de concert qui préludaient à nos joutes sexuelles.

Par une chaude nuit d'été, vers la fin du mois de juin, après un concert à l'Albert Hall, nous avions rejoint sa voiture dans laquelle Stellings attendait ; je lui tenais la porte et, juste au moment de monter, elle leva la tête, fit un signe par-dessus mon épaule et me dit à voix basse : « Surveillez vos manières, George. L'homme qui vient vers nous fait partie des rares personnes que je vénère.

– Qui cela peut-il bien être, Attila ? Vlad l'Empaleur ? Ou bien...

– Will, s'écria-t-elle en me repoussant et en offrant sa main à l'homme qui s'était approché de nous. Will Brodie, depuis combien de temps êtes-vous à Londres ?

– Un mois, mais je... » Il s'arrêta net en m'apercevant, puis hocha la tête et poursuivit : « J'ai été terriblement occupé, Eudora. Je veux dire, trop occupé pour vous rendre visite. Me pardonnez-vous ?

– Oui, mais seulement si vous venez prendre un dernier verre. Connaissez-vous mon cousin George ?

– Non, je ne pense pas avoir cet honneur.

– George Cowles, fis-je en toussotant, tandis que je lui serrais la main.

– Vous ressemblez d'une façon étonnante à quelqu'un que je connais... c'est troublant. » Il me regarda de plus près et, au bout de quelques secondes, une lueur s'alluma dans ses yeux. Il savait.

« Et quelle est votre activité, *Mr. Cowles* ?
– George est...
– Dans les pétroles.
– Vraiment ? En Écosse ?
– Non.
– Où ? »

Eudora soupira, l'air perplexe, nous suggéra de poursuivre notre conversation dans la voiture, et donna l'ordre à Stellings de nous ramener chez elle. Will s'assit en face de moi et afficha une espèce de sourire narquois qui me donnait envie de lui arracher les yeux. Je me demandai s'il avait vu Kate et les enfants à Mallaig, étant donné que nous lui avions laissé croire que nous étions chez mon frère Martin à San Francisco. Il s'était probablement rendu en Amérique pour nous chercher et, ne nous y trouvant pas, la logique voulait qu'il soit allé ensuite à Mallaig. Il ne me quittait pas des yeux, et j'étais certain qu'il avait vu Kate et les petits. Qu'est-ce que Kate lui avait dit ? S'il y était allé après la réception de mon télégramme, en avril, elle devait être sûre de l'imminence de mon retour. Évidemment, il n'y avait pas eu d'autres télégrammes, puisqu'il n'y avait plus d'espoir de retour. Je n'avais pas les moyens de racheter sa maison, et je ne pouvais pas rentrer sans l'acte de propriété. Aussi étais-je resté avec Eudora... pour expier.

« Robert ! » s'écria brusquement Will, m'arrachant à mes pensées. Il rit en me voyant sursauter et ajouta : « Pardonnez-moi, George, mais je regrette de ne pas avoir sur moi une photo de mon beau-frère, car la ressemblance entre vous et lui est absolument prodigieuse.

– C'est *étrange* », appuya Eudora, tout en jouant avec son coûteux collier de perles et en me scrutant avec un intérêt nouveau ; la remarque de Will avait éveillé sa curiosité quant à ma véritable identité. « Mais ne dit-on pas que chacun de nous a un double, dans ce vaste monde ?

– Ah, la duplicité de l'être humain... *aye*, George ? Nous sommes tous des créatures à multiples facettes. On ne peut jamais savoir ce qui se cache sous les apparences. » Détournant son regard de moi, il fixa Eudora. « Prenez mon beau-frère, par exemple. Un homme correct, respectable, un mari tendre et affectueux, père de deux enfants adorables, eh bien il a quitté ma chère sœur. Il l'a abandonnée.

– C'est abominable !

– Oui. J'ai fait de mon mieux pour la *consoler*. J'étais contre ce mariage, mais je crois qu'elle a fini par ouvrir les yeux et se rendre compte que son mari est une crapule, et que la voix du sang est la plus forte. »

Je m'agrippai à la poignée de la portière pour ne pas lui sauter à la gorge, et je m'efforçai de chasser de mon esprit les images de Kate qui dansaient devant mes yeux.

Will resta jusqu'à un peu plus de minuit, racontant à Eudora des potins récoltés sur le continent, concernant le duc Machin ou la baronne Chose, tandis que je me tenais à l'écart et soignais mon âme meurtrie à grand renfort de whisky. Je proposai de l'accompagner à son hôtel et il accepta, promettant à Eudora de ne pas me laisser traîner dans Petticoat Lane, où je risquerais de me perdre et de perdre aussi ma *vertu*, et Stellings nous conduisit au Ritz.

« Quand l'as-tu vue ? demandai-je, sitôt la portière refermée. Quand ?

– Robert, tu es tout simplement ravissant, en brune.

– Will...

– J'aime bien la moustache, aussi, ça te donne un air... »

L'attrapant au collet, je répétai d'une voix sifflante

« Quand as-tu vu Kate ?

– Avant de partir. » Je le relâchai, et il dit :

« Comment se fait-il que tu sois devenu le favori d'Eudora Ashton ? Est-ce que tu...

– Et les enfants ? Ils vont bien ? Ont-ils dit quelque chose à mon sujet ? Au sujet du télégramme ?

– Quel télégramme ?

– J'ai télégraphié le 12 avril.

– Je suis parti le 10.

– Qu'a dit mon père ?

– Ton... ?

– Quand tu l'as vu. A-t-il dit quelque chose à mon sujet ?

– Non... non... Je n'ai pas vu tes parents. Ils devaient être sortis lorsque je suis passé... à Mallaig.

– A-t-elle fini ? Kate a-t-elle fini ses robes ?

– Oui. Un de ses clients lui a prêté de l'argent.

– Et Jen ?

– Superbe. À couper le souffle. Pourquoi ne leur as-tu pas écrit ?

– Davie ? Comment va Davie ?

– Il est aussi grand que mon fils Thomas. Un beau petit gars, bien que dégingandé.

– Comme Kate...

– Comme Kate... »

Je baissai la tête comme si elle pesait trop lourd, brusquement, et me détournai pour que Will ne voie pas mon visage. Il aurait pu savourer son triomphe, mais ce n'était apparemment pas le cas, car il demeurait immobile et silencieux à mes côtés.

Lorsque la voiture s'arrêta, je me redressai, essuyai mon visage et, en regardant droit devant moi, je demandai :

« Vas-tu lui dire que tu m'as vu ?

– Tu souhaites que je le fasse ?

– Non.

– Alors je ne le lui dirai pas. Mais...

– Mais quoi ?

– Si tu n'as pas l'intention de revenir, tu es comme mort pour eux. Tu pourrais tout aussi bien l'être.

– Je verrai ce que je peux faire. »

Il rit, me tapota la jambe et reprit : « Non, non, ce que je veux dire, c'est que tu pourrais être considéré comme mort officiellement, ce qui leur permettrait de continuer à vivre leur vie. Ce ne serait que justice. Je pourrais arranger les choses pour toi, si tu veux.

– Comment est-ce que je mourrais ?

– Tu pourrais avoir un accident, ou alors on pourrait imaginer une belle action à l'origine de ton trépas : tu passerais sous un train en voulant venir en aide à un pauvre enfant abandonné et aveugle qui aurait trébuché sur les rails.

– Il faudrait qu'il y ait un cadavre.

– Comme je viens de te le dire, je peux *arranger* les choses. »

Je le dévisageai, comprenant soudain qu'il ne s'agissait pas d'une plaisanterie, et qu'il me suffisait de dire oui pour qu'un homme innocent soit tué, et son corps – de la même corpulence que le mien – placé sous un train. Will me regarda avec des yeux dont toute chaleur avait disparu. Il ouvrit la portière, descendit de voiture et dit :

« C'est pour *elle* que je le ferais, pas pour toi, pour *elle*. Fais-moi savoir si tu changes d'avis. Je serai en Angleterre jusqu'à fin août.

– Je ne changerai pas d'avis.

– Même pas pour *elle* ?

– Non... même pas pour *elle*.

– Tu vois, Rob, tu ne l'aimes pas. Pas vraiment. Pas...

– Pas comme toi ? »

Il sourit, me salua en portant la main à son chapeau, et s'engouffra dans la porte à tambour du Ritz.

Je ne rentrai qu'au bout de trois jours, une fois que j'eus dépensé tout mon argent et commencé à ressentir les tiraillements de la faim. Eudora était furieuse. Lorsque je franchis le seuil, elle m'ordonna de me changer en vitesse, car nous étions invités chez Sir Edgar Wadham à Mayfair.

« J'ai fait préparer votre costume par Wicks, dit-elle en me suivant dans ma chambre.
– Pourquoi ne pas lui demander de l'enfiler, comme cela il pourra vous accompagner chez Sir Edgar.
– Êtes-vous ivre ?
– Légèrement... très, très légèrement.
– Vous auriez pu me donner des nouvelles.
– Vous inquiétez-vous pour moi, ou bien avez-vous besoin de mon sang ?
– Habillez-vous, George, et...
– Comment se fait-il que vous soyez sortie de votre cercueil ? Il fait encore jour.
– Étiez-vous avec Will Brodie ?
– Non... J'étais occupé à faire fabriquer des balles en argent et aiguiser un pieu...
– Vous êtes marié avec sa sœur. Catherine Brodie. »
Subitement dégrisé, je me tournai vers elle en disant :
« Laissez-moi le temps de me laver et de me raser. Je descends dans un quart d'heure.
– En voilà, un bon garçon... Robert. » Je lui saisis le poignet et le serrai jusqu'à ce qu'elle crie et balbutie : « George, George... J'attendrai en bas. »
L'hôtel particulier de Sir Edgar Wadham ressemblait davantage, avec sa profusion de vitraux et de sculptures en pierre, à une église médiévale qu'à une maison d'habitation. Une fois dans le salon où était servi l'apéritif, je quittai le bras d'Eudora pour me diriger vers la fenêtre qui donnait sur un jardin impeccablement entretenu, où poussaient les fleurs les plus rares. Sir Edgar s'approcha de moi et me dit qu'il avait tout de suite deviné que j'étais un passionné d'horticulture. Je l'observai pendant qu'il me décrivait les nombreuses espèces de son domaine. C'était un vieux monsieur très gros et chauve, dont les rares cheveux étaient ramenés d'un seul côté de sa tête. Nous parlâmes ensuite d'un cheval qu'il avait fait courir au Derby, et il me demanda tout à trac :

« Ma parole, George, vous rendez-vous compte que je ne sais même pas de quel côté vous êtes ?
– De quel côté, Sir ?
– La famille. Êtes-vous un Carter ou un Cable ? »

Eudora leva la tête. Je lui souris et me retournai vers Sir Edgar.

« Rizzio[1], Sir. George Rizzio !
– Un Rizzio ! Dieu du ciel ! »

Il devint tout rouge et regarda dans la direction d'Eudora avec un haussement de sourcils. Je me penchai vers lui et dis, assez fort pour que tout le monde m'entende :

« Vous savez, nous ne sommes pas vraiment cousins.
– Ah non ?
– Nous sommes bien plus proches que cela. Vous voyez, la mère d'Eudora était la maîtresse du frère de l'oncle de mon père. » Je mis ma main sur ma bouche d'un air faussement scandalisé, et ajoutai : « Ce qui rend notre relation quelque peu incestueuse ! »

Inutile de dire que le reste de la soirée fut légèrement tendu. Eudora ne me quittait pas des yeux ; elle avait le regard assassin, et je me préparai à la fureur qui suivrait. Je crois que je souhaitais inconsciemment qu'elle me flanque à la porte, puisque je n'avais pas le cran de partir de moi-même, terrifié à l'idée de me retrouver à la rue. Au lieu de cela, elle « arrangea » les choses avec Sir Edgar et, lorsque nous fûmes rentrés, elle vint me rejoindre dans ma chambre. J'étais en train de retirer ma cravate, devant la glace de l'armoire ; arrivant par-derrière, elle passa ses bras autour de moi et glissa sa main dans mon pantalon.

« Je crains de n'avoir pas tout à fait récupéré depuis notre dernier assaut, madame la Comtesse. Pourquoi ne pas prendre un de vos petits *jouets* et vous amuser toute seule.

1. Rizzio était le favori de la reine Marie Stuart.

– Parce que je vous veux.

– Dans ce cas, puis-je vous suggérer de soulever vos jupes et de vous pencher ; nous pourrions ainsi tirer un coup en vitesse.

– Ne soyez pas vulgaire. »

Je me retournai et ôtai sa main de mon pantalon.

« Ce qui est vulgaire, c'est notre situation. Elle est répugnante. Vous me payez pour que je vous monte chaque soir. Vous êtes une salope et moi un prostitué. Pouvez-vous imaginer quelque chose de plus vulgaire que cela ? »

Elle me gifla et je lui rendis sa gifle.

« Faites attention à ce que vous dites, George.

– Et vous, faites attention où vous mettez vos pattes, madame la Comtesse. »

Elle me gifla à nouveau, je lui rendis à nouveau sa gifle, et cette fois elle tomba par terre. Elle clama en se frottant la joue : « Je vous ai dit de ne jamais faire de marques sur mon visage !

– Hypocrite ! » m'écriai-je. Elle leva les yeux vers moi, passa sa main entre ma jambe et le tissu du pantalon, et me laboura de ses griffes. Je poussai un hurlement. « Portez-moi dans ma chambre ! ordonna-t-elle.

– Allez au Diable !

– Portez-moi ! »

L'attrapant par la peau du cou, je la traînai jusqu'à sa chambre et la jetai sur le lit.

Je ne sais pas très bien ce qui se passa cette nuit-là. Quelque chose dérapa, déchaînant la bête en moi. Et lorsque ce fut terminé, lorsque Eudora eut allumé la lumière, je la regardai qui se dirigeait en clopinant vers l'armoire pour prendre sa chemise de nuit. J'aperçus son reflet dans la glace, et j'eus un choc. Les bleus, les morsures, le sang... J'étais en train de devenir un animal. Pire qu'un animal. Un démon.

Je fus pris de panique. Revenu dans ma chambre, j'enfilai mes vêtements en toute hâte. Je fourrai quelques billets dans ma poche, fauchai le porte-monnaie d'Eudora, et m'enfuis en courant dans la nuit.

(Southampton, Angleterre, 1er juin 1909)

Était-ce la nuit ou le matin ? Sans doute entre les deux. Difficile à dire : je n'avais pas de montre et le brouillard était épais. Et puis, j'étais tellement soûl que les ténèbres qui me voilaient la vue pouvaient tout aussi bien être dues au whisky.

Je longeai le wharf, puis le bord de la jetée. À chaque pas, ou presque, j'avançais le pied dans le vide, à l'extrémité des planches de bois. Il me suffisait de basculer pour tomber à pic dans la mer. Avec la quantité d'alcool que j'avais ingurgitée, je me noierais à coup sûr. J'eus le sentiment que ce serait une mort très douce. Sans souffrance. Sans effort.

Car j'étais fatigué. Très, très fatigué.

Je m'arrêtai, me penchai sur un des piliers qui renforçaient la jetée, et contemplai l'eau, au-dessous de moi. Je terminai la bouteille, la posai sur le pilier et me remis à observer la mer.

J'étais venu à Southampton pour prendre un bateau qui m'aurait emmené en Amérique, où j'aurais rejoint mon frère Martin. Avec l'argent que j'avais volé à Lady Ashton, j'avais juste de quoi me payer la traversée jusqu'à New York et le billet de train pour San Francisco. Cela me paraissait un bon plan. Jusqu'au moment où je m'aperçus que Martin me demanderait des nouvelles de Kate et des enfants, et que je serais obligé de lui avouer que je les avais abandonnés.

Je n'allai pas à San Francisco. Je restai à Southampton, et je bus. Chaque nuit, je marchais le long des docks, faisant des prières pour tomber de la jetée et me noyer.

Cette nuit, c'était la bonne. Je ne pouvais pas

sombrer davantage. Le soir où j'avais quitté Londres, je m'étais rasé la moustache et décoloré les cheveux pour tenter de me débarrasser du « cousin George ». Mais impossible de purifier mon âme. J'avais touché le fond, avec Lady Ashton : j'avais exploré les recoins les plus sombres de la perversité, franchi des portes qui auraient dû rester closes à tout jamais, et déchaîné le monstre de noirceur qui se tapit en chacun de nous.

Et maintenant, la bête devait mourir.

J'enlevai mon chapeau, le jetai dans l'eau et le regardai flotter au gré des vagues. Je fermai les yeux, inspirai profondément, et je vis apparaître le visage de Kate. Ses longs cheveux roux étincelaient au soleil. Ses yeux turquoise avaient la couleur de l'herbe où elle était étendue. Elle observait les nuages, les décrivant minutieusement l'un après l'autre, ravie d'en avoir trouvé un qui ressemblait au Père Noël.

« Kate... fis-je avec un grand soupir.

– Alors, on s'balade, patron ? »

Je me retournai et vis un type costaud, pas rasé, à la mine patibulaire. Derrière lui, deux autres hommes, l'air tout aussi dangereux. Affamés et mauvais. Subitement dégrisé, je portai la main à ma poche intérieure pour prendre mon pistolet. Une lame de couteau d'au moins vingt centimètres de long m'effleura la joue.

« À moins qu'ça soye pour sortir ton flouze, mec, j'te conseille d'garder tes mains tranquilles. »

Il parlait avec l'accent cockney, caractéristique des quartiers populaires de l'East End de Londres, et empestait le gin. Les deux autres types s'approchèrent et l'un d'eux tenta de me saisir le bras. Je me dégageai brusquement, et celui qui avait parlé me mit son couteau juste sous l'œil. « Du calme, mon pote, si tu veux pas qu'on t'appelle N'a-qu'un-Œil. » Il fit signe au type qui était le plus proche de moi et lui dit : « Fouille-le. »

Je ne demandais pas mieux que de donner ma

vie, tant elle m'était de peu de prix, mais Dieu me damne si je me la laissais ôter par trois bandits. J'étais seul contre trois, je n'avais pratiquement aucune chance de l'emporter, et ils ne s'attendaient certainement pas à ce que je me batte contre eux. Mais ce qu'ils ne savaient pas, c'est que j'avais vécu avec la marquise de Sade en personne pendant près de deux mois, et que j'avais survécu. J'étais par conséquent invincible.

Je flanquai un coup de genou à l'homme au couteau ; il se plia en deux. Saisissant la bouteille vide sur le pilier, derrière moi, je la brisai sur la tête de l'autre type, qui s'écroula. Brandissant comme une arme le tesson tranchant, je frappai au ventre l'homme au couteau qui s'approchait de moi. Le type porta ses mains à son estomac et laissa choir son couteau; je ramassai l'arme et je frappai l'homme, qui tomba à genoux. Le troisième larron resta un moment sidéré, puis recula et s'enfuit à toutes jambes. Je tirai par la peau du cou l'homme que j'avais blessé et le déposai sur le corps de son ami inconscient. « Emmène ton copain et fiche le camp », dis-je. Les deux compagnons se relevèrent à grand-peine et je les regardai s'éloigner en titubant.

Je lançai le tesson de bouteille dans la mer, m'assis au bord de la jetée et sortis mon pistolet, tout en me demandant pourquoi j'avais lutté si âprement pour défendre ma peau.

« Parce que tu es un crétin, Maclean, dis-je tout haut, avant de poser le canon de mon arme sur ma tempe. Appuie sur la détente, ordonnai-je à ma main, comme si elle avait été douée d'une vie propre. Appuie... Nom de Dieu, mais tire ! » Ma main retomba, impuissante, et je la contemplai tandis que les mots de Will résonnaient dans ma tête : *Tu es comme mort pour eux... tu pourrais tout aussi bien l'être.* Kate m'avait dit que je fuyais, que je les abandonnais, le jour où je l'avais quittée. Mais je n'avais pas eu l'intention de les délaisser, c'est seulement que les choses ne s'étaient pas passées comme je l'avais prévu. Si je ne m'étais pas bêtement fait rosser par les trois marins, j'aurais terminé les lettres que j'avais commencées, et la situation aurait été différente ; je ne me serais pas mis à voler, je ne serais pas tombé dans les griffes de Lady Ashton, je n'aurais pas... je ne serais pas...

« Espèce de pute, murmurai-je au vent. Seigneur... Donnez-moi la force. »

Je soulevai le pistolet, mais il était encore plus lourd que tout à l'heure. Will avait raison. Je ne retournerais pas vers eux parce que je ne pouvais pas rentrer sans l'acte de propriété du Loch Leven. Pour leur permettre de continuer à vivre leur vie, il fallait que je mette fin à la mienne. Il me suffisait d'appuyer sur la détente. C'était simple comme bonjour. Alors, pourquoi n'y parvenais-je pas ?

Parce que tu es un lâche, Maclean !

Où trouve-t-on le courage ? Où Kate trouvait-elle son courage ? Car là était le courage : en Kate, Aoife, ma guerrière. Personne n'était aussi valeureux qu'elle, mais d'où tenait-elle sa force d'âme ? Peut-être de ses années passées avec Will : la fuite ou la lutte. Non... non, elle était née avec, et c'était cela que j'avais admiré, aimé, envié ; j'avais envié sa vaillance, j'avais désiré la posséder. J'avais espéré, j'avais prié pour que, si je vivais assez longtemps avec Kate, un peu de sa bravoure pénètre en moi. Le courage par procuration.

Mais lorsqu'on ne possède pas ce courage, comment s'y prend-on pour l'acquérir ? Et, si j'appuyais sur la détente, cela réglerait-il tous les problèmes ? Je leur devais leur maison. Un type mort, trouvé sans papiers dans les docks de Southampton, ne serait jamais identifié comme étant Robert Maclean. D'ailleurs, avais-je envie que mes enfants se souviennent de moi comme d'un lâche, avec un trou dans le crâne et le pistolet à la main ?

Je lançai le pistolet dans l'eau, me pris la tête entre les mains et m'appuyai contre le pilier. Je n'avais plus d'argent, nulle part où aller, j'avais faim et j'avais froid.

Que faisaient-ils, à Mallaig ? Avaient-ils cessé d'attendre mon retour ? J'aurais dû leur écrire, leur expliquer... leur expliquer quoi ? Je ne pouvais supporter l'idée qu'ils pensent que je les avais volontairement abandonnés, même si les apparences étaient contre moi. Il valait mieux qu'ils me croient mort. Il valait mieux que JE SOIS mort. Mais pas par suicide, ni dans un accident.

Je mourrais en héros, quelqu'un dont ils puissent être fiers. Un soldat. Un officier. Un officier et un gentleman.

N'ayant pas suivi d'enseignement militaire et n'ayant pas les moyens de m'acheter une charge, j'entrai dans le corps écossais de l'Armée du Roi comme simple fantassin et fus enrôlé dans le 71e régiment d'infanterie légère des Highlands. Je demandai à suivre une formation pour devenir officier, malgré mon âge, quarante-deux ans, ce qui était un peu tard pour entamer une carrière militaire ; je fus admis, en grande partie à cause de ma connaissance des langues étrangères.

Le caporal Robert Maclean et son régiment firent voile vers la Perse. Là, nous obligeâmes le shah Mohammed Ali, qui avait le soutien des Russes, à abdiquer en faveur d'Ahmed Kacher, le « Roi des Rois », mieux disposé envers les Anglais. Le pacte anglo-russe de 1907 avait coupé la Perse en deux morceaux – importants bien qu'inégaux – qui excitaient la convoitise des deux pays. On me fournit une belle tunique rouge et un kilt portant le dessin du clan Mackenzie, un fusil et une épée, et je me mis en devoir d'essayer de satisfaire les appétits du roi George. Il y eut peu de sang versé – nous exercions le rôle de policiers plutôt que de soldats – et nous étouffâmes l'insurrection du peuple perse qui n'avait pas envie de voir sa patrie engloutie.

La vie était rude, la nourriture insipide, les moments de solitude rares, mais j'éprouvais un sentiment oublié depuis longtemps : celui d'avoir un but, une raison d'être, et j'y trouvais du réconfort... du moins pendant la journée. La nuit, je m'adonnais à la flagellation mentale, me répétant que c'était parce que j'avais perdu le domaine que ma vie était dévastée et que j'étais privé de ma famille. Que n'aurais-je pas donné pour pouvoir revenir en arrière ! Mais les miens étaient perdus pour moi parce que, même avec ma solde d'officier, je ne gagnerais jamais assez d'argent pour leur rendre leur maison. De toute façon, à part mon télégramme du mois d'avril, ils n'avaient reçu aucune nouvelle de moi et devaient sans doute me croire mort, ou parti au loin. Ils me rayeraient de leur vie. M'élimineraient. Will avait raison : j'étais comme mort pour eux. Mais eux n'étaient pas morts pour moi. Je pensais constamment à eux. Je compensais leur perte en essayant d'être un bon soldat. Je m'imaginais en héros – je sauvais tout seul un village entier de l'emprise de sauvages guerriers –, comme si l'honneur pouvait s'acquérir avec des actes de bravoure.

La Perse était un pays aride, et j'eus du mal à m'habituer à la rudesse de ses coutumes. Œil pour œil, telle semblait être la justice suprême, mais couper la main à un enfant de huit ans parce qu'il avait volé des figues paraissait un châtiment extrême, c'est le moins qu'on puisse dire. On nous avait prévenus avant de partir que les lois persanes, et notamment les châtiments appliqués à ceux qui désobéissaient à ces lois, risquaient de nous paraître barbares. Mais ce qui nous choquait, ce n'étaient pas tant les punitions, pourtant souvent cruelles et inhumaines, mais les crimes eux-mêmes qui, à nos yeux, n'en étaient pas. Un homme trouvé ivre en public recevait trois cents coups de bâton sur l'estomac et la plante des pieds. Un commerçant qui avait fait payer trop cher sa marchandise ou avait faussé sa balance avait les oreilles coupées et clouées sur la porte de sa boutique, et il était obligé de supporter les attaques, verbales et souvent physiques, des passants. Mais le sort des hommes n'était rien, comparé à celui des femmes. L'adultère – qui ne consistait pas forcément en relations sexuelles, puisqu'il suffisait qu'une femme mariée soit trouvée seule avec un homme dans un endroit isolé pour être considérée comme adultère – était puni de différentes façons, selon l'humeur du juge. La femme pouvait être lapidée, dévorée par des chiens ou encore brûlée vive. Une femme qui avait des penchants pour ses semblables recevait une punition légère – dix coups de fouet et une amende –, mais si elle avait « outragé » une femme qui *appartenait* à un homme ou lui était promise, on lui rasait la tête et on lui coupait les doigts, puis on la promenait à travers les rues sur le dos d'un âne. Telle était la justice, en Perse.

Je me considérais comme quelqu'un d'assez large d'esprit et, ayant voyagé d'un bout à l'autre du continent, j'avais vu beaucoup de choses étranges, et connu des cultures et des mœurs très diverses. Mais les coutumes de cette bizarre contrée étaient barbares, et si cruelles que je n'avais qu'une envie : quitter ce maudit pays et gagner notre destination suivante, l'Afrique.

Notre navire n'étant pas attendu avant fin août, nous passions nos journées à jouer aux cartes. Je ne jouais que pour de très petites sommes, car j'avais toujours à l'esprit le souvenir cuisant de mon désastreux échec, chez Henry Thompson.

En me dirigeant vers la terrasse du petit café, je croisai une foule rassemblée sur la place et me demandai ce qui suscitait une telle excitation.

« Rob, t'as apporté tes cartes ? » me lança Donald Lochiel, un solide gaillard de mon régiment, un peu plus âgé que moi. Il m'aimait bien, en dépit du fait que je lui avais révélé, un soir où j'avais trop bu de whisky, la vraie raison de mon engagement dans l'armée. Il était veuf et avait une fille qui vivait à Kilmarnock.

Il répéta sa question tout en tapotant la chaise à côté de lui, et s'apprêtait à la poser une troisième fois lorsque le frêle garçon aux traits de fille qui était près de lui le tira par la manche. Nous l'appelions « Lamb [1] » car il était doux, confiant, extrêmement naïf, et un peu simplet. Mais il éprouvait de la vénération pour Donald, qui veillait sur lui, et il suivait aveuglément son protecteur. Lamb était un excellent tireur – c'était apparemment la seule chose qu'il savait faire, mais il la faisait très bien – et son avant-bras s'ornait de l'insigne des tireurs d'élite de l'armée britannique.

« Qu'est-ce qu'elles ont, mes cartes, Donald ? questionna-t-il.

– Elles sont toutes poisseuses à cause des boules de gomme que t'ingurgites, Lamb », répliqua Donald avant de se tourner vers moi et de répéter : « Rob, t'as tes cartes ?

– Oui. » Je m'assis à côté de l'officier que nous appelions Professeur ; le poussant du coude, je lui demandai : « Que se passe-t-il ? »

Il désigna la foule : « Bande de sauvages.

– On est aux premières loges pour assister à une exécution, Rob, mon vieux.

– À une lapidation », corrigea Professeur. Jetant un coup d'œil vers la masse de gens rassemblés sur la place, il ajouta : « Païens, barbares.

– Qui vont-ils lapider ?

– Une femme.

– Mes cartes sont pas sales, Donald. C'est seulement qu'y fait diabl'ment chaud, alors tout' la cire fich' le camp.

– Tu mets tes doigts dans ta bouche, tu suces des saloperies toute la journée, et après tu t'essuies les doigts sur les cartes : c'est pour ça qu'on va pas jouer avec... »

1. Agneau.

Je les interrompis : « Pourquoi l'exécute-t-on ?
– Parce que ce sont des barbares. Tous autant qu'ils...
– Adultère. »

Je me levai pour essayer d'apercevoir la femme que l'on conduisait sur la place. Elle était enveloppée dans ses vêtements et portait le tchador, le voile noir de l'islam. Elle était grande et se déplaçait avec grâce, la tête haute, royale... comme Kate.

« Ben, moi, j'veux point jouer avec les cartes de Rob, pa'ce que chaque fois que j'joue avec, j'perds.
– Tu perds parce que t'es un crétin et qu'tu sais pas jouer, Lamb. »

Me tournant vers Professeur, je demandai : « Comment vont-ils procéder ?
– Ils creusent un trou, la femme se couche dedans et un prêtre dit une prière. » Il secoua la tête d'un air écœuré. « Païens.
– Qui jette la première pierre ?
– L'mari, répondit Donald.
– Non, rectifia Professeur. C'est le prêtre. Ensuite, la foule se déchaîne et lui lance des pierres jusqu'à ce que mort s'ensuive. » Il essuya la sueur de son front et ajouta entre ses dents : « Monstres.
– File-moi tes cartes, Rob », insista Donald en tirant sur ma chemise. Mais j'étais trop occupé à observer la femme. Quelque chose dans sa démarche m'était familier. Elle ne luttait pas contre ses agresseurs, gardait la tête haute et avançait en silence vers la fosse qu'ils avaient préparée pour elle.

« Rob !
– Je n'ai pas envie de jouer aux cartes, pour le moment, Donald. »

Professeur repoussa sa chaise et se leva en déclarant : « Eh bien, moi, je ne veux pas voir ce spectacle révoltant. »

Lamb tira ses cartes de sa poche et les posa

devant Donald en disant : « On peut jouer avec les miennes.

– J'veux pas jouer avec tes foutues cartes, triple buse ! cria Donald. Pour l'amour de Dieu, Rob, assieds-toi. »

J'observais la femme, en me disant qu'elle me rappelait la femme que j'avais rencontrée au bazar la nuit précédente. Je l'avais choisie parce qu'elle était grande et mince et me faisait penser à Kate. En la déshabillant, j'avais fermé les yeux, espérant trouver sous ses voiles les cheveux roux de Kate et sa peau douce et blanche.

Il devait y avoir une centaine de personnes, sur la place. Quelqu'un s'approcha de la femme, lui arracha son voile et lui cracha au visage. Mon cœur défaillit.

« Rob ? »

Je restai médusé, incapable de dire un mot, de faire un geste.

« Qu'est-ce qui t'arrive, Rob ?

– Seigneur Dieu..., murmurai-je.

– Qu'est-ce qu'il y a ?

– Elle est... » balbutiai-je, puis je m'éclaircis la gorge et déclarai : « Je la connais. »

Professeur vint près de moi, me regarda, puis regarda la foule. « D'où la connais-tu ? »

Sans lui répondre, je me dirigeai vers la place, d'abord en marchant, puis en courant, bousculant les gens sur mon passage.

« Rob ! » Je sentis la main de Donald sur mon bras au moment où je fendais la foule qui me séparait de la femme. « Rob ! Te mêle pas d'ça ! C'est pas notre affaire !

– Si ! rétorquai-je d'un air rageur, luttant pour dégager mon bras.

– Laisse faire les choses, Rob ! » Il me retint avec force, tout en criant derrière lui : « Lamb, Professeur, v'nez m'aider !

– Pour l'amour de Dieu, Donald, il faut qu'on les arrête !

– Ça nous r'garde pas, Rob ! »

Les gens commençaient à se retourner et à nous regarder tandis que je m'efforçais de me rapprocher de la femme, traînant Donald avec moi. Dégageant brusquement mon bras, je grondai entre mes dents : « Dieu tout-puissant, Donald, j'étais avec elle la nuit dernière ! »

Il s'arrêta, stupéfait, ses yeux allant de moi à la femme qu'on avait commencé à pousser dans la fosse. Passant son bras autour de mon cou, il tenta de me détourner de la foule. « C'est trop tard, Rob. Si tu fais quéque chose, maint'nant, on s'ra tous lapidés. R'tourne-toi et... » Je m'écartai de lui et à ce moment-là, la femme leva la tête. Nos yeux se croisèrent, elle me reconnut, et j'ouvris la bouche, mais Donald plaqua sa main sur mes lèvres en me chuchotant à l'oreille : « Maint'nant, écoute-moi bien, sacrebleu. Tu la fermes, ou on va tous y laisser not' peau. »

J'essayai de me dégager, mais Lamb m'avait saisi le bras droit, Professeur le gauche.

« Que lui arrive-t-il ?

– Il était avec la femme, la nuit dernière.

– C'est à cause de lui qu'y vont la tuer ? » demanda Lamb.

Ils m'avaient complètement neutralisé et m'entraînaient à l'écart de la foule qui observait notre lutte. Donald gardait sa main fermement appliquée contre ma bouche. Il me répéta encore une fois : « Tiens-toi tranquille, Rob, ou tu vas tous nous faire tuer. » Il me traîna jusqu'au café, me força à m'asseoir et resta devant moi, sa main toujours sur ma bouche, tandis que Professeur et Lamb me maintenaient les bras contre le corps. Il y eut un grondement, la foule s'avança, et j'entendis un hurlement. Donald retira sa main et recula.

« C'est fini. »

Je baissai la tête, priant pour que la première pierre lui ait fait perdre conscience, et qu'elle n'ait pas senti les autres lui déchirer le corps. Mais lorsque je levai les yeux et vis Lamb qui me regardait fixement, je sus que ma prière n'avait pas été exaucée. Son visage – un visage d'enfant – exprimait toute l'horreur que lui avait inspirée ce spectacle inhumain, et je compris que la femme n'était pas morte instantanément, mais avait dû passer par une lente et douloureuse agonie.

Si j'avais été un homme d'honneur, je me serais levé, je serais allé trouver le mari et je lui aurais offert ma vie, pour ce qu'elle valait. Mais il y avait bien longtemps que l'honneur avait déserté mon âme, et le peu que j'avais réussi à acquérir, au contact de Kate, s'était désintégré le jour où je l'avais quittée.

Je fermai les yeux et j'entendis Professeur murmurer, près de moi : « ... Et ils le chassèrent de la ville et lui jetèrent des pierres... »

CHAPITRE 19

(Glasgow, 10 août 1909)

« Rentre immédiatement, ou je te flanque une gifle, espèce de petit polisson ! »

Ce ne sont pas les mots qui me firent tourner la tête – on les entendait à tout bout de champ, dans Lamb Street – mais la voix, aiguë, et la prononciation, parfaite : celles de Jen. Arrivée au coin, je ramassai mes jupes pour avancer plus vite et vis Jenny arrachant son frère à un groupe de gamins qui jouaient au football. Davie refusa de bouger et menaça sa sœur de lui arracher les cheveux si elle ne le lâchait pas ; son avertissement restant sans effet, il lui donna un coup de poing. Jen étant plus grande que lui, le coup l'atteignit à l'épaule mais dut lui faire mal, car elle lâcha son frère et se frotta le bras. Il retourna triomphalement vers ses camarades, mais elle l'attrapa par la peau du cou et le traîna en direction de la maison comme un sac de pommes de terre.

« Jenny, qu'est-ce que ça signifie ? » m'écriai-je en lui barrant le chemin. Je lui fis lâcher prise et tentai de remettre Davie sur ses pieds. Tous deux répondirent en même temps avec des cris et des hurlements et, à ce que je crus comprendre, Jenny avait interrompu les jeux de Davie parce qu'il aurait dû couper les doublures pour les robes que Jen était en train de faire.

« Arrêtez immédiatement l'un et l'autre, criai-je, en les attrapant tous deux par le bras. Pour commencer, toi, jeune homme, tu n'es pas censé couper des robes NI *jouer au football, mais étudier avec Miss Barrie...*

– On est samedi, Maman », geignit-il, puis il essuya ses larmes avant d'ajouter : « Je ne joue plus jamais... jamais.

– Tu auras le temps de jouer plus tard, répliqua Jen. Pour l'instant, il y a du travail. Rentre à la maison.

– Tu n'as pas le droit de me donner des ordres !

– Oh si, j'ai le droit, et je le fais ! Rentre à la maison ! »

Je restai sans voix et mes yeux allèrent de Jenny à Davie, puis à la bande de gamins qui nous suivaient. J'avais engagé un professeur, Miss Barrie, pour les enfants ainsi que pour les femmes de la maison qui avaient besoin d'apprendre à lire et à écrire. Davie était censé étudier avec elle chaque jour de huit heures à midi, pour rattraper l'année qu'il avait passée à travailler et le préparer à la prochaine rentrée, en septembre. Jenny avait catégoriquement refusé tout enseignement, affirmant qu'elle ne voulait pas GASPILLER *son temps pour tout ce qui n'avait pas de rapport avec Jenda avant que nous ayons quitté Glasgow, et j'avais été impuissante à la faire changer d'avis. Nous nous étions disputées au sujet des études de Davie et, de guerre lasse, j'avais accepté qu'il continue à travailler pour notre entreprise de une heure à cinq heures, l'après-midi, ce qui ne lui laissait pas de temps pour jouer. Pas de temps pour être un petit garçon.*

« Va jouer, Dave. Je couperai les doublures pour Jen.

– Maman !

– Il faut que je te parle, Jenny. Davie, sois là pour le dîner. »

Nous le regardâmes s'éloigner à toutes jambes pour rejoindre ses camarades, et entrâmes dans la maison. Jen était en colère et elle me rappela que la bataille n'était pas encore gagnée, que nous devions quitter Glasgow et que, pour cela, il nous fallait travailler dur tous les trois. Je lui rétorquai que nous n'étions plus dans l'urgence d'avoir à travailler jour et nuit pour nous assurer le gîte et le couvert et que nous avions assez d'argent pour quitter Glasgow.

« Non, répliqua-t-elle d'un ton irrité. Non, nous n'avons pas assez d'argent pour vivre CORRECTEMENT.

– Correcte... Jenny, as-tu la moindre idée de ce que coûte une maison comme celle dont tu rêves? C'est de la folie. Je n'ai nullement l'intention de rester à Glasgow encore dix ou quinze ans uniquement parce que TU *as décidé que tu voulais un hôtel particulier ou rien. Tu es vraiment très puérile, sur ce sujet. C'est ridicule.*

– Ce qui est ridicule, Maman, c'est de payer un professeur alors que cet argent pourrait être mis en banque en vue de notre futur logement. Voilà, ce qui est ridicule.

– Donner de l'instruction à nos employées...

– ... ne NOUS *concerne pas. Si tu veux des employées instruites, alors engage des femmes qui savent déjà lire et écrire.*

– Et les autres?

– Elles continueront comme elles ont toujours fait.

– Dans l'ignorance?

– Pourquoi est-ce à toi de les instruire? Pourquoi?

– Parce que je le peux.

– Mais tu n'y es pas OBLIGÉE. *Aucune loi ne dit que tu* DOIS *donner de l'instruction à ces femmes. Cela rendra sans doute leur situation encore pire: lorsqu'elles s'apercevront à quel point elles sont misérables, elles se jetteront dans la Clyde. »*

J'avais envie de lui dire que ce qui la distinguait, elle, des femmes de la maison, c'est qu'elle était née au domaine du Loch Leven, de parents aisés qui avaient pu lui assurer une enfance heureuse et une bonne instruction. Mais ce n'était pas la première fois que nous avions cette discussion, et je savais que mes paroles ne serviraient à rien. Jenny était devenue obsédée par l'argent et travaillait avec une frénésie qui dépassait de loin celle dont j'avais fait preuve aux pires moments. Tout son être était tendu vers ce but – notre fabuleuse demeure à Édimbourg – qui représentait à ses yeux le salut. Et gare à celui ou celle qui osait se mettre en travers de son chemin. Elle le piétinait sans hésiter. Je détestais ce changement en elle, mais j'en connaissais l'origine et, ce qu'il y avait de plus triste, c'est que son cœur, loin de se transformer en pierre – comme tout le monde ici le croyait –, avait été si profondément meurtri qu'elle avait été obligée de se cuirasser sous peine de partir en morceaux.

Il fallait que je l'emmène hors de Glasgow. Mais comment ? J'avais mis assez d'argent de côté pour prendre un appartement, le meubler confortablement et louer en plus un local d'exposition. Mais ce n'était pas cela dont Jen avait envie... et besoin. Il faudrait une somme d'argent considérable pour acheter la maison de ses rêves et la décorer selon son cœur, pour la rendre aussi somptueuse qu'avait été le Loch Leven. J'avais pensé un moment prier Al Pearce de me prêter de l'argent, mais il avait déjà fait preuve de tant de gentillesse, et d'ailleurs j'étais sa débitrice. Pourtant, je ne voyais pas d'autre moyen. De toute façon, je lui emprunterais avec intérêt. Soudain, je me félicitai de ne pas avoir trouvé le courage de devenir sa maîtresse, sinon je n'aurais jamais été capable de lui demander de l'argent. Nous étions samedi, or tous les samedis soir nous dînions ensemble « Chez Michel » à Édimbourg. Je le solliciterais ce soir, et lundi matin j'irais avec Jen à Charlotte Square pour chercher une maison à louer.

Je pris un bain et m'habillai avec un soin particulier. Pendant que Jen me relevait les cheveux en une coiffure extravagante, je donnai un coup de jeune à mes joues et à mes lèvres plus si fraîches. Puis j'embrassai mes enfants et attrapai le train de cinq heures quarante-cinq.

Al était d'humeur enjouée et tendre à la fois et, tout au long du dîner, je m'interrogeai pour savoir ce qui m'empêchait de lui demander de m'emmener à sa garçonnière. Il était vraiment beau, désirable, charmant. Lorsqu'il entrait quelque part, toutes les femmes le regardaient; elles auraient donné cher pour s'allonger sur les coussins orientaux de son canapé. Certes, je l'aimais beaucoup, vraiment beaucoup. Et j'étais sûre qu'en buvant suffisamment de vin je n'aurais guère de mal à trouver l'ardeur qui m'avait fait défaut le jour où je m'étais offerte en guise de déjeuner. Le problème était : que se passerait-il ensuite? Il était mon associé en affaires. La situation risquait d'être délicate, après – à supposer qu'il y ait un après, car il avait la réputation d'être un homme à femmes et je savais que des dizaines de maîtresses étaient montées dans sa garçonnière, le plus souvent une seule fois. D'autre part, il avait laissé clairement entendre que, si nous devions être amants, il fallait que mon esprit, mon cœur et mon âme soient affranchis de Robert, ce qui n'était pas le cas... pas encore. Cela ne paraissait pas préoccuper Al. En fait, ne préférait-il pas que les choses soient ainsi? Nous étions des associés liés par une tendre amitié, et nous préférions les jeux de l'amour platonique à ceux de l'amour charnel et de ses complications.

Au moment du dessert, je rassemblai mon courage. J'ouvris la bouche et dis : « Al... » Il attendit la suite, et moi je restai là comme une idiote, cherchant mes mots. Pourquoi n'avais-je pas préparé cette scène? La situation était délicate. Ce n'était pas trois ou quatre mille livres dont j'avais besoin, mais cinquante mille – une somme astronomique. Je pris une inspiration, vidai mon verre et essayai à nouveau.

« Al... Aaaaallll....

– Ouiiiiiiii ? » Je ris et il en fit autant, puis remplit mon verre. « De quoi s'agit-il, Catherine ?

– Eh bien...

– Vous voulez que je devine.

– Non... non... en fait...

– En faiiiiit... »

Je ris encore et, en regardant l'éclat de ses beaux yeux noisette, je compris que je ne pouvais pas continuer : il risquerait de croire que je me servais de lui. En souriant, je lui dis que je désirais le remercier pour sa bonté, puis je lui demandai de me ramener chez moi.

Il fallait deux heures pour se rendre à Glasgow en voiture, mais ce fut un voyage agréable, durant lequel nous parlâmes des affaires, de la vie, d'une quantité de choses. Il me dit beaucoup de bien de sa femme, ce que je trouvai curieux car il ne se cachait pas de ses infidélités. Mais il loua la manière dont elle élevait leur progéniture et tenait leur maison, étant donné qu'il était rarement là. Je lui posai des questions au sujet de ses enfants. Il me dit en riant qu'il ne les voyait pas beaucoup, car il n'était guère porté sur la vie de famille, et qu'il n'arrivait jamais à se souvenir si l'aînée de ses quatre filles s'appelait Lily ou Lydia; en revanche, il ne se trompait pas sur le prénom de son fils – Walter – pour la bonne raison qu'il n'avait qu'un fils. Dits sur un ton cynique ou par quelqu'un d'autre, ces propos m'auraient sans doute choquée, mais Al était un homme si extraordinairement humain et spirituel que je ne pus m'empêcher de rire aussi.

Il était près de deux heures du matin lorsque la voiture de Al s'arrêta devant la maison. Comme il m'aidait à descendre, ma robe se prit à la poignée intérieure de la portière. « Attendez, je vais vous aider », dit-il en avançant son bras entre la portière et ma hanche. Il était plus grand que Robert d'une bonne tête et, tandis qu'il dégageait le tissu de la poignée, ses cheveux me caressèrent le visage et me chatouillèrent le nez, et je les écartai. Il se redressa, tenant toujours le pan de ma robe, puis il me dévisagea très longuement avant de me demander : « Que vouliez-vous me dire, au restaurant ? » Son visage avait une expression si sérieuse que je ne sus quoi lui répondre, car il avait l'air d'être prisonnier de quelque chose, et d'attendre une parole susceptible de le délivrer.

« Je voulais... je voulais...

– Oui ?

– Je... »

Que dire ? Les mots qu'il attendait de moi n'avaient rien à voir avec un prêt. Je me dis que peut-être il espérait que j'avais voulu lui demander de m'emmener à sa garçonnière, mais ses yeux ne brillaient plus du même éclat que j'y avais vu précédemment. Il s'agissait d'autre chose. J'allais lui répondre que je le lui avais dit – je lui étais très reconnaissante de tout ce qu'il avait fait pour moi – mais, au moment où j'ouvrais la bouche, un cri s'éleva de la maison et retentit dans toute la rue. Nous sursautâmes et regardâmes en direction de la fenêtre d'où il provenait ; les rideaux jaunes que j'avais confectionnés volaient au vent. Le cri se répéta, encore plus angoissé ; je saisis le bras de Al et murmurai : « C'est Jenny ! C'est Jen ! Je n'aurais jamais dû... »

Sans finir ma phrase, je me ruai derrière Al qui s'était mis à courir. Nous montâmes l'escalier quatre à quatre, croisant des locataires effrayés, et faillîmes nous cogner dans Ian, qui tentait d'ouvrir la porte, fermée de l'intérieur. Je lui tendis ma clé, tandis que les cris de Jen redoublaient. J'entendis Davie qui essayait de la calmer et, au moment où Ian ouvrit la porte, les cris de Jen se transformèrent en gémissements pathétiques : « ... Ils le dévorent... Oh, mon Dieu, faites qu'ils s'arrêtent... faites qu'ils s'arrêtent... »

Je me précipitai, pris ma fille dans mes bras, ordonnai à Ian d'allumer la lampe et secouai vio-

lemment Jen. Elle ne cessait de gémir et de se tordre, comme si les rats de son horrible cauchemar lui rampaient sur le corps. Ne trouvant pas d'autre moyen pour mettre fin à sa souffrance, je la giflai et elle ouvrit brusquement les yeux. Elle eut un frisson, puis se laissa retomber sur le lit en s'accrochant à moi et en sanglotant. Je me penchai sur elle, la serrai et la berçai jusqu'à ce que ses larmes s'apaisent, puis je demandai à Ian de m'aider à la transporter sur mon lit car le sien était trempé de sueur et de larmes. Il la souleva avec douceur mais, dès qu'elle sentit ses bras autour d'elle, elle fit un brusque mouvement pour lui échapper.

« Chhhuuut, Jen », fit-il en se rapprochant doucement. Lorsqu'il la tint à nouveau dans ses bras, il répéta lentement, avec précaution : « Jen, tout va bien. Tout va bien. Tu vas aller dormir dans l'lit d'ta mère.

– Ne me...

– Chhhuuut, j'vais juste te porter...

– Ne me...

– Jenny, laisse faire Ian. Je t'en prie. Tu es trop lourde, je n'arrive pas à te porter.

– Non », gémit-elle, en luttant de telle sorte que Ian ne pouvait que la déposer ou la laisser tomber. Se dégageant brusquement, elle sauta par-dessus la tête du lit en ramenant sa chemise de nuit autour de son corps, et se glissa dans mon lit, puis s'enveloppa dans les couvertures sans quitter un instant Ian des yeux.

Prenant subitement conscience de la présence de Al au milieu de tout ce chaos, je priai Davie de rester avec sa sœur, et emmenai Al et Ian dans le couloir.

« C'est la troisième fois c'te s'maine, dit Ian lorsque je fermai la porte. Ça va la rend' dingue.

– Que voit-elle en rêve ? s'enquit Al.

– Son père dévoré par des rats.

– Grands dieux !

– Mr. Maclean l'a trouvée dans une allée près d'un type mort... les rats s'régalaient d'ssus...

– Vous voulez dire que cette enfant a RÉELLEMENT *vu un homme dévoré par des rats ? s'écria Al. Seigneur, qu'est-ce que c'est que cet endroit ?*

– C'était pas ici, dans la maison. C'était en ville, dans les bas quartiers.

– Et que faisait-elle dans... dans les bas quartiers ? Dans une allée ? »

Ian me regarda, puis baissa les yeux. Je lui dis bonsoir et, emmenant Al dans l'escalier, je lui fis le récit de tout ce qui était arrivé la nuit de Halloween, lorsque Jen s'était enfuie, et comment ma petite fille s'était endurcie... en apparence.

« Elle aime toujours son père, Al. Elle l'aime désespérément, mais elle fait tout son possible pour le haïr. Seulement, elle ne maîtrise pas ses sentiments lorsqu'elle dort et elle fait presque chaque nuit ce cauchemar épouvantable. Je la laisse dormir avec moi et, en général, j'arrive à la réveiller avant que cela ne devienne trop pénible. Je n'aurais pas dû la laisser seule ce soir. Elle s'est disputée avec Davie dans l'après-midi, et j'aurais dû me douter qu'elle aurait des cauchemars cette nuit.

– A-t-elle vu un médecin ?

– Non, elle refuse de voir qui que ce soit.

– Dans ce cas, vous devez insister et partir de cet endroit abominable le plus tôt possible. »

Je lui expliquai que Jenny refusait de quitter Glasgow si ce n'était pas pour un hôtel particulier à Charlotte Square. Al me dévisagea d'un air stupéfait : pourquoi n'étais-je pas venue lui demander de l'argent ? Je bafouillai et lui fis comprendre d'un regard que c'était ce que j'avais essayé de faire, un peu plus tôt, dans l'après-midi. Il saisit le message, hocha la tête et murmura : « Je vois... »

Il avait l'air si abattu que je posai ma main sur son bras, craignant de l'avoir blessé et de lui avoir laissé croire que je me servais de lui. Mais il se reprit très vite, me sourit et me tapota la main en affirmant qu'il me prêterait tout l'argent nécessaire pour prendre en location, meubler et décorer la maison dont rêvait Jenny ; il ajouta qu'il y mettait juste une petite condition.

« Laquelle ?

– Je veux vous aider à l'aménager... vous voulez bien ? »

Je ris, surprise de cette curieuse demande. Il me précisa que c'était une de ses passions, et qu'il avait acheté sa propriété au bord de la mer, à Musselburg, qui était dix fois trop grande, uniquement pour satisfaire son goût de la décoration. J'acceptai, et nous décidâmes de nous retrouver le lundi matin avec Jenny et Dave pour rechercher une maison.

Je ne dis pas à Jen que Al nous prêterait de l'argent – je redoutais qu'elle ne refuse – mais je lui expliquai que nous louerions une maison plutôt que de l'acheter, et que l'argent que j'avais mis de côté servirait à la meubler magnifiquement. C'était faux, bien sûr, car, connaissant les goûts de ma fille en matière d'ameublement, mes économies auraient tout juste suffi à l'achat d'un fauteuil. Mais elle n'avait aucune idée de la situation exacte de notre compte et, heureusement, elle ne vérifierait pas la facture qui creuserait un gros trou dans les finances de Al.

Davie ne nous accompagna pas dans nos recherches : il était invité à une partie de pêche sur la rivière Kelvin avec ses camarades, et il se serait sûrement ennuyé avec nous. Jen était radieuse, ce lundi matin, elle rayonnait comme un soleil. Cela faisait plus de trois mois que je ne l'avais pas vue sourire – depuis le jour où elle avait lu le télégramme de son père, à Mallaig, disant qu'il serait bientôt de retour... Un mensonge... un horrible, un épouvantable, un répugnant mensonge.

Chassant Robert de mon esprit, je pris le bras droit de Al, Jen le gauche, et nous nous dirigeâmes vers Charlotte Square en compagnie d'un agent immobilier, un jeune homme dénommé Mr. Huntly.

Auld Reekie – comme les autochtones appelaient Édimbourg – se prélassait au chaud soleil d'été ; il faisait si délicieusement beau que j'eus le sentiment que la clémence du ciel était un bon présage. Charlotte Square est situé dans la ville nouvelle – New Town –, en fait pas si nouvelle que cela puisqu'elle date de 1767, époque à laquelle les marécages du Nor'Loch furent asséchés pour devenir les jardins de Princes Street. Du côté nord de la place s'élevaient onze magnifiques demeures aux proportions harmonieuses. Elles étaient splendides, mais aucune n'était à louer ; nous poursuivîmes donc notre chemin, cherchant Young Street, où il y avait une maison à louer. Mr. Huntly avait du mal à trouver la rue, et je chuchotai à l'oreille de Al qu'il avait l'air perdu et que peut-être nous étions ses premiers clients. Il rit et, en désignant Jenny, répondit que le pauvre diable avait les yeux qui lui sortaient de la tête et que c'était l'allure de déesse de ma fille qui lui faisait complètement perdre ses moyens.

« Se rend-elle compte à quel point elle est belle ? me demanda Al en observant Jenny qui indiquait à Mr. Huntly que nous venions juste de dépasser la rue qu'il cherchait.

– Absolument pas. Curieux, n'est-ce pas ? Pourtant, les gens l'ont toujours regardée avec admiration. Cela ne paraît pas la troubler.

– Le jeune homme qui est venu chez vous samedi soir...

– Ian.

– Il a l'air très attiré par elle. Pourquoi s'est-elle ainsi écartée de lui ?

– Parce qu'elle a peur de tomber amoureuse de lui. »

Al me regarda d'un air étrange. Je lui parlai alors des liens étroits qui avaient uni Jen et Ian jusqu'à la fatidique nuit de Halloween, lorsqu'ils avaient fait brûler leurs noix et que Jen, jurant de ne jamais épouser un mineur, avait complètement rayé Ian de sa vie.

« De toute évidence, lui n'a pas perdu espoir.

– Et il a raison. Je vais l'emmener avec moi à Édimbourg et l'inscrire à la Royal High School.

– Il est un peu âgé pour le lycée, non ?
– Il vient d'avoir seize ans.
– Il est bien bâti pour son âge. Très mûr. Qu'envisagez-vous pour lui, après le lycée ?
– Il ira à la faculté de médecine Saint Andrews.
– Jenny est d'accord pour qu'il habite avec vous ?
– Non. En fait, je n'en ai pas discuté avec elle... pas encore.
– Et Ian ?
– Je n'ai pas parlé non plus avec lui. Les choses se sont passées si vite, avant-hier soir, et je n'ai pas pu le voir hier car il va le dimanche chez mon beau-père à Mallaig. Ian est son plus brillant élève.
– Votre beau-père est professeur ?
– Non, comptable... et professeur particulier. » Je ne pus m'empêcher de penser à Robert, en parlant de son père, mais ne voulant pas gâcher cette belle journée avec le souvenir de mon mari fantôme, je tapotai la main de Al en disant d'un air enjoué : « Alors, vous voyez Al, Jen n'épousera pas un mineur. Elle épousera le docteur Ian Liddle. » Il rit de bon cœur et j'en fis autant, puis lui montrai Mr. Huntly dont les yeux pleins de désir étaient posés sur Jen qui essayait de voir à travers les grilles en fer forgé de notre future maison.

Flanquées de chaque côté par quatre énormes statues grecques, les imposantes portes d'entrée devaient bien mesurer quatre mètres de hauteur. Je me tournai vers Al, qui faisait la grimace à l'homme de pierre à demi vêtu, devant lui, et dis : « C'est... un peu...
– Oui... un peu...
– Magnifique, soupira Jenny. Absolument magnifique. Mr. Huntly, faites-nous entrer. Vite, je vous en prie ! »

Les grilles s'écartèrent dans un grincement et j'eus un choc lorsque nous pénétrâmes dans le hall dallé de marbre : il faisait en dimensions à peu près la moitié de la maison de Lamb Street. Six portes à double battant donnaient sur ce vestibule, ouvrant sur six pièces au moins aussi grandes, sinon plus. Devant nous, un escalier à double révolution conduisait à l'aile gauche et à l'aile droite de la maison. Le plafond, sculpté et recouvert à la feuille d'or, était outrageusement orné, et je ne pouvais tout simplement pas concevoir de vivre dans un endroit décoré de façon aussi prétentieuse. Al partageait visiblement mon avis, à en croire la mine renfrognée qu'il arborait en examinant la rampe d'escalier, dont les balustres étaient des statues de marbre miniatures, répliques en plus petit des quatre statues masculines qui soutenaient l'entrée. C'était hideux.

Jenny suivit Mr. Huntly à l'étage, et Al et moi restâmes plantés sous un lustre d'un faste grotesque, composé de douze déesses, répliques en bronze et au féminin des balustres de l'escalier.

« Comment désigneriez-vous cela, Al : byzantin ?

– Je désignerais cela comme criminel ! Croyez-vous qu'elle aime cette maison ?

– J'espère que non. Nous ne la prendrons pas. Je ne pourrais jamais vivre ici et, de toute façon, c'est bien trop grand. »

Nous attendîmes que Jenny et Mr. Huntly redescendent et je me demandai comment annoncer avec diplomatie que cette monstruosité ne serait jamais notre chez-nous. Jen descendit en virevoltant et, dès qu'elle arriva près de moi, son sourire s'évanouit.

« Tu n'aimes pas.

– C'est-à-dire que...

– C'est trop grand ?

– Un peu. »

Se tournant vers Mr. Huntly, elle lui dit que la maison était beaucoup trop grande, et qu'il fallait qu'il nous montre quelque chose de plus petit et de plus dépouillé. Puis elle nous prit, Al et moi, par le bras et déclara d'un air enjoué que nous allions LA *trouver.*

Nous LA *trouvâmes, en effet, nichée dans une*

petite rue non loin de Charlotte Square, au 7 de Tantallon Street, et dès l'instant où nous LA vîmes, nous sûmes toutes deux que c'était LA maison de nos rêves. La porte d'entrée en forme de voûte était ornée de vitraux, et les deux pièces de devant comportaient des fenêtres en saillie. Je jetai un coup d'œil vers Al et je vis que lui aussi était tombé sous le charme. La maison était en grès beige – comme le château du Loch Leven –, elle avait deux étages et un petit jardin. Elle comprenait quatre grandes chambres et deux salles de bains dont l'une, contiguë à la chambre principale, était en marbre rose. Au rez-de-chaussée, il y avait un salon qui menait à un bureau et, de l'autre côté du vestibule, la salle à manger et la cuisine. Les murs étaient peints en un gris nacré, et les plafonds et les moulures, délicatement ornés, étaient blanchis à la craie. Toutes les pièces avaient une cheminée en marbre surmontée d'un miroir encastré, et l'escalier était en chêne décoré de volutes. Les sols étaient recouverts d'un parquet d'une belle couleur acajou, et reluisaient de propreté. L'effet était sobre, élégant.

Nous décidâmes d'emménager le 1er septembre. Al affirma qu'il fallait repeindre les murs dans une nuance gris-vert-bleu pâle – quelques tons plus clair que la couleur de mes yeux, telle était selon lui la teinte exacte requise – et Jen appuya sa proposition. Nous trouvâmes un atelier non loin de Princes Street et, enfin, vint le moment de se pencher sur la question exaltante du choix de l'ameublement. Je laissai cela à Jen et Al, qui étaient aux anges et couraient d'une boutique à l'autre, s'appliquant à assortir tissus, papiers peints et tapis; à la tombée de la nuit, ils avaient entièrement décoré la maison. La date de livraison fut fixée au 1er septembre, et nous allâmes fêter « Chez Michel » les dépenses infligées avec tant d'enthousiasme au compte en banque de Al.

Il était une heure du matin lorsque nous rentrâmes à Glasgow et je fus surprise de voir toute la *maison illuminée car nous étions un jour de semaine et, d'ordinaire, tout le monde dormait à poings fermés dès onze heures. Je pensai à Davie et aux autres garçons qui étaient allés pêcher, et je fus saisie d'un affreux pressentiment. Je sortis en hâte de la voiture et me ruai vers la maison, Jenny sur mes talons. Un groupe d'hommes étaient rassemblés devant l'entrée; au milieu d'eux, Archie Liddle, effondré, hagard, pleurait.*

« Ian... » haletai-je, puis je traversai la foule, tirai Douglas Morison par la manche et lui demandai ce qui s'était passé.

« Millie... est tombée. Ian est avec elle, à c't'heure. »

Je regardai Archie, avec une envie furieuse de l'étrangler, parce que je savais parfaitement comment sa fille était TOMBÉE. *Jenny me poussa et nous montâmes à toute vitesse à la chambre des Liddle.*

Ian était agenouillé au-dessus du berceau de la petite fille, et May lui tendait un chiffon rempli de glace. Il le plaça sur la tête de sa sœur, dont il tapota doucement la joue, en lui recommandant de ne pas s'endormir. Al, qui nous avait suivies, alla tout de suite vers Ian et lui dit : « J'ai ma voiture en bas. Puis-je la conduire à l'hôpital?

– Elle a eu une commotion, mais j'crois pas qu'y faut la bouger. J'pense qu'ça ira si on la garde éveillée tout' la nuit, pour pas qu'elle tombe dans l'coma. » Se retournant vers sa sœur, il prit ses petites mains dans les siennes et lui pinça les doigts. « Allez, mon chou, ouv' tes yeux et fais-moi un sourire... ça, c'est ma p'tite chérie. Allez, Mill... allez...

– A-t-elle saigné du nez ou des oreilles?

*– Non. La coupure sur sa lèv', c'est là qu'*IL *l'a tapée. J'crois pas qu'y'a une hémorragie interne. »*

Je regardai à la dérobée la main droite de Ian : elle était contusionnée, et les jointures étaient violettes et pleines de sang. Je fis signe à Davie, qui était à mes côtés, de sortir dans le couloir.

« Que s'est-il passé ? lui demandai-je dès que nous fûmes hors de portée de voix.

– Il était soûl.

– Mais nous sommes lundi, Archie ne s'enivre jamais pendant la semaine.

– Ian a donné sa démission ce matin. Grand-Père lui a trouvé du travail aux docks de Mallaig, et Ian devait aller vivre chez eux, comme ça il aurait pu étudier tous les soirs pour se préparer aux examens pour la bourse. Il devait envoyer sa paye à son père, mais Archie ne veut pas qu'il quitte la mine et il a interdit à Ian de partir. Ian a dit qu'il partirait, même si Archie ne voulait pas, et Mr. Ferguson a dit qu'ils se sont battus aujourd'hui, à la mine. Après le travail, Archie est allé au pub et il s'est soûlé, VRAIMENT soûlé, et quand il est arrivé à la maison, il a frappé Millie, il l'a fait tomber de sa chaise et... elle s'est cogné la tête sur le fourneau en tombant. J'ai cru qu'il allait le tuer.

– Archie ?

– Ian. Il a fallu cinq hommes pour le séparer de son père.

– Tu lui as parlé d'Édimbourg, d'habiter avec nous ?

– Oui, mais il a dit qu'il ne trouvait pas que ce soit une très bonne idée. Est-ce que Millie va mourir ?

– Non, mon chéri, elle va s'en sortir. »

Il avait le regard morne et j'eus l'impression que mes paroles ne l'avaient guère apaisé. Alors je m'agenouillai près de lui et lui décrivis notre nouvelle maison, puis le pressai de retourner se coucher, et je revins chez les Liddle.

Jenny, debout près de Al, observait Ian sans rien dire, les yeux rivés non sur Millie, mais sur la main de Ian. Elle frotta sa propre main, ressentant dans sa chair la douleur du jeune homme. Elle rêverait des rats, cette nuit... et de son père.

« Jenny, fis-je à voix basse en pénétrant dans la pièce. Pourquoi ne pas aller te coucher ? Je vais rester avec...

– Ian... », murmura-t-elle sans m'entendre. Il leva la tête vers elle, mais sans sourire, puis s'adressa à l'homme qui se tenait dans l'embrasure de la porte.

*« Où c'est qu'*IL *est ?*

– Il est en bas. Il voulait savoir si... si la p'tite est...

– Morte ?

– Est-ce que... est-ce qu'elle va...

*– Elle vivra. Dis-*LUI *d'aller dormir au pub. Vaut mieux qu'on soit pas dans la même pièce c'te nuit. »*

L'homme partit et, un moment plus tard, on entendit Archie jurer et crier qu'il ferait beau voir qu'on le mette à la porte de sa propre maison. Ian se dirigea vers la porte. Je l'arrêtai et demandai à Al de barrer la sortie. Je dis à Ian que, s'ils se battaient maintenant, l'un des deux resterait sur le carreau. Il ne me regarda pas, mais regarda Jenny, puis Millie, commença à reculer lentement et se laissa tomber sur la chaise près du berceau. J'entendais les pas dans l'escalier – ces pas traînants d'ivrogne que je ne connaissais que trop. Je me ruai dans notre chambre, chargeai le pistolet et fis face à Archie, parvenu sur le palier. Il avait le visage en sang et le nez enflé. Lorsqu'il ouvrit la bouche, je levai mon arme et la pointai sur sa main droite en disant : « Allez-vous-en, ou je vous arrache les deux mains. »

Il tressaillit, tout comme les deux hommes qui venaient derrière lui, car tout le monde dans la maison savait que j'étais capable de mettre ma menace à exécution, à cause des deux voleurs sur qui j'avais tiré la veille de Halloween. Archie me jeta un regard furieux, redescendit en rasant le mur, et sortit de la maison. Me retournant, je vis Al qui me regardait fixement, pâle et stupéfait. Le pistolet dans ma main me parut lourd, poisseux, souillé. Je le cachai dans les plis de ma jupe, puis m'avançai vers Al. Nous n'échangeâmes pas un mot. Il n'avait jamais vu cet aspect de moi et était dégoûté de découvrir que je pouvais être une guerrière, capable de tuer. Se sen-

tait-il dupé? Trahi? Je ne sais. Je ne pouvais me résoudre à le regarder pour savoir, et je gardai les yeux fixés sur ses chaussures, bien cirées, étincelantes. Elles étaient comme lui : raffinées, élégantes, civilisées. Et j'avais beau lui ressembler extérieurement, la rage qui grondait en moi, qui faisait battre mon cœur plus vite et plus fort que le sien, faisait de moi un être non civilisé.

Le silence qui se creusait entre nous était profond et j'aurais voulu m'y enfoncer. Jusqu'au moment où Al plongea la main dans sa poche, sortit un trousseau de clés, détacha une clé, la mit dans ma main et dit : « Je veux que vous restiez dans mon appartement jusqu'à ce que la maison soit prête. Je ferai porter demain deux lits supplémentaires pour les enfants. Cela ira, pour cette nuit?

– Oui... je suis désolée.

– Moi aussi. Bonne nuit, Catherine. »

Je me laissai aller contre le mur lorsque j'entendis la porte d'entrée claquer, puis je revins vers la chambre des Liddle. Jenny était auprès de Ian, et le suppliait d'aller nettoyer le sang qu'il avait sur les mains. Il demeura assis pendant un long moment, puis se leva et se dirigea vers la porte, en disant : « La laisse pas s'endormir. »

J'emmenai Ian dans notre chambre, mis de l'eau à bouillir et fis asseoir le jeune homme à la table. Il se pencha en avant et se prit la tête dans les mains, puis se redressa lorsque je vins près de lui pour soigner sa main.

« Vous pouvez envoyer un télégramme d'ma part à vot' beau-père, d'main?

– Ian...

– Ça s'rait pas bien qu'y gardent la place pour moi si j'peux pas...

– J'ai loué une maison à Édimbourg.

– Ouais, Davie a dit qu'vous...

– Viens avec nous.

– J'peux pas.

– À cause de Jenny?

– À cause de LUI. *J'vais pas à Édimbourg... j'vais pas à Mallaig... j'vais nulle part.*

– Ian, tu ne peux pas faire le gendarme toute ta vie. Tu ne peux pas...

– Vous savez c'qu'une main grande comme celle d'mon père peut faire à un p'tit bout d'chou comme Millie ? »

Il se crispa lorsque je posai le linge humide sur sa main et je lui demandai si elle était brisée.

« Non... SON *nez, oui, certain'ment. J'voulais l'tuer.*

– Je sais...

– Non... non... pas à cause d'Millie. J'étais si près d'partir d'ici et... » Il s'interrompit, s'éclaircit la voix et reprit : « Vous pouvez envoyer l'télégramme à Mr. Maclean ? Dites-lui d'les prév'nir, aux docks, que j'veux pas d'la place. J'irai l'voir dimanche, mais vaut mieux envoyer un télégramme.

– Que dois-je dire ?

– Dites... dites que j'dois rester à Glasgow... pour le moment. »

Je bandai la main de Ian tout en maudissant son père, la pauvreté, et tout ce qui maintenait cet être exceptionnel dans la médiocrité.

Nous passâmes la fin du mois dans la garçonnière de Al à Édimbourg. Il ne reparla pas de l'horrible nuit où j'avais menacé Archie, mais parfois je me rendais compte qu'il m'observait d'un air étrange, comme s'il essayait de voir à l'intérieur de moi.

Le 1er septembre, nous emménageâmes dans notre nouvelle maison de Tantallon Street. Nos adieux à Glasgow furent plutôt lamentables, car Jenny refusa d'embrasser les femmes de la maison, à l'exception de May Liddle, et s'engouffra dans la voiture de Al en claquant la portière d'un air triomphant. Je pleurai, ce qui n'avait rien de surprenant mais était doublement ridicule puisque je serais obligée de revenir toutes les semaines pour suivre le travail des couturières. Je demandai à May Liddle de prendre la direction des opérations, et je lui allouai un bon salaire qui devait permettre à son fils de ne plus aller à la mine. Bien évidemment, l'argent finit dans la poche d'Archie, et Ian continua à travailler chez Harrison & Heilding. J'avais envoyé le télégramme à mon beau-père pour l'informer de la décision de Ian de rester à Glasgow, mais je lui avais également écrit une lettre pour lui demander de venir à Édimbourg tous les dimanches et d'utiliser mon bureau pour les cours de Ian. Les parents de Robert pouvaient prendre le train de nuit à Mallaig et être à Édimbourg le dimanche de bonne heure et, comme nous n'étions qu'à deux heures de Glasgow, Ian aurait beaucoup plus de temps pour étudier. Quant à moi, je pourrais ainsi rassembler sous le même toit deux des hommes que j'aimais le plus au monde : Ian et mon beau-père.

Très fière d'avoir astucieusement résolu mon « problème Ian », je me trouvai quelque peu démunie lorsque vint le moment de régler mon « problème Jen ». Pour une femme de trente-neuf ans, j'étais encore étonnamment naïve, et assez stupide pour imaginer que le fait d'inscrire Jenny à l'école de filles de Saint Mary's Hope, et de camoufler ses formes féminines sous un uniforme très comme il faut, effacerait une année et demie passée à Glasgow et ferait d'elle à nouveau une petite fille. Illusion. Jenny avait cessé d'être une petite fille le jour où son père était parti. Elle ne redeviendrait jamais une enfant, quoi que je fasse, et après sa première journée de classe je compris qu'elle était devenue une inadaptée : elle était trop âgée et trop avertie des choses de la vie pour les jeux puérils de ses camarades de classe, et trop jeune pour affronter des responsabilités d'adulte. Elle me supplia de la laisser travailler avec moi, me promettant d'étudier toute seule chaque soir. Nous trouvâmes un compromis : j'engageai une préceptrice qui viendrait tous les après-midi, et permis à Jen de travailler avec moi le matin.

Davie, le troisième jour d'école, revint avec le nez en sang, les yeux au beurre noir, une dent en moins, entouré par Dick Rashwell et Bill Brice. Il était tombé sur le gros dur de l'école, en train de lancer des pierres contre les pigeons, et lui avait suggéré d'arrêter. La brute, un garçon de quatorze ans – Dave avait beau être grand, il n'avait tout de même que neuf ans – lui proposa de « s'expliquer entre hommes ». Davie accepta. Inutile de dire que c'est Goliath qui l'emporta, et que David fut sauvé non par sa fidèle fronde mais par Bill et Dick, qui avaient attentivement suivi le combat, comme toute l'école, et qui avaient arraché mon fils aux mains de la brute sanguinaire. Je les invitai à dîner avec nous et me dis que des yeux au beurre noir, c'était peu de chose en regard de l'amitié de deux garçons formidables.

Si seulement Jen avait pu se faire des amis aussi facilement que son frère, elle aurait trouvé le réconfort qu'elle recherchait désespérément. Il est vrai qu'elle était plus gaie, désormais et, pour qui ne la connaissait pas, elle avait l'air d'une jeune fille radieuse et insouciante. Mais le furieux besoin de gagner de l'argent qui s'était emparé d'elle, à Glasgow, ne s'était pas calmé, comme je l'avais espéré, avec notre installation à Édimbourg ; en effet, ce qu'elle recherchait, ce n'était pas la richesse, mais la sécurité. Elle devait croire que le fait de s'habiller de riches atours et de vivre dans le luxe lui assurerait la protection et le bien-être qu'elle avait perdus lorsque son père était parti. Elle se rapprocha de moi, et reporta tout l'amour qu'elle avait eu pour son père sur Davie et moi. Elle semblait ne jamais en faire assez pour nous, elle cherchait par tous les moyens à nous faire plaisir et se montrait toujours gaie, mais elle y mettait un tel désespoir que je craignais qu'elle ne trouve jamais la paix. Je la laissais dormir avec moi la nuit, car elle continuait à avoir des cauchemars et, les soirs où je dînais avec Al, elle dormait dans le lit de Davie. Davie avait presque quatre ans de moins qu'elle, mais il était extrêmement gentil, très calme, très tranquille, contrairement à tout le reste de la famille. Et il avait bon cœur : ils se disputaient souvent au sujet de leur père, Davie étant convaincu qu'il reviendrait, Jenny affirmant le contraire. Mais Davie ne gardait jamais rancune à Jen, même lorsqu'ils s'étaient sauvagement battus ; la nuit, lorsqu'elle pleurait et avait peur, il la consolait et l'apaisait.

Le réconfort, nous le trouvions dans le travail, Jen et moi ; il y avait tellement à faire que cela ne laissait guère de temps pour autre chose. Jen travaillait de huit heures à midi, très souvent jusqu'à deux heures de l'après-midi, et il fallait que j'insiste pour qu'elle rentre à la maison rejoindre sa préceptrice. J'avais choisi une jeune fille anglaise, espérant que Jen, proche d'elle par l'âge, sortirait de sa coquille et considérerait Miss Graves comme une amie, car cela m'ennuyait qu'elle n'ait pas d'autres confidents que Davie, Al Pearce et moi. Mais Jen s'intéressait peu aux études, encore moins à Miss Graves, et, au lieu d'apprendre la géométrie et le latin, elle dévoya sa préceptrice pour qu'elle lui donne des cours de piano et de danse.

Les parents de Robert venaient à Édimbourg deux fois par mois, car Ian prétendait que ce serait trop fatigant pour ma belle-mère de faire le voyage toutes les semaines. Mais la vraie raison, c'était Jen. Elle ne lui adressait presque jamais la parole. Pourtant, même si Ian et mon beau-père s'enfermaient toute la journée dans le bureau, le soir il y avait toujours un grand repas, préparé par Jen et la mère de Robert. Cela aurait dû être l'occasion pour eux de se parler. Mais non. Ils s'asseyaient aux extrémités opposées de la table et Jenny s'éclipsait toujours avant le moment des adieux. Je ne voulais pas m'en mêler, et d'ailleurs qu'aurais-je pu faire ? Mes deux tourtereaux n'avaient qu'une chanson en tête : JE NE

T'AIME PAS PLUS QUE TU NE M'AIMES. *Ma croyance dans les noix qui brûlent commençait à diminuer.*

Mais pas ma croyance en Jenda. Comme tout cela était fantastique ! J'étais enchantée de l'atelier de Moray Road. Il se composait de quatre pièces, dont la première servait de salle de présentation. Nous étions toujours liés par un contrat d'exclusivité à Al Pearce jusqu'en novembre 1910, mais nous voulions pouvoir montrer nos modèles aux futurs clients. Un long corridor menait à la pièce principale, la salle de coupe. Al nous avait suggéré d'investir dans ce qui se faisait de mieux comme matériel : une table de coupe qui permettait de couper cent épaisseurs de tissu à la fois. Elle avait coûté cher, mais je savais qu'elle nous permettrait de réaliser des bénéfices et qu'elle serait amortie en quelques années.

Nous engageâmes une coupeuse, une secrétaire – Mrs. Dodge, une femme d'environ cinquante-cinq ans qui ressemblait à un elfe – et une jeune modéliste du nom d'Agnès. Agnès était française et avait étudié dans la célèbre école parisienne « La Mode ». C'est Al qui m'avait persuadée d'employer quelqu'un pour dessiner les modèles car j'avais quantité d'autres tâches à accomplir et il fallait que je supervise ce qui était en train de devenir rapidement l'une des plus grosses entreprises de confection d'Écosse.

Vingt couturières, toutes des filles de la région, vinrent compléter notre équipe, et nous gardâmes les femmes de Glasgow pour faire tout le travail supplémentaire, important en particulier au moment de la collection d'automne. Jenny apportait une aide considérable, et elle contrôlait le travail des couturières tout au long de la matinée, n'hésitant pas à mettre la main à la pâte chaque fois que c'était nécessaire. Nous étions très satisfaites de nos employées.

S'il existe une preuve de l'existence de Dieu, elle réside dans le fait qu'il envoie ses anges sur la Terre.

Il m'en dépêcha un, le 31 décembre 1909, du nom de Rajiv Nehru.

Né dans une famille de riches bijoutiers indiens, Rajiv dut quitter l'école à huit ans, lorsque la mine familiale fut épuisée. Il travailla dans plusieurs filatures et magasins pour subvenir aux besoins de ses parents qui, une fois revenus en Inde, arrangèrent son mariage et lui envoyèrent une épouse, Shagufta. Rajiv et sa femme avaient neuf enfants – uniquement des filles – et vivaient dans un petit appartement des environs d'Édimbourg. Rajiv débuta chez nous comme garçon de course, mais s'éleva rapidement au poste de chef coupeur. Son zèle, son dévouement et son attachement à Jenda étaient uniques et je me demandais comment nous ferions sans lui. Il accomplissait le travail de trois personnes, ne s'arrêtait jamais sauf pour avaler quelque chose en vitesse à midi, travaillait jusque tard dans la soirée, avec moi à ses côtés qui emballais et étiquetais les coupons qu'il avait coupés. Je me pris bientôt d'une très vive affection pour lui.

Un soir, alors que j'enveloppais le dernier paquet de coupons, j'observai Rajiv en train d'essuyer avec soin les lames de la machine à couper. Il était très réservé, depuis quelques jours, il parlait à peine, et je me dis que peut-être quelque chose n'allait pas.

« Vous êtes terriblement silencieux, Raj », dis-je avec douceur. Raj était le diminutif qu'Agnès lui avait trouvé et, comme il semblait lui plaire, c'est ainsi que nous l'appelions. Il ne répliqua pas, et je lui demandai : « Tout va bien chez vous ?

– Oui, ça va, Mrs. Maclean », répondit-il d'une voix atone. J'attendis un instant, pensant qu'il allait en dire plus, mais il continua à contempler les lames de la machine. Comme je commençais à m'éloigner, il lança : « Ma plus petite a de l'arthrite.

– De l'arthrite ? Mais elle n'a que trois ans.

– Le docteur appelle ça... arthrite paralysante. » Rajiv releva la tête ; ses yeux brillaient de larmes. « Cela expliquerait pourquoi elle a du mal à marcher. »

Je cherchai des paroles de consolation et ne pus que marmonner : « Je suis vraiment désolée, Raj. » Il contempla ses mains, comme si elles avaient le pouvoir de guérir sa fille. « Puis-je faire quelque chose ?

– Attendre... c'est ce que dit le docteur. Attendre. »

Attendre. Moi aussi j'attendais. Tranquillement, en secret, j'attendais le retour de Robert.

Après quatre mois à Édimbourg, passés à chercher une protection qu'elle ne trouvait pas, Jenny déclara un soir que ce qui manquait chez nous, c'était un homme : un mari pour moi et un père pour elle.

« Tu dois épouser Al Pearce, Maman. »

Je faillis m'étrangler avec le chocolat qu'elle avait préparé, comme chaque soir, pour que nous le buvions dans mon lit. Reposant ma tasse avec quelque difficulté, je dis : « Il est marié, Jen, avec Helena Pearce.

– Mais il t'aime.

– Il a beaucoup d'affection pour moi, mais il ne m'aime pas. Et même si c'était le cas, il n'est pas fait pour la vie de famille. Il vit... comment dire... il vit en célibataire.

– Il a des maîtresses.

– Oui, il a des maîtresses.

– Seulement parce qu'il ne t'a pas, toi. J'ai bien vu la façon dont il te regarde, et il faut que tu sois aveugle pour ne pas l'avoir remarqué : il t'aime. Il suffit que tu divorces légalement, et je suis sûre que Mr. Pearce en fera autant. » Je détournai le regard, et vis le visage de Robert qui me scrutait du fond de la tasse où j'avais plongé le nez. « Maman, ne me dis pas que tu l'aimes encore après tout ce qui s'est passé. Papa a toujours eu d'autres femmes, il en avait sans doute même quand nous vivions au domaine. Lady Ashton n'était qu'une parmi d'autres, des dizaines d'autres. Il n'avait certainement pas l'intention de revenir, lorsqu'il est parti.

– Mais le télégramme...

– Envoyé alors qu'il était parti depuis plus de six mois.

– Ce qui prouve qu'il lui est arrivé quelque chose qui l'a empêché de télégraphier plus tôt. Vois-tu, Jen, en dépit de ce qu'il a fait, je ne peux pas rayer d'un trait de plume treize années de vie commune. J'ai été détestable avec lui, à Glasgow, et il est parti parce que je l'ai fait fuir, mais il vous aimait, toi et ton frère, et ce que je sais, c'est qu'il n'a pu en aucun cas vous abandonner de son plein gré. Cela ne lui ressemble pas. Même lorsqu'il était parti, avant ma fausse couche...

– Dont IL *est responsable !*

– Non, je ne peux m'en prendre qu'à moi-même. Mais le fait est qu'il a envoyé de l'argent par l'intermédiaire de son notaire...

– De l'argent soutiré à une de ses maîtresses ! Nous étions aveugles, tous autant que nous sommes ! Aveugles ! Pendant treize ans, nous nous sommes laissé duper par un débauché qui gagnait sa vie non pas en jouant aux cartes, mais en couchant avec des femmes riches plus âgées que lui ! Il n'était rien d'autre qu'un gandin ! Robert Maclean était un gigolo, pas un joueur ! »

Les mots paraissaient si bizarres, sortis de sa bouche, cela me frappa subitement car elle les avait assenés comme une vérité et non enveloppés de suppositions. Parce que ce n'étaient pas ses mots à elle. C'étaient ceux de Will. Je la regardai fixement et elle rougit, puis se glissa hors du lit et se dirigea vers la porte en emportant ma tasse vide.

« Quand l'as-tu vu ? Quand as-tu vu Will, Jenny ? Quand ? » Je rejetai les draps, courus derrière elle et lui saisis le bras en demandant : « Quand as-tu vu mon frère ?

– Je...

– Quand ?

– Maman, c'est... il est venu à la maison hier et...

– Seigneur...

– Il était si gentil, Maman. Je sais que je n'aurais pas dû le laisser entrer, mais... mais il a été tellement blessé que tu sois partie de Glasgow sans rien lui dire. Nous nous sommes assis dans le salon et nous avons parlé... seulement parlé. J'ai préparé du thé et... tu te trompes, Maman. Il était gentil avec moi, comme il l'a toujours été, comme un père...

– Il n'est pas ton père !

– Mais je le connais depuis ma naissance et, s'il voulait me blesser, il aurait pu le faire des centaines de fois. Tout ce qu'il veut, c'est que les choses soient comme avant, quand nous vivions au Loch Leven, il veut...

– Je sais parfaitement ce qu'il veut !

– Il a vu Papa à Londres avec Lady Ashton. Il vivait avec elle. Oncle Will a dit que Papa et elle sont amants depuis quatorze ans. Elle le paie. Il y en a...

– Ça suffit !

– Il y en a d'autres...

– Arrête !

– ... dans chaque pays, qui paient pour ses..

– Jenny !

– ... services ! Il n'est rien d'autre qu'un prostitué ! »

Je reculai en titubant et cherchai quelque chose à quoi me raccrocher ; Jen me prit le bras et me fit asseoir sur le lit, puis m'attira contre elle et me caressa le visage. « Nous étions tous sous son charme, Maman. Tous : toi, Davie, moi. Mais maintenant que nous savons ce qu'il est réellement, nous devons le rayer de notre vie et prendre un nouveau départ. Tu es toujours très jolie, Maman, tu trouveras quelqu'un d'autre. Je te le jure. Quelqu'un qui sera gentil avec toi et qui vivra avec nous tout le temps, pas quelques mois par-ci, par-là. Un vrai mari, un vrai père. Nous irons voir un avocat demain et nous demanderons le divorce. Oncle Will a dit qu'il te sera accordé parce que Papa t'a abandonnée, et oncle Will...

– Ment. » Je me levai, ouvris grand la fenêtre et respirai l'air froid de cette nuit de janvier. « Où est-il ?

– Au Caledonian Hotel.

– Tu ne dois pas le revoir.

– Mais, Maman, il était tellement gentil.

– Tiens-toi éloignée de lui !

– De toute façon, il part pour le continent. Il est sans doute déjà parti, et il ne reviendra pas avant le printemps. Mais tu te trompes, Maman. Il était si gentil. Tu imagines des choses... »

Me retournant brusquement vers elle, je lui saisis le bras en disant : « Il lui suffit d'un quart d'heure pour te faire tellement souffrir que tu souhaiteras, tu désireras, tu imploreras la mort. Mon frère est un déséquilibré. Tu ne dois pas l'approcher. Est-ce clair ?

– Maman...

– EST-CE CLAIR ?

– Oui...

– Va dans ta chambre. »

Elle eut un mouvement d'hésitation et je fléchis, parce que je l'avais heurtée et je savais que son sommeil serait perturbé. Elle aussi le savait. Elle resta sur le seuil, tête baissée, et demanda d'une petite voix : « Je peux... juste pour cette nuit ? »

J'acquiesçai d'un signe de tête, alors elle enleva sa robe de chambre et se glissa dans mon lit. Je restai assise près de la fenêtre jusqu'à ce qu'elle s'endorme, puis je me couchai près d'elle. Elle respirait avec gêne, s'agitait, ses membres étaient parcourus de frissons, et sa tête roulait d'un côté à l'autre. Je la pris contre moi, l'embrassai sur l'oreille en chuchotant que tout allait bien, et caressai ses longs cheveux soyeux, jusqu'à ce qu'elle se calme. Puis je fermai les yeux et répétai en silence : « Will ment... Will ment... Will ment... » Les mots se confondirent, se transformèrent, jusqu'à devenir : « Will meurt... »

Et tout irait bien... si Will mourait.

Mais je savais qu'il ne mourrait pas. Il était protégé par une bonne étoile, à l'abri derrière son personnage de gentleman riche et généreux, au-dessus de tout soupçon. Qui savait que son cœur était un véritable baril de poudre, prêt à exploser et à détruire quiconque s'en approcherait ? Personne... sauf moi. Non, il ne mourrait pas. Il vivrait, jusqu'à ce que je le tue. Mais étais-je capable de le tuer ? Il voulait faire du mal à ma fille, et sa mort serait légitime. Dans le cas où je le surprendrais avec Jenny, si je ne réfléchissais pas, si je ne le regardais pas dans les yeux, si je n'écoutais pas ses discours, alors oui, je serais capable de le tuer, pour la protéger. Mais aller le trouver et l'abattre de sang-froid, cela était impossible ; je ne l'avais pas pu, après l'agression de Janet. Et pourtant, il fallait qu'il meure, sinon il détruirait ma fille.

Repoussant Jen de son côté, je me glissai hors du lit et allai à mon secrétaire, près de la fenêtre. Le printemps serait là dans trois mois ; Jen serait hors de danger jusqu'au retour de Will. Mais il fallait que je fasse quelque chose... quelque chose.

Je remuai des papiers sur mon bureau – une lettre de Jean, une de Joseph, quelques factures – et, sous la pile, je trouvai la dernière lettre de Drew Baird. Je lui avais écrit à Stirling, où il travaillait, quand nous avions emménagé à Édimbourg, et il avait répondu aussitôt, en nous souhaitant chaleureusement de réussir. Depuis, il avait écrit plusieurs fois, de longues lettres très plaisantes, et j'étais étonnée de son talent littéraire, si différent de sa manière de parler. Robert disait souvent que Drew était amoureux de moi, comme un petit chien. Mais ce n'était pas cela. Il y avait un fil, un lien entre nous, une compréhension ancestrale, un profond respect mutuel. Il y avait en Drew comme en moi, comme en tous les hommes qui avaient compté pour moi, quelque chose qui nous échauffait le sang. Et ce quelque chose, c'était la rage. Parfois elle se tenait tranquille, le plus souvent elle couvait ou était cana-

lisée dans des activités telles que le travail ou le jeu – et alors on parlait de passion. Mais elle était toujours là, prête à déborder. C'était elle qui faisait de nous des guerriers. Mon père avait possédé cette rage, du moins avant que Will ne prenne possession de son esprit. Joseph la possédait, et Robert, et Ian, et Drew. Al ne la possédait pas, et c'est pour cela que je n'avais pas pu l'aimer. Et, en me rappelant le visage de Al Pearce lorsqu'il m'avait vue menacer Archie avec le pistolet, je me rendis compte qu'il n'avait pas la rage en lui. Al était un gentleman, raffiné, cultivé, sensible, et j'avais une immense affection pour lui, mais je ne l'aimais pas, je ne l'aimerais jamais. Al n'était pas un guerrier.

Mes doigts jouaient avec la lettre de Drew. Il tuerait Will. Il suffisait que je le lui demande. Mais est-ce que je pouvais demander à quelqu'un d'autre de tuer à ma place ? Est-ce que je pouvais risquer la vie de Drew en lui demandant de ravir celle de mon frère ? Et s'il échouait ou s'il se faisait prendre, que ferais-je ? Comment pourrais-je vivre avec moi-même ? Will avait toujours dit que la seule personne qui pouvait le tuer, c'était moi, mais que je ne le tuerais pas parce que je l'aimais. C'était de la folie, cette illusion qui lui faisait croire que nous étions des dieux et non des êtres humains. Will n'était pas immortel. Drew pouvait le tuer... si je l'en priais.

Jen bougea en poussant de petits soupirs. Inquiète à l'idée qu'elle soit à nouveau en train de rêver, je m'approchai et lui caressai les cheveux. Comme elle était belle. Comme elle était vulnérable.

« Tu ne l'auras pas, marmonnai-je à Will dont l'image planait devant mes yeux. Tu ne l'auras pas. »

Je revins au bureau et écrivis une lettre – des mensonges – adressée à Will et destinée à être envoyée au printemps, à son retour. Il saurait que cette lettre était un stratagème, car j'écrivais que je m'étais rendu compte à quel point je l'aimais, et que je désirais le rencontrer à Cromdale, dans la cabane. Il saurait que j'avais menti, il saurait que j'avais l'intention de le tuer, mais il irait à la cabane, certain que je ne serais pas capable de le tuer... et Drew l'y attendrait.

Je n'avais pas d'argent à offrir à Drew, mais je savais que lui proposer de l'argent serait l'insulter. Drew tuerait Will parce qu'il était un guerrier et que mon frère était l'ennemi. Il le tuerait parce que moi, je ne le pouvais pas et, bien que n'ayant jamais révélé ce qui s'était passé entre mon frère et moi, je savais que Drew comprenait.

Je l'invitai à dîner un soir, et les enfants furent ravis de revoir leur vieil ami. Il était plus jeune que moi – environ trente-cinq ans – et bien que deux ans seulement se soient écoulés depuis notre dernière rencontre, son visage avait vieilli. Des rides profondes s'étaient creusées autour de ses yeux et de sa bouche, sillonnant sa peau marquée de petite vérole – un physique affreux et grotesque derrière lequel se cachait un être de grande qualité. Comme il me rappelait Joseph : la même tranquillité, la même bonté, le même calme... un calme apparent, et la tempête au-dessous.

Lorsque les enfants furent couchés, je m'installai avec Drew dans le salon où un feu avait été allumé. Jenny et Al avaient magnifiquement décoré la maison, et je n'avais eu qu'une exigence : deux bergères en velours Jacquard de chaque côté de la cheminée, avec des repose-pieds assortis turquoise pâle. Quand Drew posa ses pieds sur l'un des deux tabourets, je regardai ses bottes ; elles brillaient car il les avait cirées pour venir chez moi. Mais elles étaient vieilles et avaient dû être ressemelées cinq ou six fois. Les talons étaient usés et les bouts craquelés, mais c'étaient des bottes solides, résistantes – comme celui qui les portait. Je l'observai tandis qu'il se roulait une cigarette et l'allumait en mettant ses mains autour de l'allumette – de grandes mains, rudes et usées, comme ses bottes, de bonnes mains. Seraient-elles souillées par la mort de mon frère ? Je ne pouvais me résoudre à formuler ma demande. Nous contemplions les flammes sans rien dire, mais ce n'était pas gênant car nous étions de vieux amis et nous n'avions pas besoin de combler le silence avec des propos oiseux. Lorsqu'il eut terminé sa cigarette, il chercha un endroit où poser le cendrier et, comme je tendais la main pour le prendre, il me toucha le doigt en questionnant : « Où c'est qu'est Mr. Maclean ? »

Jenny avait annoncé que son père et moi divorcions, ce qui avait soulevé des protestations de la part de Davie, toujours certain que son père allait revenir, et j'avais rapidement changé de sujet, expliquant que Robert était à l'étranger et que nous étions séparés. Je ne pouvais pas parler à Drew de Lady Ashton, et je répondis que je ne savais ni où il était ni quand il reviendrait.

« Et vot' frère ?

– Il est après Jenny. » Drew se redressa, posa ses pieds au sol et scruta mon visage, réclamant tacitement une explication. « Il est venu ici la semaine dernière, pendant que j'étais au travail. Jenny l'a laissé entrer. Il ne l'a pas touchée.. mais..

– Il est à Édimbourg ?

– Non. Il est à l'étranger jusqu'au printemps.

– Et après ?

– Il viendra sans doute ici... à moins que je ne lui envoie la lettre que j'ai écrite, dans laquelle je demande à le rencontrer à Cromdale le 1er mai.

– À la propriété ?

– Dans la cabane que nous avons construite dans la forêt lorsque nous étions enfants.

– Où ça ?

– ... J'ai dessiné un plan.

– C'te cabane, elle est à quelle distance du château ?

– Environ cinq kilomètres. Il n'y a rien autour, à part la forêt.

– Y'a des patrouilles, dans l'coin ?

– Oui, et le garde-chasse est aux ordres de mon frère.

– Mais quelqu'un pourrait l'tenir occupé pendant deux p'tites heures, l'soir par exemple ? Vous pourriez combiner ça ?

– Oui.

– Faudra qu'ça soye fait discrèt'ment.

– Non. Je ne veux pas que vous vous approchiez de lui. C'est trop risqué. Je veux que vous utilisiez un fusil. Dès qu'il entrera dans la cabane, vous devrez tirer... et ne pas le manquer.

– Le corps ?

– Enterrez-le... » Le corps de mon frère. Un monstre, un assassin, qui avait violé et tué et qui risquait de détruire ma fille. Et je l'avais aimé.

J'allai dans ma chambre chercher la carte et les instructions pour Drew, et nous décidâmes que j'enverrais la lettre à l'hôtel de Will, à Londres, où notre famille avait une suite et où Will séjournait avant de rentrer en Écosse. Je suppliai Drew d'être prudent et lui assurai qu'en cas de problème j'endosserais la totale responsabilité du meurtre. Il m'affirma qu'il n'y aurait pas de problème, puis il se leva et je le reconduisis à la porte.

« Je ne sais comment je m'acquitterai envers vous, Drew. Je ne sais pas si je POURRAI *m'acquitter envers vous.*

– Vous m'rendrez ma place d'contremaît' quand vous rach't'rez le Loch Leven. C'est tout c'que j'demande, Mrs. Maclean.

– Après toutes ces années, Drew, ne pouvez-vous pas m'appeler Kate ?

– Non.

– Pourquoi ?

– Pa'ce qu'vous êtes Mrs. Maclean. »

Avec un sourire triste, il remit sa casquette, me serra la main et s'éloigna.

Je refermai la porte et restai debout dans l'entrée. Vide. Il faisait froid dehors, mais encore plus à l'intérieur de moi, comme si l'air glacial s'était insinué dans mes veines. Je m'intimai l'ordre de monter me coucher parce que le lendemain il y avait du tra-

vail. Mais j'étais incapable du moindre mouvement. Qu'avais-je fait ? Si une complication quelconque survenait, je ne me pardonnerais jamais d'avoir impliqué Drew dans une affaire qui ne le concernait pas. Will était mon ennemi. Moi seule devais le tuer. Mais le courage me manquerait, comme cela s'était déjà produit, et Jenny en paierait les conséquences. Que pouvais-je faire d'autre ? À qui d'autre pouvais-je demander d'assassiner mon frère – car il s'agissait d'un assassinat. À personne... parce que j'étais seule... Robert était parti. Levant la tête vers le plafond, je l'appelai : « Où es-tu ? Où... ? » Où ma folie de ces jours insensés à Glasgow l'avait-elle poussé à fuir ? Où l'avaient conduit mes horribles mensonges, tranchants comme le fil d'un rasoir ? Depuis quatorze mois qu'il était parti, jamais je ne m'étais sentie aussi seule que ce soir. J'avais besoin de la force de ses bras autour de moi, besoin d'enfouir mon visage dans la douceur de sa poitrine. Je me mourais sans lui, je me desséchais, je me ratatinais comme une plante privée d'eau et de lumière. Il m'avait insufflé la vie et, maintenant qu'il était parti, tout était morne et désolé. Où était la lumière ? Où était la chaleur ? Parties... Parties... Mortes.

J'allai à la porte et l'ouvris en grand ; une violente rafale de vent me piqua les yeux et me brûla les oreilles, mais je restai appuyée contre le mur de la maison et fis quelque chose que je n'avais pas fait depuis près de quinze ans : je priai. Je priai pour que Robert revienne.

CHAPITRE 20

(Afrique du Sud, 1er mars 1910)

« On va au Cap, Rob, annonça Donald en entrant sous la tente des officiers et en s'approchant du lit de camp où j'étais allongé. Tu viens ?

– Non. »

Il s'assit près de moi, me donna une tape sur la jambe, prit le livre que j'étais en train de lire et le referma. « T'auras pas b'soin d'monter, Rob. Tu pourras rester au bar.

– Non.

– C'est pas bon pour la santé, tu sais, d'rester si longtemps sans femme. Tu vas t'détraquer l'organisme.

– Mon organisme se porte très bien. Il a eu tout ce qu'il lui fallait... *avant.* »

Donald regarda ailleurs, se racla la gorge et dit : « Si ça avait pas été toi, ça aurait été un autre.

– Mais c'était *moi*, Donald. C'était MOI... pas un autre.

– Tu savais pas qu'elle était mariée.

– Là n'est pas le problème.

– Alors, c'est quoi, l'problème, Rob ? Tu vas viv' tout' ta vie comme un moine ? J'crois qu't'as assez payé, mon gars. T'as assez fait pénitence, maint'nant faut qu'tu continues ta route. C'est pas d'bousiller ta vie qui lui rendra la sienne. C'est pas naturel, d'rester si longtemps sans... »

J'eus un rire ironique. Donald devait croire que je faisais preuve d'une volonté colossale pour rester chaste. Or l'abstinence n'avait jamais été aussi facile. Le désir m'avait quitté sept mois plus tôt. Il était enterré avec la femme persane, enfoui sous les pierres qui l'avaient tuée.

Donald insistait sur le fait que nous n'avions qu'une permission de vingt-quatre heures, et que nous n'en aurions pas d'autre avant le mois prochain, mais je regardais la pluie qui tombait contre le rabat de la tente. Est-ce qu'il pleuvait, en Écosse ? Regardait-elle la pluie tomber ? Se rappelait-elle les longs après-midi paresseux, au Loch Leven, lorsque, de notre lit, nous contemplions la pluie, tandis qu'un feu flambait dans la cheminée, et que nous reposions, blottis dans les bras l'un de l'autre, épuisés, heureux, tranquilles ? Seigneur Dieu, pouvoir être couché avec elle, maintenant. La toucher. Passer mes doigts dans ses longs cheveux roux, y enfouir mon visage, et...

« Tu m'entends, Rob ? J'disais que c'qui compte dans la vie, c'est tes intentions, pas c'que t'as fait. T'as jamais eu l'intention de... »

Était-ce son discours, ou le fait qu'il avait interrompu ma rêverie avec Kate, qui me rendit furieux ? Je ne sais pas mais, sans lui laisser le temps de terminer sa phrase, je me redressai brusquement et hurlai : « Qu'est-ce que ça change, ce que j'ai eu l'INTENTION de faire ? Elle est morte ! Et cela, c'est la seule chose qui compte !

– Elle était consentante, Rob. Elle savait...

– Ce ne sont pas nos ACTES, ni nos INTENTIONS, mais les CONSÉQUENCES de nos actions...

– D'accord, fils.

– Les SÉQUELLES...

– Calme-toi, Rob.

– Les RUINES...

– Ça suffit ! Tu vas t'faire mal à la poitrine ! Si tu veux pas aller au Cap, eh ben n'y va pas ! Mais moi, j'vais pas rester là à t'écouter divaguer ! Si tu t'sens coupable au sujet d'ta famille, alors va les r'trouver ! T'as l'acte de propriété ! Tu vas avoir deux mois d'perme ! Vas-y !

– Je ne peux pas !

– Alors, oublie-les !

– Je ne peux pas !

– Dans c'cas, aie au moins la décence d'leur envoyer l'acte !

– Je ne peux pas ! »

Donald flanqua un coup de pied dans mon lit, ramassa son calot et grommela : « T'es qu'un imbécile... tes " j'aurais dû " et tes " j'espère que ", t'as qu'à les fiche dans ta malle et j'ter le tout à la mer. Pour c'que ça t'rapporte ! »

Je le regardai sortir et rabattre la toile de la tente derrière lui. Il avait raison. Je le savais bien. Ce n'était pas une consolation.

Me baissant vers le sol, je tirai ma cantine de dessous le lit, l'ouvris et en sortis une enveloppe en papier bulle froissée et déchirée à force d'avoir été manipulée. Elle contenait des courriers de mon avocat en Suisse : des rapports circonstanciés concernant ma famille. Je parcourus rapidement les premières pages – un compte rendu assez succinct de l'année qu'ils avaient passée sans moi avant de déménager à Édimbourg. L'enquêteur n'avait pas pu glaner beaucoup de renseignements, à part le fait que mes parents avaient été en Amérique jusqu'au mois de mai, et que Kate et les enfants étaient restés à Glasgow jusqu'en août de l'année dernière – seuls. Mais je pouvais imaginer ce qu'avait été leur vie. Je pouvais... mais je ne le ferais pas, pas ce soir du moins. L'humidité avait réveillé la douleur dans ma cage thoracique ; une crise de larmes ne ferait qu'empirer les choses. D'ailleurs, j'avais cessé de me délecter des plaisirs de l'expiation. Souffrir ne me procurait plus aucun plaisir.

Parvenu aux derniers feuillets, j'ouvris la chemise qui contenait l'acte de propriété du Loch

Leven. Je l'avais depuis près d'un mois et, chaque soir, je le sortais du dossier en me disant que je devais l'envoyer à Kate, parce qu'il était à elle, et parce que je devais lui rendre son domaine, que j'avais perdu. Et, chaque nuit, je remettais le document dans l'enveloppe en papier bulle et je l'enfermais dans ma cantine – et avec lui j'enfermais l'espoir. L'espoir qu'un jour, je reverrais les miens. Aussi longtemps que je gardais l'acte de propriété, je pouvais m'imaginer qu'il y avait encore une chance pour qu'ils me pardonnent. Sans l'acte, je serais perdu.

J'avais été promu au grade de lieutenant lorsque nous avions quitté la Perse et, durant ma permission, j'avais joué aux cartes pendant que les autres soldats se rendaient au bordel du coin. J'avais gagné. Une grosse somme, plus que ce que j'avais gagné en plusieurs années. Une somme suffisante pour engager, par l'intermédiaire de mon notaire, un détective qui avait suivi les faits et gestes de Kate et des enfants et m'en avait tenu informé. Une somme suffisante pour racheter le Loch Leven, avec les profits réalisés grâce à un fructueux investissement fait pour moi par mon notaire, et qui avait renfloué nos comptes en banque à tous les deux. J'avais versé vingt mille livres à l'éditeur londonien, soit cinq mille de plus que ce qu'il avait payé à Stanton. J'avais accepté de maintenir en place la gardienne et son mari, à qui il fut dit que j'étais un officier de l'armée en garnison en Afrique. Pas de nom. Je trouvais préférable de conserver l'anonymat jusqu'à ce que j'aie remis l'acte à sa propriétaire légitime. Et comme je ne pouvais me résoudre à affronter la personne en question, le document restait enfermé dans ma cantine.

Je ne sais combien de lettres j'écrivis : des centaines, des milliers. Elles finissaient toutes à la corbeille à papiers, et comportaient ces seuls mots : Kate, ma chérie... Mon cher petit Davie... Ma Jen adorée...

Me recroquevillant sur mon lit, couché sur l'enveloppe en papier bulle, je fermai les yeux et essayai de dormir... de rêver... d'eux.

La plaine après la pluie avait quelque chose de particulier. Un certain calme. Le soleil de la fin d'après-midi donnait à l'herbe une couleur dorée. Je me demandai ce que Kate était en train de faire. Elle aurait aimé ce paysage. Nous n'étions jamais allés en Afrique. C'était resté quelque chose à faire... un jour.

J'allumai une cigarette et me tournai vers la petite maison, située au milieu de la grande plaine ; j'entendis les bruits assourdis d'un couple faisant l'amour. Il aurait pu au moins avoir la pudeur de fermer la fenêtre. Comme si cela ne suffisait pas de s'être payé ma tête, en me traînant ici pour que je monte la garde, il fallait en plus que je les entende.

La guerre des Boers était terminée depuis presque huit ans, mais il y avait encore des soulèvements sans grande gravité, du fait de quelques groupes de Boers qui faisaient passer des armes aux rebelles. Le gouvernement britannique soutenait Louis Botha et ses hommes, et une fois ratifié le South African Act, Botha devait devenir Premier ministre et un gouverneur général être désigné par Londres. Mon commandant, le capitaine Charles Stuart, avait eu vent de la présence d'un dépôt d'armes dans une maison du Basutoland, et j'étais parti en expédition avec lui. C'était un homme de dix ans plus jeune que moi, fringant et aux manières doucereuses. Il m'avait dit de l'appeler Charlie, bien qu'il fût mon supérieur, et m'avait emmené directement à cette maison. Il m'avait demandé d'attendre dehors pendant qu'il interrogerait la maîtresse de maison ; lorsque celle-ci ouvrit la porte en s'exclamant : « Charlie, mon amûr », je compris que c'est au lit que se passerait l'interrogatoire.

Donald avait raison. Charlie était une crapule. Cela ne m'aurait pas gêné, normalement, s'il était venu me trouver en me disant franchement : Rob, j'ai envie de passer une heure avec ma maîtresse. Mais il m'avait menti, s'était fichu de moi, et mon amour-propre, déjà à son plus bas niveau, en avait pris un coup. Nous étions censés rechercher...

Un bruit de sabots, au loin, interrompit le cours de mes pensées et me fit lever la tête ; mettant ma main en visière devant mes yeux, j'aperçus à l'horizon une silhouette qui venait dans notre direction. Ouvrant la porte, je criai à l'intérieur : « Charlie... Charlie, il va falloir qu'on y aille. »

Le type à cheval devait aller à fond de train, car il se rapprochait rapidement. « Charlie ! » hurlai-je, en pénétrant dans la maison. Tapant du poing contre la porte close, je répétai : « Charlie, viens. Il arrive. »

Tout en attendant, je jetai un coup d'œil par la fenêtre. L'homme n'était plus qu'à quelques centaines de mètres. Ouvrant la porte d'un coup d'épaule, je cherchai du regard le pantalon et la baïonnette de Charlie, sur le plancher, et saluai la femme nue qui était à califourchon sur lui. « Mes excuses, madame.

– Qu'est-ce que...

– Il arrive.

– Oh, Seigneur ! » s'écria Charlie en s'arrachant avec peine du lit et en enfilant maladroitement son pantalon. Je retournai en vitesse à la porte d'entrée, vis le type descendre de son cheval, et revins à toute allure dans la chambre. « Il est là. »

La femme remonta les draps, les enroula autour d'elle, et s'exclama : « Il va te tuer ! » Puis, un instant plus tard : « Il va me tuer ! » Elle regarda Charlie, puis moi, puis à nouveau Charlie, ouvrit la bouche et se mit à hurler de toutes ses forces. Charlie s'avança brusquement vers elle, lui mit la main sur la bouche et balbutia :

« Au nom du ciel, qu'est-ce que tu as à crier ? »

L'homme entra dans la chambre, armé d'un sabre de près d'un mètre de long. M'interposant entre lui et Charlie, je lui décochai un sourire fanfaron et dis : « Je vais vous expliquer... »

Le sabre me cingla la poitrine, et je tombai à genoux. Je vis le sol se rapprocher à toute allure, la silhouette de Charlie s'estomper, puis disparaître dans un trou noir.

Blanc. Blanc étincelant. Si étincelant que ce ne pouvait pas être l'Enfer, j'en étais certain.

Je fermai les yeux et tentai de lever le bras. Une douleur fulgurante me traversa la poitrine et je laissai échapper un gémissement.

« N'essayez pas de bouger, lieutenant, dit une voix de femme. Restez tranquille.

– Bon retour dans le monde des vivants. »

Ouvrant les yeux, je tournai la tête vers celui qui avait parlé. Un homme de petite taille, en blouse de chirurgien, me tapota le bras et écarta les draps.

« Voyons un peu mon œuvre, vous voulez bien ? dit-il en découpant les pansements de ma poitrine. Vous avez beaucoup de chance, lieutenant. La lame a manqué le cœur d'un millimètre. Elle a quand même traversé le sternum, c'est pourquoi vous ne devez pas bouger. En fait, ce qui m'inquiète davantage, c'est l'état de vos côtes. Un certain nombre de fragments d'os se sont logés dangereusement près du cœur. Il faudra que nous voyons cela une fois que votre blessure sera guérie. Depuis combien de temps aviez-vous les côtes cassées ? »

Je secouai la tête, incapable de parler, et il sourit. « Nous discuterons plus tard. » Il se remit à examiner ma blessure, appuyant doucement le bout de ses doigts près des points de suture. « Magnifique. Vraiment magnifique, si je puis me permettre. Lieutenant, vous aurez une cicatrice qui va faire des envieux. À propos, le capitaine

Charles Stuart et deux autres de vos amis sont passés plusieurs fois. Je donnerai des ordres à l'infirmière pour qu'elle les laisse entrer s'ils viennent ce soir. » S'écartant de moi, il fit signe à l'infirmière de refaire mon bandage et se dirigea vers la porte. À mi-chemin, il s'arrêta pour dire : « Au fait, je suis le docteur Hardy. »

Je regardai l'infirmière qui me bandait la poitrine. Elle portait autour du cou un crucifix qui me chatouillait chaque fois qu'elle se baissait. Elle était jeune, pas très belle, mais avait le teint frais et une peau laiteuse ; *Qu'est-ce qui a bien pu vous décider à prendre le voile* ? demandai-je silencieusement lorsque ses yeux d'un bleu profond rencontrèrent les miens. Touchant sa croix, elle dit : « Toutes les infirmières de l'hôpital sont des religieuses. » Elle était anglaise et parlait très vite.

Je ressentis des élancements dans la poitrine et je fermai les yeux.

« Avez-vous mal ? Oh, c'est vrai que vous ne pouvez pas parler, faites juste signe de la tête pour dire oui ou non. »

Je fis signe que oui, et la regardai remplir une seringue. Elle me nettoya le bras à l'alcool et je sentis l'aiguille traverser ma peau.

« Morphine. Vous vous sentirez mieux dans quelques minutes. »

Elle me donna une petite tape sur la jambe et sortit.

Je sentis mes membres s'alourdir au fur et à mesure que le produit se répandait dans mes veines. Je fixai le plafond et vis planer l'image de Kate. Elle tournoyait autour de ma tête. Mes yeux se fermèrent...

... On était en décembre et nous avions eu de la neige au Loch Leven. Le feu ronronnait et projetait des ombres dans toute la chambre. Kate était couchée sur le côté, Davie à son sein, et caressait les touffes de cheveux cuivrés du bébé. J'étais fasciné de la voir allaiter le petit, et je m'agenouillai près d'eux. Il émanait d'elle un sentiment de puissance extraordinaire. Elle avait donné la vie à mon fils, et maintenant elle le nourrissait. Elle leva la tête et me sourit. La lumière de ses yeux se déversa en moi. Tendant la main vers moi, elle se poussa vers le milieu du lit pour que je puisse m'étendre à côté d'elle, puis me mit le bébé dans les bras. Je l'observai se blottir contre moi et frotter sa tête minuscule contre ma poitrine, tandis que sa bouche s'ouvrait et se fermait avidement. Je lui offris mon doigt et il se mit à le téter ; puis il se fatigua, posa sa joue contre moi et s'endormit. Je regardai son petit corps se soulever et s'abaisser au rythme de ma respiration, posai ma main sur son dos et caressai sa peau douce et souple comme du velours. Et, le contemplant, lui, mon fils, je murmurai : « Je t'aime, petit homme... »

« Lieutenant ! » cria l'infirmière en se précipitant vers moi et en me secouant. Elle tamponna mon visage humide de larmes. « La douleur est-elle si pénible que cela ? » demanda-t-elle.

J'essayai de me détourner, pour cacher le flot d'émotions provoqué par le souvenir de ma famille, et je hochai la tête.

« Vous avez dormi presque sept heures. Je peux vous refaire une injection de morphine, si vous souffrez beaucoup.

– Non, dis-je dans un murmure. C'est... c'est qu'il fait si chaud. »

Elle me tâta le front, et son visage devint soucieux.

« Vous avez de la fièvre. Nous devons faire très attention à ce que vous n'ayez pas d'infection. »

Elle prit ma température, sortit rapidement de la chambre et revint avec le docteur Hardy. Le chirurgien examina ma blessure, nettoya les points de suture à l'alcool et fit signe à l'infirmière de refaire le pansement.

« J'aimais mieux votre aspect de ce matin, lieutenant. Qu'avez-vous fait, pendant toute la journée ?

– Joué au polo », articulai-je avec peine.

Il se mit à rire. « Parfait ! Je vois que vous avez retrouvé votre langue. Bravo, lieutenant. Au fait, comment vous y êtes-vous pris pour vous casser les côtes ?

– Je suis tombé.

– Sous un train ?

– Sous un taureau... plusieurs taureaux.

– À Pampelune ? Piétiné lors d'une course de taureaux, tout en criant " Toro, Toro " ? Comme c'est passionnant, lieutenant ! Dommage que vous n'ayez pas gagné. Non, blague à part, vos côtes sont dans un état épouvantable. Quand êtes-vous *tombé ?*

– Il y a un an et demi.

– Comment se fait-il que vous ayez été admis à l'armée avec une cage thoracique dans cet état ? On ne vous a pas fait de radio ? »

Je souris, hochai la tête, et il n'insista pas. En revanche, il mit l'accent sur le fait que les fragments d'os étaient dangereux et qu'il faudrait m'opérer dès que ma blessure serait guérie.

« C'est un peu comme des éclats d'obus, expliqua-t-il en touchant légèrement la partie gauche de ma cage thoracique. Les fragments de vos côtes cassées se sont logés dans les tissus, mais ils peuvent ressortir et, s'ils arrivent jusqu'au cœur, vous mourrez. Il faudrait recasser les cinq dernières côtes du côté gauche, puis les remettre en place.

– Non.

– Non ? Pourquoi, je vous prie ?

– Elles me plaisent comme cela.

– Hummm, ça donne un certain relief, c'est vrai. Mais le fait est, lieutenant, que vous aurez des ennuis en vieillissant. Des fractures mal guéries, c'est la porte ouverte à l'arthrite. Quel âge avez-vous ?

– Quarante-deux ans. »

Il continua à parler d'opération, mais je refusai, car je me sentais faible et brûlant ; il finit par abandonner et dit : « Comme vous voudrez, lieutenant, après tout, ce sont vos côtes. Cependant, je me permets d'insister sur la nécessité de faire quelque chose pour les fragments, au moins. Mais nous verrons tout cela plus tard. Il faut que je vous dise : vos copains sont ici ; je vais les laisser entrer, mais il faut que vous me promettiez de ne pas faire de bêtises. » Je levai les yeux vers lui, haussai les sourcils, et il me fit un grand sourire en réalisant l'absurdité de sa remarque.

Nous le regardâmes sortir, l'infirmière et moi, et, avec un petit signe de tête en direction de la porte, elle me dit : « Vous avez une chance immense que ce soit le docteur Hardy qui s'occupe de vous. C'est le meilleur chirurgien d'Afrique du Sud. »

Combien y avait-il de chirurgiens dans toute l'Afrique du Sud ? Je faillis le lui demander, mais Charlie entra dans la chambre, suivi par Donald et Lamb. Ils remercièrent l'infirmière, qui leur recommanda de ne rester que quelques instants, puis s'approchèrent lentement de mon lit.

« Robert, dit Charlie en posant la main sur mon épaule. Qu'est-ce que je peux dire ?

– Ben, tu pourrais p't'êt' commencer par lui dire qu'tu r'grettes », fit Donald d'un ton plutôt rude, avant de s'avancer et de poser sa main sur ma tête. « Seigneur Dieu, mon gars, on a ben cru qu'on allait t'perd'.

– Ça fait mal ? » s'enquit Lamb.

Donald lui donna une tape en disant : « Il a eu l'thorax coupé en deux. Évidemment qu'ça fait mal, corniaud ! »

Je regardai Charlie, essayant d'imaginer comment il s'était sorti de l'imbroglio avec le mari de sa maîtresse. Il dut deviner mes pensées car il annonça avec un sourire triomphant : « Tu vas avoir une médaille, lieutenant Maclean.

– À quel titre ?

– Bravoure hors devoir. » Ses yeux pétillèrent. « Lorsque tu es tombé, j'ai été pris de panique et j'ai saisi mon fusil. J'ai touché le type à l'épaule et il a lâché le sabre. Lucille l'a frappé à la tête avec un vase et il est tombé dans les pommes. Nous l'avons ligoté et je m'en suis tenu à mon histoire : on avait entendu dire que le type stockait des armes, et on est allés le trouver. » Il frappa dans ses mains avant de poursuivre : « Le plus beau de tout, c'est que c'est vrai ! Le salaud fournissait des armes aux rebelles depuis la fin de la guerre. Ils l'ont flanqué en taule et toi et moi, on est des héros ! »

Je réprimai un rire car j'avais mal à la poitrine, et je vis Charlie sortir d'une de ses poches une petite flasque en argent.

« Et pour célébrer notre chance...

– Remballe ça, Charlie, fit Donald. Vaut mieux pas qu'y boive.

– Juste une petite goutte ? Une petite lichette ? Un tout petit doigt de ce bon vieux remontant, hein, Robbie ? »

Je vis au regard de Donald qu'il avait envie de frapper *un tout petit peu* Charlie, alors je dis : « C'est bon, Donald. Une gorgée ne me tuera pas. » Il hocha la tête et alla à la fenêtre.

« La vie est magnifique, n'est-ce pas, Rob ? fit Charlie en me soulevant la tête pour me faire avaler le whisky. Je n'oublierai jamais ce que tu as fait pour moi, l'ami. Jamais. »

L'infirmière revint un quart d'heure plus tard, au moment où je terminais la flasque, et ordonna à tout le monde de sortir de la chambre. Elle prit ma température et hocha la tête ; il ne faisait aucun doute que ma blessure s'était infectée. J'étais brûlant de fièvre, je transpirais, mes draps étaient inondés. La douleur avait augmenté et je réclamai de la morphine.

Le lendemain matin, la fièvre avait atteint quarante et un degrés et l'infection faisait rage dans mon corps. Je claquais des dents, je tremblais de tous mes membres et, à la tombée de la nuit, je perdis conscience...

... Il est entré dans la chambre, ombre plus noire que la nuit noire. J'entends Son souffle alors qu'Il s'approche du lit. De toutes mes forces, j'essaie de m'écarter de Lui, mais j'ai le sentiment d'être rivé au lit. Il m'appelle par mon nom, Il me fait signe, Il avance la main vers moi, et je sais que, s'Il me touche, s'Il s'allonge sur mon corps, mon corps Lui appartiendra. Je hurle, je Le repousse, je sens Ses doigts autour de ma gorge, et je crie : « Nooooonnnnn... »

« Lieutenant !

– Il a des hallucinations. La fièvre le fait délirer.

– Kate ! criai-je, en repoussant l'infirmière et le médecin.

– Il va falloir l'attacher. Allez chercher un garçon de salle...

– Non ! » hurlai-je. Ils étaient fous. Ne Le voyaient-ils donc pas ? Il était juste à côté de moi. Il attendait. S'ils m'attachaient, jamais je ne pourrais Lui échapper. « Ne m'attachez pas ! Pour l'amour du ciel, ne m'attachez pas !

– Lieutenant, la fièvre vous fait...

– Non ! »

Ils me maintinrent les bras et deux hommes en blouse blanche entrèrent en trombe dans la chambre. Ils me passèrent de grosses sangles en travers de la poitrine, m'immobilisèrent les bras, m'attachèrent les jambes. Je me débattis et la douleur me transperça la poitrine, tandis qu'Il se rapprochait toujours davantage.

« Kaaaaate ! »
La chambre sombra dans le noir.

« Je crains que nous ne soyons obligés de prévenir sa famille. Cette Kate qu'il appelle dans son délire, je suppose que c'est sa femme ?
– Ouais. Elle vit à Édimbourg mais ils sont séparés. J'veux dire, Robert est plus avec elle d'puis un bout d'temps. »
J'entendais les voix, je les reconnaissais – c'étaient celles du docteur Hardy et de Donald – mais j'étais incapable d'ouvrir les yeux.
« C'est malheureux, vraiment. Il s'en sortait si bien. Évidemment, la blessure était profonde et le risque d'infection est toujours très important, en pareil cas.
– J'peux rester près d'lui, docteur ?
– Il est inconscient et je crains qu'il n'y ait guère d'espoir de lui voir reprendre connaissance. Après une fièvre aussi forte, les lésions cérébrales sont pratiquement inévitables.
– J'rest'rai quand même avec lui, docteur. Si ça vous ennuie pas. »
Lésions cérébrales ? Prévenir la famille ? J'étais en train de mourir.
Mais je ne pouvais pas mourir. Pas encore. Pas maintenant. Pas avant d'avoir remis à Kate l'acte de propriété du Loch Leven. Si je mourais, ils lui feraient parvenir une de ces enveloppes marron... avons le regret de vous informer de la mort de votre... Non ! Non, je ne pouvais pas mourir ! Pas avant de lui avoir expliqué, pas avant de lui avoir dit que je l'aimais, que je n'avais jamais cessé de l'aimer. Il fallait qu'elle le sache. Je ne pouvais pas mourir en lui laissant croire que je ne l'aimais plus.
Il fallait que j'ouvre les yeux. Si j'y parvenais, ils sauraient que je n'étais pas en train de mourir.
Mais je n'arrivais pas à soulever mes paupières, elles pesaient des tonnes.

Ouvre la bouche, Maclean ! Crie ! Dis-leur que tu es vivant ! Dis-leur que tu ne vas pas...

Les ténèbres avancèrent, reculèrent, puis ce fut le noir total.

« Peut-être devrions-nous télégraphier à sa femme, sergent Lochiel ? »

La voix de l'infirmière, rapide et précise.

« J'connais pas son adresse. Rob me l'a jamais dit. J'sais seul'ment qu'elle habite à Édimbourg. »

Donald était assis tout près de moi. Je sentais son souffle sur mon bras.

Ouvre les yeux, Maclean ! hurlai-je mentalement. Pour l'amour de Dieu, ouvre les yeux !

Je sentis des doigts sur mon poignet. Ceux de l'infirmière, doux et légers. « Son pouls est très faible.

– Salaud !

– Sergent !

– J'vous d'mande pardon, ma sœur. J'pensais à l'homme qui d'vrait êt' dans c'lit.

– Le capitaine Stuart ?

– Ouais. L'capitaine Charlie, Stuart le traît'. »

Il y eut un silence et je compris que l'infirmière avait quitté la chambre. Mais je sentais la présence de Donald à mes côtés et, au bout d'un long moment, me sembla-t-il, il soupira et dit : « Ah, Rob, c'est pas une mort pour toi. C'est pas une mort digne d'un gars comme toi. C'est l'champ d'bataille, qu'y t'fallait, fils, t'aurais brandi ta dague et ton glaive, pendant qu'ils auraient crié *bàs no beatha.* » La main de Donald se posa sur mon épaule, la pressant et la tapotant doucement. « Oh, mon p'tit, quel gâchis ! » Il mit sa main sur ma tête, l'y laissa un instant, puis j'entendis ses pas s'éloigner.

Je ne pouvais pas mourir maintenant ! Je ne voulais pas mourir maintenant ! Pas de cette façon ! Seigneur Dieu, pas comme cela ! Une mort ridicule, risible. Seigneur, ne me laisse pas mourir de cette manière ignoble, pour une fripouille comme Charlie Stuart ! Non, mon Dieu !

Il fallait que j'ouvre les yeux ! Essaie, Maclean ! Ouvre-les grand ! Montre-leur que tu n'es pas mort ! Dieu tout-puissant, donne-moi la force d'ouvrir les yeux ! Donne-moi le souffle pour leur dire que je suis vivant ! Ne m'emmène pas maintenant... pas maintenant. Pas avant que j'aie vu ma Kate... ma Kate, et Jenny, et Davie... Mon Dieu, laisse-moi les voir ! Laisse-moi leur dire à quel point je les aime ! Ne m'emmène pas maintenant ! Ne m'emmène pas avant que je l'aie vue, que je l'aie touchée... ma Kate...

... Elle est vêtue de noir. Un voile lui couvre le visage. Les enfants sont debout près d'elle. C'est une journée grise, lugubre, sinistre. Une journée de mort... Ma mort. Ils descendent le cercueil dans la terre, mais je sens mon cœur qui continue de battre. J'entends les battements de mon cœur qui résonnent contre les parois du cercueil. Dans ma tête, je crie pour qu'elle leur demande d'arrêter. Mais elle ne peut pas m'entendre. Personne ne peut m'entendre, puisque je suis mort. Et pourtant mon cœur bat toujours. Comment peut-il battre, si je suis mort ? Il fait froid, très froid, ici, dans les entrailles de la Terre. J'aurais cru qu'il ferait très chaud, si près de l'Enfer. Mais il fait froid. On casse le cercueil en morceaux. Ils sont venus me chercher. Me sauver. Le couvercle se soulève, je regarde, et je vois Ses mains, plus noires que la nuit, s'approcher de ma gorge...

« Kaaaaatte !
– Docteur Hardy, il a repris connaissance !
– Kate ! »

J'ouvris les yeux et fis du regard le tour de la

pièce. Il n'y avait personne à part l'infirmière et moi. Il était parti.

« Où... ?

– Calmez-vous, lieutenant. Respirez doucement et...

– Quel jour sommes-nous ?

– Dimanche.

– Combien de temps... ? » Je me laissai retomber sur le lit, incapable de terminer ma phrase.

« Vous êtes resté inconscient pendant presque une semaine, dit l'infirmière en appliquant des compresses fraîches sur mon front. Savez-vous pourquoi vous êtes ici ? »

En un éclair, je revis l'homme, Charlie et la femme, le sabre. Je hochai la tête affirmativement.

« Vous souvenez-vous de votre nom ?

– Robert Maclean. Lieutenant Robert Maclean. »

L'infirmière me sourit. Un sourire sincère, chaleureux. Elle retira les pansements de ma poitrine, examina ma blessure, puis appela le docteur Hardy, qui me déclara hors de danger.

Je restai deux mois à l'hôpital. Deux longs mois, durant lesquels je n'avais rien d'autre à faire qu'à contempler le plafond de la chambre, et à regarder planer les images des miens, les unes après les autres. Leur pensée m'obsédait. Il fallait que je les voie. Qu'importe ce qui s'était passé. Il le fallait. Il fallait que je leur rende leur maison.

On me donna deux mois de congé. Je fis mes bagages, remerciai sœur Anna et le docteur Hardy, fourrai l'acte de propriété du Loch Leven dans ma poche, et me mis en route pour l'Écosse... Pour chez moi.

CHAPITRE 21

« Il faut battre le fer pendant qu'il est chaud », déclara Agnès en ajustant son chapeau et en enfilant ses gants.

Al rit, en tendant à la jeune femme son petit sac en perles, et je commentai : « Je pense qu'Agnès a suffisamment chauffé son fer, et qu'il serait temps qu'elle le laisse un peu refroidir, sinon elle va se brûler. »

Al éclata de rire. Le « fer » en question était le fils d'un banquier important, qui étaient tous deux amoureux fous de la jeune femme. Le père était un veuf assez vieux pour être le grand-père d'Agnès, le fils un coureur de jupons impénitent. On ne parlait que de leur ménage à trois dans tout Édimbourg, et je redoutais qu'Agnès ne tombe enceinte et ne sache pas si elle portait le fils de son amant ou son frère. Agnès n'était pas belle, mais elle débordait de sensualité et, comme le faisait remarquer Al, elle avait une bouche faite pour embrasser.

Agnès nous dit au revoir en nous envoyant un baiser du bout des doigts, et s'en fut d'un pas nonchalant retrouver son galant, les yeux de Al rivés sur elle.

« Elle est... Comment la décririez-vous ? demandai-je à Al en décrochant une robe du portant.

– Source de problèmes. De problèmes majeurs.

– Pourquoi ?

– Elle est ce qu'on appelle une mangeuse d'hommes. »

Je ris, mais avec le sentiment que Al n'aurait pas détesté être croqué par la dame, et je tendis à Raj la liste des coupes à faire le lendemain. C'était l'heure de fermer et tout le monde était parti. Raj proposa de m'accompagner jusque chez moi, mais je déclinai son offre en disant que je voulais vérifier les livres de comptes. Il nous salua et quitta l'atelier.

« Catherine, êtes-vous sûre de ne pas vouloir venir avec moi ? » dit Al en feuilletant les croquis d'Agnès. Il m'avait demandé de l'accompagner à un dîner d'affaires avec un autre de ses fournisseurs, mais j'avais eu l'estomac noué toute la journée et l'idée même de manger me donnait le haut-le-cœur. Je regardai ma montre – ce que je faisais toutes les cinq minutes depuis le moment où je m'étais levée, après une nuit d'insomnie – et répondis : « Non. Davie et Jen dînent chez les Rashwell ce soir, et je voulais jeter un coup d'œil aux comptes.

– Lord Rashwell ?

– Hmmm. Richard Rashwell est un des meilleurs amis de Davie.

– J'ai joué au cricket avec son père Oliver quand j'étais enfant. On le surnommait Little Lord Ollie... il y a des siècles de cela. » Il prit un air pensif repoussa les dessins d'Agnès et se leva. « Je n'ai absolument aucune envie d'écouter les lamentations de Maxwell Crookenden sur l'augmentation du prix des costumes d'hommes. » Il me sourit et s'approcha de moi. « J'aimerais bien mieux rester ici avec vous. » Je ne dis rien, mais consultai une fois de plus ma montre, maudissant la lenteur des aiguilles. « Tout va bien, Catherine ? Vous semblez très préoccupée. »

J'étais préoccupée. Nous étions le 1er mai, et Drew était parti pour Cromdale... tuer mon frère.

« Ce n'est rien, dis-je, en évitant ses yeux. Seulement un peu de fatigue, je pense.

– Voulez-vous que j'annule mon dîner ? Nous pourrions aller voir un spectacle ?

– Non, vraiment, je vais bien. Je me sentirai mieux dès que... dès que...

– Catherine ?

– Dès que j'aurai fini de voir ces factures.

– Puis-je vous aider ?

– Non. Je ne voudrais pas que Mr. Crookenden attende à cause de moi.

– Au diable Mr. Crookenden. Il s'est passé quelque chose. Quoi, Catherine ?

– Rien. C'est juste que je n'aime pas laisser ces choses... s'entasser. Les factures, je veux dire.

– Pourquoi ne les laissez-vous pas à Mrs. Dodge ou à Jenny ?

– Parce que je me sentirai mieux une fois que tout sera... sera fini... terminé. »

Al me dévisagea, hocha la tête et, d'un air grave, me demanda : « Est-ce Jenny ? Ses cauchemars...

– Non, je suis fatiguée, c'est tout. »

Je regardai ma montre. Me saisissant la main, il la pressa doucement en disant : « Durant les quinze dernières minutes, vous avez consulté votre montre sept fois. J'ai compté. Voulez-vous bien me dire ce qui ne va pas ?

– Oui, répondis-je, pressée qu'il s'en aille, sinon je risquais de révéler ce qui effectivement n'allait pas. Vous avez raison, je suis... je suis très inquiète au sujet de Jenny... Ses cauchemars... nous empêchent toutes les deux de dormir. Et elle refuse toujours de voir un médecin. Peut-être pourriez-vous lui parler, Al ? Elle vous aime beaucoup. »

Il me regarda d'un air contrarié, relâcha ma main, prit son chapeau et dit : « Comme vous voulez, Catherine. »

– Al...

– J'aurai une discussion avec Jenny, demain matin.

– Al, je vous en prie, ne soyez pas fâché...

– Je ne suis pas fâché. Je suis déçu que vous

n'ayez pas assez confiance en moi pour venir me voir lorsque vous avez un problème, un problème grave. Du coup, je me sens... impuissant. Sensation peu agréable pour un homme. »

J'essayai de trouver quelque chose, n'importe quoi, pour justifier ma nervosité, car je ne pouvais supporter qu'il croie que je n'avais pas confiance en lui. Mais que pouvais-je dire ? S'il savait la vérité, il serait horrifié et je le perdrais. Je lui expliquai que j'étais épuisée, que j'avais besoin de vacances et que j'irais certainement passer la semaine suivante à Mallaig avec les enfants. Il ne me crut pas, mais il était trop bien élevé pour insister davantage, et il me souhaita bonne nuit.

Debout au milieu de l'atelier, je m'efforçai de ne penser qu'à toutes les horreurs que mon frère avait commises : Wolf, Janet, moi-même, il nous avait tous torturés, et maintenant il fallait qu'il meure. Mais j'avais beau me rappeler toutes ses atrocités, c'étaient des images de notre passé commun, des images du jeune homme que j'avais adoré, qui venaient accaparer mon esprit. Je nous revoyais courant dans les vallons de Cromdale, nageant dans la rivière Spey, enlacés dans la cabane que nous avions construite. Je le revoyais, des années plus tard, au Loch Leven, affectueux et tendre avec les enfants et avec moi. Et je savais que les longues absences de Robert n'avaient été supportables que parce que mon frère avait pris sa place, parce qu'il s'était comporté en mari amoureux pour moi et en père affectueux pour mes enfants. Mon cœur se gonflait à l'idée que j'avais ordonné sa mort. Tout cela avait quelque chose de très pervers, c'était une action ignoble, commise de sang-froid, et je faillis me précipiter au-dehors pour tenter d'empêcher ce crime odieux, avant de réaliser que c'était le soir et que mon frère était sûrement mort depuis plusieurs heures.

« Oh, Will..., dis-je tout haut en gémissant. Will... »

Mais il fallait qu'il en soit ainsi. S'il ne mourait pas, tôt ou tard la colère prendrait possession de lui, et Jenny souffrirait.

Je priai pour que la balle de Drew ait atteint Will en plein cœur et qu'il soit mort instantanément, sans souffrir, qu'il ait enfin trouvé... la paix. Quelle paix pouvait-il y avoir en Enfer ? Les flammes l'envelopperaient, le brûleraient, le consumeraient, pour tous les crimes qu'il avait commis... et... oh, mon Dieu, je ne pouvais pas penser à cela maintenant. Si je continuais à penser à Will, je deviendrais folle. Il fallait que je travaille. Si je travaillais, tout irait bien.

Travaille, Kate... Travaille... Ne pense pas... Travaille...

Essayant de chasser de mon esprit l'image de mon frère, je m'assis à mon bureau pour examiner les factures de tissu de la semaine, et je tombai sur une erreur. La facture indiquait neuf rouleaux de lainage, or j'étais certaine que nous n'en avions reçu que six. J'allai à l'étagère où étaient rangés les rouleaux de tissu, et je cherchai le lainage lie-de-vin en question. Raj l'avait mis sur la tablette du haut, car nous ne devions pas l'utiliser avant la semaine suivante, et je n'arrivais pas à compter les rouleaux. Je me hissai sur l'étagère pour mieux voir, lorsque je sentis une main sur mon épaule. Je cessai de respirer ; il ne faisait aucun doute que c'était une main d'homme, et une main puissante. Je tentai de me retourner pour voir mon agresseur mais, agrippant mon autre épaule, il me cloua contre l'étagère. Je me mis à crier et à lancer des coups de pied ; il plaqua sa main contre ma bouche et resserra son bras autour de moi.

« Chhhuuut, murmura-t-il à mon oreille. Chhhuuut », répéta-t-il, sa main toujours sur ma bouche. Le parfum qui flottait autour de sa personne m'était familier. Baissant les yeux sur les boutons de manchette en or qui ornaient les poignets de sa chemise blanche amidonnée, je vis les initiales W.B.

Je fermai les yeux et restai pétrifiée, médusée ; c'était comme si mon sang s'était figé dans mes veines. Si Will était ici, alors Drew... oh, mon Dieu, non...

Me tenant fermement contre lui, il me traîna jusqu'à la table de coupe, sa main toujours plaquée contre ma bouche. J'aperçus l'éclat d'une paire de ciseaux et tentai de dégager mon bras pour les attraper. Il resserra son étreinte et je sentis les battements de son cœur dans mon dos ; il se rapprocha encore de moi en geignant : « Sacrilège, Kate. Sacrilège. Laisser pénétrer un autre, un étranger, dans le seul endroit au monde auquel je tiens ! » Il frotta son visage contre mes cheveux qui s'étaient défaits pendant notre lutte, et je sentis ses lèvres brûlantes contre mon oreille. « Cet endroit où est enterré tout ce que nous avons un jour été... cet endroit où repose notre amour, le voilà désormais souillé par SON *sang... Profané par* SON *sang ! Violé ! Tu as profané notre amour, Kate ! »*

Et je serais punie... punie. Oh, mon Dieu, non... Réfléchis, Kate ! Que fait un animal lorsqu'il est acculé par un prédateur plus fort que lui ? Réfléchis, bon sang !

Il me poussa avec force contre le rebord de la table, qui me rentra dans l'estomac. Son visage roulait sur ma nuque, et je le sentis se raidir lorsqu'il pressa son bassin contre moi. Les ciseaux étaient à quelques centimètres de ma main ; j'essayai de toutes mes forces de les atteindre. Il devait les avoir vus, car il me relâcha l'espace d'une seconde et, furieux, les envoya à l'autre bout de la pièce ; il introduisit ensuite ses doigts dans le col de dentelle de ma robe, tira et déchira mon corsage.

Fais la morte, *cria ma voix intérieure.*

Je fermai les yeux et me laissai complètement aller. Il lui fallut une seconde pour se rendre compte que je ne luttais plus ; il ôta alors sa main de ma bouche. Je ne criai pas – personne ne m'aurait entendue –, ne fis pas un mouvement ; je laissai ma tête retomber contre ma poitrine en priant pour que mes membres cessent de trembler. Je sentis ses mains sur mes seins mais demeurai inerte. Ses doigts s'égarèrent sous mon caraco de soie et je sentis mon estomac se retourner. Mais il s'arrêta, s'écarta de moi, et je m'écroulai au sol. S'agenouillant près de moi, il me prit dans ses bras et dit plusieurs fois mon nom en me tapant légèrement la joue. Je gardai les yeux fermés et m'efforçai de réduire mon souffle.

Réfléchis, Kate ! Réfléchis, ou ta vie est finie ! Pleure. Tes larmes l'ont toujours ému.

Je pris une profonde inspiration, ouvris les yeux en battant des paupières et, avant qu'il ait le temps de dire un mot, jetai mes bras autour de son cou et enfouis mon visage dans sa poitrine. Puis je me mis à sangloter, sans cesser de répéter à quel point il m'avait fait peur. Ma réaction dut le stupéfier, car il ne répondit rien, se contentant de secouer la tête et de murmurer mon nom.

« Will, je... je... n'ai pas pu. Je n'ai pas pu aller à Cromdale. C'est pour cela que j'ai envoyé Drew... parce que je ne pouvais pas te tuer moi-même... parce que... parce que je t'aime. » Je pleurais tout en continuant à cacher mon visage, de crainte qu'il ne voie mes yeux. « J'avais si peur. Je croyais... je croyais que, si tu étais mort, je cesserais de t'aimer. Parce que c'est mal, Will. Je ne peux pas t'aimer... Je ne peux pas... » Agrippant ses bras, je les serrai plus fort autour de moi. Il était abasourdi, incapable de comprendre ce qui se passait, entendant les mots qu'il avait toute sa vie voulu entendre. « Je t'aime... je t'ai toujours aimé... mais c'est mal. Tu es mon frère... c'est mal, Will. J'ai honte. C'est pour cela que j'ai envoyé Drew... Will, est-ce qu'il... est-ce que tu l'as fait...

– Souffrir ?... Oui... »

Je gémissais, à présent, et ce n'était pas de la comédie, parce que j'avais envoyé à la mort – une mort épouvantable – un homme que je chérissais.

Les larmes me terrassèrent, m'anéantirent, tandis que je gisais là, dans les bras de son meurtrier. Je m'accrochai à Will, et il leva la tête en disant : « Viens avec moi.

– Où ?

– Chez toi

– Non... les enfants.

– À mon hôtel.

– Je ne peux pas... ma robe est déchirée... mes cheveux...

– Je t'amène chez toi. Tu te changeras et nous irons dans ma chambre d'hôtel. »

Il se leva, m'aida à me mettre debout, passa sa main dans ses cheveux, remit de l'ordre dans sa tenue et me tendit la main.

« Je vais prendre mon manteau », dis-je en m'éloignant de lui, de lui et de ses longs doigts minces.

Il me conduisit chez moi en voiture, entra dans le salon et s'allongea sur le canapé, à côté d'une petite commode où je gardais un pistolet chargé : le pistolet que j'avais pensé dissimuler sous ma cape.

Je serais obligée d'utiliser un couteau.

Je montai à l'étage, jetai un coup d'œil sur les enfants et allai me changer dans ma chambre. Le poignard que Joseph m'avait donné pour mes dix-sept ans était froid lorsque je le glissai entre mon corset et ma chemise. Il était acéré. Will ne sentirait rien lorsqu'il lui trancherait la gorge. Tout en me brossant les cheveux, je me répétais : « Il faut que cela soit fait. Pour Wolf, pour Titan, pour Janet, pour les personnes qui sont mortes brûlées, pour Jenny... pour Drew. »

Je portais une voilette, pour cacher mon visage lorsque nous passâmes devant le réceptionniste de l'hôtel. Will occupait une suite ; il me conduisit à sa chambre.

« Il fait froid », dis-je lorsqu'il voulut m'aider à retirer ma cape. Je la maintins fermée en tenant les bords à deux mains. « La pièce est froide, dis-je encore.

– Je vais fermer la fenêtre. »

Je me détournai de lui et invoquai l'image de Janet, sur laquelle je surimposai celle de Jenny, dans un effort pour rassembler toute la rage dont j'avais besoin pour tuer Will. Puis je sentis sa main sur mon épaule, lorsqu'il me guida vers le lit, et je ressentis une telle répulsion que je me demandai comment je pourrais jamais coucher avec lui. Il me retira ma cape, me fit asseoir sur le lit, enleva ma voilette, puis s'agenouilla devant moi et commença à déboutonner ma robe. Je tenais mon bras gauche collé au corps, de crainte qu'il n'aperçoive le poignard. Je tressaillis au contact de ses mains, lorsqu'il fit glisser ma robe de mes épaules. Il se mit ensuite à délacer mon corset, et je l'arrêtai en disant : « J'ai encore froid. Ne le retire pas... pas maintenant. » Il sourit, enleva sa chemise et sa cravate, puis défit mes cheveux et les secoua jusqu'à ce qu'ils retombent jusqu'à ma taille.

« Toujours aussi doux... soyeux, ces fils écarlates », murmura-t-il en enfouissant son visage dans ma chevelure. Ses lèvres parcoururent le haut de mon corset jusqu'à atteindre mes seins, et je me rendis compte que jamais je ne pourrais faire cela. Si je ne l'arrêtais pas, j'allais hurler.

« Will... je t'en prie... » dis-je en gémissant. Mais il me fit allonger sur le lit, se coucha près de moi et glissa ses mains sous la dentelle de mon jupon. Il était à ma gauche et je gardais toujours le bras collé au corps pour qu'il ne sente pas le couteau. Ses doigts remontèrent le long de ma cuisse ; je me mis alors à trembler et je le repoussai en pleurant : « Je ne peux pas...

– Chhhuuut... »

Il se pencha sur moi, écarta les cheveux de mon visage et approcha ses lèvres des miennes ; je détournai la tête en balbutiant : « Tu as dit que le reste était secondaire, Will. Lorsque tu es venu me voir à Glasgow... tu... tu as dit que tu voulais mon cœur, et que tout le reste était secondaire.

– Oui, mais j'ai besoin de toi. Besoin de te toucher. Besoin de me sentir à l'intérieur...

– Tu as dit que tu voulais mon cœur. Tu l'as, Will. Tu l'as toujours eu. Mais je ne peux pas... je ne peux pas...

– Chhhuuut, allonge-toi près de moi. Reste tranquille. »

M'attirant à lui, il prit mon bras et le posa sur sa poitrine, puis il passa la main le long de mon corps jusqu'à ce qu'il trouve le couteau ; il le retira lentement de mon corset, le tint au-dessus de nous, fit jouer la lumière sur la lame, puis le posa sur la paume de sa main en disant : « Voilà, ma chérie. Vite. »

Je me redressai, saisis le poignard et le dirigeai sur lui. Il s'allongea, m'offrant son cou, puis prit ma main et l'approcha de sa gorge. « Vas-y. Vas-y, Kate. » La pointe de la lame était juste au-dessous de son oreille ; il pressa sa main contre la mienne jusqu'à ce qu'il tressaille et qu'une goutte de sang apparaisse. Je tentai de m'écarter de lui, mais il tenait toujours ma main en répétant : « Vas-y, Kate, finis-en. Tu le dois. Tue-moi.

– Je ne peux pas.

– Alors couche avec moi.

– Je ne peux pas.

– Alors tue-moi.

– Je... je ne peux pas... je ne peux pas...

– Parce que tu m'aimes. Tu le sais, que tu m'aimes. Couche avec moi, Kate. Aime-moi comme autrefois.

– Je ne peux pas.

– Tu peux. » Il saisit le poignard, le jeta par terre, puis me prit dans ses bras. « Tu m'aimes. » Il mit sa main sur ma joue, me caressa et murmura encore : « Tu m'aimes. Tu...

– Je ne peux pas supporter que tu me touches ! Je ne peux pas supporter tes mains !

– Parce que je t'ai blessée...

– Parce qu'il y a du sang dessus ! Le sang de

Wolf, celui de Janet, de Titan, le mien, et maintenant celui de Drew ! Tu as les mains tachées de sang, Will ! Noires des corps calcinés de ceux que tu as assassinés à Paris ! Je ne peux pas les supporter ! Je ne peux pas !

– Mais tu m'aimes.

– Je t'ai aimé... Ces gens sont morts à cause de moi. Will, sais-tu ce que c'est, que d'avoir vécu durant toutes ces années en sachant que je suis responsable des atrocités que tu as commises ? Sais-tu ce que c'est ? Le sais-tu ? Je suis anéantie... anéantie par le poids des morts... anéantie... Tu as tué des personnes innocentes et, en les tuant... tu as tué l'amour que j'avais pour toi... tu l'as tué. »

Je m'éloignai du lit en chancelant, cherchai à tâtons mes vêtements, tandis qu'il ne cessait de répéter que je l'aimais, que je l'aimais encore. Il me suivit dans le salon, le couteau à la main, puis m'arrêta au moment où j'atteignais la porte. « Dis-moi, dis-moi à présent, regarde-moi dans les yeux et dis-moi que tu ne m'aimes pas ! Dis-le-moi, Kate ! » Ses yeux embrasaient les miens, et j'étais incapable de dire quoi que ce soit ; je ne pouvais détacher mon regard des flammes noires qui surgissaient de ses yeux et me consumaient. Je m'enveloppai dans ma cape, posai la main sur la poignée de la porte, et hochai la tête en disant : « Je ne peux pas... » Il ouvrit la porte et lorsque je fus dans le couloir, il dit à voix basse : « Parce que tu m'aimes... encore. »

Je m'éloignai en courant et me précipitai dans la rue, habillée seulement de mes dessous et de ma cape légère, serrant contre moi mes vêtements et mes chaussures. Il pleuvait à verse et j'étais trempée en arrivant chez moi. Je me déshabillai, fis couler un bain et me lavai pour me débarrasser du contact de Will. Si seulement j'avais pu me laver l'esprit de la même façon, me nettoyer de ses paroles et des miennes, qui ne cessaient de résonner dans ma tête.
Pourquoi n'as-tu pas pu le tuer, Kate... Pourquoi... pourquoi... pourquoi... ?

J'étais dans l'incapacité de répondre, trop honteuse de ne pas avoir réussi, cette fois encore, à tuer la bête. Drew était mort. C'était comme si je l'avais tué moi-même. Mais je n'avais pas pensé un instant que Will serait arrivé là-bas avant lui. Quelle imbécile, Kate ! Quelle imbécile ! Que faire ? Drew n'avait pas de famille, personne ne le regretterait, personne ne le pleurerait... sauf moi. Et je n'avais pas eu le courage de venger sa mort absurde. Je n'aimais pas Will. Je ne l'aimais pas. Alors, pourquoi n'avais-je pas pu le tuer ?

Ça suffit, Kate, *soupirai-je tout haut.* Tu vas devenir folle... aussi folle que lui...

Que faire ? J'avais été incapable de tuer Will. Je ne pouvais pas prendre le risque d'engager quelqu'un pour le faire à ma place. Peut-être que tout irait bien si je lui permettais à nouveau de nous rendre visite, comme il le faisait au domaine... mais il ne se contenterait pas des MIETTES, *maintenant qu'il savait que j'étais incapable de le tuer. Non, il voudrait davantage. Il me voudrait tout entière. Et je ne pouvais pas. Son contact était insoutenable. J'avais besoin de quelqu'un pour nous protéger. J'avais besoin... j'avais besoin de Robert. Seulement, Robert était parti et, même s'il revenait, nous ne pourrions jamais plus vivre ensemble. Si j'avais quelqu'un sur qui compter, quelqu'un qui veillerait sur Jenny, qui s'assurerait que Will ne s'approche jamais d'elle, ne la trouve jamais seule... oui : un garde. Mais il ne faudrait pas qu'il ait l'air d'un garde. Il devrait se présenter comme un employé, un homme à tout faire, un homme qui s'occuperait de la maison, du jardin, de l'entretien. Il y avait une pièce au grenier où il pourrait habiter, d'où il pourrait se rendre compte de toute situation anormale.*

Le lendemain matin, je me mis à la recherche d'un garde et, en passant devant le poste de police, j'envisageai de demander la protection de la police. Mais je me rendis compte aussitôt qu'on me prendrait pour une folle, étant donné que mon frère était une des personnalités les plus connues d'Écosse. J'optai pour la solution d'un homme que je paierais, et je trouvai Mick Campbell à la sortie d'un pub près de Waverley Station.

Les cheveux roux et bouclés, le visage criblé de taches de rousseur, c'était un homme très grand et très fort, avec des yeux d'un vert clair teinté de gris. Son visage rubicond était ridé, et il faisait beaucoup plus que ses trente-neuf ans. Il avait de grandes mains calleuses, mais me serra la main avec douceur. Il avait été mineur, marin, travailleur agricole, soldat, et avait exercé une demi-douzaine d'autres métiers ; il revenait du Nord où il avait travaillé dans le pétrole. Je ne sais pourquoi j'eus l'intuition que c'était quelqu'un en qui je pouvais avoir confiance. Je lui expliquai en quoi consisteraient ses tâches, précisant qu'il devrait toujours être occupé à quelque chose et – si on lui demandait qui il était – répondre qu'il était le jardinier. Je lui donnai une photo de Will et nous allâmes chez un armurier où, après avoir essayé plusieurs pistolets, il porta son choix sur un Derringer qui devrait discrètement rester dans sa poche de poitrine. En quittant le magasin, j'insistai sur le fait que, s'il trouvait Jenny en danger, il ne devait pas hésiter à utiliser l'arme que je venais d'acheter ; je lui précisai que Will était lui aussi armé et que c'était un excellent tireur.

Je l'amenai à la maison et le présentai aux enfants, puis j'allai dans une entreprise de pompes funèbres commander un cercueil et une pierre tombale pour Drew Baird. J'écrivis à la gardienne du Loch Leven, qui avait été si gentille avec nous lorsque Jenny s'était enfuie de Mallaig, pour lui expliquer que Drew Baird avait été le contremaître du domaine, du temps où ce dernier m'appartenait ; et je lui racontai la même triste histoire qu'aux enfants : Drew s'était noyé en faisant du bateau, il était passé par-dessus bord et on n'avait pas retrouvé son corps. N'ayant ni famille ni maison, il avait exprimé le désir d'être enterré là où il avait été le plus heureux : au Loch Leven. Je conjurai la gardienne de prendre contact avec les propriétaires pour savoir s'il était possible de disposer d'un petit bout de terrain pour y mettre la tombe de Drew. J'étais consciente de l'étrangeté de ma requête et je n'étais pas certaine qu'elle soit accueillie favorablement. Mais je devais cela à Drew, à mon ami, car il était mort pour moi.

La gardienne me répondit que la maison avait été vendue ; le nouveau propriétaire était un officier de l'armée basé en Afrique, et elle n'avait aucun moyen de le joindre. Mais ma lettre l'avait émue et elle ne voyait aucun mal à ce que les derniers souhaits d'un honnête homme soient exaucés ; elle m'autorisa donc à enterrer le cercueil vide et à dresser la pierre tombale à l'extrémité de la propriété, là où coulait la rivière.

J'emmenai les enfants et je demandai à un chapelain de dire une prière. Et, en serrant dans ma main une poignée de terre pour la jeter sur le cercueil, je me rappelai le jour où, quinze ans plus tôt, j'avais posé ma main contre celle de Robert et je lui avais dit que c'était cette terre noire, riche, qui m'avait donné ma force : la terre d'Écosse. Je ne pus desserrer ma main, mais la pressai contre ma poitrine, et la gardai ainsi jusqu'à ce que nous revenions à la voiture.

Je ne jetai pas la poignée de terre. J'aurais besoin de ma force.

CHAPITRE 22

(Mallaig, Écosse, 9 juillet 1910)

Le brouillard chargé de sel marin me piquait les yeux, tandis que je me dirigeais vers la maison de mon père, dans ce pays que j'aimais et redoutais. Je n'avais plus peur de Lui – l'homme qui rôdait sur cette terre : fantômes, spectres, esprits ne m'effrayaient plus. Mes craintes étaient tangibles : ceux que j'aimais et que j'avais abandonnés me fuiraient.

C'était notre quinzième anniversaire de mariage, et j'avais projeté d'être à Édimbourg avec Kate. Mais il me fallait réparer d'abord là où j'avais péché en premier : Mallaig.

Le soleil brûlait, derrière le ciel d'un blanc sale qui interceptait ses rayons. La mer était calme : pas une vague, pas une ondulation, juste une surface miroitante gris-vert. Au-delà des récifs submergés, un banc de marsouins nageait en direction de l'île de Skye. Quelques phoques, nichés dans la fougère et la bruyère qui poussaient dans les interstices des rochers, faisaient la toilette de leurs petits, en attendant que le soleil sorte des nuages. Tranquillité ! Le calme avant la tempête. Mais il n'y aurait pas de tempête, du moins pas dans les cieux. C'est de la terre que viendrait l'orage, de mon père, lorsque je frapperais à sa porte.

Je m'étais mis en grand uniforme, j'avais astiqué

les boutons dorés de ma tunique rouge foncé et fait reluire mes bottes noires. Avec mon élégant pantalon écossais, au pli impeccable, et le plaid qui m'enveloppait le buste et retombait sur mon épaule gauche, j'avais l'air d'un officier gentleman, et j'espérais que mon père, me voyant dans cette tenue, croirait que j'en étais effectivement devenu un. Je savais ce qu'il dirait – je me l'étais dit pendant ces dix-huit derniers mois : tout ce qui était arrivé était de ma faute et s'était produit parce que, en quarante-trois ans, jamais je n'avais réfléchi aux conséquences de mes actes AVANT d'agir. Parce que j'avais été un petit garçon et j'avais raisonné avec la mentalité d'un petit garçon pour qui la seule chose réelle, la seule chose qui compte, c'est le présent, le futur étant impalpable et immatériel. Les adultes – ceux qui sont mûrs, qu'ils aient vécu quinze ou cinquante ans – comprennent que le moindre de nos actes aura des répercussions, positives ou négatives, et en tant qu'adultes, ils agissent en conséquence. Je savais cela... maintenant. Et je savais autre chose, aussi : la sagesse rétrospective n'est strictement d'aucune utilité.

Je pris mon courage à deux mains et poussai la grille d'entrée. Mon père venait vers moi d'un pas décidé. Je m'arrêtai et me tins sur mes gardes car il avait beau ne m'avoir jamais frappé, je devinais à son regard que, si je m'approchais davantage, je risquais de prendre des coups. Jamie McEwen et Ian étaient derrière lui, mais ils restèrent sur le seuil pendant que mon père venait à ma rencontre. Je posai ma valise, tendis la main en disant bonjour, puis laissai retomber mon bras car mon père s'était arrêté à presque un mètre de moi. Il me regarda, regarda ensuite sa main qu'il ferma et ouvrit alternativement, puis il se précipita sur moi et m'envoya son poing dans le menton. Je reculai sous le coup, mais sans tomber, et je secouai la tête pour reprendre mes esprits, tout en l'observant se frotter la main.

« Ça va ? » demandai-je, persuadé qu'il s'était démis une articulation, car ce n'était pas un bagarreur et il n'avait sans doute jamais frappé personne depuis cinquante ou soixante ans. « Est-ce que tu...

– Ils n'sont pas là !

– Je sais. Je suis venu vous voir d'abord.

– Pour quoi faire ?

– Pour expliquer. »

Sa main tremblait et commençait à virer au rouge ; je regardai en direction de Ian et lui suggérai d'apporter de la glace. Ian disparut, revint quelques instants plus tard, et je l'observai lorsqu'il saisit doucement la main de mon père et l'enveloppa dans un linge rempli de glace. Mon père resta silencieux, puis leva les yeux vers moi et demanda : « Alors ?

– M'écouteras-tu ?

– Où ?

– La plage. » Ouvrant ma valise et laissant voir deux bouteilles de whisky, j'ajoutai : « Je suis venu avec des munitions. »

Jamie s'esclaffa et vint nous rejoindre. Il me tapota dans le dos et donna en plaisantant une claque sur la tête de mon père, en lui conseillant au moins de m'écouter jusqu'au bout ; puis il prit Ian par le bras, lui suggérant de venir travailler la grammaire chez lui, à quelques rues de la maison de mon père.

« Tu peux venir avec nous, Jamie. Toi aussi, Ian. C'est une longue histoire, j'aimerais autant la raconter une seule fois... du moins aujourd'hui. »

Je demandai si ma mère était à la maison, et mon père m'informa qu'elle était chez ma sœur Nancy et ne rentrerait que tard dans la soirée. Il était midi, le soleil avait commencé à percer les nuages, et nous nous dirigeâmes tous les quatre vers la plage et vers les rochers de granit qui surplombaient la mer.

Je leur dis la vérité et racontai tout ce qui était arrivé : la perte du Loch Leven, Glasgow, Liverpool – les marins et l'hospice –, mon séjour chez les Doyle, le Pickpocket de Bond Street, tout jusqu'à ma rencontre avec Lady Ashton. Là s'arrêta la vérité, parce qu'il n'y avait que deux personnes au monde à savoir ce qui s'était passé derrière la porte d'Eudora : elle et moi. Et, comme nous n'avions l'intention ni l'un ni l'autre de révéler à qui que ce soit la nature sordide de nos relations, notre secret était parfaitement scellé. Je leur dis que j'avais vécu avec Lady Ashton en tant qu'ami, car c'était une veuve solitaire au cœur généreux. Je précisai que j'avais été son invité, que je ne lui avais jamais pris un sou, et que j'étais resté chez elle jusqu'à ce que je sois physiquement apte à m'engager dans l'armée – omettant mon voyage manqué en Amérique et ma tentative de suicide avortée. Je n'avais pas prévu de révéler ce qui était arrivé en Perse, certain que l'histoire de la femme lapidée par ma faute n'aurait fait que confirmer mon irresponsabilité. Pourtant, je la leur racontai. Peut-être parce que j'avais besoin de montrer que j'avais changé, et pourquoi j'avais changé. Car la malheureuse femme avait été en fin de compte le catalyseur de ma maturation : jamais plus je n'agirais sans réfléchir aux conséquences de mes actes.

Lorsque j'eus achevé ma confession, l'après-midi était avancé, et le soleil brûlant avait donné à notre peau une couleur brun rougeâtre. Mon père se leva, me regarda dans les yeux, hocha la tête et dit : « T'as tout cassé, fils, et maint'nant tu veux r'coller les morceaux, mais ça s'ra jamais plus pareil... jamais. »

Je l'observai tandis qu'il revenait vers la maison, puis me tournai vers Ian qui, avec un sourire, me signifia silencieusement qu'au moins j'avais un ami. Il dit qu'il y avait un train pour Glasgow et Édimbourg une heure plus tard et qu'il partirait avec moi, puis il se hâta de rattraper mon père. Jamie m'affirma que je n'avais pas perdu l'amour de mon père, mais seulement sa confiance, et que la confiance pouvait toujours se reconquérir... avec le temps. Je décidai de ne pas attendre le retour de ma mère parce qu'il me fallait parler avec Ian – pour savoir ce qui s'était passé durant l'année que Kate et les enfants avaient passée seuls à Glasgow – et le dernier train était à six heures. Je laissai une lettre pour elle à Jamie, et partis pour la gare avec Ian.

Ian avait dix-sept ans, maintenant ; il était plus grand que moi, large d'épaules... un homme. De toute évidence il avait étudié avec Jamie autant qu'avec mon père, car il avait presque perdu son accent et parlait comme moi lorsque j'avais son âge. Son élocution était parfaite. Mais, en dépit de la perfection de son langage, le récit qu'il me fit était affreux et me heurta les oreilles. Il ne m'épargna aucun détail, non pour me blesser mais parce qu'il comprenait qu'il fallait que je sache quelles difficultés m'attendaient, sinon je ne pourrais jamais reconquérir les miens. Car je les reconquerrais. Cela me prendrait peut-être des années, voire toute ma vie, mais je les reconquerrais.

Il le fallait. C'était cela... ou mourir.

Je m'installai au George Hotel, non loin de Charlotte Square, non loin de la maison de Kate, et je luttai toute la nuit contre le désir d'aller la voir avant le matin. Inutile de me mentir : cette visite avait pour but de lui rendre l'acte de propriété du domaine, et d'essayer de la persuader d'écouter mes explications. C'était tout. Et c'était tout ce qu'il y avait à attendre en un mois de permission. J'avais trente ou quarante ans pour reconquérir son amour.

Malgré tout, la nuit était longue, car je sentais que Kate était là, endormie, tiède... si proche. J'approchai une chaise de la fenêtre ouverte, écartai les rideaux, m'assis, les pieds posés sur le rebord de la fenêtre, et allumai une cigarette. Il faisait chaud. La brise qui s'élevait de la rue apportait avec elle un air de flûte. Un musicien ? Les rues étaient vides, et pourtant j'entendais clairement la mélodie. Je fermai les yeux, et la musique s'amplifia, obsédante, plaintive : c'était un air ancien, que j'avais entendu des années plus tôt... avec elle. Que faisait-elle ? Que faisait-elle, à trois heures et quart du matin, le dimanche ? Elle dormait. Couchée sur le côté, ses longs cheveux roux répandus sur l'oreiller, une jambe hors des couvertures, pour avoir plus frais. Et, puisque la nuit devenait de plus en plus chaude, elle rejetterait les couvertures, s'enroulerait dans le drap, puis l'écarterait aussi, dévoilant ses épaules nues, d'un blanc laiteux, humides de transpiration. Si je pouvais les toucher... La toucher... Promener mes doigts sur ses bras, son cou, ses cheveux... Sentir ses mèches fines glisser entre mes mains comme des fils de soie, les enrouler autour de moi, me perdre dans sa chevelure, me perdre en elle.

J'ouvris les yeux, écrasai ma cigarette et jetai un coup d'œil au lit vide. J'avais besoin de dormir, je le savais. Mais le sommeil ne viendrait pas. Elle me manquait. Cette nuit, plus que toutes les autres nuits depuis près de deux ans, je ressentais son absence. C'était un sentiment profond et douloureux. Comme si un vide s'était creusé en moi. Le son de la flûte remplissait la chambre et ma tête, et je me rendis compte que la musique ne venait pas de l'extérieur, mais de l'intérieur, car c'était la musique de Kate. La musique d'Aoife. Un hymne de bataille – pas de triomphe, mais de deuil : un hymne que l'on joue pour les morts. Car, si forte qu'elle fût, je savais qu'il y avait des failles dans son armure, des rivières qui la traversaient, des plaines que je n'avais pas explorées, parce qu'elles étaient marquées par d'anciennes blessures jamais cicatrisées. Des blessures qu'elle tenait cachées pour rester forte, mais qui étaient là. J'avais juré de ne jamais l'obliger à en révéler plus que ce qu'elle voulait bien dévoiler, car moi aussi j'avais des secrets, et je savais qu'il y a des choses qu'il vaut mieux taire.

Je refermai les rideaux, allai m'étendre sur le lit, pris l'oreiller contre moi en imaginant que c'était elle, et m'endormis.

Je m'éveillai avec l'aube et j'étais devant chez Kate à sept heures, bien que le détective m'eût dit qu'elle partait travailler avec Jen tous les matins à huit heures et demie. J'attendis une heure, puis je sortis l'acte de propriété de ma poche, ouvris la grille et me dirigeai vers la porte d'entrée. Au moment où je sonnai, j'aperçus Kate à travers les carreaux de la porte; elle traversait l'entrée, et mon cœur s'arrêta de battre lorsqu'elle se tourna vers la porte et me fit face. L'objet qu'elle tenait à la main tomba au sol, elle perdit l'équilibre et recula d'un pas. Jenny surgit derrière elle, me vit, vacilla une seconde à peine, puis baissa la tête, pareille à un félin qui va attaquer, et se précipita vers la porte. Elle l'ouvrit toute grande et, avant que j'aie le temps de dire un mot, elle lança : « Tu n'es pas le bienvenu dans cette maison. »

Je ne pense pas que ce furent ses paroles qui me laissèrent sans voix, même si elles m'avaient fustigé, car je m'y étais attendu. C'était le fait que Jenny n'était plus la jeune fille que j'avais laissée, mais une femme, une femme aux formes épanouies, une femme d'une beauté saisissante.

« J'ai dit : tu n'es pas le bienvenu dans cette maison, répéta-t-elle, ses yeux vrillant les miens. Je te prie de partir, sinon j'appelle la police. »

Il y eut un bruissement derrière elle et, en regardant par-dessus son épaule, je vis Kate s'avancer vers moi. Elle se déplaçait comme en flottant et je fis un pas vers elle, mais je m'arrêtai au moment où Jenny posa sa main sur son bras pour l'empêcher d'avancer. Ce que je vis sur le visage de Kate me submergea et me fit défaillir, car je m'étais attendu à la colère, aux larmes, mais pas à cela : l'amour. Toutes les horreurs que nous nous étions dites à Glasgow, les bêtes sauvages que nous étions devenus, tout cela s'était évanoui, et les choses étaient comme avant, avant Glasgow, avant que je ne nous conduise tous en Enfer. Jenny resserra son étreinte, et Kate tenta de se dégager, lentement mais avec une grande force. À ce moment-là, Davie apparut et courut vers moi.

« Davie ! » cria Jenny, en l'attrapant par la peau du cou et en le tirant brusquement en arrière.

Davie se tortilla pour lui échapper, la regarda et dit : « Il est toujours mon père. » Puis il vint vers moi, s'arrêta et déclara : « J'ai toujours su que tu reviendrais. »

Ce fut comme si on m'avait frappé, car je tombai à terre, pris Davie contre moi et n'essayai même pas de retenir les larmes qui coulaient, inondant son visage et le mien. Cela faisait presque deux ans que je n'avais pas senti ses petits bras autour de moi, son corps dégingandé contre le mien, et j'étais incapable de résister au déferlement d'émotions provoqué par sa présence.

Dès que j'en fus capable, je me relevai, essuyai mes larmes et pris la main de Davie, avec l'espoir que ce contact me donnerait la force nécessaire pour me séparer de l'acte de propriété. Ce document m'avait maintenu en vie, tous ces derniers mois, mais il ne m'appartenait pas. Il était à Kate. Je me raclai la gorge avant de dire : « J'ai racheté le Loch Leven.

– Nous n'en voulons pas ! cria Jenny.

– Ce n'est pas un cadeau, Jen. Le Loch Leven appartient à ta mère. Il lui appartient légalement. C'est sa maison.

– NOTRE maison est ici. C'est la SEULE maison dont nous avons besoin. »

Je ne sais si Jen dit autre chose, car je ne pouvais détacher mes yeux de Kate, et la voir si proche, si réelle, après tout ce temps, éclipsait toute autre sensation. Je respirais, et elle entrait dans mon souffle ; je la regardais, et son regard pénétrait en moi, remplissait mon être. J'avais le papier à la main et je savais qu'il fallait que je le lui remette ; je fis un pas en avant et elle vint à ma rencontre.

« Maman ! cria Jen, nous arrêtant l'un et l'autre. Davie, rentre !

– Non.

– David Maclean...

– Jenny, dit Kate – le premier mot qu'elle prononçait depuis mon arrivée – laisse ton frère tranquille. » Jenny commença à protester ; Kate la fit taire d'un signe, puis se tourna vers moi en secouant la tête comme si le fait de me voir heurtait son regard.

Je tendis l'acte de propriété ; Jenny s'en saisit et le jeta derrière moi, dans l'allée. Le papier resta là, et Kate et moi le regardâmes sans rien dire, jusqu'à ce que Davie, relâchant ma main, se baisse pour le ramasser. Il en enleva la poussière puis alla le mettre dans les mains de sa mère en chuchotant : « Je t'en prie... prends-le... je t'en prie. »

Jenny se rua sur moi et me poussa en arrière en hurlant : « Tu arrives ici tranquillement, comme si tu revenais d'un week-end de chasse, et tu t'attends à ce que nous oubliions...

– Jen...

– ... que tu nous as abandonnés ?

– Je peux expliquer...

– Rien du tout ! Nous savons tout, espèce... espèce de prostitué !

– Jenny !

– C'est ce qu'il est ! Nous savons tous comment il a *gagné* l'argent pour racheter le Loch Leven !

– Ça suffit !

– En se prostituant pour Lady Ashton !

– Ça suffit !

– Et Dieu seul sait combien d'autres il y en a eu avant elle ! »

Je ne la laissai pas finir. Je n'avais pas prévu de

me mettre en colère, mais ses paroles me remplirent d'une telle rage que je l'attrapai, l'entraînai à l'extérieur et la secouai jusqu'à ce qu'elle se taise.

« Lâche-moi !

– Pas avant que tu m'aies écouté jusqu'au bout !

– Laisse-moi !

– Je suis toujours ton père et tu vas écouter ce que j'ai à dire, même si je dois te ligoter pour cela ! » Elle me frappa, puis me lança des coups de pied, à tel point que je fus obligé de la lâcher ; elle rentra dans la maison en courant et alla se cacher derrière Kate. Je fis un pas en avant ; Kate leva la main et poussa Davie vers moi.

« Emmène Davie. N'importe où. Va. Tout de suite... je t'en prie. Ramène-le pour le dîner.

– Kate...

– Non. Je ne peux pas... *nous* ne pouvons pas. Je t'en prie. » Elle referma la porte et emmena Jen à l'intérieur de la maison.

Davie et moi restâmes debout sur le seuil, puis mon fils me tapota le bras en désignant le sol, et je remarquai qu'il était pieds nus.

« Tu ferais peut-être bien d'enfiler des chaussures. »

Il sourit et s'apprêta à rentrer, puis s'arrêta, se retourna et me dit : « Tu attends ici... je veux dire, ne t'en va pas.

– Non... Je ne m'en irai pas.

– Jamais.

– Jamais.

– Promets.

– Je promets. »

Je le regardai grimper l'escalier deux à deux et se cogner contre un grand costaud aux cheveux roux – un type d'environ quarante ans, habillé comme un ouvrier, qui ébouriffa gentiment les cheveux de Davie. Je faillis franchir le seuil, mais Davie se tourna vers moi en entraînant le type derrière lui. Je me dis que mon fils n'aurait pas le sourire si cet homme-là était l'amant de sa mère.

« Voici Mick Campbell, Papa. C'est le... le jardinier. »

Il n'avait pas vraiment l'air d'un jardinier, mais je lui serrai la main et me présentai, certain que, quelles que fussent ses fonctions, il ne partageait pas le lit de Kate. Pendant que Davie allait chercher ses chaussures, il me montra quelques arbustes dont il me parla en des termes si étranges que je me demandai où il avait bien pu apprendre l'horticulture.

« Où habitez-vous, Mr. Campbell ?

– Mick. Ici, m'sieur. Mrs. Maclean m'a installé une chambre au grenier.

– Je vois. Jardinier.

– Ouais, m'sieur.

– Un peu homme à tout faire, aussi, j'imagine.

– Exact, m'sieur. Y'a toujours quéque chose à réparer. »

Le renflement de sa poche de poitrine avait la forme d'un pistolet et, lorsque mes yeux rencontrèrent les siens, il y porta la main en m'expliquant qu'il y avait eu des vols dernièrement, et qu'on n'était jamais trop prudent. Je voulus savoir depuis combien de temps il travaillait pour ma femme, puisque la présence d'un homme vivant dans ma famille n'avait été signalée dans aucun des rapports d'enquête.

« Mai, m'sieur, répondit-il en se roulant une cigarette. L'2 mai, pour êt' précis. »

Davie revint avec sa canne à pêche et tenant ses chaussures à la main, de peur sans doute que je ne disparaisse le temps qu'il les enfile. Il proposa de louer des chevaux et d'aller à l'étang de Threipmuir, à une dizaine de kilomètres au sud-ouest d'Édimbourg. Nous nous rendîmes à mon hôtel car je voulais me changer et je ne pensais pas que les truites seraient plus impressionnées par mon uniforme que ne l'avait été Kate. Davie, en revanche, l'était et il me bombarda de questions sur la vie militaire, évitant de me demander pourquoi je n'avais pas écrit et pourquoi je les avais laissés sans nouvelles durant près de deux ans.

Il s'assit sur le lit pendant que je me changeais et, lorsque je retirai ma chemise, il eut le souffle coupé. Je jetai un coup d'œil à la cicatrice qui me barrait la poitrine.

« Comment t'a-t-on fait ça ?

– Un sabre. En Afrique.

– Bande de sauvages ! »

Je ris et lui précisai que l'homme qui m'avait blessé était un Boer, puis je changeai de sujet, pensant qu'il valait mieux ne pas insister sur la façon peu militaire dont cette blessure m'avait été infligée. Il continua son examen, remarqua les protubérances du côté gauche de ma cage thoracique, là où les côtes s'étaient mal raccommodées, puis il se leva et vint poser sa petite main juste au-dessous de mon cœur.

« Et ça ?

– Des côtes cassées.

– Comment ?

– Des pirates. » Il attendit, sans sourire, et me regarda d'un air grave. Alors, je m'assis sur le lit, attirai Davie à moi et expliquai : « Je suis allé à Liverpool, après avoir quitté Glasgow, dans l'espoir de gagner suffisamment d'argent au jeu pour racheter le domaine. J'ai joué aux cartes avec trois marins, mais sans leur dire que j'étais un joueur professionnel. Je leur ai laissé croire que je n'avais jamais joué auparavant, aussi, lorsque j'ai gagné, ils ont soupçonné que je les avais dupés... et ils avaient raison. Alors, ils m'ont repris leur argent.

– Ils t'ont cassé les côtes.

– Ils ont failli me casser la caboche, aussi. J'ai passé cinq mois à l'hospice de Liverpool.

– C'est pour ça que tu n'as pas écrit ? Je veux dire, avant ton télégramme, c'est pour ça ?

– Oui.

– Mais il faut absolument que tu le dises à Jen,

Papa. Si tu lui expliques, elle... elle comprendra et elle ne dira pas que tu...

– Que je quoi ?

– Que tu n'étais pas un joueur. Que tu as gagné ton argent en étant un rigolo.

– Gigolo. Maman pense-t-elle cela, elle aussi ?

– Non... Mais Jen, oui. Elle a dit que tu avais d'autres femmes sur tout le continent et qu'elles te payaient, et que c'est pour ça que tu n'as jamais voulu vivre avec nous au Loch Leven.

– À cause de la photographie avec Lady Ashton ?

– Oui... et parce que... »

Il détourna son regard. Lui attrapant le menton, je l'obligeai à me regarder en face et demandai : « Et parce que quoi ?

– Rien.

– Dave...

– Alors, on va à la pêche, oui ou non ?

– Et parce que quoi ? Parce qu'oncle Will lui a dit que j'étais un gigolo ? » Il descendit du lit, se dirigea vers la chaise où j'avais suspendu mon épée, qu'il examina avec attention. « Quand as-tu vu oncle Will pour la dernière fois ?

– Je ne sais pas.

– Il y a un an, un mois... une semaine ? » Son visage s'empourpra mais il ne me répondit pas ; il jouait avec les pompons de mon épée. « Oncle Will vient-il vous voir à Édimbourg, Dave ?

– Il n'est pas autorisé à venir à la maison.

– Huuumm. Alors, cela doit faire presque un an que tu ne l'as pas vu.

– Je peux voir ton pistolet ?

– Y a-t-il un an que tu l'as vu ?

– Je ne me rappelle pas. Où est-ce que tu le mets ?

– Dans mon sac. Pourquoi le jardinier est-il armé ?

– C'est juste au cas où...

– Au cas où oncle Will passerait et vous trouverait seuls, toi et Jenny ? Que s'est-il passé en mai, Dave ? Pourquoi ta mère a-t-elle engagé Mick Campbell ?

– Pour... pour la maison... et le jardin. Et parce que nous étions seuls. » Il me regarda et ajouta : « Tu étais parti. » Il y avait de la colère dans ses yeux, mais elle disparut rapidement car il s'aperçut qu'il m'avait blessé. Il vint à moi, posa sa main sur mon épaule et dit : « Tout va bien. Tu es de retour, maintenant.

– Ta mère voudra-t-elle encore de moi ?

– C'est Jen que tu vas devoir convaincre.

– De quelle façon ?

– Parle-lui. Explique-lui. Je lui parlerai, moi aussi. Elle m'écoute... parfois. Tu as apporté ta canne à pêche ? »

Je ne répondis pas car l'envie d'étrangler Will m'obscurcissait l'esprit. Je ne le tuerais pas – il ne méritait pas que je sois pendu à cause de lui – mais je lui flanquerais une rossée dont il se souviendrait jusqu'à son dernier souffle.

Davie et moi trouvâmes un magasin dans Princes Street où j'achetai une canne à pêche et des appâts, puis nous louâmes des chevaux et nous dirigeâmes vers les collines de Pentland. Le soleil était chaud, mais il y avait une petite brise rafraîchissante qui faisait voltiger les cheveux cuivrés de Davie. Il ressemblait toujours à un elfe, avec son fin visage aux yeux mobiles, son menton et son nez pointus... il ressemblait à Kate. Mais il avait tellement grandi, ces deux dernières années, que j'avais du mal à me rappeler qu'il n'avait que neuf ans.

Nous n'attrapâmes pas beaucoup de poissons, car nous étions trop occupés à ramasser les framboises qui poussaient sur les bords de l'étang. Davie ne me posa pas de questions sur la période que j'avais passée loin de lui, mais je savais qu'il en avait envie ; seulement il n'osait pas, car il ne voulait pas, en m'interrogeant, me laisser croire qu'il avait perdu confiance en moi. Je lui racontai donc, en gros, la même histoire qu'à mon père, en omettant ce qui concernait la femme persane, car il était trop jeune pour comprendre. J'hésitai au moment de parler du Pickpocket de Bond Street parce que je n'avais guère envie qu'il sache que son père avait été un voleur ; mais c'était nécessaire car cela expliquait ma rencontre avec Lady Ashton. Davie écouta, comprit tout et, lorsque j'eus fini, je lui tendis un petit paquet que j'avais fait avec un mouchoir.

« Qu'est-ce que c'est ? demanda-t-il en examinant le mouchoir de soie aux couleurs éclatantes.

– Ouvre-le. » C'est ce qu'il fit, et il trouva le saphir que j'avais mis à l'intérieur. « La pierre vient d'Inde. C'est un saphir étoilé. Si ta mère a un jour un ennui quelconque, donne-le-lui. Elle saura quoi en faire.

– Il a des pouvoirs magiques ? »

Je m'esclaffai – la pierre valait une petite fortune – puis je lui ébouriffai les cheveux en disant : « Oui, fils. Des pouvoirs très, très magiques. »

Il contempla le saphir, le fit tourner au soleil, si bien qu'il brilla de mille feux, puis il referma sa main dessus en disant : « C'est une pierre pour faire des vœux.

– Oui... » *Fais des veux, mon fils, fais des vœux. Je vais en faire aussi.*

Nous fûmes de retour à Édimbourg peu après sept heures, et Davie me convainquit d'essayer de voir sa mère et Jen, et de leur raconter l'histoire que je lui avais dite, certain que j'arriverais à les persuader.

Jenny ouvrit, tira son frère à l'intérieur et, avant qu'elle puisse me claquer la porte au nez, je la bloquai avec mon pied en disant : « Veux-tu m'accorder une heure, Jen ? Juste une heure ?

– Non. Pars, s'il te plaît.

– Si tu me laissais expliquer... » Les mots s'étranglèrent dans ma gorge au moment où Kate apparut derrière Jenny, m'observant par-dessus son épaule. Elle prit une inspiration, se redressa, comme elle le faisait toujours pour rassembler ses forces, puis s'avança et ouvrit la porte en grand.

« Il ne mettra pas les pieds dans cette maison ! cria Jenny, en s'accrochant à la porte. Il n'y mettra pas les pieds !

– Je veux entendre ce que ton père a à dire, Jen.

– Puis-je vous emmener dîner ? Nous pourrions parler au restaurant.

– Non !

– Oui », répondit Kate, avant de se tourner vers Jenny et de dire : « J'ai *besoin* de savoir, Jen. Viens avec nous, fais-le pour moi, et écoute, écoute seulement. Nous lui devons cela.

– Nous ne lui devons RIEN !

– Fais-le pour moi, ma chérie. Je t'en prie. Écoute ton père. S'il te plaît. »

La voix de Kate était très douce, gentille, mais ferme. Seigneur Dieu, comme j'aimais sa voix. Comme elle était apaisante, rien que de l'entendre, j'avais chaud à l'intérieur. Elle effleura la joue de Jen, sourit, puis la conduisit jusqu'à l'escalier et lui demanda d'aller chercher leurs chapeaux. Elle dit à Davie de changer de chemise et de se laver les mains puis, se rendant compte que nous allions rester seuls, elle monta elle-même lui chercher une chemise propre. J'avais besoin de faire un peu de toilette, mais je décidai de m'arrêter à l'hôtel, sur le chemin du restaurant, puisque ma fille m'avait clairement fait savoir que ma présence souillerait *sa* maison.

Nous allâmes à pied à Grassmarket, de l'autre côté de West Princes Street Gardens, en silence, moi du côté de la chaussée, séparé de Kate par Davie et Jen. Et pourtant je sentais sa présence, je la sentais comme si nous avions été bras dessus dessous.

Je les emmenai dans un restaurant qui s'appelait « Chez Rob Roy », du nom d'un aventurier highlander du XVIIIe siècle, et demandai une table à l'écart. Kate s'assit en face de moi et, au moment où elle prit sa serviette pour l'étaler sur ses genoux, nos yeux se croisèrent. Elle était radieuse, plus belle que je ne l'avais jamais vue. Mes doigts s'avancèrent lentement vers elle, puis s'arrêtèrent lorsqu'elle détourna son regard et suggéra que nous passions commande.

Il me fallut avaler plusieurs whiskies avant de pouvoir commencer mon récit, car les sensations que j'éprouvais à nous sentir tous les quatre réunis me submergeaient. Mon cœur battait à tout rompre, et j'avais envie de les serrer contre moi, tous les trois, et de les tenir ainsi, tout simplement, car une voix dans ma tête m'avertissait : *Ceci ne se reproduira jamais...*

Pressé par Davie, j'entrepris de présenter ma défense une fois que le serveur eut apporté notre repas. Kate ne me regarda pas, sauf lorsque je parlai des marins de Liverpool, et Davie affirma qu'ils m'avaient brisé toutes les côtes et laissé pour mort, et que c'était pour cela que je n'avais pas écrit. Kate se tamponna les yeux, avala un long trait de vin, et me fit signe de continuer. Les yeux de Jenny restèrent fixés sur une tête de sanglier empaillée, suspendue juste au-dessus de moi, et je ne suis pas sûr qu'elle entendit un seul mot de ce que je disais, tellement elle avait l'air en extase devant cette dépouille. Davie ponctuait chaque épisode de mon récit, jouant le rôle du défenseur, et décrivit la cicatrice de ma poitrine avec un tel luxe de détails sanglants que sa mère le supplia de se taire.

Une fois que j'eus terminé, j'ouvris les mains et les étalai devant moi en disant : « Je veux revenir à la maison. Si vous voulez de moi.

– Pendant tes *permissions* ? s'enquit Jenny d'une voix sifflante.

– Non. Je ferai une demande de mutation, de manière à pouvoir vivre avec vous... toujours. » Kate leva son visage vers moi et ses yeux se remplirent de larmes. « Je ne veux pas être séparé de vous, de vous *tous*. Je veux vivre *avec vous*, trois cent soixante-cinq jours par an, aussi longtemps que...

– Je t'en prie, sanglota Kate.

– Aussi longtemps que vous voudrez de moi...

– Arrête.

– Aussi longtemps que je vivrai. »

Elle cacha son visage dans ses mains, ses épaules se mirent à trembler, et je compris qu'elle essayait de refouler ses larmes. Repoussant ma chaise, j'allai m'agenouiller près d'elle et tentai de la prendre dans mes bras. Mais Jenny se mit entre nous, prit sa mère contre elle, et ordonna à Davie de m'emmener dehors. Les autres clients du restaurant s'étaient arrêtés de manger et tous les yeux étaient braqués sur notre table. Jenny calma sa mère, lui caressa les cheveux, puis me regarda et me dit : « Va-t'en.

– Je veux...

– Laisse-la tranquille. Ramène Davie à la maison, et rentre à ton hôtel.

– Et demain ? »

Sans me répondre, elle aida sa mère à se lever, et Kate essaya de se ressaisir. Je répétai ma question lorsqu'elles passèrent devant moi. Jenny me regarda d'un air furieux et dit tout bas : « Tu peux aller au diable. »

Davie me prit la main – peut-être avait-il vu que cela me démangeait de frapper sa sœur –, me dit de régler l'addition, et m'emmena à l'extérieur.

Nous revînmes lentement à la maison. Davie avait une main dans la mienne, l'autre dans la poche de son pantalon. Lorsque je lui souhaitai bonne nuit, il me sourit en disant qu'il resterait tout le temps de ma permission avec moi, puisque c'était l'été et qu'il n'avait pas classe. Puis il sortit sa main de sa poche et l'ouvrit : le saphir resplendit sous la lumière de la porte d'entrée.

« Ne t'inquiète pas, dit-il en me montrant la pierre. Tout va bien se passer. » Je vis un éclair de panique dans son regard : il avait dû se demander, l'espace d'une seconde – tout comme moi – quelle était l'étendue des pouvoirs magiques des saphirs étoilés.

CHAPITRE 23

Toute la nuit, l'image de Robert dansa devant moi, me faisant signe d'aller le rejoindre. Jenny était couchée près de moi, et je savais que je ne devais pas aller voir Robert, car ce serait trahir Jenny et en fin de compte cela ne résoudrait rien. Il faisait de plus en plus chaud dans le lit ; je me levai doucement, pour ne pas réveiller ma fille, et m'approchai de la fenêtre. Je regardai dehors, cherchant l'hôtel, mais je ne vis rien, rien que nos ombres – les fantômes de notre passé – unies dans une étreinte. Je sentais les mains de Robert sur moi, elles remontaient le long de mes jambes, exploraient la chaleur de mes cuisses. Ses lèvres étaient posées sur les miennes, ardentes, pressantes. Les battements de mon cœur s'accélérèrent, et je fis un mouvement pour aller à sa rencontre, pour m'unir à lui.

« Oui... », murmurai-je à la nuit. Puis j'attrapai ma cape, la mis par-dessus ma robe de chambre, enfilai mes chaussures et traversai silencieusement le couloir pour aller dans la chambre de Davie. Je le secouai et, dès qu'il ouvrit les yeux, je lui fis signe de ne pas faire de bruit et demandai à voix basse : « Dans quelle chambre est-il ? »

Il lui fallut un moment pour comprendre, puis il sourit et chuchota : « 205.

– Va retrouver Jen et, si elle a un cauchemar...

– Je sais.

– Je serai de retour au matin, avant qu'elle se réveille. » Je l'aidai à s'installer dans mon lit, en faisant attention à ne pas déranger Jenny, puis je l'embrassai et descendis rapidement l'escalier.

La nuit était calme : c'était lundi, peu après deux heures du matin, et Édimbourg dormait. Je dus sonner au George Hotel pour que le réceptionniste me laisse entrer, et je m'enveloppai dans ma cape afin qu'il ne voie pas que j'étais en chemise de nuit. Déclinant son offre de me montrer la chambre, je grimpai en hâte au deuxième étage. Je vis de la lumière sous la porte et, au moment de frapper, je me retins car j'entendis des pas se rapprocher, puis s'éloigner. Il arpentait la chambre, chose que je ne me rappelais pas l'avoir vu faire. Je frappai trois coups, puis reculai et attendis.

La porte s'ouvrit et je le vis devant moi, torse nu; la cicatrice décrite par Davie était si aveuglante que je ne pus en détacher mes yeux pendant un moment. Enfin, mon regard rencontra le sien, attentif, scrutateur, et je rougis. Il avança la main et la posa sur ma joue; j'inclinai la tête et fermai les yeux pour savourer sa caresse, la laisser s'insinuer lentement en moi, et me remplir complètement. Sa main descendit ensuite sur ma nuque et il m'attira dans la chambre, referma la porte, puis me prit contre lui. Il me serra si fort que je crus ne plus pouvoir respirer, et enfouit son visage dans mes cheveux. Nous restâmes ainsi, sans dire un mot. Ensuite, il me souleva et me porta sur le lit puis, en me tenant toujours serrée contre lui, il fit glisser ma cape, effleura mes épaules nues comme si elles étaient recouvertes de poudre d'or, et poursuivit sa caresse tout le long de mon bras. Il embrassa mes doigts un à un, prit ma main, frotta son visage contre ma paume. Lorsque je sentis ses larmes, je me mis à pleurer moi aussi; je l'attirai contre moi, le tins serré sur ma poitrine et nous pleurâmes longtemps, jusqu'à ce que nos larmes se tarissent. Après la peine vint le désir. Nous avions immensément envie l'un de l'autre – envie du goût de la peau de l'autre, mais aussi de la vue de nos corps enlacés, du contact de nos épidermes glissant l'un contre l'autre, et de cette profonde sensation d'être intimement mêlés, mélangés, unis... et nous nous souvenions...

L'aube était proche. Nous n'avions ni dormi ni parlé. Mais maintenant le moment était venu. Il prit mes mains, les éleva au-dessus de nous, enlaça ses doigts aux miens et demanda :

« Qu'allons-nous faire, Kate ?

– Tu seras l'amant de Mrs. Maclean... comme tu l'as toujours été.

– Je ne veux pas être l'amant de Mrs. Maclean. Je veux être son mari. »

Était-ce parce que j'avais déjà tant pleuré, ou parce que nous nous étions aimés si pleinement, mais je me sentis très gaie, d'un seul coup, et je n'eus aucune envie de m'engager dans cette conversation morbide. En effet, les choses étaient soudain devenues très claires : nous ne pourrions jamais vivre comme mari et femme, et il nous faudrait par conséquent accepter le fait que nous serions amants. Lançant un pan de ma chemise de nuit sur sa poitrine, pour cacher la cicatrice, je posai ma tête sur son ventre et lui dis que finalement il avait ce qu'il avait toujours voulu et qu'il devrait être enchanté.

« Je ne veux plus cela, désormais, soupira-t-il en m'attirant contre lui. Je veux vivre avec toi... avec vous trois. Je veux un vrai mariage.

– Mais pourquoi ? Le mariage tue la passion ! » Il ne sourit pas, malgré mon expression enjouée, stupéfait de constater que j'étais capable non seulement d'imiter sa voix, mais de répéter les mots exacts qu'il m'avait dits quinze ans plus tôt au Loch Leven. « Le mariage est une institution fallacieuse, inventée par l'homme pour se procurer une esclave qui lui fera la cuisine, s'occupera de sa maison, mettra au monde ses enfants et réchauffera son lit tous les jours de sa vie. » Son visage resta grave, malgré

mon imitation presque parfaite; j'étais tellement contente de voir les rôles inversés que je continuai à faire le pitre et, brandissant le drap comme un drapeau, je déclamai : « En fait, que récoltent les femmes, dans le mariage, sinon la perte de leur liberté ? » Il m'arracha le drap et l'enroula autour de son poignet, avec une expression de plus en plus sombre. Mais je m'amusais tellement que je ne pus m'empêcher de poursuivre : « Robert, pourquoi s'attacher aux conventions d'un monde hypocrite, ordonné, monotone et... »

Il m'attrapa brusquement, m'allongea sur le lit, se mit sur moi, m'immobilisa aux épaules et dit : « Comment peux-tu rire ?

– Parce que c'est terriblement, horriblement, affreusement... drôle.

– Drôle ? »

J'eus envie de lui dire que la situation s'était complètement renversée, mais il avait l'air si peiné que je me dis que ma remarque serait déplacée. J'essayai de dégager mes épaules, lui demandai de me lâcher, puis je me redressai et lui caressai le visage. « Nous devrons nous contenter de cela, parce qu'il ne peut pas en être autrement.

– Tu ne comprends pas, Kate. J'ai besoin de vivre avec toi. Pas seulement de temps en temps, mais toujours. Je ne peux pas vivre comme nous avons vécu auparavant. Je ne peux pas.

– C'est pourtant ce que j'ai fait. T'es-tu jamais préoccupé de ce que je faisais lorsque tu étais au loin ? Quand la journée était terminée et que je ne pouvais plus canaliser mes désirs dans le travail ou les soins aux enfants. T'es-tu jamais demandé pourquoi je ne prenais pas un amant ? Peut-être croyais-tu que j'étais une machine, et qu'il me suffisait de tourner le bouton de mes désirs comme on tourne un robinet. Je n'étais pas une machine, Robert, et il y avait des nuits où tu me manquais si cruellement que je croyais devenir folle. Et j'aurais pris un amant, si j'avais pu penser qu'un autre

homme serait capable d'éteindre les feux qui brûlaient en moi. Mais c'est pour toi que je brûlais, pour toi seul, et je ne pouvais pas me donner à un autre tant que mon cœur était à toi. » Je me levai, cherchai sur le plancher ma robe de chambre et ma cape, puis ajoutai tout bas : « Même si tu étais avec une autre... avec beaucoup d'autres. » À la pensée de Lady Ashton, de toutes les femmes des bordels avec qui il avait couché pendant que je me consumais de désir pour lui, la rage monta en moi. Je me mis à tempêter, agitant mes vêtements devant lui, et nous nous retrouvâmes en train de hurler comme des forcenés, sans nous soucier de déranger le sommeil paisible des clients de l'hôtel.

« Tu aurais pu venir avec moi, Kate, m'accompagner dans mes voyages ! Je ne demandais pas mieux !

– Comme une petite babiole que tu aurais pu fourrer dans ta poche, et sortir lorsque tu avais envie de t'amuser...

– Non !

– Ma vie avait-elle si peu d'importance que je pouvais être trimbalée aux quatre coins de la terre, à te suivre...

– C'est TOI *qui as voulu rester au domaine !*

– Parce que c'était ma maison ! La maison de mes enfants ! De nos enfants, Robert ! Qu'aurions-nous fait des enfants ? Quel genre de vie cela aurait été ? Aurions-nous tous dormi dans les bordels où tu jouais ? »

Il leva les mains en l'air, se laissa retomber sur le lit et marmonna : « C'est ridicule. Nous nous disputons au sujet du passé, alors que l'avenir est là, devant nous, sombre et menaçant. » Il se redressa et ajouta d'une voix plus douce : « Qu'est-ce que l'avenir nous réserve, Kate ?

– Ceci, répondis-je, en jetant un coup d'œil circulaire sur la chambre d'hôtel.

– Le Loch Leven...

– Jen n'y retournera jamais.

– Avec le temps...

– Non. » J'avais dit cela d'un ton ferme, mettant fin à une discussion qui ne pouvait que nous blesser davantage, l'un et l'autre. Puis je m'assis à la table de toilette, face au lit, et essayai de mettre un peu d'ordre à mes cheveux en bataille. Dans le miroir, j'apercevais Robert, appuyé contre le dossier du lit, le regard fixé sur ses genoux. Je vis son visage s'assombrir, son expression devenir violente, tandis qu'il contemplait ses mains et serrait les poings. Il ne me fallut pas longtemps pour deviner avec qui il se préparait mentalement à combattre. Je me retournai brusquement et l'avertis : « N'y songe même pas, Robert Maclean. N'approche pas de mon frère. » Sans me répondre, il examina son poing droit et l'envoya dans sa main gauche, imaginant sans doute que c'était le visage de Will. Je savais que Will n'avait pas dit à Robert, lorsqu'ils s'étaient rencontrés à Londres, que nous étions restés à Glasgow, et Robert jura que, s'il l'avait su, il serait revenu. Mais c'était trop tard, maintenant, et après ce qui était arrivé à Drew, je ne pouvais pas laisser Robert affronter physiquement mon frère, même si Rob était plus fort. Je me levai, m'approchai du lit et suppliai Rob de se tenir éloigné de Will.

« Que s'est-il passé en mai ? » Je m'attendais si peu à cette question que la surprise me fit chanceler et reculer d'un pas. Il me saisit le poignet, répéta son inquiétante question, la réitéra une troisième fois lorsque je secouai la tête et tentai de me dégager de sa poigne de fer. « Pourquoi ton jardinier porte-t-il un pistolet, Kate ? Que s'est-il passé en mai ? Will est venu, n'est-ce pas ? Que s'est-il passé ? »

Je n'avais pas vu mon frère ni eu de nouvelles de lui depuis le fiasco dans sa chambre d'hôtel, et j'avais si bien rejeté de mon esprit cette nuit épouvantable que j'avais fini par croire que cela n'avait été qu'un mauvais rêve.

« Kate !

– Il ne s'est rien passé. Il a pris le thé avec Jen pendant que j'étais au travail.

– Alors, tu as engagé un garde armé.
– Oui.
– Will continue à la voir.
– Non. C'est pour cela que j'ai engagé Mick Campbell, pour qu'il ne puisse pas la voir. »

Il hocha la tête, et je lui expliquai que Mick était au courant du danger que représentait Will, et que c'était l'employé le plus loyal qu'on puisse imaginer. Robert était convaincu que Will n'avait pas cessé ses visites, alors que je lui assurai que c'était impossible puisque Jenny travaillait une grande partie de la journée avec moi, et partait en compagnie de sa préceptrice Miss Graves à deux heures chaque après-midi. Elles rentraient toutes deux à pied à la maison, où Mick les attendait, et Jen étudiait jusqu'à cinq heures. Jen, par conséquent, n'était jamais seule.

« Il la voit, grommela Robert. Je ne sais pas comment il s'y prend, mais il la voit. Je le sais. Il l'a embobinée, il lui a empoisonné l'esprit, il l'a gavée de mensonges. Il l'a montée contre moi.

– Le mal était déjà fait depuis longtemps avant que Will n'ait prise sur elle. Elle t'a rayé de sa vie le jour où elle a vu la photo de toi et de Lady Ashton.

– J'aurais pu expliquer...

*– Rien du tout. Son raisonnement est parfaitement logique et, même si Will a cultivé le terrain de sa crédulité, c'est toi qui as semé les graines, Robert. Tu aurais pu vivre avec nous, durant les treize années où nous étions au domaine, et jouer à Londres, comme tu l'as fait après ma fausse couche. C'*ÉTAIT *possible. Tu as préféré jouer sur le continent, ce qui impliquait des mois et des mois d'absence. C'est cela qu'elle ne peut pas pardonner : que tu aies accordé plus de prix à ta liberté qu'à ta famille. C'est parce qu'elle t'aimait tellement – qu'elle t'aime encore – qu'elle était absolument incapable de comprendre comment tu pouvais la quitter, alors que tu avais le choix. Elle a justifié tes absences en disant que tu es un gigolo. Je pense que*

cela la blesse moins de se dire que tu es un prostitué que de croire que tu ne l'aimes pas. »

Je me détournai de lui, incapable de regarder son visage, et m'habillai en silence.

« Je ne suis plus l'homme que j'ai été, Kate.

– Je sais. »

Il redevint songeur et je ressentis jusqu'en moi-même la douleur de la flagellation mentale qu'il s'infligeait. Il fallait que nous dépassions cela ; rien n'irait jamais si nous n'acceptions pas la situation telle qu'elle était : nous serions amants, et seulement amants, et nous nous verrions clandestinement, puisque nous ne pouvions pas vivre ensemble.

Je pris une voix enjouée pour suggérer que nous passions la soirée en ville ; je viendrais le retrouver à sept heures et nous irions dîner et danser. Il s'efforça de sourire, et je lui dis que Davie n'arrêtait pas de parler de tout ce qu'ils allaient faire, tous les deux, pendant la permission de Robert.

« Deux sur trois, fit-il d'un ton sardonique.

– Très bonne probabilité, pour un joueur ; j'engagerais le pari.

– Sauf que je ne suis plus un joueur. »

Je voulais répondre par une brillante plaisanterie, mais d'autres mots m'échappèrent avant que je puisse les retenir : « Comme on fait son lit, on se couche. »

Ses yeux lancèrent des éclairs, puis il sourit d'un air ironique et désabusé, et répliqua : « Viens ici, et couche-toi dans le mien.

– Je ne peux pas. Il faut que je rentre avant que Jen se réveille. »

Tout en remettant mes chaussures, je me penchai sur lui pour l'embrasser et lui dire au revoir ; alors, il m'attira sur le lit, s'allongea sur moi et dit : « Je la reconquerrai, Kate. Je lui prouverai que j'ai changé, que tout ce que j'ai dit était vrai. Je sais qu'elle a besoin de temps. J'attendrai. » Je ne dis pas tout haut ce que je pensais, mais peut-être le devina-t-il car il dit : « Non... pas en vain. » Il me fit un grand sourire, retira ma cape et ajouta : « Tu oublies, Mrs. Maclean, qu'il y a une chose qui a soutenu l'humanité dans ses heures sombres, depuis le commencement des temps, la seule chose qui ne peut lui être enlevée : l'espoir. »

Puis il m'embrassa, et je cédai à l'ardeur de ses baisers, alors que j'aurais dû m'en aller. Mais une maxime s'imposait à mon esprit – un adage qui était inscrit dans le petit salon de ma belle-mère, à Mallaig : « Que Dieu me donne le courage pour changer ce que je peux changer, la sérénité pour accepter ce que je ne peux pas changer, et la sagesse pour discerner entre les deux. »

Il était six heures et demie lorsque je rentrai et la maison était calme. Je retirai mes chaussures, cachai ma cape et allai à la cuisine préparer le thé. D'habitude, j'étais debout à six heures, et Jen ne serait pas surprise de trouver Davie dans mon lit, puisqu'il venait souvent se glisser près de nous au petit matin. Le soleil chauffait déjà, même s'il était encore à peine visible, et je chantonnai en remplissant la bouilloire. Tout en admirant le jardin et le chèvrefeuille qui courait le long du mur de pierre entourant la maison, je me demandai ce que je mettrais pour ma soirée avec Rob. Je voulais être éblouissante, et je savais exactement quelle robe...

« Bonjour, ma petite maman chérie, roucoula Jen en me donnant un baiser sur la joue.

– Bonjour. Bien dormi ?

– Mmmmmm. Et toi ?

– Comme un bébé. Encore une journée magnifique. Nous sommes gâtés, cet été. Je crois que ce mois de juillet battra tous les records.

– Il fait chaud dehors ?

– Non, il fait un temps idéal. Il y a une légère brise... » Je m'interrompis, comprenant soudain que j'étais tombée avec une naïveté d'enfant de chœur dans le piège qu'elle m'avait tendu.

Elle me prit la bouilloire des mains, la posa sur le fourneau, alluma le feu et questionna : « À quelle heure es-tu rentrée ?

– À l'instant, répondis-je d'un ton un peu brusque, agacée d'avoir à me justifier devant ma fille d'avoir passé la nuit avec mon mari. Quand t'es-tu réveillée ?

– À trois heures. Je ne me suis pas rendormie ensuite. J'étais inquiète. J'ai pensé qu'il t'était peut-être arrivé quelque chose. » Sa voix était sincère et je me sentis coupable, d'autant plus lorsqu'elle me prit la main en poursuivant : « Je savais à quel point tu étais bouleversée par SON *retour. J'ai cru que tu étais sortie dans le jardin, comme tu le fais quand tu n'arrives pas à dormir. Mais tu n'y étais pas, et j'ai craint que tu ne sois allée à l'atelier et que... que tu n'aies été agressée, ou... » Elle lâcha brusquement ma main en sanglotant : « Je ne pensais pas que tu serais allée* LE *retrouver ! C'est pour cela que j'étais tellement inquiète ! Parce que je ne cessais de me dire que tu n'irais pas, que tu ne pouvais pas aller* LE *retrouver, comme... comme une...*

– Jenny..

– Tu ne peux pas le laisser revenir. Tu ne peux pas.

– Il ne vivra pas avec nous, Jen. Je te donne ma parole qu'il ne mettra pas les pieds dans cette maison. Mais je le verrai, et le fait que je le voie ne changera rien entre toi et moi.

– Mais dans quelles conditions le verras-tu ? Tu reviendras en catimini à l'aube ? Combien de temps crois-tu que cela pourra durer, avant que tu ne te lasses et que tu n'aies envie qu'il vienne ici ?

– Non. Il ne vivra jamais dans cette maison, Jenny. Parce que c'est NOTRE *maison : la tienne, la mienne, celle de Davie. » Essuyant ses larmes, je souris et ajoutai : « Je lui dirai de ne pas demander sa mutation en Écosse.*

– C'est vrai ?

– Oui. » Je continuai à sourire, ravalant les

pleurs que je sentais monter, et ajoutai : « Cela signifie qu'il ne viendra à Édimbourg que trois ou quatre fois par an. »

La journée fut étrange. J'étais dans un autre monde, épuisée à cause de ma nuit sans sommeil, et balançant entre l'euphorie à l'idée de voir Robert et la tristesse d'imaginer sa réaction lorsque je lui annoncerais qu'il ne pouvait pas rester à Édimbourg. Jenny fut un ange avec moi, pétillante de vitalité, comme je l'avais rarement vue ; j'en connaissais la raison : je l'avais en fin de compte préférée à son père. Elle renvoya Miss Graves lorsque celle-ci arriva à deux heures, insistant pour que je lui permette de terminer une robe qu'elle était en train de se faire. Je ne parlai pas de mon rendez-vous avec Robert, qui l'aurait contrariée, et décidai de lui raconter que j'allais au théâtre avec Lord et Lady Rashwell. Comme j'étais plusieurs fois allée au concert ou à l'opéra avec eux, elle ne trouverait pas bizarre que je sois très habillée un mardi soir. Je savais que je devrais lui faire comprendre que, lorsque son père serait en Écosse, j'avais l'intention de le voir ; mais la scène de ce matin était encore trop proche, et je ne voulais pas lui causer davantage de chagrin.

Comme j'avais promis à Jen que Robert ne viendrait plus à la maison, j'envoyai Davie à l'hôtel de Rob et lui demandai de rentrer seul après sa promenade avec son père.

Jen et moi quittâmes le travail à cinq heures – presque deux heures plus tôt que d'habitude – car je voulais me baigner et me laver les cheveux. Jen était à la cuisine, en train de préparer le dîner de Davie. Elle était devenue un véritable cordon-bleu et nous régalait de plats fantastiques – aussi bien écossais qu'italiens ou français – dont elle trouvait les recettes dans ses nombreux livres de cuisine.

Une fois prête, je jetai un dernier coup d'œil dans la glace. Le résultat était plutôt réussi, il fallait le reconnaître. Je portais une robe de dentelle gris perle au décolleté plongeant qui, à défaut de révéler des avantages que je ne possédais point, mettait parfaitement en valeur le collier et les boucles d'oreilles en diamant que Al m'avait offerts pour mon anniversaire. Je ne voulais pas d'un cadeau aussi somptueux, étant donné tout ce qu'il avait déjà fait pour nous, mais il avait insisté. Il dînait avec nous tous les mercredis, et nous continuions à aller le samedi soir « Chez Michel ». Notre contrat d'exclusivité ainsi que le prêt consenti par Al à Jenda expiraient en novembre, ce qui devait nous permettre de vendre nos modèles à d'autres clients. Je remboursais chaque mois à Al l'argent qu'il m'avait prêté pour la maison, et ma dette serait intégralement payée en novembre 1916. Mais sa gentillesse et son amitié étaient irremplaçables, et ne pouvaient se rembourser. Jenny et moi avions décidé de continuer à travailler exclusivement pour la Pearce Clothing Company ; nous ne l'avions pas encore dit à Al mais nous savions qu'il apprécierait beaucoup ce cadeau. Nous voulions lui en faire la surprise et célébrer cela en novembre.

Je pris un châle en mousseline de soie, mon petit sac en perles, et descendis rapidement l'escalier. En entrant dans le salon, je vis dans la glace au-dessus de la cheminée se refléter, de l'autre côté du vestibule, la table de la salle à manger mise pour quatre personnes, avec des bougies allumées, des fleurs, des verres à pied en cristal et notre plus beau service en porcelaine. Je me rappelai que je n'avais pas dit à Jen que je dînais dehors et, au moment où je me dirigeais vers la cuisine, on frappa à la porte d'entrée. J'aperçus le visage de Al à travers les carreaux. Je le contemplai d'un air surpris, puis ouvris le placard sous l'escalier, y jetai mon châle et mon sac, et me précipitai pour le faire entrer.

« Suis-je en avance ? s'enquit-il, en m'embrassant sur la joue et en me tendant son chapeau.

– Non. C'est moi qui suis en retard, je le crains, répondis-je, en me forçant à un ton léger et désinvolte, avant de faire entrer Al au salon.

– Puis-je dire que vous êtes resplendissante ?

– Vous le pouvez, car c'est la raison de mon retard. »

Bredouillant quelque chose au sujet du dîner, j'entrai d'un pas résolu dans la cuisine et refermai la porte derrière moi. Jen sursauta, puis me sourit et demanda : « Il est là ?

– Pourquoi ne m'as-tu pas dit que tu avais invité Mr. Pearce à dîner ce soir ?

– C'est lui qui l'a proposé, parce qu'il ne pouvait pas venir demain. Sa femme donne un dîner. Il a fait porter un message à quatre heures, je l'ai mis sur ton bureau. Tu ne l'as pas lu ?

– Non.

– Je croyais que tu l'avais vu. Je pensais que c'était pour cela que tu mettais si longtemps à te préparer. » Il y avait de la douceur dans sa voix et dans l'expression de son visage, mais ses paroles n'étaient pas si innocentes que cela, et j'eus l'horrible sentiment qu'elle avait tout manigancé pour m'empêcher de voir son père.

Nous étions là à nous dévisager lorsque la porte s'ouvrit brusquement, livrant passage à Davie, couvert de boue de la tête aux pieds, qui nous annonça que lui et son père avaient cherché des vers de terre. Je griffonnai rapidement un mot, pendant que Davie se lavait, pour prévenir Robert que je ne pourrais pas aller le retrouver avant minuit, puis j'envoyai Davie le lui porter, en le faisant sortir par la porte de derrière.

Le dîner fut tendu. J'étais sûre que Davie parlerait de son père. J'avais eu l'intention de dire moi-même à Al, en privé, que Robert était revenu, et je n'avais pas pu voir Davie seul une fois sa mission accomplie. À peine étions-nous assis, Davie s'exclama que son père avait attrapé une truite de vingt centimètres de long. Al se tourna vers moi, demandant silencieusement une explication. Ne sachant quoi dire, j'essayais de gagner du temps, lorsque Jenny déclara soudain : « Mais il ne va pas vivre ici avec nous. Il est dans l'armée, et il ne viendra en Écosse que trois ou quatre fois par an.

– Non, protesta Davie. Il va demander sa mutation. » Jenny me regarda, puis regarda Davie, qui hocha la tête en insistant : « Il a promis de le faire.

– Nous parlerons de tout cela demain, Dave, murmurai-je, en lui donnant un léger coup de pied sous la table.

– Mais...

– Demain. Mange. Voulez-vous un peu plus de vin, Al ? »

Il ne me répondit pas, mais ses yeux allèrent de moi à Jenny, qui devint cramoisie sous son regard sévère. Je compris que mes craintes étaient fondées : c'était elle qui lui avait demandé de venir ce soir. J'éprouvai de la colère et, plus encore, la crainte affreuse que Al ne pense avoir été utilisé comme un pion dans la bataille de Jen contre son père. Je me jurai de ne pas laisser Jen le manipuler ainsi.

Je remplis le verre de Al en souriant et annonçai : « Bon, nous voulions attendre le dessert pour vous communiquer quelque chose, mais je pense que c'est aussi bien de le faire maintenant. Al, Jenny et moi avons décidé qu'à l'expiration de notre contrat en novembre, nous continuerons à réserver l'exclusivité de nos ventes à la Pearce Clothing Company. »

Al inclina la tête, visiblement bouleversé, et l'expression de son visage se radoucit. Il semblait embarrassé, mais profondément touché. Du coin de l'œil, je vis que Jenny respirait avec soulagement et que son visage reprenait sa couleur initiale. Al me tapota la main en murmurant : « Merci. Je n'étais pas... Je dois dire que c'est une surprise très agréable. Mais qu'en est-il de votre idée d'ouvrir des boutiques Jenda ?

– Nous souhaitons les ouvrir au sein de vos magasins, enchaîna Jenny, en me faisant un petit signe de tête – remerciement ou excuse, je ne savais pas trop. C'est-à-dire que nous aimerions installer,

dans chacun de vos magasins, un rayon séparé où seraient vendus tous nos articles, plutôt que de les présenter, comme c'est le cas actuellement, les robes avec les robes, et les manteaux avec les manteaux. » Elle entra ensuite dans les détails, et j'observai la façon dont elle ferrait Al comme un poisson. Il y avait quelque chose de mon frère en Jenny : la même faculté d'enjôler les autres. Ce n'était pas un talent inné chez elle, il était apparu récemment, depuis que nous vivions à Édimbourg. Et, l'espace d'un instant, je me demandai si Robert avait raison et si elle continuait à voir mon frère. Il était pratiquement impossible à Will de l'approcher, maintenant que Mick était là. Je finis par chasser de mon esprit ces pensées alarmantes, et j'écoutai Al et Jenny réorganiser de fond en comble l'industrie de l'habillement féminin.

Les enfants montèrent se coucher à onze heures, et j'emmenai Al dans le salon boire une bénédictine, notre digestif habituel. Nous nous installâmes dans les bergères de part et d'autre de la cheminée, notre endroit préféré en toute saison.

« Vais-je le rencontrer ? questionna Al, en remplissant mon verre.

– Le souhaitez-vous ?

– Peut-être vaudrait-il mieux que non. »

Il y avait trente-six manières d'interpréter sa réponse. J'aimai mieux les négliger toutes et je convins qu'en effet il était préférable qu'ils ne se rencontrent pas. Il voulut savoir si je comptais retourner au domaine pour les vacances et je lui dis que j'ignorais quand je pourrais m'absenter ; l'été était une période très chargée pour nous, puisque nous préparions la collection d'automne.

« Je pensais que vous seriez impatiente d'y aller.

– Oui et non. Ce ne sera plus pareil. Et puis, je suis si heureuse ici, dans cette maison. Vous et Jen l'avez si bien arrangée.

– Mais... ce n'est pas votre maison. N'est-ce pas ? »

Je ne voulais pas le heurter en lui laissant croire que j'étais ingrate, alors qu'il nous avait aidés à partir de Glasgow et à avoir une maison aussi ravissante. Mais je sentis qu'il comprenait et que je pouvais dire la vérité sans le blesser.

« Non... ce n'est pas ma maison. Je ne crois pas qu'elle le sera jamais, quel que soit le nombre d'années que j'y passerai. Avez-vous le sentiment que votre maison de Musselburg est une partie de vous-même, je veux dire physiquement ?

– Non... pas comme le Loch Leven l'est pour vous. Peut-être que si j'y passais plus de temps, je ressentirais cela. » Il sourit et ajouta : « Pour être franc, je me sens plus à l'aise ici que dans ma propre maison. » Je lui rendis son sourire. Il posa alors son verre et demanda : « Je vous empêche d'aller le retrouver, n'est-ce pas ?

– Non, non, vraiment. Je le verrai demain soir.

– Il faut que je parte.

– Al...

– Son retour veut-il dire la fin de nos dîners du samedi soir ?

– Non. Ni du mercredi. Ni d'aucun jour où vous aurez envie de passer.

– Oui... » Il m'effleura le bras et j'allai chercher son chapeau. Il me remercia encore d'avoir décidé de poursuivre notre partenariat, me souhaita bonne nuit et alla reprendre sa voiture.

Je montai pour jeter un coup d'œil aux enfants, et trouvai Jen endormie dans son propre lit. Elle essayait plusieurs fois par mois de dormir seule, mais cela se terminait toujours de façon catastrophique car son cauchemar ne la laissait pas en paix. Je l'observai et m'assis sur une chaise près de son lit. Son corps commença à s'agiter, sa tête à rouler sur l'oreiller, et elle gémit. Je me précipitai, la pris dans mes bras, la caressai, pour chasser les rats qui rôdaient dans son esprit. Elle se redressa, agrippa ma main et se mit à pleurer, en me suppliant de ne pas la détester. Je lui affirmai que je l'aimais, même si elle s'était mal comportée vis-à-vis de Al, notre bienfaiteur, notre meilleur ami ; mais elle secoua la tête et s'écria :

« C'est à cause de LUI. *Tu me détestes parce que c'est moi qui t'empêche de* LE *voir.*

– Je ne te déteste pas, Jen. Tu le sais bien. » Je mis mon bras autour d'elle, lui caressai les cheveux et lui expliquai que j'aimais son père et que tout ce qu'il avait fait n'y changerait rien. Mais, autant je l'aimais et avais envie d'être avec lui, autant je savais à quel point sa présence était pénible pour elle, et je m'arrangerais toujours pour qu'elle ne le voie pas.

« Que je le VOIE *ou pas, là n'est pas la question, gémit-elle. Il est là. Ne vois-tu pas, Maman, que cela... cela me blesse... au plus profond de moi... c'est comme si mes os se brisaient en mille morceaux... comme si on m'avait lacéré les entrailles... » Elle sanglotait, la tête sur mes genoux ; je continuai à la caresser, mais sans parvenir à trouver les paroles capables de l'apaiser. Je ne m'étais pas attendue à cette souffrance, et elle réduisait à néant le bonheur que j'avais éprouvé quelques heures plus tôt. Je la berçai, lui répétai que tout irait bien, et me torturai l'esprit pour trouver une solution à notre dilemme.*

Je ne pouvais en aucun cas la laisser seule cette nuit, mais Robert m'attendait et il fallait que je le prévienne. Je dis à Jen que j'allais déposer une lettre pour lui à l'hôtel et que je reviendrais tout de suite.

Le réceptionniste prit l'enveloppe en me promettant d'aller aussitôt la porter à la chambre de Robert. Comme je m'apprêtais à retraverser le vestibule, je sentis une main sur mon épaule.

« J'étais descendu voir si on pouvait me prêter un... » Son sourire s'effaça ; il me prit par le bras, m'emmena à l'écart et interrogea :

« Qu'y a-t-il ?

– Jen...

– Elle est malade ? Kate, que s'est-il passé ?

– Elle... elle a eu un cauchemar.
– Je te ramène.
– Non, je...
– Ne t'inquiète pas, je n'entrerai pas. »

Pendant le trajet, Robert me questionna au sujet des cauchemars de Jen et me demanda si nous avions consulté un médecin. Je lui expliquai qu'elle refusait d'en parler avec qui que ce soit, même Davie et moi. Rob se montra préoccupé, et je mesurai sa frustration, surtout lorsqu'il dit : « Si seulement elle me laissait... » Il ne put achever, et je tendis la main vers lui. Il me donna une lettre qu'il avait écrite pour Jen, et je la pris, tout en sachant qu'elle ne la lirait pas.

Au moment de franchir la grille, je m'arrêtai et annonçai à Robert qu'il me serait difficile de le rejoindre toutes les nuits. Il m'accompagna jusqu'à la porte d'entrée puis, avec un sourire, il répondit : « En fait, je ne vous ai jamais courtisée dans les règles, n'est-ce pas, Mrs. Maclean ? Je ne suis jamais venu vous chercher, le dimanche après-midi, pour vous emmener en promenade ? De ce fait, nous n'avons pas eu la chance de savourer le plaisir exquis de l'attente du premier baiser " innocent ". Nous avons brûlé les étapes, en quelque sorte, non ? Mais mieux vaut tard que jamais. » Il me prit la main, l'embrassa, tourna les talons et lança : « La chasteté, Mrs. Maclean, la chasteté... Je dormirai seul, mais je rêverai d'une dame au corps de liane, aux cheveux flamboyants et aux yeux couleur de mer... oh, comme je vais rêver... chastement... »

À midi le lendemain, un jeune garçon arriva à l'atelier avec une dépêche urgente. Un certain R. demandait à Mrs. Maclean de se rendre immédiatement au monument à la mémoire de Walter Scott, dans East Princes Street Gardens. Je laissai l'atelier sous la responsabilité de Jen et me dépêchai d'aller trouver l'auteur du mystérieux message.

Davie était avec son père ; tous deux avaient des visages rayonnants, et je me sentis soulagée. Comme je m'approchais de Robert pour l'embrasser sur la joue, il me tendit une petite boule de poils blancs en m'annonçant qu'il avait acheté un chiot à Jen, pour apaiser ses cauchemars. Le chien était adorable, et cela me manquait de ne pas avoir d'animaux à la maison, mais j'expliquai à Robert que l'agence immobilière les avait formellement interdits.

« Papa a versé une caution à l'agence, cria joyeusement Davie, pour couvrir les risques en... encou...

– Encourus.

– Tu vois, Maman, si Jen a un chien, elle n'aura plus de cauchemars. »

Je pris le chiot – un minuscule west highland terrier – puis me tournai vers David en disant : « Tu ne seras pas jaloux ?

– Non, répondit-il d'un air radieux, tandis qu'un museau noir émergeait de sa chemise et qu'une langue rose le léchait sous le menton. Je ne serai pas jaloux. »

Rob haussa les épaules en signe d'excuse, et Davie ouvrit sa chemise, libérant une jolie femelle colley noir et doré qui se mit à bondir autour de moi.

« Oh, qu'elle est belle ! m'écriai-je en me baissant pour la caresser. Rob, elle ressemble tout à fait à Mollie, tu ne trouves pas ?

– C'est pour cela que nous l'avons appelée Mollie, répliqua Davie. À cause du poème de Robert Burns. »

Je souris à Rob. Mollie était le premier chien qu'il m'avait offert.

« Dave et moi allons ramener les chiots au magasin, pour qu'ils vous soient livrés à la maison ce soir à six heures, dit Rob. Comme cela, tu pourras dire que c'est toi qui les as achetés... pas moi. » Davie me regarda, puis regarda les chiots. Avant qu'il ait ouvert la bouche, son père ajouta : « C'est mieux comme cela, mon petit. Elle n'en voudra pas si elle

sait qu'ils viennent de moi. » Je savais qu'il avait raison.

J'insistai pour que Jen rentre à la maison à deux heures avec Miss Graves, car elle avait manqué sa leçon la veille, et je comptai les minutes qui me séparaient du moment où je la rejoindrais, et où je verrais son visage s'illuminer à l'arrivée des deux petits chiens. Ses cauchemars duraient depuis un an et demi et nous avions eu beau chercher tous les moyens d'alléger sa souffrance, aucun de nous n'avait eu l'idée de lui donner quelque chose de chaud et de vivant, qui lui appartienne à elle seule et qui puisse lui tenir compagnie, la nuit. Aucun de nous... sauf son père.

Lorsque la sonnette retentit, à six heures et quart, Davie se dressa d'un bond ; je le retins et demandai à Jen d'aller voir qui c'était. Elle revint avec deux paniers d'osier dans lesquels trônaient les petits chiots, des rubans rouges autour du cou. Radieuse, elle posa les paniers par terre, s'agenouilla dans un froufrou de volants et s'écria : « Oh, Maman, comme ils sont adorables ! Comme TU es adorable ! Oh, et tu sais que j'ai toujours voulu un petit terrier ! »

Je ne le savais pas... mais son père, oui.

Les chiots coururent dans toute la maison, en bas, en haut, les enfants derrière eux, et la maison était animée et joyeuse, exactement comme lorsque Davie et Jen étaient petits. Jen décida d'appeler son chien Minch, et dit qu'elle l'emmènerait avec elle au travail dès qu'il serait propre. J'acceptai. J'aurais tout accepté, pour qu'elle garde ce visage rayonnant : je ne l'avais jamais vue aussi heureuse. Lorsqu'elle fut couchée et que je lui souhaitai bonne nuit en l'embrassant, elle tenait Minch dans ses bras et borda les couvertures en disant : « Merci, Maman. C'est le plus beau cadeau que tu m'aies jamais fait. »

J'avais envie de lui dire que c'était son père qu'elle devait remercier, lui qui avait su comment soulager sa peine – son père qui l'aimait et qui n'avait jamais cessé de l'aimer. Mais je ne pouvais pas, et je rejoignis ma chambre.

Les nuits de Jen devinrent paisibles. Comment une si petite chose pouvait-elle entraîner un si grand changement, voilà qui nous laissait tous stupéfaits, et mon petit bonhomme de Minch, comme je l'appelais, prit une place à part dans mon cœur.

Nos journées, en revanche, n'étaient pas aussi calmes : Davie en voulait à sa sœur de la mise à l'écart de leur père, et faisait remarquer, à juste titre, que NOTRE *maison était la sienne et qu'il devait avoir son mot à dire concernant les gens autorisés à venir chez nous. J'étais coincée entre eux deux, désireuse d'apaiser leur querelle. Finalement, après en avoir discuté tous les trois, voici comment nous envisageâmes la situation : Robert resterait dans l'armée et, pendant ses permissions, il séjournerait à l'hôtel, jusqu'à ce que je puisse organiser mon emploi du temps pour nous permettre d'aller passer une semaine au Loch Leven, sans Jen. Rob devait partir pour sa prochaine mission, au Bengale, le 15 septembre, et ne reviendrait pas avant Noël. Ce qui causa une véritable insurrection : Davie voulait que nous allions tous au domaine, Jenny jurait qu'elle n'y mettrait plus les pieds de toute sa vie. Moi, au milieu, je tentais de calmer le jeu. Nous nous mîmes enfin d'accord pour aller déjeuner le jour de Noël à Mallaig.*

Je retrouvais Robert tous les matins dans sa chambre pour le petit déjeuner et, la veille de son départ, après nous être rassasiés tant sur le plan alimentaire que sur le plan amoureux, je lui dis que pour le moment il ferait mieux de ne pas demander sa mutation en Écosse.

« Te rends-tu compte que je pars demain et que nous ne nous verrons pas pendant trois mois ? » Je souris, et je n'eus pas besoin de lui faire remarquer que c'était précisément la durée de ses séjours à l'étranger, lorsque nous vivions au Loch Leven. « Ce n'est pas la même chose, Kate.

– Et pourquoi, s'il te plaît?
– Parce que j'étais aveugle et idiot, à l'époque.
– Et maintenant?
– Maintenant, je vois... même si je suis toujours idiot. Mais le fait est que je prendrai les jours de permission qui me restaient avant mon hospitalisation, pour venir ici à Noël. Sinon, Dieu sait quand j'aurai une autre permission. Et même dans ce cas, les mois sont trop longs... Je ne peux pas... je ne peux pas imaginer... » Il n'acheva pas sa phrase. Était-ce regret du passé ou angoisse du futur, je ne sais, mais, m'enveloppant de ses bras et m'embrassant sur la tête, il ajouta : « Je vais devenir fou.
– Ne sois pas ridicule.
– C'est vrai, je vais devenir fou de désir. »
Je me raidis et grommelai : « C'est hautement improbable... vu que tu n'as jamais eu à désirer bien longtemps. » Je regrettai d'avoir dit cela, car il blêmit, fit quelques pas, alla s'asseoir sur le lit et se prit la tête dans les mains.
« Je... » Il répéta ce mot trois ou quatre fois, sans me regarder ; je le rejoignis et restai debout devant lui, jusqu'à ce qu'il me prenne sur ses genoux en disant : « Je dois partir en sachant que tu... tu me crois quand je te dis que j'ai changé.
– Je te crois.
– Non. Tu ne me crois pas. Tu ne crois pas que je puisse rester loin de toi pendant trois mois sans coucher avec une autre femme. » Je voulus me lever mais il me retint « Je ne veux aucune femme à part toi, Kate. Je n'en aurai aucune à part toi... aussi longtemps que je doive attendre. »
Il avait dit cela tranquillement, simplement. Je savais que c'était vrai, mais je ne savais pas pourquoi. Il n'avait jamais promis d'être fidèle, durant toutes ces années où nous étions ensemble, car nous savions tous deux que cette promesse serait rompue dès l'instant où il se retrouverait seul. Et maintenant il jurait de l'être... maintenant que c'était trop tard.
Je me levai et mis mon corset, puis me tournai vers lui. « Attache-le.

– Non.

– Attache-le. Je suis en retard. »

Il tira lentement sur les lacets, et recommença à plaider sa cause. Je l'arrêtai aussitôt, expliquant avec fermeté qu'il était préférable pour tout le monde qu'il aille au Bengale, et que nous rediscuterions de ce sujet à Noël.

« Kate, si elle ne me permet pas de la voir, si elle ne lit pas mes lettres, comment, grands dieux, pourrai-je un jour lui expliquer ce qui s'est passé ?

– Tu l'as déjà fait.

– Mais elle n'écoutait pas. Elle ne m'a pas entendu.

– Dans trois ou quatre ans, elle se mariera...

– Que dois-je en conclure ? Que je dois me tenir à l'écart jusqu'à ce qu'elle quitte la maison ? Que je ne serai jamais autorisé à la voir... à lui parler ?

– Pour le moment...

– Et après ?

– Lorsqu'elle se mariera, tu pourras vivre avec nous, avec Davie et moi.

– Oui... Et quand Jen viendra avec son mari et ses enfants – nos petits-enfants –, on me demandera d'aller à l'hôtel, c'est ça ? » L'expression de ses yeux me transperça le cœur. « Est-ce cela que nous réserve l'avenir, Kate ?

– ... Oui »

Se détournant de moi, il grommela quelque chose, et j'aurais juré avoir entendu « ... Non ».

CHAPITRE 24

(Cromdale, Écosse, 3 septembre 1910)

Un maître d'hôtel que je n'avais jamais vu auparavant prit mon chapeau et m'introduisit à la salle à manger en annonçant :

« Mr. Maclean, sir.

– Tiens, tiens, tiens, n'est-ce pas là une *agréable* surprise », s'exclama Will tandis que ses fils se précipitaient vers moi en réclamant des nouvelles de leur tante Kate et de leurs cousins. Will ordonna qu'un couvert supplémentaire soit mis, me sourit d'un air sournois pendant que j'embrassais Flora, et me serra la main. Flora ne savait trop quoi penser à mon sujet car, si les garçons – qui étaient d'ailleurs des jeunes gens, maintenant – semblaient oublier que j'avais quitté ma famille depuis près de deux ans, Flora, elle, ne l'oubliait pas, et je me demandai ce que Will lui avait dit exactement.

« Comment va notre Londonien mondain ? » lança Will, avant d'expliquer à Flora : « Rob a été l'invité d'Eudora Ashton. Alors, quelles nouvelles de notre *vieille* amie ?

– Aucune. Cela fait un moment que je l'ai vue.

– Oui... Mais alors, elle doit être plutôt en *manque,* non ? » Il se tourna vers Flora, sourit, eut un imperceptible mouvement de tête qui la fit se lever et quitter la pièce avec ses fils, et renvoya les domestiques.

« Je l'ai bien dressée, n'est-ce pas ? Mais elle n'est pas aussi docile que toi avec Eudora. » Je me levai d'un bond, me ruai vers lui, et il recula son siège ; tout en restant assis, il me dévisagea et s'enquit : « Es-tu venu pour en découdre avec moi ? Allons-nous nous battre ? Je crains de ne pas pouvoir te faire ce plaisir. Il ne m'est pas *permis* de me battre avec toi. *Elle* ne me le pardonnerait jamais.

– Nous ne le lui dirons pas. Ce sera notre petit secret. »

Il éclata de rire, mais s'arrêta net lorsque je le soulevai de son siège et l'entraînai vers la porte. Il se débattit, m'échappa comme une anguille, puis se saisit d'un candélabre et se mit en garde. « Tu ne t'es jamais demandé comment tu avais pu rester en vie, durant toutes ces années, Robert Maclean ? La question n'a jamais effleuré ta petite cervelle ? Tu as cru que c'était ma *fraternelle* affection pour toi qui te préservait ? Pendant quinze ans, j'ai cherché, sans succès parce que, même en faisant très attention, même si ta mort avait pu passer pour purement accidentelle... *elle* aurait su. » Il lança le chandelier sur la table, brisant verres et assiettes, puis se laissa tomber sur le siège le plus proche. « Mon indulgente Kate veut à nouveau bien de toi, n'est-ce pas ? Mais pas Jenny.

– C'est à toi que je dois cela.

– C'est à toi-même. Tu les as laissés seuls chaque fois pendant des mois. J'ai passé plus de temps avec tes enfants que tu n'en as passé toi-même. Jenny est davantage ma fille que la tienne.

– Tiens-toi éloigné d'elle.

– Jenny a besoin d'affection paternelle et, pendant que son père était occupé à se prostituer à Londres... » Je voulus lui sauter à la gorge, mais il m'envoya un coup de pied dans l'estomac qui me fit tomber à la renverse. « ... je lui ai offert une épaule pour pleurer. » Il se leva, m'écrasa la main au sol avec son pied et gronda : « Tu n'es pas digne d'eux, pas digne de *Kate.* Tu aurais pu vivre avec eux, avec elle, et tu as choisi de *la* quitter pour des putains. Pendant *qu'elle* soupirait après toi. Je ne comprendrai jamais cela. L'amour est aveugle. » Il me regarda d'un drôle d'air, avant d'ajouter : « Aveugle et stupide. » Il retira son pied et me laissa en disant : « Tu connais le chemin. »

(Bengale, 12 octobre 1910)

Le cobra était enroulé autour du cou de l'homme et sa langue fourchue sortait et rentrait au rythme de la musique. L'homme tenait dans sa main droite le serpent qui se balançait devant son visage, tandis que sa main gauche courait le long de la flûte. Les écailles noires et luisantes du serpent ressemblaient à des perles, sur la tunique orange vif de l'homme. Je regardais les yeux du cobra et je pensais à Will, et aux mots qu'il avait prononcés : *tu n'es pas digne d'elle... l'amour est aveugle... aveugle et stupide. Qui* était aveugle et stupide : Kate, lui, ou moi ? Je me demandais également si Kate avait posé ses mains sur le visage de Will, et l'avait supplié de la même façon qu'elle m'avait supplié : *ne lui fais jamais de mal, promets-le-moi... promets-le...*

Lamb était agenouillé près du charmeur de serpent. Le cobra, Nag, était un animal sacré ici au Bengale, du moins pour les hindous, et symbolisait la fertilité.

Nous étions à la terrasse d'un petit « hôtel », le mot bengali pour restaurant. Des régimes de bananes vertes suspendues au plafond emplissaient l'air de leur parfum. Donald sirotait son thé – un mélange de graines d'anis et de sucre –, un œil sur Lamb et l'autre sur les filles du bordel, de l'autre côté de la rue.

Nous étions arrivés à Khulna à la fin de la mousson, en septembre. Les pluies, qui avaient mis à nu les racines des immenses arbres des Banians, avaient fait place à un soleil torride qui nous brûlait la peau.

Midi sonna et une demi-douzaine d'hommes sortirent. Une fois dans la rue, ils étalèrent leurs tapis de prière, se déchaussèrent, s'agenouillèrent face contre terre, et prièrent en direction de La Mecque. Les autres les regardaient d'un air méprisant. Il y avait toujours eu des frictions entre les hindous et les musulmans qui se partageaient le Bengale. La création de la Ligue nationale des musulmans, à Dacca en 1906, avait beaucoup détérioré leurs relations. Officiellement, notre mission consistait à maintenir la paix entre les deux factions. En fait, l'armée soutenait les deux groupes rivaux : cela évitait que la pression soit mise sur les Anglais, et ruinait tout espoir d'indépendance pour l'Inde.

Nous avions une permission de vingt-quatre heures, et étions venus à Calcutta, dans un quartier de la ville nommé Kamatipura, la cité de l'amour. Les prostituées, vêtues de saris aux couleurs éclatantes, étaient postées devant les fenêtres aux boiseries ajourées des bordels, pour attirer le client.

Je finis mon thé et jouai avec ma tasse. « Que ferais-tu, Donald ? Je veux dire, si tu avais quitté Ruth pendant deux ans, comment t'y prendrais-tu pour la reconquérir ? »

Il regarda ailleurs, et je regrettai de lui avoir posé la question. Donald était incapable de répondre, pour la simple raison qu'il n'aurait jamais abandonné sa fille et, par conséquent, ne pouvait même pas imaginer d'avoir à regagner son affection.

Essuyant la sueur de son visage d'un revers de bras, il laissa échapper un soupir et dit : « J'crois qu'tu dois êt' honnête avec elle, mon gars.

– Donald, tu ne sais pas ce que j'ai fait, avant de m'engager dans l'armée.

– Mais si, je l'sais, môssieur le vide-gousset ! »

Nous nous mîmes à rire. Je lui avais parlé du Pickpocket de Bond Street, mais pas de Lady Ashton. Il n'aurait jamais compris. Je crois que moi non plus, d'ailleurs... ou peut-être préférais-je ne pas trop approfondir ce sordide sujet. Je laissai passer quelques minutes avant de reprendre : « Ce que je veux dire, c'est que je n'étais pas conscient de ma chance. Ou alors pas capable de la saisir ; pas encore prêt à être un mari et un père. Mes enfants, je les laissais pendant des mois, je n'étais pas vraiment responsable d'eux. C'est Kate qui les a élevés. Moi, quand je rentrais, je jouais avec eux. Et le pire, c'est que je les aimais vraiment, malgré tout, et que je souffrais de les quitter. Mais je le faisais quand même. Et maintenant... Seigneur Dieu, que ne donnerais-je pas pour pouvoir rester avec eux. » J'allumai une cigarette, en offris une à Donald, et marmonnai : « Ma question aurait dû être : que ferais-tu si ta fille pensait que tu te prostitues ?

– Quoi ?

– Jen croit que j'étais un gigolo, et non un joueur, durant les treize années où nous avons eu le Loch Leven.

– Où c'est qu'elle est allée chercher une idée aussi dingue ? »

Je faillis dire : auprès du frère de Kate mais, conscient de l'effet bizarre que produirait cette réponse, et des explications qu'elle entraînerait, je grommelai quelque chose au sujet de mes fréquents voyages sur le continent. Donald m'observa et dit : « Quand même, curieux qu'elle pense une chose pareille.

– Oui... »

Je lui désignai Lamb, toujours hypnotisé par le serpent, dans l'espoir de détourner son attention de ma personne.

« C'crétin va s'faire mordre. Lamb, nom de Dieu ! Fiche le camp d'là ! »

Lamb se leva et dit : « J'attendais qu'il ouv' son capuchon.

– Il l'ouv' que quand il va attaquer, nigaud !

– Mets ton doigt dans sa bouche, et il l'ouvrira, son capuchon. »

Donald et moi nous retournâmes d'un même mouvement pour voir qui avait parlé. C'était le soldat Evan Mahony, un type maigre et pâle d'un peu moins de trente ans, aux cheveux rares et crépus et aux yeux de rat. Un petit salaud que personne n'aimait. Il détestait aveuglément les autochtones, et traitait sans discernement tous ceux qui avaient la peau sombre de sauvages malfaisants. Mahony s'avança et alla se placer tout près de Lamb.

« T'aimes les serpents, Lamb ?

– Ouais.

– T'as envie d'le prendre ? »

Donald voulut se lever ; je l'en empêchai. Lamb regarda Donald, puis Mahony, et dit : « Donald, y dit que j'dois pas l'toucher.

– Qui c'est, Donald, ta mère ? »

Lamb rougit jusqu'à la racine des cheveux. Laissant ma main sur l'épaule de Donald, je le maintins sur sa chaise et murmurai :

« Laisse-le se débrouiller tout seul.

– J'étais à Maharashtra pour les fêtes, dit Mahony en touchant le serpent avec sa cravache. Nag-Panchami. » Il tendit la cravache à Lamb. « Touche-le. Il mordra pas. L'sauvage païen a apprivoisé c'te saloperie noire et visqueuse avec sa musique... Touche-le. » Mahony approcha la cravache de la poitrine de Lamb et répéta : « Touche-le.

– J'veux pas l'toucher.

– J'croyais qu't'aimais les serpents.

– Oui.

– Alors touche-le. »

Lamb jeta un coup d'œil furtif à Donald et recula. Mahony saisit Lamb par le revers de sa chemise. « Touche-le. »

Donald me tapa sur la main pour se dégager, se

leva d'un bond et attrapa Mahony pour l'écarter de Lamb.

« Ça suffit !

– Bas les pattes ! J'lui fais pas d'mal... à ton *garçon.* » Mahony se dégagea brusquement de l'emprise de Donald et se tourna vers Lamb. « Dis à ton... *papa* d'se rasseoir. » Il avait prononcé ce mot de façon tellement ambiguë qu'il paraissait injurieux.

Donald avait au moins vingt kilos et plusieurs centimètres de plus que Mahony ; j'étais agacé que le petit salaud maigrichon insiste.

« Va t'asseoir près de Rob, Lamb », dit Donald.

Lamb fit deux pas et Mahony l'arrêta.

« Tu fais tout c'qu'il dit, pas vrai, Lamb ?

– Ouais.

– Tout. » Mahony, les yeux fixés sur Donald, poursuivit : « Quand il t'dit : saute, tu sautes. Quand il t'dit : assois-toi, tu t'assois. Et quand il t'dit : penche-toi en avant, tu...

– J'vais t'faire avaler tes dents, espèce de...

– Sale pédé... »

La musique s'interrompit brusquement lorsque le cobra redressa la tête, déploya son capuchon et fit entendre un sifflement.

« Seigneur Dieu !

– Pas bouger », dit le charmeur de serpent. Le cobra oscilla légèrement, regarda fixement Donald, puis Mahony. « Pas bouger », répéta l'homme. Avec une lenteur extrême, il posa ses doigts sur la flûte et commença à jouer. Donald et Mahony demeurèrent immobiles, tandis que Lamb venait tout doucement vers l'endroit où je me trouvais. Le serpent se tourna vers l'homme qui le tenait. Finalement, il abaissa sa tête jusqu'à ce que son regard soit au niveau de celui de l'homme. Le capuchon se rabattit et, quelques minutes plus tard, l'homme se leva et mit le cobra dans un grand panier d'osier. « Pas combattre avec cobra », dit-il à Mahony, puis il prit le panier et s'en alla.

Mahony et Donald restèrent là à se dévisager, jusqu'au moment où je me levai et pris Donald par le bras. « Laisse tomber, mon vieux. » Je saisis le sac de Donald, le lui fourrai dans les bras, et je les poussai, lui et Lamb, dans la rue. Me retournant vers Mahony, je lui dis très bas : « Fais attention, soldat. » Ramassant la cravache qu'il avait laissé tomber, je la lançai contre sa poitrine. Il me regarda un instant, puis s'éloigna lentement.

J'évitai un type sur son pousse-pousse, et rejoignis Lamb et Donald.

Les mois se traînaient.

Ma famille me manquait comme jamais elle ne m'avait manqué et, à mon arrivée à Édimbourg le 24 décembre, en trouvant Kate et Davie qui m'attendaient à Waverley Station, j'espérai qu'un miracle s'était produit et que je pourrais rester avec eux... toujours.

Kate portait un ensemble en velours vert qui mettait ses yeux merveilleusement en valeur. Elle était éblouissante et, en la serrant dans mes bras, je me dis que de toute ma vie je n'avais contemplé tant de beauté. Davie avait beaucoup grandi, et Mollie avait presque atteint sa taille adulte. Jen n'était pas là : elle avait pris le train un peu plus tôt pour Mallaig. Je restai maître de moi, même lorsque Kate me dit qu'il vaudrait mieux que je ne parle pas avec ma fille, quand nous dînerions chez mes parents.

Je louai un fiacre et, juste à la sortie de Glasgow, je demandai au chauffeur de nous arrêter à l'usine Motherwell Motor. Nous achetâmes le modèle d'exposition – une voiture couleur crème, « coquille d'œuf » selon le vendeur –, sinon il aurait fallu attendre trois mois pour en avoir une autre. L'intérieur était en cuir noir, il y avait une capote et quatre portes. L'auto possédait les accessoires les plus modernes, et avoisinait la vitesse vertigineuse de soixante-cinq kilomètres à l'heure dans de bonnes conditions de route.

Je montrai à Kate comment conduire ; au bout d'un quart d'heure elle se débrouillait comme un pilote professionnel et était impatiente de continuer jusqu'au Loch Leven. Je proposai de prendre le volant, car les routes étaient verglacées, et suggérai qu'elle se familiarise avec la voiture une fois que nous serions là-bas. Mais elle ne voulut rien entendre et refusa de me laisser conduire.

À un moment donné, je dis à Kate que je souhaitais qu'elle contacte Martha et Drew Baird pour leur offrir de reprendre leurs anciennes fonctions, précisant que je m'occuperais de leurs salaires.

« Drew est mort, déclara Davie, pointant sa tête entre Kate et moi. Il est mort en faisant du bateau.

– Mort ? Quand ?

– En mai dernier. Le 1er mai. »

Je me tournai vers Kate, dont les yeux étaient fixés droit devant elle, et je vis une rougeur lui monter au cou et aux joues. Je sentis les poils de mes bras se hérisser et je m'agrippai à l'accoudoir. Je touchai l'épaule de Kate ; elle tressaillit et je demandai : « Comment as-tu appris qu'il était mort ? »

Elle ne répondit pas et Davie dit qu'ils avaient enterré Drew au Loch Leven.

« Pourquoi est-ce à vous qu'ils ont envoyé le corps, et non à sa famille ?

– Il n'avait pas de famille.

– Et il n'y avait pas de corps, précisa Dave. On ne l'a pas retrouvé. Nous avons enterré son cercueil vide. La gardienne du domaine a dit que nous pouvions.

– L'aviez-vous revu ?

– Il est venu dîner en janvier », répliqua Davie, bien que ma question ait été adressée à sa mère. « C'est la dernière fois que nous l'avons vu vivant. »

Kate descendit sa vitre, alors qu'il s'était mis à neiger ; de gros flocons entrèrent dans la voiture, et s'engouffrèrent dans mon cerveau, donnant un coup de fouet à mes pensées.

Je savais ce qui s'était passé en mai.

Je me jurai de ne pas obliger Kate à parler de la mort de Drew. Parce que cela n'aurait rien changé, parce que c'était Noël, que je n'avais que quinze jours de permission, que je ne voulais pas la blesser... et que je ne voulais pas savoir. Pourquoi, si elle craignait que son frère ne fasse du mal aux enfants, pourquoi, dans ce cas, ne l'avait-elle pas tué elle-même ?

Davie remarqua-t-il notre réticence, à sa mère et à moi ? Apparemment, non : il continuait à bavarder, comblant l'abîme qui s'était creusé entre nous. Kate garda les yeux rivés sur la route jusqu'à ce que nous arrivions aux grilles du domaine. Là, elle ferma les yeux quelques secondes, agrippa le volant, respira profondément, puis se redressa : d'un coup tout était balayé – les choses qu'elle avait tues, celles qu'elle avait enterrées – parce qu'il fallait aller de l'avant, continuer, quoi qu'il arrive, quoi que la vie lui réserve. Et c'était cette capacité à tout accepter de la vie qui faisait sa force.

Ce n'était pas mon cas.

J'eus beau essayer de ressentir son allégresse lorsqu'elle descendit de voiture et nous fit signe, à Davie et à moi, de la suivre, j'avais devant les yeux des images de Drew et de Will... et *d'elle*. Je restai assis dans l'auto, m'efforçant de chasser tout cela, comme elle l'avait fait, parce que c'était important : elle était de retour chez elle, et je voulais que rien ne vienne gâcher ce moment. Lorsque, aidée de Davie, elle eut ouvert les grilles, elle agita la main dans ma direction. Je descendis alors de voiture et allai la rejoindre. La neige était épaisse mais l'allée avait été dégagée, car la gardienne et son mari avaient été prévenus de notre arrivée.

Lorsque nous approchâmes de la maison, Kate enroula ses doigts autour des miens, les serrant de plus en plus fort à chaque pas, et marchant de plus en plus vite. Une fois devant la porte d'entrée, elle leva les yeux sur la maison puis se tourna vers moi, rayonnante, et murmura : « Merci. »

Alors, tout s'évanouit : les doutes, les craintes, la colère que j'avais ressentis quelques instants plus tôt. Envolés, balayés par son regard qui m'enveloppait, m'apaisait, me guérissait. Elle fouilla fébrilement dans son sac et, lorsqu'elle eut trouvé les clés, elle me les tendit. Avant d'ouvrir, je soulevai Kate en disant : « Je ne crois pas t'avoir portée pour franchir le seuil, Mrs. Maclean, lorsque nous avons passé cette porte, il y a quinze ans. » Elle pouffa, m'embrassa sur le nez, et je pénétrai dans la maison avec elle dans mes bras.

« Les meubles... », fit-elle dans un souffle, en découvrant le salon que j'avais fait redécorer, aussi précisément que ma mémoire me le permettait, pour que la demeure ressemble à ce qu'elle était avant que nous n'ayons tout vendu. « Comment... ?

– Je suis allé à Inverness avant de partir pour le Bengale, et j'ai demandé à un décorateur de remeubler la maison. Les meubles et les objets de ta mère étaient anciens et précieux. Je crains que ce ne soient que des copies.

– Même l'horloge... »

Elle alla de pièce en pièce, puis me prit par la main pour m'emmener à l'étage et dit à Davie et Mollie de nous suivre. Je n'avais pas un très grand sens de l'assortiment des couleurs, mais je m'étais souvenu que les chambres étaient décorées dans des tons pastel, chacune d'une couleur différente. Davie retrouva sa chambre et j'emmenai Kate dans la chambre voisine, qui avait été celle de Jen. Elle pénétra dans la pièce et alla à la fenêtre dont elle ouvrit les rideaux ; ils étaient en mousseline de soie couleur pêche, assortis au dessus-de-lit, aux oreillers et au baldaquin. Elle ne dit rien et, lorsqu'elle inclina la tête, je crus qu'elle pleurait. Jenny ne verrait jamais cette chambre.

Je m'affaissai sur le lit; elle vint s'asseoir près de moi et me caressa le genou en disant : « Pour le moment, ne fais rien, Rob... je t'en prie.

– Pour le moment?

– Pour le moment... » Elle se leva, me tendit la main et me suggéra d'un air enjoué d'aller avec Davie chercher un arbre de Noël.

Davie et moi choisîmes un arbre magnifique. Quand nous l'eûmes abattu, Davie me prit par la main et me conduisit à la tombe de Drew, près de la rivière gelée. Nous restâmes un instant silencieux.

« Maman a dit qu'il fallait enterrer le cercueil pour que son esprit puisse avoir un endroit où se reposer.

– Oui...

– Tu crois qu'il y est? Je veux dire, tu crois que son esprit savait où aller?

– Oui...

– Même si son corps est au fond de la mer?

– De la mer?

– L'estuaire du Forth. C'est là qu'il s'est noyé. C'est ce que Maman a dit. Il a été jeté par-dessus bord par une vague et on n'a pas pu le sauver. La mer était si mauvaise qu'elle a emmené son corps. Il pêchait. »

Chassait.

« ... Je suppose qu'il a perdu l'équilibre. »

Et il est devenu la victime de sa proie.

« Papa?

– Quoi?

– Tu te sens bien?

– Rentrons à la maison. »

Je me détournai brusquement de la pierre tombale, qui portait la date du 1er mai 1910 et ces mots absurdes et parodiques : *Qu'il repose en paix.*

Oui, il reposerait en paix, un jour... je m'en assurerais.

La veillée de Noël fut tranquille et un peu triste, malgré tous les efforts de Kate pour être joyeuse. Jen nous manquait, nous ressentions tous son absence. Je lus une histoire à Davie, le mis au lit avec Mollie, et allai rejoindre Kate dans notre chambre.

Elle avait mis un déshabillé en dentelle et était agenouillée près du feu, au milieu d'une pile de paquets aux couleurs éclatantes. Je contemplai son visage, illuminé par l'éclat des flammes, et restai muet d'admiration. Cela faisait plusieurs fois, depuis mon arrivée à Waverley Station, que j'étais saisi par sa beauté et par l'intensité du besoin que j'avais de la toucher, pour m'assurer qu'elle était bien réelle et n'allait pas se volatiliser sous mes yeux.

« Assieds-toi, dit-elle, en tirant sur la jambe de mon pantalon, puis elle souleva deux petits cadeaux. Tu en prends un ? »

Je m'agenouillai, pris ses mains dans les miennes, la débarrassai des deux paquets que je posai à côté de nous, et portai ses doigts à mes lèvres en disant : « Je veux ça. » Je l'attirai contre moi et mis mes bras autour d'elle. « Et ça. » Mes lèvres cherchèrent les siennes : elles étaient ouvertes et tièdes, et je pressai ma bouche contre la sienne. Le désir monta en moi, monta en elle, des vagues de désir qui nous submergèrent, nous renversèrent. La passion affluait en nous comme la marée, nous emportait, emportait la soie de son peignoir... La soie de ses cuisses était infiniment plus douce, lorsqu'elles s'enroulèrent autour de ma taille et que je fus en elle, au plus profond...

Dans le grand lit de plumes, elle était toute petite à côté de moi, nichée dans le creux de mes bras, la tête sur ma poitrine. Il ne faisait pas encore tout à fait jour. Les arbres dépouillés étaient noirs contre le ciel qui se colora de rose et d'orangé avant de prendre sa teinte hivernale bleu-noir. Tout était silencieux, à l'extérieur comme à l'intérieur. Elle bougea et je resserrai mon étreinte, écartant les cheveux qui étaient tombés sur sa joue. Puis je fermai les yeux et laissai le sommeil m'envahir parce que c'était cela, aussi, dont j'avais rêvé durant tous ces mois sans elle et j'avais besoin de le savourer, de mémoriser toutes les sensations, de les emmagasiner pour plus tard, parce qu'il n'y avait eu personne d'autre pendant que nous étions séparés, parce qu'il n'y aurait personne d'autre, parce qu'elle était la seule, l'unique. Je me laissai envahir par la paix qu'elle seule était capable de me procurer, lorsqu'elle était à mes côtés.

Le lendemain matin nous prîmes le traîneau pour aller à Mallaig, car les routes étaient trop enneigées pour la voiture. Nous serions seuls, mes frères et sœurs célébrant Noël chez Nancy ; autrement dit, il serait impossible à mon père et à moi de nous ignorer mutuellement, Jamie McEwen serait des nôtres, puisque de tout temps je l'avais vu à la table de mon père. Sa femme était morte en donnant naissance à leur premier enfant et il ne s'était jamais remarié. Je lui avais un jour demandé pourquoi et il m'avait répondu : « Parce que je suis *toujours* marié, mon petit... »

Le voyage fut extraordinaire. Le soleil brillait haut dans le ciel et la neige immaculée scintillait dans la lumière, crissait sous les patins du traîneau. L'air était vif sans être coupant. Les arbres étaient vêtus d'hermine et les rivières gelées formaient des rubans argentés. À Morar, la mer était aussi blanche que la grève, l'eau rugissait en se cognant contre les récifs et les vagues de dix mètres de haut retombaient en gerbes d'écume.

Il y avait soixante centimètres de neige dans la cour de mon père. Tout en poussant la grille d'entrée, je serrai la main de Kate ; elle fit passer Davie et Mollie devant, marqua un arrêt, m'affirma que tout se passerait bien, puis ouvrit les bras. Jen se précipita vers elle et elles se mirent à danser de joie toutes les deux, alors que cela faisait seulement vingt-quatre heures qu'elles s'étaient quittées. Je détournai les yeux de leurs visages rayonnants et rencontrai le regard de mon père. Il se contenta de me saluer de la tête, ébouriffa les cheveux de Davie et s'agenouilla pour jouer avec Mollie. J'allai chercher les malles et, quand je revins, le chien de Jen bondit vers moi en remuant joyeusement la queue. Oubliant que j'étais censé ne l'avoir jamais vu, je le pris dans mes bras et lui caressai la tête. Il y eut un silence et je m'aperçus que tout le monde m'observait. Reposant Minch par terre, je dis à Davie que le chien de sa sœur était bien aussi affectueux qu'il l'avait dit, puis je me dirigeai rapidement vers la cuisine pour voir ma mère.

« Je vous apprendrai, Jamie McEwen, disait ma mère en brandissant une cuiller en bois, qu'on n'a pas besoin d'une pendule pour savoir quand l'oie est cuite. Moi, je lui secoue la patte et...

– Il lui manque encore une demi-heure de cuisson.

– Sottises !

– Quinze minutes par livre.

– Balivernes ! »

Je les écoutai se taquiner encore un moment avant d'entrer et d'enlacer ma mère tout en lui mettant ma main sur les yeux.

« Rob !

– *Aye.* »

Elle se libéra de mon étreinte, se retourna et m'embrassa en me serrant dans ses bras à m'étouffer. Puis elle me prit les mains, m'examina de la tête aux pieds, et effleura mes tempes grisonnantes. « Ça lui donne l'air distingué, vous ne trouvez pas, Jamie ? » Mais Jamie ne répondit pas et alla remettre l'oie dans le four, affirmant qu'elle n'était pas encore cuite et que nous avions le temps de boire un petit verre avant le repas.

Nos places à table avaient été soigneusement étudiées – mon père et Jen étaient placés aussi loin que possible de moi – et le déjeuner se passa bien, jusqu'au moment de distribuer les cadeaux. J'avais bu beaucoup, comme nous tous – du whisky – et cela me rendait d'humeur mélancolique. Je ne pouvais détacher mes yeux de Jen et l'envie de la prendre dans mes bras était si forte que cela me suffoquait littéralement.

Nous échangeâmes les cadeaux. Kate m'offrit une chaîne en or massif où pendaient les clés du Loch Leven, et je lui donnai un petit médaillon en or qui représentait la maison. Lorsque je le lui attachai autour du cou, elle inclina la tête vers moi et m'embrassa en murmurant qu'elle n'avait jamais rien eu d'aussi joli. Mon père ouvrit la bouteille de cognac de soixante-dix ans d'âge que je lui avais offerte mais ne proposa pas d'y goûter avec moi, et ma mère cligna de l'œil en trouvant les cent livres que j'avais mises dans la poche d'un tablier brodé. Quant à Jamie, je lui avais déniché une édition très ancienne des œuvres de Shakespeare, et ce cadeau le toucha beaucoup.

Kate avait rempli deux malles de cadeaux pour les enfants. En les regardant déballer leurs paquets, je trouvai qu'il faisait très chaud dans la pièce et fus obligé de m'éloigner du feu et d'ouvrir la fenêtre. Je n'étais jamais à l'aise, dans cette maison, et j'avais toujours l'impression que des bestioles me couraient sous la peau. Jenny était à moins d'un mètre de moi et tout ce à quoi j'étais capable de penser, c'était au temps où, petite, elle s'asseyait à mes pieds et posait sa tête sur mes genoux pour que je lui caresse les cheveux. Mais je n'avais plus le droit de la caresser... de la toucher... de l'aimer.

J'avais acheté des montres pour les enfants, mais c'est Kate qui avait fait les paquets, pour que nous puissions dire que le cadeau venait d'elle. Mais Davie savait la vérité et il vint m'embrasser et me demander de mettre sa montre à l'heure. Je n'y voyais pas très clair – les larmes, le whisky, la proximité de Jen –, tout était un peu flou. Jen dut deviner que la montre venait de moi, car elle la remit dans son écrin et la posa sous l'arbre de Noël, comme si c'était quelque chose de sale et de malfaisant, avant d'aller s'asseoir près de la cheminée. Elle baissa la tête et je vis une larme rouler sur sa joue, ses épaules s'affaisser. Ce fut comme si un ouragan se déchaînait à l'intérieur de moi, fracassant ma poitrine, la disloquant ; d'un seul coup je ne sus plus ce que je faisais, et me retrouvai en train de serrer dans mes bras ma fille qui pleurait. Nous pleurions tous les deux. Je dis quelque chose, je ne sais pas quoi. Qu'importe, puisqu'elle n'entendit pas. Elle me repoussa, fit un effort pour se relever ; je la rattrapai par le bord de sa robe, la fis rasseoir près de moi, lui pris la main et la posai sur ma poitrine en la suppliant de toucher mes côtes cassées, preuve que j'avais été incapable de leur écrire et de leur donner de mes nouvelles. Je la conjurai. l'implorai, et elle se mit à gémir et à crier : « Lâche-moi !

– Rob, s'exclama Kate, en essayant d'arracher Jen à mon étreinte. Robert, pour l'amour du ciel, laisse-la ! »

Les chiens se mirent à japper, Jenny était hystérique et je n'arrivais pas à la lâcher. Mes mains refusaient d'obéir. Et je continuai à la tenir jusqu'à ce que je sente la main de mon père me broyer l'épaule ; levant les yeux, je vis son regard, voilé et douloureux. « Lâche-la, fils, lâche-la. »

Jen s'échappa et courut vers le fond de la maison, Kate sur ses talons ; mon père m'aida à me relever, dit à Davie d'aller chercher nos manteaux et m'emmena dehors. Tout le long du chemin jusqu'à la mer, il garda sa main posée sur mon dos. Il ne dit rien, mais il était là avec moi et c'était suffisant. Nous nous assîmes sur une aspérité rocheuse ; il regarda droit devant lui, puis étendit la main, me tapota le genou et dit : « Elle est ton châtiment, Rob... *Aye*, fils, elle est ton châtiment... »

Nous restâmes sur le rivage jusqu'au coucher du soleil, jusqu'à ce que je sois dessoûlé, et nous rentrâmes à la maison. Kate était toujours avec Jen, ma mère et Jamie jouaient aux cartes, et Davie était introuvable. Mais je savais où il était.

Je descendis à la cave, jetai un coup d'œil du côté du tas de charbon, juste au-dessous de la fenêtre, où Davie était assis. Il tenait à la main quelque chose qu'il regardait très attentivement. Je descendis tout doucement les marches. Il referma sa main dès qu'il m'entendit approcher, fourra dans sa poche le quelque chose en question puis s'essuya le visage, laissant deux grandes traces noires sur ses joues. Désignant les piles de vieux journaux à ses pieds, il marmonna : « Il faudrait mettre le feu à tout ça... à toutes ces saletés.

– Je ne suis pas certain que cela changerait grand-chose, Dave.

– Si, tout. »

Il se releva, resta debout un instant, puis secoua la tête et monta l'escalier.

Nous revînmes au domaine. La veille de Hogmanay – la Saint-Sylvestre en Écosse – Kate prit la voiture pour aller à Édimbourg, car elle et Jen étaient invitées au bal de Al Pearce. Ma mère me persuada de passer ensemble le réveillon au Loch Leven, puisque je n'étais pas invité au gala de Pearce. Nous conviâmes tous mes frères et sœurs et leurs familles – nous serions soixante en tout – et je décidai de célébrer la fin de l'année passée et le début de la nouvelle... et d'enterrer « Le Bon Vieux Temps ». De l'enterrer profondément.

CHAPITRE 25

« Oh, Jenny, vraiment, dis-je en éclatant de rire et en enlevant les bas roulés en boule qu'elle m'avait mis sous les seins. Je ne peux pas. D'abord, j'ai l'air ridicule. Ensuite, je connais la moitié des gens qui seront là ce soir et, si j'arrive avec une poitrine rebondie, alors que j'ai toujours été plate comme une limande, tout le monde saura qu'elle est fausse.

– Mais tu es obligée, pouffa-t-elle. Avec cette robe, il faut de la poitrine.

– Alors, c'est toi qui dois la porter. »

Nous étions toutes deux devant la glace de ma chambre où se reflétaient également les dix ou quinze robes que nous avions essayées et laissées de côté. Ce soir, c'était le gala annuel de Al, qu'il organisait pour Hogmanay et, autant j'aurais aimé être avec Rob au Loch Leven, autant Jen et moi passions des moments fantastiques, et je ne me rappelais pas avoir jamais autant ri. Tout en ajustant l'encolure de ma robe, Jen réprimanda Minch qui semblait prendre un malin plaisir à mâchouiller le montant de mon lit, puis elle me pinça la joue et, regardant nos reflets dans le miroir, déclara : « On ne croirait jamais que nous sommes mère et fille.

– Non, deux sœurs plutôt. L'une belle, aux formes généreuses, et l'autre...

– Grande, mince, élégante !

– Oui, sa sœur prématurément vieillie et passée au laminoir ! » On sonna à la porte d'entrée ; je pris nos capes, lui tendis la sienne puis lui offris mon bras en annonçant : « Notre voiture attend, Miss Maclean. »

Al avait proposé de nous envoyer une voiture pour nous emmener à Musselburg. Lorsque j'ouvris la porte, le chauffeur s'inclina puis resta subjugué en apercevant Jen. Nous avions toutes deux décidé de revêtir des robes assorties à la couleur de nos yeux : bleu profond pour Jenny, turquoise pour moi, l'une et l'autre en velours. Je mis la pelisse de Jen sur ses épaules dénudées, privant le chauffeur d'un spectacle qui le fascinait visiblement, et refermai la porte derrière nous.

La maison de Al – en fait, un vrai palais – était située juste en dehors d'Édimbourg, sur la côte, et nous étions invitées, ainsi que la moitié de la ville, à célébrer Hogmanay avec Mr. et Mrs. Pearce. Cette fête traditionnelle écossaise, lors de laquelle on chante Le Bon Vieux Temps, *commence juste après minuit, la nuit du 31 décembre. Toutes les portes étaient entrouvertes, celles de devant pour laisser entrer la nouvelle année, celles de derrière pour laisser sortir l'ancienne, de sorte que les amis pouvaient entrer comme ils voulaient, avec les présents traditionnels : le pain, pour que les habitants de la maison ne souffrent pas de la faim ; le gui, pour que l'amour emplisse la demeure ; une pièce de monnaie, pour que l'année soit prospère ; et un morceau de charbon, pour que la maisonnée soit toujours tenue au chaud. Le premier à franchir le seuil – le* firstfooter *– était toujours un inconnu qui s'était noirci le visage avec du charbon, car on pensait que les Maures portaient bonheur.*

Lorsque nous passâmes les immenses grilles en fer forgé de la propriété, Jen saisit ma main et me désigna la maison sur la falaise, illuminée comme un château de conte de fées. Nous étions déjà venues l'année dernière, et nous avions plusieurs fois dîné avec Al et son épouse, mais nous éprouvions toujours le même enchantement. Les côtés et l'arrière de la maison avaient des baies vitrées d'au moins cinq mètres de haut, et ouvraient sur une terrasse en pierre qui dominait la mer.

Al en personne vint nous accueillir à la porte, nous complimenta toutes les deux et nous emmena à la salle de bal. Jen fut aussitôt enlevée par un groupe de jeunes gens empressés et je pris le bras de Al lorsque l'orchestre entama une valse. C'était un merveilleux danseur, gracieux et fort à la fois, et il me fit tournoyer avec tant d'aisance que je sentais à peine mes pieds toucher le sol. Sa femme nous regardait avec affection – elle devait savoir que je ne faisais pas partie du troupeau de ses conquêtes – et je fis remarquer à Al qu'il avait de la chance d'avoir trouvé une épouse aussi compréhensive.

« C'est vrai. Helena et moi sommes d'excellents associés.

– J'avais un arrangement semblable avec mon mari, lorsque nous vivions au Loch Leven, mais pas tout à fait aussi " honnête " que le vôtre.

– Croyez-vous ?

– Oui. Vous et mon mari, vous avez eu le meilleur des deux : votre liberté et une famille.

– ... Oui... Champagne ?

– Avec plaisir. »

Il demanda deux verres et, en me tendant le mien, murmura : « Je souhaite que cette année vous apporte tout ce que vous désirez, Catherine. »

Je trinquai avec lui et répondis : « J'en suis sûre. À vous, Al Pearce, mon sauveur, mon bienfaiteur, le meilleur des amis, heureuse nouvelle année. »

Jen virevolta près de nous, au bras d'un très bel homme, et je demandai à Al qui c'était.

« Un parti fort intéressant.

– Sans aucun doute, mais qui est-ce ?

– Sir Edward Walpole, baronnet de Stokesbury. Il semble très attiré par Jen.

– Oui, en effet. »

Nous les observâmes. Jenny avait l'air serein mais étrangement détaché, comme si son esprit avait quitté son corps pour partir loin, très loin. Al aussi le remarqua et voulut savoir si la journée de Noël à Mallaig s'était bien passée. J'acquiesçai, mais il lisait en moi à livre ouvert ; il m'emmena à l'écart de la foule, dans un petit renfoncement, et répéta sa question. Je lui racontai ce qui était arrivé, le spectacle affreux de Jen et de Robert en train de pleurer, la façon dont Jen avait repoussé son père.

« Quand retournez-vous au domaine ?

– Demain. Jen veut rester à Édimbourg, mais je n'aime pas du tout l'idée de la laisser seule.

– Pourquoi ne reste-t-elle pas ici ?

– Oh, Al, ce serait merveilleux. Je suis sûre qu'elle serait ravie. »

Mais, bizarrement, Jen voulait à tout prix demeurer à Édimbourg. Elle m'assura que tout irait bien, que Mick serait là, et que ce serait mieux pour elle d'aller travailler tous les jours. Mrs. Dodge devait prendre l'atelier en main durant mon absence, mais Jen s'était proposée pour aller superviser le travail pendant mes vacances au Loch Leven. Je la taquinai en disant que la vraie raison, c'est qu'elle avait un soupirant qui profiterait de mon absence pour venir la voir, et elle rougit si violemment que je me demandai avec inquiétude si par hasard je n'avais pas deviné juste. Elle ne voyait personne – elle recevait pourtant de nombreuses invitations à déjeuner ou à danser, mais prétextait toujours son travail – et je trouvais étrange que, sollicitée comme elle l'était elle soit si solitaire.

L'aube pointait lorsque le chauffeur de Al nous déposa à notre porte, épuisées mais enchantées. Je montai me déshabiller, Minch me mordillant les talons, pendant que Jen préparait notre chocolat chaud. Le chien avait sorti toutes mes chaussures de mon armoire et les avait éparpillées dans la chambre. Lorsque je le grondai, il se précipita dans la chambre de Jen et revint en tenant fièrement dans la gueule une chaussure toute neuve dont il avait grignoté les boucles et le talon. J'appelai Jen en lui disant que son petit monstre avait déclaré la guerre à nos chaussures, et j'essayai de mettre un peu d'ordre dans ce bazar. Jen monta avec le plateau, se fraya un chemin au milieu de la pagaille et fit des remontrances à Minch. Imperturbable, le chien sauta sur mon lit, posa sa tête sur ses pattes et nous regarda, Jen et moi, avec des yeux angéliques.

Nous nous blottîmes près de lui, sirotant notre chocolat et discutant de la soirée, des tenues des femmes, des beaux jeunes gens. Je fis remarquer que le grand jeune homme avec qui elle avait dansé était superbe ; elle acquiesça, mais d'un air assez indifférent.

« A-t-il demandé s'il pouvait te rendre visite ?

– Qui ?

– Le grand jeune homme.

– Ah... oui.

– Et qu'as-tu dit ?

– J'ai dit que j'étais très occupée. » Elle reposa sa tasse puis, se tournant vers moi, me questionna : « Savais-tu ce que tu voulais, lorsque tu avais mon âge ?

– Oui. Et toi ?

– Avant, oui. Mais maintenant, je ne sais plus. Les choses... je veux dire, j'étais tellement sûre que je grandirais et que j'aurais ce que tu avais au Loch Leven, sauf que mon mari, lui, resterait tout le temps avec moi, mais j'avais envie que nous soyons heureux comme vous l'étiez... quand IL était à la maison, que nous soyons amoureux fous l'un de l'autre, que nous ayons une grande maison avec plein d'enfants, et jamais de soucis d'argent.

– Et maintenant ?

– Je ne sais pas. Ce n'était pas réel. Ce que tu avais n'était que tromperie, apparence.

– Non, Jen.

– Je ne veux pas en discuter. Je ne veux pas parler de LUI. Ce que je voulais dire, c'est que je me demande maintenant si je me marierai un jour.

– Tu n'as pas encore quinze ans, Jen. Tu as tout le temps de songer au mariage.

– Mais c'est ça le problème : je n'arrive pas à m'imaginer mariée avec un des garçons que je connais. Je regarde les jeunes gens, et je les trouve tous très beaux et charmants, mais ils ressemblent à des figurines en bois, ils ne paraissent pas réels. Aucun d'entre eux. Je ne me vois pas tombant amoureuse de l'un d'eux. »

Je ne le dis pas à voix haute, mais elle dut m'entendre réfléchir : Ian, car elle se raidit et changea brusquement de sujet. Elle déclara que, si elle n'avait pas voulu rester chez Al, c'était parce que sa fille aînée Lily l'accusait d'avoir des vues sur son amoureux.

« Sir Edward ?

– Oui. C'est ridicule. Il ne m'intéresse pas.

– Mais lui semble voir les choses autrement... T'ai-je dit que Ian est allé au Loch Leven pour Hogmanay ? Ton père l'a invité. La mine sera fermée le jour du Nouvel An. Je dois dire que je n'ai pas vu un seul garçon, au bal de ce soir, qui soit aussi beau que Ian, loin de là. » Jen fronça les sourcils et froissa les couvertures. « Qu'en penses-tu ? »

Elle ne me répondit pas tout de suite, mais je vis qu'elle était plongée dans une profonde réflexion et j'espérai que ma question l'obligerait à être honnête – au moins vis-à-vis d'elle-même – quant à ses véritables sentiments pour Ian.

« Maman ?

– Oui ?

– Tu ne te fâcheras pas si je te pose une question ?

– Oh, je n'aime pas beaucoup les conversations qui débutent par cette phrase. Vas-y, je te promets de ne pas me fâcher.

– Pourquoi détestes-tu oncle Will ? » Je ne m'attendais pas à cette question et elle me bouleversa. Jen remarqua le tremblement de mes mains ; elle prit ma tasse et la posa sur la table de chevet,

avant de dire : « Il t'aime tellement, pourquoi le détestes-tu ?

– Est-ce qu'il a...

– Je ne l'ai pas vu depuis janvier dernier. Mais... je pense à lui. Pourquoi dis-tu qu'il risque de nous faire du mal ? Il a été si bon pour nous, durant toutes ces années au domaine. Tu ne le détestais pas, à ce moment-là. Tu ne le détestais pas, jusqu'à la mort de Grand-Père Brodie.

– Parce qu'il ne représentait pas un danger pour vous, jusque-là. Il avait toute sa raison, mais il l'a perdue avec la mort de mon père. Le cerveau de ton oncle Will est comme une plaine tranquille et verdoyante, sous laquelle une multitude de brèches sont prêtes à s'ouvrir toutes grandes sur un abîme de folie.

– Je ne crois pas qu'il soit fou. Mais pourquoi le détestes-tu tellement ? » Je sentis la colère monter en moi, malgré ma promesse ; Jen s'en aperçut et ajouta très vite : « Non, je t'en prie. Tu as promis. J'ai besoin de savoir.

– Que t'a-t-il dit ? Lorsque tu l'as vu, l'an dernier, vous avez dû discuter de la raison pour laquelle je vous ai interdit de le voir.

– Il a dit que tu es convaincue qu'il a agressé une jeune fille à Cromdale.

– Je ne veux plus parler de cela.

– Maman, tu as promis de ne pas te mettre en colère. Chhhuuut, je t'en prie. C'est important. La fille qui a été attaquée à Cromdale...

– Janet.

– Oncle Will a dit que c'était un tsigane.

– Non. C'était mon frère.

– Mais comment peux-tu seulement l'imaginer capable de... Maman, je n'ai jamais connu quelqu'un d'aussi doux, d'aussi gentil, d'aussi...

– Tu ne vois pas que c'est précisément ce qui le rend si dangereux : il n'a rien d'une brute ! Tu ne te rendrais même pas compte de ce qui t'arrive, ce serait déjà trop tard ! Janet n'a pas été la seule, il y a

eu une autre fille à Paris ! Il ne l'a pas violée, Jenny ! Elle était consentante ! Il l'a punie après, il a failli la tuer ! Il l'a démolie !

– Mais tu n'as aucune preuve, Maman. Parfois nous faisons des erreurs et nous nous trompons sur le compte des gens.

– Comme tu t'es trompée sur le compte de ton père ?

– Je voudrais bien m'être trompée sur SON *compte.*

– Tu t'es trompée. Will t'a menti.

– Pourquoi aurait-il menti ? Quel intérêt pourrait-il bien avoir à me mentir à SON *sujet ? Dans quel but ?*

– Il déteste ton père.

– Pourquoi ?

– Il le déteste. Il l'a toujours détesté. Il a voulu te monter contre lui, t'utiliser pour nous séparer, ton père et moi. Il t'a menti parce qu'il veut que ton père sorte de ma vie, parce que... parce qu'il est...

– Il est quoi ?

– ... Fou. »

Jen me regarda comme si j'étais malade ; ses yeux se remplirent de douceur et de peine, puis elle m'embrassa sur la joue, appela Minch et sortit sans bruit de ma chambre.

Je pris la voiture pour aller au Loch Leven, malgré mon inquiétude de laisser Jenny seule, et j'arrivai tard le soir du 1er janvier. La famille de Rob était là – ses parents, ses frères et sœurs avec leurs conjoints et enfants –, même Martin, qui avait beaucoup grossi et commençait à devenir chauve comme son père. Tout le monde était très gai, le whisky coulait à flots, et nous dansâmes et chantâmes jusqu'au petit matin, accompagnés à la cornemuse par Martin et au piano par sa femme Annie.

À cinq heures du matin, ils rentrèrent tous chez eux, et Rob et moi nous écroulâmes tout habillés sur le lit. Je commençais déjà à sombrer dans le sommeil lorsque Robert s'assit en repliant son oreiller et m'annonça que Ian avait été reçu à l'université d'Édimbourg et avait obtenu une bourse pour toute la durée de ses études.

« C'est formidable, murmurai-je, ravie mais trop épuisée pour mettre dans ma voix tout l'enthousiasme voulu.

– Il n'y va pas.

– Quoi ?

– J'ai dit : il ne va pas à l'université. Archie a amené May à l'hôpital il y a huit jours. Il lui a cassé la mâchoire. » Rob donna un grand coup contre le lit et grommela : « Quel gâchis, Kate. Quel foutu gâchis.

– Que va-t-il faire ?

– Rester à Glasgow. Mon père est d'accord pour continuer à lui donner des cours le dimanche.

– Et après ?

– Prions pour que la mine s'effondre. » Il se recoucha, me tourna le dos et ajouta : « Avant que Ian ne tue son père. »

La permission de Robert passa si vite que nous comprîmes tous deux que nous ne supporterions jamais d'être séparés si longtemps ; aussi l'autorisai-je à demander sa mutation à la base militaire de Northumberland. Cela prendrait des mois avant que sa requête ne soit satisfaite, et j'espérais d'ici là pouvoir convaincre Jen que Davie et moi avions le droit d'être avec son père, tout comme elle avait le droit de choisir de ne pas le voir.

Rob écrivait toutes les semaines d'Égypte, où il était posté, et ne savait absolument pas quand il pourrait obtenir une permission suffisamment longue. Il y avait toujours trois lettres, une pour chacun de nous, et j'étais mortifiée de voir celles qui étaient adressées à Jen finir dans la cheminée, non décachetées.

J'étais incapable de me faire à l'absence de Robert. La situation était pourtant la même du temps du Loch Leven, et j'aurais dû avoir l'habitude d'être seule. Mais non. Peut-être était-ce parce que j'étais plus âgée, ou parce que maintenant il avait envie de vivre avec moi autant que j'en avais eu envie à l'époque. Les nuits étaient interminables et je guettais l'aurore qui annonçait la fin de mon tourment. Et le travail. Car le travail était, avait été, serait toujours source de réconfort.

Mon quarante et unième anniversaire tombait un jeudi et il fut décidé que nous le fêterions le samedi soir « Chez Michel » avec Al. Robert me fit porter quarante et une roses, ni blanches ni roses mais entre les deux, et je fus touchée qu'il se soit occupé de me les faire envoyer avant son départ puisqu'il n'aurait pas pu le faire d'Égypte. Mrs. Dodge me poussa à quitter le travail de bonne heure – le mois de février était une période creuse, dans l'industrie du vêtement – mais j'étais sûre que c'était Jen qui lui avait demandé de veiller à ce que je sois de retour à la maison à six heures, pour me faire la « surprise » d'un bon dîner et d'un gâteau d'anniversaire. Elle était très gaie et pétulante depuis quelques jours, et je savais que c'était parce qu'elle préparait quelque chose d'extraordinaire en mon honneur. Sur ce point, elle tenait de son père : c'était un des rares êtres humains dont je savais qu'ils trouvaient vraiment que « donner est plus agréable que recevoir »...

Les réverbères étaient allumés et la neige tombait en silence. En approchant de la maison, j'entendis un très léger tintement. Ce n'étaient pas des cloches, ni un carillon... non, c'était un piano. Comme elle jouait bien – car je savais que c'était Jen. La musique se fit plus douce, changea de rythme, devint triste et plaintive. Obsédante. Je ne l'avais jamais entendue jouer avec tant d'émotion : les notes semblaient des gémissements de souffrance. En me laissant pénétrer par cette mélodie, je la reconnus soudain. Je l'avais entendue longtemps auparavant, et elle m'avait toujours bouleversée. Personne au monde ne pouvait la jouer, parce qu'elle avait été écrite pour moi, sans gammes, sans portée, sans papier à musique, car celui qui l'avait inventée ne connaissait pas l'art de la composition. Il l'avait entendue au plus profond de lui et ses doigts avaient obéi, trouvé les notes, comme par magie. Et il jouait, jouait, ses mains couraient délicatement sur les touches d'ivoire – ces mains qui, avec une égale délicatesse, avaient glissé sur ma peau nue... ces mains qui avaient déchiré ma chair et failli me tuer.

Il était là... avec Jen.

Je me retrouvai d'un seul coup dans l'entrée, au bas de l'escalier, observant Will assis au piano, Jen sur ses genoux. Sans prêter attention aux chiens qui étaient dans mes pieds, j'allai à la commode où se trouvait le pistolet chargé, ouvris le tiroir du haut, en sortis lentement l'arme et me retournai. Jen, dont le visage rayonnait quelques secondes plus tôt, se leva d'un bond, poussa mon frère derrière elle et se mit à crier en appelant Mick.

« Écarte-toi, Jen, ordonnai-je en avançant d'un pas.

– Maman... mon Dieu... Mick ! Maman, je t'en prie...

– Écarte-toi de là. »

Elle m'implorait, appelait Mick à grands cris, puis Davie qui descendit l'escalier en courant et s'arrêta brusquement en me voyant avec le pistolet. Miss Graves surgit derrière Mick, qui resta là hébété, tandis que Will ne me quittait pas des yeux. Prenant Jen par les épaules, il la poussa doucement sur le côté et lui dit d'aller rejoindre son frère, mais elle s'accrocha à lui en pleurant de façon hystérique, cherchant désespérément à faire barrage avec son corps.

« C'est moi ! cria-t-elle, c'est moi qui lui ai dit de venir... Maman, je t'en prie... je t'en prie...

– Va avec ton frère, Jen, ordonna Will en la repoussant. Va ! »

Comme elle ne bougeait pas, il la poussa plus fort, puis me fit face. Je visai le cœur, fermai les yeux, puis abaissai le pistolet ; comme il faisait un pas dans ma direction, j'ouvris grand les yeux, visai son genou gauche et tirai. Il chancela. Je pointai l'arme sur son autre jambe et, juste avant qu'il ne s'effondre, je tirai à nouveau. Les hurlements de Jen remplissaient la maison, elle se précipita sur Will, s'agenouilla, lui prit doucement la tête, tout en suppliant Mick d'appeler une ambulance. Ses mains et sa robe étaient pleines de sang, du sang de mon frère, qui imprégnait le tapis et se répandait autour de lui. Il me regarda, des larmes plein les yeux, et soudain le pistolet me parut si lourd qu'il m'échappa des mains. Je sentis mes jambes se dérober sous moi, je tombai lentement à genoux, comme si je flottais, comme si je me dégonflais.

« Tu es folle, sanglotait Jenny. Pourquoi ? Pourquoi ? Il n'a rien fait ! Tu es démente ! C'est toi qui es folle ! C'est toi ! » Elle berçait doucement son oncle, comme un bébé, caressant son visage tordu de douleur.

Miss Graves n'avait pas bougé, elle se tenait toujours dans l'embrasure de la porte qui menait au bureau. Je sentis une main sur mon bras : Davie était près de moi.

« Fais sortir les chiens, Davie », murmurai-je, car Minch et Mollie aboyaient furieusement. J'étais calme, en dehors de tout, comme morte.

Lorsque Mick revint avec l'ambulancier, un policier les accompagnait. Celui-ci vint vers moi, observa l'arme à mes pieds, puis demanda ce qui s'était passé.

« Non..., gémit Will. Non... ne les laisse pas... non... » Incapable de parler, il étreignit la main de Jen qui me regarda, puis regarda le policier.

« C'est... c'est un accident. Il faisait noir. Nous voulions faire une surprise à ma mère pour son anniversaire... Elle a pris mon oncle pour un voleur.

– C'est exact, m'sieur, renchérit Mick. J'ai tout vu. Mrs. Maclean savait pas qu'c'était son frère... elle a vu un type... un inconnu, et y'a eu des vols ces temps-ci... Avant qu'elle r'connaisse son frère, l'coup était parti. »

Will, gémissant de douleur, confirma au policier tout ce que Mick avait dit, et demanda que je ne sois pas arrêtée, car il s'agissait d'un affreux accident. Le policier interrogea Miss Graves, qui confirma leur récit, puis, lorsque ce fut mon tour, Jenny quitta son oncle pour venir près de moi et répondit à ma place aux questions, prétextant que j'étais en état de choc et incapable de répondre moi-même.

Davie resta avec moi pendant qu'on emmenait Will à l'hôpital, accompagné de Jen ; tandis que je contemplais la mare de sang, à l'endroit où Will était tombé, Mick vint vers moi et s'excusa :

« J'vais vous expliquer, Mrs. Maclean...

– Prenez vos affaires, Mick, et partez immédiatement

– Faut juste que j'vous dise, si j'avais pensé un instant qu'la p'tite demoiselle risquait quéque chose...

– Partez. Tout de suite.

– Il lui a jamais fait d'mal. Je l'jure. J'étais à moins d'trois mètres et il a jamais...

– Emmenez Miss Graves avec vous.

– J'crois qu'vous vous trompez sur lui...

– C'est possible. Après tout, je me suis bien trompée sur vous.

– Non, non, je jure...

– Combien mon frère vous a-t-il payé ?

– C'était pas l'argent... »

Sans le laisser achever sa phrase, je lui montrai la porte, puis allai à la cuisine chercher un seau d'eau. Davie m'observait – je sentais son regard suivre le moindre de mes mouvements – mais il ne dit rien et se mit à nettoyer le tapis du salon avec moi. La tache était très large et j'avais la nausée rien qu'à la regarder, aussi finis-je par dire à Davie de m'aider à rouler le tapis et à le porter dehors. Le sang avait maculé le plancher, et je n'arrivais pas à m'approcher de l'endroit où mon frère était tombé. Davie me prit la brosse des mains, me fit asseoir sur le canapé et nettoya le sol tout seul.

« Depuis combien de temps vient-il ici ? lui demandai-je quand il eut fini.

– Depuis le printemps où Drew est mort. Mais il n'a jamais blessé...

– Sais-tu ce que mon frère a dit au sujet de ton père ?

– Oui. Mais il ne parlait pas de lui. Je veux dire, il ne parlait jamais de Papa en ma présence, parce qu'il savait que je ne l'aurais pas laissé dire. » Il baissa la tête, puis interrogea : « Pourquoi as-tu tiré sur lui, Maman ? Il ne faisait rien de mal. Il jouait simplement du piano. Pourquoi as-tu tiré sur lui ? »

Je ne pus lui répondre, non parce que j'avais peur de lui dire la vérité, mais parce que j'étais incapable de comprendre moi-même les raisons de mon acte.

Tous les journaux relatèrent l'histoire, reprenant le récit que leur avaient fait Will et Jenny à l'hôpital : il s'agissait d'un tragique accident. Jen resta au chevet de son oncle, et je me rendis à l'atelier à cinq heures du matin le lendemain, car je n'avais pas pu fermer l'œil et je me sentais mal à l'aise dans la maison. Mes employées me témoignèrent de la sympathie – tout Édimbourg était au courant, et personne ne soupçonnait autre chose que ce qu'avaient raconté les journaux.

Je m'affairai toute la matinée, avec le sentiment que, si je m'arrêtais, quelque chose de terrible se produirait. Je courais à droite et à gauche, passant de la salle de coupe à l'atelier de couture, jusqu'au moment où, poussant la porte de mon bureau, je vis Al assis à ma place. Il se leva aussitôt et vint vers moi, les bras ouverts, mais je m'écartai de lui sans savoir pourquoi et, m'asseyant à mon bureau, lui désignai un siège. Il m'observa, puis attrapa mon chapeau et mon manteau qui étaient accrochés derrière la porte, et me les tendit en disant :

« Venez un instant dehors.

– Je... je ne peux vraiment pas. J'ai terriblement... à faire. »

Sans tenir compte de mon refus, il me mit mon chapeau sur la tête, passa mon manteau sur mes épaules, me prit le bras et m'emmena à l'extérieur. Comme il neigeait abondamment, il ouvrit son parapluie et nous marchâmes en direction de Queen Street Gardens.

« Racontez-moi ce qui s'est passé, dit-il.

– Les journaux...

– Je vous en prie. » Je secouai la tête. Il s'arrêta et demanda : « Vous a-t-il menacée ? Est-ce pour cela que vous avez tiré sur lui ? » Je le regardai d'un air incrédule, et il m'expliqua en quelques phrases qu'il avait toujours su que j'étais Catherine Brodie, et que l'histoire qui avait circulé vingt ans plus tôt dans toute l'Écosse était un mensonge conçu pour me dépouiller de mon héritage.

« Quand l'avez-vous su ?

– Lorsque vous étiez à Glasgow, et que vous êtes venue me demander un prêt. Votre nom de jeune fille et votre lieu de naissance figuraient sur les papiers. Peu importe. Ce qui est capital, c'est que vous avez tiré sur votre frère, non pas accidentellement, mais parce que vous craigniez qu'il ne vous fasse du mal, à vous ou à vos enfants. Pourquoi voudrait-il vous faire du mal, aujourd'hui ? Lui seul a hérité du domaine de votre père, n'est-ce pas ?

– Oui.

– Alors, pourquoi ? »

Pourquoi ? Pourquoi ? Pourquoi, Kate ?

« Parce que...

– Jenny.

– Oui... Jenny...

– Évidemment, Jenny est si belle, et votre frère est... sans scrupules. Un homme capable de faire passer sa sœur pour folle, afin de la priver de son héritage, est non seulement immoral mais inhumain, et n'hésiterait pas à séduire sa nièce. Pourquoi

n'êtes-vous pas venue me trouver, Catherine ? Si vous aviez peur qu'il ne poursuive Jenny, pourquoi ne pas m'en avoir parlé ?

– Qu'auriez-vous fait ? »

Il se redressa de toute sa taille, indigné, et répondit : « J'aurais pris toutes les mesures qui s'imposaient »

Je ne l'avais jamais soupçonné d'une telle détermination et je fus décontenancée par son attitude. Il dit ensuite que, certes, j'avais infligé à mon frère la leçon qu'il méritait depuis longtemps, mais tout le monde savait désormais, que Mrs. Catherine Maclean, la propriétaire de Jenda, n'était autre que la sœur de William Brodie, une femme qui était passée pour folle dans toute l'Écosse.

« Une putain folle, précisai-je, en utilisant le mot qu'il n'avait pas voulu prononcer devant moi. J'ai été réhabilitée après mon mariage. Mon frère a demandé au médecin et au notaire de déclarer publiquement que j'étais guérie de ma " maladie ", et mon nom de femme mariée n'a pas été mentionné. Catherine Brodie a disparu en 1895. Est-ce que ceci va nous porter tort ?

– Rien de plus qu'un peu de publicité dont on se passerait bien, mais...

– Mais les gens vont se demander si je suis vraiment " guérie ". Oh, Al, c'est tellement... Je ne sais pas quoi faire.

– Il existe une solution. Votre frère pourrait être obligé de déclarer publiquement qu'il a payé pour vous faire déclarer folle, afin de vous dépouiller de votre héritage. »

Une enquête serait ouverte... des questions seraient posées... On saurait que Will ne m'avait pas séquestrée à Cromdale pour me déposséder de mes droits... Ils demanderaient pourquoi... pourquoi... pourquoi ?

Je mourrais plutôt que de révéler que mon frère et moi avions été amants.

« Catherine ?

– Non... Cela le détruirait, lui et tout le Clan Brodie. Je ne pourrais jamais faire cela... à cause de mon père. Personne ne le croirait, de toute manière. Je crois qu'il vaut mieux ne rien faire, en espérant que tout cela va se calmer. C'est-à-dire, à moins que vous ne préfériez que je vende mes robes ailleurs. »

Il s'arrêta brusquement, se tourna vivement vers moi et s'exclama :

« Grands dieux, qu'est-ce que cela signifie ?

– Il pourrait y avoir un scandale...

– Au diable le scandale ! Comment pouvez-vous me croire aussi abject ? Je suis soucieux pour votre réputation, qui a été souillée par toutes ces saletés. Je veux qu'elle soit rétablie, non pour moi, mais pour vous. »

Mais ce que je voulais, moi, c'était oublier tout cela. Je le dis à Al, puis lui demandai de me raccompagner à l'atelier, en lui promettant de ne jamais hésiter à aller le voir si je rencontrais de nouvelles difficultés.

Il me fallut attendre une semaine avant de pouvoir parler seule à seule avec Jen, pour essayer de lui donner des explications. Mais elle ne voulut rien entendre de mes arguments, et me rappela avec colère que son oncle ne retrouverait sans doute jamais l'usage de ses jambes. On transporta Will à Cromdale à la fin du mois de mars, après avoir tenté une série d'opérations. Flora écrivait tous les jours pour dire qu'il sombrait dans une profonde apathie et que seule ma présence pourrait lui redonner des forces.

Mais j'étais incapable de me retrouver face à lui, incapable de le regarder dans les yeux et de l'entendre dire : Pourquoi ? Pourquoi ? Pourquoi ?

CHAPITRE 26

(Alexandrie, Égypte, 26 février 1911)

Le soleil baissait sur l'horizon et le ciel prenait une teinte gris foncé, presque violette, du côté où s'élevait la colonne de Pompée ; là, la terre était d'une couleur indéfinissable, entre gris et jaune, un mélange de sable et de poussière. À côté, d'autres colonnes, brisées, étaient à moitié enterrées dans les dunes et, devant, gisaient les ruines d'une forteresse aux pierres rongées par le vent, le sable... et le temps. Aucun être vivant ne hantait ces vastes murs érodés par le salpêtre, hormis les chacals. Aujourd'hui, c'étaient eux les rois, là où autrefois avaient brillé les pharaons, et une tristesse indescriptible régnait alentour – tristesse du présent en regard de la majesté du passé.

La Banque d'Égypte avait fait faillite et les meilleurs experts financiers de Londres étaient venus au Caire pour remettre sur pied l'économie égyptienne. Je servais sous le commandement du général Lord Kitchener, chef suprême des armées de notre nouveau roi George V, et nous avions pour mission de rétablir l'ordre à Alexandrie, carrefour de l'Orient et de l'Occident.

La puissante cité avait été incendiée deux mille ans plus tôt, privant l'humanité de l'une des plus fabuleuses bibliothèques du monde. Mais, ce soir, la ville flambait à nouveau et on avait l'impression que tous les habitants étaient dans les rues ; ils dévalisaient les boutiques avant d'y mettre le feu. Nous étions basés dans la partie la plus ancienne de la ville, près du front de mer, et faisions des efforts désespérés pour contenir la foule.

Repoussant du bout de mon fusil un homme âgé, je me saisis de la demi-douzaine de costumes qu'il tenait à la main et les lançai à l'intérieur de la boutique, en criant : « Slattery, escortez cet homme dans la rue !

– Anglais ! Sale Anglais ! cracha l'homme.

– Je ne suis pas anglais ! » Me tournant vers l'endroit où le caporal Slattery se trouvait quelques instants plus tôt, je ne découvris qu'un tas de pantalons. « Slattery ! » Je le cherchai des yeux, tout en tenant à distance le type qui agrippait la pile de vêtements derrière moi.

« Notre coton va dans les usines de Manchester pour faire des costumes anglais ! » cria l'homme, s'en prenant à moi, cette fois. Je le frappai, il tomba à terre et je lui mis la baïonnette sous le menton en disant : « Rentre chez toi ! » Toujours sur le dos, il recula et s'en alla, et je partis à la recherche de Slattery.

« Lieutenant Maclean ! » Slattery était rouge et essoufflé comme s'il avait couru un cent mètres. « C'est Donald Lochiel, mon lieutenant. Lui et Evan Mahony sont en train de se battre. Je crois que Lochiel va le tuer, mon lieutenant. »

Je me mis à courir, poussant Slattery devant moi. Il m'amena à une boutique où Donald, à califourchon sur Mahony, brandissait un couteau que Mahony essayait d'éloigner de sa gorge. Je me précipitai pour tenter d'arracher Donald à la maigre carcasse de Mahony mais il me repoussa violemment avec son coude. « Donald ! m'écriai-je. Tu seras pendu ou alors tu pourriras dans une geôle pour le restant de tes jours ! » Je fis signe à Slattery et lui ordonnai : « Aidez-moi à les séparer ! »

Donald envoya son coude dans le ventre de Slattery qui tomba par terre. Mahony écrasa son poing sur la figure de Donald, mais Donald attrapa Mahony par le cou et le maintint au sol en criant : « R'garde c'qu'il a fait, Rob ! T'as des gosses, toi ! R'garde c'qu'il a fait au p'tit ! » Il désigna d'un signe de tête le coin de la boutique, et j'aperçus le corps d'un petit garçon baignant dans une mare de sang. Je me précipitai pour retourner le corps encore tiède et, en découvrant ce qui restait de son visage, je fus pris d'une violente envie de vomir. L'enfant ne devait pas avoir plus de cinq ou six ans. Il avait les yeux arrachés, le nez et les oreilles coupés, et le haut de son crâne avait été tranché net, laissant apparaître un magma de cervelle et de sang.

« Lâche-moi ! hurlait Mahony.

– Si t'avais entendu l'gosse gueuler, Rob », grogna Donald puis, regardant Mahony d'un air haineux, il ajouta entre ses dents : « J'vais t'tuer, enfant d'salaud. »

Détournant mes yeux de l'horrible spectacle, je vis briller la lame du couteau et Slattery s'approcha.

« Sortez, caporal Slattery, dis-je d'un ton calme mais ferme.

– Mais, mon lieutenant...

– Dehors ! Tout de suite ! C'est un ordre !

– Bien, mon lieutenant. »

Je le regardai s'éloigner, puis me retournai vers Donald dont le couteau s'était encore rapproché du cou de Mahony. Evan Mahony était un salaud et un sadique. Il y a toujours une brebis galeuse dans un troupeau, et Mahony était un type pourri jusqu'à la moelle. J'avais eu des problèmes avec lui depuis le début. Je savais ce que j'avais à faire : écarter Donald, jeter Mahony en prison et, ensuite, le faire passer en conseil de guerre. En tant qu'officier de l'Armée du Roi, c'était mon devoir.

Regardant à nouveau le petit visage mutilé qui continuait de saigner, j'entendis : « Pour une paire d'chaussures minables, Rob. C'est pour ça qu'il l'a massacré. Parce que l'gosse était en train d'voler des godasses. »

Me dirigeant vers les deux hommes, je saisis les bras de Mahony, les maintins au sol, derrière sa tête, et murmurai : « Finis-le.

– Noooon ! » hurla Mahony, au moment où le couteau lui trancha la gorge. Son regard vacilla, on entendit un faible râle, son corps eut un soubresaut, puis il retomba, inerte.

Je reculai, puis retournai à l'endroit où gisait le petit garçon. Des larmes plein les yeux, je croisai les bras du pauvre enfant, roulai son corps dans un tapis et le mis sur mon épaule. « Nous l'enterrerons, Donald. Si la foule le voit, il va y avoir une émeute. »

Donald acquiesça. Se penchant au-dessus du cadavre de Mahony, il demanda : « Qu'est-ce qu'on fait d'lui ?

– Laisse-le. Les rats s'en chargeront. »

Je fis transférer le caporal Slattery dans une autre unité et rédigeai un rapport indiquant que le soldat Evan Mahony avait été tué dans un combat de rue par un individu non identifié, le 26 février 1911.

Un mois plus tard, je fus convoqué dans le cadre d'une enquête qui devait décider de la nécessité ou non d'un conseil de guerre, et le colonel Alexander Ramsay, qui commandait mon régiment, me questionna sur la mort de Mahony pendant que son auxiliaire notait mes déclarations. J'ignorais si le caporal Slattery avait fait lui aussi un rapport ; je priai pour que ce ne soit pas le cas, et mentis sans vergogne. Au bout d'un quart d'heure d'un interrogatoire plutôt mou, le colonel Ramsay renvoya son assistant, se renversa sur son siège, m'offrit une cigarette et en alluma une pour lui.

« Que pensiez-vous de Mahony, lieutenant ?

– De la mauvaise graine, mon colonel.

– Ce n'est pas une perte, alors ?

– Non, mon colonel.

– Je ne suis pas censé vous dire cela, mais le caporal Slattery a également fait un rapport. » Il attendit ma réaction, mais je le regardai sans me troubler. Mon expérience de joueur professionnel avait au moins eu le mérite de me donner des nerfs d'acier. Au bout de quelques secondes, Ramsay écrasa sa cigarette en soupirant : « Bon sang, Maclean, vous êtes un type précieux et je n'ai pas envie de vous perdre. Vous me mettez dans une situation délicate. Pourrez-vous déclarer sous serment que votre déposition relate l'exacte vérité ?

– Oui, mon colonel.

– Et le sergent Lochiel ?

– Oui, mon colonel.

– Dans ce cas, je leur demanderai de ne pas tenir compte du rapport de Slattery. Il n'y aura pas de conseil de guerre.

– Merci, mon colonel. »

Il me sourit, et son crâne dégarni brilla sous les rayons du soleil qui filtraient à travers la fenêtre. Le colonel Ramsay était un homme d'environ soixante ans, un Highlander originaire de Black Isle, avec d'épais sourcils broussailleux qui lui donnaient l'air sévère. Nous parlâmes de l'Écosse et, lorsque je lui dis que ma femme vivait à Édimbourg, il demanda : « La fameuse Mrs. Maclean ?

– Oui, la propriétaire de l'entreprise de confection, répondis-je avec fierté.

– Elle va bien, alors ? Terrible tragédie. En fait, j'étais...

– Tragédie, mon colonel ?

– Les coups de feu. Une chance que le frère n'ait pas été tué, *aye* ? Nous avons...

– Elle a tiré... ? » Les mots m'étaient sortis de la bouche malgré moi ; Ramsay me regarda, comprit que je n'étais pas au courant, et me raconta ce qu'il avait lu dans le journal arrivé la veille, et qui datait d'un mois. Lorsqu'il eut terminé, je me levai, le saluai et demandai à bénéficier d'une permission.

« Vous êtes parti à Noël, lieutenant.

– Permission exceptionnelle, mon colonel. Je ne serai pas absent longtemps.

– Je ne peux pas me passer de vous.

– Dix jours, mon colonel.

– Vous ne serez jamais de retour dans dix jours, lieutenant. Il faut déjà quatre jours pour y aller. » Il regarda ailleurs, fourragea dans les papiers de son bureau, passa en revue toutes les raisons pour lesquelles je ne pouvais pas quitter l'Égypte, puis hocha la tête en disant : « Comment se fait-il que votre femme ne vous ait pas écrit au sujet de cette affaire ?

– Je ne sais pas, mon colonel. C'est pour cela que je *dois* aller à Édimbourg.

– Brodie n'a pas engagé de poursuites, il jure que c'était un accident. Il y avait plusieurs témoins. Mais le journal fait allusion à... comment dire, au *passé* de votre femme, et on s'interroge. Je croyais que Catherine Brodie avait épousé un étranger. C'est ce qu'ont dit les journaux lorsqu'elle a disparu en 1895.

– Non, mon colonel. Elle s'est mariée avec moi. Le *Nubia* part pour Marseille ce soir. Ai-je votre autorisation pour embarquer, mon colonel ? »

Il tapa du poing sur son bureau, faisant voler son écritoire sur le plancher. « Ah, la barbe, lieutenant ! » Je me baissai pour ramasser les morceaux, lui tendis sa plume d'oie et attendis.

« Dix jours, Maclean, pas une minute de plus. Si vous n'êtes pas ici, dans mon bureau, à neuf heures lundi matin 1er avril, je vous fais passer en conseil de guerre pour désertion.

– Merci, mon colonel. »

Le voyage ne me prit pas quatre jours mais trois, et j'étais chez Kate à onze heures du soir le mardi. Elle était seule au salon et, lorsqu'elle m'aperçut à travers la vitre de la porte d'entrée, son visage s'illumina. Les chiens se mirent à aboyer et à remuer la queue, tandis que Kate jetait ses bras autour de moi. Mais je la repoussai sans l'embrasser, et elle baissa la tête.

« Que s'est-il passé ? demandai-je en l'entraînant dehors.

– Tu as dû lire les journaux. Will...

– Grands dieux, Kate, tu me prends pour un imbécile, si tu crois que je vais avaler ces sornettes ! À qui crois-tu parler ? Je veux savoir ce qui s'est passé. Je veux...

– Papa ! » s'écria Davie en s'élançant vers moi. Il m'assaillit de questions et, au moment où je le ramenais à l'intérieur, je vis Jen debout en haut de l'escalier. Elle me fusilla du regard, m'obligeant à m'arrêter ; je lâchai Davie et reculai de deux pas.

« Je vais chercher mon manteau », dit Kate, en nous regardant tour à tour, Jen et moi.

Je promis à Davie de revenir après avoir parlé avec sa mère, et refermai la porte derrière nous. Nous marchâmes dans Tantallon Street, et Kate me raconta ce qui était arrivé. Lorsqu'elle eut fini son récit, je la pris par le bras et l'emmenai sur un banc. « Tu n'aurais pas tiré sur lui uniquement parce que tu l'as trouvé en train de jouer du piano avec Jenny. J'ai *besoin* de savoir ce qui s'est réellement passé, Kate.

– Je t'ai dit ce qui s'est réellement passé. » Elle se leva, tourna les talons et me lança : « Je ne veux pas discuter de cela davantage. Nous pouvons trouver une chambre dans un hôtel et...

– Il était avec elle.

– Non !

– C'est pour cela que tu as tiré sur lui ! Tu l'as trouvé seul avec elle ! »

Elle s'éloigna en courant ; je la suivis mais ne la rattrapai que devant chez elle. Je lui saisis le bras, l'obligeai à me faire face et insistai pour qu'elle me dise la vérité. Nous luttâmes un moment et elle finit par crier : « Il était avec elle, oui ! Jouant du piano ! Elle était assise sur ses genoux, comme moi autrefois ! Tu vois, Robert ! Elle n'est pas en sécurité ! Personne n'est en sécurité !

– Il t'aime ! Il...

– Qu'est-ce que son amour m'a apporté de bon ? Cela ne l'a pas empêché de... ! » Je la relâchai, reculai ; elle semblait troublée et effrayée et balbutia : « Cela ne l'a pas empêché de... de blesser... de blesser ceux que j'aimais ! Tu n'as jamais compris, Robert, jamais ! »

Elle ouvrit la porte. Jenny et Davie étaient là, et la dévisageaient. Jenny, sans un geste vers Kate, remonta l'escalier à reculons comme si sa mère avait été une bête répugnante.

Comme il n'y avait pas de train pour Cromdale, je louai une voiture et arrivai au matin. Joseph, qui faisait faire un tour à une jument, m'accueillit à la grille et me demanda des nouvelles de Kate. Nous parlâmes de l'incident, mais il ne put m'apporter aucun éclaircissement. J'allai donc au château et sonnai à la porte d'entrée.

Flora était encore couchée, et le maître d'hôtel me fit attendre au salon. Elle descendit quelques instants plus tard, emmitouflée dans une épaisse robe de chambre en velours. Je me levai pour aller vers elle ; elle me prit alors les mains et les embrassa avec une sincérité dont je ne l'aurais jamais cru capable.

« Comme c'est gentil, Robert, soupira-t-elle. Comme c'est gentil à vous de passer. *Elle*... refuse de venir.

– Comment va-t-il ? demandai-je, ne sachant plus maintenant si je serais capable d'accomplir ce pour quoi j'étais venu.

– On a pu lui rendre en grande partie la mobilité de ses genoux, mais... mais il ne veut pas marcher. Il ne... Il ne veut rien faire. » Elle hocha la tête avant d'ajouter : « Ce n'était pas un accident. Will jure que si... mais je suis certaine... *elle* l'a toujours haï... toujours... Si c'était un accident, alors pourquoi refuse-t-*elle* de venir ?

– Je ne sais pas... comme vous le dites, elle l'a toujours haï. Puis-je le voir ? »

Elle me conduisit avec gravité à l'étage.

Will dormait, mais son visage était tout sauf détendu ; jamais je ne l'avais vu aussi émacié et marqué. Sa main gauche, posée sur la courtepointe, était maigre et veinée, crochue comme une griffe racornie. Flora se pencha vers lui, l'embrassa sur le front et lui dit que j'étais là. Il ouvrit les yeux, me regarda d'un air absent, et fit signe à sa femme de nous laisser.

« Est-elle... » Le souffle lui manqua, mais je compris ce qu'il désirait savoir.

« Elle est à Édimbourg.

– Dis-lui...

– Quoi ?

– Jenny...

– Qu'y a-t-il, au sujet de Jenny ?

– Elle est en sécurité... elle l'a... toujours... été. »

Il perdit conscience.

Je le contemplai, lui, l'homme qui aimait mon épouse, sa sœur, d'un amour passionné et inhumain, un amour dont la violence l'avait poussé à tuer. Je n'avais qu'à mettre l'oreiller sur sa tête pour qu'il meure, et sa mort paraîtrait naturelle, puisqu'on s'attendait à ce qu'il rende le dernier souffle d'un moment à l'autre.

Je me dirigeai vers la porte de la chambre, l'ouvris, et sortis dans le couloir.

CHAPITRE 27

(Édimbourg, 30 juin 1911)

Je fus tirée d'un profond sommeil par la sonnerie de la porte d'entrée et des coups frappés avec insistance. Je sautai du lit, jetai un coup d'œil au réveil – cinq heures et quart –, passai ma robe de chambre et me cognai dans Minch et Mollie. Leurs aboiements, s'ajoutant au vacarme extérieur, firent naître en moi un sentiment de panique. Davie se réveilla, puis Jenny; je leur dis de retourner se coucher et descendis à toute allure.

Il pleuvait à torrents – une de ces violentes pluies d'été qui s'était mise à tomber tard dans la nuit – et je distinguais à peine la silhouette, de l'autre côté de la porte vitrée. Mais je reconnus la voix. Lorsque j'ouvris la porte, Flora se tenait sur le seuil, pâle et tremblante, cramponnée à son parapluie. Je la fis entrer, tout en criant aux chiens de se taire. Je voulus la débarrasser de son manteau, mais elle refusa en balbutiant : « Non, je ne reste pas... Ma voiture est dehors. Je veux que vous... Will ne sait pas que je suis venue... Il est... » Elle n'acheva pas sa phrase et me regarda fixement. Mon cœur s'arrêta soudain de battre car je compris que mon frère devait aller très mal pour qu'elle se soit déplacée.

Je fis entrer Flora au salon, lui dis que nous serions prêts dans un quart d'heure et allai trouver les enfants qui se tenaient, immobiles, en haut de l'escalier.

« Il est mourant, c'est bien ça ? pleura Jenny.
– Mettez vos affaires dans un sac...
– C'est bien ça ?!
– Ça suffit, Jenny ! »

Elle secoua la tête et retourna dans sa chambre en claquant la porte.

C'était dimanche et il n'y avait personne sur les routes, mais la pluie avait charrié de la boue et du gravier sur la chaussée, et il était près de quatre heures de l'après-midi lorsque nous arrivâmes à Cromdale. Je n'y étais pas revenue depuis l'enterrement de mon père, quatre ans plus tôt. Rien n'avait changé, tout était resté intact depuis plus de quatre décennies. Pourquoi avais-je peur ? Mon cœur battait à tout rompre lorsque nous pénétrâmes dans le château. Mes neveux étaient tous là et nous saluèrent d'un air grave. C'étaient des jeunes gens, maintenant. Ils m'embrassèrent chacun à leur tour, sauf Tom, celui du milieu – le préféré de Flora, le portrait craché de Will à douze ans. Ils croyaient à ce qu'avaient dit les journaux, c'est-à-dire que j'avais tiré accidentellement sur leur père. Seul Tom connaissait la vérité. Comment, je l'ignore, mais il la connaissait.

Jenny se précipita à l'étage, mais Flora lui dit d'attendre car Will avait besoin de me voir d'abord et elle demanda à ses fils d'emmener Jenny et Dave au salon. Je suivis Flora dans l'escalier, regrettant qu'elle n'ait pas laissé Jen m'accompagner ; en dépit de mes relations glaciales avec ma fille, j'avais envie qu'elle soit avec moi au moment où je verrais Will... elle ou quelqu'un, ou même quelque chose à quoi me raccrocher. Les lampes de l'escalier, allumées à cause de la tempête, jetaient des ombres immenses jusqu'au plafond. En approchant de la chambre de mon frère, je sentis mes genoux se dérober sous moi et me raccrochai au bras de Flora. Elle ouvrit la porte et me poussa à l'intérieur. Je m'agrippai à elle, terrifiée, mais d'un signe de tête elle me désigna mon frère, puis se retira en refermant la porte derrière elle.

On avait allumé un feu de cheminée et tiré les épais rideaux de velours. Malgré cela, j'eus l'impression qu'un vent glacial me saisissait et m'entraînait vers le lit. Je repensai à tous les crimes commis par mon frère, à tous les êtres qu'il avait fait souffrir, et me répétai qu'il ne faisait que payer pour ces ignominies. Mais plus je m'avançais vers lui, plus tout cela s'estompait. Toute pensée finit par me quitter. Il me regarda ; il était blême et décharné. Il leva une main et me fit signe d'approcher. Je restai un moment debout devant lui puis, lorsque je n'eus plus la force de le regarder, je baissai la tête, tombai à genoux et posai mon visage près du sien. Il caressa mes yeux, essuya mes larmes, sans rien dire. Il n'avait pas besoin de parler. Les mots résonnèrent dans ma tête. Et je sus, comme il savait, comme il avait toujours su.

Je l'aimais... encore.

Nous quittâmes Cromdale le soir même. Ma présence n'était plus nécessaire, puisque mon aveu silencieux avait donné à Will la force de vivre... et m'avait tuée, en détruisant les fondations sur lesquelles j'avais construit mon existence.

Je cachai mon visage aux enfants, de crainte qu'ils n'y voient ce que Will y avait vu. Je n'étais plus sûre, désormais, d'être capable de continuer à faire semblant, comme je l'avais fait toute ma vie. Qu'est-ce que cela voulait dire ? Je ne supportais pas que Will me touche, j'avais en horreur les actes dont il s'était rendu coupable parce que, dans le fond, c'était à cause de moi qu'il les avait commis, ce qui me rendait complice de ses crimes atroces. Je redoutais son courroux, je haïssais sa fourberie et son esprit rusé, capable de forger les mensonges les plus ignobles et d'abuser les gens. Était-ce cela, l'amour ? Ce n'était pas ce que j'éprouvais pour Robert. Avec Robert, j'éprouvais un sentiment de sécurité, de bonheur, la sensation d'être entière. Un sentiment que j'avais connu une fois auparavant, il y avait très longtemps... avec Will.

Sans doute fallait-il croire ce que l'on dit : le cœur se souvient de ce que l'esprit a oublié ; il se souvient à tout jamais, jusqu'au dernier battement, jusqu'au dernier souffle.

Je n'avais que quarante et un ans, et beaucoup de temps devant moi : pour m'abandonner à la honte, me vautrer dans le dégoût de moi-même. Non, jamais je ne pourrais faire cela.

Mais si la vérité demeurait secrète, s'il n'y avait que Will et moi à la connaître, alors on pouvait l'estomper, jeter un voile dessus. Elle était gravée dans mon cœur, mais ne se lisait pas sur mon visage. J'avais entretenu pendant trente ans, pour moi comme pour les autres, l'illusion que je n'aimais pas mon frère, que nous n'avions jamais été amants. Je pouvais continuer. Je devais continuer. Car il existe un boulet plus lourd encore à traîner que la culpabilité : la honte. Ajouter l'une à l'autre signifierait pour moi la mort.

Je repoussai honte et culpabilité, je les enfouis profondément... mais elles ne moururent pas pour autant.

Au moins étaient-elles invisibles et je pouvais par conséquent les oublier... ou essayer. Car il y avait des choses urgentes à faire. Et je courais sans cesse, je m'affairais, m'activais, tenant à distance les fantômes que j'avais réveillés en prenant conscience de la répugnante vérité. J'étais si occupée, si absorbée par ma tâche que je ne remarquai pas les lettres qui arrivaient de Cromdale presque chaque jour pour Jen. Pas plus que je ne remarquai le changement qui s'opérait en elle, car elle m'en voulait d'avoir tiré sur son oncle et je n'avais pas réussi à lui expliquer les raisons de mon geste. C'est seulement lors d'une des visites bimensuelles de Ian, le dernier dimanche d'août, que je me rendis compte de l'abîme qui s'était creusé entre ma fille et moi.

Robert avait un mois de permission – sa mutation

à Northumberland était toujours en attente – et il devait aller au Loch Leven avec ses parents et Davie ; il était prévu que je les y rejoigne le week-end suivant. Mes beaux-parents vinrent à la maison et Ian passa la journée à étudier dans le bureau avec mon beau-père, comme d'habitude. Mais Jen, au lieu d'aider sa grand-mère à la cuisine, comme elle le faisait toujours, resta dans le jardin avec Davie et les chiens, les yeux rivés sur la porte vitrée qui ouvrait sur le bureau. Les relations entre Jen et Ian étaient extrêmement tendues depuis quelque temps et, à défaut d'amour, j'aurais aimé les voir retrouver la simple amitié qui avait existé entre eux.

J'observais de la fenêtre de la cuisine Jenny qui lançait la balle de Mollie de plus en plus près du bureau. La porte était ouverte et, peut-être sans le faire exprès, Jen fit rouler la balle dans la pièce et les chiens se précipitèrent pour l'attraper. Aussitôt Ian sortit et se dirigea vers Jenny qui était allée s'adosser contre le chêne, au milieu du jardin. Arrivé tout près d'elle, il posa ses mains sur le tronc, de part et d'autre de la tête de Jen. Je ne voyais pas le visage de Ian et je n'entendais pas ce qu'il disait, mais Jen jeta ses bras autour de lui, le serra fort et enfouit son visage dans sa poitrine.

Davie était là à les regarder. Ouvrant sans bruit la porte de derrière, je le ramenai à l'intérieur ; puis je me précipitai dans le bureau, de peur que mon beau-père n'interrompe ce tendre tête-à-tête, et je le poussai dans la cuisine où se trouvait la mère de Rob. Nous restâmes tous les quatre là, mourant d'envie de les épier et pouffant de rire comme des idiots, heureux de voir enfin l'amour triompher.

Notre euphorie ne dura guère.

Le silence qui enveloppait la maison et le jardin n'était pas la sérénité de l'amour, et les tourtereaux n'étaient rien moins que paisibles. Comme j'avais fermé portes et fenêtres pour leur procurer un peu d'intimité, nous n'entendîmes rien avant que leurs éclats de voix ne fassent aboyer les chiens. Oubliant toute délicatesse, nous nous précipitâmes tous les quatre à la fenêtre que ma belle-mère avait ouverte.

« Je ne peux pas, criait Jenny, toujours adossée contre l'arbre.

– Qui te le demande ! répliqua Ian sur le même ton. Va-t'en au diable ! Va-t'en au diable, sale enfant gâtée !

– Je ne peux pas !

– Gâtée et égoïste !

– Ian, je ne peux pas !

– J'ai autant que toi le droit d'être ici. Je suis l'invité de ta mère, pas le tien ! Peut-être que ton père supporte ton égocentrisme monstrueux, mais moi je ne le supporterai pas ! Que je sois damné si tu m'empêches de venir à Édimbourg simplement parce que tu as décidé que TU *ne veux pas me voir ici ! Je ne menace pas ta virginité, Jenny Maclean, tu peux en être sûre ! Je ne m'approcherais de toi pour rien au monde, et Dieu préserve celui qui s'y risquerait ! Je ne t'épouserais pas même s'il ne restait aucune autre femme sur terre à part toi !*

– Je ne peux pas... Ian, je t'en prie... comprends...

– Comprendre quoi ? Que tu as la tête aussi dure que les noix que nous avons fait brûler il y a trois ans ? Je maudis ce jour ! Je haïrai toute ma vie Halloween ! Je déteste ce jour ! Je te déteste ! »

Il lui lança un regard furieux, et elle se recroquevilla contre l'arbre. Il ne fit pas un mouvement, mais je vis ses épaules se relâcher et la colère le quitter d'un seul coup. Jen secouait la tête et remuait les lèvres, elle avait l'air de le supplier, mais je n'entendais pas ce qu'elle disait. Ian se rapprocha d'elle, l'attira contre lui, lui caressa les cheveux, et elle mit ses bras autour de lui. Puis il desserra les doigts de Jen qui s'agrippaient à sa chemise, l'écarta de lui et revint dans le bureau.

« Allez auprès d'elle, Kate, me dit ma belle-mère. Dave, va voir si Ian va bien. Davie, mon garçon, aide-moi à mettre la table pour le dîner... Et quel dîner ça va être... »

Jenny était allée s'asseoir sur le banc de pierre, au fond du jardin. Je me dirigeai vers elle à pas lents, craignant qu'elle ne me repousse, même si elle pleurait et avait terriblement besoin de réconfort. M'asseyant près d'elle, je mis mes bras autour de ses épaules ; elle posa sa tête sur mes genoux en sanglotant. Je la laissai pleurer tout son soûl, puis je lui dis : « Tu l'aimes, Jen. Depuis le début.

– Je ne veux pas l'aimer.

– Jenny, les gens rêvent toute leur vie de rencontrer le véritable amour et lorsqu'on a la chance de connaître un amour réciproque, c'est une bénédiction. Tu ne dois pas avoir peur. C'est un cadeau du ciel.

– Non.

– Si, Jen. Ian ne sera pas mineur toute sa vie. Tu dois avoir foi en lui. Et je pourrais vous aider, tu sais...

– Il n'acceptera jamais ! Jamais ! Ne vois-tu pas ce que serait notre vie ? Elle serait affreuse, comme Glasgow, pire même, parce qu'il n'y aurait aucun espoir de changement. On serait misérables, on vivrait comme des rats, et il deviendrait comme son père : cruel, odieux. Une brute.

– Tu te trompes, Jen. Ian n'a rien d'Archie.

– Cela viendra, Glasgow tuera tout ce qu'il y a de bon et de beau en lui, et fera ressortir la bête, exactement comme...

– Comme quoi ?

– Comme pour toi. » Je détournai les yeux. Toute allusion au fait que j'avais tiré sur mon frère me faisait rentrer sous terre. Jen me prit la main et l'embrassa, geste qu'elle n'avait pas eu depuis plus de six mois ; sa tendresse me submergea et je crus qu'elle m'avait pardonné. Mais au bout d'un instant elle relâcha ma main et dit d'un air douloureux : « Je pense... je pense que ce serait mieux... pour tout le monde... que je n'habite plus ici. IL *pourrait venir et vivre avec toi et...*

– Jenny...

– Laisse-moi terminer, Maman. Davie a besoin de LUI, *Il lui manque, et à toi aussi. Et moi, je ne peux pas... je ne peux plus rester ici.*

– À cause de Ian.

– Non... oui... à cause de tout.

– Jenny, je t'en prie... Je demanderai à ton père de ne pas... Mon Dieu, Jen, je t'en supplie, ne...

– Maman...

– Jenny, ne m'oblige pas à choisir... je t'en supplie...

– Mais tu as déjà choisi. Tu L'*as choisi,* LUI.

– Je ne le verrai plus. Je... je... »

Elle prit mes mains dans les siennes et les serra fort en disant : « C'est toi ! Pas LUI *! Je ne peux plus vivre avec* TOI *! » Je restai sans voix et l'écoutai, dans un état proche de l'hébétude, m'annoncer qu'elle allait vivre à Cromdale avec son oncle et sa tante. Ce qui l'avait fait hésiter, pendant ces six derniers mois, c'était son travail à Jenda, mais elle ne pouvait plus rester à Édimbourg et prendrait le train de neuf heures lundi matin. Elle emmènerait Minch avec elle, bien sûr. Ce serait mieux... pour tout le monde.*

Elle rentra dans la maison en courant, et j'eus l'impression d'entendre un éclat de rire ; peut-être n'était-ce qu'un oiseau, mais on aurait dit un caquètement de mépris. J'aurais dû rire, moi aussi, car c'était risible, vraiment. En essayant d'éloigner ma fille d'un monstre, je l'avais jetée dans ses bras.

La soirée ne fut qu'un long échange de cris au cours duquel je dressai la liste des atrocités commises par Will, pour convaincre Jen que mon frère était fou et qu'elle ne devait pas aller à Cromdale. Ian et les parents de Robert assistaient au match en spectateurs gênés et Davie jouait le rôle de l'arbitre, courant entre Jen et moi jusqu'à ce que Jen me claque la porte au nez et s'enferme dans sa chambre.

J'envoyai Davie chercher son père au George Hotel et Rob arriva aussitôt. Davie lui avait expli-

qué notre querelle et Robert, sans perdre de temps, monta rapidement à la chambre de Jen. Je frappai à la porte et Rob appela, certain que le son de sa voix obligerait Jen à ouvrir. Mais la porte demeura close et il fallut que Robert menace de l'enfoncer pour que Jen se décide à l'ouvrir; elle recula docilement et alla se cacher derrière les malles à moitié pleines qui trônaient au milieu de la pièce. Mon cœur se serra devant la réalité des faits: elle allait partir.

« Ton père peut confirmer tout ce que j'ai dit au sujet de ton oncle Will, Jen. Il était avec lui à Paris quand ton oncle a blessé la jeune fille. » Elle secoua la tête et je poursuivis: « La maison a disparu, mon frère l'a fait incendier pour empêcher que les occupants ne témoignent contre lui. Trente et une personnes innocentes sont mortes.

– Pourquoi croirais-je à ce que vous racontez, vous deux? dit-elle avec une véhémence qui nous stupéfia. L'un comme l'autre vous le détestez et vous cherchez à le calomnier par d'odieux mensonges. »

Je jetai un coup d'œil à Robert, consciente comme lui que nous n'avions pas de preuve, donc aucun moyen de convaincre Jen du danger qu'elle courait. Will était infirme, certes, mais il marchait avec une canne et finirait sans doute par retrouver complètement l'usage de ses jambes... et puis, il avait toujours ses mains.

« Tu lui as dit, pour Drew? » demanda Robert, ajoutant aussitôt: « Sait-elle qu'il ne s'est pas noyé, mais que ton frère l'a tué? » La surprise me laissa muette, car Rob n'avait jamais parlé de la mort de Drew. J'acquiesçai d'un signe de tête et il dit alors: « Nous n'avons pas de preuves, Jen. Ta mère et moi, nous avons essayé de vous tenir à l'écart de tout cela, toi et Davie, pour ne pas vous effrayer. Mais nous avons eu tort. Nous aurions dû vous dire la vérité. Oncle Will aime ta mère, pas comme Davie t'aime, pas comme un frère aime une sœur, mais comme moi j'aime ta mère. Oncle Will voulait,

et veut toujours, être l'amant de ta mère. Elle s'est refusée à lui et, pour la punir, il risque de s'en prendre à toi et de te blesser.

– Menteur ! s'écria Jen. Tu veux le briser parce qu'il a révélé ce que tu étais en réalité : un prostitué !

– Jenny !

– Quant à toi, hurla-t-elle en se tournant vers moi, tout ce qui a été dit à ton sujet est vrai, excepté une chose : tu n'as pas été guérie de ta maladie en Suisse ! Tu es toujours folle ! Laissez-moi tranquille, tous les deux ! Vous n'êtes que des chacals ! »

Robert se précipita sur elle, la saisit par les poignets jusqu'à ce qu'elle cède, pliée en deux, criant qu'il l'avait blessée. Il la relâcha mais elle se raccrocha à lui et se mit à pleurer et à gémir tout en l'agrippant par sa chemise. Robert essaya de la calmer, la supplia de ne pas pleurer et dit : « Je vais m'en aller, Jen. Je te promets que tu ne me reverras plus jamais.

– Non.

– Resteras-tu ici avec ta mère si je m'en vais ?

– Rob...

– Non... non...

– Robert, je t'en prie ! Ce n'est pas toi ! C'est moi ! »

Sans tenir compte de mon intervention, il tenta de s'écarter de Jen mais elle se raccrocha davantage à lui. Il me regarda, déconcerté, car Jen n'arrêtait pas de pleurer et de dire qu'il lui faisait mal, alors qu'il l'avait relâchée et que c'était elle qui s'agrippait à lui. Il leva les mains en l'air pour lui montrer qu'il ne la retenait pas, mais elle ne parvenait pas à lâcher prise.

« Tu me blesses, sanglotait-elle. Je t'en prie... lâche-moi... » Mais ses yeux étaient clos et elle était éperdue.

Robert la prit dans ses bras et la porta sur le lit. Elle s'accrochait toujours à lui, alors il s'assit près d'elle, la berça, et elle se recroquevilla sur ses genoux comme un petit animal. Il lui caressait les cheveux en répétant : « Chhhuuut », et ses yeux étaient comme les miens remplis de larmes. En les regardant tous les deux, une voix me commanda de dire à Jen la vérité, l'entière vérité, tout ce que je n'avais jamais révélé à personne. Mais j'avais trop peur. Peur que les mots, une fois sortis de ma bouche, ne se transforment en monstres hideux et difformes, en démons malfaisants qui me tueraient.

Pourtant, je ne pouvais pas laisser partir Jen.

Je m'approchai d'eux, séparai doucement Jen de son père, fis signe à Robert de nous laisser seules, et m'assis près de ma fille. Une fois la porte refermée, je commençai : « La jeune fille que Will a blessée à Cromdale...

– Ça suffit...

– C'était moi. » Jen se redressa, s'écarta de moi, et j'ajoutai très vite : « J'avais quatorze ans et...

– Sors d'ici !

– Jenny !

– Va-t'en ! Comment oses-tu dire une chose aussi épouvantable !

– C'est la vérité. Je le jure. Écoute-moi, je t'en supplie !

– Si tu ouvres encore la bouche, si tu dis un mot de plus contre le seul homme qui est resté fidèlement à mes côtés, depuis que je suis née, un homme tendre et gentil... un père... meilleur que mon propre père...

– Jen...

– Si tu dis du mal de lui, ne serait-ce qu'une seule fois, jamais plus, tu m'entends, jamais plus je ne te parlerai ni ne te reverrai. »

Le lendemain matin, nous conduisîmes Jenny en voiture à Cromdale. Je tenais à ce que Robert nous accompagne et Jen avait daigné accepter, comme on exauce le dernier voeu d'un condamné. Nous étions tous silencieux et je ne sais quelles pensées occupaient leur esprit, mais moi j'essayais de mesurer l'amour de Will pour moi, car tout ce qui arriverait à partir de maintenant en dépendait. Et j'en conclus que, si Robert avait raison et si Will n'avait pas l'intention de faire du mal à Jen, s'il était venu à Édimbourg non pour tendre un piège mais pour regagner ma confiance – en me prouvant qu'il pouvait pendant des mois rester seul avec ma fille SANS *lui faire de mal – alors, si je le lui demandais, il quitterait Cromdale. S'il refusait, je saurais sans l'ombre d'un doute que la vie de Jen était en danger. Et dans ce cas... mon Dieu, dans ce cas, qu'est-ce que je pourrais faire ?*

Jen avait envoyé un télégramme pour prévenir que nous arriverions en fin d'après-midi. Lorsque les grilles de Cromdale s'ouvrirent devant nous et que je contemplai les collines verdoyantes, la rivière et les arbres, j'eus un mouvement vers Robert et lui effleurai le bras. Sa main lâcha le volant, se posa sur la mienne et, avec une tendre caresse, il murmura : « Tout ira bien... Tout ira bien. »

Les fils de Will jouaient au football sur la pelouse. Ils nous saluèrent chaleureusement, demandèrent aux domestiques de s'occuper des malles de Jen et reprirent leur jeu auquel Davie se joignit. Flora arriva, très à l'aise, et Jenny se précipita dans ses bras. Toutes deux discutèrent pendant un moment et Robert, s'approchant de moi et me prenant par la taille, me dit à voix basse que nous pouvions partir tout de suite si je le souhaitais. Je hochai la tête, incapable de dire un mot, et observai ma fille avec Flora, avant de porter mon regard sur le château. J'aperçus alors Will qui descendait l'escalier en boitant. Mon cœur se serra : lui qui avait toujours été souple et gracieux, aussi à l'aise dans la danse qu'au maniement de l'épée, clopinait en s'appuyant sur une canne comme un vieillard. J'allai à sa rencontre et il sourit en me voyant, m'attira contre lui, m'embrassa, me donna une petite tape dans le dos et me relâcha. Il adressa un très léger signe de tête à Robert mais ils ne firent l'effort ni l'un ni l'autre de se serrer la main ou de se parler. La situation était embarrassante, mais feindre l'amitié aurait été pire.

« Tu peux marcher? demandai-je à Will en me détournant de Robert.

– Oui, si on ne va pas trop loin... et si tu me donnes le bras. »

Je plaçai sa main sur mon bras, posai la mienne dessus, et j'emmenai Will, sous le regard de Robert et de Flora.

« Est-ce que tu souffres?

– Non.

– Je...

– Ce n'est pas la peine. Si tu avais visé mes mains, cela aurait été impardonnable. »

Je le regardai et il fit jouer ses doigts sur mon bras comme sur un piano.

« Tu ne pourras plus danser.

– Cela fait longtemps qu'il n'y a plus de raison de danser... et puis, si j'ai le bonheur de pouvoir faire de temps à autre une promenade avec toi, alors cela valait peut-être la peine. » Arrivés à un petit pont qui enjambait un ruisseau, nous nous arrêtâmes pour regarder les poissons. Au bout de quelques instants, Will dit : « Pour Jenny, je n'y suis pour rien, ma chérie. Je crains que ma femme ne possède pas ta clémence... ni personne, d'ailleurs. » J'inclinai la tête, luttant pour refouler mes larmes, et je sentis sa main se poser sur mon épaule. Je cherchai comment lui demander de quitter Cromdale pour que Jen soit en sécurité, et je sentis la chaleur de sa main en même temps que sa réponse silencieuse : je ne lui ferai pas de mal. Pars, pars, pars, implorais-je en moi-même ; il me comprit parfaitement car il dit : « Il y a un chirurgien réputé à Boston, qui fait un travail formidable sur les os. Cela a l'air prometteur. Je pourrai peut-être tenter le coup? » Je restai muette d'émotion. « Cela m'obligerait à partir pendant un an au moins.

– Quand?

– J'ai réservé ce matin pour embarquer mercredi sur le Lusitania. *»*

Après avoir reçu le télégramme de Jen... oh Will...

Je le raccompagnai au château, puis allai rejoindre Robert. Il était dans l'écurie avec Joseph. Après avoir passé un moment avec mon cher maître d'armes, je retournai avec Robert à la voiture et lui annonçai que j'emmènerais Will à Southampton, que nous partirions dans la soirée et passerions la nuit à Édimbourg.

« Chez toi ?

– Oui. » Il ferma les yeux et j'ajoutai : « Il dormira dans la chambre d'amis.

– Et après ?

– Nous irons à Londres et partirons mercredi matin de bonne heure pour Southampton.

– Tu dormiras au Ritz mardi soir ?

– Oui. Will y a une suite. Je prendrai une chambre. » Robert serra les mâchoires et tout son visage se contracta. Posant ma main sur sa joue, je dis . « Je sais que c'est pénible pour toi, Rob, mais je ne pourrai pas vivre en sachant que Will est à Cromdale avec Jenny. Cette pensée me torturerait jour et nuit. C'est lui qui a proposé de partir, je n'ai rien demandé. Tu comprends ?

– Non... mais je doute fort que cela change quoi que ce soit. » Il appela Davie, dit au revoir à Flora et à ses fils, me fit un signe de tête, et démarra.

Je ne pus me résoudre à faire mes adieux à Jen. Après avoir placé les malles dans la Rolls Royce que je devais conduire, les domestiques installèrent des oreillers sous les genoux de Will pour les surélever. Flora et Jen, qui tenait Minch dans ses bras, observaient la scène. Jen posa le chien par terre ; il se précipita vers moi, mordilla ma jupe et me lécha le menton lorsque je me baissai pour le caresser. « Au revoir, mon petit bonhomme de Minch, murmurai-je en le serrant contre moi. Tu vas me manquer... vous allez me manquer, toi et... » Je m'en séparai et allai aussitôt à la voiture, pour ne pas donner à Flora le spectacle de ma défaite. Je baissai ma voilette, m'assis en me tenant très droite, et mis le moteur en marche. J'avais la main sur le levier de vitesses, et Will posa sa main dessus ; je le regardai, son visage était baigné de larmes.

Le voyage jusqu'à Édimbourg – quatre heures de route – se déroula bien. La capacité de Will à me faire oublier tout ce qui s'était passé ne laissait pas de me surprendre. Nous parlâmes de choses et d'autres, sans gêne aucune, et c'est seulement en le faisant entrer chez moi que je me rappelai avoir tiré sur lui six mois plus tôt. Je restai à contempler le tapis du salon, qui avait été changé depuis, et Will, comprenant mon malaise, s'assit au piano. Il joua une musique douce mais pas aussi triste que ses mélodies habituelles. Je m'installai sur un tabouret près de lui. Je le regardais, plongée dans mes pensées, lorsqu'il s'arrêta brusquement et posa sa main sur ma joue. Ce geste soudain m'effraya et je m'écartai de lui instinctivement. Son regard devint noir et froid. Je n'avais jamais vu d'yeux de requin, mais c'est à cela qu'ils devaient ressembler : des yeux morts. Je connaissais ce regard, il avait failli me tuer. Je reculai, Will se pencha vers moi et dit d'une voix sifflante : « Ton esprit et ton cœur pardonnent, mais pas ta chair, n'est-ce pas, Kate ? Non, pas ta chair.

– Tu... tu m'as réellement blessée, Will. »

Saisissant ma main, il la porta à son cœur et murmura : « Oui, mais tes blessures ont guéri... Moi, je saigne toujours.

– Tu m'as blessée de façon tellement atroce.

– Oui...

– Tu as failli me tuer.

– Je voulais te tuer. »

La pièce se mit à tourner. J'avais le souffle coupé. Le cœur de Will, sous ma main, battait à tout rompre. Il m'attira plus près encore, m'obligeant à m'agenouiller devant lui, et dit : « Je voulais te faire souffrir autant que tu m'avais fait souffrir. Je voulais que tu éprouves l'horrible douleur qui me torturait. Je voulais que tu aies mal, aussi atrocement, aussi affreusement mal que moi. Et puis, j'ai eu envie de te tuer, et de me tuer aussi... mais je n'ai pas pu. »

Il se leva, attrapa sa canne, me prit le bras et m'emmena à l'étage. Devant la porte de ma chambre, il s'arrêta et me fit signe d'entrer. Une fois dans la pièce, je me retournai et il hocha la tête ; il avait toujours son regard noir et cruel et il dit : « Puis-je entrer avec toi ? Comme cela, tu pourras t'offrir en sacrifice pour ta fille. » Ses yeux fouillèrent les miens un moment, puis il pénétra dans la chambre. Je levai les mains pour l'empêcher d'avancer. Avec un sourire désabusé, il saisit la poignée de la porte en marmonnant : « Non, merci.

– Will...

– Crois-tu que je pourrais supporter de coucher avec toi maintenant, sachant que mon contact t'inspire autant de répugnance qu'il t'a procuré de jouissance autrefois ?

– Alors, que veux-tu de moi ?

– La seule chose qui reste... »

Il referma la porte sans me laisser le temps de parler et je l'entendis se diriger vers la chambre d'amis.

Je fermai ma porte à clé.

Toute la nuit il arpenta le couloir, allant de sa chambre à la mienne, sa canne frappant le sol à chaque pas. Je m'endormis à cinq heures, pour me réveiller un quart d'heure plus tard. Le calme régnait, pourtant... il régnait partout sauf en moi. Que subsistait-il, pour mon frère et moi ? Qu'est-ce qui aurait pu survivre dans les décombres que nous avions laissés ? Je l'aimais, oui, mais je n'avais pas confiance en lui car il m'avait menti et m'avait abusée toute ma vie. Et il le savait. Un jour, lorsque nous étions enfants, nous jouions aux cartes et, comme je lui avais fait remarquer qu'il trichait, il m'avait répondu : « Mais Kate, ma chérie, il n'y a pas de règles... il n'y a pas de règles... » Et j'avais perdu. Il avait raison : il n'y avait ni règles, ni limites, ni bien ni mal. Par conséquent, il n'avait jamais perdu. Sauf le jour où il m'avait perdue.

Je titubais en allant dans la cuisine pour préparer le thé. Will était installé à la table, frais et dispos, déjà habillé. Son sourire était chaleureux, il n'y avait plus trace du trouble de la veille, comme s'il l'avait oublié ou enterré, je ne sais. Car il était conscient, il se souvenait parfaitement de tout ce qui s'était passé lorsqu'il m'avait blessée. Mais c'était la première fois, la nuit dernière, qu'il avouait clairement avoir voulu me tuer. Il avait donc conscience de ses actes. Mais il ne s'en repentait pas.

Will s'étonna que je n'aie pas de domestiques. Je lui expliquai que j'avais une femme de ménage à mi-temps, mais que j'aurais besoin d'une cuisinière, à présent que Jen n'était plus là. Il me suggéra de prendre contact avec Martha, et je lui dis qu'elle s'occupait de sa sœur gravement malade. D'un seul coup, l'image de Drew surgit à mon esprit, avec une telle force que je faillis laisser tomber la théière. Will, voyant mon trouble, changea aussitôt de sujet. Mais je fus incapable de manger, malade à l'idée que j'étais en train de prendre mon petit déjeuner avec le meurtrier d'un de mes plus fidèles amis.

Nous partîmes d'Édimbourg à dix heures et, lorsque j'installai Will dans la voiture, il plaisanta joyeusement en disant que j'étais la plus jolie infirmière qu'il ait jamais eue. Il était si gai, si charmant, que toutes mes sombres pensées s'envolèrent soudain. J'en venais presque à croire que Robert avait raison, et que tout ce que Will avait fait depuis la mort de mon père ne visait qu'à reconquérir la seule chose qui restait : ma présence.

Le mardi soir, je dînai avec lui dans sa suite, et il se montra spirituel et chaleureux. Ses yeux avaient perdu leur noirceur. Il m'accompagna jusqu'à ma chambre et m'embrassa sur la joue avec une tendresse toute fraternelle.

Le matin de son départ pour l'Amérique, il était triste. Lorsque nous fûmes sur le quai de Southampton, il me prit les mains et les embrassa en disant : « Souhaite-moi bon voyage.

– Bon voyage.

– Non... pas comme cela. Comme mère le faisait. Tu ne te souviens pas ? » Il retira doucement le gant de ma main droite en précisant : « Chaque fois que Papa partait en voyage d'affaires, elle lui donnait quelque chose à elle, un mouchoir ou une écharpe. Il le mettait dans sa poche intérieure, contre son cœur, et ainsi elle était avec lui, elle le protégeait durant la traversée, et tout le temps qu'il était séparé d'elle. » Will glissa mon gant dans la poche de sa veste et me serra contre lui. Il m'embrassa sur la joue, puis ses lèvres effleurèrent les miennes avant de se poser sur mon front. « Écris-moi.

– Oui.

– Oui... »

Un steward l'aida à monter sur la passerelle. Une fois à bord, il agita la main vers moi, sous une pluie de confettis et de serpentins colorés. Il sourit et ses lèvres formèrent deux syllabes que je m'efforçai de déchiffrer, mais il était trop loin et je n'y arrivai pas. Tout ce que je savais, c'était ce qu'il n'avait pas dit, car je connaissais la forme de ces mots qu'il avait si souvent prononcés : je t'aime.

Je passai la plus grande partie du trajet à essayer de deviner ce qu'il avait voulu dire, et je finis par trouver deux mots correspondant aux syllabes que ses lèvres avaient dessinées : Pardon et Vengeance. Je me remémorai plusieurs fois la scène d'adieu, dans ses moindres détails, car il était vital que je sache si mon frère avait voulu parler d'absolution ou de revanche. Il avait quitté Cromdale de lui-même, était parti en Amérique pour une année, parce qu'il savait que je ne supporterais pas de le savoir sous le même toit que ma fille. C'était bien la preuve qu'il ne lui voulait pas de mal. Voilà ce que je me répétais tout le long du chemin jusqu'au Loch Leven.

Mais lorsque, en arrivant, je vis la colère dans les yeux de Robert, mes craintes reprirent le dessus et je fus terrorisée à l'idée d'avoir laissé Jen dans un abo-

minable traquenard manigancé par Will. J'avais envie de dire à Robert que j'avais peur, et pourquoi, car il saurait m'apaiser et dissiper ma frayeur. Je me sentais ployer sous le fardeau des mensonges que j'avais dû inventer pour ne pas révéler ce qui s'était passé entre mon frère et moi. J'eus de la peine à relever la tête lorsque Robert se pencha vers moi et ôta ma voilette pour m'embrasser. Je regrettais d'être venue au domaine plutôt que d'avoir repris mon travail à Édimbourg. Ici, même si dans la journée il y avait la présence de Davie et des Wallace, le soir nous nous retrouverions tous les deux face à face. J'étais incapable de regarder Robert dans les yeux, tant je craignais qu'il n'y lise que j'aimais mon frère et ne croie que j'avais couché avec lui pour préserver Jenny. Plus j'évitais son regard, plus, me semblait-il, je confirmais ses soupçons, et je m'attendais à chaque instant à subir sa colère.

Après le dîner, une fois que Davie fut couché et les Wallace retirés dans leurs appartements, Robert repoussa sa chaise, se leva, me prit par la main et m'emmena dehors. Une fois parvenus à la rivière, il détacha mes cheveux et déboutonna ma robe, puis dit : « Viens nager avec moi. »

Je me mis à pleurer car je savais qu'il pensait que j'avais couché avec Will et que j'avais besoin de me purifier. Comme il faisait glisser ma robe sur mes épaules, je lui pris les mains en disant : « Je ne l'ai pas fait... je ne l'ai pas fait.

– Chhhuuut.

– Rob, je te le jure. J'ai besoin que tu... que tu me croies. »

Il se déshabilla sans me répondre, puis me conduisit à l'endroit où le lit de la rivière était recouvert de galets ronds et lisses, et nous avançâmes dans l'eau jusqu'à mi-corps. Robert remplit ses mains de cette eau glacée qui descendait des montagnes et la versa sur mes épaules et mes seins. L'eau était coupante à force d'être froide, mais elle était si claire, si pure, que je la laissai couler sur ma peau, et emporter avec elle toute ma honte, jusqu'au moment où il ne resta plus que la lune, la rivière, et Robert. Il m'embrassa, je m'allongeai dans l'eau avec lui, et nous laissâmes le courant nous emporter, nous envelopper, nous envahir, et effacer les marques que les mains de mon frère avaient imprimées sur ma peau.

Si seulement cette eau avait pu nettoyer mon âme...

CHAPITRE 28

(Alexandrie, Égypte, 20 mars 1912)

« Capitaine Maclean, répéta le colonel Ramsay pour la dixième fois, un verre de whisky dans une main, mes galons de capitaine dans l'autre. Cela sonne plutôt bien, non ? »

Je souris. Le colonel et moi avions déjà bu force whiskies pour célébrer à la fois ma promotion et mon transfert tant attendu en Angleterre. Notre régiment était muté en France et Ramsay m'avait demandé de venir avec lui ; mais j'avais besoin de me rapprocher de Kate et de Davie, et Northumberland n'était qu'à deux heures de route d'Édimbourg. Une fois Jenny à Cromdale, j'avais proposé à Kate de quitter l'armée, mais elle trouvait préférable que je ne vive pas avec elle car elle avait la certitude que Jen allait revenir à la maison. Ma présence ruinerait cette possibilité, et Kate était si malheureuse sans Jen que je m'étais plié à ses désirs. Même si Will était en Amérique, le fait que Jenny vive à Cromdale torturait Kate. J'avais tenté de la rassurer, lui expliquant que tout irait bien et que Jen ne courait aucun danger. De cela, j'étais absolument certain, certain comme je l'avais rarement été dans ma vie. Je savais en effet que Will ne ferait pas de mal à ma fille et ne s'en prendrait jamais à Kate, pour la simple raison que j'avais décidé, dès qu'il rentrerait d'Amérique et serait guéri, de le tuer.

« Capitaine Maclean, fit le colonel Ramsay d'une voix pâteuse, en nous versant encore un verre. À votre santé, mon garçon. Et longue vie à vous ! » Il répéta plusieurs fois son souhait, puis reposa son verre en me regardant fixement. « Savez-vous pourquoi ils veulent que vous alliez à Northumberland ?

– J'ai demandé mon transfert depuis plus d'un an, ils...

– À cause de l'allemand. Parce que vous parlez allemand.

– Pourquoi Northumberland, dans ce cas ?

– Vous allez former des officiers, mon garçon. Et vous allez leur apprendre à parler allemand.

– Et vous ?

– Nous allons à Calais. En compagnie des *Frenchies*, on va regarder la flotte allemande grossir sous nos yeux. Les navires de l'amiral von Tirpitz. Le Kaiser et von Tirpitz ont demandé à Haldane si l'Angleterre resterait neutre en cas de conflit entre la France et l'Allemagne.

– Et qu'a répondu notre cher vicomte ?

– Il a baptisé le navire de guerre anglais le *Conqueror*... La guerre se prépare, mon garçon... La guerre se prépare. »

Était-ce ma belle Kate, cette femme livide et maigre qui me faisait signe, sur le quai de Waverley Station ? Jamais depuis l'époque de Glasgow je ne l'avais vue aussi pâle et abattue et, malgré son sourire, il y avait dans ses yeux quelque chose qui me transperça le cœur. Ces magnifiques aigues-marines n'avaient plus d'éclat, elles reflétaient la souffrance, me faisaient penser à... je ne savais quoi. Mais j'avais déjà vu semblable regard, un jour, et c'était un spectacle si poignant que j'en avais depuis chassé le souvenir de mon esprit.

Il y avait presque huit mois que nous ne nous étions pas vus – depuis le mois d'août au Loch

Leven. Voudrait-elle que j'aille à l'hôtel ou m'emmènerait-elle chez elle ? Nous devions nous rendre au Loch Leven, mais le lendemain seulement, après la classe (c'étaient les vacances de printemps pour Davie). Je n'avais pas envie d'aller à l'hôtel cette nuit. J'avais envie de dormir avec Kate, de m'éveiller avec elle, de prendre le petit déjeuner avec ma femme et mon fils, dans une cuisine fleurant bon le bacon et les œufs frits, les tomates qui mijotent, le café en train de bouillir. J'avais besoin de ça. J'en rêvais depuis huit mois, je me couchais tous les soirs en imaginant cette scène. Sauf que dans mon rêve c'était Jenny qui préparait notre petit déjeuner.

« Papa ! » s'écria Davie, Mollie bondissant à côté de lui. Comme il avait grandi ! Ce n'était déjà plus un gamin. Au lieu de se ruer sur moi, il me tendit la main, puis m'étreignit en me murmurant à l'oreille : « Il faut que je te parle seul à seul. »

Je n'eus pas le temps de lui répondre car Kate s'était approchée, mais je vis à ses yeux que quelque chose n'allait pas. Je la pris dans mes bras et je sentis comme elle avait maigri. Elle était très excitée, mais angoissée. Au moment où je mettais mes bagages dans le coffre de la voiture, elle m'annonça que nous partions directement pour le domaine. Je jetai un coup d'œil à Davie, et Kate s'empressa d'ajouter qu'il manquerait un jour d'école, puis nous dit de nous dépêcher car nous devions nous arrêter à Cromdale pour rendre visite à Jen.

« Il faut que j'achète des cigarettes, dis-je en l'aidant à monter en voiture. Tu viens avec moi, Davie ? Laisse Mollie avec ta mère. »

Davie marchait un peu en avant et, au bout de quelques pas, il commença à m'expliquer qu'il s'inquiétait pour sa mère, car elle n'allait pas bien, en fait elle n'était plus elle-même depuis qu'elle avait tiré sur son frère. « Jen refuse de la voir, ajouta-t-il. Elle a séjourné à l'étranger avec Flora et a écrit à Maman qu'elles seraient de retour pour Pâques, mais elles sont rentrées à Cromdale depuis Noël. Jen est venue plusieurs fois me voir à la sortie de l'école avec Flora, mais elle n'a pas rencontré Maman. Je ne lui ai pas dit que j'ai vu Jen.

– Ta sœur sait-elle que nous venons ?

– Maman a envoyé un télégramme hier, mais je suis sûre que Jen s'arrangera pour ne pas être là. »

Jenny n'était pas là, en effet, ni Flora, mais Kate insista pour les attendre, bien que le domestique nous eût dit qu'elles arriveraient tard. Nous allâmes rendre visite à Joseph, et Davie partit faire une promenade à cheval avec ses cousins. Lorsque Kate nous laissa pour aller voir Nancy et Jean au château, Joseph et moi la regardâmes s'éloigner. Elle avait toujours sa démarche altière, royale, mais on aurait dit qu'elle traînait un lourd fardeau derrière elle.

Je confiai à Joseph que je m'inquiétais pour elle, puis je lui demandai s'il savait pourquoi Will avait tué le chien de Kate vingt-huit ans plus tôt. Il me dit que non, que Will était devenu fou et avait attaqué l'animal. Mais je savais qu'il y avait autre chose, et Joseph aussi. Tout en parlant, il évitait mon regard, concentrant son attention sur le cheval qu'il pansait. Puis il s'interrompit et dit : « Cathy pense que son frère est devenu fou le jour de l'enterrement de leur mère.

– Mais vous ne le pensez pas. » Il ne me répondit pas tout de suite et il me fallut insister, dire combien Kate était traumatisée par ce qui s'était passé ce jour-là, pour qu'il me le dise.

« Non. Il a jamais été bien. J'veux dire, il était pas violent, ni cruel, c'était l'plus gentil des gamins et j'ai jamais rien r'marqué, jusqu'au jour où il a eu treize, quatorze ans. Vous savez qu'il a cinq ans d'plus que Cathy, et ils étaient inséparables. Mais j'trouvais bizarre qu'un gars d'quatorze ans ait pas d'autre ami qu'sa sœur de neuf ans. Les Brodie, ils avaient pas l'air d'y faire attention, mais moi j'voyais bien comment Will r'gardait sa sœur, pas comme un frère. Et Cathy l'adorait, mais comme les p'tites filles adorent leur grand frère... seulement, Will la voyait pas comme une sœur. Il la voulait. Mrs. Brodie, juste avant d'tomber malade, elle s'en est aperçue aussi. Oh, elle a jamais rien dit, mais j'voyais, à la manière qu'elle surveillait son fils, qu'elle savait... elle savait qu'il désirait Cathy. Et c'garçon était habitué à *avoir* tout c'qu'il *désirait.* P't-êt' qu'elle a averti Cathy, j'sais pas, mais Cathy a pas quitté sa mère durant toute sa maladie, alors qu'avant elle passait ses journées seule avec son frère. Après l'enterrement d'la pauv' Mrs. Brodie, Will a tué l'chien d'Cathy... et... et ça a plus jamais été pareil.

– Mais *pourquoi* a-t-il tué son chien ?

– J'sais pas, m'sieur. » J'insistai, et il finit par murmurer : « J'ai pas d'preuves. Juste l'impression de c'qui *a pu* s'passer. Vous direz pas un mot d'tout ça à Cathy, hein, m'sieur, j'ai vot' parole ?

– Oui.

– Comme j'ai dit, c'est qu'une supposition... mais j'pense que Will a essayé d'coucher avec elle. Cathy avait un chien à moitié sauvage, Wolf, un bel animal plus grand qu'elle quand il s'mettait sur ses pattes de derrière, une bête un peu bizarre qui f'sait peur aux gens. Mais il aimait Cathy et avec elle il était gentil et doux comme un agneau. Depuis toute p'tite elle était très affectueuse, avec les bêtes comme avec les gens, mais Wolf... Wolf était spécial, et Will était jaloux. J'ai vu comment il le r'gardait quand elle était avec lui : comme un homme r'garde l'amant d'sa femme. » Joseph s'interrompit soudain, avant d'ajouter : « Toute c't'histoire au sujet d'Cathy et... et d'sa *maladie*, y'avait rien d'vrai. Vous comprenez c'que j'veux dire, m'sieur.

– Oui.

– L'jour d'l'enterrement, Cathy est sortie d'la maison en courant, elle avait son corsage ouvert, elle s'est précipitée à l'écurie où y'avait Wolf, Will la suivait, elle s'est écroulée à côté d'son chien et elle a enfoui son visage dans la fourrure d'la bête. Et... Will les a r'gardés, puis il est allé dans la grange et il est r'venu avec une pelle. Il a écarté Cathy du chien et... et il a frappé la pauv'bête. Cathy hurlait, Wolf gémissait, j'me suis précipité, mais Will avait presque dix-neuf ans et il f'sait une bonne tête de plus qu'moi. Il était fou furieux, j'ai pas pu l'arrêter. J'ai essayé d'emmener Cathy, j'avais peur qu'il s'en prenne à elle après, pa'ce que j'avais jamais vu quelqu'un d'aussi enragé, et elle, elle voulait s'mettre entre Will et l'chien. Son père est arrivé, et on a dû s'y mettre à six ou sept pour qu'y s'arrête. Il restait plus d'Wolf qu'un tas d'poils et d'sang et d'os brisés, mais Cathy s'est laissée tomber près d'lui, elle s'est courbée en deux et puis elle a pleuré.

– Et Will ?

– Ils l'ont ram'né à la maison, et son père a dit qu'c'était l'chagrin d'la mort de sa mère qui lui avait fait perd' la boule, pa'ce que tout d'suite après, il est r'dev'nu comme avant.

– Mais Kate, non.

– Non... Cathy, non. Cette nuit-là elle s'est sauvée, elle a laissé un mot et elle est allée au Loch Leven. On a organisé des r'cherches pour la r'trouver.

– Dirigées par Will ?

– Non... Will est pas v'nu. Et ça, c'était bizarre, m'sieur. J'me suis toujours d'mandé pourquoi. Cathy est rev'nue au bout d'un mois, elle a dit qu'elle était restée avec des romanichels qui l'avaient trouvée. Y'en avait pas mal qui s'étaient installés dans l'coin en 1884, mais c'est étrange qu'on l'ait pas r'trouvée. J'veux dire, son père avait mis la moitié du comté à sa r'cherche, et personne l'a jamais vue, ni elle ni les romanichels. Mais quand elle est r'venue, on lui a pas posé d'questions, trop contents qu'elle soit en vie. Will a été gentil avec elle, doux, tranquille, comme avant. Mais ça a plus jamais été pareil entre eux. Et vous connaissez la suite de l'histoire.

– Quelle histoire ? » questionna Kate en se dirigeant vivement vers nous. Joseph pâlit, puis eut une expression de soulagement quand il vit qu'elle souriait et n'avait pas entendu notre conversation.

« J'racontais à Mr. Maclean comment tu t'y prenais pour dresser les ch'vaux, Cathy. »

Elle rit, dit que c'était plutôt les chevaux qui l'avaient dressée et qu'elle avait beaucoup appris avec eux, puis elle m'emmena au château attendre Jen. Cela me fit mal de l'entendre dire, d'une voix fiévreuse et oppressée, qu'elle était certaine que sa fille, après huit mois à Cromdale, aurait envie de rentrer à la maison avec elle. Davie baissa les yeux, puis me regarda, suppliant en silence pour que nous partions immédiatement, et épargnions à sa mère une inévitable et douloureuse révélation : sa fille ne voulait plus rien avoir affaire avec elle.

À huit heures, Jen n'étant toujours pas arrivée, je proposai de nous en aller ; nous pourrions rouler jusqu'à la côte et dormir dans la baie de Burghead. Mais Kate insista pour rester et, peu avant minuit, nous entendîmes la voiture. Kate se leva d'un bond, m'arracha à mon siège et courut accueillir Jen. Flora sortit de la voiture, aidée par le chauffeur, et lorsqu'elle aperçut Kate, elle se pencha à l'intérieur et dit un mot à Jen, qui n'avait pas bougé. Puis elle vint vers moi, sans prêter attention à Kate, et s'exclama : « Quelle surprise ! » Je marmonnai quelque chose au sujet du télégramme, mais elle n'entendit pas ou choisit de ne pas entendre. Il se passa un moment avant que Jen ne tende la main au chauffeur qui attendait patiemment. Kate était debout, immobile, regardant Jen sortir de la voiture, arranger sa robe et son chapeau, et faire face à sa mère. Jenny tenait Minch dans les bras ; elle ne le posa à terre que lorsque l'excitation du chien, qui avait reconnu Kate, l'obligea à le faire. Kate s'agenouilla pour caresser Minch mais elle ne le prit pas dans ses bras. Je compris qu'elle en était incapable. Au bout d'un moment, elle se redressa, alla vers Jen et, lorsqu'elle fut à quelques centimètres d'elle, Jenny recula. Je vis alors sur le visage de Kate qu'elle venait de comprendre : sa fille ne voulait plus la voir, et Jen avait volontairement évité sa mère. J'eus peur que Kate ne s'écroule sous nos yeux. Depuis qu'elle avait tiré sur son frère, elle n'était plus elle-même ; cet épisode, et le départ de Jen pour Cromdale, l'avaient affaiblie. Mais j'avais oublié qu'elle était Aoife.

Elle se redressa de toute sa taille, fit un signe de tête à Jenny, puis à Flora, se tourna vers moi, me demanda de prendre ses affaires, puis se dirigea vers notre voiture et s'y s'installa. Le tout dans un silence absolu. Les mots étaient inutiles.

Je suggérai de prendre un appartement à Édimbourg, maintenant que je pourrais voir Kate et Davie environ tous les quinze jours. Mais Kate me dit d'habiter chez elle lorsque je serais en permission, et je compris qu'elle n'avait plus l'espoir de voir Jen revenir un jour à la maison. Elle ne m'invita pas à quitter l'armée, et je n'en parlai pas car je devinai qu'elle ne souhaitait pas me voir partager sa vie. Pourquoi, je ne le savais pas. Je ne le lui demandai pas. Je crois que je préférais ne pas le savoir.

Will écrivait toutes les semaines et Kate répondait consciencieusement, mais elle n'évoquait jamais ce qui arriverait lorsque son frère rentrerait en Écosse en septembre. J'aurais aimé pouvoir lui dire qu'au moins elle serait tranquille, car avec son retour Will signait son arrêt de mort ; mais j'avais pris la décision de ne jamais lui en parler, même une fois que ce serait fait, même une fois qu'elle aurait la certitude que c'était moi le responsable de sa mort. Ce serait mieux ainsi.

Flora écrivait, elle aussi, mais c'est à moi qu'elle adressait ses lettres, tout en sachant que Kate les lirait après mon départ. Elle racontait en détail tout ce que faisait Jen, qui elle voyait, comment elle passait ses journées... à quel point elle était *heureuse*. Le téléphone fut installé en mai, ce qui nous permit de nous parler même à une distance de cent cinquante kilomètres. Flora appelait tous les mois, juste pour *me* dire que tout allait bien pour Jen. C'était le silence au bout du fil chaque fois que Kate décrochait.

Le dernier week-end de mai, je trouvai la maison vide et, comme il n'y avait pas de message, je me précipitai à l'atelier, certain qu'il s'était produit quelque chose. Kate et Davie, en compagnie de Mrs. Dodge, Agnès et Rajiv, étaient debout, l'air sombre, autour de la table jonchée de morceaux de tissu. Kate leva les yeux, agita la main et eut un pâle sourire. Davie vint se jeter à mon cou et m'expliqua que Rajiv s'était trompé sur la coupe de plus de quatre cents costumes, et qu'il leur fallait défaire tous les morceaux de tissu composant les costumes. Rajiv avait fait pas mal de bêtises ces derniers temps, et ce n'était pas la première fois qu'ils étaient tous obligés de rester plus tard le vendredi soir pour réparer ses erreurs.

Je ne le vis pas arriver, mais je le sentis derrière moi et, lorsque je me retournai, je sus que cet élégant gentleman aux cheveux argentés était A. J. Pearce.

« Mr. Maclean, dit-il d'un ton poli, en inclinant la tête vers moi mais sans me tendre la main.

– Mr. Pearce. »

Nous nous dévisageâmes jusqu'au moment où Kate, remarquant la présence de Pearce, dit à Raj d'aller l'attendre dans son bureau et vint vers nous. Elle m'embrassa, embrassa Pearce, le prit par le bras, et demanda si nous avions fait connaissance. Il répondit que oui, puis réclama aussitôt des détails sur le dernier désastre de Raj.

« Vous ne pouvez pas imaginer le nombre d'erreurs qu'il a faites depuis quelques mois, dit Kate d'un ton amer. Lui qui a toujours été si consciencieux, si attentif. Je ne sais pas ce qui lui arrive.

– Le lui avez-vous demandé ?

– Oui, bien sûr. Il se contente de dire : je suis vraiment désolé, Mrs. Maclean. Oh, Al, qu'est-ce que je vais faire ? S'agissant de n'importe qui d'autre, je vous jure que je l'aurais licencié depuis longtemps.

– Peut-être devriez-vous le licencier, en effet.

– Après tout ce qu'il a fait pour moi ? Je ne pourrais pas. Je lui dois tant. » Passant la main sur son visage, elle ajouta : « Mais je ne peux pas le garder. Il me coûte une fortune. Il me coûterait moins cher si je le payais pour rester chez lui.

– Voulez-vous que je lui parle ?

– Non... c'est à moi de le faire. » Levant les yeux et reprenant conscience de ma présence, elle nous prit, Pearce et moi, par le bras et dit : « Mais j'aimerais que vous soyez là tous les deux pour m'apporter votre soutien moral. »

Pearce se dégagea doucement. « Peut-être vaudrait-il mieux que vous le voyiez seul. Je ne voudrais pas que le pauvre homme croie que nous sommes tous ligués contre lui. » Il me regarda en disant cela, et j'eus l'impression qu'il désirait me parler en particulier. Je suggérai à Kate de donner un mois de congé à Rajiv au lieu de le renvoyer. Pearce approuva ma proposition et Kate avait l'air soulagée en se dirigeant vers son bureau.

« J'espère que vous ne jugerez pas mes propos déplacés, Mr. Maclean, dit Pearce dès que la porte du bureau de Kate se fut refermée. J'ai une très grande affection pour Mrs. Maclean et je la considère non seulement comme mon associée, mais comme mon amie *la plus chère*.

– Elle a toujours dit le plus grand bien de vous. Mr. Pearce. Que puis-je faire pour vous ?

– Je suis inquiet au sujet de sa santé... je devrais plutôt dire de son état d'esprit. Vous l'avez sûrement remarqué.

– Oui.

– Je ne peux m'empêcher de penser que le frère y est pour quelque chose. Elle n'est plus elle-même depuis le jour où elle lui a tiré dessus, et son retour dans un peu plus de quatre mois la met dans tous ses états, à juste raison. L'idée que cette crapule va revenir et voir Jenny... je... je suis sûr que vous serez d'accord avec moi : il faut faire *quelque chose*.

– Je suis certain que tout ira bien en septembre, Mr. Pearce. Je peux vous *assurer* que ma femme sera tranquille.

– Si je comprends bien, vous contrôlez la situation ?

– Oui.

– Parfait. »

Il me tendit la main ; j'espérais voir un changement dans son regard, un signe de notre complicité, mais son visage demeura impassible. Il remit son chapeau, s'excusa de ne pas rester, puis s'en alla.

Rajiv sortit du bureau de Kate et vint vers moi. Il devait avoir un peu moins de quarante ans, mais aujourd'hui il paraissait plus âgé. Il avait les épaules voûtées et le regard baissé sur sa casquette qu'il tripotait nerveusement.

« Mrs. Maclean m'a demandé de vous dire que vous pouvez entrer, monsieur. » Il remit sa casquette et hocha la tête. J'allai trouver Kate. Elle était assise derrière son bureau, la tête dans les mains ; elle m'indiqua le siège en face d'elle et je m'assis.

« Sa fille... Benazir...

– Celle qui a de l'arthrite ?

– Oui. Après les hanches, c'est la colonne vertébrale qui est touchée. Elle est alitée depuis deux mois.

– Tu veux aller la voir ?
– Oui. J'aimerais y aller tout de suite.
– Nous pourrions passer dans une boutique de jouets et acheter... » Je m'interrompis en voyant le regard de Kate. Quel jouet peut-on bien acheter pour une petite fille de six ans paralysée des pieds à la nuque ?

Benazir Nehru mourut trois semaines plus tard de la grippe. L'arthrite qui avait gagné son corps avait tellement affaibli la petite fille qu'elle n'avait pu lutter contre le virus. Kate m'écrivit : « ... des cercueils aussi petits, aussi minuscules, devraient être bannis du royaume... »

L'été 1912, je demandai une permission d'un mois, donnai congé aux Wallace, et Kate et moi fîmes nos bagages pour trente jours de bonheur au Loch Leven. Davie ne devait pas venir avec nous. Je l'avais pris à part et lui avais expliqué que sa mère avait besoin d'être seule avec moi. Il avait compris, et accepté d'aller à Cromdale en train car voir Jen serait trop pénible pour Kate si nous l'y conduisions nous-mêmes.

Davie m'aida à charger la voiture pendant que Kate fermait portes et fenêtres, heureuse comme je ne l'avais plus vue depuis des mois.

« Davie, dit-elle en lui tendant sa valise. Tu ne crois pas que ton père est fou, d'avoir donné des vacances aux Wallace ? Nous allons mourir de faim, ou nous empoisonner. »

Davie rit, me passa la valise et je dis : « Soyez sans crainte, je ferai la cuisine, Mrs. Maclean. Et d'ailleurs, quel besoin avons-nous de nourriture ? De la passion à profusion, voilà le mets que je vous servirai. Des victuailles, gente dame ? Les aliments dont je vous régalerai auront de la chair et du corps... » Davie éclata de rire, car j'avais mis de l'emphase dans ma déclaration, et j'ajoutai tout bas : « Je sais bien ce qu'on va manger, moi : des œufs matin, midi et soir, ouais. » Kate, ayant entendu, suggéra avec beaucoup de bon sens que nous nous procurions quelques poules supplémentaires lorsque nous serions sur place.

Mollie était installée dans la voiture depuis le matin de peur qu'on ne l'oublie, crainte tout à fait injustifiée puisqu'on ne la laissait jamais et qu'elle suivait Davie partout. Elle quitta pourtant son poste à l'arrivée du facteur, sortit de la voiture et se mit à aboyer.

« Tu crois p't-êt' me faire peur, lui répondit-il, en me tendant un paquet de lettres, puis il caressa la chienne qui lui lécha la main. Vous voulez qu'on vous garde l'courrier à la poste durant l'mois, m'sieur ?

– Oui, répondit Kate en me prenant les lettres des mains. Nous serons de retour le 30 juillet. » Elle rentra dans la maison en examinant la pile de courrier, et Davie et moi décidâmes d'abaisser la capote car il faisait un temps magnifique. Davie et Mollie s'installèrent et j'allai chercher Kate. Elle était debout dans l'entrée, les yeux rivés sur une enveloppe. Je reconnus l'écriture en volute de Flora et, au moment où j'allais dire à Kate que nous étions prêts, elle leva les yeux vers moi : « Elle m'est adressée. Pourquoi m'écrit-elle à *moi*, maintenant ?

– Ouvre et regarde. » Elle déchira l'enveloppe et la regarda comme si elle s'attendait à en voir sortir des serpents venimeux. « Tu préfères que ce soit moi qui la lise ? »

Sans me répondre, elle secoua l'enveloppe pour en faire tomber la lettre et déplia la feuille de papier. Il n'y avait qu'une page, le texte paraissait plutôt court et, après avoir lu les premières phrases, Kate ne put empêcher ses mains de trembler et le papier à lettres rose pâle atterrit sur le plancher.

« Il est là, dit-elle d'une voix presque inaudible. Il est rentré plus tôt que prévu.

– Will ?

– Pour elle...

– De quand l'enveloppe est-elle datée ? hurlai-je, en retenant Kate qui chancelait.

– Vengeance... » gémit-elle, puis elle tomba à genoux et se mit à trembler de façon convulsive. Je la saisis par les bras tandis qu'elle disait : « Il a tout organisé... tout... Il... » Elle me repoussa et se releva. « Il faut que nous allions la voir ! Tout de suite !

– Nous allons téléphoner à Flora...

– Non ! Il est là-bas avec elle ! Avec Jenny ! » Sans relâcher Kate, qui se débattait comme une furie, j'attrapai le téléphone et composai le numéro de Cromdale. Au bout d'une minute, le maître d'hôtel répondit que Flora était sur la terrasse et il me demanda de patienter. Kate secouait la tête en marmonnant que Will tuerait Jen. Je lui dis, d'une voix que j'essayai de rendre claire et calme : « Flora est là, Kate. Will n'oserait pas toucher un cheveu de la tête de Jen avec...

– Il n'y a pas de règles !

– La maison est remplie de domestiques !

– Des fourmis !

– On le démasquerait !

– Non ! »

Son visage avait une expression désespérée. Et je compris.

« C'était toi. » Elle secoua la tête, frappa ma main et la griffa. Lançant le combiné sur la table, je saisis Kate et lui parlai aussi doucement que possible : « C'était toi, la jeune fille qu'il a blessée à Cromdale. C'était toi. Il t'a punie parce que tu t'es battue contre lui, le jour de l'enterrement de ta mère, quand il a voulu coucher avec toi. Tu ne t'es pas enfuie au Loch Leven, n'est-ce pas ? Will leur a fait croire que c'est ce que tu avais fait. C'est lui qui a écrit le mot. Où étais-tu, Kate ? Où ?

– La cabane, gémit-elle. La cabane dans la forêt...

– Raconte-moi.

– Non...

– Je t'en prie... Ce n'est pas ta faute, Kate. Seigneur Dieu, ce n'est pas ta faute... raconte-moi.

– Non...

– Il n'y a rien dont tu doives avoir honte. Il est fou. Ce n'est pas ta faute...

– Si ! » Elle ferma les yeux, puis les rouvrit en entendant la voix de Flora dans l'écouteur. Tenant Kate contre moi, je dis à Flora que ma mère avait eu une attaque et qu'il fallait absolument que Jen parte par le premier train pour Edimbourg, et que nous irions la chercher à la gare. Cela porte malheur de mentir au sujet de la mort de quelqu'un, mais j'étais désespéré et je ne voyais pas d'autre moyen pour contraindre Jen à partir de Cromdale. Flora exprima sa sympathie, puis m'informa que Will avait dû se rendre à Londres pour une affaire urgente et qu'il serait absent huit jours.

Reposant le combiné, j'obligeai Kate à me faire face et je lui dis : « Il ne l'a pas touchée.

– Tu ne sais pas...

– Jen va bien, je l'ai entendue parler avec Flora. Will n'a jamais eu la moindre intention de lui faire du mal. Il a voulu prouver qu'il ne lui ferait jamais de mal.

– Ses intentions...

– Kate ! »

Levant la tête, je vis Davie sur le seuil. Je ne sais depuis combien de temps il était là ; un bon moment, sans doute, à en juger par son expression. Je lui fis un signe de tête en direction de la voiture, et il sortit en refermant la porte derrière lui. J'emmenai Kate au salon, la fis asseoir sur mes genoux et la berçai jusqu'à ce qu'elle se calme, puis demandai : « Pourquoi ne m'as-tu rien dit jusqu'à maintenant, Kate ? Pourquoi ? »

Elle se contenta de hocher la tête, les yeux dans le vague.

« La lettre, dit-elle au bout d'un moment. La lettre de Flora. Lis-la-moi. » J'allai ramasser la lettre dans l'entrée, la lus avant de l'apporter à Kate, puis la froissai et la fourrai dans ma poche. « Que dit-elle ?

– Elle voulait t'annoncer que Will était de retour... » *Et te demander de signer les papiers d'adoption qui feront de ta fille la sienne...*

Je la regardai ramener ses genoux contre sa poitrine, les entourer de ses mains, et incliner la tête. J'avais envie de la tenir contre moi, j'aurais voulu pouvoir pénétrer dans son cerveau et chasser l'immense souffrance et l'immense peur qui s'y terraient depuis des années. Je m'approchai d'elle, m'agenouillai, et elle dit : « Je veux qu'elle revienne à la maison. » Elle le répéta et ses yeux se remplirent de larmes. Elle n'eut pas besoin de le dire une troisième fois, car j'avais compris : elle voulait que je quitte non pas sa maison, mais sa vie, pour que sa fille puisse revenir auprès d'elle. Les yeux de Kate étaient dévorés par la souffrance ; ce n'étaient plus des yeux d'eau, mais des yeux de flamme, une flamme sombre et tourmentée. Et je me rappelai alors où j'avais remarqué des yeux pareils. J'étais tombé un jour sur un blaireau dont la patte s'était prise dans les mâchoires acérées d'un piège ; la pauvre bête, tiraillée entre la peur et la douleur, s'était mise à ronger sa propre chair pour tenter de s'échapper.

Ce ne serait pas moi qui lui dirais que Jenny n'était plus sa fille. J'effleurai son visage, l'embrassai sur la joue, et allai trouver Davie.

Je racontai tout à mon fils, parce qu'il fallait qu'il sache, qu'il ne soit plus tenu dans l'ignorance, et surtout qu'il comprenne, au cas où les choses tourneraient mal et où je serais arrêté, pourquoi j'avais tué son oncle.

CHAPITRE 29

J'attendais à l'endroit du rendez-vous, à Waverley Station. Je triturais mon petit sac en perles en faisant tourner mon ombrelle ; je cherchais les mots qui toucheraient Jen et la persuaderaient de revenir à moi, tout en essayant de repousser l'image de Robert qui refusait de quitter mon esprit.

Jen arriva, habillée d'une robe bleu pervenche, si jolie et si fraîche que les gens s'arrêtèrent pour la contempler. Elle portait Minch dans un panier d'osier. Je me dirigeai vers elle en la voyant descendre sur le quai, puis je m'arrêtai car elle s'était retournée pour tendre la main à Flora. Flora, elle aussi, était vêtue de bleu, mais d'un bleu métallique pareil à celui de ses yeux. Je ne cherchai pas à éviter son regard, au contraire le mien était calme et assuré, car elle était l'ennemie et, à la différence de mon combat avec Will, je possédais des armes contre Flora. Je pris une profonde inspiration, me redressai et allai à leur rencontre en souriant chaleureusement.

Mon amabilité surprit Flora. Elle s'attendait à la fureur, et ma gentillesse, même si elle cachait des épines, la plongea dans la perplexité. Je l'embrassai, la complimentai sur sa belle robe, puis caressai la tête de Minch en disant d'un ton enjoué : « Oh, mais tu as pris un bain, mon petit bonhomme de Minch.

– Grand-Mère...

– Oui, répondis-je d'un air grave. Nous devons nous dépêcher. Son état a empiré. Ma voiture est dehors. » Je lui pris le bras, l'éloignant rapidement de Flora, et lançai derrière moi : « Merci de l'avoir amenée, Flora. »

Elle commença à protester mais, sans m'attarder, je resserrai mon étreinte et entraînai Jen vers la sortie.

Jen était stupéfaite mais, les nouvelles concernant sa grand-mère prenant le pas sur le mépris qu'elle me vouait, elle me suivit docilement à l'extérieur.

« Où est Davie ? demanda-t-elle, tandis que nous roulions dans High Street.

– Il est parti par le train.

– Et LUI *?*

– Parti. » Elle me dévisagea. Je n'avais cessé de sourire, mais le mot s'était étranglé dans ma gorge. Il fallait que je continue à parler, sinon j'allais me mettre à pleurer. « Je lui ai dit de s'en aller. Je vais divorcer. Je veux que tu reviennes à la maison, Jen. Je veux...

– Arrête !

– Tu me manques tellement, Jen...

– Arrête la voiture ! Immédiatement ! »

Je pris une rue transversale, garai la voiture près de la cathédrale Saint-Gilles, et tendis le bras vers Jen qui essayait d'ouvrir la portière.

« Jenny !

– C'est un mensonge ! Une imposture ! Une tromperie délibérée pour m'éloigner de Cromdale, à cause de la lettre de Flora ! Comment peux-tu mentir au sujet de quelqu'un de mourant ? Mon Dieu, tu ne respectes rien ! Rien ! » Elle ouvrit brusquement la portière, sortit avant que je puisse la retenir et cria : « Je ne veux plus jamais te voir ! »

Je sortis à mon tour de la voiture, courus vers elle, l'attrapai par le bras et l'obligeai à me faire face, puis je dis : « Jenny, écoute-moi. Tout était préparé d'avance. Will est parti pour l'Amérique avec l'intention de revenir non pas en septembre mais maintenant, parce que je ne serais pas sur mes gardes...

– Mon oncle est rentré depuis déjà trois semaines, et pendant ces trois semaines j'ai...

– Jenny !

– Laisse-moi finir ! Pendant ces trois semaines, s'il avait voulu me blesser d'une façon ou d'une autre, il en aurait eu cent fois l'occasion. La seule personne qui cherche à me faire du mal, c'est toi, avec des mensonges odieux et tes fantasmes grotesques.

– Ce ne sont pas des mensonges, Jenny. Je jure...

– Que vaut la parole d'une menteuse ?

– Pourquoi est-il rentré plus tôt, Jenny ? Pourquoi ne m'a-t-il pas écrit, pourquoi ne m'en a-t-il pas informée ?

– Il ne pouvait plus supporter d'être loin des siens.

– Mais il aurait pu télégraphier de New York, juste avant de partir. Ne vois-tu rien, Jen ? Il n'a prévenu personne de son retour parce qu'il voulait te surprendre.

– Une surprise peut difficilement être considérée comme...

– Oh, Jenny ! Il t'a rendue complètement aveugle ! Mon Dieu !

– Ça suffit », soupira-t-elle d'un air las, non parce que mes mots l'avaient ennuyée, mais parce qu'elle n'avait plus la force de lutter contre moi. Je sentis qu'elle baissait sa garde. Elle me regarda avec une incroyable douceur, un regard qu'elle n'avait plus jamais eu depuis le jour où j'avais tiré sur Will.

« Reviens à la maison, Jen, dis-je brusquement.

– Ma maison est à Cromdale.

– Notre maison est à Édimbourg.

– Était... Mais c'est fini, maintenant. » Son expression se radoucit – peut-être était-elle émue par mes larmes – et elle ajouta d'un ton tranquille : « Il est trop tard... Je ne peux pas. Je te souhaite...

– Quoi ?

– Je te souhaite d'être heureuse. »

Avant que j'aie pu répondre, elle était déjà partie, et je ne vis que l'envolée bleue de ses jupes derrière elle.

Je levai les yeux vers la cathédrale qui se dressait devant moi et me demandai si j'allais y entrer. Mais je n'avais jamais été très pratiquante et l'imposant édifice de pierre ne me paraissait guère engageant, même si je savais que c'était là le lieu par excellence où venir confesser ses péchés.

Mais je ne me confesserais pas... Jamais.

Je remontai dans la voiture et demeurai là très longtemps. Je savais maintenant ce que signifiaient les paroles de Will : la seule chose qui restait, c'était la mort.

Je ne voulais pas mourir. J'aimais trop la vie. Mais Will aurait ma fille, il la détruirait, et la vie serait insupportable. Tout devint alors d'une évidente clarté. Il ne restait rien d'autre, pour Will et moi, que la mort. Toutes les années qui avaient suivi notre « rupture » avaient été un tourment pour lui. Il ne voulait pas coucher avec moi, car la caresse la plus innocente me donnait la chair de poule. Il avait raison : comment pouvait-il se contenter de miettes après avoir eu droit à un festin de roi ? Tous ses actes ne visaient qu'à un seul but : me faire comprendre que nous avions dépassé la durée de notre séjour terrestre, et que l'heure était venue de mourir. Wolf, moi-même, Janet, ainsi que tous les autres, n'avaient été que de simples outils qui avaient servi à creuser nos tombes ; une fois notre amour mort, nos corps devaient mourir aussi.

Nous n'étions pas immortels... mais nous nous étions aimés comme des dieux. Héra n'était-elle pas la sœur de Zeus ?

L'heure était venue...

J'irais à Londres. On dirait que j'étais allée voir Will avec l'intention de le tuer parce que je craignais qu'il ne s'en prenne à ma fille ; nous nous étions battus ; il m'avait tuée puis s'était donné la mort. C'est ce que croiraient tous ceux qui me connaissaient. Personne ne saurait que j'étais allée demander à Will de mourir avec moi car c'était la seule chose qui nous restait. Je lui demanderais de me tuer d'abord, parce que je me savais incapable de le tuer. Will ne tremblerait pas, lui ; il me porterait le coup fatal et retournerait ensuite l'arme contre lui.

Je me sentais parfaitement calme et résignée en préparant mon sac – juste une robe de dentelle noire – lorsque j'entendis Davie remuer dans son lit. J'allai dans sa chambre et, en le regardant dormir paisiblement, je fus prise d'une envie irrésistible de le tenir dans mes bras, de le bercer ; un besoin de le toucher. M'avançant sur la pointe des pieds, je posai doucement ma main sur sa tête. Il bougea et je fis un pas en arrière, désireuse de ne pas troubler son sommeil.

« Maman ?

– Excuse-moi. Je ne voulais pas te réveiller. »

Il se frotta les yeux, bâilla et s'enquit : « Où est Papa ?

– Il a dû retourner à sa base. » Je m'assis au bord du lit et caressai le museau de Mollie. « Il faut que j'aille à Londres demain. Un client a des problèmes avec certaines robes. » Je cherchai comment formuler ce que j'avais à dire. « Dave, si jamais il m'arrivait quoi que ce soit, il faudra que tu prennes contact avec Mr. Cookson. C'est mon notaire.

– Que va-t-il t'arriver ? s'écria Davie.

– Rien. » Je ris pour essayer de le rassurer. « Rien du tout... c'est seulement que nous n'avons jamais parlé de ce genre de choses et... euh... » Voyant ses yeux agrandis par l'inquiétude, je dis seulement :

« On ne sait jamais...

– On ne sait jamais quoi ?

– Ce qui peut arriver. » Il avait les yeux comme des soucoupes, et le front soucieux. « Davie, dis-je en posant ma main sur sa joue. Je suis désolée. Je

n'aurais pas dû parler de cela. Tu n'as absolument aucune raison de t'inquiéter. Vraiment. Dors, maintenant. »

Mais, au lieu de l'apaiser, mes paroles semblèrent accentuer son trouble car il s'assit sur son lit et chercha mon regard.

« Tu n'as pas de client à Londres. Mr. Pearce est ton seul client. Qu'est-ce que tu...

– Je voulais dire un marchand de tissus en gros...

– Papa m'a dit qu'oncle Will était à Londres. Il m'a raconté que ton frère t'avait blessée, et que je devais me tenir éloigné de lui. Il m'a demandé de veiller sur toi en son absence. » Sa voix s'affermissait et c'est sur un ton d'autorité qu'il ajouta : « Et si ton frère est à Londres, alors toi tu restes ici.

– Je dois partir.

– Dans ce cas, je viens avec toi.

– Ce n'est pas possible.

– Si. Je viendrai. J'ai promis à Papa.

– Tu ne te rends pas compte, Davie. Tu ne peux pas venir avec moi. C'est impossible. Ton père comprendra. Crois-moi. » Je l'obligeai doucement à se recoucher mais, devant sa réticence, je fus contrainte d'insister : « Tu NE PEUX PAS *venir avec moi. Je regrette. » Et je l'embrassai sur la tête. « Dors. »*

Je me levai. Il me prit la main et la serra fort. La portant à mes lèvres, je dis : « Je serai sans doute partie lorsque tu te réveilleras, demain matin. Je te laisserai du thé tout prêt. » L'aidant à se recoucher, je flattai la tête de Mollie en disant : « Prends soin de mon garçon, ma belle. »

Avec un dernier baiser à Davie, je murmurai : « Bonne nuit, Dave », puis effleurai mon médaillon. Je faillis le lui donner mais, en refermant la main sur le petit bijou en or, je me dis que j'en aurais besoin, et que de toute façon il serait à lui... plus tard.

Je revins dans ma chambre et décidai de partir immédiatement pour Londres car j'avais douze heures de route et je savais que je serais incapable de dormir. Je mis dans mon sac le poignard que m'avait donné Joseph, et avec lequel j'avais échoué à tuer Will, puis je m'installai à mon bureau pour écrire une lettre à Robert. Je lui disais seulement que je l'aimais, que je l'avais toujours aimé et que je l'aimerais toujours, et je le suppliais de comprendre. Puis j'écrivis une lettre pour Davie, et je dus m'interrompre à cause des larmes qui coulaient et du désir que j'avais d'aller le serrer dans mes bras. Mais je me repris, terminai la lettre, la cachetai et la plaçai à côté de celle de Robert. Ensuite, j'éteignis la lumière, pris mes affaires et descendis à la cuisine préparer l'eau pour le thé, comme je l'avais promis à Davie. Je fis le tour de la maison, puis je sortis et allai prendre ma voiture.

Je ne le vis pas en ouvrant la portière car il faisait noir mais, au moment où je m'assis, Mollie passa sa tête entre les sièges pour me lécher le visage, et j'aperçus Davie près de moi.

« Tu vas le tuer, dit-il en se tournant vivement vers moi. N'est-ce pas ? C'est pour cela que tu vas à Londres.

– Rentre à la maison...

– Non !

– Davie, tu dois comprendre...

– C'est TOI *qui dois comprendre ! Tu seras pendue ! Tu ne te rends pas compte ? On saura que c'est toi, parce que tu lui as déjà tiré dessus, et on te pendra ! Jenny leur dira la vérité, et on t'arrêtera et on te pendra ! C'est cela que tu veux ?*

– Non...

– Alors ?

– Tu te souviens, à Glasgow, quand j'ai tiré sur cet homme et que je l'ai tué ?

– C'était de la légitime défense. Il aurait tué Papa, si tu ne l'avais pas fait.

– C'est exactement la même chose. Mon frère tuera Jenny si je ne l'en empêche pas.

– Je parlerai à Jen, je la ferai revenir. Elle me croira.

– Non, pas plus qu'elle ne me croit, moi. »

Il se tut et son visage se contracta tandis qu'il retenait ses larmes. Les miennes étaient prêtes à couler aussi, lorsqu'il se tourna brusquement vers moi en me disant : « Que deviendrai-je, lorsque tu ne seras plus là ? »

J'avais pensé à tout, mais cette simple question pénétra dans ma chair avec la rapidité et l'acuité d'une lame de rasoir. Avais-je le droit d'abandonner mon fils, qui avait tant besoin de moi, pour sauver sa sœur ? Ils étaient tous les deux mes enfants et, bien qu'ayant apparemment toujours consacré plus de temps et d'énergie à ma fille, je n'en aimais pas moins mon fils. Il pleurait doucement, en hochant la tête, et je me penchai pour le serrer contre moi et le calmer. Puis je me redressai et mis la voiture en marche.

« Qu'est-ce que tu vas faire ? demanda-t-il en essuyant ses larmes.

– Conduire.

– Jusqu'à Londres ?

– Oui.

– Mais...

– Je ne vais pas le tuer.

– Que vas-tu faire ?

– Je ne sais pas.

– Alors, je crois que nous devrions rester ici.

– J'ai BESOIN *de conduire cette nuit. J'ai besoin de faire quelque chose, n'importe quoi.*

– Jure-moi que tu ne le tueras pas.

– Dave !

– Jure-le-moi ! Tout de suite !

– Je jure, sur tout ce qui est sacré pour moi, que je ne tuerai pas mon frère. »

Nous prîmes la direction du sud. J'aurais voulu être couchée auprès de Robert, blottie au chaud dans ses bras, en sécurité. J'aurais voulu qu'il passe ses mains sur mon visage et qu'il prononce les mots qui avaient toujours su m'apaiser et chasser mes craintes les plus sombres : « Dors, dors... et quand tu t'éveilleras, ce sera le matin... seulement le matin... »

CHAPITRE 30

(Londres, 1er juillet 1912)

Personne ne me vit pénétrer au Ritz par l'entrée de derrière, affublé d'un long manteau, d'une canne et de lunettes noires qui me donnaient l'apparence d'un aveugle. Je le tuerais, et si l'on m'attrapait, eh bien je serais pendu... mais je ferais tout mon possible pour qu'on ne m'attrape pas.

Après avoir hésité un moment, car je n'étais venu qu'une seule fois dans la suite de Will – c'était dix-sept ans plus tôt, avant qu'il ne m'emmène à Cromdale – je m'arrêtai devant sa porte pour écouter. Mais j'étais sûr de le trouver seul car il devait attendre Kate. Je frappai doucement, comme elle l'aurait fait. La porte s'ouvrit aussitôt et je souris, sans avoir à me forcer car je ne l'avais jamais vu aussi déconcerté.

« Kate n'a pas pu venir, dis-je en coinçant la porte avec mon pied. Tu permets ? » Sans attendre sa réponse, j'entrai et refermai la porte à clé derrière moi ; j'aperçus, au milieu de la pièce, une table dressée pour un dîner aux chandelles et je demandai : « C'est pour nous ? »

Il sourit. Il portait une robe de chambre et marchait sans canne, en boitant très légèrement. Il tira une chaise, s'assit et, d'un signe, m'invita à en faire autant. Je hochai la tête et, ôtant de la table les couverts en argent, je les fourrai dans ma poche, puis je lui désignai la corbeille à pain en disant : « Tu n'auras qu'à tremper. »

Cessant de sourire, il inclina la tête et questionna : « Où est-elle ?

– En route pour Mallaig avec Jen ou en route pour Londres avec un pistolet. »

Il dut comprendre tout à coup que j'étais venu pour le tuer, car il se redressa et dit : « Elle t'a raconté, à mon sujet ?

– Oui.

– Tout ?

– Tout. »

Il réfléchit un instant, souleva la cloche d'argent qui gardait son dîner au chaud, et dit d'un ton où perçait l'étonnement : « La lettre de Flora... oui... Je ne croyais pas qu'elle la prendrait comme cela. Je pensais... Non... Je ne croyais pas qu'elle te raconterait... tout de même.

– Pourquoi ?

– Elle n'aime pas parler de notre passé. Je parie que tu es le premier – et le dernier – à qui elle en a parlé. Mais tu devais savoir, depuis tout ce temps, tu devais te douter. Quand même, je suis surpris. Elle n'a jamais voulu que tu saches.

– Tu ne peux lui en vouloir. Il me semble naturel qu'une femme essaie d'effacer de sa mémoire les abominations que tu as commises. »

Levant la tête de son assiette, il me dévisagea avant de murmurer : « Que t'a-t-elle dit au juste ?

– La vérité.

– À partir d'où ? Je veux dire, à quel point de notre *histoire* ma sœur a-t-elle commencé son récit ?

– L'enterrement de ta mère.

– Rien avant ?

– Non. »

Il sourit, hocha la tête, attrapa un bol de soupe et me demanda s'il pouvait avoir une cuiller. Poussant vers lui la corbeille à pain, je lui dis : « Trempe », et jetai un coup d'œil dans la pièce pour m'assurer qu'il n'y avait aucun objet susceptible de lui servir d'arme. Puis je dis : « C'est toi qui as dicté la lettre à Flora, n'est-ce pas ?

– Je la lui ai suggérée, mais ma chère épouse a trouvé les mots elle-même.

– Pour obliger Kate à choisir entre sa fille et moi.

– Oui. Pourrais-je avoir au moins une cuiller à thé, Rob ? Je peux difficilement te poignarder avec.

– Bois ta soupe. Alors, après m'avoir flanqué dehors, après avoir pris seule la *décision* de m'écarter de sa vie – t'évitant ainsi le désagrément de le faire à sa place –, elle te considérerait comme irréprochable, reporterait la culpabilité sur Flora et...

– L'important étant que tu sois parti sans que j'aie fait quoi que ce soit...

– Du moins, directement. Jen serait convaincue, par tes soins, que sa mère est bien la femme tendre et aimante qu'elle a toujours connue et aimée. Elle retournerait à Édimbourg, et tu pourrais reprendre tes visites, comme au Loch Leven, à une différence près : Kate devrait satisfaire les appétits de la bête.

– Pourquoi ? Elle n'y était pas obligée, lors de mes séjours au domaine. Pourquoi la forcerais-je aujourd'hui ?

– Parce que ce serait la clause tacite du pacte : si tu lui rendais sa fille, Kate deviendrait ta maîtresse. »

Il rit, avala une gorgée de soupe, reposa son bol et dit : « As-tu déjà commis un viol ? Non, non, ne dis rien. Je connais la réponse. Moi, oui. Deux fois. Et les deux fois, j'ai trouvé que c'était une expérience tout à fait lamentable et déprimante. Ce n'était pas excitant. Satisfaisant, sur le moment, du point de vue physique, mais absolument pas sur les autres plans. Je ne connais pas de sensation moins excitante que de voir une femme se dérober avec dégoût à mes caresses... surtout si cette même femme y a pris un jour un grand plaisir. Une femme qui ne désire pas l'acte sexuel aussi ardemment que son amant n'est PAS consentante, même si elle a dit oui et se laisse faire en priant pour que cela se termine vite ; cela équivaut à un viol, non ? Tu n'es pas d'accord, Rob ? Tu ne penses pas que, si une femme ne désirait pas l'homme avec lequel elle a couché, cela ne valait pas la peine de coucher avec elle ? Tu ne crois pas, comme moi, qu'il vaudrait mieux *satisfaire* ses désirs ailleurs, si la personne qu'on désire ne nous désire pas ? » Il se servit un verre de vin, m'en offrit un, et poursuivit son repas. « Le sommet absolu de la jouissance sexuelle, c'est lorsque le cœur s'élève aux mêmes hauteurs que la chair. Sinon, l'acte sexuel n'est rien d'autre qu'un exercice physique.

– Et cela, tu en as eu ton content.

– J'ai eu mon content du reste aussi. » Il se cala sur son siège, me considéra un instant et ajouta : « Si tel n'avait pas été le cas, ces vingt-huit dernières années auraient été insupportables. » Il se remit à manger, mais je vis qu'il m'observait par en dessous en attendant que je le questionne. Je tirai un siège et m'assis. Il eut un sourire narquois. « As-tu cru que je me nourrissais d'espoirs, Rob ? Que je vivais dans l'attente qu'un jour, si j'étais assez patient, je pourrais posséder ma sœur ? Ai-je l'air d'un homme qui ATTEND, tranquille et confiant, quelque chose dont il s'est contenté de rêver ? Quelque chose qu'il n'a pas *touché* de ses propres mains et qu'il n'a pas *senti* vibrer sous lui d'un ardent désir ? En ai-je l'air ? Elle était à moi avant d'être à toi. Elle l'est encore aujourd'hui. Et elle...

– Épargne-moi ton délire. Si tu ne voulais pas que Kate soit ta maîtresse, pourquoi as-tu pris la peine d'aller en Amérique et de faire en sorte que Flora propose d'adopter Jen ?

– Pourquoi crois-tu que je l'ai fait ?

– Parce que tu es toujours obsédé par ta sœur et que tu en as assez d'avoir les *miettes*.

– Qu'est-ce que tu appelles les miettes ? Hein ? Sa présence ? Sa voix ? Son odeur ? Son sourire ? Son contact, même fugace, même innocent ? C'est tout ce qui me reste et, de même qu'un mendiant apprécie les quelques croûtons de pain qu'on lui jette, je prise chaque moment que je peux passer avec ma sœur. Des miettes ? Certainement pas.

– Ta complaisance est vraiment touchante...

– Est-ce que pour toi c'est peu de chose, Robert ? Non. Suppose qu'elle refuse le devoir conjugal, pour une raison ou pour une autre, l'en aimerais-tu moins ? Pourquoi serais-je différent ?

– Parce qu'elle n'est pas ta femme, mais la mienne. Et parce que tu es fou.

– Parce que je l'aime ?

– Parce que tu es obsédé par elle.

– Nous nous sommes aimés... Et cet amour était partagé. Elle m'a aimé aussi profondément que je l'aimais, et elle m'a prouvé son amour aussi entièrement et aussi *profondément* qu'une femme peut le faire.

– Qu'est-ce qui te fait penser que je vais croire un seul de tes mensonges ?

– Parce que tu t'es toujours posé la question.

– Et maintenant je connais la vérité.

– Une petite partie de la vérité. J'ai bien tué le chien de Kate. J'ai bien violé ma sœur. Je l'ai, disons, punie. J'ai fait tout cela. Et je le regrette sincèrement. Mais avant cela, nous étions amants. Pendant deux ans, nous nous sommes aimés...

– Tu mens.

– Alors, pourquoi ne t'a-t-elle pas parlé plus tôt, si elle n'avait rien à se reprocher ? Si elle était une innocente *victime* aussi pure que l'agneau qui vient de naître, pourquoi aurait-elle caché si longtemps un fait qui l'aurait disculpée ?

– Parce que le seul souvenir de ce jour atroce lui était insupportable. » Je me levai et sortis le poignard de mon manteau en grommelant : « J'ai déjà perdu assez de temps avec toi...

– Tue-moi maintenant, et tu ne sauras jamais la vérité.

– Je la connais.

– Non. Kate ne te la dirait jamais. Kate ne comprend pas, d'ailleurs. Autrefois, oui, elle comprenait, avant que ma mère ne lui empoisonne l'esprit. » J'avais dû pâlir car les phrases de Joseph me revenaient en mémoire : *Mrs. Brodie savait... elle est tombée brusquement malade... Mais elle savait que Will désirait sa sœur...*

Will rit, rejeta la tête en arrière et dit : « Ma mère est morte d'une maladie dans laquelle je n'étais pour rien, mais avant de mourir elle a perverti le cerveau de ma sœur. Jusque-là elle nous avait laissés seuls ; la maladie l'a rendue plus lucide. Elle ne savait pas que nous étions amants, et que nous l'étions depuis deux ans, mais elle savait que mes sentiments pour Kate n'étaient pas ceux d'un frère. Ils ne l'ont jamais été. Dès le premier jour où je l'ai tenue dans mes bras – elle n'avait que quelques heures –, je l'ai aimée. Je l'ai aimée comme je n'avais jamais aimé rien ni personne. Elle était pour moi une merveille, et je l'ai regardée grandir, de plus en plus belle et merveilleuse au fil des ans. Elle était à moi. Totalement, absolument. Elle m'appartenait. Le domaine était notre royaume, et nous le parcourions en tous sens, seuls, elle et moi. Elle était très affectueuse, et je l'aimais tellement ; c'était naturel de la toucher, de la caresser, de l'embrasser. Nos baisers étaient chastes... plus ou moins... jusqu'à ce qu'elle ait dix ou onze ans. Oui, elle avait onze ans puisque j'en avais presque seize, lorsque nos baisers ont cessé d'être chastes. Ma sœur possédait, dans le corps d'une enfant, le cœur d'une femme, et comme moi, elle ne désirait qu'une chose : consommer notre amour. Et c'est ce que nous avons fait... doucement, car elle était frêle et j'avais déjà un corps d'homme : je NE VOULAIS PAS la blesser. C'est elle qui a insisté pour que nous allions jusqu'au bout, et que je lui prenne sa virginité.

« Nous avons été très discrets, et je lui ai expliqué que notre amour devait demeurer secret, sinon les autres le détruiraient, ces autres qui ne pouvaient pas comprendre, qui nous condamneraient et nous sépareraient. Je lui ai appris à distinguer nos baisers fraternels de nos baisers d'amants. Elle venait me retrouver chaque nuit, car sa chambre était contiguë à celle de sa gouvernante, alors que la mienne était éloignée de celle de nos parents. Mais ma Kate, comme tu dois le savoir, était une amoureuse si ardente que ses soupirs risquaient de réveiller les autres et de nous faire découvrir. Malgré mes tentatives, je n'ai pas réussi à lui apprendre à faire l'amour en silence ; nous avons donc construit une cabane au milieu de la forêt et en avons fait notre maison. Là, nous pouvions nous *aimer* pendant la journée. Et nous nous sommes aimés, ah, comme nous nous sommes aimés ! Pendant deux ans ç'a été le paradis. Notre amour s'est épanoui, et nous avons réfléchi à l'endroit où nous irions vivre, parce qu'elle comprenait maintenant que notre passion n'avait rien à voir avec les histoires d'amour ordinaires, mais que nous nous aimions comme des dieux. » J'eus un petit rire, sans doute sarcastique car Will s'emporta soudain : « Je ne suis pas fou. Pas plus fou que César, Mozart ou Léonard de Vinci, pas plus fou que ceux dont l'esprit refuse de se soumettre aux convenances d'une société rigide. J'aimais ma sœur et ma sœur m'aimait. Pourquoi était-ce mal ? Parce que l'Église le disait ? Parce que la société le disait ?

– C'est la nature qui le dit. Les enfants d'un couple incestueux naissent anormaux.

– Pourquoi n'aurions-nous pas le droit de nous aimer ? Pourquoi...

– Je viens de te le dire...

– Pourquoi, alors que les dieux s'aimaient librement ? Zeus était le frère d'Héra...

– Il l'a violée.

– Mais ils se sont mariés et ils s'aimaient. Tantale était le fils de Zeus et de sa mère Rhéa...

– Ta mère partageait-elle tes conceptions ?

– Éros est né de l'union d'Aphrodite et de son père Zeus...

– Un chaud lapin, ce Zeus ! »

Will sourit, et poursuivit d'un ton plus calme : « Je ne me prends pas pour un dieu. Je suis un être humain, fait de chair et de sang, comme ma sœur. Mais mon esprit est différent du tien, différent de celui de tous les gens que je connais. C'est pourquoi tu ne peux pas comprendre la dernière partie de mon histoire. » Je n'avais pas envie d'en entendre davantage, et pourtant je continuai à l'écouter, car je savais qu'il allait me dire ce qui s'était passé le jour de l'enterrement de sa mère.

« Lorsque ma mère est tombée malade, Kate a été très perturbée. Elle aimait beaucoup notre mère, dont la maladie a été soudaine et totale : en l'espace de quinze jours, elle s'est retrouvée clouée au lit, comme si un mal intérieur la rongeait. Selon les médecins, elle n'en avait plus que pour quelques semaines. C'est pourquoi, sachant à quel point Kate était sensible à la souffrance de ma mère, je l'ai laissée passer ses journées auprès d'elle, et j'ai attendu patiemment. Mais cela faisait deux ans que nous vivions ensemble, que nous nous *aimions*, et ne pas la voir, ne pas la toucher, m'était insupportable.

« Une nuit, je suis allé la retrouver ; elle s'est écartée de moi, mais juste un instant, car elle me désirait autant que je la désirais, et nous avons fait l'amour avec plus d'intensité que jamais. Ensuite, Kate s'est mise à pleurer et m'a dit que notre mère l'avait avertie que mes sentiments pour elle n'étaient pas ceux d'un frère, qu'il fallait qu'elle fasse très attention à moi et ne me laisse jamais la toucher. Je l'ai calmée et lui ai expliqué que notre mère était malade, qu'elle délirait, et qu'il fallait la rassurer – en lui disant que tout allait bien – mais ne pas la croire.

« Mais la nuit suivante, Kate m'a repoussé à nouveau, avec plus de force, affirmant que notre amour n'était pas *normal* et que nous devions arrêter. J'ai passé plusieurs heures à la persuader du contraire. Je savais qu'il me suffisait de la toucher pour qu'elle oublie tout ce que ma mère avait dit et se précipite dans mes bras, mais je ne voulais pas utiliser ce moyen. Je voulais qu'elle comprenne, qu'elle croie en notre amour comme moi j'y croyais, comme elle-même y croyait avant la maladie de ma mère, totalement. Cela a continué pendant environ un mois : tantôt elle se refusait, tantôt elle se rendait.

« Un jour de juillet, l'état de ma mère s'est aggravé au point que nous avons cru qu'elle ne passerait pas la nuit. Je suis allé retrouver Kate dans son lit, mais elle m'a repoussé et s'est levée en disant qu'elle ne coucherait plus jamais avec moi. Elle m'a assuré qu'elle m'aimait, qu'elle m'aimerait toujours, mais que nous ne serions plus jamais amants. Elle l'avait dit du fond du cœur, et je savais qu'elle le pensait. Mais c'est une chose de faire vœu de chasteté, et c'en est une autre de respecter ce vœu. En dépit de ses affirmations, ma sœur me désirait aussi désespérément que je la désirais. Nous avons tenu deux semaines et c'est Kate qui est venue à moi, jurant après avoir fait l'amour que c'était la dernière fois. Elle a commencé à m'éviter, non pas parce qu'elle ne m'aimait plus, mais au contraire parce qu'elle savait qu'elle n'aurait pas la force de me résister et qu'elle avait dû faire un serment à ma mère. Elle ne me l'a jamais avoué mais, la connaissant, je suis certain que ma mère l'a fait jurer que nous ne serions jamais amants. »

Will s'interrompit pour nous verser à chacun un verre de vin. Il vida le sien d'un trait, le remplit à nouveau et le but à petites gorgées en poursuivant : « Kate avait un chien, Wolf, une bête à moitié sauvage qui me détestait, et elle s'est mise à le prendre avec elle pour dormir, la nuit, car elle savait qu'il ne me laisserait pas approcher. Imaginer Kate avec lui, le caressant, l'aimant comme elle m'avait aimé, cela m'a rendu fou. Je savais que ses caresses étaient innocentes, mais je n'en ressentais pas moins une grande amertume, parce que lui avait le droit d'être avec elle, de se coucher près d'elle et d'être caressé par elle, alors que tout cela m'était refusé.

« Le jour de l'enterrement de ma mère, Kate est allée dans sa chambre, elle s'est allongée sur le lit et s'est mise à sangloter. Le chien étant dehors, je suis entré, j'ai refermé la porte et j'ai serré Kate contre moi tandis qu'elle pleurait. Était-ce le chagrin, était-ce le fait d'être tout près l'un de l'autre, ou parce que cela faisait un mois – une éternité – que nous n'avions pas couché ensemble ? Elle s'est pressée contre moi, m'a embrassé, m'a caressé, avec autant d'impatience et d'ardeur qu'auparavant, si bien que nous n'avons même pas pris la peine de nous déshabiller. J'avais un tel désir d'elle qu'il me semblait que j'allais mourir si je n'entrais pas en elle. Elle me désirait aussi ; elle avait les yeux fermés, mais nous étions à l'unisson, et elle bougeait au rythme de mon corps, et gémissait doucement de plaisir tandis qu'elle m'attirait au plus profond d'elle-même, mais juste avant... juste avant que je la sente parvenir à la jouissance, elle a ouvert brusquement les yeux et a poussé un cri, non pas un cri de plaisir mais d'horreur, puis elle m'a repoussé et elle est sortie de la maison en courant. Après avoir vite remis de l'ordre dans mes vêtements, j'ai couru derrière elle et quand je l'ai vue avec lui, avec ce chien, je suis devenu fou. »

Il s'interrompit, attendant que je dise quelque chose, mais j'avais la gorge tellement sèche que j'étais incapable de prononcer un mot.

« Une fois que ça a été fini et que j'ai vu ce que j'avais fait au chien, j'ai voulu aller trouver Kate pour lui dire combien j'étais désolé ; je ne l'étais pas, en vérité, mais il me fallait la reconquérir. Je l'ai trouvée dans la cabane, elle était venue chercher ses affaires, car nous y avions apporté des livres, des couvertures et une petite lampe à pétrole. Elle ne voulait pas que je m'approche, ni que je lui explique, ni que je la réconforte, elle qui en avait tant besoin. Je l'ai attirée contre moi et je l'ai caressée, parce que j'avais besoin d'apaiser sa souffrance, qui était aussi la mienne. Elle ne m'avait jamais résisté et je pensais que si je réussissais à l'exciter, à lui faire oublier, les choses redeviendraient comme avant.

« Mais elle m'a repoussé, a dit que je la dégoûtais et, lorsqu'elle m'a regardé, j'ai vu de la haine dans ses yeux et j'ai réalisé qu'elle avait dit vrai... Je l'ai prise... je l'ai forcée. Je ne sais pas pourquoi. La panique ? La peur de ne plus jamais pouvoir entrer en elle ? Notre étreinte interrompue du matin ? Je savais une seule chose : il fallait que je la possède. Elle a lutté farouchement, elle a crié, m'a enfoncé ses ongles dans la peau, mais j'étais dix fois plus fort qu'elle. Une fois à bout de forces, elle s'est laissée aller comme un poids mort, en sanglotant... Après, je me suis relevé, puis je me suis agenouillé près d'elle ; je regrettais de l'avoir blessée, car je ne l'avais jamais blessée jusque-là. Je lui ai caressé les épaules, comme elle aimait que je le fasse, et je lui ai demandé pardon ; je lui ai dit que je l'aimais tant qu'à l'idée de la perdre, j'avais perdu la tête. Elle m'a regardé, a repoussé mes mains avec dégoût, comme si c'étaient d'immondes bêtes rampant sur elle, puis a commencé à s'habiller.

« Jamais elle ne m'avait traité de la sorte, et j'ai compris que jamais plus elle ne me laisserait l'approcher. J'ai eu envie de mourir, parce qu'imaginer la voir sans pouvoir la toucher, c'était pire que la mort. Ne plus jamais la caresser, ne plus jamais coucher avec elle, ne plus jamais l'aimer... À cette idée, j'ai senti la douleur tordre mes entrailles, j'ai cru que mon cœur allait se briser. J'ai été submergé par la même rage qui s'était déchaînée en moi le matin même, et j'ai éprouvé le besoin de la faire souffrir autant que je souffrais. Je voulais la tuer mais avant, je lui ferais subir une torture égale à celle qu'elle m'avait infligée. Il fallait qu'elle endure le même supplice que moi. Et je... je l'ai blessée... je l'ai blessée... »

Il marqua une pause et me regarda. Jamais je ne l'avais entendu parler avec une telle ferveur, ni une telle sincérité. Je m'éclaircis la voix et lui dis : « Continue. Après ? Que s'est-il passé ?

– Elle a crié, mais...

– Mais quoi ?

– Personne ne pouvait entendre ses cris... personne sauf moi.

– Continue, que s'est-il passé ensuite ?

– Elle a saigné.

– Et après ?

– Elle a perdu conscience. J'étais certain de l'avoir tuée. Et je ne voulais pas qu'elle meure. Je l'ai prise dans mes bras, elle a ouvert les yeux ; j'ai plongé mes yeux dans les siens, elle a murmuré mon nom, et j'ai compris que je ne pouvais pas la tuer. J'ai compris que je devais la sauver, parce que je l'aimais, et parce qu'elle m'aimait... encore.

– Tu as écrit le mot, et ils l'ont cherchée au Loch Leven.

– Oui.

– Pendant que tu la soignais.

– Oui.

– Et alors...

– ... tu me l'as volée. »

Son visage était grave. Il fallait absolument que j'accomplisse ce que j'étais venu faire. Je demandai : « As-tu terminé ? Sinon, peut-être pourrais-tu abréger tes *mémoires* et résumer les derniers épisodes...

– Notre amour n'avait rien d'ordinaire ! dit-il avec une force telle que je cessai d'ironiser. Je l'ai aimée ! Je l'ai aimée comme jamais tu ne l'aimeras ! J'aurais bâti des empires pour elle ! Elle était une déesse ! Et tu as fait d'elle une putain ! En la laissant seule pendant des mois, à attendre ton retour ! Elle méritait de vivre comme une reine, et tu l'as entraînée dans les bas-fonds de Glasgow, tu l'as obligée à vivre comme une indigente ! Tu n'es pas digne d'elle ! Tu ne l'as jamais été ! Tu n'as jamais su ce que tu tenais entre les mains, tu l'as rejetée comme quantité négligeable, alors que je me consumais pour elle ! Seigneur Dieu, qu'a-t-elle vu en toi, pitoyable créature ? Qu'y ai-je vu, moi ? Comment ai-je pu penser à toi comme au frère que je n'avais jamais eu ? Je t'aimais ! Je t'ai amené chez moi et tu m'as remercié de ma bonté en me volant la seule chose au monde qui m'était chère ! Elle était à moi ! Elle était à moi et tu n'avais aucun droit sur elle ! »

Je m'approchai de lui ; il se leva d'un bond, mit sa chaise entre nous et dit d'une voix sifflante : « Tu aurais dû me tuer quand tu es venu à Cromdale. Tu voulais le faire. Tu étais venu pour ça. Il te suffisait de m'enfoncer l'oreiller sur la tête. Mais tu as eu pitié de moi, n'est-ce pas, Robert ? Ta compassion te perdra. Pourtant, tu n'as pas eu pitié de ton frère. » C'était tombé sans prévenir, comme un coup de tonnerre, et je restai interdit. Will s'en rendit compte et, avançant vers moi, il brisa la bouteille de vin contre la table et brandit le tesson comme un poignard. « Jenny a dit que c'était un accident, qu'il était tombé sur un bâton ! Mais ce n'était pas un accident, n'est-ce pas, Caïn ? C'est toi qui as planté le pieu dans le cœur d'Abel ! Il n'est pas tombé ! Tu l'as tué ! » Je me jetai sur lui, le fis tomber, lui envoyai mon poing dans la mâchoire et le frappai jusqu'à ce que le sang jaillisse, puis je me saisis du tesson de bouteille et l'approchai de sa gorge. « Sache pourquoi tu me tues ! Au moins admets-le ! Parce qu'elle était à moi ! Parce qu'elle est toujours à moi !

– Menteur...
– Nous avons été amants...
– Salaud ! »

Il me mordit la main jusqu'à ce que je lâche la bouteille, qui roula sous la table. Il se dégagea et rampa vers la porte. Je le retins par la jambe, et il se mit à crier : « AU FEU ! AU FEU !!! » Je l'attrapai aux genoux mais il me frappa en disant : « Tu les entends ? Ils arrivent ! AU FEU !!! L'instant de vérité, Robert ! Quelle est la mesure de ton amour pour elle ? AU FEU !!! Qui préfères-tu : elle ou ta misérable personne ? AU FEU !!! Mérite-t-elle que tu finisses sur la potence ? Mérite-t-elle que tu moisisses en prison ? AU FEU !!! Quelle est la mesure de ton amour pour elle ? »

On tambourinait sur la porte. On demandait les pompiers, on réclamait une hache. Will se releva, se précipita vers la porte, la main sur la poignée. Il avait l'air d'un renard enragé. Il cria encore une fois au feu, puis me désigna la fenêtre ouverte et chuchota : « Vite, la fenêtre ! Sauve-toi ! Sauve-toi, Rob ! Vite ! AU FEU !!! » Je me mis debout, saisis mon poignard et le brandis tandis que les coups de hache ébranlaient la porte. « Ils te pendront ! La fenêtre, Rob ! Sauve-toi ! La fuite ou la geôle ? Qu'est-ce que tu préfères : elle ou ta liberté ? » Il était à trois mètres de moi, et la porte commençait à voler en éclats. « AU FEU !!! Il te reste trente secondes pour te décider, Rob ! Tue-moi ou sauve-toi ! L'aimes-tu suffisamment ? »

Je reculai, glissai le poignard dans ma poche, enjambai la fenêtre, rampai contre le mur et me laissai descendre le long d'une gouttière. Will se pencha par la fenêtre et me lança : « Elle m'aime toujours. »

Une foule de gens s'étaient rassemblés en bas mais je réussis à me perdre dans la masse. Je cachai mon déguisement d'aveugle dans l'allée, et je marchai jusqu'à l'aube. Mais cela ne me quittait pas, cela ne s'en allait pas ni ne se calmait. Pour la première fois de ma vie, je ressentais le besoin de tuer. Mes mains me démangeaient et le poignard brûlait contre mon cœur. J'avais des élancements dans la poitrine, une douleur inconnue me déchirait les côtes. C'étaient des mensonges. Rien que des mensonges. Will était un monstre et il avait tourmenté la femme que j'aimais au-delà de ce qu'on pouvait imaginer, pendant toute sa vie, parce que son esprit dérangé avait fait d'elle une déesse et parce qu'il avait passé son existence à la vénérer. Tous ceux qu'il avait torturés et tués devaient être vengés. Will était un danger. Il devait mourir.

À huit heures, je retournai dans l'allée du Ritz, repris le déguisement d'aveugle et attendis.

Peut-être était-ce la fatigue, s'ajoutant aux événements de la nuit, mais en me dissimulant dans l'allée j'aperçus une ombre qui se dirigeait vers moi.

C'était Lui.

Était-ce parce que Will avait parlé de Lui, L'avait rappelé d'entre les morts ? Je clignai les yeux et Il disparut. Je n'avais pas ressenti Sa présence depuis l'Afrique, lorsqu'Il était venu à l'hôpital, et je croyais m'être débarrassé de Lui. Folie. Il me hanterait jusqu'à mon dernier jour. Parce qu'Il n'était ni un fantôme ni un spectre. Il vivait en moi.

Les frères... Le mien... Celui de Kate... Il y en aurait demain un de moins pour nous hanter.

Je savais que Will irait faire une promenade de bonne heure, parce que cela faisait partie de son traitement : il devait marcher une heure chaque jour pour exercer ses genoux. C'est ce que Flora avait dit dans sa lettre ; elle racontait que Jenny, à Cromdale, accompagnait Will chaque matin dans sa promenade.

À neuf heures, je l'aperçus et je lui emboîtai le pas, puis je le saisis, l'attirai dans l'allée, plaquai ma main sur sa bouche et le poussai contre le mur.

Je lui enfonçai le couteau dans le ventre, le retirai et l'approchai de sa gorge. Posant la lame juste au-dessous de son oreille, je vis ses yeux écarquillés, non par la douleur mais par la stupeur, tandis qu'il comprenait qu'il était en train de mourir, qu'il n'était pas immortel. Je lui enfonçai le poignard dans la gorge. Ses yeux se révulsèrent et il poussa un cri de bête qu'on abat, puis il tomba, eut un sursaut et s'immobilisa. Mort.

Je pris sa montre, sa bague, son portefeuille, fourrai le tout dans ma poche, enlevai le manteau dont je le recouvris, ainsi que le chapeau, les lunettes noires et la canne. J'enfonçai dans mes poches mes mains couvertes de sang et je m'éloignai.

C'était le dimanche 2 juillet au petit matin. Il n'y avait pas âme qui vive, mais je me hâtai de retourner à la voiture que j'avais louée. Je conduisis longtemps, très longtemps, jusqu'à Brighton, jusqu'à la mer.

Je courus vers les flots, entrai dans l'eau jusqu'aux genoux, jetai le couteau dans la mer, et laissai les vagues nettoyer le sang de mes mains.

Et pour la centième fois, je me dis : *Will a menti...*

CHAPITRE 31

Il était onze heures du matin lorsque nous arrivâmes à Londres. J'étais épuisée mais agitée, n'ayant dormi qu'une heure, après avoir arrêté la voiture en bordure d'un parc à Nottingham. Davie s'était endormi avant même de passer la frontière anglaise, et Mollie dormait tout aussi profondément. J'étais impatiente de voir Will, car j'avais RÉSOLU *mon dilemme. Je savais maintenant ce qu'il voulait : être près de moi.*

Au moment où je garai la voiture devant le Ritz, je remarquai une foule de gens, des journalistes, les flashes des appareils photo, une douzaine de policiers. Un portier m'aida à descendre de voiture et je lui dis d'attendre, car je ne voulais pas réveiller Davie. À la réception, je demandai qu'on prévienne mon frère que je l'attendais dans le hall. L'homme me regarda d'un air étrange ; son collègue s'approcha et m'informa poliment que Mr. Brodie avait été assassiné ce matin même par un voleur déguisé en aveugle.

« Ass... assassiné ? balbutiai-je, persuadée que l'employé avait fait une erreur.

– Il semble que l'homme soit entré par la fenêtre la nuit dernière et l'ait menacé. Mr. Brodie a crié au feu et l'homme s'est enfui, mais malheureusement il a agressé Mr. Brodie ce matin. Les vêtements du

voleur, ou plutôt son déguisement, ont été trouvés près du corps. Peut-être devriez-vous vous asseoir. Thomas, une chaise pour... »

Je n'en entendis pas plus car je ressortis en courant et bousculai la foule pour passer, jusqu'au moment où un policier me barra le chemin et m'ordonna de revenir en arrière.

« C'est mon frère... je vous en prie. »

Il m'amena à Will et, en m'approchant de cette forme inanimée qui avait été mon frère, je crus que mon cœur allait exploser de chagrin. Je m'agenouillai près de lui mais il était froid, et je ressentis dans la poitrine une douleur comme jamais je n'en avais éprouvé jusque-là. En me relevant, j'aperçus les lunettes noires près d'un épais manteau. Je les regardai fixement, jusqu'à ce que mon regard se brouille, puis je les ramassai.

« Je crains que vous ne soyez obligée de les laisser ici, Miss. Pièce à conviction.

– Elles... elles appartenaient à mon frère. Je les reconnais. Est-ce que je pourrais... s'il vous plaît ? »

Il détourna les yeux et fit un signe de tête affirmatif. Je serrai les lunettes dans ma main et les dissimulai. Car elles n'appartenaient pas à Will. Elles étaient à Robert.

Il y avait des journalistes partout et je demandai aux policiers de m'accompagner à ma voiture pour me protéger d'eux car j'étais incapable de répondre à leurs questions. Ils tournaient autour de moi comme un essaim de guêpes et leurs interrogations étaient autant de piqûres cuisantes et cruelles. En approchant de l'endroit où se trouvait la voiture, j'aperçus Davie qui me dévisageait. Il hocha la tête et s'enfuit en courant. Je le poursuivis dans tout Piccadilly, finis par le rattraper, et essayai de lui parler calmement. Mais j'étais hors d'haleine et, avant que j'aie pu dire un mot, il sanglotait en me traitant de meurtrière.

« David, ça suffit ! criai-je sans me contrôler. Ça suffit, tu m'entends ! Son corps est froid, il est mort au moins une heure avant notre arrivée...

– Quand sommes-nous arrivés ?
– Il y a juste quelques instants.
– Je leur ai demandé, j'ai demandé au policier, il a dit qu'oncle Will était mort à dix heures. Nous sommes partis à dix heures hier soir et il faut douze heures... et... mon Dieu, maman, tu as menti...
– David, je me suis arrêtée une heure à Nottingham pendant que tu dormais. C'est pour cela que nous avons mis treize heures au lieu de douze. Dave...
– Ils te pendront...
– Les policiers m'auraient-ils laissée partir s'ils pensaient un seul instant que je suis coupable ? Non. Ils me laissent partir parce qu'ils savent qui est le meurtrier.
– Qui ?
– Un aveugle, ou plutôt un voleur déguisé en aveugle. Il est venu dans la chambre de ton oncle la nuit dernière.
– Pourquoi ne l'a-t-il pas tué à ce moment-là ?
– Parce que ton oncle Will a crié au feu ; les gens de l'hôtel ont défoncé la porte et l'homme est parti avant d'avoir pu voler ou... faire du mal... » Je m'interrompis en me rendant compte que Robert était avec Will la nuit précédente. Je n'aurais jamais pensé qu'il viendrait à Londres, persuadée qu'il avait regagné sa base à Northumberland, puisqu'il avait insisté sur le fait que Jenny ne courait aucun danger et que Will avait voulu PROUVER *ses bonnes intentions. Je n'étais pas certaine que Will ait gardé le secret sur notre passé. Je l'avais supplié de se taire et il avait tenu parole pendant vingt-huit ans ; mais si Robert l'avait menacé, il pouvait avoir parlé, pour avoir la vie sauve... Heureusement Robert ne le croirait jamais, parce qu'il pensait qu'en fin de compte je lui avais dit la vérité.*
Or il n'en était rien.
Il ne saurait jamais... personne ne saurait. Will mort, toute ma honte, toutes ces années passées à mentir, à dissimuler, à échapper au passé, seraient enterrées avec lui.

Je jetai un coup d'œil à Davie qui ne cessait de me regarder en frottant ses yeux rougis de larmes. Je lui pris la main et lui dis que l'employé de l'hôtel confirmerait tout ce que j'avais dit. Mais Davie ne voulait pas lui parler, ni à lui ni à qui que ce soit, et il demanda à repartir tout de suite pour Édimbourg.

Les journalistes étaient agglutinés autour de ma voiture et Mollie, sur le siège arrière, grognait en montrant les dents. Je dus me frayer un chemin à travers cette meute de chacals, et cacher le visage de Davie car ils voulaient prendre des photos. Je répondis à l'un d'entre eux que mon fils et moi étions venus rendre visite à mon frère, et que nous étions trop choqués et bouleversés par la nouvelle de sa mort pour accorder une interview. Je fis entrer Davie à l'arrière de la voiture et m'assis au volant. aveuglée par l'éclair d'un appareil photo.

Davie garda le silence pendant tout le voyage. Je savais qu'il croyait que j'avais rompu mon serment et tué Will, mais je ne dis rien, persuadée qu'après avoir lu les journaux il comprendrait que j'avais dit la vérité et que son oncle avait été assassiné par un voleur déguisé en aveugle. Et il n'apprendrait jamais que son père était le meurtrier de mon frère.

Au bout de deux heures de route à peine, je ressentis une immense fatigue et une douleur intense s'insinuer dans tous mes membres. Il fallait que j'accorde du repos non seulement à mon corps mais à mon esprit. Nous prîmes des chambres dans un bed and breakfast *et, après avoir installé Davie, j'allai m'allonger dans ma chambre.*

Je sentis un poids énorme s'abattre sur moi, m'écraser, m'accabler. Le poids des regrets... et de l'épouvantable gâchis. Mon Dieu, que d'années gaspillées, que de vies ruinées... Je songeai alors que mon frère n'avait jamais ressenti d'amour pour moi, mais une véritable obsession, et qu'il valait bien mieux qu'il soit mort; j'avais voulu qu'il meure, j'avais prié pour que cela arrive, et voilà que c'était arrivé. Il était fou et, de même qu'on abat les chiens fous, il fallait que mon frère soit abattu. Un chien fou. Oui, un chien fou... et un prince.

L'enterrement de mon frère eut lieu à Cromdale trois jours plus tard. Davie et moi y allâmes en voiture avec Mollie, sans avoir pu joindre Rob à Northumberland puisqu'il était en permission pour un mois. Je supposai qu'il était allé au Loch Leven comme prévu.

À peine étions-nous entrés au château que Jenny se rua sur moi, me saisit par le bras et m'ordonna de monter. Il y avait une telle hostilité dans son attitude que je me libérai d'un mouvement rageur et lui demandai des explications.

« Je pense que tu n'aimerais pas qu'on entende ce que j'ai à te dire », répondit-elle d'un ton mordant. Je la suivis en soupirant. De toute évidence, elle croyait que j'étais pour quelque chose dans la mort de son oncle, bien que les journaux aient clairement dit qu'il s'agissait d'un voleur toujours en fuite.

Elle me fit entrer dans sa chambre – cette chambre où j'avais été prisonnière durant une grande partie de ma jeunesse –, referma la porte, me fit face et lança son venin : « Comment oses-tu pénétrer dans cette maison ? Comment oses-tu... ?

– Ça suffit ! Je n'ai rien à voir avec la mort de...

– Toi et cette crapule que tu appelles...

– Ton père, jeune fille, et si je t'entends encore parler de lui de façon désobligeante, tu vas recevoir ma main...

– Comme des criminels de droit commun... de sordides assassins... mon Dieu, je jure...

– Ça suffit...

– Je sais ce qui s'est passé ! IL s'est déguisé en aveugle et, comme IL n'a pas réussi à le tuer cette nuit-là dans sa chambre d'hôtel...

– Jenny !

– ... IL t'a télégraphié pour que tu viennes à Londres et que tu... tu attires ton frère dans l'allée...

*pour qu'*IL *puisse... le tuer... Oh, mon Dieu, vous êtes grotesques... et cruels...* » *Elle commença à sangloter; je m'approchai d'elle et elle me repoussa en criant : « Je l'aimais... il était bon et gentil avec moi... Il l'a toujours été. Il était davantage mon père... que... Et vous l'avez tué... vous l'avez tué...*

– Jenny...

– Ne t'approche pas de moi ! À partir d'aujourd'hui, je ne veux plus jamais te voir ! Plus jamais !

– Jen...

– Tu vas signer les papiers et ensuite...

– Quels papiers ?

– Les papiers pour l'adoption. » *Je la regardai d'un air complètement ahuri. « Tu n'as pas... tu n'as pas reçu la lettre ? Je croyais que si. Je croyais que c'était pour cela que tu...*

– La lettre de Flora...

– Les papiers sont en bas. Les avocats ont tout préparé, tu n'as plus qu'à signer. Ce sera mieux comme cela. Je ne peux plus porter SON *nom. Je vis ici, maintenant. Je préfère qu'on m'appelle Jenny Brodie.* »

Je sentis un frémissement me parcourir des pieds à la tête. Je me redressai de toute ma taille, me dirigeai vers Jen d'un pas ferme et déclarai : « C'est mon sang et celui de ton père qui court dans tes veines, PAS *celui de mon frère, le* NÔTRE, *et nous sommes, comme toi, des Maclean. Et tu resteras une Maclean jusqu'au jour où tu te marieras et où tu prendras le nom de ton mari. Mais jusqu'à ce jour, Miss, tu es* MA *fille, pas celle de Flora, et que tu vives ou non avec moi, tu porteras le nom avec lequel tu es née.*

– Je ne veux plus rien avoir à faire avec vous.

– C'est ton choix. Vis où tu veux, mais tu garderas ton nom.

– Si tu ne signes pas... si tu ne signes pas, je leur dirai la vérité, pour le jour où tu as tiré, et alors ils sauront que c'est toi qui l'as tué... » *Elle se tut brusquement et baissa les yeux.*

Il y avait des règles que même elle ne transgresserait pas.

Je me dirigeai vers la porte, me retournai vers Jen et dis : « Je préfère être six pieds sous terre plutôt que de te céder à quelqu'un d'autre. Au revoir, Miss Maclean. »

Je partis pour Édimbourg juste après l'enterrement pour me changer, laissant Davie à Cromdale, comme prévu.

Il était minuit lorsque j'arrivai et la maison était plongée dans un silence de mort. Sans allumer les lumières, je montai l'escalier pour aller à ma chambre, détachai mes cheveux et dégrafai mon corsage. J'étais fatiguée et je me demandais s'il serait prudent de reprendre la route maintenant pour le Loch Leven. Mais j'avais besoin de voir Rob. J'avais terriblement besoin d'être avec lui. Je prendrais un bain pour me réveiller, puis je m'habillerais et je...

Assis près de la fenêtre, il y avait un homme ; je reculai et, persuadée que c'était le spectre de mon frère, je murmurai son nom. L'homme gratta une allumette, et j'aperçus le visage de Robert, sombre et courroucé. Il alluma la lampe près de lui, se leva et vint vers moi. Il faillit me faire tomber, tant il mit de fureur dans son mouvement pour me saisir par les bras, me toucher, défaire mon caraco et m'attraper par la nuque. Il me renversa la tête en arrière et m'embrassa, mais avec une telle brutalité qu'il me fit mal ; pourtant je ne le repoussai pas car il avait éveillé en moi un désir violent. Il me souleva et nous précipita tous deux sur le lit. Le besoin de sentir sa peau contre la mienne me faisait haleter. Dans notre excitation, nous n'arrivâmes pas à arracher le reste de nos vêtements et fîmes l'amour avec frénésie. Ses mains m'enserraient la tête, fouillaient mes cheveux, sa bouche écrasait la mienne, tandis qu'il pénétrait profondément en moi. Soudain il s'arrêta, me regarda fixement et s'allongea sur le dos, hors d'haleine. Il contempla le plafond en silence, puis couvrit son visage avec son bras et me demanda : « Vous étiez amants ? »

Sa question m'atteignit en plein cœur.

Il s'assit au bord du lit et mit sa tête dans ses mains. Je me détournai, m'assis de mon côté et remis en place mon jupon et mon caraco, tout en regardant l'ombre sur le lit, formée par nos deux corps réunis, s'élever le long du mur sous l'effet de la lumière. Et je souris, désabusée, parce que ce n'était pas une ombre. C'était le spectre de mon frère qui, dans la mort comme dans la vie, venait s'interposer entre nous.

Je me levai, rassemblai mes affaires et descendis pour finir de m'habiller. La voiture était prête, elle n'avait pas été déchargée depuis le matin où nous devions partir.

J'irais au Loch Leven. Si je pouvais aller là-bas, tout irait bien.

Je conduisis tel un automate. En fait, tout ce que je faisais depuis mon aveu tacite à Robert, je l'accomplissais de façon mécanique, comme engourdie ; c'était sans doute mieux ainsi parce que, si j'avais été capable de ressentir quelque chose, je serais certainement morte de douleur.

Tout le long du chemin, je gardai les lèvres serrées : même seule, je craignais, si j'ouvrais la bouche, de voir se déchaîner autour de moi les fantômes du passé. Tous les mensonges que j'avais faits se bousculaient en moi et demandaient à sortir. Mais je ne pouvais les libérer. Je préférais mourir plutôt que de leur laisser la parole, de les rendre réels.

Le ciel rose s'était teinté de nuances noires et pourpres lorsque j'arrivai au domaine. J'allai tout de suite à l'écurie, sellai mon cheval et chevauchai à bride abattue vers le lac et le château... mon château. Il n'était plus à moi, peut-être ne l'avait-il jamais vraiment été... Arrivée au bord de la falaise, je me laissai tomber sur le sol humide et sombre. Je fis glisser entre mes doigts cette terre grasse, riche, je m'en frottai les mains, les bras, le cou. Le soleil se levait et tout était tranquille. Je regardai le disque rouge mais ne sentis pas sa chaleur sur mon visage, car mon visage, comme mes mains, comme mes pieds, était froid comme la tombe... mort.

Je restai là pendant des heures et soudain je l'entendis. Sa musique. Lancinante. Elle ne pouvait venir que de l'intérieur de moi, puisqu'il était mort. Et pourtant elle était partout, dans les vallons, les collines et les lacs ; et elle envahissait mon cerveau, tourbillonnait sans fin, me poursuivait, m'obsédait, au point que je crus devenir folle.

Pendant deux jours je restai seule, sans manger. Je n'avais pas besoin de nourriture. J'étais morte. Je marchais toute la journée, jusqu'à épuisement ; ensuite, j'allais me coucher dans l'écurie, près de mon cheval, car je ne voulais pas dormir seule.

J'étais couchée là lorsque je le sentis à côté de moi. J'ouvris les yeux et il s'agenouilla, caressa mes cheveux et me prit contre lui pour me redresser. Je m'écartai de lui, incapable de supporter le contact de ses mains, secouai la tête et me levai.

« Viens dans la maison, dit-il en s'approchant de moi.

– Non.

– Il faut que tu manges quelque chose. Viens. »

Il me tendit la main ; je voulus la prendre, mais j'en étais incapable. Je reculai et sortis de l'écurie. Une fois dans la cuisine, je m'assis et je le regardai chercher des œufs dans le réfrigérateur.

« Frits ou brouillés ?

– Je ne...

– Sur le plat, alors. »

Il me sourit et je sentis les commissures de mes lèvres se tordre, mais je regardai ailleurs sans répondre à son sourire. Il me demanda de préparer du thé, mais je ne me rappelais plus comment on faisait et je n'osai pas le lui dire, de peur qu'il comprenne que j'avais perdu la raison. Je contemplai longuement la théière. Il la posa sur la table et remplit la bouilloire. Irritée de ma sottise, je sortis de la pièce et montai à l'étage.

Il apporta le petit déjeuner sur un plateau, mais j'étais écœurée et incapable de manger. Il trempa le pain dans le jaune d'œuf et me le mit dans la bouche. Le goût me parut étrange, mais j'avalai car je me savais faible et devais me nourrir. Il bavarda de tout et de rien, puis proposa que nous montions à cheval. J'en avais envie, je trouvais que c'était une excellente idée; ainsi je ne serais pas obligée de lui parler, parce que cela, je ne le voulais pas. Il était très gentil avec moi, ce qui me déconcerta car j'avais l'impression d'être un petit enfant se remettant d'une grave maladie. Je ne savais pas ce que je voulais. J'avais très envie de me blottir dans ses bras et de pleurer, mais je n'avais plus de larmes, et l'idée de le toucher me répugnait autant qu'elle m'apaisait.

Nous nous rendîmes à l'écurie et il sella son cheval, puis le mien. Je demeurai là, bride en main, incapable de me souvenir comment cet étrange attirail se fixait sur la tête d'un cheval. Ma perplexité fit place à la colère, car je savais fort bien que j'avais déjà fait cette opération des milliers de fois. Mes mains se mirent à trembler. Il vint vers moi et me dévisagea. Puis il se plaça derrière moi, posa ses bras sur les miens et exécuta tous les mouvements pour mettre en place le harnais du cheval. Ses mains restèrent sur les miennes.

Je fus prise d'un immense désarroi, si soudain, si violent que je me tournai vers lui en suppliant : « Aide-moi... » Il me serra contre lui pendant un long moment, puis m'emmena dehors. Nous traversâmes la lande dorée, et il ne dit rien avant que nous ayons atteint le bord du lac. Là, il se tourna vers moi, me prit la main et dit : « Raconte-moi. » Je secouai la tête et il répéta sa demande, ajoutant qu'il comprenait, que Will avait été quelqu'un d'extraordinaire, mais qu'il était fou, et que je n'étais pas cause de sa folie, qu'il était né comme cela.

« Tu ne sais pas, Rob.

– Si. Raconte-moi. C'est le seul moyen de te délivrer de lui, Kate... Je t'en prie... raconte-moi. »
Mais je ne m'en sentais pas la force et je le lui dis. Alors, me tenant toujours la main, il se remit à marcher, et dit : « C'est la seule façon de l'enterrer... Ne me dis rien à moi, parle au vent, il emportera tes paroles loin, très loin... parle au vent. »
Il attendit. Il fallut un temps infini avant que je puisse proférer un mot. Mais je savais qu'il avait raison et que, si je ne laissais pas sortir ce qui montait en moi, je me noierais.
Nous nous assîmes au bord du lac ; il garda ma main dans la sienne, mais se plaça légèrement derrière moi : il devait sentir que je serais incapable de le regarder. Les yeux fermés, la main serrée sur mon médaillon, j'essayai de me souvenir de tous les mensonges que j'avais racontés, à moi-même comme aux autres, et de trouver la vérité.... la vérité...

« ... Quand le changement se produisit-il ? Avais-je dix, onze ans ? Quand ses caresses commencèrent-elles à éveiller en moi non plus une joie innocente, mais un ardent désir ? Je l'ignore. Mais, au moment où ma mère tomba malade, j'étais déjà complètement sous l'emprise de Will.
Un jour où j'étais au chevet de ma mère, elle me prit la main, m'attira à elle et m'expliqua que les sentiments que mon frère me portait étaient malsains. Elle dit qu'elle avait vu dans ses yeux qu'il me désirait, et j'étais si jeune, si innocente qu'elle craignait pour moi. Je rougis violemment sous son tendre regard et, comme elle pensait que j'étais vierge (je n'avais que quatorze ans), elle dut croire que ses paroles avaient heurté mes chastes oreilles – pas si chastes que cela puisque, à peine quelques heures plus tôt, elles avaient entendu les soupirs de mon amant au moment de la jouissance suprême, mon amant, son fils, mon frère.

« Cathy, dit-elle dans un souffle, car la vie la quittait, Cathy, ma petite fille, je t'en prie, fais attention... il y a quelque chose qui ne va pas chez lui... Cathy... Il... il ne t'aime pas comme un frère aime sa sœur. C'est un péché... un péché mortel... et...

– Et quoi ?

– Les enfants...

– Quels enfants ? Quels enfants, Mère ? Les enfants de qui ?

– Les enfants des frères et des sœurs qui... qui se marient...

– Eh bien, qu'est-ce qu'ils ont, Mère ?

– Ils portent les péchés de leurs parents... ils sont difformes... anormaux. Ils naissent aveugles, sans bras ni jambes. Cathy, jure-moi... jure-moi, ma petite fille chérie, que tu... que tu ne le laisseras jamais te toucher... jure-le...

– Mère...

– Jure-le-moi... Je t'en supplie... Pour moi, Cathy... Jure-le...

– Oui, oui... oui, Mère, je le jure... »

Et elle mourut.

Je sanglotai quand on la mit en terre parce que c'était si froid, si sombre, j'avais peur pour elle. Je courus me réfugier dans ma chambre pour pleurer. Will arriva, et il me prit dans ses bras, il me serra tout contre lui, me berça m'apaisa, me caressa. J'avais envie de me perdre en lui, d'ensevelir mon chagrin et de partir loin avec lui, là où lui seul savait m'emmener. Et cela se passa très vite : il y avait si longtemps... Seul mon corsage était défait, car j'avais besoin de sentir ses mains sur moi. Il releva mes jupes et, en sentant ses mains sur mes cuisses, je ne pus attendre plus longtemps ; qu'importait qu'on nous voie, qu'on nous entende, je n'avais qu'un seul désir : le sentir en moi. Je rouvris les yeux lorsqu'il prononça mon nom mais, au lieu de son visage, je vis celui de ma mère derrière lui ; elle me regardait, les yeux pleins de douleur, moi qui l'avais trompée, qui avais rompu mon serment. Repoussant Will, je m'enfuis en courant, terrifiée ; je courus jusqu'à ce que je trouve Wolf, et je me laissai tomber près de lui, j'avais si peur et je ne savais où aller, car ma mère était morte. Je sentis les mains de Will sur mes épaules. Il m'écarta de Wolf et je vis la pelle dans sa main ; et il frappa, frappa, il faillit couper Wolf en deux... et... tu connais la suite. »

Il faisait nuit lorsque je m'arrêtai de parler. La main de Robert pressa mon épaule, il me tira à lui et je me retrouvai sur ses genoux. Je le regardai et vis des larmes dans ses yeux ; il se pencha, posa sa main sur mon cœur, puis me caressa la joue avec son doigt, recueillit une larme et me dit : « Viens à la maison avec moi, ma belle Kate... viens à la maison... »

Nous passâmes trois semaines à nous aimer, et je me sentais plus forte de jour en jour. Les blessures de mon cœur, qui étaient restées si longtemps ouvertes et douloureuses, se cicatrisèrent, grâce à Robert, à ses caresses, à ses paroles et au réconfort qu'il m'apportait.

La veille de notre retour à Édimbourg, je lui demandai de vivre auprès de moi tout le temps. Je ne trahirais plus Jen en amenant à la maison son ennemi juré, puisque ce n'était plus sa maison : le foyer de Jen était désormais à Cromdale. J'avais envie de vivre avec l'homme que j'aimais jusqu'à la fin de mes jours.

Enroulant une mèche de mes cheveux autour de son doigt, il dit : « Il va y avoir une guerre, Kate.

– L'Allemagne ?

– Oui.

– Quand ?

– Peut-être dans un mois... ou dans un an, ou deux.

– Tu pourrais revenir à la vie civile maintenant, avant que la guerre ne survienne.

– Non.

– Mais, Rob, maintenant que nous... que nous pouvons vivre comme nous... comme tu le souhaites, aussi.

– Oui, je le souhaite aussi. Je ne peux pas quitter l'armée, Kate. Si l'Allemagne envahit la France, la Grande-Bretagne devra se battre.

– Mais pas toi.

– Ne parlons pas de cela pour l'instant. Et qui sait... peut-être la guerre n'aura-t-elle pas lieu... »

Je ne dis rien, mais je priai en silence... pourvu qu'elle n'ait pas pas lieu.

CHAPITRE 32

Mais la guerre eut lieu. Le 1er août 1914, l'Allemagne déclara la guerre à la Russie. Le 3, elle étendit ses tentacules vers la France et la Belgique. Le 4, la Grande-Bretagne déclara la guerre à l'Allemagne. Ce matin-là, j'étais à mon bureau, à Northumberland, et j'avais devant moi la liste des jeunes hommes que je m'apprêtais à envoyer dans les deux premières divisions du corps expéditionnaire britannique.

Quant à moi, je ne partirais pas tout de suite : il fallait former davantage d'hommes, et le nombre des engagés entre dix-neuf et trente-huit ans ne cessait de croître.

Ian avait été l'un des premiers à s'engager. J'avais demandé son transfert à Northumberland et lui avais fait donner une formation d'officier. J'avais dû me battre pour qu'il soit accepté, puisqu'il n'avait pas fait d'études, mais j'avais fini par obtenir gain de cause. Dieu sait si nous aurions besoin d'officiers. Il se présenta à mon bureau le 12 novembre 1914 pour recevoir mes instructions. Il avait vingt ans à présent, et je dus convenir que Kate avait raison : c'était un jeune homme vraiment remarquable. Nous échangeâmes les saluts réglementaires et, dès que mon adjoint fut sorti, je me levai en souriant et gratifiai Ian d'une poignée de main et d'une tape dans le dos.

« Félicitations, caporal Liddle.

– Merci, commandant Maclean. »

Nous éclatâmes de rire. Je lui désignai un siège et m'assis sur le bureau, près de lui.

« Cigarette ? proposai-je, en en allumant une moi-même.

– Merci... commandant, dit-il en prenant la cigarette, puis le briquet.

– Bon, assez de cérémonies. Je suis navré, pour ton père, Ian. »

Archie était mort dans un éboulement à la mine, au printemps dernier, et Ian s'était aussitôt inscrit à l'université d'Édimbourg, après avoir repassé les examens pour l'obtention d'une bourse. Mais avec le début de la guerre, il s'était engagé avant de pouvoir commencer ses études. Comme il ne paraissait pas avoir entendu mes condoléances, je répétai ma phrase.

« Ouais..., répondit-il avec cet accent de Glasgow qu'il avait perdu depuis longtemps. Ouais... »

Il regarda ailleurs, et je farfouillai dans mes papiers. Archie avait aimé son fils, même s'il lui avait refusé un brillant avenir, et Ian devait avoir compris cela. Il n'y avait pas plus jovial, pas plus amical qu'Archie Liddle... quand il n'était pas soûl. Mais le whisky le rendait enragé, et alors c'était le type le plus infect de la terre. Ian m'avait avoué un jour que sa plus grande appréhension était de devenir comme son père. Je l'avais regardé d'un air ahuri, parce qu'ils étaient aussi différents que le jour et la nuit. Mais je comprenais ce qu'il avait voulu dire, parce que moi aussi je ressentais cela : la peur de perdre le contrôle et de laisser se déchaîner les forces destructrices qui nous habitent.

« Comment va ta mère ?

– Bien. Et la vôtre ? »

Je souris, et nous parlâmes de Mallaig, de Jamie

et de mon père ; puis il me demanda si je regrettais de ne pas être allé à l'université.

« Non, je ne le regrette pas. Et toi ? »

Il me dévisagea un instant sans comprendre, puis hocha la tête et répondit : « Non, non. Je crois que j'aurais regretté d'être parti si...

– Si un de tes frères et sœurs s'était retrouvé à l'hôpital à cause de ton père... Tu pourras peut-être y aller après la guerre.

– Après la guerre, dit-il en riant. Elle vient juste de commencer.

– Prie pour qu'elle ne dure pas longtemps.

– Ce sera le cas ? Sommes-nous prêts ?

– Non. Pourtant, nous devrions l'être, parce que, pendant plus de trois ans, on les a regardés accumuler sous nos yeux un arsenal capable d'anéantir la moitié du continent. Mais je n'ai pas envie de parler de la guerre. J'en parle à longueur de journée.

– De quoi voulez-vous parler ?

– Des pâtés à la viande de ta mère. De son *broth* écossais. »

Des souvenirs furent évoqués, mais nous évitâmes le sujet qui nous tenait à cœur : Jen. Jen que nous aimions tous les deux mais qui nous avait rejetés de sa vie, moi parce qu'elle ne m'aimait pas, Ian parce qu'elle l'aimait.

Lorsqu'il n'y eut plus rien à dire, Ian eut un petit mouvement de tête pour s'enquérir : « Vous l'avez vue ?

– Non.

– Dave dit qu'elle mène la grande vie. Elle a reçu une douzaine de demandes en mariage.

– Qu'elle a toutes rejetées.

– À quoi ressemble Cromdale ?

– C'est la région du whisky. Je suis sûr que tu pourrais trouver du travail à la distillerie Clan Brodie, si tu voulais.

– Non... merci, dit-il en souriant. Comment va Mrs. Maclean ?

– Bien », répondis-je, ce qui était faux. Nous avions enterré le passé – le sien, du moins, parce que le mien n'était pas encore mort –, mais le fait que j'aie tué Will n'avait pas rendu les choses plus faciles. Nous n'en parlions jamais, et c'était en partie le problème. De sa mort avaient résulté d'autres tourments et en réalité rien n'avait changé : Jen était toujours à Cromdale et nous détestait tous les deux ; Will continuait de nous hanter. Et tout ce que Kate et moi n'avions pas avoué pourrissait, se décomposait aussi sûrement que le cadavre de Will à six pieds sous terre dans le caveau des Brodie. J'entendais les accusations tacites de Kate, malgré le soin qu'elle mettait à les dissimuler ; je les entendais la nuit, après l'amour, lorsque nous nous perdions dans les plaisirs de la chair pour fuir les mots : *Robert Maclean, tu n'es pas mon sauveur. Tu es le meurtrier de mon frère...*

« Je n'ai pas pu la voir avant de quitter Glasgow, dit Ian, interrompant mes sombres pensées. Davie m'a écrit qu'elle vous a fait toute une scène parce que vous n'avez pas quitté l'armée avant que la guerre éclate.

– Huuummm, ma guerrière est devenue une pacifiste.

– Comment cela se fait-il ?

– Elle... » *Elle a vu trop de sang répandu... le sang de son frère coule encore et elle est en train de s'y noyer...* « Elle pense que la fureur guerrière a été éliminée au profit d'un combat strictement méthodique, et elle trouve cela pervers. Elle hait les Allemands d'avoir déclaré la guerre. Elle hait les Anglais d'être entrés dans le conflit. Et elle me hait d'y participer. Mais au fond elle est patriote, en dépit de ses propos. Elle s'est mise à fabriquer des manteaux pour l'armée britannique, et elle en offre cent par mois. Elle dit que c'est sa façon de participer à l'effort de guerre. »

Ian désigna l'enveloppe bulle sur mon bureau. « Est-ce pour moi ?

– Oui.
– Je vais de l'autre côté de la mer, alors ?
– En Picardie. Sais-tu où c'est ?
– En France.
– Oui. À environ trente kilomètres de la côte. Tu seras posté dans la Somme. Tu parles un peu français ?
– Je suis en train d'apprendre.
– Apprends vite, caporal Liddle. Très vite. Ta division part demain à l'aube. »

Je regardai attentivement Kate, gravant dans mon esprit le moindre de ses traits, sa façon de pencher la tête en écoutant Davie, captant tout ce qu'il disait, et tout ce qu'il ne disait pas. Je fis de même pour sa voix, et pour la sensation de ses doigts sur ma peau, parce que tout cela, j'en aurais besoin lorsque je partirais pour le front, demain matin.

Davie avait presque quinze ans, et toujours une mèche folle qui lui retombait sur l'œil droit. Ce serait un bel homme, dans quelques années, mais il fallait qu'il grossisse un peu. C'était un garçon plein de charme et d'une grande maturité. Il était calme et solide, sûr de lui mais pas arrogant. Il aurait fait un bon officier, mais il rêvait d'autre chose. Il voulait aller en Afrique étudier le comportement des animaux. Kate avait été déçue qu'il ne veuille pas travailler avec elle après ses études, mais il aurait été malheureux dans n'importe quelle entreprise. Il lui fallait les grands espaces, la vie en plein air, pas l'atmosphère citadine. Au fur et à mesure qu'il grandissait, il s'éloignait de Kate et de moi ; en fait, il avait changé depuis la mort de Will. J'avais tenté plusieurs fois de lui parler mais il refusait d'entendre mes explications ; il disait qu'il comprenait et préférait éviter ce sujet. Il passait beaucoup de temps hors de la maison, ce qui tourmentait Kate, mais à son âge, il était normal qu'il préférât la compagnie de ses amis à celle de ses parents. Si Jen avait été là, Kate aurait mieux supporté la situation, mais je sentais que la réserve de son fils la peinait. En effet, Davie ne l'embrassait plus. J'essayai de lui expliquer que c'était l'adolescence, rien de plus, et elle souriait en disant qu'elle comprenait. Mais elle ne comprenait pas.

Lorsque la conversation commença à languir et que Davie se mit à tripoter sa fourchette, signe qu'il allait sortir de table, je me raclai la gorge pour annoncer : « J'ai reçu mon ordre de transfert. Pour le front de Flandre.

– Quand ? demanda Davie, tandis que Kate restait muette de saisissement. Quand pars-tu ?

– Demain matin. Il va falloir que tu prennes les choses en main, mon garçon. Veille sur ta mère.

– Oui... bien sûr... Tu vas te battre ? Je veux dire, tu es un officier, est-ce que tu iras dans les tranchées ?

– Oui...

– Mon Dieu...

– Tout ira bien.

– Je sais. » Il regarda Kate, qui avait toujours les yeux fixés sur son assiette, puis il se leva et me tendit la main. Je la serrai, puis j'étreignis mon fils et il me tapota le dos avant de se diriger vers sa mère. Il s'approcha d'elle et je le vis amorcer un geste pour la toucher, au lieu de quoi il posa sa main sur le dossier de la chaise et murmura : « Bonne nuit, maman.

– Bonne nuit », répondit-elle, encore sous le choc.

J'attendis que Davie soit dans sa chambre pour me tourner vers Kate, prêt à affronter la colère que je sentais monter en elle.

Elle éclata soudain. « C'est toi qui as demandé à y aller, n'est-ce pas ? hurla-t-elle, en repoussant son assiette si brutalement qu'elle renversa un verre de vin. N'est-ce pas ?

– Oui.
– En sachant ce que je ressentais !
– En sachant ce que tu ressentais.
– Alors que tu aurais pu rester à Northumberland, loin de...
– Loin des fusils, des obus, des canons. Oui. Il y a une guerre qui se déroule, et je suis officier dans l'armée britannique, et bien que tu aies décidé de devenir une pacifiste...
– Je ne suis pas une pacifiste ! Cette guerre est une erreur !
– Va dire cela aux Allemands.
– Des va-t-en-guerre ! Voilà ce que vous êtes tous ! Vous faites la guerre pour tester vos engins motorisés, vos obus, vos mitrailleuses et vos avions qui vont lâcher des bombes du haut du ciel, à des milliers de kilomètres de distance...
– Ce n'est pas la guerre qui te dérange, ce sont les armes qu'on utilise, c'est cela ? Si nous nous battions avec des dagues et des claymores, ce serait bien, n'est-ce pas ? Réveille-toi, Kate ! Nous sommes au XXe siècle, pas au Ier ! L'époque de Cûchullin est révolue ! » Je me levai en jetant ma serviette sur la table et grommelai : « Celle d'Aoife aussi, apparemment.
– Ne m'appelle pas ainsi ! Je ne suis pas Aoife ! Je ne l'ai jamais été. Je me suis battue parce que j'y étais obligée ! J'ai lutté toute ma vie, et maintenant je ne veux plus lutter !
– Alors, tu déposes les armes. Eh bien, heureusement que tu n'as pas capitulé à Glasgow, le jour où j'avais une arme braquée sur la tempe...
– Ce n'est pas pareil !
– Si, c'est exactement pareil ! Nous nous battons pour nos vies ! Nous nous battons pour nos foyers et pour notre liberté ! Si nous n'arrêtons pas les Allemands maintenant...
– Tu te bats pour te faire tuer, Robert Maclean ! Et n'essaie pas de me dire le contraire ! C'est l'excuse parfaite ! Un suicide noble ! Cela te vau-

dra sans doute une médaille, et je pourrai la suspendre au-dessus de la cheminée ! » Je sortis de la pièce pour aller au salon et Kate me suivit. « Tu as une prédilection pour la mort, Robert ! Tu l'as toujours eue ! Mais je te jure que je ne vais pas rester tranquillement à la maison en attendant qu'on m'apporte une de ces horribles enveloppes marron... avons le regret de vous informer de la mort de...

– Je ne serai pas tué.

– Ah non ? Et pourquoi ? Simplement parce que tu le dis ?

– Je ne discuterai pas de cela avec toi, Kate. Je pars pour le front demain matin, avec ou sans ton consentement. » Je m'assis sur le canapé, allumai une cigarette, et regardai Kate se frotter nerveusement les mains en arpentant la pièce.

« C'est pervers, dit-elle enfin. C'est écœurant, la façon dont tout cela est organisé. De sang-froid. Sans pitié. Pas de compassion possible, pas de vies épargnées... les bombes n'ont pas de cœur. » Elle vint s'agenouiller à mes pieds et posa ses poings sur mes genoux. « C'est barbare... brutal... cruel... inhumain... » J'effleurai son visage, et je compris.

« Je devais le tuer, Kate. Je le devais. » Elle secoua la tête et voulut se relever, mais je la retins par les poignets. Cela faisait presque trois ans que Will était mort, et nous n'avions jamais parlé de son assassinat. « Ton frère était un dément. J'aurais dû le tuer la première année de notre mariage.

– Arrête...

– Il représentait une menace, pas seulement pour nous, mais pour la société tout entière...

– Je t'en prie...

– Kate, cela nous ronge. Nous savons tous deux que je l'ai tué...

– Je ne peux pas écouter !

– C'est toi qui l'aurais tué, si je ne l'avais pas fait. Qu'est-ce que...

– Non...

– Alors, pourquoi es-tu allée à Londres ? » Elle essaya de se dégager, mais je la retins. « Pourquoi ? Kate !

– Pour lui dire que j'avais compris !

– Compris quoi ?

– Qu'il n'avait pas l'intention de nous faire du mal ! »

Je la relâchai, me laissai tomber sur le canapé et regardai Kate se mettre lentement debout.

Je montai préparer mon sac et, pendant tout ce temps, je ne cessai de me répéter : *Je lui ai transpercé l'estomac, tranché la gorge, sectionné la veine jugulaire... comment se fait-il que je n'ai pas réussi à tuer la bête... ?*

Le 17 novembre 1915, je partis, avec le cinquième bataillon d'infanterie légère de Northumberland, pour Ypres, juste après la frontière belge, en Flandre. C'était seulement à une centaine de kilomètres de la Somme, où j'avais envoyé Ian presque un an auparavant.

Nous avions de la chance parce que, sept mois plus tôt, le 22 avril, les Allemands avaient lâché près de deux cents tonnes de gaz moutarde, tuant tout dans un rayon de quatre kilomètres en l'espace de trois heures. Mais avec les vents de décembre, ils ne se risqueraient pas à utiliser les gaz.

On nous donna des fusils Lee Enfield SMLE 303, nous nous embusquâmes dans les tranchées pleines de boue et de neige, et nous tuâmes des Allemands. La veille de Noël, il y eut un cessez-le-feu, et jamais la guerre ne me parut plus absurde que cette nuit-là. Je contemplai les champs dévastés et stériles en essayant de me rappeler à quoi ils ressemblaient dix ans plus tôt. L'herbe grasse et verte avait été remplacée par une boue si épaisse qu'on avait l'impression de marcher dans du porridge. Les cratères laissés par les obus composaient un paysage lunaire, morne et désolé. Il n'y eut pas un bruit cette nuit-là. Ni canons ni mitrailleuses, seulement le vent et nos pensées.

L'ennemi, ce n'était pas les Allemands. C'était la gadoue dans laquelle nous pataugions. C'était les rats qui se baladaient dans les tranchées, affamés de chair humaine, se repaissant des cadavres sans distinction de rang ou de grade. C'était les poux qui infestaient nos vêtements et notre literie. C'était le froid qui nous gelait les extrémités des doigts et des orteils et contre lequel nous ne pouvions lutter. C'était la fatigue. C'était le bruit assourdissant des bombes.

Ce soir, tout était silencieux. Et le silence engendrait la peur.

J'étais officier. Je n'avais pas le droit d'avoir peur.

J'observai Lamb en train de faire tourner une boule de verre remplie d'eau dans laquelle se trouvaient un tout petit poisson et un hippocampe. Donald l'avait achetée pour sa fille mais l'avait « prêtée » à Lamb en attendant sa prochaine permission. J'avais demandé le transfert de Lamb et de Donald dans ma division en novembre, et le colonel Ramsay me l'avait accordé comme une faveur. C'était un régiment anglais et nous portions des uniformes kaki au lieu du kilt, mais qu'importait notre tenue puisque de toute façon nous étions couverts de boue, de crasse et de sueur, et que nous le resterions jusqu'à ce qu'on nous cantonne huit jours derrière les lignes pour nous permettre de nous doucher, de boire et de fumer, avant de retourner dans les tranchées.

Quelques soldats jouaient aux cartes non loin de nous, et nous écoutions le pitre du groupe exposer sa solution au problème de la prolifération des rats. J'étais tombé pas plus tard que ce matin sur un cadavre à moitié rongé, et je racontai tout bas à Donald l'histoire de Jen et du mort de Glasgow.

« C'te pauv' petite. Et elle a toujours ses cauch'mars, Rob ?

– Non... Je ne crois pas.

– Quelles bestioles dégueulasses !

– D'quoi vous parlez, lieutenant ? intervint le soldat Smythe. Les rats, vous dites ? Mangez-les. C'est c'que font les *Frenchies.*

– Non, ce n'est pas vrai.

– Si, c'est vrai. Raaattt à la béarnayse. Sôté de raaattt. Filay de...

– Vous avez vu l'Fritz qu'a été sorti du no man's land, c'matin ? dit un des soldats. Ces salop'ries d'animaux lui avaient bouffé les yeux et l'nez !

– Ils commencent toujours par le nez.

– Ils auraient d'quoi s'régaler avec le tien, Smythe...

– L'pire que j'ai vu, c'était un type qui était encore même pas mort et les rats...

– Ça suffit, Smythe ! cria Donald, sans me quitter des yeux. Change de r'frain, mon gars.

– Oui, lieutenant », grommela Smythe en retournant à son jeu.

Donald tira sur l'entrejambe de son pantalon en marmonnant :

« C'est pas fait pour la guerre, les pantalons.

– Au moins, tu as les genoux au chaud », dis-je en souriant. Il me regarda d'un air dubitatif et j'ajoutai : « PLUS au chaud.

– Vous avez déjà été en Floride, Rob ? s'enquit Lamb en retournant la boule de verre, si bien que le sable en retombant ressemblait à de la neige.

– Non.

– Et vous, Donald ?

– Non. Dis donc, animal, va pas m'abîmer ma boule de cristal.

– J'vais pas l'abîmer, Donald. J'la r'garde juste. »

Donald se retourna vers moi, puis désigna un point, au-delà des tranchées. « Y font quoi, les Fritz, à ton avis, Rob ?

– La même chose que nous. Ils pensent à leurs femmes et à leurs enfants. » Je tirai une cigarette de mon paquet humide et lui en offris une. « Le commandant se demande si nous allons ou non respecter le cessez-le-feu.

– On va l'respecter ?

– Oui... tant qu'eux le respectent.

– Vous avez déjà vu des yeux d'requin, Donald ? questionna Lamb.

– Mais où diable tu veux que j'voie un requin, espèce de cornichon ?

– Et vous, Rob ?

– Non, Lamb. »

Donald donna une petite tape sur la tête de Lamb en disant : « Tu vas pas jouer avec c'truc demain, triple buse... tu t'f'rais exploser la cervelle.

– J'la mettrai dans ma poche, Donald. »

Je fermai les yeux et l'image de Kate apparut. Je repensai à la dernière fois où je l'avais vue à Édimbourg. Le matin de mon départ, elle s'était approchée de moi, tendrement, sans un mot. Elle m'avait caressé. Cherchant refuge là où les mots ne pouvaient pas nous atteindre. Et nous avions fait l'amour. Je glissai ma main dans ma poche et sentis le porte-clés qu'elle m'avait donné. L'accès au Loch Leven... et à Kate.

Tapant du pied contre la neige tassée du remblai, Donald émit un long sifflement. « Bon sang, c'est bien trop calme, Rob. Si tu veux mon avis, les Fritz sont en train d'mijoter quéque chose.

– Huuumm. *Apfelstrudel.*

– J'suis sérieux

– Moi aussi, dis-je, en fermant les yeux. Je sens l'odeur.

– Vous croyez qu'les Allemands, y z'ont des fours, dans leurs tranchées, Rob ? » demanda Lamb.

Donald hocha la tête et lui envoya une boule de neige. « C'est ça, crétin. Ils sont en train d'nous préparer un gâteau d'Noël. » Lamb éclata de rire et Donald se frotta les mains. « Seigneur Dieu, c'qu'il fait froid. » Il se mit à souffler sur ses mains pour les réchauffer. « J'aime pas ça, Rob... c'est beaucoup trop calme. On va s'réveiller d'main matin, on aura tous sauté. »

Mon esprit repartit vers Kate. Que faisait-elle en cet instant ? J'aurais aimé être avec elle, au chaud dans notre lit au Loch Leven, au lieu de me terrer dans une tranchée glaciale. Mais j'avais eu besoin de partir. Et, au milieu de la boue et des bombes, quelque chose avait vu le jour. Un sentiment qui m'était inconnu jusqu'alors. La fierté. Mes hommes m'écoutaient sans jamais discuter mes ordres. Parfois, il fallait décider très vite de la tactique à adopter, et j'étais capable d'analyser la situation avec une telle rapidité que les ordres sortaient de ma bouche avant que j'aie le temps de réfléchir. D'instinct, je trouvais la meilleure stratégie.

Donald sortit une photographie de sa fille avec son mari et son enfant et me la tendit.

« Franchement, Rob, t'as déjà vu un gamin plus beau ?

– Non, Donald, jamais.

– Ruth dit qu'il est un peu faiblard d'puis son rhume, mais ça s'ra un costaud. Tu verrais ses jambes. Y s'ra footballeur. »

J'éclatai de rire, puis j'examinai la photo. Le petit avait presque un an, maintenant, et Donald était grand-père. Cela me fit un drôle d'effet, parce que Ruth n'avait que deux ans de plus que ma fille, et si Jenny se mariait, je pourrais moi aussi être grand-père. Bien sûr, il n'y avait pratiquement aucune chance qu'elle me laisse tenir mes petits-enfants dans mes bras. Ma gorge se serra et je rendis la photo à Donald. Il voulut dire quelque chose mais, surprenant mon regard, il remit la photo dans sa poche.

« Comment va Davie ? murmura-t-il.

– Il est presque aussi grand que moi. Kate dit qu'il met mes pantalons... avec des bretelles.

– Il est toujours aussi maigre ?
– Comme sa mère.
– J'veux rencontrer Kate. Après la guerre, tu viendras avec ta famille à Kilmarnock pour la Nuit d'Burns. Ruth fait les *haggis* mieux qu'personne... comme sa mère, Dieu ait son âme... On f'ra une fête... une *ceilidh*... » Sa voix se fit rêveuse. « Une belle fête... » Puis il regarda sa montre et demanda : « C'est quand, la fin du cessez-le-feu ?
– À l'aube.
– On va s'geler. » Se tournant vers Lamb, il lui dit : « Laisse donc c'foutu machin, Lamb, et fais un somme. »
Lamb frotta la boule de verre dans la neige, l'essuya avec son cache-nez et s'enroula dans sa couverture. Donald le regarda attentivement, puis me tapota le bras.
« Si y'avait un problème, Rob, tu t'occuperais d'lui, hein ?
– Quel problème pourrait-il y avoir ?
– J'veux dire, s'il m'arrivait quéque chose. Il est simplet, il faut qu'quelqu'un veille sur lui.
– Toi, tu veilles sur lui, Donald.
– J'ai un drôle de sentiment... j'arrive pas à dire c'que c'est. » Il leva les yeux vers le ciel qui s'obscurcissait. « Comme si p't-êt' l'moment était v'nu. »
Cela faisait six ans que je connaissais Donald et, même s'il n'avait pas été avec moi à Northumberland, nous étions toujours restés en contact. Nous avions plus d'une fois frôlé la catastrophe, durant nos années en Orient, mais c'était la première fois que je l'entendais exprimer de la peur. Il y avait un lien entre nous depuis le meurtre de Mahony ; nous n'en avions jamais parlé, mais cela faisait de nous en quelque sorte des frères de sang. Je n'avais aucun remords pour Mahony, mais je pensais souvent aux parents du petit garçon qu'il avait tué. Nous n'avions pas pu identifier l'enfant, faute de papiers, et Donald et moi l'avions enterré dans une

tombe sans inscription. Donald avait dit une prière et il avait pleuré, sans fausse honte. Ses larmes m'étaient allées droit au cœur. Des larmes de pitié pour les faibles de la terre, et d'imprécation contre ceux qui les oppriment.

Ce serait un grand malheur pour moi de le perdre. Je lui tapai sur l'épaule avant de m'envelopper dans ma couverture. « Il est temps de dormir, vieux frère. Demain matin, tu vas devoir te lever de bonne heure... pour faire la guerre. »

CHAPITRE 33

(Édimbourg, 25 mars 1916)

La guerre. Elle était arrivée, comme Robert l'avait prédit.

Je regardai avec hostilité le portrait de Lord Kitchener, affiché au mur du bureau de poste, avec ses moustaches et son doigt pointé vers moi, me disant : « Votre Pays a besoin de vous. »

« Je fais ma part, marmonnai-je. Mais je ne la fais pas pour TOI. *Je la fais pour les soldats. » La femme qui était à côté de moi ôta ses lunettes et s'approcha pour voir si Kitchener répondrait à mon impertinente déclaration. Je m'éloignai en souriant d'un air gêné.*

Je ne sais pas pourquoi je tenais Lord Kitchener pour personnellement responsable de la guerre. Peut-être parce que son portrait était affiché absolument partout, ce qui faisait de lui une cible facile pour mes petites piques. Ma réaction face à la guerre était illogique. Je l'acceptais sincèrement, mais j'en étais venue à penser que le concept même de la guerre était illogique. Parce qu'elle était maintenant trop méthodique, trop mécanisée. La passion en était absente ; or, sans le paroxysme de la rage, tuer ne se justifiait pas à mes yeux. Des millions de jeunes hommes allaient mourir, simplement parce que quelques politiciens en avaient décidé ainsi. Et après, lorsque tout serait fini, ils regarderaient en arrière et se diraient : « Mais qu'est-ce qui a changé, qu'avons-nous gagné ? »

Je savais cela parce que moi aussi je m'étais battue et, maintenant que tout était fini, je me demandais chaque jour, à chaque instant : « En quoi la mort de mon frère a-t-elle modifié mon existence ? » En rien... en rien.

Au début de la guerre, beaucoup de fabricants tirèrent parti des réquisitions en produisant des milliers d'uniformes. Il y avait du profit à faire et cela aurait été une entreprise juteuse, mais comme je ne souscrivais pas à cette guerre, je ne pouvais pas me résoudre à gagner de l'argent grâce à elle. Je voulais cependant apporter ma contribution, non pour mon pays, mais pour les hommes. Je confiai à deux de mes couturières le soin de confectionner des manteaux militaires, et j'en offris cent par mois à l'armée. Ce n'était pas grand-chose, mais j'avais l'espoir que peut-être, enveloppé chaudement dans un de ces manteaux, un jeune soldat serait sauvé... au moins du froid.

Nous manquions de sucre pour notre thé et de bonbons pour les enfants, et nous arrachions des forêts entières pour faire du « bois de tranchée » pour les soldats. Mais nous gardions le moral et les femmes firent preuve d'un dynamisme remarquable. Elles se mirent à faire marcher les usines, à conduire les bus et les camions, ce qui les amena naturellement à décréter que, puisqu'elles étaient capables de faire le travail des hommes, elles devaient avoir le droit de vote. Je me ralliai activement aux suffragettes, jusqu'au scandale de la National Gallery de Londres, lorsque Mary Richardson lacéra la toile de la Vénus au miroir au nom des Droits des Femmes. J'avais horreur du vandalisme – qu'il fût ou non justifié – et je fus consternée qu'une cause juste soit rabaissée, aux yeux des députés, à l'action d'une bande d'écervelées promptes à jouer du couteau.

J'avais du mal à me procurer du tissu et je dus

finalement me rabattre sur un intermédiaire londonien qui faisait venir de la soie de Hong Kong et de la dentelle des États-Unis. Mes fournisseurs de Calais étaient trop occupés à éviter bombes et shrapnels pour s'occuper de broderie, et la plupart des usines avaient été bombardées ou fermées. Les affaires s'étaient bien sûr considérablement ralenties et Al envoyait une grande partie de mes robes à ses quelques magasins de la côte Est en Amérique. Nous continuions à aller tous les samedis soir « Chez Michel » et il venait dîner le mercredi à la maison.

Pendant les premiers mois qui suivirent le départ de Robert pour le front, je tremblais chaque fois qu'on sonnait à la porte, certaine qu'un télégraphiste m'apportait l'enveloppe marron tant redoutée portant les mots « ... avons le regret de vous informer de la mort... » Car Robert avait une âme de joueur et il était capable de prendre des risques que d'autres soldats éviteraient. Sans compter que non seulement il ne craignait pas la mort, mais bizarrement il la souhaitait, la recherchait. Je tournai en rond durant quelques semaines, puis je me donnai un sérieux coup de fouet et me replongeai dans le travail, essayant de rejeter l'image de Rob dans un tout petit coin de mon cerveau. Me faire du souci ne lui serait d'aucune utilité, et le meilleur moyen de calmer mon esprit agité était de m'occuper à des tâches concrètes.

Je tentai même de me mettre à la cuisine, mais le résultat fut si désastreux que je finis par écrire à Martha, dont la sœur était morte depuis plusieurs années et les enfants désormais adultes, pour qu'elle vienne travailler pour moi. Un petit appartement dominant le château d'Édimbourg la décida. Martha, comme je m'en doutais, était bien plus douée pour la cuisine que pour le ménage, mais sa présence m'était extrêmement agréable. Elle restait rarement tard le soir – sauf quand Al venait dîner –, mais elle prenait le petit déjeuner avec Davie et moi.

Un mercredi soir, pendant que Martha faisait la vaisselle, Al voulut savoir si Davie avait l'intention de travailler avec moi, une fois qu'il serait diplômé de l'université. Mon fils lui expliqua qu'il désirait étudier le comportement des animaux, surtout des félins d'Afrique, et qu'il n'était pas fait pour un travail de bureau. Il était d'une extrême courtoisie avec Al et moi ; jamais on n'aurait pu penser qu'il soupçonnait sa mère d'être une horrible meurtrière ; cependant, il évitait toujours tout contact physique avec moi.

Al nous versa du vin à tous les trois, puis demanda à Davie ce qui le fascinait tant chez les félins.

« La lionne.

– Oui... bel animal.

– L'instinct maternel de la lionne n'est pas ce que nous croyons, et je veux savoir pourquoi. »

Il gardait les yeux fixés sur Al, et je savais bien que ses paroles n'avaient pas pour but de me blesser, car il n'y avait pas une once de méchanceté chez Davie ; mais je l'avais entendu un jour discuter avec Robert, et je ne pouvais m'empêcher de constater à quel point ses théories pouvaient s'appliquer à mon propre cas.

« Explique-moi, dit Al.

– Eh bien, on dit toujours d'une femme qu'elle défend ses enfants comme une lionne, pour indiquer jusqu'où elle est capable d'aller pour les protéger. En effet, une lionne se battra parfois à mort pour défendre ses petits. Mais, pendant la saison des amours, si un mâle s'approche – et bien sûr le mâle la veut sans ses petits...

– Pourquoi ?

– Un lion ne tolère pas les petits d'un autre. Il tue les lionceaux.

– Et la mère ?

– Comme je l'ai dit, elle se bat, mais il vient un moment où elle se rend, et laisse le mâle tuer ses petits.

– Pourquoi ?

– C'est cela que je veux comprendre. Se rend-elle compte que c'est sans espoir ? Craint-elle pour sa propre vie ? Le besoin de s'accoupler est-il plus fort que l'instinct maternel ?

– Et une fois que le mâle a tué les lionceaux ?

– Ils s'accouplent.

– Je vois. C'est fascinant, dit Al avec un soupir. On ne voit pas cela chez les chiens, n'est-ce pas ?

– Non. Les ours, oui, je crois. Après l'hibernation, le grizzli est capable de déchiqueter ses petits s'ils s'approchent trop près pendant qu'il mange.

– Oui, fit Al en fronçant les sourcils d'un air féroce. J'ai prévenu Walter et mes filles de ne pas me déranger quand je prenais mes repas, sinon... »

Nous éclatâmes de rire, et la discussion s'orienta sur Dick, l'ami de Davie, dont le père avait été un camarade d'école de Al. Peu après minuit, Davie serra la main de Al et me salua d'un signe de tête en disant : « Bonne nuit, Maman. Mr. Pearce.

– Bonne nuit, Davie. »

Al regarda mon fils s'éloigner et fit remarquer qu'il y aurait une étude intéressante à faire sur la nature humaine. À quel moment précis un jeune homme décide-t-il que ce n'est pas « viril » d'embrasser sa mère ? J'eus un pâle sourire et suggérai de prendre notre bénédictine au coin du feu.

Nous nous assîmes dans les bergères, de chaque côté de la cheminée, et Al me contempla longuement avant de dire : « Comme vous avez l'air bien ! » Je ris et il me tapota le genou en précisant : « Je veux dire, pas seulement physiquement, bien que vous soyez plus jolie que jamais. Mais on dirait que... que vous vous êtes retrouvée.

– Je m'étais perdue ?

– Oui... à un certain moment, j'étais très inquiet pour vous. »

J'avais parlé sur le ton de la plaisanterie, mais il me répondit avec tant de gravité que je cessai de sourire et hochai la tête d'un air interrogateur.

« Après l'incident avec votre frère. » Je baissai les yeux et il me prit la main. « Je suis désolée de soulever ce sujet. Je sais que vous n'aimez pas en parler. »

Et c'était vrai. Will avait beau être mort, je n'avais pas trouvé la paix de l'esprit que son absence aurait dû m'apporter. Il était toujours là et continuait de me tourmenter. Je n'étais pas hantée par son fantôme, ni par ses crimes ou par notre passé. J'étais hantée par sa mort.

Nous contemplâmes le feu en silence et au bout d'un moment Al m'interrogea sur Robert : où était-il basé ? Allait-il bien ? Puis il dit : « Je crains de l'avoir mal jugé.

– Pourquoi dites-vous cela ? m'étonnai-je, surprise qu'il me parle de Robert, car il le faisait rarement

– Il n'est pas l'homme que je croyais.

– Est-il meilleur ou pire ?

– Meilleur. » Il n'en dit pas davantage et je me demandai ce qui avait bien pu le faire changer d'avis au sujet de Rob. Il y eut un silence et je vis que Al avait l'air embarrassé, comme s'il était en proie à un dilemme. Il finit par sortir un paquet de lettres nouées avec un ruban, en murmurant : « J'ai mis cela de côté pour vous depuis près de quatre ans, en me demandant si je devais vous les donner ou non... Ce sont des lettres de Jen. Nous nous écrivons depuis qu'elle est à Cromdale et je ne savais pas si vous souhaiteriez les lire, ou même si j'avais le droit de vous les remettre. Mais je me suis dit que... peut-être vous auriez... besoin... de les lire. »

Je pris les lettres, effleurai le ruban qui les maintenait et approchai le paquet de la lueur du feu en disant : « Turquoise ?

– Hmmmm ?

– Le ruban. Vous les avez attachées avec un ruban turquoise.

– Oui... c'est votre couleur. Je ne peux la voir sans penser à vous. » Nos regards se croisèrent et il détourna rapidement les yeux.

« Vous ne direz jamais que je vous ai donné ces lettres ?

– Non. Bien sûr que non. Je ne la vois plus... jamais.

– Ne pourrions-nous pas organiser une sorte de réunion, tous les trois, ici à Édimbourg, à mon bureau par exemple ?

– Jenny ne viendrait pas, sachant que j'y serais.

– Elle n'aurait pas besoin de le savoir. Vous pourriez arriver... à l'improviste. »

Je souris. Al, bien que voyant rarement ses propres enfants, avait toujours été une sorte de père affectueux pour Jen. Je lui en avais fait la réflexion un jour, et il m'avait répondu qu'il n'avait jamais considéré Jenny comme une enfant. Elle était pour lui plus ma sœur cadette que ma fille.

« À vrai dire, soupirai-je, autant j'aimerais la voir, autant je pense qu'il vaut mieux que les choses restent comme elles sont. Vous savez, ce n'est pas à cause de mon mari qu'elle a quitté Édimbourg. C'est à cause de moi. Parce que j'ai tiré sur son oncle... et parce que...

– Elle croit que vous l'avez tué. »

J'eus un instant d'hésitation puis je le regardai et, ne décelant aucune réprobation dans ses yeux, je hochai la tête. « Oui. »

Je contemplai le tas de lettres sur mes genoux. Je brûlais de les ouvrir et de les lire et, en même temps, j'avais peur de ce que j'y trouverais. Jen et Davie s'écrivaient régulièrement et Davie avait beau me dire qu'il me croyait innocente de la mort de mon frère, je craignais qu'avec sa sœur il n'exprime ses sentiments véritables à ce sujet. Al m'observait et son regard, tendre et bienveillant, me réchauffait le cœur. « Ces lettres... ce sont de belles lettres, Catherine. C'est pour cela que je voulais que vous les lisiez, car vous êtes assez intuitive pour lire entre les lignes et comprendre à quel point elle vous aime encore. » Je ris parce qu'un instant plus tôt il avait dit qu'elle me considérait comme une affreuse meurtrière ; Al rit aussi, avant d'ajouter : « Elle ne se rend pas compte à quel point elle vous aime, vous et votre mari.

– Elle nous déteste.

– Et pourtant, elle n'est pas allée trouver la police, et elle n'a pas dit à sa tante qu'elle vous croyait coupable de l'assassinat de votre frère.

– Non, et elle ne le fera jamais. Mais ce n'est pas parce qu'elle nous aime. C'est... c'est son sens de l'honneur. Elle a beau nous haïr, elle ne nous trahirait jamais. Elle est...

– Comme vous. »

Il sourit et m'informa qu'il avait vu Jen plusieurs fois, lors de ses voyages d'affaires dans le nord de l'Écosse, puis me demanda des nouvelles de Ian. Je lui dis qu'il était dans l'armée, que Robert l'avait fait nommer officier et qu'il était basé en France.

« Jen parle-t-elle de lui dans ses lettres ?

– Non... pas nommément. Mais elle trace le portrait de son prince charmant et, bien entendu, la description correspond exactement à votre jeune ami. Elle a de nombreux prétendants, mais n'en aime aucun.

– Parce qu'elle aime Ian.

– Parce qu'elle aime Ian.

– Vous la voyez souvent ?

– Chaque fois qu'elle est à Éd...

– Édimbourg », coupai-je, incapable d'ajouter un mot. Puis je me levai, grommelant que j'allais chercher du brandy, mais Al me fit rasseoir gentiment.

« Catherine... »

Je me mis à pleurer. Il me tapota doucement dans le dos pour m'apaiser. « Elle me manque tellement Al... elle me manque affreusement...

– Je sais...

– Je continue à croire qu'avec le temps je... j'arriverai à m'habituer à son départ... mais je ne peux pas... Parfois, je vais dans sa chambre et... je reste là, comme une idiote. Je ne sais même pas pour-

quoi... je m'assieds sur son lit, et je regarde les murs... bêtement...

– Là... là... »

Je me redressai, essuyai la veste de Al que j'avais mouillée de mes larmes et lui demandai un mouchoir.

« Vous ne voulez pas que j'essaie d'organiser quelque chose, Catherine ? Un thé chez moi, un après-midi. Je m'arrangerais pour que nous soyons seuls tous les trois, au cas où...

– Au cas où elle sortirait de la pièce en me traitant de meurtrière ? Non, Al, vraiment, je ne le supporterais pas. Il faudra que je m'habitue, c'est tout. Un jour, Davie se mariera et j'hériterai d'une belle-fille. C'est presque aussi bien qu'une fille. »

Il me sourit, mais il y avait dans ses yeux tant de compassion et de tendresse que je faillis me remettre à pleurer. Mais j'avais eu mon content de larmes pour ce soir. Je détournai le regard et me mis à contempler le feu.

Août. Chaleur, humidité, moiteur. Allongée sur mon lit, je regardais tomber la pluie. J'avais laissé les rideaux ouverts et ils battaient mollement contre les sièges de chaque côté de la fenêtre. Ma peau était encore mouillée du bain que je venais de prendre. Je posai ma jambe par-dessus le drap. Robert me manquait. Ce soir plus que jamais, j'avais envie qu'il soit près de moi. J'avais besoin de sentir ses mains sur moi, ses doigts dans mes cheveux.

J'ouvris les yeux. Il faisait bien trop chaud pour dormir.

J'allai à la fenêtre et tendis ma main sous la pluie, puis la levai pour sentir les gouttes couler le long de mon bras, jusque dans mon cou. S'il était là, je l'emmènerais sur la terrasse et nous ferions l'amour sous la pluie. Il m'adosserait contre la rambarde, soulèverait doucement mes jupes, humides de pluie, tout en m'embrassant dans le cou, en pressant ses mains contre mon corps, en appuyant ses lèvres contre...

Je me précipitai à mon bureau, pris de l'encre et du papier, et décrivis la scène sans omettre aucun détail, en décrivant chaque sensation, chaque caresse, chaque baiser. La passion qui m'animait faisait courir ma plume à toute allure sur le papier. Je disais à Robert que je le retrouverais dans n'importe quelle ville, n'importe quel pays, à n'importe quel moment. Je lui dis que je l'aimais, et je signai « K ».

CHAPITRE 34

Le bois du Polygone. À cinq kilomètres d'Ypres. À presque mille kilomètres d'Elle.

Je sortis la dernière lettre de Kate, déchirée à force d'être dépliée et repliée si souvent. Inutile de la lire, j'en connaissais par cœur chaque mot, je les avais gravés dans ma mémoire avec les images qu'ils évoquaient, la passion dont ils brûlaient. Cela faisait près d'un an que je me disais que c'était mieux ainsi. Qu'un rendez-vous amoureux rendrait mon absence plus difficile à supporter pour elle, une fois la rencontre passée. En fait, je redoutais de me perdre dans le havre de son corps, par crainte, après l'avoir tenue dans mes bras, de ne pas pouvoir la laisser repartir. Sa lettre, serrée contre la bande de cuir qui maintenait mon arme en place, m'embrasait la poitrine. Je n'arrivais plus à réfléchir. Le devoir m'appelait, les trompettes de la guerre retentissaient. Mais je n'entendais que sa voix... *prends-moi...*

Après la bataille du bois du Polygone, le 26 septembre 1916, on nous transféra à Rouen pour quelques semaines. Je télégraphiai à Kate, lui obtins un sauf-conduit, et lui donnai rendez-vous au Havre.

L'hôtel, situé sur le quai, était petit et moins luxueux que je ne l'aurais souhaité, mais c'était tout ce que j'avais pu trouver. Il n'y avait que deux étages, et l'hôtelier m'accompagna jusqu'à la chambre de Kate. J'attendis qu'il soit parti avant d'ouvrir la porte. Mon cœur battait à tout rompre et je sentis mon sang bouillonner dans mes veines, comme avant un raid, avant le début du combat, la réalité du danger. J'ouvris la porte aussi doucement que possible.

Elle était à la fenêtre et regardait la mer ; la lumière qui entrait à flots dessinait sa silhouette sous son déshabillé en mousseline. Ses cheveux lui descendaient à la taille en boucles de feu. Lorsque je posai mon sac, le bruit la fit sursauter et elle se retourna. Le souffle me manqua, je sentis mes genoux se dérober sous moi. Une seconde plus tard, nous étions tous deux au milieu de la chambre, nous pleurions et nos mains s'affolaient. Puis je la portai sur le lit. Aucun mot n'avait été échangé, car il fallait que ce soit maintenant, tout de suite, sinon nous allions mourir. Il y avait un an que je rêvais de la toucher, de la caresser lentement, de la déshabiller tendrement. Mais c'était trop douloureux, et la soie de son déshabillé n'en finissait pas, le tissu de mon uniforme était un carcan. Nos mains tremblaient parce que cela faisait trop longtemps, et parce que nous savions que ce serait éphémère, terminé avant même d'avoir commencé. Elle s'enroula autour de moi et je m'absorbai en elle. Ses mains s'agrippèrent à mes hanches, elle ferma les yeux, puis les rouvrit, et elle se mit à bouger au rythme de mon corps. Mes lèvres et ma langue cherchèrent les siennes. Je m'enfonçai en elle ; elle poussa un cri et je sus que le moment était venu de partir avec elle, en elle, là où je connaîtrais le repos... et la paix...

Lorsque je m'éveillai, Kate n'était plus là et je me redressai, pris de panique. J'entendis alors le bruit de l'eau dans la salle de bains, et sa voix qui fredonnait, une voix douce et haute qui m'envahit et s'arrêta brusquement ; elle avait dû sentir que j'étais réveillé et elle m'appela.

« Oui, chère, chère madame.
– J'ai quelque chose pour toi dans ma valise.
– Un cadeau ?
– Regarde. »

Je pris sa valise dans l'armoire, l'ouvris et en sortis un ample manteau de laine, plus lourd que celui qu'on m'avait donné, mais un manteau militaire, également. Je le mis et entrai dans la salle de bains en disant : « Tu comprends bien que je ne peux pas le garder.

– Il est réglementaire. Il est semblable à tous les autres que j'ai fabriqués, mais j'ai fait mettre du molleton entre la laine et la doublure. » Elle rit doucement avant d'ajouter : « Personne ne le saura.

– Ce n'est pas bien, Kate.
– Pourquoi ?
– Je ne me vois pas porter ça pendant que mes hommes se gèleront jusqu'aux os. »

Elle se redressa et prit un air grave pour dire : « Mais il faut que tu le portes. »

Je souris. « Est-il à l'épreuve des balles ?
– Prends-le... Prends-le... et ne l'enlève jamais.
– Comment ferai-je pour me doucher ? »

Elle hocha la tête en souriant. « On se douche, à la guerre ?

– Quand on quitte le front. » Elle baissa la tête, poussa un profond soupir, et une larme roula sur sa joue, puis sur le médaillon qui ne la quittait jamais. Ma gorge se noua. « Non, Kate, je t'en prie. »

Je m'approchai d'elle, me penchai, l'embrassai sur la joue. Elle releva la tête, chercha mes lèvres, fit glisser mon manteau sur mes épaules et me demanda de la rejoindre dans le bain.

Cette nuit-là, Kate fit un affreux cauchemar. Elle réveilla la moitié de l'hôtel avec ses cris, mais refusa de me raconter son rêve. Elle se fit toute petite à côté de moi, se blottit dans le creux de mes bras et posa sa tête sur ma poitrine, dont les poils étaient maintenant aussi gris que mes cheveux. Je passai mes mains dans sa chevelure, toujours du même roux flamboyant que vingt et un ans plus tôt, lorsque j'avais pour la première fois senti ces mèches soyeuses glisser entre mes doigts. Elle suivit le tracé de ma cicatrice, puis s'écarta, car les protubérances de mes côtes cassées n'avaient rien d'un oreiller moelleux. Je les ferais remettre d'aplomb après la guerre ; le docteur Hardy avait eu raison : elles me causaient des problèmes.

« Ça va mieux ? demandai-je lorsqu'elle eut repris son souffle.

– Hmmmm, beaucoup mieux.

– C'est peut-être l'air de la mer.

– Peut-être.

– Peut-être... »

Elle se rapprocha encore, frotta sa joue contre moi et dit : « Ne dors pas. Je ne veux pas que nous dormions.

– Non... nous ne dormirons pas.

– Quand la guerre sera finie, j'ai envie de partir en vacances. Je veux aller en Amérique et rendre visite à Martin, à San Francisco.

– Eh bien, c'est ce que nous ferons. Nous louerons une voiture et nous parcourrons tout le pays ; depuis New York, nous descendrons la côte Est jusqu'en Floride, puis nous irons au Texas...

– Et au Grand Canyon.

– Puis en Californie...

– Nous verrons comment ils font les films.

– Ensuite nous remonterons jusqu'à San Francisco.

– Oui... ce sera bien... tellement bien... Pourvu que...

– Chhhuuut. Cela se fera... Cela se fera.

– Quand ?

– Plus tôt que tu ne penses.

– Mais quand ?

– Bientôt...

– Je devrais peut-être m'arrêter de travailler. Je pourrais vendre Jenda à Al. Il l'achèterait.

– Et que ferais-tu toute la journée, Mrs. Maclean ?

– Je serais avec toi.

– Tu en aurais assez au bout d'une semaine.

– Non... non, je ne pense pas que j'en aurais assez. Je crois... je crois que je serais heureuse.

– N'es-tu pas heureuse, maintenant ?

– Maintenant ? Oui, en ce moment, je suis heureuse... Tu me manques. Les nuits sont longues. Longues comme des jours. »

Je ne dis rien, mais elle m'entendit : *Si seulement cette nuit pouvait durer des jours, et ne jamais se terminer...*

Nous ne quittâmes pas la chambre jusqu'à la fin de ma permission – quarante-huit heures –, jusqu'à ce que Kate ait envie de se promener sur la jetée. Nous regardions les bateaux voguer sur l'eau lorsqu'elle prit ma main et me dit : « Quitte l'armée. »

Je ne m'attendais pas à cela ; je me contentai de hocher la tête, car c'était impossible et elle le savait.

« Tu vas mourir, soupira-t-elle. Je le sais. Je le *sens.*

– Depuis quand ma beauté aux cheveux rouges est-elle une prophétesse ?

– Arrête !

– Kate...

– Arrête, je te dis ! » Je cessai de sourire. Je l'avais rarement vue aussi éperdue. « Tu as quarante-neuf ans, Rob. Tu pourrais demander à être démobilisé. Tu pourrais revenir à la maison.

– Je ne peux pas, Kate. Je t'en prie, n'exige pas de moi ce qu'il ne m'est pas possible de t'accorder.

– Mais c'est possible ! Tu pourrais être démobilisé ! Tu le peux !

– En pleine guerre ?

– Oui ! Avant que tu ne sois tué ! » Elle secoua la tête et ajouta d'une voix presque inaudible : « Et que je me retrouve seule.

– Avant tout, et c'est cela le plus important, je ne serai pas tué. Et puis, si quelque chose devait m'arriver, Davie est là...

– Non.

– Comment cela, non ? Où est-il ? » Elle s'écarta de moi, troublée, et j'insistai : « Où est Davie ? Kate, que s'est-il passé ? Il lui est arrivé quelque chose ! Dis-moi quoi !

– Non. Il n'est rien arrivé... Il est à Édimbourg... Je... je voulais dire que je te perdrais... c'est tout. »

Mais ce n'était pas tout, je le savais. J'insistai jusqu'à ce que le ton monte et qu'elle me repousse en criant : « Il croit que nous avons tué Will ! Il croit que j'ai attiré mon frère dans l'allée pour que tu puisses le poignarder ! Il ne m'approche pas, Rob... Il ne me laisse pas le toucher... Ils me détestent tous les deux... tous les deux...

– Pourquoi ne m'avoir rien dit plus tôt ?

– Qu'aurais-tu fait ?

– J'aurais parlé à Davie. Je lui aurais dit la vérité.

– Il ne veut pas l'admettre. Il ne veut pas en discuter. Il hoche la tête en disant qu'il comprend, mais il ne me croit pas. Il écrit à Jen, ils se téléphonent presque tous les jours... Je pense qu'il a envie de vivre avec elle à Cromdale... mais il craint de me laisser seule.

– Chhhuuut, tout ira bien. Je ne sais pas quand j'aurai une autre permission mais, dès que je le saurai, je lui télégraphierai de venir, je m'arrangerai pour lui obtenir un sauf-conduit, et je lui expliquerai tout.

– Et comment lui expliqueras-tu que Will n'ait pas dit à l'administration de l'hôtel que c'est son beau-frère qui était venu dans sa chambre, la veille de sa mort ?

– Comment Davie se l'explique-t-il ? Et Jen ?

– Et toi ?

– Il ne pensait pas que je le tuerais. Il ne pensait pas que je *pouvais* le tuer. Informer les gens de l'hôtel, c'était compromettre ses chances de réconciliation avec toi. C'est cela que pensent les enfants ?

– Non. Les enfants pensent que leur oncle Will n'a pas révélé l'identité du voleur parce qu'il voulait me protéger ; ils pensent que je l'ai appelé le lendemain matin et que je l'ai entraîné dans l'allée pour que tu puisses l'as... l'assassiner. Qu'ensuite, je suis retournée à ma voiture, je suis allée dans une petite rue où j'ai attendu une heure, puis je suis revenue, toujours en voiture, à onze heures précises au Ritz, et que là, j'ai demandé à la réception qu'on appelle mon frère, que j'avais aidé à... à...

– Seigneur Dieu, Kate, murmurai-je, en l'attirant contre moi.

– Nous les perdrons tous les deux, Rob, dit-elle en pleurant. Tu ne vois pas... nous allons les perdre tous les deux... »

Elle remonta la jetée en courant. Une mouette poussa un cri, vint se poser devant moi, me regarda sans bouger, et reprit son vol ; lorsqu'elle passa au-dessus de Kate, je vis l'ombre de ses ailes sur les épaules de Kate. Et je me rappelai ce que Will avait dit, la nuit où j'étais rentré de Paris, après avoir découvert qu'il avait fait incendier la maison de Madame : *tu ne peux pas me tuer... elle seule le peut...*

CHAPITRE 35

Cette fin de mois de novembre 1917 était glaciale. Demain, ce serait le 30, jour de la Saint-André, fête nationale, et Jenda, comme toutes les autres entreprises, fermerait. Je m'étais mise à redouter les vacances et je me demandais ce que je ferais toute la journée. Le vent m'envoya à la figure une rafale de pluie glacée, et Raj posa sa main sur mon bras en disant : « Faites attention où vous marchez. »

J'avais failli mettre le pied dans une énorme flaque d'eau. Raj me lâcha le bras et me fit passer devant lui. « Ils pourraient réparer la chaussée, grommela-t-il.

– Je crois que c'est moi qui ai la tête dans les nuages », dis-je en riant et en regardant le ciel tout noir.

Raj sourit en enfonçant sa casquette de tweed sur ses yeux et reprit le bras de sa fille Indira. Agée de quinze ans, elle travaillait comme couturière chez Jenda depuis un an, mais elle rêvait d'être modéliste. Un rêve qui, j'en avais bien peur, ne se réaliserait jamais, non parce qu'elle manquait de talent, mais parce qu'elle serait obligée d'épouser le jeune homme que son père aurait choisi – un musulman fervent – dès sa majorité. Car Rajiv avait bien changé, depuis la mort de sa fille Benazir cinq ans plus tôt, et il s'était réfugié dans les lois fonda-

mentales de l'islam, obligeant sa femme et ses huit filles à le rejoindre dans sa foi désespérée. Mais cela ne changeait rien. Benazir était partie... pour toujours.

En arrivant dans l'allée qui menait chez moi, je remerciai Raj et sa fille, et les regardai s'éloigner, les longs voiles d'Indira flottant derrière elle comme une ombre.

J'étais en train de tourner la clé dans la serrure rouillée, en me demandant où Robert avait bien pu mettre l'huile pour graisser les gonds, lorsque je sentis une main sur mon épaule.

« Catherine. »

Je me retournai brusquement. C'était Al. Il était complètement trempé et, depuis la dernière fois que je l'avais vu, c'est-à-dire environ quatre jours, il avait vieilli de vingt ans. Je regardai avec inquiétude son visage défait et m'écriai : « Al, que se passe-t-il ?

– Puis-je vous voir ? »

Il y avait du désespoir dans sa voix et toute son attitude trahissait un profond désarroi. J'ouvris la porte, pris son bras et m'effaçai devant lui : « Bien sûr, entrez. »

L'aidant à retirer son manteau, je constatai que sa veste aussi était mouillée. « Mon Dieu, mais vous êtes trempé jusqu'aux os.

– Je suis venu à pied »

Il entra au salon et s'approcha de la cheminée où Martha avait allumé un feu pour mon retour. J'allai suspendre nos vêtements dans la cuisine, près du radiateur, et demandai : « Voulez-vous que je fasse du thé ?

– Non... Non... je vous remercie. »

Il parlait d'une voix rauque et essoufflée, comme si chaque mot lui coûtait un effort. Je me hâtai de venir le rejoindre près du feu.

« Al, qu'est-ce qui ne va pas ?

– Mon fils a été tué. À Armentières. En France.

– Je suis navrée. » Paroles convenues, banales, mais tellement sincères.

« Il s'était engagé comme volontaire, vous savez.

– Oui, vous me l'aviez dit.

– Il y a seulement quelques mois.

– Oh, Al...

– Il manœuvrait un canon antiaérien... c'est ce qu'on m'a dit... » Se détournant de la cheminée, il se laissa tomber sur un siège. « Je ne le connaissais pas, Catherine. » Il secoua la tête avant d'ajouter : « Tout en marchant, j'ai essayé de me souvenir de lui, et je n'y suis pas arrivé. Je n'arrive pas à me souvenir de quoi que ce soit le concernant... »

Je m'assis près de lui et posai ma main sur son genou en disant doucement : « C'est le choc, Al.

– Non. C'est parce que je ne le connaissais pas. Absolument pas... Je ne connais aucun de mes enfants. J'ai marché, marché, et je me disais : pauvre imbécile, comment peux-tu te souvenir de quelqu'un que tu n'as pas connu ? » Il se frotta le menton, ombré d'une barbe naissante. « Walter... Jack. Ma femme l'a toujours appelé Jack. Je n'ai jamais su pourquoi. Je ne l'ai jamais demandé... Cela n'avait aucune importance. » La consternation dut se lire sur mon visage, car Al se pencha en avant et me tapota le genou en disant : « Je vous ai choquée... Je me choque moi-même... Ils n'ont pas envoyé le corps... ils n'ont pas pu le trouver en entier.

– Oh, mon Dieu. » Je gémis en imaginant le cadavre mutilé d'un jeune homme démembré. Et brusquement, le visage du jeune homme fut remplacé par celui de Robert. Robert qui traînait son corps déchiqueté, estropié, et qui me faisait signe. Les mains tremblantes, je m'écartai de Al et me levai. « Je vais... je vais aller nous chercher... »

Il me prit les mains en disant : « Pardonnez-moi, j'avais oublié que votre mari est là-bas.

– Un peu de brandy nous fera du bien à tous les deux, je pense. »

Je ne sais comment je parvins à la salle à manger. J'avais la tête qui tournait. Je ne savais plus ce que j'étais venue faire dans cette pièce. Je m'agrippai à une chaise, fermai les yeux, et ce fut comme si je me réveillais d'un mauvais rêve. Le fils de Al était mort. Et Robert... Armentières. Où était-ce donc ? Mon Dieu... Il ne fallait pas que je pense à cela. Je devais rester calme et surtout soutenir Al. Je ne pouvais pas m'effondrer alors que mon meilleur ami avait besoin de moi. Tout irait bien pour Robert. Al avait besoin d'alcool. Et moi aussi.

Je pris deux verres à liqueur et la carafe de cristal qui contenait le cognac, revins au salon et nous en versai une bonne rasade à tous les deux. Je tendis un verre à Al et m'assis en face de lui.

« Et Helena ?

– Elle... elle a tout pris en main.

– Les filles ?

– Oui... Elles... » Il but une gorgée de cognac avant de poursuivre : « Je n'ai pas été un bon père. Je n'ai pas été un père du tout. Je n'ai aucun souvenir de leur enfance... rien... »

Je tripotais mon médaillon et la lueur du feu dut créer un reflet car Al regarda le bijou et me demanda : « C'est votre pierre de touche ?

– Oui... quelque chose comme cela. C'est Robert qui me l'a offert. Il représente le Loch Leven.

– Comme c'est beau... très beau. »

Ses yeux étaient rivés sur moi, pas sur le médaillon, et je me sentis tout à coup extrêmement mal à l'aise. Il dut s'en rendre compte car il détourna le regard et se pencha vers le feu. Nous restâmes assis là pendant au moins une heure, et je ne dis rien car je sentais qu'il n'y avait rien à dire. Je gardai ma main posée sur son bras, le caressant doucement.

Le bruit de la porte d'entrée nous sortit brusquement de notre léthargie. Davie jaillit dans la maison en se secouant comme un chien fou et Mollie se précipita pour lui faire la fête. « Oui, ma belle... Bon sang, quelle tempête, c'est... » Il s'interrompit en apercevant Al et me dit en accrochant ses vêtements : « Excuse-moi, je ne savais pas que tu avais de la compagnie. » Al leva la tête en entendant la voix de mon fils et Davie vint le saluer.

« Grands dieux, murmura Al en le contemplant et en retenant sa main dans la sienne. Je n'avais jamais remarqué.

– Remarqué quoi, monsieur ?

– À quel point tu es ton père et ta mère... moitié moitié.

– Pardon ?

– Le meilleur des deux. »

Davie me regarda, puis regarda Al qui n'avait toujours pas relâché sa main. J'effleurai le bras de Al et lui fis un signe de tête. Il lâcha alors la main de Davie et demanda : « Quel âge as-tu, David ?

– Dix-sept ans, monsieur.

– Dix-sept... »

Il hocha doucement la tête. « Il faudrait que je rentre.

– Je vais chercher votre manteau. »

Je me dépêchai d'aller prendre dans la cuisine son vêtement toujours humide et je l'aidai à l'enfiler. Al ne quittait pas mon fils des yeux et je vis que Davie commençait à se sentir mal à l'aise. Je reconduisis Al à la porte d'entrée, l'embrassai sur la joue et dis à voix basse : « Si je peux faire quoi que ce soit... »

Ses yeux s'éclairèrent un instant et il murmura : « Oui... » en m'embrassant. Puis il se tourna vers Davie et lui tendit la main. « Bonsoir... David. » Il retint longuement sa main tout en le regardant dans les yeux. Enfin, il sortit et se dirigea lentement vers sa voiture.

« Il est un peu bizarre, non ? fit Davie en riant et en refermant la porte.

– Son fils a été tué. En France. »

Davie baissa la tête en murmurant : « Oh, mon Dieu ! Je suis désolé. » Puis il fourra les mains dans ses poches. « Quel âge avait-il ?

– Dix-huit ans. J'ai rencontré Walter à l'époque où...

– À l'époque où quoi ? »

Je ne sais ce qui se passa. Je fus incapable de terminer ma phrase et restai sans voix, immobile, devant Davie. Je sentis des larmes sur mon visage et Davie, embarrassé, détourna les yeux. C'est Mollie qui vint à moi et me lécha la main. Je réalisai douloureusement que, si Davie allait vivre à Cromdale, il emmènerait la chienne avec lui et que, si Robert était tué à la guerre, je n'aurais plus personne. Refusant de m'apitoyer plus longtemps sur mon sort, je me dirigeai vers la cuisine, mais brusquement tout se mit à tourner et je tendis le bras pour me retenir à quelque chose. C'est Davie qui me rattrapa. Il était bien plus grand que moi, presque un homme, maintenant. Je voulus lui dire que je me sentais bien, mais la voix me manqua ; il m'emmena à la cuisine où il me fit asseoir, remplit un verre d'eau et me le tendit.

« Bois ça. » Mais je ne pouvais pas prendre le verre car je tremblais de tous mes membres. « Cela te fera du bien. » Me tassant sur moi-même, je me mis à sangloter comme une folle. Davie, complètement désemparé, me regarda sans rien dire puis posa sa main sur ma tête. C'était la première fois qu'il me touchait depuis cinq ans. Agrippant sa main, je la serrai à lui faire mal et dis en gémissant : « Je l'aimais... je ne l'ai pas tué... parce que je ne pouvais pas le tuer... parce que je l'aimais... »

Je ne sais absolument pas ce qui me prit. Je m'étais juré, après ma confession à Robert, de ne jamais parler de cela à personne, et voilà que Davie était devant moi, totalement déconcerté par ma sortie. Prenant une chaise, il vint s'asseoir tout près de moi et questionna : « Oncle Will ? Tu aimais oncle Will ?

– Oui. » Il ne comprenait pas, et je me dis que je risquais de rendre nos relations encore plus difficiles ; mais cela s'agitait en moi, cela demandait à sortir, et je laissai finalement échapper : « Nous nous sommes aimés... lorsque nous étions jeunes.

– Aimés ? Vous étiez amants ?

– Oui. » Il baissa les yeux et je dus devenir écarlate, mais il n'y avait plus moyen que je m'arrête, à présent, parce que Davie était plus attentif et plus proche de moi qu'il ne l'avait été depuis des années.

« Raconte-moi... J'ai besoin de savoir. »

Et je lui racontai tout, glissant sur les détails les plus intimes de ma relation avec Will, mais essayant d'être aussi exacte que possible, parce qu'il m'écoutait et, à plusieurs reprises, il baissa la tête, me prit la main et la retint dans la sienne.

Il faisait jour lorsque j'eus achevé mes révélations, et Davie m'aida à monter l'escalier, me conduisit à ma chambre, défit mon lit et me fit allonger. Il ajouta qu'il parlerait avec Jen et lui raconterait ce que j'avais dit. Mais je savais que Jen, qui me considérait comme une menteuse chronique, ne le croirait pas, et je suppliai Davie de ne rien dire car cela ne ferait qu'aggraver les choses entre Jen et moi. En revanche, je l'invitai à écrire à son père parce que je savais que Rob serait apaisé d'apprendre que Davie et moi étions réconciliés.

Martha remarqua presque tout de suite le changement survenu entre Davie et moi. Je ne lui avais jamais avoué que Robert avait tué Will, la laissant croire ce que les journaux avaient raconté, et j'avais mis sur le compte de l'adolescence la répugnance de Davie à avoir le moindre contact physique avec moi. Le lendemain matin, lorsqu'il descendit pour le petit déjeuner et m'embrassa sur la joue, je faillis défaillir de joie. Je le serrai fort contre moi. Martha nous observa attentivement et Davie lui donna une petite tape amicale sur les fesses, quand elle lui servit son thé, en annonçant qu'il emmenait sa mère faire une promenade à cheval. On était mardi, je devais aller travailler et Davie avait cours, mais l'idée de passer la journée avec lui me réjouit tellement que j'acceptai.

Nous louâmes des chevaux et partîmes pour les Pentland Hills. Davie parla sans arrêt, comme si un barrage s'était rompu, et je compris que notre éloignement l'avait blessé autant que moi. Il me parla de ses amis Dick et Bill, que je n'avais pas vus depuis un moment, puisque Davie avait passé beaucoup de temps à l'extérieur afin de m'éviter. Il évoqua aussi ses projets d'avenir, et je fus frappée de sa ressemblance avec son père. Nous décidâmes de dîner à nouveau ensemble, et il fut convenu que je l'accompagnerais plusieurs fois par semaine à l'Hôpital militaire où il passait une grande partie de son temps libre. Un des professeurs de Davie avait en effet suggéré à ses étudiants d'aller faire la lecture aux invalides de guerre. Davie me proposa de venir avec lui pour écrire le courrier des hommes qui ne pouvaient plus le faire eux-mêmes.

Nous y allâmes le jeudi et, une fois devant les grandes portes de l'hôpital, Davie posa sa main sur mon bras en disant : « Tu ne dois pas pleurer. Ce n'est pas bon pour leur moral. »

J'acquiesçai et nous entrâmes.

Le couloir qui menait à la salle des amputés était étroit, tout blanc et encombré de fauteuils roulants et de lits vides. Une odeur d'éther et d'alcool me prit aux narines lorsque nous pénétrâmes dans la salle qui comprenait dix lits. Sur le premier à droite gisait un homme sans bras ni jambes qui gémissait doucement. Je me sentis faiblir et Davie resserra son étreinte. « Ça va », murmurai-je, bien décidée à me maîtriser. Nous traversâmes la salle et je comptai six jambes pour dix hommes. Davie m'amena au dernier lit. Un homme jeune était assis, les moignons de ses bras enveloppés de bandages.

« Hullo, Harry ! fit Davie d'un ton joyeux, en posant sa main sur l'épaule de l'homme.

– Salut, Davie. » L'homme leva les yeux sur moi et je lui souris. Davie m'amena devant lui en disant : « Harry, j'aimerais te présenter ma mère, Mrs. Catherine Maclean.

– C'est un honneur, m'dame, d'faire la connaissance d'l'épouse du lieut'nant-colonel Robert Maclean. J'disais à Davie...

– Vous connaissez mon mari ?

– Je veux ! C'est lui qu'a eu l'moins d'pertes en hommes sur tout l'front d'l'Ouest !

– Tu vois, Maman. Papa est un héros. » Davie se retourna vers Harry en expliquant : « Elle s'inquiète pour lui.

– Faut pas vous inquiéter, m'dame. On dit qu'il est protégé.

– Vraiment ?

– Y'a un ange qui veille sur lui.

– Je l'espère. Et j'espère qu'il restera sous son aile.

– Oui », affirma Davie avec tant d'assurance que je me demandai comment j'avais pu un seul instant imaginer que Robert pourrait ne pas revenir. « Oui », répéta-t-il, en brandissant le saphir que son père lui avait donné. Puis il me donna une petite tape dans le dos et s'adressa à Harry : « Ma mère va t'aider à écrire ta lettre, Harry. J'ai promis à Charlie que je finirais de lui lire Ivanhoé. *»*

Je m'assis sur une chaise près du lit et demandai d'un ton aussi enjoué que possible : « Alors, que faisiez-vous avant la guerre, Harry ?

– J'étais pêcheur. »

Je jetai un coup d'œil à ce qui restait de ses bras et je baissai la tête en ravalant mes larmes. « À qui dois-je adresser votre lettre ?

– À ma chère épouse. »

Je gardai les yeux baissés et m'apprêtai à écrire sous sa dictée. Il s'éclaircit la voix et commença : « C'est point ma main qui tient la plume pour t'écrire ces mots. C'est la main d'une dame qu'est la femme d'un grand homme. Et, comme on dit : qui s'ressemble s'assemble, j'suis sûr qu'elle aussi c'est quelqu'un d'bien. »

Les mots se brouillèrent devant mes yeux et ma main se mit à trembler. Essayant de contenir mon émotion, je dis à Harry : « Vous pouvez continuer, j'écris vite.

– Ma belle Maureen, j'ai perdu mes mains.

Jamais plus elles pourront toucher ton cher visage. Jamais plus mes doigts pourront sentir la soie d'tes ch'veux... » Sa voix se brisa et il se détourna. « Mais y m'ont laissé mes jambes pour marcher. Tu marcheras avec moi, m'amie ? On ira à la mer. On respirera l'sel qui flotte dans l'air. On sentira l'sable mouillé crisser sous nos pas. » Il essuya ses larmes contre son épaule. « Et on r'montera les filets, avec tes mains au lieu des miennes, m'amour. Et on march'ra... »

Il s'arrêta et je compris qu'il ne pouvait pas continuer. Je demandai doucement : « Comment dois-je signer ?

– Harry. Ton Harry qui t'aime. »

Je glissai sa lettre dans une enveloppe, la cachetai et la posai sur la table de nuit.

« Merci, Mrs. Maclean. »

Posant ma main sur son épaule, je lui dis : « Vous êtes un poète, Harry. »

Il hocha la tête en souriant : « Non. J'suis un pêcheur. »

CHAPITRE 36

Nous passâmes les dix-huit mois suivants entre la Picardie et Rouen, revenant souvent dans les mêmes tranchées que nous avions quittées deux mois plus tôt. Autant dire que nous n'avions pas avancé, les Allemands non plus. C'était l'impasse.

La guerre paraissait interminable et la seule chose qui m'empêchait de devenir fou, c'était de savoir que j'avais eu moins de pertes en hommes, sur le front Ouest, qu'à peu près n'importe quel officier de l'armée britannique. C'était sans doute dû à ma chance, mais l'état-major m'avait promu colonel, et on me confia un régiment composé des hommes les meilleurs et les plus courageux que j'aie jamais rencontrés.

Ma promotion me valut un trou plus grand dans la tranchée, un lit de paille, une couverture et une table où prendre mes repas et écrire. Insensibles à mon grade, les rats et la vermine étaient, avec la boue et le froid, des ennemis acharnés, aussi implacables que les Allemands.

Le 24 février 1918, jour du quarante-huitième anniversaire de Kate, eut lieu l'une des batailles les plus sanglantes que nous ayons connues. Dans l'obscurité, l'explosion des obus jetait une étrange lueur argentée sur les visages maculés de boue de mes hommes. Les cieux s'ouvrirent, déversant sur nous des trombes d'eau et je me dis que, si les obus des Allemands ne nous tuaient pas, c'était la pluie glaciale qui nous engloutirait. Il faisait à peine plus de zéro et la pluie avait transformé le sol couvert de neige en un bourbier de trente centimètres de profondeur. J'avais perdu une section entière, mon commandant en second et deux de mes meilleurs hommes, dans un raid qui s'était terminé à l'aube en fiasco.

Ma chance était en train de tourner.

« Où est le capitaine Lochiel, caporal ? criai-je, en grimpant à l'échelle de la tranchée, à l'homme qui se trouvait près de moi.

– Il est parti à la recherche de Lamb, mon colonel.

– Où ?

– À environ cinq cents mètres en direction du nord-est, juste en face des lignes allemandes, mon colonel.

– Ramenez les blessés dans les tranchées. Tous ceux que vous ne pourrez pas porter devront être placés sur le flanc. Nous reviendrons les chercher plus tard. »

Un obus éclata, non loin de là, nous éclaboussant de boue et de neige. Je me mis debout.

« Où allez-vous, mon colonel ?

– Chercher Lamb et Lochiel. »

Après avoir zigzagué pendant environ deux cents mètres dans la boue, je commençai à crier le nom de Donald. Il y avait des corps partout. Je faillis poser le pied sur le visage d'un jeune soldat qui m'agrippa la jambe au passage.

« Mon colonel, je l'ai pris en plein ventre.

– Reste tranquille, je reviens. Tu as vu le capitaine Lochiel ?

– Il est avec Lamb. Droit devant vous, à deux cents mètres.

– Garde la tête baissée, mon gars », lui dis-je, avant de me mettre à courir. Chaque explosion d'obus faisait étinceler les barbelés. Des pics et du métal tordu, c'était tout ce qu'il y avait dans ce paysage lunaire – en dehors des morts et des mourants.

En me penchant au bord d'un cratère, j'aperçus deux silhouettes ; je rampai vers elles. Donald leva les yeux, hocha la tête et se remit à contempler ce qui restait de Lamb.

« Seigneur Dieu, murmurai-je dans un gémissement.

– R'garde dans quel état il s'est mis, Rob, c'pauv' idiot. »

Lamb avait perdu la moitié inférieure de son corps et ses intestins se déversaient dans la neige boueuse. Donald berçait la tête du garçon sur ses genoux, en lui donnant de petites tapes comme s'il voulait le réveiller d'un sommeil profond. « Espèce d'andouille.

– Laisse-le, Donald.

– Triple buse... J'l'avais prév'nu... J'lui ai dit c'matin...

– Donald...

– Beau travail... » Donald avait le visage barbouillé de larmes, de neige et de boue. Il s'essuya avec le revers de son bras, laissant apparaître une traînée de sang.

« Tu es blessé, dis-je, en remarquant la neige teintée de sang, à sa droite.

– Ouais, fit-il en riant. Y'a la moitié d'mon derrière qu'a sauté. » Son rire se transforma en plainte. « Espèce d'âne, stupide animal, gémit-il en serrant Lamb contre lui.

– Donald...

– Oh, mon Dieu...

– Tu peux marcher ?

– Marcher ? J'peux même pas t'nir debout.

– Laisse-le, maintenant. Je reviendrai le chercher plus tard.

– J'suis fichu, Rob.

– Non », dis-je en m'approchant pour examiner sa blessure. Une mitrailleuse lui avait déchiré la jambe du haut de la cuisse jusqu'à la cheville. « Il va falloir que je te porte, Donald. Allez, lève-toi.

– Me porter ? » fit-il avec un sourire ironique. Donald devait bien peser vingt ou vingt-cinq kilos de plus que moi. Son regard se porta à nouveau sur Lamb, dont il essuya le visage ruisselant de pluie.

« J'peux pas l'laisser là, Rob.

– Il est mort, Donald.

– Mais j'peux pas l'laisser comme ça. J'suis foutu, Rob. Vas-y, toi.

– Debout ! lui ordonnai-je, en me relevant.

– Non.

– Donald, nom de Dieu, soulève ton cul ou on va se faire tuer tous les deux ! »

Un obus siffla tout près de nous. Je me jetai à terre et rampai vers Donald. Je tentai de détacher ses mains du visage de Lamb. « Debout !

– Non ! »

Repoussant le corps de Lamb, je saisis Donald et l'immobilisai, en lui hurlant dans l'oreille : « Lève-toi, sacrebleu !

– L'abri est loin ?

– Moins de cinq cents mètres.

– Tu pourras jamais m'porter.

– Ferme-la », dis-je en le saisissant par un bras et une jambe, pour essayer de le faire glisser sur mon dos. Mes genoux s'enfoncèrent dans la boue et, pour la première fois depuis le début de la guerre, j'eus peur que nous ne nous fassions tuer tous les deux.

« J'suis trop lourd, Rob. Laisse-moi.

– Ta gueule ! »

Je le soulevai un peu plus, pris une profonde inspiration et me remis en route. Je n'avais pas fait dix pas qu'un autre obus explosa, et nous culbutâmes. Je saisis Donald par les bras et le traînai. En passant devant le jeune soldat à qui j'avais parlé tout à l'heure, je lui dis :

« Je reviens, mon gars.

– Mon colonel ?

– Oui ?
– Vous... vous ne m'oublierez pas, hein ?
– Non, fiston. »
Ramenant le bras de Donald par-dessus mon épaule, je le fis mettre debout en criant : « Il va falloir que tu sautes, mon vieux.
– Laisse-moi ici, Rob.
– Tais-toi et saute. »
Lorsque la tranchée fut en vue, j'appelai : « Caporal Chapman ! » Quelques instants plus tard, le caporal courait dans ma direction.
« Mettez cet homme sur un brancard.
– Bien, mon colonel. »
Retournant en terrain découvert, je fonçai vers le jeune soldat. Il ne devait pas avoir plus de dix-huit ans, et il était de constitution frêle. Je le soulevai et le jetai sur mon épaule.
« Mon colonel ?
– Ne parle pas, mon garçon. Tu es plus léger quand tu te tais. »
Je courus, trébuchant sur les corps – ceux de nos hommes et ceux des Allemands – , et faillis tomber dans la tranchée où m'attendait le caporal Chapman. On mit Donald sur une civière et, au moment où on l'emmenait vers l'hôpital mobile, il serra ma main en disant : « Rob, le laisse pas tout seul là-bas. » J'acquiesçai. D'ordinaire, nous laissions les morts jusqu'à la fin de la bataille, mais pour Lamb c'était différent.
Je ressortis de la tranchée. Le bruit des canons était assourdissant, et j'eus du mal à trouver ce qui restait de Lamb. La pluie lui battait le visage et dégoulinait de mon casque. « Qu'est-ce que tu as fait de tes jambes, mon pauvre ami ? » murmurai-je, et ma gorge se serra. L'explosion d'un obus jeta sa lueur sur le corps de Lamb et j'aperçus dans sa main la boule de verre que Donald lui avait donnée. Je desserrai ses doigts pour prendre la boule, ils étaient froids comme la mort. Je lui fermai les yeux et, laissant ma main reposer sur son

visage livide, je priai en silence : Ce ne sont pas les généraux qui font la guerre, mais d'innocents agneaux qui suivent sans méfiance... Que le Bon Pasteur l'accueille dans son royaume... Je lui croisai les bras, le soulevai et revins comme je le pus à la tranchée.

J'envoyai Donald chez sa fille à Kilmarnock, et j'enterrai Lamb avec sa boule de verre.

Le 21 mars 1918, nous étions en Picardie lorsque nous fûmes pris dans un ouragan de six mille canons et trois mille obus de mortier. Les Allemands avançaient et nous reculions. De retour au quartier général, j'appris que plus de soixante-dix mille Anglais avaient été faits prisonniers. Pas un seul de mon régiment.

Le 11 avril, Sir Douglas Haig, commandant en chef des Forces britanniques, fit connaître l'ordre du jour : « ... Chaque position sera défendue jusqu'au dernier homme. Il n'y aura pas de retraite. Le dos au mur et confiant dans la légitimité de notre cause, chacun luttera jusqu'au bout. »

La bataille dura jusqu'à fin avril et nous perdîmes au total deux cent trente-neuf mille sept cent quatre-vingt-treize hommes, officiers et simples soldats. Je demandai le transfert de mes hommes. Après quarante et un jours sur le front, sans relève, ils étaient épuisés. Nous fûmes à nouveau postés à Rouen, et je reçus un mot de ma mère m'annonçant que mon père était mourant. On m'accorda une permission pour aller à Mallaig et je télégraphiai à Kate de me retrouver là-bas avec Davie et Jen.

J'arrivai le 1er juin, jour de l'enterrement de mon père.

En poussant la barrière, je vis Davie qui ouvrait la porte d'entrée. Il aurait bientôt dix-huit ans et, si la guerre n'était pas terminée dans cinq mois, il serait appelé sous les drapeaux. Il était plus grand que moi et, lorsqu'il passa son bras autour de mes épaules, j'eus l'impression d'être un petit vieux. Nous pénétrâmes dans la maison sans rien dire. Mes frères et sœurs étaient là ; je n'avais pas vu certains d'entre eux depuis plusieurs années. Jenny avait refusé de venir, et je me rendis compte à quel point elle devait nous détester, Kate et moi, car elle avait eu beaucoup d'affection pour mon père. Kate était avec ma mère dans la cuisine. Venant à moi, elle posa sa tête sur ma poitrine. Ensuite, je pris ma mère dans mes bras, sans un mot. Il n'y avait rien à dire. Mon père était mort.

J'allai ensuite dans la pièce où se trouvait le corps de mon père ; refermant la porte derrière moi, je demandai qu'on ne me dérange pas. Je m'approchai du cercueil et contemplai le visage cireux qui ressemblait si peu à mon père. Je touchai sa joue glacée où la barbe avait continué à pousser. Je ne pleurai pas. J'avais vu tant de morts, morts de tant de façons différentes. Il paraissait plongé dans un profond sommeil et ne ressemblait en rien aux cadavres que j'avais traînés sur le champ de bataille ; son visage était serein. Posant ma main sur la sienne, je dis tout haut : « Écoute-moi, je t'en prie. » Je le regardai, m'attendant presque à ce qu'il ouvre les yeux et demande : « Qu'est-ce qu'y a, Rob ? » Mais ses yeux restèrent clos. Je cherchai les mots que j'avais été incapable de lui dire de son vivant. Baissant la tête, je murmurai : « Pardonne-moi, Père, parce que j'ai péché. » Je regardai autour de moi, craignant de voir les spectres du passé surgir du plancher et se jeter sur moi. Mais il ne se passa rien. « J'ai tué ton fils, mon frère. » Je me cramponnai au cercueil, de peur que le sol ne se dérobe sous mes pieds. Mais le sol demeura stable. « Il n'est pas tombé sur le pieu que nous avions taillé avec les couteaux que tu nous avais offerts pour notre huitième anniversaire. C'est moi qui ai lancé le pieu. » J'attendis.

Quoi ? l'absolution ? le châtiment ? Mon père était mort et ne pouvait me donner ni l'une ni l'autre.

Je sortis de la pièce. Kate et Davie étaient dans le couloir, mais je secouai la tête et leur fis signe de me laisser seul, puis je quittai la maison et me dirigeai vers le port. Si l'âme de mon père était quelque part, ce ne pouvait être que là, face à la mer. Je parcourus toute la longueur des quais, puis je m'assis sur un banc d'où je contemplai l'océan, et j'attendis. Mais mon père ne vint pas.

J'aurais pu me confesser à mon oncle Charlie, qui était prêtre. Mais je ne le fis pas.

Je revins lentement vers la maison. Kate était assise sur le seuil. Elle se leva en m'apercevant et je lui tendis la main en disant :

« Veux-tu marcher un moment avec moi ? »

Elle acquiesça et me prit la main. Je l'emmenai dans le petit bois de pins derrière la maison. Arrivé au plus gros des arbres, que l'on ne voyait pas de la maison, je m'arrêtai et dis : « C'est ici que mon... frère est mort... mon frère Larry. »

Je me baissai pour ramasser une branche morte dont je me mis à arracher les aiguilles, une à une. « On était en juin, c'était la veille de notre huitième anniversaire, et nous étions perchés sur les rochers de granit. Le vent nous courbait en deux, tant il était violent. La mer était déchaînée, les vagues très hautes ; une lame se brisa en rugissant et, levant les yeux, j'aperçus un voile de brume. Mais ce n'était pas la brume. Cela ressemblait à un homme sur un cheval, un homme sans tête, et mon sang se glaça dans mes veines, parce que je savais qui c'était : Eoghan a'Chinn Bhig.

– Hugh de la Petite Tête...

– Oui. Je savais que c'était Lui. Et je savais qu'Il était venu pour moi, et que le lendemain matin je serais mort. Larry était à côté de moi, mais il ne Le vit pas. Il ne pouvait pas Le voir, puisque c'était pour moi qu'Il était venu. J'attendis toute la nuit sans oser fermer les yeux, et au matin Larry et moi trouvâmes dans nos chaussures les couteaux que mon père nous avait offerts pour notre anniversaire. Une fois dehors, nous taillâmes des bouts de bois pour en faire des javelots et jouer à un jeu que nous avions vu un jour dans un cirque. Chacun à notre tour, nous nous adossions à cet arbre pendant que l'autre lançait le javelot. Le jeu consistait à tenir le plus longtemps possible avant de se baisser pour éviter la lance. C'est moi qui ai commencé, mais je me suis baissé tout de suite parce que je savais que je ne passerais pas la journée, et j'avais peur de mourir. Puis ce fut le tour de Larry. J'ai levé la lance, Larry s'est adossé contre l'arbre, et j'ai lancé le pieu de toutes mes forces. Larry m'a regardé, les yeux écarquillés par la peur ; il n'a pas bougé, n'a fait aucun mouvement, et le pieu l'a atteint au ventre. Il a perdu l'équilibre, est tombé en avant, et le javelot l'a transpercé. Mort. »

Kate ferma les yeux et porta sa main à sa bouche, mais ne dit rien.

« Je suis resté là pendant je ne sais combien de temps. Puis mon père est sorti, il a vu Larry et, à cause de la position de son corps, il a cru qu'il était tombé en courant avec le pieu et que le pieu l'avait transpercé... Je ne lui ai jamais dit que c'était moi qui l'avais lancé. On a dit que c'était un terrible accident, le javelot avait fait éclater sa rate et il est mort sur le coup. Mais je n'ai jamais pu oublier ses yeux, la façon dont il m'a regardé lorsque j'ai lancé le javelot, et je suis sûr qu'il devait savoir que... que je... je voulais que ce soit lui qui meure... et pas moi. Parce que je ne savais pas si j'avais eu ou non *l'intention* de le tuer. Toute ma vie... chaque jour... chaque seconde, je me suis demandé : est-ce que j'avais l'intention de tuer mon frère ?

– Tu en avais l'intention ?

– Je ne sais pas... je ne sais toujours pas.

– Mais tu l'aimais.

– Oui. Je l'aimais... Tu as lu Oscar Wilde, Kate ? “ Car chacun tue ce qu'il aime... ” »

Elle acheva la phrase comme dans un rêve : « “ Le lâche tue avec un baiser... ”

– “ Et le brave avec une épée. ” » Traînant la branche de pin sur le sol sablonneux, je marmonnai : « Seulement, je suis un lâche. Toute ma vie, j'ai voulu mourir, mais je n'ai jamais eu le courage de me mettre une balle dans la tête. » Arrachant les aiguilles de pin restantes, je poursuivis : « Mon frère me hantait. Il était partout, il ne me laissait aucun répit. Je le voyais sans cesse, chaque fois que j'ouvrais les yeux, chaque fois que je les fermais. Je devenais complètement fou. J'ai quitté Mallaig à dix-sept ans, non pas parce que j'avais décidé de ne pas aller à l'université et par crainte de décevoir mon père, mais parce que j'avais peur de tuer quelqu'un.

– Qui ?

– Quelqu'un d'innocent. » Kate me regarda d'un air ahuri et je lui rapportai l'histoire que Jamie McEwen m'avait racontée, l'histoire de Daniel Maclean et de son pacte avec le Diable pour se débarrasser du fantôme de son frère. Lorsque j'eus terminé, je la pris dans mes bras en disant : « Et puis, je t'ai rencontrée, et je n'ai plus eu envie de fuir, ni de mourir, ni d'aller en Enfer. Parce que toi, tu n'iras pas en Enfer, Kate, et l'idée de passer l'éternité sans toi me remplit de frayeur... Alors, j'ai imaginé ce plan insensé. Je vais essayer de racheter ma place au Paradis. Je vais essayer de bien me comporter. Je retourne là-bas, Kate.

– Non.

– Il le faut. Je suis protégé, je ne sais pas par quoi, ni pourquoi, mais mes hommes aussi le sont. Si je suis avec eux, ils ne courent aucun danger.

– Tu mourras.

– Non. Ni dans cette guerre ni dans aucune autre. Ce n'est pas mon destin. Mon destin, c'est toi. Je deviendrai un vieil homme plein de sagesse, et tu vieilliras avec moi, Kate. »

Elle secoua la tête en grommelant : « Et comment comptes-tu regagner ta place au Paradis ? En donnant ta vie pour tes hommes ?
– Non.
– J'ignorais que Dieu concluait des arrangements avec les pécheurs », railla-t-elle, en jetant une poignée de terre contre l'arbre.
Je souris. « Je t'aime, Kate.
– Alors, ne me quitte pas », gémit-elle, les yeux pleins de larmes.
J'effleurai son visage en un geste d'apaisement, mais elle repoussa ma main. Je ne voulais pas la quitter de cette manière car j'étais sûr d'une chose : j'allais revenir. Je voulus dire quelque chose de profond, quelque chose dont elle se souviendrait, mais je ne trouvai rien d'autre que : « Je vais demander à Davie de m'accompagner à la gare. »
Elle ne dit rien, et je retournai à la maison.
À chaque pas que je faisais, je me sentais plus léger. L'étau de ma poitrine se desserrait et une sensation d'apaisement me gagnait tout entier. Avais-je été absous ? Je ne sais pas... peut-être.
Ma mère était à la cuisine. Je n'avais pas de raison d'aborder avec elle les détails de la mort de mon frère. Elle était âgée, maintenant ; ma confession l'accablerait et ne changerait rien. Je la pris dans mes bras, l'embrassai, lui dis que Kate lui enverrait de l'argent et que je reviendrais la voir après la fin de la guerre. Puis je fis mes adieux à mes frères et sœurs.
Davie était en train de remettre de l'huile dans le moteur de la voiture. Je pris mon sac et me dirigeai vers lui. Il s'interrompit en me voyant et, désignant mon bagage, il dit : « Tu t'en vas. »
J'acquiesçai, mis mon sac dans la voiture et demandai : « Tu peux me conduire à la gare ?
– Maintenant ?
– Quand tu auras terminé.
– D'accord. »

Je m'approchai de lui, jetai un coup d'œil au moteur et dis : « As-tu vu Jen récemment ?
– Il y a une quinzaine de jours. »
Je m'attendais à ce qu'il en dise plus. Devant son silence, j'insistai : « Elle va bien ?
– Elle va bien. » Il me regarda dans les yeux et ajouta : « Je voulais lui dire, au sujet de Maman... et d'oncle Will. Mais Maman ne veut pas. Elle pense que cela aggraverait la situation.
– Qu'en penses-tu ?
– Je ne sais pas... cela pourrait peut-être arranger les choses... ou peut-être que non...
– Alors, ne dis rien. Si jamais cela revenait aux oreilles de Flora, ta mère en mourrait. »
Nous restâmes un moment silencieux, puis il me demanda : « As-tu décidé de le tuer le jour où la lettre de Flora est arrivée, lorsque Maman et toi alliez partir pour le Loch Leven ?
– Non.
– Quand ?
– Le jour où nous avons emmené Jen à Cromdale.
– Avant qu'il parte pour l'Amérique ?
– Oui.
– Maman sait-elle cela ?
– Non... et il vaut sans doute mieux qu'elle ne le sache jamais. » Davie avait la tête baissée et je ne pouvais voir ses yeux. Il m'avait écrit pour me dire qu'il savait que sa mère n'avait rien à voir avec la mort de son oncle, et qu'il comprenait que j'aie été obligé de le tuer ; malgré cela, j'éprouvai le besoin de lui donner des explications : « Il était comme une bombe à retardement prête à exploser, Dave.
– Je sais... je sais... Mais...
– Quoi ?
– Tu aurais dû me le dire plus tôt. »
Il avait raison.
Fourrant les mains dans mes poches, je demandai d'un air aussi dégagé que possible : « Jen parle-t-elle parfois de moi ? »

Il s'essuya les mains avec un chiffon et hocha la tête. « Non. »

La déception dut se lire sur mon visage, car Davie s'approcha de moi et me pressa doucement l'épaule. Je fus ému par sa compassion. Il avait la sensibilité de Kate, et c'était un garçon intelligent et affectueux. Un garçon ? Non, c'était un homme, maintenant. Bientôt il se marierait et aurait des enfants, et je serais grand-père. Seigneur Dieu, grand-père... Il y avait si peu de temps, me semblait-il, que je l'avais emmené au Loch Leven faire voguer le bateau que nous avions sculpté dans le bois d'un arbre abattu par la foudre... Si peu de temps que je lui avais acheté un fougueux petit cheval aubère qui avait failli lui arracher le derrière d'un coup de dents, avant de devenir le plus gentil des compagnons... Si peu de temps qu'il était un petit bonhomme haut comme trois pommes qui faisait ses premiers pas entre Kate et moi... Ah, Maclean, tu t'es endormi à la barre, mon vieux... tu as raté tant de choses. Dans quelques années, je ferais sauter les enfants de Davie sur mes genoux. Mes petits-enfants... Pourvu qu'il m'en donne beaucoup. Comme je les choierais, comme je les gâterais... comme je les aimerais. Et peut-être que Jenny, une fois qu'elle aurait des enfants, elle aussi, peut-être qu'elle... elle...

« Papa ? fit Davie, interrompant mes pensées. Ça va bien ? »

Je me détournai en m'essuyant les yeux. J'avais envie de lui dire à quel point j'étais fier de lui, fier de l'homme qu'il était devenu, et à quel point je l'aimais. Au lieu de cela, je marmonnai : « Tu as tellement grandi, mon fils. »

Levant les yeux, j'aperçus Kate qui venait vers nous. Elle s'approcha lentement de moi, les yeux secs, et dit à voix basse : « Je te promets de ne pas pleurer. J'aimerais assister à ton départ. » J'acceptai, l'aidai à monter dans la voiture, m'installai près d'elle à l'arrière et tapotai l'épaule de Davie lorsque nous fûmes prêts.

Nous arrivâmes à la gare juste avant le départ du train, ce dont je me félicitai, car Kate avait bien du mal à tenir sa promesse, et je sentais ma gorge et ma poitrine se resserrer comme un étau.

J'étreignis Davie en lui recommandant de veiller sur sa mère. Il avait les yeux humides, et je me dis qu'il y avait bien dix ans que je ne l'avais pas vu pleurer. Je posai mes mains sur ses épaules. « Dis bonjour de ma part à ta sœur... dis-lui... dis-lui que je l'aime. » Puis je me tournai vers Kate.

S'il est vrai qu'une image en dit bien plus que des milliers de mots, alors le visage qui me souriait racontait des légendes aussi anciennes que l'histoire de nos vies. Je contemplai l'océan de ses yeux et regardai les vagues monter.

Mon Dieu, donne-moi la force. Fais qu'elle m'entende.

Je la serrai contre moi, appuyai mon front contre le sien, comme pour lui communiquer mes pensées, pour lui faire comprendre les mots que j'étais incapable de prononcer.

Kate, mon amour, si j'étais un poète, je composerais un sonnet digne de toi. Mais je n'en suis pas un, et j'aurais peur que mes vers ne soient pas à la hauteur de ta beauté. Pourtant, il faut que je te dise de quel pesant fardeau tu as soulagé mon cœur. Sache que je te voue une vénération éternelle, ma vaillante guerrière, mon Aoife. Aucun océan, aucune muraille ne pourra jamais nous séparer et partout où tu seras, je saurai t'atteindre. Vieillissons ensemble, mon amour, reste à mes côtés... toujours...

Elle dut entendre mon vœu silencieux car, lorsque je m'écartai d'elle, son visage était empreint de sérénité. Posant sa main sur ma joue, elle murmura : « Va. »

Le 3 novembre 1918, l'Autriche signa l'armistice, et le traité avec l'Allemagne était sur le point de se conclure, bien que le Conseil suprême des Alliés fût en train de préparer une invasion de la Bavière – à tout hasard – pour le printemps de 1919. Mon régiment faisait partie des forces qui, en attaquant le long d'un front de cinquante kilomètres entre Valenciennes et Guise, obligèrent les Allemands à battre retraite en Belgique. Nous poussâmes jusqu'à Ville-sur-Haine, à l'est de Mons, où nous arrivâmes le 10 novembre et où on nous informa que le traité avec l'Allemagne – le quatrième et le dernier – serait signé le lendemain matin à Compiègne. J'aurais quinze jours de permission, puis mon régiment serait posté à Berlin pour surveiller le démantèlement des forces allemandes. Je télégraphiai donc à Kate pour lui dire de préparer nos bagages, pour de longues et délicieuses vacances au Loch Leven.

À l'aube, en faisant ma ronde dans les tranchées, je tombai sur un groupe de soldats en train de boire une bouteille de whisky.

« Garde à vous ! » commanda le sergent en se redressant, et tous se levèrent.

En temps normal, je n'aurais rien dit, mais l'homme devant moi était tellement ivre qu'il ne tenait pas debout. Il était dangereux pour un officier de laisser ses hommes s'enivrer sans retenue, sans parler de ce qui arriverait si l'ennemi ouvrait le feu.

« Boire dans les tranchées est contraire au règlement, sergent.

– Ouuuuiiii, mon colonel.

– C'est vous qui êtes responsable de ces hommes ?

– Oui, mon colonel. C'est... c'est moi.

– Que se passerait-il, à votre avis, si les Allemands ouvraient le feu ?

– On serait dans de sales draps, mon colonel. »

Il baissa les yeux, racla ses bottes l'une contre l'autre pour en ôter la boue, puis me regarda à la dérobée en disant : « Je vais passer en conseil de guerre, mon colonel ?

– Non.
– Merci, mon colonel. Merci, merci, merci...
– La guerre n'est pas encore terminée, sergent, déclarai-je, en tendant la main pour prendre la bouteille.
– Non, mon colonel. Elle n'est pas encore terminée.
– Repos, sergent », commandai-je, en remettant la bouteille presque vide au capitaine qui effectuait la ronde avec moi. Je saluai les hommes et continuai mon chemin.
« Je jette le reste, mon colonel ? demanda le capitaine Reedy.
– Il y en a encore beaucoup ?
– Trois ou quatre bonnes lampées.
– Ce serait du gâchis, non, capitaine ?
– C'est bien mon avis.
– Mieux vaut détruire la pièce à conviction. Nous ne voulons pas que le sergent se retrouve en taule, n'est-ce pas ?
– Non. » Il sourit et me passa la bouteille. « Après vous, mon colonel. »
L'alcool répandit sa douce chaleur dans mes veines. « O toi, ma muse, guide-moi, doux breuvage de notre vieille Écosse ! »
Nous continuâmes notre ronde dans les tranchées et le capitaine Reedy me demanda : « Vous avez déjà prévenu votre famille de votre retour ?
– J'ai envoyé un télégramme il y a une heure. »
Kate le recevrait demain. Je lui annonçais mon arrivée pour le 15. Plus que quatre jours. Je fermai les yeux un instant pour contempler son image et, lorsque je les rouvris, le ciel était embrasé du feu des obus. Je plaquai Reedy au sol au moment où un obus éclatait à moins d'un mètre de nous. Une douleur atroce me déchira la poitrine et le bras droit et je tombai à terre. Une multitude de pensées me traversèrent l'esprit. Je vis mon frère Larry. Jenny en train de danser. Davie qui pêchait dans la rivière Leven. Ma mère à la cuisine. Mon

père, le jour où je lui avais offert un cognac de soixante-dix ans d'âge. Kate allongée dans l'herbe verte, ses cheveux répandus autour d'elle.

Lorsque je rouvris les yeux, Reedy était penché sur moi. « Mon Dieu, gémit-il en me regardant. Mon Dieu. » Puis il cria : « Ogle, bon sang, le colonel a été touché ! » J'essayai de dire quelque chose, mais ce fut du sang qui sortit de ma bouche. « Ne parlez pas, mon colonel. » Mais il fallait que je lui dise de télégraphier à la seconde armée pour qu'elle envoie des renforts. « N'essayez pas de parler », me dit-il doucement, puis il ôta son manteau pour le mettre sur mes épaules. « Ogle, nom de Dieu, hurla-t-il. Envoyez-moi quelqu'un !

– Browne... Seconde... » Je voulais lui expliquer ce qu'il devait faire, mais le souffle me manquait.

« Télégraphiez au commandant Browne de la seconde armée et dites-lui que nous avons besoin de renforts, cria Reedy. Ne parlez pas, mon colonel », me répéta-t-il gentiment, au moment où deux hommes arrivaient avec un brancard. La douleur dans mon bras était insupportable. Les brancardiers me hissèrent sur la civière et me transportèrent en courant à l'hôpital mobile, qui n'était rien d'autre qu'une grande tranchée carrée.

« C'est le colonel, docteur, fit l'un des brancardiers, hors d'haleine.

– Dans quel état est-il ? demanda le médecin.

– Il a le bras coupé au niveau de l'épaule, et la moitié de la poitrine arrachée. »

J'avais l'esprit dans le brouillard. De qui parlaient-ils donc ?

« Ma main, c'est ma main », murmurai-je lorsqu'ils me soulevèrent pour me mettre sur la table. Ils se regardèrent et le médecin dit :

« Colonel, votre bras...

– Non ! hurlai-je, en essayant de descendre de la table, car je savais qu'ils voulaient m'amputer.

– Colonel...

– Non !

– Votre bras est...

– Non... je suis toujours votre... supérieur...

– Il va falloir l'attacher », dit le médecin aux brancardiers. Ils s'approchèrent de moi et, comme j'essayais de me débattre, le manteau de Reedy glissa au sol.

« Vous ne me couperez pas le bras, grognai-je.

– Il est déjà coupé, colonel », dit le médecin.

Je suivis son regard, jusqu'au bout de mes doigts, jusqu'à l'endroit où j'aurais dû voir ma main, et mes yeux aperçurent le sol. Je regardai mon côté droit, et je vis un énorme trou rouge. Une douleur cuisante me brûlait des doigts à l'épaule. Je contemplai l'espace vide qui avait été mon bras et je regardai le médecin, qui hocha la tête.

Je me recouchai sur la table et je sentis que je glissais. J'essayai de dire au médecin qu'il fallait qu'il dise à Kate à quel point je l'aimais.

« Dites... à Kate... à Kate... »

Il se produisit alors une gigantesque explosion qui fit s'écrouler les parois de la tranchée. Je tombai parmi les décombres et les corps déchiquetés du médecin et des brancardiers. Je sentis mon corps s'enfoncer lentement dans la boue. Puis ce fut le silence. Le noir. Et je Le vis, juste au-dessus du bord de la tranchée. Son coursier sauvage piaffait, et Il me regardait. Il était venu pour moi. Et j'étais prêt. Je flottai vers Lui, mais Il fit demi-tour et S'en alla, ne laissant derrière Lui qu'une pâle traînée de lumière. Je vis le visage de mon frère, ce visage qui me hantait depuis quarante-trois ans et, pour la première fois depuis le jour de sa mort, je le regardais et je n'avais pas peur...

CHAPITRE 37

(Édimbourg, 16 novembre 1918)

Le cliquetis de la serrure me fit bondir dans l'escalier en criant le nom de Robert, et je faillis me cogner contre Davie qui montait les marches avec une égale précipitation. Nous nous arrêtâmes net tous les deux quand il comprit que Robert n'était pas encore là. Davie, trop agité pour attendre le retour de son père, avait passé la nuit chez son ami Bill; je l'y avais encouragé car moi-même je ne tenais pas en place et je préférais attendre seule. Mes allées et venues agaçaient tout le monde, et j'avais fait des trous dans le tapis du salon à force de marcher de long en large dans la pièce.

J'allai de la fenêtre du salon à celle de la salle à manger et vice versa; Martha me prit alors par les épaules et m'emmena dans la cuisine où elle me fit asseoir en disant : « Assois-toi donc, Cathy. J'vas nous faire une bonne tasse de thé et...

– Je n'ai pas faim ! » l'interrompis-je sèchement. Davie et elle baissèrent le nez et je me rendis compte que je me comportais en vraie mégère. Je souris à Martha, lui effleurai le bras et la priai de m'excuser : « Pardon. Je suis un peu... un peu... Je vais essayer de mettre de l'ordre au salon avant qu'il arrive. »

Dave me suivit en me racontant sa soirée chez Bill, mais je guettais les pas de Robert et il comprit que je ne l'écoutais pas car il dit d'un ton très calme : « À propos, autant que tu le saches, Bill et moi allons nous marier.

– Quoi ? Avec qui ?

– Tous les deux ensemble. Ne veux-tu pas venir manger quelque chose avec moi et arrêter de tourner comme un lion en cage ?

– Je ne peux pas rester assise. Ni avaler quoi que ce soit. Bill va-t-il vraiment se marier ?

– Oui

– Avec qui ?

– Alice. Veux-tu aller à la gare ?

– Non... non, il arrive par Southampton, et il a dit qu'il louerait une voiture. » M'approchant de Davie, j'arrangeai sa cravate, qu'il avait mise à l'envers, et tirai sur le col de sa chemise où brillait une tache de rouge à lèvres. « Une femme maquillée... Davie.

– La mère de Bill.

– Hum... Oh, Davie, nous aurions dû aller en voiture à Southampton. Nous aurions vraiment dû. C'est affreux. Je vais aller à l'atelier. Au moins, je ferai quelque chose d'utile. Il faut que je m'occupe. » Je mis mon chapeau, Dave m'aida à enfiler mon manteau et je dis à Martha de préparer une bonne quantité de crêpes pour Robert.

« Aye, aye, *colonelle Maclean.*

– Colonelle toi-même. Davie, viens avec ton père dès qu'il sera arrivé.

– À vos ordres, la mère. »

Je les laissai, bien décidée à faire taire l'absurde pressentiment qui ne me quittait pas, et me rendis à l'atelier sans tarder.

À onze heures, je rassemblai la douzaine de robes du soir rouges, ornées de paillettes, que Al avait commandées pour son magasin d'Édimbourg, et je m'apprêtais à les mettre dans un carton lorsque Davie entra. Je lui souris, cherchant Robert des yeux, certaine qu'il se cachait dans le couloir. Ne le voyant pas, je posai mon regard sur Davie, dont le visage était d'une pâleur mortelle. Nous restâmes là, jusqu'à ce que le sang se retire de mon corps et que les robes tombent par terre, comme autant de cadavres sanglants.

Davie fit un pas en avant. Je reculai en levant le bras pour l'empêcher d'approcher et je hurlai : « Non ! »

Mais ses yeux me parlaient, et j'avais beau mettre mes mains sur mes oreilles pour ne pas entendre, les mots retentissaient dans ma tête : Robert est mort... Robert est mort...

Davie fit encore un pas vers moi et ouvrit la bouche mais, avant qu'il ait pu proférer une parole, je m'enfuis en courant dans mon bureau, claquai la porte et fermai à double tour. Davie m'appela à plusieurs reprises mais je n'avais pas envie de répondre. Il fallait au contraire que j'empêche le son de sa voix de me parvenir. Je pris une chaise et la lançai de toutes mes forces contre la porte. Elle se brisa en mille morceaux et je sentis la révolte monter en moi en vagues d'une violence et d'une force inouïes. Je balayai d'un coup tout ce qui était sur mon bureau, puis je jetai à terre le meuble qui contenait les bons de commande et les factures. Je me ruai sur les papiers et les dossiers et je les mis en lambeaux. J'en fis autant pour les échantillons de tissu que je réduisis en charpie. Je ne sais combien de temps il me fallut pour mettre toute la pièce sens dessus dessous. Mais lorsqu'il n'y eut plus rien debout, plus rien d'entier, que mes mains furent pleines de bleus et de sang, je m'écroulai dans un coin du bureau, épuisée, hors d'haleine.

J'entendis des voix dans le couloir, celle de Davie et une autre que je connaissais bien mais à laquelle j'étais incapable d'associer un nom. Il y eut un bruit de métal contre la porte, au bout d'un moment elle s'ouvrit lentement, et je vis Al. Je me sentis soudain toute petite et honteuse de l'acte puéril que je venais de commettre. Al avançait vers moi et je crus qu'il allait me punir. Mais il me tendit la main et m'aida à me relever, puis il mit son bras autour de mes épaules en disant : « Venez... Je vais vous raccompagner chez vous. »

Il mit mon chapeau sur ma tête, puis le retira, le fourra sous son bras, posa mon manteau sur mes épaules, et me prit la main. Je le suivis sans rien dire et passai devant Davie qui regardait la scène d'un air grave. Je me dis que c'était mon fils et que je devais le consoler parce que son père était mort. Mais les mots qui résonnaient dans mon cerveau ne parvenaient pas jusqu'à mes lèvres. Tout ce que j'étais capable de faire, c'était de suivre Al, comme une enfant débile. Je voulais lui dire quelque chose, je ne savais pas quoi, mais il fallait absolument que je le lui dise.

Martha et Mollie étaient sur le seuil de la maison. Martha pleurait en secouant la tête, et même Mollie semblait éperdue. Je m'arrêtai et me retournai pour regarder Davie qui nous suivait. Je voulais lui parler, mais ma voix m'avait quittée. Al me conduisit à l'étage et je serrai sa main très fort. Il était très grand, beaucoup plus grand que dans mon souvenir, à tel point que je crus un moment que c'était mon père, et je faillis l'appeler Papa. Mais alors je me souvins que mon père était mort, que Robert était mort, et Will aussi ; ils étaient tous morts, morts, morts. Al me fit asseoir sur le lit, m'enleva mon manteau, prit le fauteuil qui était près de la fenêtre et le rapprocha du lit en disant : « Vous voulez bien que je m'asseye près de vous ?

– Davie ?

– Il est en bas. Voulez-vous que je lui dise de monter ?

– Son père est mort.

– ... Oui.

– Je devrais...

– Il va bien, Catherine... Il va bien. »

Mais ce n'était pas vrai. J'étais sûre qu'il n'allait pas bien. Il gardait tout en lui. Je le connaissais. Il pleurait à l'intérieur... il pleurait.

Quant à moi, je n'avais pas de larmes. C'était

curieux, pour quelqu'un qui pleurait aussi facilement. Mais j'avais les yeux secs et je n'éprouvais même pas le besoin de pleurer. Je me sentis soudain très fatiguée et je dis à Al que j'avais sommeil.

« Alors, il faut que vous vous reposiez, Catherine. Voulez-vous que je dise à Martha de venir vous aider à vous dévêtir ?

– ... Oui. »

Martha monta un instant plus tard. Al referma la porte derrière nous et redescendit. Je laissai Martha me déshabiller et lui demandai si Davie était en train de pleurer. Elle me répondit que non, que ce n'était pas dans ses manières.

« Mais il pleure à l'intérieur, Martha. C'est pire.

– Aye, ma belle. Repose-toi donc, maint'nant. Davie va bien... Oh, Cathy, tes mains, ma jolie...

– Je crois que je me suis cassé le doigt. »

Elle saisit ma main droite, examina mon index, déclara qu'il était bel et bien cassé et descendit chercher de la glace. Mais j'étais si incroyablement fatiguée que je sombrai aussitôt dans le sommeil...

Lorsque je m'éveillai, Davie était dans l'un des fauteuils, Al dans l'autre, et tous deux dormaient profondément. Mon doigt était bandé et me faisait souffrir, tout comme ma tête. Il faisait très sombre dehors, il devait être plus de six ou sept heures du soir. Je me redressai et, au mouvement que je fis, Al ouvrit les yeux, me sourit et s'enquit : « Vous sentez-vous mieux ?

– Oui... merci. Je suis désolée. J'ai perdu la tête.

– Oui... Tout va bien.

– Davie... » Il bougea en entendant son nom et je me levai pour aller vers lui. Je vis qu'il m'observait ; il devait se demander si j'avais recouvré la raison. Je pris sa main, la posai sur mon épaule, la pressai et l'embrassai. Il se redressa brusquement, me caressa la tête et voulut se lever. « Je suis désolée, Davie... Je suis sincèrement désolée.

– C'est... c'est bon. Je vais bien. Vraiment. Je vais bien. » Il se leva, me repoussa doucement et dit : « Je vais m'allonger un moment.

– Dave...

– Appelle-moi si tu as besoin de moi. »

Il était parti avant que j'aie pu ajouter quoi que ce soit. Je regardai mes pieds nus, puis je me rendis compte que j'étais là, devant Al, en jupon et caraco, et j'attrapai en hâte une robe de chambre dans l'armoire.

« Catherine ?

– Oui ?

– David va bien.

– Il a couru vous chercher. A-t-il dit que sa mère avait perdu la tête ?

– Non. Voulez-vous dîner ?

– Qu'a-t-il dit ?

– Il a dit que son père avait été tué à Ville-sur-Haine le 11 novembre.

– C'est tout ce qu'il a dit ?

– Oui.

– Il ne pensait pas qu'il mourrait. Moi, j'avais un pressentiment. J'avais fait un rêve, et j'avais peur. Je crois que je savais qu'il ne reviendrait pas. Mais Davie était tellement sûr... tellement persuadé que son père reviendrait. Quand Rob nous a laissés à Glasgow, Davie a été le seul à ne jamais douter, jamais, du retour de son père. Il avait confiance. Et Robert est revenu... il est revenu...

– ... Oui. »

Davie, Mollie et moi partîmes pour le Loch Leven le lendemain matin, après avoir été avertis par l'armée qu'il faudrait plusieurs semaines avant que le corps de Robert soit rapatrié de France. La plupart des soldats étaient enterrés là où ils étaient morts ; j'avais insisté pour que Robert soit ramené en Écosse et, comme il était officier, on accéda à ma demande. Nous l'enterrerions au domaine.

Davie voulut conduire et je le laissai d'autant plus volontiers que les mains me brûlaient, à cause de mon coup de folie de la veille, et que passer les vitesses me faisait mal. Il ne voulait absolument pas parler de son père et changeait de conversation chaque fois que j'abordais ce sujet. Al et Martha m'avaient affirmé que, même si je n'avais pas perdu la tête, Davie n'aurait pas extériorisé son chagrin car cela n'était pas dans sa nature. Mais je ne lui avais guère laissé le choix et, du fait que j'avais pu, moi, exprimer ma souffrance, j'étais malheureuse de le voir dissimuler la sienne.

Nous parlâmes de Ian, puis de Jen, disant à quel point il était regrettable qu'elle ait accepté d'épouser un riche jeune homme du nom d'Arthur Millington. Le mariage devait avoir lieu à Cromdale au printemps. Je ne serais pas invitée.

Lorsque nous fûmes arrivés à Kingshouse, à une quinzaine de kilomètres du Loch Leven, je me tournai vers Davie, posai ma main sur son bras et lui dis que son père avait été très fier de lui. Il hocha la tête en signe d'acquiescement, me tapota la main, mais demeura silencieux. Et je me dis qu'il fallait que je le laisse tranquille, qu'il pleurerait à sa façon la mort de son père, et que tout ce que je pouvais faire, c'était lui faire comprendre que j'étais là et que je le serais toujours.

Les Wallace avaient ouvert les grilles pour notre arrivée, et la sincérité de leurs condoléances me réchauffa le cœur. Mr. Wallace porta nos bagages à l'étage, et Davie et moi fîmes le tour de la maison. Une fois au salon, nous contemplâmes tous deux le piano. Ni les mains de Jen ni celles de Will n'avaient jamais effleuré ses touches d'ivoire... jamais elles ne les effleureraient... Quel gâchis. Il faudrait que j'apprenne à jouer... un jour peut-être j'apprendrais... peut-être...

Davie n'avait pas envie de se promener avec moi ; il s'installa près du feu avec un verre et une bouteille de whisky. Je ne dis rien. S'il voulait noyer son chagrin dans l'alcool, c'était parfait. J'avais bien apaisé le mien en détruisant tout ce qui s'était trouvé à portée de ma main. À chacun sa méthode.

Je mis des bottes, un pantalon, une chemise de Rob et son chandail le plus confortable, ainsi qu'une veste en daim qu'il avait portée pendant des années. J'emmenai Mollie avec moi et je marchai des heures durant à travers la lande. Les arbres étincelaient des couleurs chaleureuses de l'automne, feu rougeoyant. C'était une belle journée, douce et fraîche à la fois; des nuages blancs s'effilochaient dans le ciel bleu, et le bruissement du vent m'enveloppait. Mais je ne fis pas le vœu que Robert soit à mon côté, sa main dans la mienne. Parce que cela ne pouvait être.

Je pensai à Jen. Elle ne s'était pas manifestée. Davie avait parlé avec elle au téléphone; je l'avais entendu crier et j'avais compris qu'elle refusait de venir. Et je fis le vœu qu'elle soit à mon côté, son bras passé sous le mien. Parce que cela pouvait être...

Mollie bondissait et courait devant moi. Je lançai un bâton et, lorsqu'elle le rapporta, je lui caressai la tête en lui demandant si son petit camarade au pelage blanc ne lui manquait pas. « Hein, Mollie ? Il te manque, ton petit bonhomme de Minch ? Mais tu le vois quand tu vas à Cromdale, n'est-ce pas ? » Elle s'assit à mes pieds, attendant que je lui jette le bout de bois. Je le cachai derrière mon dos. « J'aimerais bien... le voir. » Elle bondit et je lançai le bâton.

Lorsque nous arrivâmes près du château, le soleil s'était transformé en une boule de feu orangée suspendue juste au-dessus des tourelles. Je dis à Mollie que ce château m'avait un jour appartenu, et que Robert et moi lui avions redonné sa gloire d'antan; mais elle avait trouvé une souris et se mit à la pourchasser.

Je m'assis au bord de la falaise, à l'endroit où je m'étais assise avec Rob vingt-trois ans plus tôt, alors que j'étais une jeune femme et qu'il était un homme encore jeune. Je ne souhaitai pas qu'il soit ici près de moi, son épaule contre la mienne, ma main au creux de la sienne. Parce que cela ne pouvait être.

Je ramassai une poignée de terre noire et grasse et je la laissai couler entre mes doigts. Elle était fraîche et douce, comme elle avait toujours été, comme elle serait toujours. Je restai là jusqu'à ce que le soleil ait disparu. Alors, j'appelai Mollie, et elle vint se coucher à mes pieds, la tête sur ses pattes de devant. « On rentre à la maison, ma belle ? » Elle aboya en guise de réponse et je tapai contre ma jambe, ce qui la fit lever. « Oui, Mollie... on rentre à la maison. »

Le vent m'accompagna tout le long du chemin, sifflant à mes oreilles, m'enveloppant doucement, conduisant mes pas.

C'était lui. Je le savais, parce que c'était ici qu'il viendrait... à la maison.

Une fois rentrée, bien qu'il fût encore tôt, j'ouvris grand la fenêtre de la chambre pour laisser pénétrer le vent et je me glissai dans le lit. J'étais fatiguée. Ce serait bon de fermer les yeux. Et je savais que mon sommeil serait reposant : le vent ferait tout pour qu'il le soit, et lorsque je m'éveillerais, ce serait le matin... seulement le matin.

Achevé d'imprimer en janvier 1998
sur les presses de l'imprimerie Maury Eurolivres
45300 Manchecourt